KB119945

오만과 편견

오만과 편견

제인 오스틴 지음 • **서민아** 옮김 • **박희정** 그림

위즈덤하우스

목차

제1부

※일러두기: 본문의 ( )는 모두 '옮긴이 주'입니다.

1

재산이 많은 남자가 미혼일 경우 사람들은 누구나 마치 당연한 진리처럼 그에게 아내가 필요하다고 믿는다.

이런 남자가 어떤 마을이든 처음 발을 들여놓게 되면, 그 남자의 감정이나 생각이 어떤지 알지도 못하면서, 마을 사람들은 이 당연한 진리가 마음에 확고하게 박힌 나머지 마땅히 자기 딸이 이 남자를 차지하게 될 거라고 믿는다.

"여보, 드디어 네더필드 파크가 임대되었다는 소식 들었어요?" 어느 날 베넷 부인이 남편에게 이렇게 말했다.

베넷 씨는 그런 말은 금시초문이라고 대답했다.

"그렇다고 하네요. 롱 부인이 방금 와서 말해주었어요." 베넷 부인이 다시 말을 이었다.

베넷 씨는 여전히 아무런 대꾸도 하지 않았다.

"누가 들어와 살지 궁금하지도 않아요?" 베넷 부인은 조바심이 나서 큰 소리로 물었다.

"당신이 말하고 싶으면 말하구려. 굳이 듣지 않을 이유도 없으니까."

베넷 씨로서는 이 정도 반응을 보인 것도 대단한 일이었다. 그가 반응을 보이자 베넷 부인은 얼른 입을 열었다.

"글쎄, 여보, 당신도 알아야 해요. 롱 부인이 그러는데, 네더필드에 이사 올 사람은 영국 북부 출신의 돈 많은 청년이랍니다. 월요일에 사두마차를 타고 내려와서 집을 둘러보고는 아주 만족해서 당장 모리스 씨와 계약했다지 뭐예요. 미가엘 축일(9월 29일) 전에 짐을 정리하기로 했고, 다음 주말쯤에는 하인 몇 명이 미리 집에 들어와 있기로 했대요."

"이름이 뭐요?"

"빙리요."

"기혼이요, 아니면 아직 미혼이요?"

"오! 당연히 미혼이지요. 여보, 틀림없다니까요! 돈 많은 미혼 남자예요. 1년에 한 4, 5천 파운드는 번다나 봐요. 우리 딸들에게 정말 잘된 일이에요!"

"그게 무슨 말이지? 그 사람이 부자인 것과 우리 애들하고 무슨 상관이 있다는 거요?"

"여보, 베넷." 베넷 부인이 말을 받았다. "어쩜 이렇게 아무 생각이 없담! 난 그 청년이 우리 딸들 가운데 한 명하고 결혼하게 될 거라는 걸 벌써 계산하고 있단 말이에요."

"그 청년이 그럴 의도로 이리 이사한다는 거요?"

"의도라니요! 말도 안 되는 소리 좀 하지 마세요. 어떻게 그런 말을! 하지만 그 청년이 우리 딸애들 중 누군가와 사랑에 빠지지 말란 법도 없잖아요. 그러니까 그가 이사 오자마자 당신이 곧장 그 집에 인사를 가야 해요."

"그럴 필요까지 있겠소. 당신이 애들을 데리고 그 집에 가든지, 아니면 애들만 보내든지 하면 되지. 그래, 그 편이 훨씬 좋겠군. 당신 미모도 애들 못지않으니 어쩌면 빙리 씨가 파티에서 당신을 가장 마음에 들어 할지도 모르겠는걸."

"어머, 여보. 그만 치켜세워요. 하긴 내가 어디 가도 빠지는 미모는 아니지. 그래도 이 나이에 어디 미모를 내세울 수 있겠어요. 다 큰 딸이 다섯이나 있는 여자라면 미모 따위 생각지도 말아야지요."

"그거야 미모고 뭐고 생각할 필요 없는 별로 아름답지 않은 여자들이나 그렇지."

"그건 그렇고, 여보. 빙리 씨가 이 마을에 이사 오면 당신 꼭 그 집에 가서 그를 만나고 와야 해요."

"글쎄, 장담은 못하겠는걸."

"여보, 딸들을 생각해보세요. 우리 애들 중 하나가 그런 청년과 결혼하면 얼마나 든든할지 생각해보시라고요. 윌리엄 경하고 루카스 부인도 그 집을 방문하기로 했대요. 순전히 그런 이유로 말이에요. 당신도 알다시피 그 집 내외가 어디 새로 이사 온 사람들을 일일이 찾아다니던가요. 그러니 당신이 꼭 가야 해요. 당신이 안 가는데 우리만 인사하러 가는 것도 우스울 거 아니에요."

"당신 지나치게 신경 쓰고 있구려. 아마 빙리 씨는 당신을 보고 무척 반가워할 거요. 내 몇 줄 적어 보내지. 그러면 그도 우리 딸 가운데 아무하고나 결혼해도 좋다는 내 진심을 알게 되겠지. 작은 딸 리지라면 더 좋겠다는 추천의 글도 잊지 말아야겠군."

"설마, 당신 정말로 그러려는 건 아니겠지요. 리지는 다른 애들보다 못해요. 미모는 제인의 반만도 못하고, 리디아처럼 싹싹하지도 않아요. 그런데도 당신은 언제나 리지를 제일 좋아하는군요."

"다른 애들은 마음에 드는 구석이 별로 없어요." 그가 대꾸했다. "여느 계집아이들처럼 하나같이 철없고 어리석고 무지하잖소. 하지만 리지는 또래 여자애들보다 훨씬 영리해요."

"여보, 어쩌면 당신 딸들한테 그런 식으로 말할 수 있어요? 그렇게 해서 나를 화나게 하면 기분 좋아요? 내가 신경과민에 시달린다는 걸 알면서도 측은한 마음도 없는 거죠."

"그건 오해야, 여보. 당신이 신경과민에 걸렸다는 말에 내가 관심을 기울인 지 벌써 20년은 족히 돼서, 이제 신경과민은 내 오랜 친구와 다름없어요."

"아! 당신은 내가 얼마나 고통스러운지 모를 거예요."

"하지만 당신이 얼른 예민한 신경에서 벗어나 오래오래 살면서 1년에 4천 파운드씩 버는 청년들이 이 마을로 이사 오는 걸 두고두고 볼 수 있길 바란다오."

"그런 젊은이 스무 명이 온들 우리한테 무슨 소용이 있겠어요. 당신은 찾아가보지도 않을 텐데."

"그건 염려하지 마요, 여보. 그런 젊은이 스무 명이 오면 내일일이 다 방문할 테니."

베넷 씨는 예리한 동시에 냉소적인 기질, 내성적인 성격, 변덕스러움 등이 워낙 희한하게 뒤섞여 있는 사람이라, 20하고도 3년을 같이 산 아내조차 그의 성격을 제대로 파악하지 못할 정도였다. 반면 베넷 부인의 생각을 알아내기란 그리 어려운 일이 아니었다. 그녀는 이해력이 다소 떨어지고, 지식도 짧은 데다, 기분이 수시로 바뀌는 여자였다. 뭔가 마음대로 되지 않는다 싶으면 신경과민이 도진다고 엄살을 부렸다. 삶의 최대 관심사는 딸들을 시집보내는 것이고, 낙이 있다면 이웃집에 놀러가 동네 소문을 떠드는 것이었다.

2

베넷 씨는 빙리 씨를 제일 먼저 방문한 사람 축에 들었다. 아내에게는 절대로 빙리 씨를 방문하지 않겠다고 끝까지 못을 박아 두었지만, 사실 그는 언제 한번 빙리 씨에게 찾아가야겠다고 죽 생각해온 터였다. 베넷 씨가 빙리 씨를 만나고 돌아온 날 저녁 까지도 아내는 그 사실을 까맣게 모르고 있었다. 하지만 그날 저녁 아내는 다음과 같은 방식으로 이 사실을 알게 되었다. 베넷 씨는 둘째 딸이 모자를 손질하는 모습을 가만히 바라보더니 문득 이렇게 말하는 것이었다.

"빙리 씨가 이 모습을 보고 마음에 들어 하면 좋겠구나, 리지."

"찾아가보지도 않았는데 빙리 씨가 뭘 좋아하는지 무슨 수로 알겠어요." 베넷 부인이 뾰로통한 목소리로 말했다.

"무도회에 가면 만날 수 있을 거예요. 그리고 엄마, 롱 부인이 그 사람을 소개시켜 주겠다고 약속한 거 잊으셨어요?"

"롱 부인이 소개시켜 준단 말을 어떻게 믿겠니. 자기 조카딸도 둘이나 있는데. 롱 부인이 얼마나 이기적이고 위선적인 여잔데. 난 그 여자, 별로야."

"그건 나도 그렇소. 어쨌든 난 당신이 그 여자의 아부를 신뢰하지 않는다니 기쁘군." 베넷 씨가 말했다.

베넷 부인은 아무런 대꾸도 하지 않기로 마음먹었지만 도저히 참지 못하고 딸 하나를 꾸짖기 시작했다.

"기침 좀 그만해라, 키티야, 제발 좀! 내 신경과민이 걱정도 안 되니. 아예 온 신경을 갈기갈기 찢어놓지 그러니."

"키티야, 너무 조심성 없이 기침하는 거 아니냐. 시도 때도 없이 기침을 하는구나." 베넷 씨가 말했다.

"누군 좋아서 이러는 줄 아세요." 키티가 발끈하며 대꾸했다.

"다음 무도회는 언제냐, 리지?"

"보름쯤 후에요."

"맞아, 그렇지." 어머니가 큰 소리로 외쳤다. "롱 부인은 그 전날이나 돼야 올 테고, 그러니 빙리 씨를 소개해줄 턱이 없지. 그 여자도 그가 누군지 모를 테니까 말이야."

"그렇다면 여보. 이번에는 당신이 롱 부인보다 유리할지도 모르겠군. 당신이 롱 부인에게 빙리 씨를 소개하면 될 테니까."

"말도 안 되는 소리 좀 하지 마세요, 여보. 나도 빙리 씨하고 안면이 없는 판에 누구한테 소개를 시킨단 말이에요. 어쩜 그렇게 사람 약을 올려요?"

"아무튼 당신 신중한 건 알아줘야 한다니까. 보름 정도 알고 지낸 걸 가지고 누굴 안다고 할 수는 없지. 사람을 고작 보름 만에 제대로 파악하기란 어려운 일이니까. 하지만 우리가 인사시키지 않는다 해도 누군가 인사를 시킬 테고, 결국 롱 부인과 조카딸들이 기회를 얻게 될 게 뻔하지 않소. 그러니 당신이 싫다면 내가 직접 나서서 소개를 시켜주리다. 그러면 적어도 롱 부인에게 친절하단 소리라도 들을 테니까."

딸들은 아버지를 물끄러미 바라보았다. 베넷 부인은 "말도 안 돼, 말도 안 돼요!"라고 말할 뿐이었다.

"자꾸 말도 안 돼, 말도 안 돼 그러는데, 대체 그게 무슨 뜻이

오?" 그가 큰 소리로 물었다. "그들을 소개시키는 방식이 말이 안 된다는 거요, 아니면 굳이 그들을 소개시켜야 한다는 내 생각이 말이 안 된다는 거요? 자꾸 그런 식으로 말하니 도무지 당신한테 동의할 수가 없을 것 같군. 넌 어떻게 생각하니, 메리? 그래도 넌 생각이 깊고 훌륭한 책도 많이 읽는 데다, 좋은 구절은 따로 적어놓기도 하는 아가씨니 뭔가 그럴듯한 말을 생각해내겠지."

메리는 뭔가 적절한 말을 하고 싶었지만 무슨 말을 해야 할지 감이 잡히지 않았다.

"메리가 생각을 정리하는 동안 우리는 다시 빙리 씨 이야기를 계속합시다." 그가 말했다.

"빙리 씨라면 이제 지겨워요." 그의 아내가 소리를 지르다시피 외쳤다.

"당신이 그렇게 말하다니 유감이군. 좀 더 진작 그렇게 말하지 그랬소? 오늘 아침에만 그렇게 말했어도 빙리 씨를 방문하는 일 따윈 절대 하지 않았을 텐데 말이오. 일이 아주 우습게 됐군 그래. 하지만 기왕 그를 찾아가 만나고 왔으니 이제 와서 모른 척할 수도 없는 노릇이지."

그가 바라던 대로 부인과 딸들은 놀라서 어쩔 줄 몰랐다. 아마 누구보다 깜짝 놀란 사람은 베넷 부인이었을 것이다. 한차례 기쁨의 환성이 잦아든 후에, 남편이 그럴 줄 진작부터 알고 있었다고 말하긴 했지만.

"당신은 정말 좋은 사람이에요, 여보! 전 당신이 결국 제 말을 들어줄 줄 알았다니까요. 당신이 딸들을 얼마나 사랑하는데, 그런 청년과 안면을 틀 기회를 놓칠 리 없죠. 아, 정말 얼마나 기쁜지 몰라요! 세상에, 아침에 빙리 씨하고 인사를 나누고 왔으면서 지금까지 아무 소리도 안 하고 있었다니, 어쩜 그렇게 능청스러울 수 있어요."

"자, 키티야. 이제 마음 푹 놓고 기침해도 되겠구나." 베넷 씨는 이렇게 말하고는 아내가 좋아서 어쩔 줄 모르는 모습을 보며 질린 표정으로 방을 나섰다.

"네 아빠가 얼마나 훌륭한 분인지 알겠지, 얘들아." 문이 닫히자 그녀가 말했다. "너희들, 아버지의 자상한 마음에 어떻게든 보답해야 한다. 자상한 거라면 이 엄마도 못지않지만 말이야. 말이 나왔으니 하는 말이지만, 우리 나이에 매일같이 새로운 사람과 인사하며 지낸다는 게 그렇게 즐거운 일은 아니란다. 하지만 너희들을 위해서라면 엄마 아빠가 무슨 일을 못하겠니. 사랑하는 리디아. 나이는 네가 제일 어리지만, 어쩐지 다음 무도회에서 빙리 씨가 너하고 춤을 출 것 같구나."

"어머! 난 하나도 두렵지 않아요. 나이는 내가 제일 어려도 키는 제일 크니까." 리디아가 똑 부러지게 말했다.

저녁 내내 그들은 베넷 씨의 방문에 빙리 씨가 얼마나 빨리 답례를 할지 가늠해보고, 언제쯤 그를 저녁 식사에 초대하면 좋을지 날짜를 꼽으며 시간을 보냈다.

3

하지만 다섯 명의 딸들이 옆에서 열심히 거들었는데도 불구하고, 빙리 씨가 어떤 사람인지 시시콜콜 따져 묻는 베넷 부인의 질문에 남편은 속 시원한 답을 주지 않았다. 뻔뻔스러운 질문도 해보고, 재치 있는 가정도 해보고, 말도 안 되는 추측도 해보는 등 별별 방법을 동원해 대답을 끌어내려 애썼지만, 베넷 씨는 온갖 수단을 교묘하게 잘도 피해갔다. 그래서 그들은 결국 이웃에 사는 루카스 부인을 통해 아쉬운 대로 그녀가 들은 이야기를 전해 듣는 수밖에 없었다. 일단 루카스 부인의 평가는 상당히 호의적이었다. 윌리엄 경은 빙리 씨를 만나고 와서 무척 흡족했다고 했다. 빙리 씨는 아주 젊고, 놀랄 만큼 잘생겼으며, 더할 나위 없이 친절한 데다. 무엇보다 기쁜 소식은 다음에 열리는 무도회에 많은 지인을 데려오겠다고 약속했다는 것이다. 이보다 기쁜 일이 또 있을까! 춤을 좋아한다는 것은 사랑으로 가는 확실한 수순인 만큼, 모두들 빙리 씨의 마음을 사로잡겠노라는 강한 희망을 품었다.

"우리 딸 가운데 하나가 네더필드에서 행복하게 자리 잡고 사는 걸 볼 수 있다면, 그리고 나머지 딸들도 다 같이 결혼해서 잘 사는 걸 볼 수 있다면, 난 아무것도 더 바랄 게 없어요." 베넷 부인이 남편에게 말했다.

며칠 후 빙리 씨는 지난번 베넷 씨의 방문에 답례하는 의미로 그의 집에 인사차 찾아와 서재에서 베넷 씨와 10분 정도 담소를 나누고 돌아갔다. 그는 베넷가 숙녀들이 미인이라는 이야기를 워낙 많이 들었던 터라 젊은 아가씨들을 볼 수 있으리라는 기대로 베넷 씨 집에 들어섰지만, 막상 그 집의 가장 외에는 아무도 만나지 못했다. 하지만 베넷가의 딸들은 그보다는 좀 더 운이 좋은 편이었다. 그들은 푸른색 코트를 입은 그가 검은 말을 타고 달리는 모습을 2층 창문으로나마 볼 수 있었다.

곧이어 베넷가는 빙리 씨에게 신속히 저녁 만찬 초대장을 보냈다. 베넷 부인은 자신의 살림 솜씨를 자랑할 만한 요리들을 미리 생각해놓았지만, 답장이 오자 계획을 전부 연기해야 했다. 빙리 씨가 다음 날 급히 런던에 가야 할 일이 생겼기 때문에 그들의 영광스러운 초대를 받아들일 수 없다는 것이었다. 베넷 부인은 몹시 당황했다. 하트퍼드셔에 온 지 얼마나 됐다고 벌써부터 런던에 볼일을 보러 가야 하다니 도무지 이해가 되지 않았다. 혹시 그가 늘 이곳저곳 옮겨 다니는 사람은 아닌지, 여차하면 네더필드에 정착하지 않고 떠나버리는 건 아닌지 걱정이 되기 시작했다. 그러나 빙리 씨가 런던에 간 이유는 무도회에 좀 더 많은 사람들을 데려오기 위해서지 다른 이유는 없을 거라는 루카스 부인의 말 덕분에 걱정이 조금 잦아들었고, 그 말이 떨어지기가 무섭게 빙리 씨가 무도회에 열두 명의 숙녀와 일곱 명의 신사를 데려온다는 소식이 전해졌다. 아가씨들은 숙녀들이 그렇게 많이 온다는 소식에 여간 속이 상한 게 아니었다. 하지만 무도회 전날, 그가 런던에서 데리고 오는 숙녀들은 열두 명이 아니라 고작 여섯 명이며, 그것도 그의 여자 형제 다섯 명과 사촌 한 명이라는 소식을 듣고는 그제야 마음을 놓았다. 그리고 막상 무도회장에 들어선 사람들은 모두 합해 다섯 명이 전부였다. 빙리 씨와 두 명의 여자 형제, 큰 누이의 남편, 그리고 또 한 명의 젊은 남자였다.

빙리 씨는 잘생겼고 신사다웠다. 호감 가는 외모에 편안하고 꾸밈없는 태도를 보여주었다. 그의 누이들은 상류 사회 분위기가 물씬 풍기는 세련된 여자들이었다. 매형인 허스트 씨는 그저 평범한 신사처럼 보였다. 하지만 빙리 씨의 친구 다아시 씨는 키 크고 건장하며 잘생긴 데다 태도도 당당해서 무도회장에 들어서자마자 사람들의 시선을 끌었다. 게다가 그가 들어선 지 5분도 안 되어 그의 연 수입이 1만 파운드나 된다는 사실이 사람들 사이에 좍 퍼졌다. 신사들은 그를 물찬 제비처럼 말끔하게 생겼다고 말했고, 숙녀들은 빙리 씨보다 훨씬 잘생겼다고 입을 모았다. 하지만 저녁나절 내내 감탄 어린 시선으로 그를 바라보던 사람들은 어느덧 그의 태도에 질려버렸고, 더불어 그의 인기도 돌연 뚝 떨어졌다. 그가 오만하며, 친하게 지낼 만한 사람이 아닐뿐더러, 겉보기만큼 호감 가는 인물이 아니라는 걸 알게 된 것이다. 그 바람에 그가 소유한 더비셔의 그 많은 땅은 딱딱하고 깐깐한 외모를 부드럽게 보이게 하는 데에 아무런 도움이 안 됐으며, 급기야 그의 친구와 비교할 가치도 없는 사람이 되어버렸다.

　빙리 씨는 방 안에 모인 주요 인물들 모두와 벌써 안면을 익혔다. 그는 활발하고 스스럼이 없었으며, 춤이 새로 시작될 때마다 앞장서서 춤을 추었고, 무도회가 너무 일찍 끝났다고 골을 내더니, 네더필드에서 무도회를 한번 열겠다는 말도 했다. 이런 붙임성 있는 태도는 저절로 드러나기 마련이었다. 더구나 그는 그의 친구와 완전히 정반대였다! 다아시 씨는 허스트 부인과 한 번, 빙리 양과 한 번 춤을 추었을 뿐 다른 숙녀들을 소개시켜 준다는 것도 거절하고 저녁 내내 방 주위를 돌아다니거나 이따금 같이 온 일행들 가운데 누군가와 이야기를 나누는 게 고작이었다. 그러니 그의 성격이 어떨지는 안 봐도 뻔했다. 그는 오만하기 이를 데 없었고 세상 누구보다 까다로운 사람이었기에, 모두들 다시는 그가 이곳에 나타나지 않길 바랐다. 베넷 부인 역시 그에게 적대적이었는데, 별생각 없이 취하는 그의 행동도 가뜩이나 마음에 안 들던 참에 딸들 가운데 한 명에게 무시하는 듯한 태도를 보이자 몹시 화가 났다.

　남자들이 부족했기 때문에 엘리자베스 베넷은 춤이 두 번째 진행되는 동안 내내 자리에 앉아 있어야 했다. 그동안 다아시 씨는 그녀 가까이에 서 있었는데, 그때 마침 잠시 춤을 추다가 친구에게 같이 춤을 추자고 조르기 위해 온 빙리 씨와 그가 나누는 대화를 살짝 엿듣게 되었다.

　"이봐, 다아시. 자네를 춤추게 만들고 말겠어. 그렇게 어정쩡한 태도로 혼자 우두커니 서 있는 모습, 보고 싶지 않단 말이야. 그러고 있느니 춤추는 게 훨씬 좋을걸." 빙리 씨가 말했다.

"난 춤 안 춰. 아주 잘 아는 상대가 아니면 춤추는 걸 질색한다는 거, 자네도 잘 알잖아. 이런 무도회는 도무지 적응이 안 돼. 게다가 네 누이들은 다들 춤출 상대가 정해져 있으니, 이 방에 있는 어떤 여자와 춤을 춘다는 건 나에겐 벌을 서는 것과 마찬가지야."

"세상에 너처럼 까다로운 사람도 없을 거다!" 빙리가 소리쳤다. "정말이지 오늘 저녁처럼 아름다운 아가씨가 많은 무도회는 지금까지 한 번도 없었어. 자네도 보이지. 그중에서 유독 아름다운 아가씨들도 있잖아."

"이 방에서 유일하게 매력적인 아가씨와 춤을 추고 있으면서 뭘 그래." 다아시 씨는 베넷가의 맏딸을 보며 말했다.

"아! 그녀는 내가 본 여자들 중에서 제일 아름다운 여자야! 하지만 자네 바로 뒤에 그녀의 동생 가운데 한 명이 앉아 있는걸. 동생도 상당한 미인인 데다, 모르긴 해도 꽤 상냥할 거야. 내 파트너에게 소개해달라고 부탁할게."

"누굴 말하는 거야?" 그는 뒤를 돌아 잠시 엘리자베스를 쳐다보다가 눈이 마주치자 시선을 거두고는 차갑게 말했다. "그럭저럭 봐줄 만은 하네. 하지만 내 마음에 들 정도로 매력적이지는 않아. 그리고 다른 남자들이 거들떠보지도 않는 여자한테 관심 보이고 싶은 생각 없어. 이렇게 나하고 있느라 시간 낭비하지 말고, 어서 네 파트너한테나 돌아가서 그녀의 미소를 바라보는 편이 더 나을 텐데."

빙리 씨는 그의 충고를 따랐다. 다아시 씨는 다른 쪽으로 걸어갔고, 엘리자베스는 그를 아주 탐탁지 않게 여기게 되었다. 그리고 그녀는 어처구니없는 일을 재미있어 하는 활발하고 쾌활한 성격이었기에, 친구들에게 이 일을 아주 유쾌하게 이야기했다.

온 가족을 흡족하게 해준 저녁 시간이 서서히 끝나갔다. 베넷 부인은 네더필드에서 온 사람들이 큰딸을 감탄 어린 시선으로 바라보았다는 걸 알고 있었다. 빙리 씨는 그녀와 두 번이나 같이 춤을 추었으며, 그의 누이들도 그녀를 상당히 좋게 보았다. 제인은 내내 차분한 태도를 보였지만 어머니 못지않게 이 일을 몹시 기뻐했다. 엘리자베스는 제인이 얼마나 좋아하는지 알 수 있었다. 메리는 누군가 자기에 대해 마을에서 가장 교양 있는 아가씨라고 빙리 양에게 말하는 걸 직접 들었으며, 캐서린과 리디아는 파트너가 끊이지 않고 줄곧 이어질 만큼 운이 좋았다. 그들이 무도회 내내 신경 쓴 건 오로지 이런 것들뿐이었다. 이렇게 해서 그들은 오랫동안 터줏대감으로 살아온 마을 롱번으로 기분 좋게 돌아올 수 있었다. 베넷 씨는 아직 잠자리에 들지 않고 그들을 기다리고 있었다. 책 한 권만 있으면 시간 가는 줄 모르는 성격이기도 하거니와, 이번 같은 경우 어마어마한 기대를 불러일으킨 저녁 무도회가 어땠는지 그도 상당히 궁금했기 때문이다. 그는 새로 이사 온 청년에 대해 갖고 있던 아내의 기대가 차라리 무너지길 내심 바랐지만, 아내의 표정을 보니 바람과는 전혀 다른 이야기를 곧 듣게 될 것 같았다.

"오, 여보!" 그녀가 방으로 들어서며 말했다. "얼마나 근사한 저녁이었는지 몰라요. 정말 최고의 무도회였어요. 당신도 갔으면 좋았을 텐데. 사람들이 제인을 보고 어찌나 감탄을 하던지, 아무나 그런 칭찬을 받을 순 없을 거예요. 다들 어쩌면 그렇게 아름답냐며 난리가 아니었어요. 게다가 빙리 씨가 제인을 정말 아름답게 봤나 봐요. 글쎄 두 번이나 같이 춤을 췄지 뭐예요. 그가 두 번이나 춤을 청한 사람은 그 방에서 제인밖에 없었어요. 처음엔 루카스 양에게 춤을 신청하지 뭐예요. 그가 루카스 양옆에 서 있는 걸 보니 어찌나 속이 상하던지. 그런데 그는 루카스 양에게 전혀 반하지 않았더라고요. 말이야 바른 말이지 누가 그 애한테 반하겠어요. 안 그래요. 하여튼 그러더니만 제인이 춤추는 걸 보고는, 글쎄 제인한테 푹 빠져버린 것 같더라니까요. 그래서 사람들에게 제인이 누군지 묻고 소개를 받더니, 다음에는 제인에게 춤을 신청하는 거예요. 세 번째는 킹 양과 춤을 추고, 네 번째는 마리아 루카스와 춤을 춘 다음, 다시 제인과 춤을 추고, 여섯 번째로 리지와 추고는, 블랑제에서는……."

"그 사람이 내 생각을 조금만 했더라면 춤을 춘 여인이 그 반도 안 되게 줄었을 텐데!" 남편은 도저히 못 참겠다는 듯 소리쳤다. "그가 누구랑 춤을 췄는지 더 이상 말하지 말아줘요, 제발.

젠장! 첫 번째 춤에서 발목이나 삐었으면 좋았을 것을!"

"어머나! 여보." 베넷 부인은 말을 끝낼 줄 몰랐다. "전 그 젊은이가 정말 마음에 들어요. 어찌나 잘생겼는지! 누이들은 또 얼마나 매력적인지 몰라요. 내 평생 그녀들의 드레스보다 우아한 드레스는 본 적이 없어요. 허스트 부인 드레스에 달린 레이스는 모르긴 해도……."

이번에도 베넷 부인은 말을 끝까지 마칠 수가 없었다. 베넷 씨는 아름다운 옷이 어쩌고하는 구구절절한 묘사를 더 이상 참고 들을 수가 없었던 것이다. 그러자 베넷 부인은 다른 종류의 이야깃거리를 생각해야 했고, 그래서 말할 수 없이 무례한 다아시 씨의 태도에 몹시 기분이 상했다며 다소 과장되게 이야기를 늘어놓았다.

"하지만 정말이지, 리지가 그 남자 마음에 들지 않았다고 해서 크게 손해 볼 건 없어요." 그녀가 덧붙였다. "얼마나 까다롭고 깐깐한 사람인데요. 굳이 그런 사람 마음에 들려고 애쓸 필요가 전혀 없다고요. 어찌나 거만하고 잘난 척을 하던지 도저히 봐줄 수가 없었어요! 자기가 무슨 대단한 인물인 줄 아는지, 이리 갔다가 저리 갔다가! 하이고, 같이 춤추고 싶을 만큼 잘생기지도 않았으면서! 아유, 당신이 그 자리에 계셔서 그 사람 코를 납작하게 만들었어야 하는 건데, 여보. 아, 정말 마음에 안 들어."

4

지금까지 빙리 씨에 대한 칭찬을 아껴온 제인은 엘리자베스와 단둘이 있게 되자 그에게 무척 호감이 간다고 털어놓았다.

"그 사람은 이상적인 젊은 남자의 모습 그대로야." 제인이 말했다. "똑똑하고 자상하고 유쾌해. 그렇게 근사한 태도는 처음 봐! 어쩜 그렇게 완벽하고 여유롭고 교양이 넘치는지!"

"그리고 정말 잘생겼잖아." 엘리자베스가 거들었다. "젊은 남자라면 그 정도는 생겨야지. 외모까지 받쳐주니 정말 완벽한 사람이야."

"그가 두 번째 춤을 신청했을 때 내가 얼마나 기뻤는지 아니? 그렇게 정중한 대접을 받을 줄은 생각도 못 했거든."

"정말? 난 그럴 줄 알고 있었는걸. 언니와 나의 가장 큰 차이점이 바로 이거야. 언니는 그렇게 정중한 대접을 받으면 언제나 깜짝 놀라지만, 난 안 그래. 그 남자가 언니한테 다시 춤을 신청한 건 아주 당연한 일 아니야? 그 사람도 그 방에 있는 다른 여자들보다 언니가 다섯 배쯤은 더 예쁘다는 걸 알아본 거지. 그러니까 그 사람이 언니한테 정중하게 대했다고 해서 너무 고마워할 것 없단 말이지. 뭐, 그 남자가 아주 괜찮은 사람인 것만큼은 확실하니, 언니가 그 남자를 좋아하도록 허락해줄게. 언니는 그보다 멍청한 인간들도 여럿 좋아했으니까."

"어머, 리지!"

"맞잖아! 언니도 알걸, 언니는 아무나 쉽게 좋아하는 경향이 아주 다분하다는 걸 말이야. 누굴 만나든 도무지 단점을 볼 줄 모르잖아. 언니 눈에는 세상 사람들이 전부 그저 착하고 친절하기만 하지. 난 한 번도 언니가 누굴 나쁘게 말하는 걸 들어본 적이 없어."

"그거야 경솔하게 괜히 누굴 비난하고 싶지 않으니까 그렇지. 나는 언제나 내 생각대로 말할 뿐이야."

"나도 알아. 그러니까 이상하다는 거야. 언니처럼 사리분별 밝은 사람이 다른 사람들의 어리석은 행동이나 되지도 않는 말에는 깜빡 속아 넘어가니 말이야! 순진한 척하는 거야 흔히들 그러니까, 그런 내숭은 어딜 가도 쉽게 볼 수 있어. 하지만 가식이나 꿍꿍이 없이 있는 그대로 솔직하고, 만나는 사람들마다 좋은 면을 볼 줄 아는 데다 그걸 더 좋게 만들고, 절대로 사람들을 나쁘게 말하지 않는 사람은 언니밖에 없어. 그래서 그 남자 누이들도 언니를 좋아하는 거잖아, 안 그래? 사실 그 여자들 태도는 빙리 씨보다 못하지만 말이야."

"처음 볼 땐 확실히 그렇긴 했어. 하지만 같이 이야기해보면 정말 상냥한 여자들이야. 빙리 양은 오빠하고 같이 살면서 살림을 맡아 할 거래. 내가 사람을 단단히 잘못 본 게 아니라면 아마 아주 좋은 이웃이 될 것 같아."

엘리자베스는 언니의 말을 가만히 듣고는 있었지만 수긍하는 건 아니었다. 무도회에서 그 여자들이 한 행동은 대체로 호감이 갈 정도는 아니었다. 그녀는 언니보다 관찰력이 예리하고 언니보다 덜 고분고분한 데다 그 여자들에게 이렇다 할 친절을 받아본 일도 없어 어디에도 치우치지 않고 정확하게 판단할 수 있었는데, 아무리 봐도 그들에게 후한 점수를 줄 마음이 내키지 않았다. 사실 그 여자들이 아주 세련된 숙녀들이긴 했다. 자기들 마음에 들면 얼마든지 기분 좋게 대했고 마음에 드는 자리에서는 무척 상냥했지만, 언제나 오만하고 도도했다. 그들은 상당히 매력적이고, 런던의 일류 사립 학교에서 교육을 받았으며, 재산이 2만 파운드나 돼서 그런지 필요 이상으로 돈을 써 버릇했고 신분이 높은 사람들하고만 어울렸다. 따라서 자기들은 모든 면에서 상당히 괜찮은 사람들이라고 생각했으며, 다른 사람들을 멸시할 자격이 충분하다고 여겼다. 그들은 영국 북부의 지체 높은 가문 사람들이었는데, 빙리 씨의 재산과 자기들 재산이 장사를 해서 축적된 것이라는 사실보다 이 사실을 훨씬 마음 깊이 새기고 있었다.

빙리 씨는 아버지로부터 거의 10만 파운드에 달하는 재산을 물려받았다. 그의 아버지는 땅을 매입할 생각이었지만 살아생전에 뜻을 이루지 못하고 돌아가셨다. 빙리 씨는 아버지와 같은 계획을 갖고 있었고, 이따금 마음에 드는 지역을 봐두기도 했다. 하지만 그가 이제 좋은 저택에서 살게 되고 영지권까지 소유하게 되자, 그의 태평한 성격을 잘 아는 많은 사람들은 이러다가 그가 평생 네더필드에 눌러앉는 건 아닌지, 땅을 매입하겠다는 계획을 그의 후대에 떠넘기는 건 아닌지 불안해했다.

그의 누이들은 그가 자기 소유의 토지를 갖길 간절히 바랐다. 하지만 그가 이제 겨우 세입자로 자리를 잡았을 뿐인데도 빙리 양은 식탁에서 주인 노릇을 하려 들었으며, 재산이 얼마인지 상관없이 상류층 남자라는 이유로 결혼한 허스트 부인은 그의 집이 마음에 들면 자기 집인 양 생각할 가능성도 다분했다. 빙리 씨는 성년이 된 지 2년이 채 안 된 어느 날, 우연한 기회에 아는 사람의 추천을 받아 네더필드 저택을 둘러보고 무척 마음에 들었다. 그는 30분 동안 집을 둘러보고 내부도 살펴보았는데, 집터며 주로 사용할 방들이 마음에 들었고 집주인이 자랑삼아 한 말에 마음이 동해서 당장 계약을 해버렸다.

그와 다아시는 성격이 정반대임에도 불구하고 오랫동안 변함없는 우정을 유지해왔다. 다아시는 빙리의 여유 있고 솔직하며 온순한 성격을 무척 좋아했다. 빙리의 이런 성격은 다아시의 성격과 정반대였는데, 그렇다고 해서 다아시가 자신의 성격을 불만스럽게 여기는 것 같지는 않았다. 한편 빙리는 다아시의 호의를 굳게 신뢰했으며, 무엇을 판단해야 할 땐 그의 의견을 높이 평가했다. 사고력에 있어서는 다아시를 따라갈 사람이 없었다. 빙리가 결코 이해력이 부족한 사람이 아니었지만 다아시는 그보다 더 현명했다. 동시에 다아시는 도도하고, 내성적이며, 까다로웠고, 점잖을지는 몰라도 호감 가는 태도를 보이지는 않았다. 그런 점에서는 그의 친구 빙리가 한결 나은 편이었다. 빙리는 어디를 가나 사람들의 호감을 받았지만, 다아시는 늘 사람들을 불편하게 만들었다.

두 사람이 메리턴 무도회에 대해 이야기하는 방식은 그들의 차이를 분명하게 보여주었다. 빙리는 이렇게 유쾌한 사람들과 이토록 아름다운 아가씨들을 지금까지 한 번도 만나본 적이 없었다. 모두들 무척 친절했고 그를 세심하게 배려했으며 쓸데없는 형식에 구애받지 않았고 괜히 뻣뻣하게 구는 일도 없어, 참석한 모든 사람들과 쉽게 친해질 수 있었다. 더구나 베넷 양을 보았을 땐 천사도 그보다 아름다울 수는 없다고 생각했다. 반면에 다아시가 본 사람들은 그다지 아름답지도 않았고 촌스럽기까지 했다. 그도 그럴 것이 그는 사람들에게 눈곱만 한 관심도 없었으며, 사람들 또한 아무도 그에게 관심을 보이거나 그를 즐겁게 해주려 하지 않았던 것이다. 베넷 양만해도 예쁘다는 건 인정하지만 웃음이 너무 헤펐다.

허스트 부인과 그녀의 여동생도 다아시의 말이 옳다고 인정했다. 그렇지만 베넷 양에 대해서만큼은 칭찬을 아끼지 않았다. 그녀가 무척 마음에 들어, 정말 사랑스러운 아가씨이고 가까이 지내도 나쁘지 않을 사람이라고 말했다. 이로써 베넷 양은 사랑스러운 아가씨로 인정을 받게 되었고, 빙리는 누이들의 찬사 덕분에 마음 놓고 그녀를 좋아해도 된다는 허락을 받은 기분이었다.

5

롱번에서 멀지 않은 거리에 베넷가와 각별하게 지내는 가족이 살고 있었다. 윌리엄 루카스 경은 과거 메리턴에서 장사를 해 어마어마한 부자가 되었으며, 시장으로 재직하는 동안 왕에게 청원해 기사의 지위까지 올랐다. 어쩌면 그는 자신이 거머쥔 부와 명예를 지나치게 의식했는지도 모르겠다. 어느덧 작은 마을에서 장사를 하는 것도, 그곳에 사는 것도 넌더리가 났으니 말이다. 그래서 그는 장사도 집도 처분하고 식구들을 데리고 메리턴에서 1마일쯤 떨어진 곳으로 이사해 그곳을 루카스 로지라고 불렀다. 그곳에서라면 일에서 완전히 손을 떼고 적당히 자신의 지위에 만족하면서 그저 세상 사람들에게 호의를 베풀며 지낼수 있을 것 같았다. 그는 신분이 높아져 우쭐대긴 했지만 그렇다고 거드름을 피우며 잘난 척하지는 않았으며, 오히려 모든 사람들을 매우 정중하게 대했다. 천성적으로 누구에게 해를 입힐줄 모를 뿐만 아니라, 친절하고 예의 바른 사람인 데다, 성 제임스 궁(런던의 왕궁)에서 왕을 배알해 본 경험 덕분인지 격조 높은 예의를 차릴 줄도 알았다.

루카스 부인은 매우 선한 데다 그다지 똑똑한 편이 아니라서 베넷 부인에게 꽤 도움 되는 이웃이었다. 루카스 부부에게는 자식이 여럿 있었다. 스물일곱 살인 맏딸은 사려 깊고 똑똑한 아가씨로 엘리자베스와 친하게 지내는 사이였다.

루카스가 딸들과 베넷가 딸들이 만나 무도회 이야기를 하는 건 빼놓을 수 없는 일이었기에, 무도회 다음 날 아침 루카스가의 모든 딸들은 롱번을 찾아가 전날 일에 대해 한바탕 수다를 벌였다.

"어제 저녁엔 시작이 아주 훌륭했더구나, 샬럿." 베넷 부인은 속마음을 억누르며 루카스 양에게 호의적으로 말을 꺼냈다. "빙리 씨의 첫 번째 춤 상대가 되고 말이다."

"네. 하지만 그는 두 번째 상대를 더 마음에 들어 하는 것 같던데요."

"오! 우리 제인 말이구나. 하긴 제인하고 두 번이나 춤을 췄으니까. 그런 걸 보면 틀림없이 그가 제인한테 반한 것 같긴 해. 사실, 정말로 반했다는 확신도 다소 들더구나. 뭐 어디서 들은 이야기도 있고 말이야. 하지만 무슨 이야기인지는 잘 모르겠다. 로빈슨 씨가 뭘 물어보았다나 어쨌다나."

"제가 빙리 씨와 로빈슨 씨가 하는 이야기를 엿들었는데, 아마 그 이야기를 말씀하시나 봐요. 제가 아직 말씀 안 드렸나요? 로빈슨 씨가 빙리 씨에게 우리 메리턴 무도회가 마음에 드는지, 그 방에 예쁜 여자들이 많다고 생각하는지, 그 방에서 제일 예쁜 여자가 누구인지 물어보더라고요. 그랬더니 빙리 씨가 마지막 질문이 끝나자마자 바로 대답하지 뭐겠어요. 아! 더 볼 것도 없이 베넷가의 맏딸이지요. 그건 고민할 것도 없겠는데요, 하고 말이에요."

"어머나 세상에! 정말이지 이건 아주 결정적인 말이구나. 내 그럴 줄 알았다니깐. 하지만 그런다고 대단한 일이 일어나기야 하겠느냐만."

"네가 엿들은 내용보다 내가 엿들은 내용이 더 도움 될 거야, 일라이자." 샬럿이 말했다. "다아시 씨가 한 말은 그 친구가 한 말에 비하면 귀담아 들을 가치도 없겠더라, 안 그래? 에고, 불쌍한 일라이자! 그러려니 하고 네가 참아."

"괜히 쌀쌀맞은 다아시 씨 얘기를 꺼내서 리지를 속상하게 하지 말거라. 세상에 사람이 그렇게 까칠하니, 그런 사람에게 호감을 얻어 봤자 재수 없는 일이지. 어젯밤에 롱 부인이 그러더구나. 그가 롱 부인 바로 옆에 30분을 앉아 있었으면서 어쩜 말 한마디 붙이지 않더라고 말이야."

"확실한 얘기예요, 엄마? 조금 오해가 있는 것 같은데요?" 제인이 말했다. "다아시 씨가 롱 부인과 이야기하는 걸 똑똑히 봤어요."

"얘는, 그건 롱 부인이 참다못해 네더필드가 어떠냐고 물어봐서 그런 거야. 그러니 대답하지 않을 수 없어 겨우 입을 연 게지. 헌데 롱 부인 말이, 자기한테 말을 걸었다고 상당히 화가 난 것 같다지 뭐니."

"빙리 양이 그러는데, 그는 진짜 친한 사람이 아니면 말을 잘 하지 않는데요. 친한 사람들한테는 무척 자상하다는데요." 제인이 말했다.

"난 그런 말 믿지 않는다, 얘야. 그가 그렇게 자상하면 롱 부인에게 먼저 말을 붙였을 거다. 하지만 그가 왜 그렇게 무뚝뚝했는지 대충 알 것도 같다. 듣자하니 그 사람 이만저만 오만한 게 아니라더구나. 모르긴 해도 롱 부인 집에 마차가 없어서 무도회에 전세마차를 타고 왔다는 말을 어디서 들은 게 분명해."

"그가 롱 부인에게 말을 건네지 않은 건 그렇다 치겠어요. 하지만 일라이자하고 춤을 췄으면 하고 내심 바랐는데." 루카스 양이 말했다.

"리지, 다음에 무도회에 가도 말이다." 그녀의 어머니가 말했다. "나 같으면 그런 사람하고 절대로 춤 안 출 거다."

"당연하지요, 엄마. 그 사람하고 절대로 춤출 일 없을 거예요. 맹세할 수 있어요."

"그렇게 오만한 사람을 보면 불쾌해지던데, 그 사람이 오만하게 구는 건 별로 거슬리지가 않더라." 루카스 양이 말했다. "그 정도면 오만할 만도 하지 않겠어? 집안 좋겠다, 재산 많겠다, 원하는 건 전부 갖췄겠다. 그렇게 대단한 사람이 자기를 대단하게 여긴다고 이상할 것도 없잖아. 이렇게 말해도 좋을지 모르지만, 그 사람 정도면 얼마든지 오만할 자격이 있다고 봐."

"동감이야." 엘리자베스가 대꾸했다. "그가 내 자존심을 건드리지만 않았어도 그 사람의 오만함을 얼마든지 용서할 수 있었을 거야."

"난 오만함이란 인간에게 아주 흔한 결함이라고 생각해." 자신의 견실한 견해를 자랑스러워하며 메리가 말했다. "지금까지 무수한 책을 읽으면서 난 이런 확신을 갖게 됐지. 사실상 오만함은 아주 흔하게 볼 수 있는 모습이고, 인간이란 지극히 오만에 빠지기 쉬운 존재이며, 실제로든 착각으로든 자기가 지닌 이런저런 장점에 대해 자기만족에 빠지지 않는 사람은 거의 없다고 말이야. 허영심과 오만은 자주 동의어로 사용되지만, 사실 두 단어는 의미가 아주 달라. 허영심이 없어도 오만할 수는 있어. 오만은 우리가 스스로에게 내리는 평가와 관련이 있고, 허영심은 다른 사람이 우리에게 내리는 평가와 관련이 있다고 할 수 있지."

"내가 다아시 씨만큼 부자라면 난 내 자신이 얼마나 오만하든 신경 쓰지 않겠어." 누나를 따라온 루카스가의 아들이 큰 소리로 말했다. "여우 사냥개를 몇 마리씩 키우고, 매일 와인 한 병씩 마셔야지."

"얘, 웬 술을 그렇게 많이 마시겠다는 거니." 베넷 부인이 말했다. "네가 술 마시는 모습이 내 눈에 띄기만 하면 당장 술병을 뺏어버려야겠구나."

소년은 그러시면 안 된다고 고집을 부렸고 베넷 부인은 그러고 말겠다고 주장하는 바람에, 그들의 방문은 이에 관한 언쟁으로 끝이 났다.

6

롱번의 숙녀들은 곧 네더필드의 숙녀들을 방문했다. 답례 방문도 정식으로 이루어졌다. 베넷 양의 붙임성 있는 태도 덕분에 허스트 부인과 빙리 양은 점점 그녀에게 호의를 보였다. 두 자매는 베넷 양의 어머니는 도저히 참기 힘들고 동생들 또한 말을 섞기엔 상대가 되지 않는다고 생각하면서도, 첫째와 둘째에게는 좀 더 친하게 지내고 싶다고 밝혔다. 제인은 이러한 배려를 무척 기쁘게 받아들였다. 하지만 엘리자베스에게는 그들이 모든 사람을 대하는 태도가 여전히 거만해 보였고 심지어 언니에게도 예외는 아니었기 때문에 도무지 그들이 좋아지지 않았다. 딱히 친절하다고 할 수는 없지만 어쨌든 그들 자매가 제인에게 만큼은 그럭저럭 친절을 베푸는 이유도, 빙리가 그녀를 마음에 들어 하는 만큼 친절을 베풀 가치가 있는 사람이라고 여겼기 때문일 터였다. 그들이 만날 때면 빙리가 제인을 정말 좋아한다는 것이 거의 매번 확연하게 눈에 보였다. 제인 역시 처음부터 빙리에게 호감을 느낀 터라, 그가 관심을 보이자 마음을 열기 시작했고 사실 어느 정도 사랑에 빠졌다는 것이 엘리자베스의 눈에 똑똑히 보였다. 하지만 다행히 다른 사람들은 이런 사실을 알게 될 가능성이 거의 없을 것 같았다. 제인은 워낙 감수성이 풍부하고 성격이 침착하며 언제나 쾌활한 태도를 보이기 때문에, 남의 말 좋아하는 사람들이 눈치챌까 봐 염려할 필요가 전혀 없었다.

엘리자베스는 이런 생각을 친구 루카스 양에게 털어놓았다.

"그런 식으로 사람들을 속이는 것도 재미있을 순 있겠다." 샬럿이 말했다. "하지만 때로는 지나치게 신중하다가 손해 볼 수도 있어. 가령 여자가 같은 방식으로 상대에게까지 자기 마음을 감추다 보면, 상대의 관심을 끌 기회마저 잃어버릴지 몰라. 그렇게 되면 세상 사람들이 여전히 아무것도 모른다 해도 그게 무슨 위안이 되겠니. 대체로 애정에는 고마움이나 허영심 같은 감정이 상당 부분을 차지하고 있기 때문에, 애정에만 내맡기는 건 안전하다고 할 수 없어. 시작이야 얼마든지 마음대로 할 수 있지. 가벼운 호감 정도는 아주 자연스러운 감정이니까. 하지만 호감이 사랑으로 크기 위한 자극이 없는데도 진정한 사랑을 할 수 있을 만큼 애정이 깊은 사람은 거의 없을 거야. 대개의 경우 여자는 자기가 느끼는 것보다 더 크게 애정을 보여주는 편이 좋아. 빙리가 너희 언니를 좋아하는 건 확실하지만, 그의 사랑이 커가도록 너희 언니가 도와주지 않으면 그저 좋아하는 것으로 끝날 뿐 절대 진전이 없을지도 모르니까."

"하지만 언니는 언니 성격대로 그 사람에게 마음을 보여주고 있는걸. 언니가 그에게 얼마나 호감을 느끼는지 내 눈에 훤히 보일 정도인데, 정작 당사자가 전혀 눈치채지 못한다면 그는 정말 바보야."

"이걸 알아둬, 일라이자. 그 사람은 제인의 성격을 너만큼 잘 알지 못해."

"하지만 어떤 여자가 한 남자를 몹시 좋아하고 그 마음을 굳이 감추려 애쓰지 않는다면, 남자가 그걸 모를 리가 있겠니?"

"모를 리가 없지. 단, 남자가 여자를 자주 만난다면 말이야. 하지만 빙리와 제인이 자주 만나는 편이라 해도, 둘이 오랜 시간을 같이 보내는 일은 한 번도 없잖아. 게다가 언제나 많은 사람들이 어울리는 파티에서 만나기 때문에, 매번 단둘이 대화를 나누기도 어려워. 그러니까 제인은 파티에 갈 때마다 단둘이 있는 30분을 최대한 활용해서 그동안 그의 관심을 끌어내야 해. 그렇게 해서 일단 제인이 그의 애정을 확실하게 확인한 다음엔, 그때부터는 느긋하게 사랑에 빠질 수 있는 거지."

"아주 그럴듯한 생각인데." 엘리자베스가 말했다. "시집 잘 가고 싶다는 소원 말고 아무것도 바라는 게 없다면 말이야. 내가 부자 남편이나 아무튼 남편감을 잡겠다고 마음먹는다면 이 방법을 꼭 써봐야겠어. 하지만 이런 방법은 제인 언니의 감성하고는 맞지 않아. 언니는 계획적으로 움직이는 사람이 아니거든. 아직까지 언니는 자기 마음이 어느 정도인지, 빙리 씨를 좋아해도 되는 건지 확신하지 못하고 있어. 언니가 그 사람을 안 지 이제 겨우 보름밖에 안 됐잖아. 그동안 메리턴에서 그와 함께 네 번 춤을 췄고, 어느 날 아침엔 그의 집에서 그를 만났고, 그 이후 그 사람과 함께 네 차례 저녁 식사를 한 게 전부야. 이 정도로는 언니가 그의 성격을 파악하기가 어렵지."

"네 말대로라면 그래. 너희 언니가 그 사람과 단순히 저녁만 같이 먹는 거였다면, 그가 식성이 좋은지 아닌지 밖에 더 알아냈겠어. 하지만 두 사람이 네 번이나 저녁 식사를 하면서 같이 시간을 보냈다는 걸 기억해야지. 네 번의 저녁 식사라……, 그거 아주 대단한 거다."

"인정해! 네 번이나 같이 저녁을 먹은 덕분에 둘 다 커머스보다 21점 놀이(둘 다 카드놀이의 일종)를 더 좋아한다는 걸 확인할 수는 있었지. 하지만 상대의 주된 성격이라든가 하는 다른 부분들은 속속들이 알지 못하는 것 같아."

"그러게." 샬럿이 말했다. "나는 제인이 잘되길 진심으로 바라고 있어. 그리고 제인이 내일 당장 그와 결혼하든, 1년 열두 달 동안 그의 성격을 파악한 뒤에 결혼하든 똑같이 행복하게 지낼 거라고 믿어. 결혼에서 행복은 순전히 운이거든. 두 사람의 성격을 서로가 아주 잘 알고 있다거나 결혼 전부터 두 사람이 잘 맞는다고 해서 더 행복해지는 건 절대로 아니야. 성격이란 늘 변하게 마련이라서 나중에는 서로에게 질릴 정도로 완전히 달라져 버리기도 하거든. 그래서 인생을 함께할 사람이라면 가능한 한 단점을 적게 아는 편이 좋지."

"샬럿, 재미있는 얘기긴 하다, 얘. 하지만 논리적으로 뭔가 부족한걸. 너도 네 말이 타당하지 않다는 거 알 거야. 그리고 너부터도 절대 네 말대로 움직이지 않을걸."

빙리 씨가 언니에게 얼마나 관심이 있는지 관찰하느라 온통 신경을 쓰는 바람에, 엘리자베스는 빙리 씨 친구의 눈에 자신이 점점 흥미롭게 비치고 있다는 사실을 조금도 눈치채지 못했다. 다아시 씨는 처음엔 그녀가 예쁘다는 걸 거의 인정하지 않았다. 무도회에서 그녀를 처음 봤을 땐 아무런 호감을 느끼지 못했고, 그다음에 봤을 때도 그저 흠잡을 거리밖에 눈에 띄지 않았다. 그런데 그녀의 얼굴이 결코 예쁘다고 할 수 없다는 걸 자기 자신과 친구들에게 확인시킨 바로 그 순간, 그녀의 검은 눈동자에 어린 아름다운 눈빛으로 인해 그녀의 얼굴이 상당히 지적으로 보인다는 사실을 깨닫기 시작했다. 그리고 이 사실을 깨닫자 억울하지만 다른 사실들도 인정할 수밖에 없었다. 비판적인 그의 시각으로 봤을 때 그녀의 자태는 완벽하게 균형이 잡히기는커녕 곳곳이 결점 투성이라는 게 똑똑히 눈에 띄었음에도 불구하고, 언제나 밝고 쾌활한 모습이라는 사실을 인정해야 했다. 또한 그녀가 상류 사회의 예절을 익히지 않았다는 걸 한눈에 알 수 있음에도, 편안하고 유쾌한 태도에 서서히 빠져들고 있었다. 하지만 그녀는 그의 마음이 어떻게 바뀌고 있는지 전혀 알아챌 수 없었다. 그녀에게 그는 누구에게도 친절할 줄 모르는 남자, 자신을 같이 춤출 만큼 아름다운 여자가 아니라고 생각했던 남자로만 보일 뿐이었다.

다아시 씨는 엘리자베스에 대해 좀 더 알고 싶어졌다. 그래서 그녀와 직접 이야기를 나눌 요량으로 그녀가 다른 사람들과 나누는 이야기에 귀를 기울였다. 마침내 그녀가 이런 그의 행동을 눈치챘다. 윌리엄 루카스 경의 저택에서 많은 사람들이 모이던 날이었다.

"내가 포스터 대령과 대화하고 있는데 다아시 씨가 옆에서 유심히 듣는 거 있지. 대체 왜 그러는 걸까?" 그녀가 샬럿에게 말했다.

"그걸 다아시 씨 말고 누가 알겠니."

"자꾸 그러면, 무슨 속셈인지 알고 있다고 그 사람에게 분명하게 알려줄 거야. 그는 뭐든 비꼬인 시선으로 보기 때문에, 애초에 내가 세게 나가지 않으면 조만간 그를 두려워하게 될 테니까."

잠시 후 딱히 이야기를 건넬 생각은 없는 듯한 태도로 다아시가 그들 가까이 다가왔다. 루카스 양은 엘리자베스에게, 과연 아까 말한 대로 그에게 전할 수 있는지 어디 한번 보자고 했고, 엘리자베스는 그 말에 즉시 자극을 받아 그를 향해 몸을 돌려 말했다.

"다아시 씨, 조금 전 제가 포스터 대령님에게 메리턴에서 무도회를 열어달라고 졸랐을 때 제가 굉장히 말을 잘했다고 생각하지 않으셨나요?"

"아주 대단한 열성이더군요. 하긴 무도회는 언제나 숙녀들을 들뜨게 만드는 화제니까요."

"숙녀들에게 정말 가혹하게 말씀하시는군요."

"곧 일라이자가 들볶일 차례예요." 루카스 양이 말했다. "일라이자, 내가 피아노 뚜껑을 열게. 그러면 네가 뭘 해야 하는지 알겠지."

"너 정말 내 친구 맞니! 사람들이 모인 자리면 누구 앞에서건 피아노를 치며 노래를 불러달라고 하다니! 내가 음악적인 재능에 허영심이 있었다면 넌 정말 소중한 친구였을 거야. 하지만 보다시피 최고의 연주자들 음악만 들어온 사람들 앞에 앉고 싶은 생각은 정말 없거든." 그러나 루카스 양이 끈질기게 조르자 그녀가 덧붙여 말했다. "그래, 알았어. 꼭 해야 한다면 해야지." 그러고는 진지한 표정으로 다시 씨를 흘긋 바라보며 말했다. "여기 모인 모든 사람들이 아주 잘 아는 좋은 속담 하나가 있어요. '죽을 시키려면 숨을 아껴두어라(Keep your breath to cool your porridge, 쓸데없이 남의 말에 참견하지 말라는 의미의 영국 속담)'는 속담이지요. 전 이제 노래를 부르기 위해 숨을 좀 가라앉혀야겠군요."

엘리자베스의 노래 솜씨는 썩 훌륭하다고 할 정도는 아니었지만 그럭저럭 듣기 좋았다. 그녀는 한두 곡 더 부른 다음 한 곡 더 불러달라는 사람들의 요청에 응하려 했지만, 어서 피아노 앞에 앉길 간절히 바라던 메리에게 이내 자리를 내어주어야 했다. 가족들 가운데 유일하게 외모가 평범한 메리는 대신 지식과 교양을 쌓기 위해 열심히 노력했고, 언제나 사람들 앞에 자신의 재능을 보이고 싶어 조바심을 냈다.

사실 메리는 음악에 재능도 취미도 없었다. 허영심 때문에 열심히 노력은 했지만 역시나 허영심 때문에 현학적인 태도를 보이며 잘난 척하기 일쑤였고, 그러다 보니 탁월한 실력을 쌓았으면서도 제대로 실력을 발휘하지 못했다. 실력으로 따지면 엘리자베스는 메리의 절반에도 미치지 못했지만, 편안하고 꾸밈없이 연주했기 때문에 사람들은 메리의 연주보다 엘리자베스의 연주를 더 기분 좋게 감상했다. 메리는 긴 협주곡을 마친 다음 동생들의 요청으로 스코틀랜드와 아일랜드 곡을 연주해 칭찬과 감사의 인사를 받고 좋아했지만, 그사이 동생들은 루카스가 딸들과 두세 명의 장교들과 함께 방 한쪽에서 신나게 춤을 추고 있었다.

그들 주변에 서 있던 다아시 씨는 대화를 차단한 채 이런 식으로 저녁 시간을 보내는 분위기에 화가 나서 입을 다물고 있었다. 이렇게 생각에 깊이 골몰한 나머지 윌리엄 루카스 경이 말을 꺼내기 전까지 그가 바로 옆에 와 있다는 사실도 알아차리지 못했다.

"젊은 사람들에게는 정말 근사한 오락 아니오, 다아시 씨! 아무튼 춤만 한 게 없다니까. 춤이야말로 품위 있는 상류 사회에서 가장 고상한 오락 가운데 하나라고 할 수 있지요."

"그럼요, 윌리엄 경. 그리고 별로 품위 없는 계층에서도 인기가 좋다는 것 또한 춤의 장점이지요. 미개인도 춤을 출 줄 아니까요."

윌리엄 경은 그저 조용히 미소를 지었다. "친구분이 아주 유쾌하게 춤을 추는군요." 그는 잠시 아무 말이 없다가 빙리가 춤추는 사람들 무리에 합류하는 모습을 보자 이렇게 말했다.

"그러니 다아시 씨도 빠지지 않는 춤 솜씨를 갖고 계실 거라 의심치 않습니다."

"메리턴에서 제가 춤추는 걸 보셨을 텐데요, 윌리엄 경."

"예, 봤고말고요. 당시 춤추는 모습을 보고 적지 않게 즐거웠지요. 제임스 궁에서도 자주 춤을 추시나요?"

"전혀요."

"춤이 그 장소에 어울리는 적절한 찬사라고 생각하지 않으시나요?"

"피할 수 있다면 어디에서도 결코 하고 싶지 않은 찬사가 춤입니다."

"런던에 집을 갖고 계시지요, 아마?"

다아시 씨는 고개를 끄덕였다.

"저도 한때는 런던에 정착해볼까 생각한 적이 있었답니다. 제가 상류 사회를 좋아하니까 말이지요. 하지만 런던의 공기가 제 처에게 맞을지 자신이 없더군요."

그는 다아시에게 무슨 대답이라도 듣지 않을까 하는 희망으로 잠시 말을 멈추었으나, 다아시는 아무런 대꾸도 하고 싶지 않았다. 그런데 바로 그때 엘리자베스가 그들을 향해 다가오자, 윌리엄 경은 문득 아주 정중한 태도를 보여야겠다는 생각이 들어 그녀의 이름을 불렀다.

"일라이자 양, 왜 춤을 추지 않는 거예요? 다아시 씨, 아주 근사한 파트너로 당신에게 이 젊은 숙녀분을 소개시켜 드려야겠습니다. 이런 미인이 앞에 있는데 차마 춤을 거절하지 못하시겠지요."

윌리엄 경은 그녀의 손을 잡아 다아시 씨의 손에 넘겨주려 했다. 다아시 씨는 무척 당황했지만 손을 잡는 것이 싫지 않았다. 하지만 그녀는 얼른 손을 빼더니 조금 당황한 기색을 보이며 윌리엄 경에게 말했다.

"정말로 춤을 추고 싶은 마음이 조금도 없어요. 제발 제가 파트너를 구하려고 이쪽으로 온 거라고 생각하지 말아주세요."

다아시 씨가 상당히 예의를 갖추어, 손을 잡을 영광을 허락해 달라고 청했으나 소용없었다. 엘리자베스는 단호했다. 윌리엄 경이 그녀를 설득하려 시도했지만 그녀는 조금도 흔들릴 기미를 보이지 않았다.

"일라이자 양, 춤 솜씨가 그렇게 훌륭한데 그걸 볼 수 있는 기쁨을 주지 않다니 너무하는군. 이 신사분은 춤추기를 즐기는 편은 아니지만, 한 30분 동안 우리를 기쁘게 할 수 있다면 굳이 거절할 분은 아닌데."

"다아시 씨야 워낙 예의가 바르니까요." 엘리자베스는 미소를 지으며 말했다.

"그렇다마다. 하지만 일라이자 양, 파트너가 누군데 그가 예의 바를 만도 하지. 이런 파트너를 누가 마다하겠어?"

엘리자베스는 장난스럽게 쳐다보더니 그 자리를 떠났다. 그녀가 끝까지 춤추길 거부했지만 다아시는 전혀 기분이 상하지 않았고, 오히려 그녀의 태도를 흡족하게 여기고 있었다. 그때 빙리 양이 다가와 그에게 말을 걸었다.

"무슨 생각에 골몰해 있는지 알 것 같아요."

"모르실 텐데요."

"저녁마다 이런 사람들 속에서 이런 식으로 시간을 보내다니 정말 참을 수 없다고 생각하고 계셨겠죠. 사실 저도 동감이에요. 저도 말할 수 없이 괴롭답니다! 따분한 데다 너무 시끄러워요. 게다가 하나같이 시시하고 잘난 척하는 인간들뿐이라니! 이런 식의 비난이라면 얼마든지 들어드리지요!"

"짐작이 완전히 빗나간 것 같은데요. 훨씬 기분 좋은 생각을 하고 있었거든요. 아름다운 여인의 얼굴과 맑은 두 눈동자가 주는 커다란 기쁨에 대해 명상 중이었습니다."

다아시의 말이 떨어지자마자 빙리 양은 즉시 그의 얼굴을 응시하며, 영광스럽게도 그 같은 명상을 하게 만든 아가씨가 누군지 말해달라고 했다.

다아시 씨는 아주 대담하게 대답했다.

"엘리자베스 베넷 양입니다."

"엘리자베스 베넷 양이라고요!" 빙리 양이 되풀이해 말했다. "정말 놀랄 일이로군요. 그 아가씨를 마음에 둔 지 얼마나 됐나요? 그리고 언제 축하를 드리면 될까요?"

"그렇게 물어보실 줄 알았습니다. 여인들의 상상력이란 정말 대단해요. 호감에서 사랑으로, 사랑에서 결혼으로 단숨에 뛰어오르니까요. 축하해주실 줄 알았습니다."

"오, 이렇게 진지하신 걸 보니 이 문제는 완전히 정해진 거라고 봐도 될 것 같은데요. 이제 매력적인 장모님을 얻으시겠어요. 물론 그분도 펨벌리 저택에서 당신과 함께 지내게 되겠지요."

그녀는 이런 식으로 그를 놀리며 재미있어 했고, 그는 전혀 아랑곳하지 않고 그녀의 이야기를 들어주었다. 그가 침착한 태도를 보이자 그녀는 마음 놓고 놀려도 되겠다 싶었는지 한참 동안 우스갯소리를 늘어놓았다.

7

베넷 씨의 재산은 연 2천 파운드 정도의 수입이 나오는 토지가 거의 전부였는데, 그에게 남자 상속인이 없는 관계로 딸들에게는 유감스러운 일이지만 먼 친척이 모든 재산을 한정상속(限定相續, 상속인을 한정하여 물려주는 제도) 받기로 되어 있었다. 어머니의 재산은 어머니 혼자 평생 풍족하게 쓸 정도는 됐지만, 아버지의 부족한 재산을 메우기에는 턱없이 부족했다. 그녀는 메리턴에서 변호사 생활을 하던 아버지로부터 4천 파운드를 물려받았다.

그녀의 여동생은 아버지 밑에서 사무관으로 일하던 필립스라는 사람과 결혼했는데, 나중에 그가 아버지의 일을 물려받았다. 런던에 거주하는 남동생은 장사를 해서 벌이가 꽤 괜찮았다.

롱번이라는 마을은 메리턴에서 고작 1마일 정도 떨어져 있었다. 그 정도 거리는 젊은 아가씨들이 산책하기에 적당해서, 베넷가의 아가씨들은 이모에게 안부 인사도 할 겸 길 건너편에 있는 모자 상점에도 들를 겸해서 일주일에 서너 차례는 메리턴에 가고 싶어 했다. 제일 나이 어린 두 딸 캐서린과 리디아는 유독 메리턴에 자주 드나들었다. 그들은 언니들과 달리 쓸데없는 데 관심이 많았기 때문에, 딱히 재밋거리가 없으면 아침 시간을 때우고 저녁에 수다를 떨기 위해서라도 메리턴 나들이가 필수였다. 대체로 시골에서 무슨 새로운 소식이 있겠냐만, 그들은 용케도 언제나 이모에게 이런저런 이야기들을 들었다. 사실 지금 그들은 최근 이웃 마을에 민병대가 도착했다는 따끈따끈한 소식을 듣게 되어 기분이 몹시 좋았다. 민병대는 겨우내 그 마을에서 지내기로 되어 있었고 메리턴을 본부로 두었다.

따라서 그들은 필립스 이모 댁을 방문할 때마다 흥미로운 정보들을 잔뜩 캐냈다. 장교들의 이름과 소속에 대한 정보에 매일같이 새로운 정보들이 더해졌다. 오래지 않아 그들의 숙소 위치도 알아내더니, 마침내 장교들을 직접 만나기 시작했다. 필립스 이모부는 군인들을 모두 방문했는데, 덕분에 조카들은 지금까지 알지 못했던 더없는 행복을 듬뿍 선사받았다. 두 아가씨는 늘 장교들 이야기뿐이었다. 그들에게는 어머니에게 활기를 주는 빙리 씨의 엄청난 재산도 소위의 군복에 비하면 아무런 가치가 없었다.

어느 날 아침 그들이 이런 화제로 수다를 늘어놓는 걸 조용히 듣고 있던 베넷 씨가 차갑게 한마디 쏘아붙였다.

"지금까지 너희가 이야기하는 태도를 가만히 지켜보니, 너희 둘이야말로 이 마을에서 가장 어리석은 아가씨들이 분명하구나. 이따금 혹시 그렇지 않을까 의심했는데, 이제 확실히 알겠다."

캐서린은 당황해서 아무 말도 할 수 없었다. 하지만 리디아는 전혀 아랑곳하지 않고 카터 대위에 대해 찬사를 늘어놓더니, 내일 아침이면 그가 런던으로 떠나니 오늘 중으로 그를 보고 싶다며 이야기를 그치지 않았다.

"너무하세요, 여보." 베넷 부인이 말했다. "어쩜 우리 자식들을 그렇게 쉽사리 어리석다고 생각하시다니요. 다른 집 자식이라면 좀 얕보고 싶을 수도 있겠지만, 내 자식을 그렇게 생각해서야 되겠어요."

"내 자식들이 어리석다면, 그렇다는 걸 알고는 있어야 하지 않겠소."

"그건 그래요. 하지만 그렇다 해도 우리 애들은 모두 아주 똑똑해요."

"우리가 동의하지 않는 부분이 이것뿐이라는 게 그나마 기쁘구려. 나는 우리 생각이 모든 면에서 일치하기를 바랐소만, 우리의 가장 어린 두 딸이 대단히 어리석다는 생각에 대해서는 당신과 내 생각이 크게 다른 것 같군 그래."

"여보, 이 또래 아가씨들이 제 부모처럼 분별력을 갖길 기대

49

해서는 안 돼요. 이 아이들이 우리 나이가 되면 지금 우리처럼 장교들 따윈 생각도 하지 않을 거예요. 나도 영국 군인을 좋아했던 시절이 생생하게 기억나요. 사실 지금도 군인들을 보면 마음이 설렌답니다. 만일 연 수입 5~6천씩 버는 똑똑하고 젊은 대령이 우리 딸들 가운데 한 명을 원한다면, 난 군이 싫다고 하지 않을 거예요. 그러고 보니 요전날 밤 윌리엄 경 집에서 군복 차림의 포스터 대령을 보니 정말 잘 어울리는 것 같더군요."

"엄마." 리디아가 큰 소리로 말했다. "이모 말씀이, 포스터 대령과 카터 대위가 처음과 달리 요즘엔 와트슨 양 집에 썩 자주 가지 않는대요. 요즘에는 클라크 도서관에 서 있는 모습을 자주 봤대요."

베넷 부인이 리디아의 말에 대꾸하려는데, 하인이 베넷 양 앞으로 온 짧은 서신을 가지고 들어왔다. 편지는 네더필드에서 온 것으로 하인은 답을 기다리고 있었다. 베넷 부인의 눈은 기쁨으로 반짝였고 딸이 쪽지를 읽는 동안 애가 타서 큰 소리로 물었다.

"제인, 누가 쪽지를 보냈니? 무슨 내용이야? 그가 뭐라고 했니? 이런, 제인, 빨리 읽고 우리에게 말 좀 해주렴. 얼른, 아가."

"빙리 양이 보낸 거예요." 제인은 이렇게 말하고 큰 소리로 내용을 읽었다.

친애하는 벗에게

루이자와 나를 특별히 배려해주시어 오늘 저녁 우리와 함께 식사하러 오시지 않는다면, 그녀와 나는 평생 서로를 미워하며 살게 될지도 몰라요. 두 여자가 하루 종일 마주앉아 이야기를 하다보면 결국 싸움으로 끝나기 마련이니까요. 이 쪽지를 받는 대로 최대한 빨리 와주세요. 빙리와 다른 신사 분들은 장교들과 저녁을 먹기 위해 외출한답니다.

당신의 벗, 캐롤린 빙리

"장교들과!" 리디아가 소리쳤다. "그런데 이모는 왜 우리에게 그런 말을 하지 않았을까."

"밖에서 식사를 한다 이거지." 베넷 부인이 말했다. "썩 반가운 소식은 아니로구나."

"마차를 타고 가도 돼요?" 제인이 말했다.

"아니, 그냥 말을 타고 가는 편이 낫겠다. 곧 비가 쏟아질 것 같은데, 잘하면 그 집에서 밤을 새고 올 수 있잖니."

"정말 좋은 생각 같아요." 엘리자베스가 말했다. "그 사람들이 언니를 집에 데려다주지 않을 게 확실하다면 말이에요."

"이런! 하지만 신사분들이 메리턴에 갈 때 빙리 씨의 이륜마차를 타고 갈 텐데. 허스트 부부에겐 말이 없잖니."

"마차를 타고 가는 게 좋겠어요."

"하지만 애야. 네 아버지가 내어줄 말이 있을지 모르겠구나. 농장에도 말이 필요하잖아요, 여보, 안 그래요?"

"농장에 아주 수시로 말이 필요해서 어느 땐 나도 말을 탈 수

51

없을 정도지."

"하지만 아빠가 오늘 말을 써야 한다면 엄마의 목적대로 되겠죠." 엘리자베스가 말했다.

마침내 엘리자베스는 농장에 말들이 필요하다는 걸 아버지에게 억지로 인정하게 만들었다. 따라서 제인은 하는 수 없이 직접 말을 타고 가야 했고, 어머니는 여러 가지 조짐을 들어 날이 궂을 거라는 즐거운 예측을 하면서 딸을 문 앞까지 배웅했다. 어머니의 소망이 이루어졌다. 제인이 집을 나선 지 얼마 되지 않아 비가 세차게 내렸다. 동생들은 언니가 몹시 걱정됐지만 어머니는 무척 신이 났다. 비는 저녁 내내 계속해서 내렸다. 제인은 집에 돌아오지 못할 게 분명했다.

"정말이지 기막히게 좋은 계획이었어!" 베넷 부인은 비가 오는 것이 순전히 자신의 공인 것처럼 몇 번이고 이 말을 되풀이했다. 하지만 자신의 계략이 얼마나 절묘하게 맞아떨어졌는지는 다음 날 아침까지도 전혀 깨닫지 못했다. 아침 식사를 막 마칠 때쯤 네더필드에서 하인이 찾아와 엘리자베스 앞으로 다음과 같은 쪽지를 전해주었다.

사랑하는 리지에게

오늘 아침 몸이 아주 좋지 않아. 아마 어제 온몸이 흠뻑 젖어서 그런 것 같아. 여기 친구들은 매우 친절해서 내가 몸이 좋아지기 전까지 집에 가지 못하게 말리고 있어. 그리고 존스 선생님께 진찰을 받아야 한다고 고집하고 있단다. 그러니까 존스 선생님이 나에게 다녀갔다는 말을 들어도 놀라지 마. 난 목이 조금 따끔거리고 머리가 아픈 거 말고는 별로 아픈 데 없으니까 말이야.

그럼 이만 줄일게.

"이런, 우리 딸." 엘리자베스가 큰 소리로 쪽지를 읽고 나자 베넷 씨가 말했다. "당신 딸이 큰 병에 걸려도, 만에 하나 그 애가 죽어도 순전히 당신이 시키는 대로 빙리 씨 마음을 얻으려다 그렇게 됐다는 걸 알면 위안이 되겠구려."

"세상에! 난 그 애가 죽을 거라는 걱정은 손톱만큼도 안 해요. 사람은 겨우 감기 정도로 죽지 않아요. 게다가 제인은 간호도 잘 받고 있을 테고요. 네더필드에 머물러 있는 한 모든 일이 다 잘될 거예요. 마차가 있으면 가서 보고 오면 좋으련만."

엘리자베스는 너무 걱정이 되어 마차가 없어도 제인에게 가 보기로 결심했다. 그렇지만 말을 탈 줄 모르기 때문에 걸어가는 수밖에 방법이 없었다. 그녀는 식구들에게 결심을 말했다.

"정말 어리석구나." 어머니가 소리쳤다. "길이 온통 진흙투성이일 텐데 걸어서 갈 생각을 하다니! 그 집에 도착했을 때 네 꼴이 뭐가 되겠니."

"제인 언니를 만나는 데는 전혀 지장 없어요. 전 단지 언니만 보면 되니까요."

"마차를 내어달라고 둘러서 말하는 거냐, 리지?" 아버지가 물었다.

"절대 아니에요. 얼마든지 걸어서 갈 수 있어요. 가야 할 이유가 있는데 거리가 무슨 문제겠어요. 겨우 3마일밖에 안 되는 걸요. 저녁 식사 전까지 돌아올게요."

"언니의 인정 많은 행동은 감탄할 만해." 메리가 말했다. "하지만 충동적인 감정은 이성의 통제를 받아야 하지. 그리고 내 생각엔 그럴 필요성이 얼마나 크냐에 따라 노력의 정도가 달라져야 할 것 같은데."

"메리턴까지는 우리도 같이 갈게." 캐서린과 리디아가 말했다. 엘리자베스는 기꺼이 제안을 받아들였고 세 아가씨들은 함께 집을 나섰다.

"서두르면 카터 대위가 출발하기 전에 잠깐이나마 그를 볼 수 있을지 몰라." 함께 걸어가면서 리디아가 말했다.

그들은 메리턴에서 헤어졌다. 두 자매는 어느 장교의 아내가 묵는 숙소로 향했고, 혼자 남은 엘리자베스는 빠른 걸음으로 들판에서 들판을 가로지르고, 울타리 계단을 뛰어넘고, 웅덩이를 성큼성큼 건너뛰면서 줄곧 네더필드를 향해 걸었다. 마침내 빙리 씨의 집이 보일 즈음엔 발목은 아프고, 스타킹은 진흙으로 얼룩지고, 부지런히 걷느라 얼굴은 열기로 달아올라 있었다.

엘리자베스가 조찬실에 모습을 드러냈을 때 제인을 제외한 모두가 그곳에 모여 있었는데, 다들 그녀의 모습을 보고 크게 놀랐다. 이렇게 이른 시간에, 그리고 이렇게 궂은 날씨에, 그것도 혼

자서 3마일이나 걸어오다니, 허스트 부인과 빙리 양에게는 거의 믿을 수 없는 일이었다. 엘리자베스는 그들이 이 일로 자신을 멸시할 거라는 걸 잘 알았다. 하지만 어쨌든 매우 정중하게 환영받았고, 빙리 씨의 태도에서는 예의를 넘어선 무언가를 느낄 수 있었다. 그는 따뜻하고 친절하게 그녀를 맞았다. 다아시 씨는 거의 말이 없었고, 허스트 씨는 전혀 말이 없었다. 다아시 씨는 먼 길을 열심히 걸어오느라 환해진 얼굴빛에 감탄하면서도, 이 상황이 그녀가 이렇게 먼 길을 혼자 걸어올 만한 일인지 의아해했다. 허스트 씨는 오직 그의 아침 식사만을 생각하고 있었다.

그녀는 언니의 안부를 물었지만 썩 바람직한 답을 듣지 못했다. 베넷 양은 잠을 잘 못잔 데다, 아침에 일어났을 땐 열이 너무 높아 방 밖으로 나오지 못할 정도라고 했다. 엘리자베스는 즉시 언니가 누워 있는 방으로 안내를 받았다. 제인은 가족들 가운데 누군가 와주길 간절히 바랐지만 걱정이나 불편을 끼칠까 봐 차마 쪽지에 그런 말을 쓸 수 없었기 때문에, 엘리자베스의 모습을 보자 무척 기뻤다. 하지만 제인은 대화를 많이 하기 힘든 상태여서, 빙리 양이 두 사람을 남기고 방을 나섰을 때 세심하게 돌봐주어 감사하다는 말만 겨우 할 수 있었다. 엘리자베스는 아무 말 없이 언니를 간호했다.

아침 식사를 마친 후 모두들 두 자매가 있는 방으로 갔다. 그들이 더할 나위 없는 애정을 갖고 제인의 건강을 진심으로 걱정했다는 걸 알게 되자, 엘리자베스는 그들이 좋아지기 시작했다.

약제사가 와서 제인을 진찰한 결과, 예상대로 감기가 심하게 걸렸으니 감기를 이길 수 있도록 모두들 애써야 한다고 말했다. 그리고 제인에게는 침대로 돌아가라고 권하고 약을 지어주겠다고 했다. 제인은 열이 점점 오르고 두통도 너무 심해져 기꺼이 의사의 충고를 따랐다. 엘리자베스는 잠시도 방을 떠나지 않았으며, 다른 숙녀들도 좀처럼 방을 비우지 않았다. 남자들은 딱히 도울 일이 없었기 때문에 모두 밖으로 나왔다.

시계가 3시를 알렸을 때, 엘리자베스는 이제 가야 할 시간이 된 것 같아 도저히 내키지 않지만 그만 가봐야겠다고 말했다. 빙리 양이 마차를 타고 가라고 권했고 조금만 더 권하면 마지못해서라도 그러겠다고 하려던 참이었는데, 제인이 동생이 가고 혼자 남겨지는 걸 몹시 불안해하는 모습을 보이자, 빙리 양은 마차를 제공하려는 권유를 접고 당분간 네더필드에 머무는 것이 어떻겠느냐고 제안했다. 엘리자베스는 감사히 제안을 받아들였고, 하인 한 명이 롱번에 가서 가족들에게 이 사실을 알리고 그녀의 옷가지를 가지고 왔다.

8

5시가 되자 빙리 자매는 옷을 갈아입기 위해 방을 나섰고, 6시 30분에 저녁 만찬을 하도록 엘리자베스를 불렀다. 저녁 식사 자리에서는 제인의 상태를 묻는 친절한 질문들이 이어졌고, 그 가운데 빙리 씨가 누구보다 크게 걱정하고 있다는 걸 분명하게 알 수 있어 엘리자베스는 내심 흐뭇했다. 하지만 썩 좋은 답을 전할 수는 없었다. 제인의 상태가 전혀 호전되지 않았기 때문이다. 엘리자베스의 대답을 듣자마자 빙리 자매는 마음이 너무 아프다, 그렇게 감기가 심해서 큰일이다, 자신들도 병에 걸리는 건 정말 끔찍하다 같은 말들을 서너 번씩 반복하더니 이내 더 이상 이 일을 생각하지 않았다. 그들은 제인이 바로 눈앞에 없을 땐 제인에게 냉담했는데, 이런 그들의 모습을 확인한 엘리자베스는 원래대로 다시 마음껏 그들을 싫어하게 되었다.

  사실 그들 가운데 그나마 편안하게 여길 만한 사람은 그들의 오빠뿐이었다. 그는 제인을 걱정하는 기색이 역력했다. 엘리자베스에 대한 배려도 만족스러워서, 혹시 다른 사람들이 자기를 불청객으로 여길지 모른다는 걱정을 덜어주었다. 빙리를 제외하면 아무도 그녀에게 관심을 갖지 않았다. 빙리 양은 다아시 씨에게만 온통 정신을 쏟았고 그녀의 언니도 별반 다르지 않았다. 엘리자베스 옆에 앉은 허스트 씨에 대해 말하자면, 어찌나 게으른지 마치 먹고 마시고 카드놀이나 하려고 사는 사람 같았는데, 엘리자베스가 라구(고기와 야채를 넣은 일종의 스튜)보다 담백한 음식을 더 좋아한다고 말하자 더 이상 그녀에게 아무 말도 하지 않았다.

  저녁 만찬이 끝나자 엘리자베스는 곧바로 제인에게 돌아갔고, 빙리 양은 그녀가 방을 나서자마자 그녀를 흉보기 시작했다. 예의범절이 너무 형편없다, 오만할 뿐만 아니라 무례하기까지 하다, 말도 없고 품위도 없고 미적 감각도 없는데 아름답지도 않다며 못마땅하게 여겼다. 허스트 부인도 동생의 말에 동감했고 여기에 한술 더 떴다.

"한마디로 매력적인 구석이 전혀 없지. 하지만 걷는 거 하난 잘하나보더라. 오늘 아침 문 앞에 들어섰을 때 그 몰골은 평생 잊지 못할 거야. 정말이지 거의 제정신이 아닌 것 같았다니까."

"그러게 말이야, 루이자 언니. 난 너무 당황했잖아. 여길 올 생각을 하다니 너무 황당하지 않아! 언니가 감기에 걸렸는데 왜 자기가 온 마을을 돌아다니는 건데? 머리는 부스스 산발을 해가지고!"

"내 말이. 그 페티코트 못 봤지. 네가 봤어야 했어. 세상에, 진흙 속에 6인치는 빠졌나보더라. 그걸 감추려고 겉옷을 내려뜨렸나 보던데, 그럼 뭐 하니, 훤히 다 보이던 걸."

"루이자 누나의 설명이 정확할지도 모르지." 빙리가 말했다. "하지만 난 그런 모습이 전혀 신경 쓰이지 않던걸. 오늘 아침 엘리자베스 베넷 양이 방에 들어섰을 때 난 그녀가 굉장히 건강해 보인다고 생각했어. 더러운 페티코트는 눈에 들어오지도 않았지."

"당신도 보셨을 거예요, 다아시 씨." 빙리 양이 말했다. "당신이라면 누이동생이 그런 차림으로 다니는 걸 보고 싶지 않을 것 같은데요."

"물론입니다."

"3마일을, 아니 4마일이든 5마일이든 얼마가 됐든, 발목 위까지 푹푹 빠지는 진흙 속을, 그것도 혼자서, 순전히 혼자서 걸어오다니! 대체 무슨 속셈이지? 내 생각엔 그 잘난 독립심 따위를 보여주면서 우쭐대려 했던 것 같은데, 그건 예의가 뭔지 모르는 아주 촌스러운 행동이야."

"언니를 걱정하는 마음이 보여 난 아주 흐뭇하던데." 빙리가 말했다.

"그나저나, 다아시 씨." 빙리 양이 반쯤 속삭이는 목소리로 말했다. "이번 일이 그녀의 맑은 눈동자를 향한 당신의 감탄에 다소 영향을 미치지 않았을지 걱정되는군요."

"전혀 그렇지 않습니다." 그가 대꾸했다. "먼 길을 걸어오느라 더욱 반짝거리던데요." 그가 말을 마치자 잠시 침묵이 흘렀고, 허스트 부인이 다시 말을 이었다.

"난 제인 베넷에게는 상당히 호감이 가. 그녀는 정말 참한 아가씨지. 난 그녀가 잘 살길 진심으로 바라고 있어. 하지만 그런 부모에, 친척들이라고 해야 다들 신분이 천하니 좋은 데 시집가긴 힘들 거야."

"제인 양 이모부가 메리턴에서 변호사로 일한다는 말을 들은 것 같은데."

"맞아. 그리고 외삼촌이 한 명 있는데 치프사이드(런던의 상업 지역) 근처 어디에 산다지, 아마."

"대단들 하셔라." 그녀의 동생이 덧붙이자 두 자매는 배꼽을 잡고 웃었다.

"그들에게 치프사이드를 다 채울 만큼 외삼촌이 많다 해도 그들의 사랑스러운 모습에 조금도 영향을 주지 못할 거야." 빙리가 큰 소리로 말했다.

"하지만 상당한 지위에 있는 남자들과 결혼할 가능성이 현저하게 줄어드는 건 분명한 사실이지." 다아시가 말했다.

이 말에 빙리는 아무런 대꾸를 하지 않았다. 하지만 그의 누이들은 전적으로 동의했고, 가까운 친구의 미천한 친척들을 웃음거리로 만들면서 한동안 신나게 대화를 이어나갔다.

하지만 이내 다정한 태도로 돌변하더니 만찬실을 나서자마자 제인의 방으로 갔고, 커피를 마시러 오라는 호출을 받을 때까지 제인의 곁을 지켰다. 제인의 건강은 여전히 몹시 좋지 않아 엘리자베스는 잠시도 제인 곁을 떠나지 못하다가, 저녁 늦게 제인이 잠이 든 걸 보고서야 마음이 놓여 아래층으로 내려갔다. 하지만 사람들과 어울리며 즐기기 위해서라기보다는 그러는 편이 사람들 보기에 좋을 것 같아서였다. 응접실에 들어섰을 때 모두들 카드놀이를 하고 있었고, 그녀에게 와서 같이 하자고 권했다. 그러나 그들이 큰돈을 걸면 어쩌나 싶어, 언니 핑계를 대고 잠깐 책이나 볼까 해서 내려왔다고 말하며 제안을 거절했다. 허스트 씨는 깜짝 놀라 그녀를 바라보았다.

"카드놀이보다 책이 더 좋다고요? 좀 특이하시네." 그가 말했다.

"일라이자 베넷 양은 카드놀이를 아주 싫어해요." 빙리 양이 말했다. "일라이자 양은 대단한 독서광이라서 다른 취미는 별로 즐기지 않는답니다."

"저는 그런 칭찬도 비난도 들을 이유가 없는데요." 엘리자베스가 큰 소리로 말했다. "전 대단한 독서광도 아니고, 독서 말고도 좋아하는 것들이 많으니까요."

"언니의 간호도 아주 즐겁게 하시는 것 같고요." 빙리가 말했다. "언니의 건강이 곧 회복되어 그 즐거움이 더욱 커지길 바랍니다."

엘리자베스는 진심을 담아 그에게 감사하다고 인사한 다음 책 몇 권이 놓여 있는 탁자를 향해 다가갔다. 그는 즉시 다른 책들을, 그의 서재에 있는 모든 책을 가져다주려 했다.

"책이 더 많았다면 엘리자베스 양에게도 도움이 됐을 테고 제 체면도 섰을 텐데요. 하지만 제가 워낙 게으른 사람이라, 책이 이 정도밖에 안 되지만 제가 읽기엔 많은 편입니다."

엘리자베스는 방 안에 있는 책만으로도 충분하다고 그를 안심시켰다.

"믿기 힘든걸." 빙리 양이 말했다. "아버지가 책을 저렇게 조금밖에 남겨두지 않으셨다니 말이야. 펨벌리 저택의 다아시 씨 서재는 정말 근사하더군요!"

"그럴 수밖에요." 그가 대답했다. "몇 대에 걸쳐 내려온 책들이니까요."

"게다가 거기엔 다아시 씨가 직접 수집한 책들도 꽤 많잖아요. 당신은 책을 자주 사니까요."

"요즘 같은 시대에 집 안의 서재를 아무렇게나 방치한다는 건, 저로서는 이해할 수 없는 일입니다."

"방치라! 당신이라면 그처럼 훌륭한 저택을 아름답게 꾸미기 위해 어떤 것도 방치하지 않을 것 같아요. 찰스 오빠, 오빠도 집을 지을 때 펨벌리의 반만큼이라도 근사하게 꾸미면 좋겠어."

"그러면 좋겠구나."

"펨벌리 근처에 집을 구하고, 집 내부도 펨벌리를 모델로 하는 게 좋을 것 같아. 영국에서 더비셔만큼 멋진 지역은 없으니까."

"아무렴. 다아시가 판다고만 하면 당연히 내가 펨벌리를 사지."

"난 가능성 있는 일을 말하는 거야, 찰스 오빠."

"누가 아니래, 캐롤린. 펨벌리를 비슷하게 따라하느니 차라리 사버리는 게 더 가능성 있는 일 같은데."

엘리자베스는 그들의 이야기에 귀가 솔깃해 책 내용은 거의 눈에 들어오지 않았다. 그래서 아예 책 읽기를 그만두고 카드놀이를 하는 탁자 근처로 다가가 빙리 씨와 그의 누나 사이에 자리를 잡고 카드놀이를 구경했다.

"다아시 양은 지난봄 이후로 많이 자랐나요?" 빙리 양이 물었다. "이제 제 키만큼 자랐을까요?"

"아마 그럴 겁니다. 지금은 엘리자베스 베넷 양만 하거나 조금 크거나 할 겁니다."

"정말 보고 싶어요! 다아시 양처럼 저를 기분 좋게 하는 사람은 본 적이 없답니다. 예쁜 얼굴에 예절은 또 얼마나 바른지요! 나이에 비해 교양도 넘치고요! 피아노 연주 솜씨도 정말 훌륭해요."

"정말 놀라워." 빙리가 말했다. "젊은 숙녀분들은 어쩌면 그렇게 참을성이 많은지 몰라. 모두들 그처럼 훌륭하게 교양을 쌓는 걸 보면 말이야."

"모든 젊은 숙녀들이 교양이 있다니! 찰스 오빠, 무슨 뜻으로 하는 말이야?"

"말 그대로야, 모두가 그런 것 같아. 모두들 화판에 그림도 그릴 줄 알고, 휘장으로 집도 장식할 줄 알고, 지갑도 짤 줄 알잖아. 이런 일들을 할 줄 모르는 여자를 거의 본 적이 없어. 그리고 젊은 숙녀 이야기가 나오면 처음부터 그 여자가 얼마나 교양 있는지부터 이야기하잖아."

"네가 말한 정도를 가지고 흔히들 교양이라고 하더군." 다아시가 말했다. "그것도 맞는 말이긴 해. 지갑을 짜고 휘장으로 벽을 꾸미는 걸 교양이라고 일컫는 많은 여자들에게는 그것도 교양이랄 수 있을 테니까. 하지만 난 일반적인 숙녀들에 대한 네 평가에 전혀 동의할 수 없어. 내가 아는 여자들을 통틀어 봐도 정말 교양 있는 여자는 기껏해야 여섯 명이 전부니까."

"저도 동감이에요." 빙리 양이 말했다.

"그렇다면," 엘리자베스가 말했다. "다아시 씨 생각대로라면 교양 있는 여자의 조건에 상당히 많은 것을 포함시켜야 하겠군요."

"그렇습니다. 저는 교양에 아주 많은 것을 포함시킵니다."

"오! 당연히 그래야 해요." 그의 충실한 지지자가 큰 소리로 말했다. "일반적으로 만족하는 수준을 훨씬 뛰어넘는 사람이라야 진정으로 교양 있는 사람으로 존중받을 수 있어요. 여자라면 음악, 노래, 그림, 춤, 몇 가지 언어 정도는 완벽하게 알고 있어야 교양 있다는 말을 들을 자격이 있겠죠. 뿐만 아니라 걷는 태도와 자태, 억양, 사람들을 대하는 태도와 표정에서 어떤 기품 같은 것이 배어 있어야 해요. 그렇지 않으면 교양 있다는 말을 들을 자격을 절반밖에 갖추지 못한 셈이 될 거예요."

"물론 이런 요소들을 모두 갖춰야 합니다." 다아시가 덧붙였다. "그리고 여기에 보다 기본적인 요소를 하나 더 추가해야 하는데, 바로 폭넓은 독서를 통해 지성을 향상시키는 것이지요."

"교양 있는 여자를 여섯 명밖에 못 봤다고 하신 말씀이 이해가 가는군요. 여섯 명이나 알고 계시는 게 오히려 놀라운 걸요."

"이런 소양을 모두 갖춘 여자가 과연 있을지 의심하는 건 같은 여자로서 여성을 너무 비판적으로 평가하는 것 아닙니까?"

"저는 그런 여자를 한 번도 본 적이 없으니까요. 당신이 말씀하신 그런 능력과 감각과 지성과 품위를 모두 겸비한 여자는 한 번도 본 적이 없어요."

허스트 부인과 빙리 양은 회의적인 엘리자베스의 태도가 상당히 부당하다며 일제히 공격했고, 자기들은 이런 조건을 모두 갖춘 여자들을 아주 많이 알고 있다고 항의했다. 그때 허스트 씨가 카드놀이에 집중하지 않을 거냐며 격하게 불평을 터뜨려 모두의 입을 다물게 만들었다. 그렇게 해서 대화는 끝이 났고, 엘리자베스는 이내 방을 나왔다.

"일라이자 베넷 말이에요." 그녀가 나가고 문이 완전히 닫히자 빙리 양이 말했다. "자기를 과소평가해서 이성에게 호감을 얻으려는 부류의 아가씨인 것 같아요. 모르긴 해도 그런 방법이 많은 남자들에게 효과가 있긴 할 거예요. 내 생각엔 너무 유치한 방법이고 아주 천한 수법이지만요."

"물론입니다." 다아시가 주로 자신을 대상으로 던진 말에 이렇게 대꾸했다. "여자들이 남자의 마음을 사로잡으려 할 때 간혹 자신을 낮추는 수법을 쓰는데, 모든 방법이 천박하기 이를 데 없습니다. 어떤 식으로든 교활한 행동은 모두 비열하지요."

빙리 양은 이 대답이 완전히 흡족하지 않았는지 더 이상 이 주제를 꺼내지 않았다.

잠시 후 엘리자베스는 응접실로 다시 내려와 언니의 상태가 더욱 악화되어 아무래도 언니 곁을 떠날 수 없을 것 같다고 말했다. 빙리는 즉시 존스 선생님을 모셔오도록 재촉했다. 하지만 그의 누이들은 시골 의사가 무슨 도움이 되겠냐며, 런던으로 급히 사람을 보내 유명한 의사 선생님을 모시고 와야 한다고 주장했다. 엘리자베스는 이 말에는 동의하지 않았지만, 빙리의 제안을 굳이 따르지 않을 이유가 없었다. 그래서 베넷 양이 큰 차도를 보이지 않으면 아침 일찍 존스 선생님을 모시고 오기로 결정했다. 빙리는 무척 불안해했고, 두 누이들은 자신들도 몹시 걱정된다고 강조했다. 하지만 두 자매는 저녁 식사를 마친 후 이중창을 부르며 자신들의 가련함을 달랬고, 반면에 빙리는 가정부에게 아픈 숙녀와 그의 여동생에게 최대한 모든 배려를 아끼지 말라고 지시를 내리고도 도무지 마음을 놓을 수가 없었다.

9

거의 온 밤을 언니 곁에서 뜬눈으로 지새운 엘리자베스는 빙리 씨가 아침 일찍부터 가정부 편으로 물은 안부에 다행히도 안심할 만한 답을 전할 수 있었다. 잠시 후에는 빙리 자매의 시중을 드는 고상한 여자 둘이 찾아와 언니의 상태를 물었다. 하지만 이 같은 주위의 염려에도 불구하고, 엘리자베스는 어머니가 제인을 보러 와서 제인의 상태를 직접 판단해주었으면 한다는 내용의 쪽지를 롱번에 전해달라고 부탁했다. 쪽지는 즉시 롱번에 발송되었고, 내용이 신속히 받아들여졌다. 베넷 부인은 가장 어린 두 딸과 함께 집을 나섰고, 빙리가의 아침 식사가 끝난 직후 네더필드에 도착했다.

제인의 건강이 크게 위독해 보였다면 베넷 부인은 몹시 괴로웠을 것이다. 하지만 딸의 병이 걱정할 만큼 심각하지 않다는 걸 확인하고 안심이 되자, 그녀는 딸이 너무 빨리 회복되지 않길 바랐다. 건강이 회복되면 더 이상 네더필드에 머물 수 없을 테니 말이다. 그래서 집으로 데려가달라는 딸의 부탁을 들은 체도 하지 않았는데, 마침 어머니와 거의 동시에 도착한 의사 역시 지금 집으로 가는 건 바람직하지 않다고 말했다. 잠시 제인 곁을 지키던 어머니와 세 딸은 빙리 양이 들어와 아침 식사를 권하자 그녀를 따라 조찬실로 향했다. 빙리는 그들을 맞이하며 베넷 부인에게 걱정하신 것보다 제인의 상태가 나쁘지 않았길 바란다고 말했다.

"사실 상태가 많이 좋지 않군요, 빙리 씨." 그녀가 대답했다. "아직 움직이기에는 너무 위독해요. 존스 선생님도 제인을 집에 데리고 갈 생각은 일체 하지 말라고 하시는군요. 염치없지만 며칠 더 신세를 져야 할 것 같습니다."

"집에 데려가시다니요!" 빙리가 크게 소리쳤다. "말도 안 됩니다. 제 동생은 제인이 가는 걸 절대로 동의하지 않을 겁니다."

"염려하지 않으셔도 됩니다, 부인." 빙리 양이 공손하지만 차갑게 말했다. "베넷 양이 우리와 함께 있는 동안 최대한 배려를 아끼지 않겠습니다."

베넷 부인은 뭐라고 감사해야 할지 모르겠다며 연신 고마움을 표현했다.

"정말이지 이렇게 좋은 여러분이 없었다면 지금쯤 우리 애는 어떻게 됐을까요." 그녀가 덧붙여 말했다. "제인은 지금 상당히 위독해서 몹시 괴로워하고 있으니 말이에요. 애가 워낙 참을성이 많아 견디고 있긴 하지만요. 제인이 원래 그렇게 참을성이 많아요. 말이야 바른 말이지 우리 애처럼 마음이 비단결 같은 애를 본 적이 없답니다. 그래서 제가 늘 동생들에게 말하죠. 너희는 아무리 애를 써도 큰언니를 쫓아가지 못할 거라고요. 그나저나 빙리 씨, 방이 정말 아름답네요. 저쪽 자갈길 너머 전망이 아주 근사해요. 이 지역을 아무리 둘러봐도 네더필드만 한 저택은 없을 거예요. 단기간 임대하신 걸로 알고 있습니다만, 서둘러 떠나실 생각은 안하시면 좋겠어요."

"제가 무슨 일이든 신속히 끝내는 편입니다." 빙리가 대답했다. "그래서 네더필드를 떠나야겠다고 결심이 서면 아마 5분 안에 떠나버릴 거예요. 하지만 요즘엔 이곳에 아주 정착해 사는 것 같다는 생각이 듭니다."

"저도 빙리 씨가 그러실 거라고 생각했어요." 엘리자베스가 말했다.

"이제 제 마음을 파악하기 시작하셨나요?" 그가 그녀를 향해 돌아서며 큰 소리로 물었다.

"네! 그럼요, 완벽하게 파악했답니다."

"칭찬으로 듣고 싶습니다만, 제 마음이 너무 쉽게 들여다보인 것 같아 스스로가 초라하게 여겨지는군요."

"그럴 수도 있겠어요. 하지만 심오하고 복잡한 성격이라고 해서 빙리 씨 같은 성격보다 더 존중받거나 덜 존중받을 만하다고 할 순 없어요."

"리지." 그녀의 어머니가 외쳤다. "네가 어디에 있는지 기억하렴. 집에서 하던 대로 버릇없이 굴면 안 된다."

"미처 몰랐는데요." 곧이어 빙리가 말을 이었다. "사람의 성격을 연구하시는 줄은요. 정말 재미있는 연구일 것 같습니다."

"그럼요. 하지만 복잡한 성격이야말로 가장 흥미롭지요. 그런 성격은 적어도 흥미롭다는 장점이 있거든요."

"대체로 시골에서는 그런 연구 대상을 거의 찾기 어렵지요." 다아시가 말했다. "시골에서는 아주 제한된 범위 안에서 그저 빤한 사람들을 보게 되니까요."

"그렇지만 사람이란 늘 변화무쌍하게 바뀌는 존재라서 같은 사람들 안에서도 언제나 새로운 면을 볼 수 있답니다."

"그렇고말고요." 다아시가 시골을 언급하는 방식에 기분이 상한 베넷 부인이 큰 소리로 말했다. "이런 시골에서도 도시 못지않게 아주 많은 일들이 일어나고 있으니까요."

모두가 깜짝 놀랐다. 다아시는 베넷 부인을 잠시 물끄러미 바라본 다음 아무 말 없이 돌아섰다. 베넷 부인은 자신이 그의 코를 납작하게 눌렀다고 생각하며 계속해서 승리의 기쁨을 만끽했다.

"런던이 상점과 공공장소가 많아서 그렇지, 내가 보기엔 시골보다 그렇게 대단한 것 같지도 않습다. 시골에 재미있는 일이 얼마나 많은데요, 안 그래요, 빙리 씨?"

"시골에 머무를 땐 도무지 시골을 떠나고 싶지 않아요." 빙리가 대답했다. "런던에 있을 때도 마찬가지지요. 각 지역이 저마다 장점이 있고, 저는 어느 지역에서 지내든 똑같이 만족스럽습니다."

"맞아요, 그리고 그건 당신이 성격이 좋아서예요." 그런 다음 다아시를 보며 말을 이었다. "하지만 저 신사분은 시골을 아주 우습게 여기는 것 같군요."

"사실은 엄마, 엄마가 오해하신 거예요." 엘리자베스는 어머니 때문에 얼굴을 붉히며 말했다. "다아시 씨를 크게 오해하셨어요. 다아시 씨 말은 단지 시골에서는 런던만큼 다양한 사람을 만나기 어렵다는 의미였어요. 그건 사실이니까 엄마도 인정하셔야 해요."

"물론이다, 애야, 누가 뭐라던. 하지만 이 지역에서는 많은 사람을 만나기 어렵다고 하는데, 난 여기보다 더 큰 지역도 없다고 생각한다. 우리와 함께 식사하는 집만도 스물네 집이나 되잖니."

빙리가 침착한 태도를 유지할 수 있었던 건 오로지 엘리자베스를 배려하는 마음에서였다. 빙리 양은 오빠만큼 세심하게 배려할 줄 몰랐기에, 다아시 씨를 향해 시선을 던지며 아주 의미심장한 미소를 지어 보였다. 엘리자베스는 어머니의 생각을 다른 쪽으로 돌리기 위해 자신이 이곳에 온 후로 샬럿 루카스가 롱번에 찾아온 적이 있느냐고 물었다.

"그럼, 어제 그 애 아버지와 함께 방문했단다. 윌리엄 경은 무척 좋은 분이에요, 안 그래요, 빙리 씨? 정말 상류 사회 남자답죠! 아주 친절하고 또 아주 너그럽지요! 누굴 만나든 언제나 화제가 넘친답니다. 그게 다 좋은 집안에서 잘 자란 덕분이라고 생각해요. 자기가 아주 대단한 줄 알고 입을 꾹 다물고 사는 사람들은 중요한 게 뭔지 크게 착각하는 거랍니다."

"샬럿하고 같이 식사하셨어요?"

"아니다. 한사코 집에 가겠다는구나. 민스파이(건포도, 설탕, 사과, 향료 등과 잘게 다진 고기를 섞어 만든 파이)를 만들려는 것 같더라. 제 경우에는 말이에요, 빙리 씨, 자기가 맡은 일을 스스로 할 줄 아는 하인들을 고용하고 있답니다. 그래서 딸들을 키우지만 집안일을 가르치지 않아요. 하지만 사람마다 생각이 다를 수 있죠. 그나저나 루카스가의 딸들은 정말 참해요. 딱하게도 다들 썩 예쁜 편은 아니지만요! 물론 샬럿이 아주 못생겼다고 생각하는 건 아니에요. 어쨌든 그 애는 우리하고 각별히 친하니까요."

"샬럿 양은 아주 상냥한 아가씨 같더군요." 빙리가 말했다.

"그럼요! 상냥하고말고요. 하지만 그 애가 정말 못생겼다는 걸 인정하셔야 해요. 오죽하면 루카스 부인도 툭하면 자기 딸이 못생겼다면서 제인이 예쁘다고 절 부러워하겠어요. 자식 자랑을 하고 싶진 않지만, 제인이 예쁜 건 사실이죠. 제인보다 더 아름다운 아가씨를 보기는 쉽지 않아요. 제가 자식 역성을 드는 게 아니랍니다. 모두가 그렇게 말하는 걸요. 제인이 겨우 열다섯 살 때, 런던에 사는 제 남동생 가드너 집에 한 신사가 살았답니다. 그런데 그 사람이 제인을 너무 사랑한 거예요. 우리 올케가, 우리가 떠나기 전에 그 사람이 제인에게 청혼할 거라고 믿을 정도였지요. 하지만 청혼은 하지 않았어요. 아마 제인이 너무 어리다고 생각했겠죠. 하지만 제인을 상대로 시 몇 편을 지었는데, 그 시들이 어찌나 아름답던지."

"그렇게 그의 애정이 끝났지요." 엘리자베스가 더 이상 참지 못하고 말했다. "같은 방식으로 사랑의 아픔을 극복한 사람은 많아요. 대체 사랑을 몰아내는 데 시가 효과적이라는 걸 가장 먼저 발견한 사람이 누굴까요!"

"저는 시를 사랑의 양식이라고 생각해왔는데요." 다아시가 말했다.

"훌륭하고 튼튼하고 건강한 사랑이라면 그럴지도 모르죠. 워낙 강해서 무엇이든 자양분으로 흡수하니까요. 하지만 힘없이 얄팍한 순간의 감정일 뿐이라면, 듣기 좋은 소네트 한 편을 바치고 나면 그 감정은 바싹 말라버리고 말 거예요."

다아시는 미소만 지을 뿐이었다. 잠시 대화가 끊기자 엘리자베스는 어머니가 또 스스로를 웃음거리로 만들까 봐 전전긍긍했다. 그녀는 무슨 말이든 하고 싶었지만 아무런 할 말이 떠오르지 않았다. 잠시 침묵이 흐른 뒤 베넷 부인은 빙리 씨에게 제인을 친절하게 대해주어 감사하다는 인사를 다시 반복하기 시작했고, 리지까지 폐를 끼쳐 죄송하다는 말도 잊지 않았다. 빙리 씨는 진심을 담아 공손하게 응답했고, 여동생에게도 정중한 태도로 상황에 적합한 인사를 하게 했다. 빙리 양은 그다지 정중하지 않은 태도로 그야말로 해야 할 역할을 할 뿐이었지만, 베넷 부인은 흡족해하며 곧이어 자신의 마차를 준비해달라고 청했다. 이 신호에 맞추어 어린 두 딸도 앞으로 나왔다. 두 아가씨는 네더필드를 방문하는 내내 둘이서 연신 속닥거리더니, 마침내 막내 딸 리디아가 빙리 씨에게 이 지역에 처음 왔을 때 네더필드에서 무도회를 열기로 약속하지 않았냐며 책망했다.

열다섯 살의 리디아는 건강하고 성장이 빨랐으며 혈색이 좋고 늘 상냥한 표정을 짓는 아가씨였다. 어머니는 이 막내딸을 가장 예뻐했으며, 어머니의 애정 덕분에 일찌감치 사교 모임에 참석할 수 있었다. 그녀는 무척 활기 넘치고 천성적으로 거만한 편이었는데, 이모부가 장교들에게 훌륭한 만찬을 대접하고, 그녀 스스로 장교들을 편하게 대해 그들의 호감을 얻자 거만한 성격은 더욱 심해졌다. 그러므로 빙리 씨에게 무도회 이야기를 꺼낼 때도 언제나처럼 거만한 태도를 보였고, 느닷없이 약속을 상기시키면서 만일 약속을 지키지 않으면 세상에서 그보다 부끄러운 일은 없을 거라고 덧붙였다. 이처럼 갑작스러운 공격에 대한 그의 대답을 듣고 베넷 부인은 무척 흐뭇했다.

"약속을 지키기 위해 만반의 준비를 하겠습니다. 언니가 회복되면 무도회를 열고 싶은 날을 말해주세요. 리디아 양도 언니가 누워 있는 동안 춤을 추고 싶지는 않겠지요."

리디아는 만족해하며 말했다. "오! 그럼요, 제인 언니가 나을 때까지 기다리는 편이 훨씬 좋을 거예요. 그때쯤이면 카터 대위가 메리턴에 다시 와 있을 가능성이 크니까요. 그리고 빙리 씨가 무도회를 열면 말이죠……" 리디아가 덧붙였다. "장교들에게도 무도회를 열라고 조르겠어요. 무도회를 열지 않으면 아주 부끄러운 일이 될 거라고 포스터 대령에게 말할 거예요."

마침내 베넷 부인과 두 딸이 출발했다. 엘리자베스는 빙리 자매와 다아시 씨가 그녀와 그녀 가족들의 태도에 대해 떠드는 것을 내버려둔 채 곧장 제인에게 돌아갔다. 하지만 빙리 양이 엘리자베스를 두고 '아름다운 눈동자'의 아가씨라며 농담을 했는데도, 다아시 씨는 엘리자베스를 비난하는 자리에 한사코 합류하려 하지 않았다.

10

그날 하루도 전날과 다름없이 지나갔다. 허스트 부인과 빙리 양은 오전에 몇 시간 정도를 환자와 함께 보냈다. 환자의 병세는 느리지만 차츰 나아지고 있었다. 저녁에는 엘리자베스도 사람들과 함께 응접실에서 시간을 보냈다. 카드 테이블은 보이지 않앉다. 다아시 씨는 편지를 쓰고 있었고, 빙리 양은 그 옆에 앉아 그가 편지 쓰는 모습을 지켜보면서 누이동생에게 전할 내용을 참견하며 그를 방해하고 있었다. 허스트 씨와 빙리 씨는 피켓 카드놀이를 했고 허스트 부인은 그들의 놀이를 구경하고 있었다.

엘리자베스는 뜨개질감을 손에 들고, 다아시와 그의 추종자 사이에 오가는 대화에 귀를 기울이며 무척 재미있어 했다. 빙리 양은 그에게 필체가 좋다, 어쩌면 그렇게 줄을 똑바로 맞춰 쓰느냐, 편지 길이가 적당하다 등등 끝없이 칭찬을 늘어놓은 반면, 다아시는 그녀의 찬사에 철저하게 냉담한 반응을 보이는 바람에 둘 사이의 대화는 묘하게 흘렀다. 그야말로 엘리자베스가 생각한 이들의 모습에 완벽하게 부합하는 대화였다.

"이런 편지를 받는다면 다아시 양이 정말 기뻐하겠어요!"

그는 아무런 대꾸도 하지 않았다.

"글을 정말 빨리 쓰시는군요."

"잘못 보신 겁니다. 저는 좀 느리게 쓰는 편입니다."

"한 해 동안 꽤 많은 편지를 쓰셔야 하겠어요! 사무적인 편지들도 써야 하잖아요! 아유, 생각만 해도 끔찍해요!"

"그렇다면 그런 일이 당신이 아닌 제가 해야 할 일인 걸 다행으로 여기시면 되겠군요."

"누이동생에게 제가 몹시 보고 싶어 한다고 전해주세요."

"아까 말씀하셔서 벌써 한 번 그렇게 썼습니다."

"혹시 펜이 말을 안 듣는 거 아니에요? 제가 좀 고쳐볼게요. 저는 펜을 아주 잘 고치거든요."

"감사합니다만, 늘 제가 알아서 손봐서 쓰고 있습니다."

"어쩌면 그렇게 반듯하게 글을 쓸 수 있지요?"

역시 아무런 대꾸도 없었다.

"다아시 양에게 하프 연주 솜씨가 좋아졌다는 소식을 들어 기쁘다고 전해주세요. 아, 그리고 그녀가 만든 아름답고 소박한 탁자 도안에 무척 감탄했다고, 그랜틀리 양이 만든 도안보다 훨씬 훌륭하다고 생각한다는 말도 같이 전해주시고요."

"빙리 양의 감탄을 다음 편지를 쓸 때까지 미루어도 되겠습니까? 지금은 그 내용까지 쓰려면 지면이 모자라는군요."

"어머! 그렇다면 신경 쓰지 마세요. 어차피 1월이면 다아시 양을 볼 테니까요. 그나저나 동생에게 늘 그렇게 근사하고 길게 편지를 쓰시나요, 다아시 씨?"

"대개는 길게 쓰는 편입니다. 하지만 편지가 늘 근사한지는 제가 결정할 문제가 아닙니다."

"긴 편지를 그렇게 쉽게 쓸 줄 아는 사람은 글 솜씨가 형편없을 리 없다는 게 평소 제 생각이랍니다."

"그 말은 다아시에게 칭찬이 될 수 없겠는데, 캐롤라인." 그녀의 오빠가 큰 소리로 말했다. "다아시는 글을 쉽게 쓰는 편이 아니거든. 네 음절의 단어를 쓰면서도 얼마나 궁리를 하는데. 그렇지 않아, 다아시?"

"내가 글 쓰는 스타일은 너하고 많이 다르지."

"맞아요!" 빙리 양이 소리쳤다. "찰스 오빠는 얼마나 대충 쓰는지 몰라요. 말도 못할 정도라니까요. 단어도 반쯤 생략하고 그렇지 않으면 아무렇게나 갈겨쓰지요."

"제대로 표현하기도 전에 생각이 너무 빨리 흘러가버려. 그래서 간혹 내 편지를 받는 사람들은 도무지 무슨 내용인지 이해하지 못할 때가 있지."

"빙리 씨의 겸손이 비난을 무색하게 만드는군요." 엘리자베스가 말했다.

"겸손을 앞세우는 것보다 상대를 기만하는 것도 없지요." 다아시가 말했다. "그런 겸손은 종종 경솔한 의견에 불과하며, 이따금 간접적으로 스스로를 자랑하는 것이기도 합니다."

"그렇다면 조금 전 내 겸손은 둘 중에 뭐라고 부를 텐가?"

"자네 경우는 간접적인 자기 자랑이라고 할 수 있지. 생각이 너무 빨리 흘러가버려 글을 부주의하게 쓴다고 생각하는 걸 보니, 자네는 글을 잘 못 쓰는 결점을 사실상 자랑스럽게 여기고 있어. 또한 그 결점을 대단한 것으로 평가하지는 않더라도, 적어도 꽤나 흥미로워하고 말이야. 무슨 일이든 빨리 해치우는 사람들은 그런 능력을 대단히 자랑스러워하고, 종종 일의 결과가 완벽하지 않은데도 별로 신경 쓰지 않는 경향이 있지. 오늘 아침 베넷 부인에게 자네가 네더필드를 떠나기로 마음만 먹으면 5분 만에 벌써 가버리고 없을 거라고 했던 말도, 스스로에 대한 찬사 내지는 칭찬의 의미로 한 말이었지. 하지만 그처럼 급하게 행동하다 보면 꼭 해야 할 일을 미처 처리하지 못하고 남겨두기 쉽고, 그러다 보면 자네 자신에게나 다른 누구에게도 실질적으로 전혀 득이 되지 않을 텐데, 그런 행동에 어디 칭찬할 만한 점이 있겠나?"

"어이쿠 이런." 빙리가 큰 소리로 말했다. "내가 아침에 한 어리석은 말들을 밤중까지 고스란히 기억하다니, 너무하는걸. 그런데 말이야, 맹세코 말하지만 아침에 그런 말을 한 건 정말 그렇다고 생각해서였고 지금도 역시 그렇게 생각해. 그러니까 적어도 숙녀들 앞에서 과시나 하려고 쓸데없이 성격 급한 사람인 척한 게 아니었단 말이지."

"아마 자넨 그렇게 생각하고 말했을지 몰라. 하지만 내가 볼 때 자넨 결코 그렇게 신속하게 떠나지 못할 거야. 내가 아는 모든 사람들과 마찬가지로 자네의 결정도 우연한 사건에 의해 달라질걸. 가령 자네가 떠나려고 말에 올라타고 있는데, 한 친구가 와서 '빙리, 다음 주까지만 더 머물다 가지 그래.' 하고 말하면 자넨 그 친구 말대로 할 거야. 그렇게 지체하다가 그가 한 번 더 붙잡으면 아마 한 달간 더 머무를지도 몰라."

"지금 다아시 씨 말씀은, 빙리 씨가 본인의 성향이 얼마나 괜찮은지 정확하게 파악하지 못하고 있다는 걸 증명할 뿐인데요." 엘리자베스가 큰 소리로 말했다. "지금 그 말씀은 빙리 씨가 스스로를 자랑하는 것보다 훨씬 더 빙리 씨를 두둔하는 것 같아요."

"대단히 감사합니다." 빙리가 말했다. "제 친구의 말을 제가 인정 많은 사람이라는 칭찬으로 바꿔주셨으니 말이에요. 하지만 당신이 생각하시는 것과 달리, 다아시는 절 칭찬하기 위해 한 말이 결코 아닐 겁니다. 그런 상황에서 제가 단호히 거절하고 최대한 빨리 말을 몰고 떠나야 저한테 잘했다고 할 테니까요."

"그렇다면 처음 의도가 경솔했으면 그 태도를 끝까지 고수해야 경솔함이 상쇄된다는 것이 다아시 씨 생각인가요?"

"저는 이 문제를 정확하게 설명할 재간이 없군요. 다아시가 직접 자기 생각을 말해야겠는데요."

"자네 마음대로 내 의견이라고 말해놓고 나에게 해명하라고 하는군. 하지만 난 결코 내 의견이 그렇다고 인정한 적 없네. 여하튼 이 경우 당신 말대로라면 말입니다. 베넷 양. 빙리가 계획을 늦추고 좀 더 머물길 바랐던 그 친구는 단순히 빙리가 그래주길 바랐을 뿐, 그것이 왜 좋은지 타당한 이유를 언급하지 않았다는 걸 기억하셔야 합니다."

"다아시 씨는 친구의 설득에 흔쾌히 – 선뜻 – 넘어가주는 걸 가치 있다고 여기지 않는군요."

"확신도 없이 설득에 넘어가는 것은 양쪽 모두의 분별력에 문제가 있다는 의미입니다."

"제가 보기에 다아시 씨, 당신은 우정과 애정이 미치는 영향을 조금도 허용하지 않는 사람 같아요. 사람들은 대개 무언가를 요청하는 사람을 배려해서, 상대방이 설득하기 전에 흔쾌히 그 요청에 응하지요. 당신이 빙리 씨에 대해 가정한 경우만 이야기하는 것이 아니에요. 그런 경우라면 실제로 그런 상황이 생길 때까지 기다린 후에, 빙리 씨가 얼마나 분별 있게 행동하는지 이야기하는 편이 좋을 거예요. 하지만 친구들 사이에서 흔히 일어나는 바, 친구가 어떤 결정을 번복하길 바라는 경우 그것이 별로 중요하지 않은 일이라면 친구가 설득할 때까지 기다리지 않고 흔쾌히 청을 들어주기도 해요. 그런 사람이 잘못되었다고 생각하시겠어요?

"이 주제에 대해 계속 이야기하려면 먼저 두 친구 사이의 친분이 얼마나 두터운지, 요구하는 내용이 얼마나 중요한지부터 좀 더 정확하게 짚고 넘어가는 것이 좋지 않을까요?"

"그래야 하고 말고." 빙리가 외쳤다. "일단 모든 사항을 조목조목 대자고. 두 친구의 키와 몸집이 상대적으로 얼마나 차이 나는지도 빠뜨려서는 안 돼. 베넷 양, 누굴 설득할 때 이런 사항은 생각보다 훨씬 중요할 수 있습니다. 사실 다아시가 나하고 비교해서 월등히 크지 않았다면, 난 저 친구를 지금의 반만큼도 존중하지 않았을 테니까요. 단언컨대 특정한 상황이나 장소에서, 가령 다아시가 아무런 할 일이 없는 일요일 저녁 자신의 집에 있을 때, 다아시보다 무서운 사람은 없을 겁니다."

다아시 씨는 미소를 지었다. 하지만 엘리자베스는 그가 다소 기분이 상했을 거라는 생각이 들어 웃음이 나오는 걸 자제했다. 빙리 양은 다아시가 모욕을 당했다는 생각에 흥분하며 화를 냈고, 쓸데없는 말을 한다며 오빠를 나무랐다.

"자네 속셈을 다 알고 있네, 빙리." 그의 친구가 말했다. "자넨 토론을 싫어하기 때문에 이쯤에서 끝나길 바라는 거지."

"아마 그럴걸. 토론과 논쟁이 다를 게 뭐야. 그러니 내가 이 방을 나갈 때까지 만이라도 자네와 베넷 양이 토론을 미루어주면 매우 고맙겠어. 그런 다음엔 나를 도마 위에 올려놓고 어떻게 요리하든 상관하지 않을게."

"빙리 씨의 부탁을 들어드리는 건 제게 전혀 어려운 일이 아니에요." 엘리자베스가 말했다. 다아시 씨도 편지를 마저 쓰시는 편이 훨씬 좋으시겠죠."

다아시 씨는 그녀의 충고를 받아들여 편지를 마무리했다.

그는 편지를 다 쓰자 빙리 양과 엘리자베스에게 노래를 몇 곡 불러달라고 부탁했다. 빙리 양은 재빨리 피아노 앞으로 다가가 엘리자베스에게 먼저 노래를 불러달라고 정중하게 청했다. 하지만 엘리자베스 역시 진심으로 정중하게 거절한 뒤 자리에 앉았다.

빙리 양이 허스트 부인과 함께 노래를 불렀고, 그동안 피아노 위에 놓인 악보를 뒤적이던 엘리자베스는 다아시 씨가 자꾸만 자신을 주시한다는 걸 알아채지 않을 수 없었다. 그녀는 자신이 이토록 대단한 남자의 감탄을 자아내는 대상이 되리라고는 짐작조차 할 수 없었다. 그렇다고 그가 자신을 너무 싫어해서 이렇게 주의 깊게 바라보는 거라고 생각하는 건 더 이상했다. 하지만 마침내 자신이 그토록 그의 주의를 끄는 이유를 알 것 같았다. 그의 기준으로 봤을 때 지금 이 자리에 있는 다른 누구보다도 그녀에게 어딘가 잘못된 점, 비난할 만한 점이 있기 때문이었다. 하지만 그런 추측으로 마음이 아프지는 않았다. 그가 자신을 마음에 들어 하는지 아닌지 신경 쓰기에는 그를 좋아하는 마음이 거의 없었기 때문이다.

빙리 양은 이탈리아 가곡을 몇 곡 부른 다음 활기찬 스코틀랜드 곡으로 분위기를 바꾸었다. 잠시 후 다아시 씨가 엘리자베스에게 다가와 말을 건넸다.

"베넷 양, 춤곡에 맞춰 춤출 기회를 갖지 않으시겠습니까?"

그녀는 미소를 지었지만 대답은 하지 않았다. 그는 그녀의 침묵에 다소 당황하며 다시 물었다.

"아!" 그녀가 말했다. "아까도 춤을 청하시는 걸 들었어요. 하지만 어떻게 대답해야 좋을지 곧바로 결정할 수 없었답니다. 제가 '좋아요'라고 말하길 원하신다는 거 알아요. 그래야 제 취향을 얕보며 즐길 수 있으시겠죠. 하지만 전 그런 식의 속셈에 넘어가기보단 저를 멸시하려는 사람들의 계획에서 벗어나길 좋아해요. 따라서 당신에게 이렇게 말하기로 결정했어요. 절대로 춤곡에 맞춰 춤추고 싶지 않다고 말이죠. 그러니 멸시하시려면 지금 하세요."

"감히 그런 생각은 하지 않았습니다."

그에게 모욕을 주길 기대했던 엘리자베스는 오히려 그가 정중한 태도를 보이자 깜짝 놀랐다. 그러나 그녀의 태도에 상냥함과 장난기가 뒤섞여 있었기 때문에, 누구라도 그녀가 모욕을 주었다고 느끼기는 쉽지 않았다. 더구나 지금 다아시는 어떤 여인에게서도 그녀에게서처럼 매력을 느껴본 적이 없었다. 사실 그는 그녀의 신분이 낮지 않았다면 위험할 정도로 그녀에게 빠져들었을 거라고 믿었다.

빙리 양은 다아시의 이런 모습을 질투를 느낄 만큼 충분히 보았고 그 모습의 의미를 알고 있었다. 소중한 친구 제인이 회복하길 바라는 열망이 크지 않았다면, 엘리자베스가 어서 눈앞에서 사라졌으면 하는 욕망을 잠재우기 힘들었을 것이다.

그녀는 자꾸만 다아시에게 두 사람의 결혼을 상상해서 이야기하고, 그런 결혼에서 그가 행복하려면 어떤 대책을 세워야 하는지 제안하면서 다아시가 엘리자베스를 싫어하게 만들려 애썼다.

"제 생각엔 말이에요…… " 다음 날 그들이 함께 관목 숲을 걷고 있을 때 그녀가 말했다. "실제로 그런 좋은 일이 일어난다면, 장차 장모님 되실 분에게 입조심하시는 게 좋겠다고 암시를 주셨으면 해요. 장모님 문제가 잘 해결되면 다음엔 장교들 뒤를 쫓아다니는 어린 처제들도 해결하셔야 할 거예요. 그리고 이건 말씀드리기 상당히 민감한 문제일지 모르지만, 장차 부인 되실 분의 작은 결점들, 그러니까 오만하고 무례한 면도 조심하도록 애를 쓰셔야 할 것 같네요."

"제 가정의 행복을 위해 더 해줄 말씀은 없으신가요?"

"오! 있고말고요! 펨벌리 저택 회랑에 필립스 이모 부부의 초상화를 걸어두세요. 판사를 지내신 증조부님 초상화 옆에요. 아시다시피 두 분은 방향이 다를 뿐 같은 일을 하셨잖아요. 그리고 엘리자베스의 초상화는 말이죠, 섣불리 그리려고 시도해서는 안 될 거예요. 그렇게 아름다운 눈을 제대로 표현할 수 있는 실력 있는 화가를 찾는 게 어디 그리 쉽겠어요?"

"그런 눈빛을 표현하기란 사실 쉽지 않을 겁니다. 하지만 그 색깔과 모양, 너무도 아름다운 속눈썹을 똑같이 그릴 수는 있겠지요."

바로 그때 그들은 다른 산책로에서 걸어오던 허스트 부인과 엘리자베스를 만났다.

"언니와 엘리자베스 양이 산책하러 나올 줄은 몰랐어요." 빙리 양은 자신이 한 말을 그들이 들었을까 봐 몹시 당황하며 말했다.

"두 사람 정말 너무했어요." 허스트 부인이 대답했다. "우리에게 나간다는 말도 없이 살짝 빠져나가다니."

그러고는 다아시 씨의 비어 있는 한쪽 팔에 자신의 팔을 끼는 바람에 엘리자베스 혼자 떨어져서 걸어야 했다. 길은 세 사람이 걷기에 딱 좋은 폭이었다. 다아시 씨는 자신들이 무례했다는 생각이 들어 즉시 이렇게 말했다.

"이 산책로는 다 같이 걸을 만큼 넓지 않군요. 가로수 길로 걷는 게 좋겠습니다."

그러나 엘리자베스는 그들과 줄곧 함께 하고 싶은 마음이 조금도 없었기 때문에 웃으며 이렇게 말했다.

"아니에요. 그냥 이 길로 걸으세요. 이토록 매력적인 모습으로 함께 계시니 무척 잘 어울려 보여요. 다른 사람이 들어가면 그림을 망칠 것 같아요. 전 이만 가보겠습니다."

그런 다음 그녀는 쾌활하게 그 자리를 벗어났고, 하루 이틀 후면 다시 집에 돌아가리라 희망하며 즐겁게 주변을 거닐었다. 제인은 벌써 꽤 많이 회복되어 그날 저녁엔 두 시간쯤 방 밖을 나와도 좋겠다는 생각이 들 정도였다.

11

저녁 만찬이 끝나 숙녀들이 모두 식탁에서 일어났을 때 엘리자베스는 제인에게 달려가 제인이 감기에 걸리지 않도록 옷을 단단히 입었는지 살펴본 다음 응접실로 데리고 갔다. 응접실에 들어서자 제인의 두 친구들은 건강이 회복되어 기쁘다는 말을 수없이 반복하며 제인을 맞이했다. 남자들이 만찬을 마치고 응접실에 들어설 때까지 두 여자는 엘리자베스가 지금까지 본 적 없는 매우 상냥한 태도로 제인을 대했다. 그들은 무척 뛰어난 말솜씨로 그동안 있었던 연회 장면을 정확하게 묘사했고, 여러 가지 일화들을 익살스럽게 이야기했으며, 지인들을 유쾌하게 비웃을 줄도 알았다.

하지만 신사들이 들어서자 제인은 더 이상 그들의 주된 관심사가 될 수 없었다. 빙리 양의 시선은 즉시 다아시를 향했고, 그가 몇 발자국 걸어 들어오기도 전에 벌써 그에게 무슨 말을 할지 떠올렸다. 그러나 다아시 씨는 곧바로 제인에게 다가가 건강이 회복된 걸 축하한다고 정중하게 인사를 건넸다. 허스트 씨역시 그녀에게 가볍게 목례를 하고 "정말 기쁩니다"라고 말했다. 빙리의 인사는 여전히 장황하고 열렬했다. 그는 매우 기뻐했고 무척 세심하게 제인을 배려했다. 제인이 방에서 응접실로오는 동안 춥지 않을까 걱정되어 30분 동안 장작을 쌓고 불을 피웠으며, 그녀를 문에서 멀리 떨어진 곳에 앉히고 싶어 벽난로 맞은편으로 자리를 옮기게 했다. 그러고는 그녀의 곁에 앉아서다른 사람들과는 거의 대화를 나누지 않았다. 반대편 구석에서제 할 일을 하던 엘리자베스는 이 모든 광경을 무척 흐뭇하게지켜보았다.

차를 다 마신 후 허스트 씨는 처제에게 카드 테이블을 준비하라고 귀띔했지만 빙리 양은 들은 척도 하지 않았다. 그녀는 다아시 씨가 카드놀이를 원하지 않는다는 개인적인 정보를 입수해놓은 터였다. 그리하여 허스트 씨의 공개적인 부탁은 즉시 보기 좋게 거절당했다. 빙리 양은 허스트 씨에게 아무도 카드놀이를 할 의향이 없다고 딱 잘라 말했으며, 이 문제에 대해 모두들아무런 대꾸를 하지 않아 그녀의 말이 맞는 것처럼 되어버렸다.

결국 허스트 씨는 딱히 할 일도 없어 소파 위에 큰대자로 누워 잠이나 자기로 했다. 다아시는 책 한 권을 집었고, 빙리 양도 다아시를 따라했다. 허스트 부인은 자기 몸에 걸친 팔찌와 반지들을 만지작거리느라 여념이 없었고, 이따금씩 남동생과 제인의 대화에 끼어들었다.

빙리 양은 자신의 책을 읽는 것만큼이나 다아시 씨가 책 읽는 모습을 지켜보느라 무척 바빴다. 그녀는 무언가를 질문하거나 그가 읽고 있는 페이지를 살펴보는 등 끊임없이 그의 관심을 끌었다. 그러나 그와 대화를 나누고 싶은 바람은 전혀 이루어지지 않았다. 그는 그녀의 질문에 대답만 할 뿐 계속해서 책을 읽었다. 다아시가 읽는 책의 제2권이라는 이유만으로 고른 책에 재미를 붙여보려 애쓰다가 결국 지치고 만 그녀는 크게 하품을 하고는 이렇게 말했다. "저녁 시간을 이렇게 보내는 건 정말 기분 좋은 일이에요! 정말이지 독서만 한 즐거움이 또 있을까요! 책에 비하면 다른 오락거리는 얼마나 빨리 싫증이 나는지 몰라! 나중에 내 집을 갖게 됐을 때 훌륭한 서재를 갖추지 못하면 정말 몹시 지루할 거예요."

아무도 대꾸하는 사람이 없었다. 그러자 그녀는 다시 하품을 하고 책을 한쪽에 던져놓고는 뭔가 재미있는 일이 없는지 방안을 죽 둘러보았다. 그때 오빠가 베넷 양에게 무도회에 대해 언급하는 소리를 듣고 얼른 오빠를 향해 몸을 돌려 한마디 거들었다.

"말이 나온 김에 하는 말인데, 찰스 오빠. 정말로 네더필드에서 무도회를 열 생각인 거야? 그렇다면 한 가지 충고하겠는데, 결정하기 전에 먼저 여기 모인 사람들 생각을 물어보는 게 좋을 것 같아. 장담하건데, 우리 중에 몇 사람은 무도회를 즐기기는 커녕 벌을 서는 것과 다를 바 없다고 생각할 테니까."

"다아시를 두고 얘기하는 거라면, 그는 무도회가 시작되기 전에 잠을 자러 가는 쪽을 택할지도 모르지." 그녀의 오빠가 큰 소리로 말했다. "하지만 무도회는 이미 정해진 일이야. 니콜스가 흰 수프를 다 끓이면 곧바로 초대장을 돌리러 보낼 거야."

"무도회를 다른 방식으로 진행하면 훨씬 즐거운 시간이 될 것 같아." 그녀가 대꾸했다. "그런 모임의 진행 방식이라는 게 으레 견딜 수 없을 만큼 지루한 면이 있잖아. 춤을 추는 대신 대화를 나누는 시간을 넣으면 훨씬 이성적일 거야."

"훨씬 이성적이기야 하겠지, 캐롤라인. 하지만 그렇게 되면 무도회라고 하기 어렵지 않겠니."

빙리 양은 아무런 대꾸도 하지 않았다. 그리고 이내 자리에서 일어나 방안을 거닐었다. 그녀의 자태는 우아했고 걸음걸이는 맵시 있었다. 하지만 이 모든 모습을 보이고 싶은 대상인 다아시는 여전히 고집스럽게 책에만 눈을 둘 뿐이었다. 그녀는 이제 필사적인 심정이 되어 한 가지 노력을 더 해보기로 결심했고, 그래서 엘리자베스를 향해 이렇게 말했다.

"일라이자 베넷 양, 저처럼 이렇게 방 안을 거닐어보는 게 어떻겠어요. 그렇게 오랫동안 한 자세로 앉아 있다가 걸으면 기분이 무척 상쾌해진답니다."

엘리자베스는 어리둥절했지만 즉시 그녀의 제안에 따라주었다. 빙리 양은 이 예의 바른 제안의 진짜 목표물에게 관심을 받는 데에도 성공했으니, 다아시 씨가 고개를 들어 그녀들을 보았던 것이다. 그 역시 엘리자베스와 마찬가지로 빙리 양이 이런 식으로 배려를 하다니 별 일이라고 여기며 자기도 모르게 책을 덮었다. 빙리 양은 즉시 그에게도 같이 걷자고 청했지만, 그는 두 사람이 함께 방을 거니는 데에는 두 가지 목적이 있을 텐데 자신이 합류하면 둘 중 한 가지 목적에 방해가 될 거라면서 제안을 거절했다. "다아시 씨 말이 무슨 뜻일까요? 무슨 의미인지 정말 궁금하군요." 빙리 양은 엘리자베스에게 그가 하는 말이 무슨 뜻인지 이해할 수 있느냐고 물었다.

"전혀요." 그녀가 대답했다. "하지만 보나마나 우리를 비난하려는 의도일 테니, 이럴 땐 아무것도 묻지 않는 것이 그를 실망시키는 가장 확실한 방법일 거예요."

하지만 어떤 일에서든 다아시 씨를 실망시킬 수 없는 빙리 양은 그가 말한 두 가지 목적이 무엇인지 설명해달라고 인내심을 갖고 청했다.

"설명해드리는 건 조금도 문제되지 않습니다." 그녀가 말할 기회를 주자 다아시는 즉시 입을 열었다. "두 분이 이렇게 방안을 거닐며 저녁 시간을 보내기로 한 이유는 서로의 신뢰 속에서 비밀 이야기를 나누려는 것이거나, 아니면 자신의 걷는 자태가 가장 매력적으로 보인다는 걸 의식하기 때문이 아닐까요. 첫 번째 이유라면 제가 두 분에게 철저하게 방해가 될 테고, 두 번째 이유라면 두 분의 걸음걸이를 보며 감탄하기에는 난롯가에 앉아 있는 편이 훨씬 좋을 테지요."

"이런! 정말 너무하세요!" 빙리 양이 외쳤다. "이렇게 심한 모욕은 처음 들어봐요. 이렇게 짓궂은 말을 하다니, 우리 다아시 씨를 어떻게 혼내주면 좋을까요?"

"혼내실 의향만 있다면 그것처럼 쉬운 일이 어디 있겠어요." 엘리자베스가 말했다. "얼마든지 괴롭힐 수도 있고 벌을 내려도 좋겠군요. 골릴 수도 있고 비웃을 수도 있겠죠. 친한 사이시니까 어떻게 하는 게 좋을지 잘 아시겠네요."

"하지만 전 정말 모르겠어요. 친하기야 하지만 아직 그런 걸 알 정도는 아니란 말이에요. 저렇게 차분하고 침착한 사람을 골리다니요! 불가능해요. 아마 우리를 무시할 걸요. 비웃어주려 해도 딱히 이유 없이 비웃으려다, 맙소사, 우리만 우스운 꼴을 당할 거예요. 다아시 씨만 흐뭇하게 만들 거예요."

"다아시 씨는 비웃음 당할 사람이 아니란 말씀이시죠!" 엘리자베스가 말했다. "그것 참 특이한 장점이네요. 그런 장점, 언제까지나 계속되길 바랄게요. 그런 장점을 가진 사람이 많을수록 저에게는 굉장한 손해가 될 테니까요. 저는 웃는 걸 아주 좋아하거든요."

"빙리 양은 저를 지나치게 치켜세우신 겁니다." 그가 말했다.

"아무리 현명하고 똑똑한 사람이라도, 아니, 아무리 현명하고 똑똑한 행동도 인생의 첫 번째 목표가 남을 놀리는 사람한테서 야 놀림감이 되는 수밖에 도리가 없지요."

"물론 그런 사람도 있죠." 엘리자베스가 말했다. "하지만 제가 그런 사람이 아니면 좋겠어요. 제가 현명하거나 지혜로운 행동 을 놀리는 일도 결코 없으면 좋겠어요. 그렇지만 어리석고 터무 니없는 행동, 변덕스럽고 모순적인 태도를 보면 놀리고 싶은 생 각이 들어요. 그래요, 인정하죠. 기회가 될 때마다 그런 사람들 을 비웃는답니다. 하지만 이런 점들이야말로 당신에게 없는 면 인 것 같은데요."

"아마 어떤 사람도 완벽하게 현명하기란 불가능할 겁니다. 하 지만 제 경우는 종종 우수한 이해력이 비난의 대상이 되기 때문 에 그런 약점을 피하는 것이 제 평생의 과제입니다."

"허영심과 오만함 같은 것 말씀인가요."

"그렇습니다. 허영심은 정말 큰 약점입니다. 하지만 오만함 은…… 정말 지적으로 우수하다면 오만함은 언제나 충분히 통 제될 수 있을 겁니다."

엘리자베스는 미소를 감추기 위해 다아시에게 등을 돌렸다.

"다아시 씨에 대한 검토가 모두 끝난 것 같은데요." 빙리 양이 말했다. "부디 결과를 알려주시겠어요?"

"검토 결과 다아시 씨는 결점이 없는 사람이라는 걸 완벽하게 확신하게 됐어요. 본인도 그걸 숨김없이 인정하시네요."

"아닙니다……." 다아시가 말했다. "그런 주장을 한 게 아니었어요. 저도 결점이 충분히 많습니다만, 지적인 측면에서는 결점이 없길 바랍니다. 제 성격이 좋다고는 차마 인정할 수 없습니다. 제가 좀처럼 유순한 사람이 아니라는 걸 알아요. 정말이지 세상에 적응하기 불편할 정도지요. 다른 사람들의 어리석은 행동이나 악한 행위, 제 자신에 대한 무례한 행동들을 최대한 빨리 잊어야 하지만 그러지 못합니다. 제 생각을 바꾸어보려고 늘 애쓰지만 좀처럼 쉽지 않습니다. 제가 천성적으로 화를 잘 내는 성격인지도 모르겠습니다. 한번 사람을 나쁘게 보면 평생 좋게 볼 수 없으니까요."

"그건 정말 큰 결점이로군요!" 엘리자베스가 큰 소리로 말했다. "누구도 말릴 수 없을 정도로 화를 잘 내는 건 성격적으로 큰 결함이니까요. 하지만 결점을 잘 고르셨네요. 그런 결점을 비웃을 방법을 전 도저히 못 찾겠으니 말이에요. 저한테 놀림당할 일은 없으시겠어요."

"제 생각에 모든 성격에는 어느 정도 구체적인 약점, 말하자면 아무리 교육을 많이 받아도 절대로 극복할 수 없는 천성적인 결함 같은 것이 있는 것 같습니다."

"그렇다면 당신의 결함은 모든 사람을 싫어하는 성향이로군요."

"그렇다면 당신의 결함은……" 그가 미소를 지으며 말을 받았다. "다른 사람의 말을 의도적으로 오해하는 것이고요."

"우리 음악이나 좀 들을까요." 자신은 함께할 수 없는 대화에 싫증이 난 빙리 양이 큰 소리로 말했다. "루이자 언니, 형부 깨워도 되지?"

그녀의 언니는 조금도 반대하지 않았고 빙리 양은 피아노 뚜껑을 열었다. 잠시 후 차분해진 다아시는 대화가 끊긴 걸 아쉬워하지 않았다. 그렇지 않아도 엘리자베스에게 지나치게 관심을 보인 것 같아 위태롭다고 생각하기 시작했다.

12

다음 날 아침 언니와 상의한 엘리자베스는 어머니에게 그날 중으로 마차를 보내주길 바란다는 편지를 썼다. 하지만 베넷 부인은 제인이 네더필드에 머문 지 꼬박 일주일 되는 다음 주 화요일까지 두 딸을 이곳에서 지내게 할 계산이었기 때문에, 그 전에는 딸들을 반갑게 맞을 수 없었다. 따라서 하루라도 빨리 집에 가고 싶은 엘리자베스의 바람과 달리, 어머니의 답장은 호의적이지 않았다. 베넷 부인은 다음 주 화요일 전에는 마차를 보낼 수 없을 것 같다고 답을 보냈다. 게다가 추신으로 덧붙이길, 빙리 씨와 그의 누이가 좀 더 지내다 가라고 붙잡으면 그들에게 기꺼이 자비를 베풀어도 좋을 거라고 했다. 하지만 엘리자베스는 더 오래 머물지 않겠다고 분명하게 결심했으며, 그런 부탁을 받을 거라고는 크게 기대하지 않았다. 오히려 쓸데없이 오래 머물면서 그들의 사생활을 방해한다고 여겨질까 봐 걱정이 되어, 제인에게 즉시 빙리 씨를 통해 마차를 빌리도록 설득했다. 그리하여 마침내 그날 아침에 네더필드를 떠나기로 한 원래 계획을 빙리 남매에게 말해서 마차를 요구하기로 결정했다.

오늘 중으로 떠나겠다는 말에 모두들 걱정하는 말을 쏟아냈다. 적어도 하루만 더 지내다 가면 좋겠다고 입을 모으자 제인의 마음이 흔들렸고, 그래서 다음 날 아침으로 출발을 미루기로 했다. 그러자 빙리 양은 출발을 연기하라고 제안한 걸 후회하기 시작했다. 두 자매 가운데 한 명에게 느끼는 애정보다는 나머지 한 명에게 느끼는 질투와 반감이 훨씬 컸기 때문이다.

집주인인 빙리 씨는 그들이 곧 떠날 예정이라는 말을 듣고 진심으로 아쉬워했다. 그는 지금 떠나면 건강에 좋지 않을 거다, 아직 충분히 회복되지 않았다고 되풀이해 말하면서 제인을 설득하려 애썼다. 하지만 제인은 옳다고 여기는 일에 단호했다.

다아시 씨에게는 반가운 소식이었다. 그 정도면 엘리자베스가 네더필드에 충분히 오래 있었다고 생각했다. 그는 자신이 원하는 것 이상으로 그녀에게 마음을 빼앗겼다. 빙리 양은 그녀를 무례하게 대했으며, 평소보다 더 많이 그를 놀려댔다. 현명하게도 그는 이제 그녀에게 감탄하는 기색을 들키지 않도록, 그녀가 그의 행복에 영향력을 미칠 수 있으리라는 기대로 의기양양해질 구실을 만들지 않도록 각별히 조심하기로 결심했다. 행여 그녀가 그런 기대를 갖게 된다면, 그 기대가 확신이 될지 산산조각

부서질지는 마지막 날 그의 행동에 결정적인 책임이 있으리라는 걸 알고 있었다. 그는 이 결심을 지키기 위해 토요일 내내 그녀에게 채 열 마디도 건네지 않았고, 단둘이 남게 된 30분 동안 열심히 책만 들여다보며 그녀 쪽으로는 고개도 돌리지 않았다.

일요일 아침 예배가 끝난 후 드디어 거의 모두에게 매우 만족스러운 작별의 시간이 찾아왔다. 빙리 양은 제인을 향해 애정을 보였을 뿐 아니라 엘리자베스를 향한 태도도 급속도로 공손해졌다. 그래서 서로 헤어질 때 제인에게 롱번에서든 네더필드에서든 그녀를 만나는 건 언제나 큰 기쁨이 될 거라고 거듭 강조해 말한 다음 엘리자베스에게 악수를 청하기까지 했다. 엘리자베스는 생기에 넘쳐 네더필드 사람들과 작별 인사를 나누었다.

두 사람은 어머니에게 그다지 따뜻한 환영을 받지 못했다. 베넷 여사는 그들이 돌아온 걸 의아하게 여겼고, 마차까지 빌리는 큰 폐를 끼치다니 크게 잘못했다고 몰아붙였으며, 제인의 감기가 재발될 거라고 장담했다. 아버지는 돌아와서 기쁘다고 아주 짧게 말했지만, 사실은 그들을 보게 되어 무척 기뻤다. 아버지는 두 자매의 존재가 집안에서 얼마나 중요한지 새삼 느꼈다. 제인과 엘리자베스가 없으니 저녁에 온 가족이 모여 대화할 때도 활기가 없었고 대화의 의미조차 거의 찾을 수가 없었다.

메리는 통주저음법(通奏低音法, 화성은 변하지만 저음은 일정한 음악 주법)과 인간 본성에 관한 연구에 여전히 깊이 빠져 있었다. 그리고 몇 가지 새로운 인용구에 감탄했으며, 진부한 도덕

성에 관한 새로운 견해에 귀를 기울였다. 캐서린과 리디아는 제인과 엘리자베스를 위해 다른 종류의 소식을 준비했다. 지난주 수요일 이후로 부대에서는 많은 일들이 일어났고 많은 이야기가 들려왔다. 장교 몇 명이 최근 이모부와 식사를 했고, 한 병사가 태형을 당했으며, 포스터 대령이 곧 결혼할 거라는 말이 실질적으로 암시되고 있다고 했다.

13

"여보. 오늘 저녁은 신경 써서 차렸으면 하오." 다음 날 아침 식사 때 베넷 씨가 부인에게 말했다. "저녁에 우리 식구 말고 누가 또 올 것 같으니까."

"누가요, 여보? 올 사람이 누가 있다고 그래요. 혹시 샬럿 루카스 양이 들른다면 모를까. 그렇다 하더라도 우리 집 만찬 정도면 그 아이에게 훌륭한 편일 거예요. 그 집은 우리 집 음식처럼 잘 차린 음식을 자주 먹지 못할 테니까요."

"내가 말하는 사람은 신사분이고 이 마을 사람도 아니오." 베넷 부인의 눈이 휘둥그레졌다. "신사에 이 동네 사람이 아니라고요! 그럼 빙리 씨군요. 애, 제인, 어쩜 이 엄마한테 한마디 귀띔도 하지 않았니. 이런 내숭을 봤나! 오, 빙리 씨를 만나다니 너무나 반갑고 기쁘구나. 그런데 이런 세상에! 이를 어쩌면 좋지! 하필 오늘 생선이 딱 떨어졌는데. 착한 딸, 리디아야. 어서 벨을 울리거라. 지금 당장 힐에게 말해야겠다."

"빙리 씨가 아니오." 남편이 말했다. "나도 지금까지 한 번도 본 적이 없는 사람이오."

아버지의 말에 온 가족은 깜짝 놀랐다. 아버지는 아내와 다섯 딸들이 동시에 쏟아내는 질문을 받으며 즐거워했다.

베넷 씨는 잠시 그들의 호기심을 즐긴 후 이렇게 설명했다. "한 달쯤 전에 이 편지를 받았소. 그리고 보름 전에 답장을 썼지. 편지 내용이 다소 민감한 사안이라 빨리 조치를 취해야 한다고 생각했기 때문이오. 편지를 보낸 사람은 내 사촌 콜린스 씨요. 내가 죽으면 언제든 그가 원할 때 당신과 아이들 모두를 이 집에서 내보낼 수 있는 사람이지."

"오, 이런!" 베넷 부인이 소리쳤다. "여보, 그 이야기라면 더는 듣고 싶지 않아요. 그 밉살맞은 인간 이야기는 꺼내지도 마세요. 당신 재산을 당신 자식들이 아닌 다른 사람에게 상속해야 하다니, 세상에 그처럼 말도 안 되는 일이 어디 있어요. 내가 당신이라면 그 일에 대해 벌써 오래전에 무슨 조치든 취했을 거예요."

제인과 엘리자베스는 어머니에게 상속의 성격을 설명하려 했다. 상속에 대해 전에도 종종 설명해보려 했지만 베넷 부인은 도무지 이해하지 못했다. 어머니는 멀쩡한 딸이 다섯이나 있는 집의 재산을 빼앗아 생판 관계도 없는 남 좋은 일만 시키다니 너무 잔인한 처사가 아니냐며 거듭 비난을 퍼부었다.

"매우 부당한 처사긴 하지." 베넷 씨가 말했다. "콜린스 씨 입장에서는 롱번을 상속받았다는 죄책감에서 완전히 벗어나기 어려울 테고 말이야. 하지만 그가 편지에 뭐라고 썼는지 들어나보구려. 그의 생각을 알면 당신 속상한 마음이 좀 풀어질지도 모르니."

"아니, 그럴 리는 없을 것 같아요. 감히 당신에게 편지를 쓰다니 아주 건방진 행동이라고 생각해요. 게다가 굉장히 위선적이기까지 하고 말이에요. 난 그렇게 겉으로만 친한 척하는 사람들 질색이에요. 자기 아버지가 그랬던 것처럼 당신하고 으르렁거려보시지, 왜 그러지 않는 거죠?"

"글쎄, 실은 그도 그 점에 대해 자식으로서 다소 양심의 가책을 느끼는 것 같소. 당신도 편지 내용을 보면 알 거요."

켄터키 주, 웨스터햄 근교 헌스퍼드.
10월 15일

친애하는 베넷 씨,

그동안 베넷 씨와 돌아가신 저희 아버지께서 서로 의견이 맞지 않았다는 사실을 저는 늘 불편하게 여겨왔습니다. 그래서 아버지를 잃는 불행을 겪은 후 조금이나마 화해의 물꼬를 트고 싶다는 희망을 항상 품고 있었습니다. 그러나 제 생각을 밀고 나가도 좋을지 확신이 없었기 때문에 한동안 희망을 자제했습니다. 돌아가신 아버지께서 사이가 좋지 않은 채로 지내길 원하시던 분과 화해를 청하는 것이 혹여 그분 뜻과 어긋나는 일은 아닐까 염려되었기 때문입니다. – "여보, 내가 말한 부분이

99

바로 이 부분이오." – 하지만 지금은 이 문제에 대해 확실하게 마음을 굳혔습니다. 실은 지난 부활절에 성직을 수임했으며, 정말 감사하게도 루이스 드 버그 경의 미망인이신 캐서린 드 버그 영부인의 후원을 받는 영광을 얻게 되었습니다. 따라서 영부인의 크나큰 후원과 은혜로 이 관구 내에 있는 매우 훌륭한 사제관에서 지내게 된 바, 이곳에서 영부인의 품위에 조금도 거스르지 않도록 처신하면서 영국 국교회가 제정한 의식과 관례를 수행하기 위해 만전을 기하는 것이 제가 할 수 있는 최선의 노력이 아닐까 합니다. 또한 성직자로서 제 영향력이 미치는 범위 안에 있는 모든 일가들에게 평화와 은총이 가득하도록 기도하는 것 역시 저의 임무라고 생각합니다. 따라서 제가 선의로 드리는 이 제안이 매우 칭찬할 만한 것이라고 자부하며, 롱번 재산의 상속자라는 제 입장을 베넷 씨께서 너그럽게 보아주시어 제가 내미는 올리브 가지(평화와 화해의 상징. 노아의 방주에서 날려 보낸 비둘기가 올리브 가지를 물고 왔다는 고사에서 유래된 표현)를 뿌리치지 않으시길 바라마지 않습니다. 제가 베넷 씨의 사랑스러운 따님들에게 해를 끼치는 사람이라는 점에서 심히 마음 아파하고 있사오니, 부디 이 일에 대해 제 간곡한 사과를 받아주시길 청하오며, 아울러 가능한 모든 방법을 동원하여 따님들에게 기꺼이 피해를 보상해드릴 것을 약속드립니다. 이 문제는 차후에 다시 말씀드리겠습니다. 제가 베넷 씨 댁을 방문하고자 하는 청을 거절하지 않으신다면, 11월 18일 월요일 4시경에 베넷 씨와 가족들을 찾아뵙는 크나큰 기쁨을 누릴 수 있길 바랍니다. 아마 그 다음 주 토요일까지는 염치 불구하고 폐를 끼치게 될 것 같습니다. 일요일에 성직을 수행할 다른 목사님을 정해놓으면 특별한 경우 일요일에 자리를 비우는 것에 대해 캐서린 영부인께서도 쾌히 허락하실 테니 그 점은 전혀 문제되지 않습니다. 베넷 부인과 따님들께도 심심한 경의를 표하며 이만 줄이겠습니다.

베넷 씨의 영원한 지지자이며 벗, 윌리엄 콜린스 올림

"그러니까 우리는 4시경에 이 평화의 신사를 맞게 될지 모르오." 베넷 씨가 편지를 접으면서 말했다. "모르긴 해도 아주 양심적이고 예의 바른 청년일 것 같소. 우리에게 유익한 사람이 되리라는 확신이 드는군. 특히나 캐서린 영부인께서 그가 다시 우리 집에 올 수 있도록 크게 호의를 베푸신다면 더욱 그럴 테지."

"어쨌든 우리 딸들에 대해 언급한 부분은 어느 정도 일리가 있네요. 어떻게든 보상을 하겠다는데 굳이 말릴 생각도 없고요."

"어떤 식으로 보상하려는지 알 수 없지만, 그 재산을 우리 몫이라고 생각하고 어떻게든 보상하려는 마음은 가상한데요." 제인이 말했다.

엘리자베스는 그가 캐서린 영부인에게 유난스레 존경을 표한 것과, 필요할 때면 언제라도 교구민에게 세례식과 결혼식, 장례식을 집전할 용의가 있다며 선심 쓰듯 의사를 밝힌 것에 주로 관심이 갔다.

"이상한 사람 같아요." 엘리자베스가 말했다. "이 편지를 쓴 의도를 모르겠어요. 문체에서는 아주 거만한 느낌이 들고요. 더구나 자신이 상속자가 된 걸 사죄한다니, 그게 무슨 말이죠? 설사 그가 상속 문제를 도울 수 있다 해도, 그럴 리는 없을 거예요. 아무래도 분별 있는 사람 같지 않은데요, 아버지?"

"내 생각도 그렇다. 분별 있는 사람 같지는 않아. 오히려 정반대일 가능성이 아주 높을 것 같다. 편지에 비굴함과 자만심이 묻어 있는 걸 보니 그렇겠어. 어떤 사람인지 빨리 보고 싶구나."

"작문 실력에 관해서라면 그의 편지에 딱히 흠은 없는 것 같아요." 메리가 말했다. "올리브 가지 운운한 건 썩 신선한 발상이라고 할 수 없겠지만 표현력은 제법 괜찮은 것 같은데요."

캐서린과 리디아는 편지에도 편지를 쓴 사람에게도 전혀 관심이 없었다. 사촌이 주홍색 코트를 입고 올 가능성은 거의 없을 텐데, 최근 몇 주 전부터는 다른 색 옷을 입은 남자들로부터 아무런 즐거움을 느낄 수 없었다. 어머니는 콜린스 씨의 편지를 읽은 다음부터 그에 대한 반감이 크게 줄어 제법 평온하게 그를 맞을 준비를 하고 있어서 남편과 딸들을 무척 당황하게 했다.

콜린스 씨는 편지에 언급한 시간을 정확하게 지켰으며, 온 가족에게 매우 정중한 환영을 받았다. 베넷 씨는 사실상 거의 말을 하지 않았지만 숙녀들은 그와 대화를 할 만반의 준비가 되어 있었다. 콜린스 씨 또한 조용한 성격은 아닌 듯 보여 이야기하자고 부추기지 않아도 될 것 같았다. 콜린스 씨는 키가 크고 둔하게 생긴 스물다섯 살 청년이었다. 인상은 근엄하고 거만했으며 지나치게 격식을 차렸다. 그는 자리에 앉자마자 베넷 부인에게 이런 따님들을 두시다니 정말 훌륭하다, 따님들의 미모는 익히 들어 알고 있었지만 직접 만나고 보니 실물이 훨씬 아름답다며 찬사를 늘어놓았고, 머지않아 따님들 모두 좋은 곳에 시집가게 되리라고 믿어 의심치 않는다는 말도 빠뜨리지 않았다. 이처럼 정중한 인사치레는 몇몇 사람들 취향에는 맞지 않았지만, 칭찬을 듣지 않으면 트집을 잡는 베넷 부인에게는 냉큼 반응을 불러일으켰다.

"오, 정말 친절하기도 하셔라. 그렇게 되길 저도 진심으로 바란답니다. 안 그러면 이 아이들 처지가 정말 초라해질 테니까요. 상황이 너무 이상하게 결정되어 있으니 말이죠."

"댁의 재산이 상속되는 걸 말씀하시는군요."

"그래요! 바로 그거예요. 제 불쌍한 딸들에게 정말 가혹한 일이라는 걸 콜린스 씨도 인정하셔야 해요. 아니, 그렇다고 콜린스 씨 탓이라는 뜻은 아니랍니다. 그런 일은 순전히 우연이라는 걸 저도 아니까요. 일단 재산이 상속인에게 양도되기로 정해지면 그 재산이 누구에게 갈지 알 도리가 없잖아요."

"저도 아름다운 제 사촌들의 어려운 상황을 아주 잘 알고 있습니다, 부인. 지금이라도 당장 이 문제에 대해 많은 이야기를 할 수 있습니다만, 주제넘게 나서서 경솔하게 보일까 조심스럽습니다. 하지만 어린 숙녀분들에게 찬사를 보낼 준비가 되어 있다는 사실만큼은 확실하게 말씀드릴 수 있습니다. 지금으로서는 더 이상의 말씀을 드리지 않겠지만, 아마 우리가 서로를 좀 더 잘 알게 되면……."

저녁 식사를 하러 오라는 말에 그의 말이 중단되었다. 딸들은 서로 바라보며 미소를 지었다. 콜린스 씨가 감탄한 대상은 딸들만이 아니었다. 그는 홀이며 응접실, 곳곳에 놓인 가구들을 자세히 들여다보며 칭찬을 아끼지 않았다. 그가 이 모든 것을 장차 자기 재산으로 여길 거라는 추측으로 원통해하지만 않았다면, 베넷 부인은 그의 칭찬 한 마디 한 마디에 감동을 받았을 것이다. 이제 그는 저녁 식사에 대해서도 크게 찬사를 보냈다. 그러고는 아름다운 사촌들 가운데 누가 이 훌륭한 요리 솜씨를 발휘했는지 정말 알고 싶다고 간청했다. 하지만 이때 베넷 부인이 정확한 사실을 지적해주었는데, 즉 그들은 훌륭한 요리사를 둘 만큼 재정적으로 충분히 넉넉하며 딸들에게는 일절 부엌일을 시키지 않는다고 다소 퉁명스럽게 일러준 것이다. 그는 불쾌하게 해드려 죄송하다고 사과했다. 그녀가 목소리를 누그러뜨리며 전혀 기분 상하지 않았다고 분명히 말했는데도, 그는 장장 15분 동안 죄송하다는 말을 거듭 되풀이했다.

14

베넷 씨는 식사 시간 내내 거의 입을 열지 않았다. 그러나 하인들이 물러가자 그래도 집에 온 손님과 몇 마디 나누어야 할 것 같아, 좋은 후원자를 만나 정말 다행이라며 그가 돋보일 만한 화제를 꺼냈다. 베넷 씨는 콜린스 씨의 소망과 안위에 대한 캐서린 드 버그 영부인의 관심과 배려가 아주 각별해 보인다고 말했는데, 사실 그보다 더 좋은 화제를 찾기가 어려웠다.

영부인에 대한 이야기가 나오자 콜린스 씨는 열을 내며 칭찬하기에 바빴다. 영부인이 화제에 오르자마자 그는 평소보다 훨씬 점잔을 빼고 있는 대로 거드름을 피우면서, 캐서린 영부인처럼 지체 높으신 분이 자기와 같은 신분의 사람에게 그처럼 상냥하고 겸손한 태도를 보이는 것은 평생 처음 봤다고 힘주어 말했다. 그는 벌써 두 차례나 영부인 앞에서 설교를 하는 영광을 얻었는데, 영부인께서는 자비롭게도 두 번 모두 설교가 아주 훌륭하다고 칭찬을 아끼지 않았다는 것이다. 게다가 로징스에서 만찬을 함께하자고 두 차례나 그를 불렀고, 지난 토요일 저녁만 해도 쿼드릴(네 사람이 패 40장을 가지고 노는 카드놀이)을 하는데 짝을 맞춰야 한다며 사람을 보내 그를 초대했다. 그가 아는 많은 사람들이 캐서린 영부인을 도도한 분이라고 평하지만, 그에게는 그저 너그럽기 그지없는 분이었다. 영부인은 언제나 다른 신사들을 대할 때와 똑같은 말투로 그에게 말을 건넸고, 그가 이웃의 사교 모임에 참석하는 데에 조금도 이의를 제기하지 않았으며, 친척들을 방문하느라 이따금 한두 주일 교구를 비워도 전혀 싫은 내색을 하지 않으셨다. 게다가 어찌나 아량이 넓으신지 그가 신중하게 점찍어 놓은 신붓감이 있다면 가능한 빨리 결혼하는 것이 좋을 거라는 충고도 해주셨다. 한번은 누추한 그의 목사관에 친히 납시어 그가 건물을 개축 중인 걸 보고는 잘했다고 전적으로 지지해주었을 뿐만 아니라 2층 벽장 안에 있는 선반 몇 개를 어떻게 고치면 좋을지 제안하기까지 했다.

"정말 훌륭하고 마음 씀씀이가 고운 분이군요." 베넷 부인이 말했다. "분명히 무척 상냥한 숙녀분일 것 같아요. 훌륭한 숙녀들이 대체로 캐서린 영부인과 같은 심성의 반도 못 따라간다는 건 정말 안타까운 일이 아닐 수 없어요. 그래, 그 영부인은 콜린스 씨 댁 근처에 사시나요?"

"제 누추한 집에 딸린 정원과 영부인의 저택인 로징스 파크 사이에 좁은 길 하나가 놓여 있을 뿐이지요."

"영부인이 미망인이라고 하셨던 것 같은데요? 가족은 있나요?"

"슬하에 따님 한 분만 두셨습니다. 로징스의 상속녀로서 상당한 재산을 물려받을 것입니다."

"오!" 베넷 부인이 고개를 저으며 외쳤다. "그렇다면 그 따님은 웬만한 아가씨들보다 훨씬 부자겠어요. 따님은 어떤 아가씨인가요? 예뻐요?"

"굉장히 참한 아가씨입니다. 캐서린 영부인께서 직접 말씀하시길, 진정한 아름다움의 관점에서 볼 때 드 버그 양은 가장 아름다운 여성보다 훨씬 뛰어나다고 하셨습니다. 따님의 외모에는 좋은 가문에서 태어난 아가씨에게서만 볼 수 있는 기품이 배어 있기 때문이라고 하시더군요. 하지만 불행히도 체질이 워낙 병약해서 교양을 많이 익히지는 못하셨지요. 따님의 교육을 담당했고 지금도 그 집에서 함께 기거하는 숙녀분에게 들은 바로는, 건강하기만 했더라면 틀림없이 많은 재능을 익혔을 거라고 하더군요. 하지만 드 버그 양은 무척 상냥하셔서 황공하게도 그녀의 작은 사륜 쌍두마차와 조랑말을 타고 종종 누추한 제 목사관에 들르곤 하신답니다."

"드 버그 양은 궁에서 왕을 알현하신 적이 있나요? 궁에 드나드는 숙녀분들 가운데 그런 이름을 들어본 기억이 없어서요."

"늘 건강이 좋지 않은 상태라 불행히도 런던까지 가기는 힘드십니다. 안 그래도 일전에 제가 캐서린 영부인께 이런 말씀을 드린 적이 있습니다. 따님께서 궁정에 출입하지 못하는 바람에 영국 궁정은 가장 반짝이는 장식품 하나를 잃은 셈이 됐다고 말이지요. 영부인께서도 그런 제 생각에 흡족해하시는 것 같더군요. 짐작하셨을지 모르지만, 저는 기회가 있을 때마다 작은 일들까지 세심하게 칭찬을 해드려 숙녀분들이 기뻐하시는 모습을 보면서 행복을 느끼는 편입니다. 저는 캐서린 영부인께 이런 이야기도 여러 번 말씀드렸습니다. 이토록 매력적인 따님께서는 공작부인이 될 자질을 타고나셨으며, 아무리 지체 높은 자리라 할지라도 오히려 그 자리가 따님 때문에 돋보일 거라고 말이지요. 비록 별것 아니지만 이런 찬사가 영부인을 기쁘게 해드리기에, 저는 이 찬사야말로 제가 영부인께 해드려야 할 특별한 배려라고 생각합니다."

"매우 적절한 판단입니다." 베넷 씨가 말했다. "다른 사람의 마음을 세심하게 배려하는 재주가 있다는 건 일종의 행운이지요. 그런데 그렇게 다른 사람의 마음을 배려하는 말이 그때그때 순간적으로 나오는 것인지 아니면 미리 생각해둔 말을 하는 건지 물어봐도 될는지요?"

"대개는 순간순간 떠오르는 대로 칭찬을 합니다. 가끔은 일상적인 경우에 어울릴 만한 사소하면서도 고상한 칭찬을 떠올리고 준비하면서 스스로 즐거워하기도 하지만, 그럴 때면 미리 생각해둔 티가 나지 않도록 최대한 자연스럽게 칭찬을 하려고 하지요."

베넷 씨의 예상이 완벽하게 들어맞았다. 그가 바라던 대로 사촌은 어리석은 사람이었다. 그는 사촌의 이야기를 매우 유쾌하게 경청했지만 얼굴에는 단호히 침착한 표정을 유지했으며, 이따금 엘리자베스를 흘긋 바라보는 것 말고는 자신의 즐거움을 다른 사람과 나눌 필요를 느끼지 않았다.

차 마실 시간이 되었을 때, 베넷 씨는 이만하면 충분히 즐거움을 만끽했다고 여기고 손님을 다시 응접실로 모셨다. 그리고 차를 다 마시자 그에게 숙녀들을 위해 큰 소리로 책을 낭독해달라고 기쁘게 청했다. 콜린스 씨는 기꺼이 동의하고 책 한 권을 받았다. 그러나 책을 보자 이내 뒤로 물러서더니 (순회도서관에서 빌려온 책임을 한눈에 알 수 있었기 때문이다) 미안하지만 소설책은 절대로 읽지 않는다고 말했다. 키티는 그를 빤히 바라봤고 리디아는 놀라서 소리를 질렀다. 그는 다른 책들을 건네받고 한참 동안 신중하게 생각한 다음 포다이스의 '설교집'을 선택했다. 그가 책을 펼치자 리디아는 크게 하품을 하더니, 매우 단조롭고 엄숙한 목소리로 세 쪽도 채 읽기 전에 그의 낭독을 방해했다.

"엄마, 그 이야기 아세요? 필립스 이모부가 리처드를 해고할까 생각 중이시래요. 만일 그렇게 되면 포스터 대령이 그를 고용할 거래요. 이모가 토요일에 저한테 직접 말씀하셨어요. 자세한 내용을 알기 위해 내일 메리턴에 가보려고요. 데니 씨가 런던에서 언제쯤 돌아올지도 물어봐야 하고요."

두 언니들은 리디아에게 조용히 하라고 주의를 주었지만, 이미 기분이 잔뜩 상한 콜린스 씨는 책을 내려놓은 뒤 이렇게 말했다.

"젊은 숙녀분들이 진지한 종류의 책에 좀처럼 관심이 없는 걸 자주 보게 됩니다. 버릴 것 하나 없이 이롭기만 한 내용인데도 말이지요. 솔직히 이런 현상은 경악스럽습니다. 숙녀들에게 교훈만큼 유익한 건 결코 없으니까요. 하지만 저는 더 이상 제 어린 사촌을 괴롭히지 않겠습니다."

그러고는 베넷 씨를 향하더니 주사위 놀이의 상대가 되겠다고 자청했다. 베넷 씨는 그의 도전을 받아들이면서, 아가씨들끼리 시시한 놀이를 즐기도록 한 건 아주 현명한 처사라고 말했다. 베넷 부인과 딸들은 리디아 때문에 낭독이 중단되어 죄송하다고 매우 공손하게 사과했고, 그가 다시 책을 읽어준다면 다시는 그런 일이 일어나지 않도록 하겠다고 약속했다. 그러나 콜린스 씨는 어린 사촌이 일부러 그런 것도 아니니 괜찮다고, 그녀의 행동을 조금도 모욕적으로 여기지 않았기 때문에 전혀 화가나지 않았다고 안심시켰다. 그러고는 베넷 씨가 앉아 있는 테이블 앞에 자리를 잡고 주사위 놀이 준비를 했다.

15

콜린스 씨는 지각 있는 사람이 아니었으며, 그렇다고 천성적 결함을 교육이나 사교 활동으로 메운 것도 아니었다. 인생의 대부분을 무식하고 인색한 아버지 밑에서 보냈으며, 대학을 다니긴 했지만 필수 학기를 채웠을 뿐 도움될 만한 사람 하나 사귀지 못했다. 아버지에게 복종하며 자란 탓인지 비굴한 태도가 뼛속까지 몸에 배었지만, 지금은 머리는 아둔하면서 사람들과 왕래없이 지내는 사람 특유의 자만심, 뜻밖에 빨리 출세한 사람에게 흔히 볼 수 있는 거만함이 이 비굴함을 상당 부분 상쇄시켰다. 그는 운 좋게도 헌스퍼드의 목사직이 공석이 되었을 때 캐서린 드 버그 영부인 눈에 들어 그 자리에 앉게 되었다. 따라서 영부인의 높은 신분에 대한 존경과 후원자인 그녀를 향한 숭배가 자신에 대한 엄청난 자부심과 성직자라는 권위의식, 목사로서의 권리 등과 뒤엉켜 그를 오만과 아첨, 거만함과 비굴함의 혼합물로 만들었다.

좋은 집도 있겠다, 수입도 꽤 넉넉하겠다, 이제 그는 결혼을 해야겠다고 생각했다. 그래서 롱번가 사람들과 화해를 꾀하면서 딸들 가운데 신붓감을 얻기로 마음먹었다. 세간의 소문대로 이 집 딸들이 예쁘고 상냥하다면 이들 중 한 명을 선택할 작정이었다. 베넷 씨 재산을 상속받는 것에 보상할 계획이라는 말은 바로 이 결혼을 두고 한 말이었다. 그는 이것이 더할 나위 없이 바람직하고 합리적이며 훌륭한 계획이며, 자기편에서 볼 때 지극히 관대하고 사심 없는 계획이라고 여겼다.

그는 딸들을 보자마자 계획대로 밀고나가기로 했다. 베넷 양의 아름다운 얼굴은 그의 생각을 확고하게 굳혔고, 무슨 일이든 나이 순서대로 이루어져야 한다는 그만의 완고한 원칙을 정립시켰다. 그리하여 그는 이 집에 도착한 첫날 저녁부터 제인을 신붓감으로 정해놓았다. 하지만 다음 날 아침에 생각을 바꾸어야 했다. 아침 식사 전 15분 동안 베넷 부인과 긴히 이야기를 나누면서, 처음에는 자신의 목사관 이야기부터 시작해 안주인 될 사람을 이곳 롱번에서 찾을 수도 있겠다며 자연스레 자신의 바람을 고백했다. 그런데 베넷 부인은 아주 상냥하게 미소를 지으며 전반적으로 격려를 하는 듯하더니, 그가 점찍어둔 제인은 안 된다고 주의를 주는 것이었다. "다른 딸들에 대해서라면 굳이 이런 말을 하지 않을 거예요…… . 확실하게 정해진 상대가 없으니까요……. 아이들이 생각해둔 사람이 있는지는 모르겠지만요……. 하지만 큰딸에 대해서는 꼭 할 말이 있는데…… 아무래도 제인의 상황을 알려드려야 할 것 같아요……. 제인은 빠른 시일 내에 약혼을 할 것 같답니다."

콜린스 씨는 제인에서 엘리자베스로 상대를 바꾸기만 하면 됐다. 그리고 그 과정은 순식간에 - 베넷 부인이 불을 지피는 동안 - 이루어졌다. 태어난 순서로 보나 미모로 보나 제인 다음 가는 엘리자베스가 제인의 뒤를 잇는 것은 아주 당연했다.

베넷 부인은 콜린스 씨가 넌지시 비치는 말을 마음속에 소중히 간직했으며, 곧 두 딸을 시집보내게 될 거라고 기대했다. 그리고 바로 전날만 해도 이름조차 듣고 싶지 않았던 남자가 지금은 아주 마음에 쏙 들었다.

리디아는 메리턴으로 가겠다는 계획을 잊지 않았다. 메리를 제외한 모든 자매들이 그녀와 함께 가기로 했고, 콜린스 씨는 그녀들을 수행하기로 했다. 콜린스 씨를 보내버리고 서재에 혼자 있고 싶은 마음이 간절한 베넷 씨의 요청에 따른 것이었다. 콜린스 씨는 아침 식사 후에 베넷 씨를 따라가 명목상으로는 서재에 꽂힌 책 가운데 제일 큰 2절판 책을 읽는답시고 앉아 있었지만, 사실상 베넷 씨에게 헌스퍼드에 있는 그의 집과 정원에 대해 쉬지 않고 떠들어댔다. 그런 행동들은 베넷 씨를 몹시 불안하게 만들었다. 그는 언제나 서재에서 휴식과 평온을 누려왔다. 엘리자베스에게 말했듯이 집 안 어디에서든 어리석은 짓과 잘난 척하는 꼴을 얼마든지 봐줄 준비가 되어 있지만, 서재에서만큼은 그런 모습들에서 벗어나 혼자만의 시간을 갖곤 했다. 따라서 즉시 콜린스 씨에게 딸들의 산책에 동행해달라고 공손하게 제안했고, 그러자 사실 독서보다 산책이 훨씬 체질에 맞는 콜린스 씨는 커다란 책을 탁 덮고 매우 흔쾌히 아가씨들을 따라나섰다.

메리턴에 도착할 때까지 콜린스 씨는 거드름을 피우며 자신이 가진 별것 아닌 것들을 자랑하기 바빴고 사촌들은 그 말에 공손하게 머리를 끄덕였다. 하지만 메리턴에 들어선 다음부터 콜린스 씨는 더 이상 젊은 아가씨들의 관심을 끌지 못했다. 그들은 이내 장교들을 찾아 거리 곳곳을 둘러보느라 정신없었고, 상점 유리창 안에 진열된 아주 예쁜 보닛이나 방금 나온 모슬린 소재의 옷 정도가 아니고서는 아무것도 시선을 끌지 못했다.

그러다 모든 숙녀들의 시선이 즉시 한 청년에게 쏠리기 시작했다. 매우 신사다운 외모의 이 낯선 청년은 장교 한 사람과 함께 저쪽에서 걸어오고 있었다. 장교는 리디아가 런던에서 언제쯤 돌아올지 몹시 궁금해하던 바로 그 데니 씨였다. 그들이 지나가자 청년은 머리를 숙여 인사했다. 처음 보는 젊은이의 분위기에 모두들 강한 인상을 받았고, 그가 누구일지 무척 궁금해했다. 키티와 리디아는 그가 누군지 알아낼 수 있을까 해서 맞은편 상점에서 뭔가 살 것이 있다는 핑계를 대고 길을 건넜는데, 다행히 그들이 보도에 막 다다랐을 때 길을 되돌아오던 두 신사도 같은 장소에 도착했다. 데니 씨는 즉시 두 숙녀에게 말을 건 넨 다음 자신의 친구를 소개해도 좋을지 물었다. 친구의 이름은 위컴 씨로 어제 그와 함께 런던에서 이곳에 도착했으며 그가 있 는 부대에 장교로 임관되었다고 했다. 바라던 그대로였다. 군복 을 입은 청년의 모습은 더할 나위 없이 매력적으로 보일 터였 다. 그의 외모는 그를 크게 돋보이게 했다. 그는 전체적으로 용 모가 수려하고, 혈색이 좋았으며, 몸매도 훌륭했고, 사람을 대 하는 태도 또한 붙임성이 있었다. 소개가 끝나자 그가 유창한 언변으로 대화를 이어갔는데, 유창하기도 하거니와 대화 내용 이 매우 적절하고 태도 또한 겸손했다. 다함께 그 자리에 서서 유쾌하게 이야기를 나누고 있을 때 말발굽 소리가 주의를 끌었 고, 다아시와 빙리가 길 저편에서 달려오는 모습이 보였다. 두 신사는 아가씨들을 보자마자 그들을 향해 곧장 이리로 달려와 여느 때처럼 예의를 갖추어 인사했다. 주로 빙리가 말을 했고 거의 베넷 양을 향해 말을 건넸다. 그는 마침 그녀의 안부를 묻 기 위해 롱번에 가는 길이라고 했다. 다아시 씨는 고개를 숙여 빙리의 말이 맞다는 걸 확인시켜 주었다. 다아시는 엘리자베스 와 눈을 마주치지 않기로 결심하고 시선을 외면했는데, 바로 그 때 돌연 그 낯선 청년과 시선이 마주치게 되었다. 엘리자베스는 두 사람이 서로를 마주볼 때 우연히 그들의 얼굴빛을 보고 깜 짝 놀랐다. 둘 다 안색이 바뀌기는 마찬가지였는데, 한 사람은 하얗게 질렸고 다른 한 사람은 벌겋게 상기되었던 것이다. 위컴

씨는 잠시 후 모자에 손을 얹으며 인사했고, 다시 씨는 마지못해 인사에 답했다. 지금 이 상황이 무슨 의미일까? 도무지 짐작이 가지 않았다. 도저히 궁금해서 견딜 수가 없었다.

빙리 씨는 무슨 일이 일어났는지 전혀 눈치채지 못한 듯 곧이어 그들에게 작별 인사를 하고 친구와 함께 그 자리를 떠났다.

데니 씨와 위컴 씨는 젊은 아가씨들을 필립스 씨 댁 문 앞까지 데려다주고 고개를 숙여 인사했다. 리디아가 같이 들어가자고 졸랐고, 필립스 부인이 거실 창문으로 크게 소리를 지르며 리디아 말대로 하라고 권했지만 그들은 한사코 길을 재촉했다.

필립스 부인은 언제나 기꺼이 조카들을 만났다. 그녀는 최근에 만나지 못한 제인과 엘리자베스를 특히 반갑게 맞았고, 두 조카가 뜻밖에 일찍 집에 돌아왔다는 소식을 듣고 얼마나 놀랐는지 모른다며 야단스럽게 이야기를 늘어놓았다. 자기네 마차를 가지러 오지 않아 그들이 집에 돌아온 줄 까맣게 모르고 있었다. 거리에서 우연히 존스 씨 상점에서 일하는 사환을 만나 베넷가의 두 딸들이 네더필드를 떠났기 때문에 네더필드에서 더 이상 약을 사러 오지 않는다는 말을 듣지 않았다면 아무것도 몰랐을 거다. 등등 호들갑을 떨었다. 그 와중에 제인이 그녀에게 콜린스 씨를 소개했고 그녀는 콜린스 씨와 정중하게 인사를 나누었다. 필립스 부인은 최대한 예의를 갖추어 그를 반갑게 맞이했고 그 역시 그녀 이상으로 공손하게 답례를 올렸다. 그는 안면도 없으면서 이렇게 불쑥 찾아와 죄송하다, 그러나 자신을 소개한 숙녀분들과 친척 관계이므로 이런 실례를 호의적으로 받아들이실 거라고 사료한다며 사과의 말을 늘어놓았다. 필립스 부인은 그의 과한 예의범절이 상당히 부담스러웠다. 하지만 초면의 신사에 대해 깊이 생각해볼 새도 없이 다른 신사들을 향해 쏟아 붓는 조카들의 감탄과 질문에 응해주어야 했다. 그렇지만 사실 그녀로서도 데니 씨가 위컴 씨를 런던에서 데리고 왔다는 것, 어느 부대에서 중위로 임관되었다는 것 등, 조카들이 이미 알고 있는 내용 외에는 더 해줄 말이 없었다. 그녀는 조금 전에 그가 거리를 오가는 모습을 보았다고 했다. 만일 위컴 씨가 나타났다면 키티와 리디아 역시 줄곧 그를 바라보고 있었을 게 분명했다. 하지만 운이 없게도 지금 창문 밖에는 몇몇 장교들 외에 아무도 지나가는 사람이 없었고, 위컴 씨에 비하면 하나같이 '멍청하고 마음에 안 드는 사내들'일 뿐이었다. 거리를 지나가는 장교들 가운데 일부는 다음 날 필립스 씨와 함께 만찬을 즐기기로 되어 있었는데, 이모는 그날 저녁에 롱번 가족들이 온다면 남편에게 부탁해서 위컴 씨도 초대하겠다고 약속했다. 그리고 이 제안은 받아들여졌고, 필립스 부인은 쉽고도 즐거운 제비뽑기 게임을 하면서 신나게 놀다가 따끈한 저녁을 조금 먹어두자고 말했다. 그들은 이처럼 즐거운 기대에 한껏 부풀었고, 화기애애한 분위기 속에서 헤어졌다. 콜린스 씨는 방을 나서면서 다시 한 번 사과의 말을 전했고, 조금도 미안해할 필요 없다며 거듭 정중한 답례를 받고 나서야 마음을 놓았다.

걸어서 집으로 오는 길에 엘리자베스는 아까 자신이 보았던, 두 신사들 사이에서 일어난 일에 대해 제인에게 말했다. 제인은 두 사람 사이가 심상치 않게 보였다면 한쪽이나 양쪽 모두에게 잘못이 있기 때문일 거라고 말했지만 그런 행동을 이해할 수 없기는 엘리자베스와 마찬가지였다.

콜린스 씨는 집에 들어서자마자 필립스 부인의 예의 바르고 정중한 태도를 칭찬하여 베넷 부인을 크게 기쁘게 했다. 그는 캐서린 영부인과 그녀의 딸을 제외하면 그처럼 기품 있는 여인은 처음 본다고 말했다. 필립스 부인이 자신을 더할 나위 없이 정중하게 반겼을 뿐만 아니라, 이번에 처음 만났는데도 다음 저녁 초대 손님에 확실하게 포함시켜주었기 때문이었다. 물론 그가 베넷가와 친척 관계이기에 그랬을 거라고 짐작하지만, 지금까지 살면서 그렇게 배려심이 깊은 사람은 한 번도 본 적이 없었다.

16

딸들은 이모와 한 약속을 무리 없이 허락받았고, 방문 기간 동안 하룻저녁이지만 베넷 씨 내외를 남겨두고 외출하려니 마음이 좋지 않다는 콜린스 씨 역시 조금도 신경 쓰지 말라는 안도의 말을 여러 차례 들었다. 마침내 출발할 시간이 되어 콜린스 씨와 다섯 조카는 마차를 타고 메리턴으로 향했다. 이모 댁 응접실에 들어섰을 때 아가씨들은 위컴 씨가 이모부의 초대에 응해 벌써 집에 와 있다는 소식을 듣고 무척 기뻤다.

이 소식을 접한 후 모두 자리를 잡고 앉게 되자 콜린스 씨는 느긋하게 주위를 둘러보며 감탄했다. 그는 방의 크기와 가구에 무척 깊은 인상을 받아 마치 로징스의 아담한 여름 조찬실에 와 있는 착각이 들 정도라고 감상을 말했다. 필립스 부인은 처음엔 그런 식으로 비교당하는 것이 썩 달갑지 않았다. 하지만 로징스가 어떤 곳이고 그곳의 소유주가 누구인지 확인하고, 캐서린 영부인의 여러 개 응접실들 가운데 고작 하나의 응접실에 대한 묘사를 들은 뒤 그 안의 벽난로 장식에만 자그마치 8백 파운드가 들었다는 사실을 알게 되자 이 비교가 엄청난 찬사임을 알게 되었다. 심지어 그 저택의 가정부 방과 비교된다 해도 별로 기분 나쁘지 않을 것 같았다.

콜린스 씨는 캐서린 영부인의 위엄과 그녀의 대저택에 대해 묘사하는 와중에도 자신의 누추한 목사관과 그곳을 얼마나 근사하게 개조했는지 자랑하느라 이따금 삼천포로 빠졌다가 다시 본론으로 돌아오기를 반복하면서, 다른 신사들과 합류할 때까지 신나게 허풍을 떨었다. 필립스 부인은 그의 말을 주의 깊게 경청한 뒤 그를 후하게 평가하게 되었으며, 자신이 들은 내용을 한시라도 빨리 이웃 사람들에게 전달하기로 마음먹었다. 사촌의 이야기를 더 이상 들어줄 수 없었던 아가씨들은 음악이나 들었으면 하고 바랐다. 그들은 벽난로 위에 놓인, 그들이 도자기를 본떠 만든 변변찮은 작품들을 이리저리 살펴보는 것 말고는 달리 할 일이 없었기 때문에 대기하는 잠깐의 시간이 몹시 지루했다. 그러나 마침내 대기 시간이 끝났다. 신사들이 나타난 것이다. 위컴 씨가 방 안으로 들어왔을 때, 엘리자베스는 지난번 그를 처음 보았을 때도, 이후로 그에 대해 생각했을 때도 그가 결코 터무니없이 감탄을 자아내는 사람이 아니라는 느낌이 들었다. 이 연대 출신의 장교들이 대체로 매우 훌륭하고 신사적이지만, 그들 가운데 오늘 초대받은 장교들이 가장 근사했다. 그러나 이들에 비하면 위컴 씨는 인격, 외모, 분위기, 걸음걸이 할 것 없이 모든 면에서 월등히 뛰어났다. 포트와인 냄새를 풍기며 장교들을 뒤따라 방 안으로 들어오는 너부데데한 얼굴에 뚱한 표정의 이모부에 비하면 여기 모인 장교들이 훨씬 뛰어난 것처럼 말이다.

위컴 씨가 모든 여성들의 시선을 한 몸에 받는 행복한 남자라면, 엘리자베스는 그가 다가와 곁에 앉음으로써 행복한 여자가 되었다. 그는 자리에 앉자마자 유쾌한 태도로 대화를 시작했다. 비록 그가 꺼낸 화제가 오늘 밤 비가 올 것 같다거나, 이제 곧 장마철이 시작될 것 같다는 날씨 이야기뿐이었지만, 엘리자베스는 아무리 진부하고 지루하고 시시한 주제라도 말하는 사람의 능력에 따라 흥미로울 수 있다는 걸 깨달았다.

위컴 씨와 장교들처럼 매력적인 남자들이 경쟁 상대가 되는 바람에 콜린스 씨는 하찮은 존재가 되어버린 것 같았다. 젊은 아가씨들은 아무도 그에게 눈길을 주지 않았다. 하지만 이따금 필립스 부인은 그의 말을 친절하게 경청했고, 사려 깊게도 커피며 머핀 같은 간식들을 풍족하게 제공했다.

카드 테이블이 펼쳐졌고, 그는 이번 기회에 부인의 은혜에 보답하고자 자리를 잡고 앉아 휘스트 게임(보통 네 사람이 하는 카드 게임)을 시작했다.

"사실 게임 방식을 잘 모르지만 하다보면 실력이 나아질 겁니다." 그가 말했다. "왜냐하면 저는 인생의 매 순간마다……." 필립스 부인은 그의 친절에 무척 감사했지만 말이 다 끝날 때까지 기다릴 수는 없었다.

위컴 씨는 휘스트 놀이에 끼지 않고 흔쾌히 반대편 테이블로 가서 엘리자베스와 리디아 사이에 앉았다. 리디아는 한 번 이야기를 시작하면 끝이 없어서 처음에는 리디아가 그를 온통 독차지하는 것 같았다. 하지만 리디아는 제비뽑기도 똑같이 좋아했기 때문에 이내 이 놀이에 푹 빠져서는 내기에 열을 올렸고, 상품을 받으면 좋아서 환성을 지르느라 다른 사람에게 특별히 관심을 가질 겨를이 없었다. 덕분에 위컴 씨는 사람들에 맞추어 놀이를 따라가면서 느긋하게 엘리자베스와 이야기를 나눌 수 있었다. 엘리자베스는 무엇보다 위컴 씨와 다아시 씨가 어떤 사이인지 궁금했지만, 그 이야기를 들을 수 없다 해도 아주 기꺼이 그의 이야기를 들었다. 다아시에 관한 이야기는 차마 꺼내지 못했다. 그런데 뜻밖에 그녀의 호기심이 풀렸다. 위컴 씨가 직접 그 이야기를 꺼내기 시작한 것이다. 그는 메리턴에서 네더필드까지 얼마나 걸리는지 물었다. 그런 다음 엘리자베스의 대답을 듣더니 약간 머뭇거리면서 다시 씨가 그곳에 머무른 지 얼마나 됐는지 다시 물었다.

"한 달쯤요." 엘리자베스가 대답했다. 그러고는 이 이야기가 여기에서 그치지 않길 바라며 덧붙여 말했다. "더비셔에서 굉장한 부자인 것 같던데요."

"그렇습니다." 위컴이 말했다. "그 지역에서 엄청난 재산가로 통하지요. 연 수입이 못해도 1만 파운드는 되니까요. 그 부분에 대해서 저보다 확실한 정보를 알려줄 수 있는 사람은 만나기 어려우실 겁니다. 왜냐하면 어릴 때부터 저는 조금 특별한 방식으로 그 집안과 인연을 맺어왔기 때문이지요."

엘리자베스는 당황한 표정을 감출 수가 없었다.

"어제 우리가 만났을 때 그의 태도가 매우 차가웠던 걸 보셨으니 제 말에 놀라시는 것도 당연합니다. 베넷 양. 다시 씨를 잘 아시나요?"

"알 만큼은 알지요." 엘리자베스가 흥분해서 큰 소리로 말했다. "한 집에서 나흘을 같이 보냈는데, 몹시 불쾌한 사람 같더군요."

"저로서는 그가 호의적인 사람인지 아닌지 의견을 말할 자격이 없습니다." 위컴이 말했다. "그런 걸 결정할 자격이 없어요. 공정한 판단을 하기에는 그 사람을 아주 오랫동안 속속들이 알아왔으니까요. 그러니 제가 그를 사심 없이 판단하기란 불가능합니다. 하지만 그에 대해 그런 식으로 말씀하시면 대부분의 사람들은 깜짝 놀랄 텐데요. 물론 다른 곳에서는 이렇게 심하게 말씀하시지 않겠지요. 여기는 전부 가족들끼리 모여 있지만 말입니다."

"장담컨대 네더필드를 제외하고 이 근방 어느 집에서든 얼마든지 지금처럼 말할 수 있어요. 하트퍼드셔에서 그를 좋아하는 사람은 한 사람도 없으니까요. 모두들 그의 오만함을 무척 싫어한답니다. 누구도 그를 호의적으로 말하지 않는다는 걸 알게 되실 거예요."

"도저히 유감인 척 시치미를 뗄 수가 없군요." 위컴이 잠시 침묵한 뒤 말을 이었다. "그 사람이든 다른 어떤 사람이든 자신이 지닌 가치 이상으로 평가받아서는 안 되니까요. 하지만 그 사람의 경우 종종 그런 일이 일어나는 것 같더군요. 세상은 그의 재산과 영향력에 눈이 멀었거나 아니면 그의 오만하고 당당한 태도에 겁을 먹었나봅니다. 그저 다들 그가 보여주려는 모습만 보려 하니 말입니다."

"저는 그 사람을 잘 알지 못하지만 성격이 좋지 않다는 것쯤은 알고 있어요." 이 말에 위컴은 고개를 저을 뿐이었다.

"그가 이 지역에 얼마나 더 오래 머물지 궁금하군요." 다음에 말할 기회가 왔을 때 그가 말했다.

"그건 저도 몰라요. 하지만 제가 네더필드에 있을 땐 그가 이 지역을 떠난다는 말은 듣지 못했어요. 아무쪼록 그가 가까이 있다는 이유로 위컴 씨께서 연대에 몸담으시려는 계획이 영향을 받지 않길 바랍니다."

"아니요! 그럴 리가요. 다아시 씨 때문에 제가 피할 이유는 없습니다. 그가 제 얼굴을 피하고 싶다면 그가 떠나야지요. 우리가 가까운 사이도 아니고, 그를 만나는 일은 늘 괴롭습니다만, 제가 그를 피할 이유는 전혀 없습니다. 다만 온 세상에 떳떳하게 드러낼 수 없는 일이 있긴 합니다. 제가 그에게 크나큰 학대를 받았고, 그라는 존재를 가슴이 아플 만큼 안타깝게 생각한다는 것을 말입니다. 돌아가신 그분의 아버지인 다아시 어르신은 말입니다, 베넷 양, 이 세상에 존재하는 사람들 가운데 가장 훌륭한 분이셨고, 제가 아는 사람들 가운데 가장 진실한 벗이셨습니다. 그래서 이 다아시 씨를 볼 때면 돌아가신 어르신에 대한 따뜻한 기억들이 무수히 떠올라 가슴속 깊이 슬픔에 잠기지 않을 수가 없습니다. 그가 제게 한 행동을 생각하면 수치스럽기 짝이 없지만, 그의 선친께서 품으셨던 기대를 저버리고 돌아가신 분에 대한 기억을 더럽히느니 그가 무슨 짓을 했건 무조건 그를 용서할 수 있을 거라고 진심으로 믿습니다."

엘리자베스는 이 주제에 점점 흥미를 느껴 그의 말을 열심히 귀담아들었다. 하지만 미묘한 문제가 내포된 이야기라 더 깊이 묻기는 어려웠다.

위컴 씨는 메리턴과 이 지역 사람들, 사교계 등 보다 일반적인 화제로 이야기를 돌리기 시작했다. 그는 이곳에서 접한 모든 것이 꽤나 마음에 드는 모양이었다. 특히 사교계에 대해 이야기할 땐 점잖으면서도 눈에 띄게 활기 있어 보였다.

"제가 이 지역에 오게 된 주된 동기는 이곳에서라면 사교 생활이 끊임없이, 그리고 바람직하게 지속되리라는 기대 때문이었습니다. 이곳 부대가 매우 훌륭하고 분위기도 좋다는 사실을 익히 알고 있던 참에, 제 친구 데니가 자신이 머무는 병영을 설명하면서 이곳 메리턴이 매우 친절한 지역이고 훌륭한 지인들이 무척 많다며 적극적으로 저를 부추겼답니다. 솔직히 말해 저에게는 사교 생활이 정말 필요합니다. 지금까지 숱한 좌절을 겪어온 터라 더 이상 고독을 견딜 힘이 없으니까요. 그래서 저는 직업과 사교 생활이 반드시 필요합니다. 처음부터 군인으로 살려 했던 건 아닙니다만, 사정이 이렇게 되고 보니 이제는 군인이라는 직업이 제게 적격이 된 셈입니다. 사실 전 목사가 되려고 했습니다. 오랫동안 교회에서 교육을 받았고, 계획대로 되었다면 지금쯤 막대한 성직록을 받으며 살고 있어야 하지요. 우리가 방금 이야기한 그 신사분이 기꺼이 허락만 해주었다면 말입니다."

"저런!"

"그렇습니다. 돌아가신 다아시 어르신께서는 당신께서 증여하실 유산 가운데 두 번째로 값진 유산을 제게 물려주셨습니다. 그분은 제 대부님이셨고, 저를 끔찍하게 아끼셨으니까요. 그분의 친절은 무슨 말로도 표현할 수 없을 것입니다. 어르신은 제게 많은 재산을 주려 하셨고, 또 그랬다고 생각하셨습니다. 하지만 막상 제 몫의 유산은 다른 사람에게 상속되고 말았습니다."

"말도 안 돼요!" 엘리자베스가 소리쳤다. "어떻게 그럴 수가 있지요? 어르신의 유언이 어떻게 그처럼 무시될 수 있었을까요? 법으로 보상받을 방법을 찾아보지 않으셨나요?"

"유언장 항목에 공식적으로 명시된 것이 아니라서 법의 도움을 받을 가능성이 없었습니다. 신의를 존중할 줄 아는 사람이라면 고인의 뜻을 의심할 리 없었겠지만 다아시 씨는 의심하는 쪽을 택했던 겁니다. 혹은 단지 조건부 권고 사항 정도로 취급했거나요. 그랬으니 제가 낭비벽이 심하다, 분별없이 돈을 쓴다는 식으로 말도 안 되는 온갖 이유를 갖다 붙여, 제 스스로 모든 권리를 박탈시켰다고 주장했겠지요. 제가 물려받기로 한 목사직은 제가 그 자리에 오를 수 있는 나이인 2년 전에 분명히 공석으로 있었지만, 그만 다른 사람에게 넘어가고 말았습니다. 분명한 사실은, 저는 그 자리를 잃을 만한 어떠한 행동도 하지 않았다는 것입니다. 제가 신중하지 못하고 곧잘 흥분하는 성격이라, 간혹 다아시 씨에 대한 제 의견을 말하면서 지나치게 노골적으로 표현한 일은 있었을지 모릅니다. 그렇지만 그밖에 뭘 잘못했는지는 정말 모르겠습니다. 그러나 이렇게 된 원인을 따지자면, 우리의 성향이 너무도 다르고, 그가 저를 끔찍이 싫어한다는 것이겠지요."

"정말 충격적이에요! 다아시 씨는 공개적으로 망신을 당할 만해요."

"언젠가 그렇게 되겠지요. 하지만 제가 나서서 그에게 망신을 주지는 않을 겁니다. 돌아가신 어르신을 생각해서라도 그에게 따지거나 그의 본모습을 만천하에 폭로할 수는 없어요."

엘리자베스는 이런 마음을 지닌 그가 존경스러웠고, 이런 마음을 표현하는 그의 모습이 무척 매력적으로 보였다.

"저 그런데……." 그녀가 잠시 사이를 두고 말했다. "그가 그런 짓을 저지른 저의가 무엇이었을까요? 도대체 그는 왜 그런 무자비한 짓을 저지른 걸까요?"

"저를 지독히 싫어했기 때문이지요. 저를 그토록 싫어한 이유는 어느 정도 시기심 때문일 거라고밖에 생각할 수 없습니다. 돌아가신 다아시 어르신께서 저를 조금만 덜 좋아하셨더라도 그 아들이 좀 더 참을성을 갖고 저를 대했을지 모르지요. 하지만 어르신은 유달리 저에게 애정을 쏟으셨으니, 그 아들 입장에서는 아주 어릴 때부터 제가 거슬렸을 겁니다. 그 사람은 성격상 그와 저 사이에 있었던 일종의 경쟁을 도저히 참지 못했어요. 주로 제가 어르신의 편애를 많이 받는 편이었으니까요."

"다아시 씨가 그 정도로 나쁜 사람일 줄은 전혀 생각하지 못했어요. 그 사람을 좋아하진 않지만, 이렇게까지 나쁘게 생각하지는 않았어요. 대체로 사람을 얕보는 성격일 거라고 짐작은 했지만, 이렇게 악의적으로 보복하고, 부당하게 남의 권리를 침해하는 비인간적이고 비열한 사람일 줄은 몰랐어요!"

그녀는 잠시 생각에 잠긴 뒤 다시 말을 이었다. "그러고 보니 언젠가 네더필드에서 그가 했던 말이 생생하게 기억나요. 자기는 누군가에게 화가 나면 좀처럼 누그러지지 않는다, 냉혹한 성격이다, 그렇게 말했거든요. 본래 무서운 성격이군요."

"그 문제에 대해서는 제 생각을 말씀드리지 않겠습니다." 위컴이 대꾸했다. "저는 그를 공정하게 판단하기 어려우니까요."

엘리자베스는 다시 깊은 생각에 잠기더니 잠시 후 이렇게 외쳤다. "자기 아버지가 가장 사랑한 대자이며 벗을 그런 식으로 대하다니요!" 그러고는 마음 같아선 이렇게 덧붙이고 싶었다. '더구나 얼굴에 상냥한 사람이라는 게 고스란히 드러나는 당신 같은 젊은이에게.' 하지만 대신 이렇게 말하는 것으로 만족했다. "더구나 당신 말처럼 어릴 때부터 친구로 가까이 지낸 사람에게!"

"우리는 같은 교구, 같은 저택에서 태어났고 대부분의 어린 시절을 함께 보냈습니다. 같은 집에 살면서 똑같이 즐거움을 누렸고 똑같이 아버지의 보살핌을 받는 아들로 자랐습니다. 제 부친은 본래 댁의 이모부이신 필립스 씨께서 커다란 명예로 여기시는 직종에서 일을 하며 인생을 시작하셨습니다. 하지만 돌아가신 다아시 어르신께 도움을 드리고자 모든 것을 포기하고 펨벌리 재산 관리에 온 인생을 바치셨지요. 어르신께서는 제 아버지를 무척 존중하셨고, 누구보다 신뢰할 수 있는 허물없는 친구로 여기셨습니다. 그리고 제 부친이 재산을 철저하게 관리하신 데에 막대한 책임감을 느낀다고 누누이 말씀하셨습니다. 부친께서 임종하시기 직전에는 저를 부양하시겠다고 부친께 친히 약속하셨고요. 저는 그 약속이 저에 대한 어르신의 애정 때문이기도 하지만 제 부친의 수고에 대한 보답이었다고 확신합니다."

"정말 뜻밖이군요!" 엘리자베스가 소리쳤다. "이토록 가증스러울 수 있을까요! 다아시 씨의 그 대단한 자존심으로 당신을 공정하게 대하지 않았다니 놀랍군요! 더 그럴듯한 동기가 아니더라도, 그처럼 자존심이 강하다면 부정직하게 행동해서는 안 되죠. 그래요, 전 그런 행동을 부정직하다고밖에는 말할 수 없어요."

"정말 이상한 일이긴 합니다." 위컴이 말했다. "사실 그가 하는 거의 모든 행동이 자존심에서 비롯된 것이라고 할 수 있으니까요. 또한 자존심은 종종 그와 가장 가까운 친구로 지내왔고요. 그나마 그가 선을 행한 것도 다른 어떤 감정보다 자존심이 그의 내면에 깊이 박혀 있기 때문입니다. 하지만 세상 누구도 일관되게 살 수는 없는 법이지요. 게다가 저에 대한 그의 행동에는 자존심보다 훨씬 강한 충동들이 있으니까요."

"그렇게 가증스러운 자존심이 그에게 도움이 된 적도 있었을까요?"

"그럼요. 덕분에 그는 관대하고 아량이 넓은 사람으로 자주 통했어요. 아낌없이 돈을 기부하고, 친절을 베풀고, 소작인들을 돕고, 가난한 사람들을 구제한다고 말이지요. 그는 선친이 하신 일을 매우 자랑스러워했기 때문에 가문의 자존심, 그리고 자식으로서의 자존심을 걸고 이렇게 인심을 베풀고 있습니다. 가문을 욕되지 않게 하고, 명색이 상류 사회의 품위를 떨어뜨리지 않으며, 펨벌리 가문의 세력을 잃지 않으려는 것이 강력한 동기라고 할 수 있지요. 오빠로서의 자부심 또한 대단합니다. 물론 오빠로서 동생에 대한 애정이 각별하기에, 여동생에게는 매우 친절하고 사려 깊은 보호자 역할을 하고 있습니다. 아마 사람들이 그에 대해 오빠로서 최선을 다하는 사람, 더할 나위 없이 세심한 사람이라고 칭찬하는 소리를 듣게 되실 겁니다."

"다아시 양은 어떤 아가씨인가요?"

그는 고개를 저었다. "그녀를 사랑스러운 아가씨라고 말할 수 있다면 얼마나 좋을까요. 다아시 양을 나쁘게 말하는 건 몹시 괴로운 일입니다. 하지만 그녀 역시 제 오빠와 똑같아요. 아주 오만하기 그지없지요. 어릴 땐 상냥하고 쾌활했으며 저를 무척 잘 따랐어요. 그래서 저도 몇 시간이고 그녀와 놀아주곤 했답니다. 하지만 지금은 저와 상관없는 사이가 됐습니다. 그녀는 지금 열대여섯 살의 매력적인 소녀가 됐고, 상당한 교양도 갖추었을 겁니다. 어르신께서 돌아가신 후로는 런던에서 그녀의 교육을 담당하는 숙녀분과 함께 지내고 있습니다."

여러 차례 망설이면서 다른 화제로 이야기를 돌려보기도 했지만, 엘리자베스는 결국 처음 화제로 되돌아가지 않을 수 없었다.

"그가 빙리 씨와 친하게 지내는 게 놀랍군요! 제가 보기에 빙리 씨는 친절한 사람 같고 실제로 정말 자상한 분인데, 어떻게 그런 사람과 친하게 지낼 수 있을까요? 두 사람이 어떻게 서로 어울릴 수 있을까요? 빙리 씨를 아시나요?"

"전혀 모릅니다."

"정말 친절하고 자상하고 매력적인 분이예요. 빙리 씨는 다아시 씨가 어떤 사람인지 짐작도 못할 거예요."

"그럴지도 모르지요. 하지만 다아시 씨는 자신이 원하는 곳에서는 호감을 얻을 줄도 아는 사람입니다. 어쨌든 능력이 없지 않으니까요. 하지만 자기와 사회적인 위치가 동등한 사람을 대할 때와 자기보다 못한 사람을 대할 때의 행동이 판이하게 다릅니다. 오만한 성격이 결코 사라질 리야 없지만, 부자를 상대할 땐 너그럽고, 공정하고, 진실하고, 이성적이며, 고상한 데다 아마 상냥하기까지 할 겁니다. 일단 재산과 명예가 있다는 걸 계산에 넣었을 테니까요."

잠시 후 휘스트 놀이가 끝나자 놀이를 하던 사람들은 맞은편 테이블 주위로 모여들었고, 콜린스 씨는 사촌 엘리자베스와 필립스 부인 사이에 자리를 잡았다. 필립스 부인은 그에게 얼마나 땄느냐고 가볍게 물었다. 그는 매번 잃기만 해서 점수가 아주 형편없었다. 하지만 필립스 부인이 곧바로 염려하는 기색을 내비치자, 그는 전혀 개의치 않으며 그 정도 돈은 자신에게 하찮게 여겨진다고 상당히 진지하고 근엄한 태도로 말했고, 조금도 염려하지 말라고 당부했다.

"사람들이 카드 테이블 앞에 앉을 땐 놀이에 자신의 운을 걸어야 한다는 것쯤 저도 잘 알고 있습니다, 부인." 그가 말했다. "그리고 다행히 5실링 정도 잃었다고 해서 크게 힘든 형편은 아니니까요. 저처럼 말할 수 없는 사람도 분명히 많을 테지만, 저는 캐서린 드 버그 영부인 덕분에 얼마 안 되는 액수로 궁상을 떠는 일은 결코 없답니다."

위컴 씨는 콜린스 씨의 말을 듣더니 그에게로 주의를 돌렸다. 그리고 잠시 콜린스 씨를 가만히 바라본 다음 엘리자베스에게, 친척이 드 버그가와 상당히 친한 모양이라고 낮은 목소리로 물었다.

"캐서린 드 버그 영부인이 바로 얼마 전 그에게 성직을 임명하셨어요." 그녀가 대답했다. "콜린스 씨가 처음에 어떻게 해서 영부인의 호의를 얻게 됐는지는 모르겠지만 영부인을 알고 지낸 지 얼마 안 된 건 확실해요."

"캐서린 드 버그 영부인과 앤 다아시 부인이 서로 자매이고, 따라서 드 버그 영부인이 다아시 씨의 이모님 되신다는 건 물론 알고 계시지요?"

"아니요, 전혀 몰랐어요. 캐서린 영부인의 친척 관계에 대해서는 금시초문인데요. 그저께까지만 해도 그분의 존재조차 몰랐는걸요."

"영부인의 따님이신 드 버그 양은 굉장한 재산가가 되실 겁니다. 그리고 사람들은 드 버그 양과 그녀의 사촌인 다아시가 각자의 재산을 합칠 거라고 믿고 있지요."

이 이야기를 들은 엘리자베스는 빙리 양이 딱하게 여겨져 빙그레 미소를 지었다. 그에게 이미 결혼을 약속한 사람이 있다면, 다아시 양에 대한 빙리 양의 배려는 완전히 쓸데없는 짓이 되어버릴 테고, 다아시 양에 대한 호의며 그녀의 오빠에 대한 찬사 또한 부질없고 헛된 것이 될 테니 말이다.

"콜린스 씨는 캐서린 영부인과 그 따님을 극찬하더군요. 하지만 그가 영부인에 대해 언급한 일부 사실들로 미루어볼 때 그는 영부인을 향한 감사의 마음 때문에 판단이 흐려진 건 아닌지, 영부인께서 아무리 콜린스 씨의 후원자이긴 하지만 거만하고 잘난 척이 심한 분은 아닌지 의심스러워요."

"제 생각에는 두 가지 모습 전부를 상당 부분 지니고 계신 분인 것 같습니다." 위컴이 말을 받았다. "부인을 뵌 지 몇 년이 지났지만 그 옛날에도 저는 부인을 조금도 좋아하지 않았으며, 부인의 태도가 대단히 독단적이고 오만했다는 사실을 머릿속에서 지울 수가 없습니다. 대부분의 사람들에게는 상당히 분별 있고 지혜로운 분이라는 평판이 자자합니다만, 저는 오히려 부인의 능력이 일부는 지위와 재산에서, 일부는 그 권위적인 태도에서, 그리고 나머지 부분은 조카의 오만함에서 비롯한다고 믿습니다. 부인의 조카는 자신과 연고가 있는 사람이라면 누구든지 최고의 지적 능력을 지녀야 한다고 생각하니까요."

엘리자베스는 그가 이 문제를 매우 이성적으로 설명하고 있다고 생각했다. 저녁 식사가 시작되어 카드놀이를 마칠 때까지 두 사람은 줄곧 서로 흡족하게 대화를 나누었고, 저녁 식사 이후부터는 다른 숙녀들이 위컴 씨의 친절을 나누어 받았다. 필립스 부인 댁의 저녁 식사는 시끌벅적한 분위기 때문에 대화를 나누기가 좀처럼 불가능했지만, 위컴 씨의 태도는 모든 이들에게 호감을 주었다. 그가 하는 말은 모두 옳았고, 그가 하는 행동은 무엇이든 품위가 넘쳤다.

엘리자베스의 머릿속은 온통 위컴 씨 생각으로 가득 찼다. 집에 가는 내내 위컴 씨와 위컴 씨가 했던 말 외에는 아무것도 생각할 수가 없었다. 하지만 리디아나 콜린스 씨가 잠시도 입을 다물지 않았기 때문에 그의 이름조차 꺼내볼 틈이 없었다. 리디아는 카드놀이가 어땠는지, 얼마를 잃고 얼마를 땄는지 쉴 새 없이 떠들었다. 콜린스 씨는 필립스 부부의 예의 바른 태도를 언급하고, 휘스트 놀이에서 돈을 잃었지만 조금도 개의치 않는다고 강조했으며, 저녁 식사 때 나온 요리들을 일일이 열거하는가 하면, 자기 때문에 사촌들이 앉을 자리가 비좁지 않느냐며 끊임없이 걱정하느라 마차가 롱번 저택에 도착할 때까지도 하고 싶은 말을 다하지 못했다.

17

다음 날 엘리자베스는 전날 위컴 씨와 나눈 이야기를 제인에게
전했다. 제인은 깜짝 놀라는 한편 걱정스러운 마음으로 엘리자
베스의 이야기를 들었다. 제인은 다아시 씨가 빙리 씨의 존경을
받을 만한 인격이 전혀 못 된다는 사실이 믿기지 않으면서도,
그녀의 성격상 위컴처럼 착하게 생긴 청년의 진실성을 의심하
지는 않았다. 위컴이 실제로 그처럼 모진 일을 견뎠으리라는 가
능성만으로도 제인의 여린 심성을 자극하기에 충분했다. 따라
서 그녀는 두 사람 모두를 좋게 생각하고 각자의 행동을 옹호하
는 한편, 달리 설명할 수 없는 부분에 대해서는 우연이거나 실
수로 치부하는 수밖에 방법이 없었다.

"아마 우리가 이해할 수 없는 이런저런 일들로 두 사람 모두 서
로를 오해하고 있는지도 몰라." 그녀가 말했다. "어쩌면 양쪽에
이해관계가 있는 사람들이 서로를 이간질시켰는지도 모르고. 한
마디로 말해, 사실상 양쪽 모두에게 책임을 묻지 않고는 둘 사이
를 갈라놓은 원인이나 전후 사정을 추정하기 어려울 거야."

"정말 맞는 말이야. 그런데, 제인 언니. 두 사람 일에 관련된
이해관계자들을 위해서는 어떻게 편들 셈이야? 그 사람들 문제
도 해결해주지 않으면 우린 어쩔 수 없이 누군가를 나쁘게 생각
해야 할 테니 말이야."

"마음대로 비웃어도 좋아. 하지만 네가 아무리 비웃어도 내

생각은 바뀌지 않을 거야. 리지, 한번 생각해봐. 돌아가신 아버지께서 그토록 아끼던 사람을 그런 식으로 대했다면, 다아시 씨는 정말 불명예스러운 짓을 한 거야. 선친께서 부양하기로 약속한 사람한테 말이야. 다아시 씨가 그랬을 리가 없어. 보통의 인간성을 가진 사람이라면, 자기 인격을 조금이라도 존중하는 사람이라면 그렇게 처신할 리가 없어. 그와 절친한 친구들이 그에게 감쪽같이 속을 수 있을까? 아니, 그럴 리 없어!"

"내 생각엔 어젯밤 위컴 씨가 나에게 들려준 자신의 과거, 그러니까 이름과 과거 사실들, 격의 없이 털어놓은 그 모든 내용들을 그가 조작했다고 믿기보다는 빙리 씨가 다아시 씨에게 속고 있다고 믿는 편이 훨씬 설득력 있을 것 같아. 위컴 씨 말이 사실이 아니라면, 다아시 씨에게 반박해보라고 하면 되잖아. 게다가 그의 표정은 아주 진실했어."

"정말 어려운 문제다. 너무 애처로워. 어떻게 생각해야 좋을지 모르겠어."

"미안한 말이지만 어떻게 생각해야 할지 아주 명확해."

그러나 제인은 한 가지 사실만은 확신할 수 있었다. 만일 빙리 씨가 속아왔던 거라면, 이 일이 세상에 알려질 때 그가 몹시 괴로워하리라는 것을.

두 아가씨가 관목 숲에서 이런 대화를 나누고 있을 때, 그들이 화제에 올린 사람들 가운데 당사자 몇 명이 도착했다는 소식을 듣고 숲 밖으로 나왔다. 오랫동안 고대하던 네더필드 무도회를 위해 빙리 씨와 그의 누이들이 직접 초대장을 가지고 왔다. 무도회는 다음 주 화요일로 정해졌다. 두 숙녀들은 소중한 친구를 다시 보게 되어 무척 기뻐했고, 서로 얼굴을 본 지 한참이 지난 것 같다고 말하며, 네더필드를 떠난 후 어떻게 지냈는지 재차 물었다. 그들은 다른 가족들에게는 거의 관심을 갖지 않았다. 베넷 부인과는 가능한 마주치지 않으려 했고, 엘리자베스와는 형식적인 몇 마디 말만 나누었으며, 그 밖의 사람들에게는 한마디도 하지 않았다. 두 숙녀는 베넷 부인의 안부 인사를 얼른 피하고 싶었는지, 빙리 씨가 깜짝 놀랄 만큼 서둘러 자리에서 일어나 황급히 그 집을 나섰다.

롱번의 여자들은 네더필드에서 무도회가 열린다는 기대에 한껏 부풀었다. 베넷 부인은 이 무도회가 큰딸의 건강 회복을 축하하는 의미라고 여기고 싶었고, 형식적으로 초대장을 보내는 대신 빙리 씨가 직접 와서 건네주었다는 사실에 특히 우쭐해했다. 제인은 두 친구와 함께 어울리고 빙리 씨의 친절한 배려를 받는 행복한 저녁 시간을 상상했다. 엘리자베스는 위컴 씨와 여러 차례 춤을 추고, 다아시 씨의 표정과 행동으로 모든 진실을 확인하게 되리라는 기대로 즐거웠다. 캐서린과 리디아도 행복한 꿈에 가슴 벅찼지만 그들의 행복은 한 가지 사건이나 특정한 한 사람에게 달려 있지 않았다. 엘리자베스와 마찬가지로 그들도 저녁 시간 대부분을 위컴 씨와 춤출 계획이었지만, 위컴 씨가 그들을 만족시켜줄 유일한 상대는 결코 아니었다. 어디까지나 무도회는 무도회답게 즐거야 하는 거니까. 메리도 이번 무도회는 싫지 않다고 가족들에게 말했다.

"아침 시간을 혼자 보낼 수 있다면 저녁에 사람들과 어울리는 것쯤 괜찮아." 그녀가 말했다. "이따금 저녁 모임에 참석하는 걸 희생이라고 생각하지는 않으니까. 사교 생활은 우리 모두에게 필요한 일이지. 그리고 난 기분 전환과 오락을 위한 시간은 모든 인간에게 아주 유익하다고 생각하는 사람이거든."

엘리자베스는 콜린스 씨에게 불필요하게 말을 걸지 않는 편이지만, 무도회 생각에 들뜬 나머지 그에게 빙리 씨의 초대에 응할 생각인지, 그렇다면 저녁에 사람들과 함께 즐기며 시간을 보내도 성직자로서 괜찮은지 묻지 않을 수 없었다. 그리고 그가 이번 무도회에서 조금도 거리낌 없이 한껏 즐길 생각이며, 대주교나 캐서린 드 버그 영부인의 비난에도 전혀 두려워하지 않고 과감히 춤을 출 거라는 말에 깜짝 놀랐다.

"저는 이렇게 확신합니다." 그가 말했다. "인품이 높은 젊은 신사께서 점잖은 분들에게 이처럼 친절하게 베푸시는 무도회에 부도덕한 취지가 있을 리 없다고 말이지요. 또한 저는 결코 춤을 마다하는 사람이 아니니 그날 저녁 아름다운 사촌들 모두의 손을 잡는 영광을 누리길 희망합니다. 아울러 엘리자베스 양, 특별히 처음 두 번의 춤은 저와 함께 추시길 간청 드리는 바입니다. 제가 엘리자베스 양을 택한 이유는 제인 양을 택하지 못할 정당한 이유가 있어서이지 제인 양을 무시하려는 뜻이 결코 아닙니다."

엘리자베스는 스스로에게 완벽하게 속은 기분이 들었다. 처음 두 번의 춤은 위컴 씨와 추려고 잔뜩 벼렀다. 그런데 대신 콜린스 씨와 추어야 하다니! 자신의 쾌활한 성격이 지금처럼 일을 궁지로 몰아넣은 적은 없었다. 하지만 이제 와서 달리 방법이 없었다. 하는 수 없이 위컴 씨와의 행복한 시간을 조금 뒤로 미루고 콜린스 씨의 제안을 최대한 호의적으로 받아들여야 했다. 그런데 콜린스 씨의 제안에 춤 이상의 다른 무언가가 암시되었을 거라는 생각이 들자 그의 정중한 행동이 조금도 반갑지 않았다. 헌스퍼드 사제관의 안주인으로, 로징스에서 네 사람이 하는 쿼드릴 카드놀이를 할 때 마땅한 손님이 없을 경우 짝을 맞추기 위해 자리를 메우려는 의도로 자매들 가운데 자신이 선택되었다는 생각이 가장 먼저 들었다. 그리고 그가 점점 예의를 갖추어 자신을 대하는 모습을 보고, 자신의 재치와 발랄한 태도를 자주 칭찬하는 말을 들으면서 이내 자신의 생각이 옳다는 확신이 들었다. 자신의 매력이 그녀 자신을 기쁘게 하기는커녕 도리어 경악하게 만들었는데, 이 와중에 어머니가 그들이 결혼하게 된다면 대단히 즐거운 일이 될 거라는 언질을 주어 엘리자베스는 무슨 말인지 못 알아듣는 척하기로 했다. 괜히 대꾸했다가 심각한 언쟁이 일어나리라는 걸 잘 알고 있었기 때문이다. 그리고 콜린스 씨가 청혼을 하지 않을 수도 있으므로 그가 청혼할 때까지는 이 문제로 싸워봤자 소용없었다.

네더필드에서 무도회가 열려, 준비하고 이야기할 거리가 없었더라면 베넷가의 아가씨들은 한동안 딱한 처지에 놓였을 것이다. 초대장을 받은 날부터 무도회가 열리는 날까지 계속해서 비가 내려 그들은 메리턴에 한 번도 가지 못했기 때문이다. 이모도 장교들도 보지 못했고 아무런 소식도 듣지 못했을 뿐더러, 네더필드 무도회에 신을 구두에 장식할 장미꽃 모양 장신구도 다른 사람에게 사달라고 부탁해야 했다. 엘리자베스조차 이런 날씨엔 참을성이 바닥날 것 같았다. 위컴 씨와 친해질 기회가 완전히 차단되어 버렸기 때문이다. 키티와 리디아는 그야말로 화요일 무도회가 없었다면 이처럼 처량한 금, 토, 일, 월요일을 도저히 견디지 못했을 것이다.

18

엘리자베스는 네더필드의 응접실에 들어서자마자 그곳에 모여 있는 장교들 가운데 위컴 씨를 찾았지만 헛일이었다. 그때까지만 해도 그가 무도회에 참석하지 않으리라고는 전혀 의심하지 않았다. 지난번 그와 나눈 이야기를 돌이켜보면 그가 오지 않는다 해도 조금도 놀랄 일이 아니지만, 네더필드에 오면 그를 만날 수 있을 거라고 확신했던 것이다. 그래서 여느 때보다 더 신경 써서 옷을 차려 입었고, 그날 저녁이면 아직 완전히 넘어오지 않은 그의 나머지 마음을 모두 차지할 수 있으리라 믿으며 한껏 들떠서 마음의 준비를 했다. 하지만 그 순간 빙리 씨가 다아시 씨의 기분을 고려해 장교들을 초대할 때 일부러 위컴 씨를 제외했을지 모른다는 끔찍한 의혹이 들었다. 물론 이 의혹은 사실과 전혀 달랐지만, 그의 친구 데니 씨를 통해 그가 무도회에 오지 않는다는 사실을 똑똑히 알게 되었다. 리디아가 데니 씨에게 열심히 이유를 캐묻자, 그는 위컴이 볼일이 있어 전날 런던으로 가야 했으며 아직 돌아오지 않았다고 말했다. 그러고는 의미심장한 미소를 지으며 덧붙여 말했다.

"이곳의 어떤 신사를 피하고 싶지 않았다면, 하필 지금 볼일이 생기진 않았을 것 같지만 말입니다."

리디아는 이 부분을 흘려들었는지 몰라도 엘리자베스는 똑똑히 들었다. 그리고 위컴이 참석하지 않은 이유가 처음의 짐작과 맞지 않다 해도 어쨌든 다아시에게 책임이 있다는 생각이 들자 그에게 몹시 실망스러웠다. 그 바람에 다아시를 향한 불쾌한 감정이 더욱 분명해져서 잠시 후 그가 다가와 정중하게 안부를 물었을 땐 도저히 예의를 갖추어 대답할 수가 없었다. 다아시에 대한 친절과 관용과 인내가 위컴에게 모욕을 주는 것만 같았다. 엘리자베스는 다아시와 어떤 종류의 대화도 나누지 않겠노라고 결심하고는 상당히 불쾌한 기분으로 그를 외면했다. 빙리 씨와 이야기를 나누어도 기분은 전혀 누그러들 줄 몰랐다. 빙리 씨가 다아시를 맹목적으로 좋아한다는 사실조차 몹시 불쾌했기 때문이다.

하지만 엘리자베스는 언짢은 기분을 유지하는 성격이 아니었다. 비록 그날 저녁에 걸었던 모든 기대가 여지없이 무너졌지만, 저녁 내내 가라앉은 기분으로 지낼 수는 없었다. 그래서 일주일 만에 만나는 샬럿 루카스에게 속상한 마음을 모두 털어놓은 다음, 곧이어 사촌 콜린스 씨의 특이한 말투와 행동으로 자연스럽게 화제를 돌렸고 그를 가리키며 특별히 잘 봐두라고 일렀다. 그렇지만 콜린스 씨와 처음 두 번의 춤을 추고 난 뒤 또다시 비참해졌다. 두 번의 춤은 엘리자베스에게 굴욕감을 안겨주었다. 콜린스 씨는 춤 동작은 서투르면서 잔뜩 무게를 잡았고, 주의를 기울이기보다 연거푸 사과만 했으며, 춤에 집중하지 않고 자꾸만 엉뚱한 방향으로 움직였다. 이렇게 두 번의 춤을 추는 동안 비호감 상대가 줄 수 있는 모든 수치심과 비참함을 안겨준 탓에 엘리자베스는 춤이 끝나는 순간이 차라리 황홀할 지경이었다.

그 다음 춤은 어떤 장교와 함께 추었는데, 그와 위컴에 대해 이야기하면서 위컴이 대체로 많은 사람들에게 호감을 얻고 있다는 말을 듣고 기분이 한결 좋아졌다. 춤을 마치고 샬럿 루카스에게 돌아와 이야기를 나누고 있을 때, 뜻밖에 다아시 씨가 다가와 말을 걸어 춤을 신청했다. 엘리자베스는 너무 놀라서 어떻게 해야 할지 모른 채 엉겁결에 그의 청을 받아들였다. 그가 곧 자리를 떠나자 그 자리에 서 있던 엘리자베스는 자신이 그토

록 당황했다는 사실에 속이 상했고, 샬럿은 그녀를 위로하려 애
썼다.

"이번 기회에 그가 아주 괜찮은 사람이라는 걸 알게 될지도
모르잖니."

"그럴 리가! 그렇다면 그보다 불행한 일은 없을 거야! 싫어하
기로 결심한 사람에게 호감을 느끼다니! 내가 그런 불운을 겪길
바라는 건 아니겠지!"

그러나 춤이 다시 시작되어 다아시가 엘리자베스에게 춤을
청하기 위해 다가왔을 때, 샬럿은 그녀에게 아무리 위컴을 좋아
해도 그보다 열 배는 괜찮은 남자에게 싫은 내색을 하는 어리석
은 짓을 해서는 안 된다고 조용히 충고하지 않을 수 없었다. 엘
리자베스는 아무런 대꾸도 하지 않고 춤을 추는 사람들 사이에
자리를 잡았는데, 다아시 씨와 마주보고 서 있을 수 있다는 것
만으로도 위신이 높아진다는 사실에 깜짝 놀랐다. 주위 사람들
의 표정을 보니 그들 역시 두 사람을 주시하며 놀라고 있었다.
두 사람은 한참 동안 아무 말 없이 서 있었고, 그녀는 이러다간
두 곡의 춤곡이 흐르는 내내 이 침묵이 계속될 거라는 생각이
들었다. 처음엔 절대로 침묵을 깨뜨리지 않기로 결심했다. 하지
만 어쩌면 그에게는 억지로 말을 하게 만드는 것이야말로 무엇
보다 큰 벌일 거라는 생각이 불현듯 들어, 춤에 대한 자신의 의
견을 간단히 밝히기로 했다. 그는 몇 마디 대꾸를 한 뒤 다시 입
을 다물었다. 몇 분이 흐른 뒤에 그녀는 다시 한 번 그에게 말을

걸었다.

"이번엔 그쪽이 뭔가를 말할 차례예요, 다아시 씨. 제가 춤에 대해 말했으니까 당신은 이 방의 크기라든지 모두 몇 쌍이 춤을 추고 있다든지 그런 걸 말씀하셔야지요."

그는 미소를 지으며 그녀가 원하는 말이면 무슨 말이든 하겠다고 말했다.

"좋아요. 당분간은 그 대답으로도 충분해요. 아마 조금 있으면 제가 사적으로 여는 무도회가 공적으로 여는 무도회보다 훨씬 재미있다고 말할지도 몰라요. 하지만 지금은 조용히 입 다물고 있죠."

"그렇다면 당신은 춤을 출 때 관습에 따라 말을 하십니까?"

"가끔은요. 아시다시피 조금은 말을 해야 하니까요. 하지만 30분 동안 한마디도 하지 않으면 이상해 보일 테니까 상대방을 위해서 대화 내용을 정해두는 것이 좋겠지요. 그러면 말을 해야 하는 수고를 최대한 줄일 수 있을 테니까요."

"지금은 당신의 기분을 고려하신 건가요, 아니면 제 기분을 만족시키고 있다고 생각하시나요?"

"둘 다겠지요." 엘리자베스가 장난스럽게 말했다. "저는 당신과 제가 무척 비슷한 성향일 거라고 생각했거든요. 둘 다 사교적이지 않고, 말도 별로 없고, 무언가를 말할 땐 방 안에 있는 모든 사람들을 감탄하게 만들고 한번 뱉은 말은 금언으로 갈채를 받아 자손 대대로 전해지길 기대하지 않으면 좀처럼 입을 열길 꺼리는 성격이잖아요."

"제 생각에 당신 성격과는 크게 다른 것 같습니다." 그가 말했다. "제 성격과 얼마나 유사한지는 감히 말씀드리기 어렵겠습니다만, 아무튼 당신은 이 말이 우리를 정확하게 묘사한 거라고 확신하시는군요."

"제가 한 말을 저 스스로 판단해서야 되겠어요."

그는 아무런 대답을 하지 않았고, 두 사람은 다시 말 없이 계속해서 춤을 추었다. 이윽고 다아시가 그녀와 자매들이 메리턴에 가끔 가느냐고 물었다. 그녀는 그렇다고 대답한 다음, 유혹을 참지 못하고 이렇게 말했다. "지난번에 그곳에서 우리와 마주치셨을 때, 우리는 처음 뵙는 분과 막 안면을 트던 참이었어요."

효과는 즉시 나타났다. 그의 얼굴에 오만한 표정이 여느 때보다 역력히 드러났다. 하지만 그는 아무 말도 하지 않았다. 엘리자베스는 자신의 나약함을 자책했지만 더 이상 이야기를 계속할 수가 없었다. 마침내 다아시가 입을 열어 거북한 태도로 말했다.

"위컴 씨는 워낙 유쾌한 인상이라 확실히 친구를 쉽게 사귑니다. 관계를 유지하는 것도 마찬가지로 잘 하는지는 의문입니다만."

"그가 당신과 우정을 지속하지 못한 건 정말 불행한 일이더군요." 엘리자베스가 힘을 주어 대꾸했다. "그 때문에 어떤 면에서는 평생 고통을 받아야 할 테니까요."

다아시는 아무런 대답을 하지 않았고, 화제를 바꾸길 바라는

145

것 같았다. 그때 윌리엄 루카스 경이 방의 반대편으로 가기 위해 춤추는 사람들 사이를 헤치고 지나가던 길에 그들 가까이에 다가오게 되었다. 그는 다아시 씨를 알아보더니 잠시 멈춰 서서 최상의 예의를 갖추어 머리를 숙여 인사한 다음, 그의 춤 솜씨와 함께 춤추는 파트너에 대해 찬사를 늘어놓았다.

"정말이지 기쁘기 그지없습니다. 친애하는 다아시 선생. 이토록 훌륭한 춤 솜씨는 좀처럼 보기 힘들거든요. 이것만 봐도 선생께서 상류층 신분이라는 확실한 증거가 아니겠습니까. 하지만 선생의 아리따운 상대도 선생을 부끄럽게 만들지 않을 만큼 춤 솜씨가 훌륭하다는 걸 말씀드리고 싶군요. 아울러 앞으로도 이런 즐거움을 자주 누릴 수 있길 바라마지 않는다는 것도요. 특히 경사스러운 일이 생길 땐 더욱 그렇겠지요. (그녀의 언니와 빙리를 흘긋 바라보며), 일라이자 양. 그런 일이 생긴다면 대단히 축하할 일이 아니겠습니까! 다아시 씨께 특별히 부탁드리겠습니다. 하지만 더 이상 방해하지 않겠습니다. 선생. 저 아름다운 숙녀의 매력적인 대화를 지체시킨다면 선생께서 달가워하지 않으실 테고, 엘리자베스 양의 반짝이는 눈동자도 저를 나무라는 것 같으니까요."

다아시는 윌리엄 경이 한 이야기의 후반부를 거의 듣지 못했지만 자신의 친구에 대해 내비친 말에 강한 인상을 받은 모양이었다. 그는 함께 춤을 추고 있는 빙리와 제인을 향해 시선을 돌리고는 매우 심각한 표정을 지었다. 하지만 이내 마음을 진정시키고 파트너를 향해 말했다.

"윌리엄 경이 방해하시는 바람에 우리가 무슨 이야기를 했는지 잊어버렸습니다."

"아무 이야기도 안 하고 있었을 걸요. 아마 윌리엄 경은 이 방에서 우리보다 이야깃거리가 없는 사람을 방해하기도 힘드셨을 거예요. 우리는 벌써 두세 가지 화제를 꺼내봤지만 전부 실패했고, 이젠 무슨 이야기를 해야 좋을지도 모르겠어요."

"책 이야기를 하면 어떨까요?" 그가 미소를 지으며 물었다.

"책요? 오, 천만에요! 우리가 같은 책을 읽었을 리 없고, 그랬다 해도 감상이 같을 리 없잖아요."

"그렇게 생각하시니 유감입니다만, 그렇다 해도 최소한 화제가 궁하지는 않을 겁니다. 서로의 의견을 비교해볼 수 있으니까요."

"아니요. 무도회장에서 책 이야기를 할 수는 없어요. 제 머리는 언제나 다른 것들로 가득 차 있거든요."

"이런 장소에서는 언제나 현재에 충실하다는 말씀이신가요?" 그가 의심스러운 표정으로 말했다.

"그럼요, 언제나요." 그녀는 지금 이야기하는 내용과 전혀 상관없는 일을 생각하느라 자신이 무슨 말을 하는지도 모른 채 이렇게 대답했고, 곧이어 갑자기 큰 소리로 생각을 드러냈다. "지난번에 하신 말씀이 기억났어요, 다아시 씨. 좀처럼 누굴 용서하지 못한다고, 한 번 화가 나면 가라앉히기 힘들다고 말씀하셨잖아요. 그렇다면 화를 낼 땐 무척 신중하시겠군요."

"그렇습니다." 그가 단호한 목소리로 말했다.

"그럼 편견 때문에 분별력을 잃는 일도 결코 없으신가요?"

"그러지 않길 바랍니다."

"자신의 의견을 결코 바꾸지 않는 사람들은 처음부터 올바르게 판단하는 것이 특별히 지켜야 할 의무겠군요."

"왜 이런 질문을 하시는지 물어봐도 되겠습니까?"

"그냥 당신의 성격을 알아보려고요." 그녀는 진지함을 털어내려 애쓰면서 말했다. "당신이 어떤 사람인지 이해해보려고 노력하는 중이거든요."

"그래서 어떤 결론을 얻으셨나요?"

그녀는 고개를 저으며 말했다. "아무런 결론도 내리지 못했어요. 당신에 대해 전혀 다른 이야기를 들어서 아주 혼란스러워요."

"저에 대한 평가가 매우 다양할 거라는 건 쉽게 짐작할 수 있습니다." 그가 진지하게 대답했다. "그리고 베넷 양, 지금 당장은 제 성격을 묘사하지 마시길 바랍니다. 그런 행동이 어느 쪽도 명예롭게 하지 못하리라는 걱정이 들기 때문입니다."

"하지만 지금 당신에 대해 대략이나마 파악하지 않으면 다시는 기회가 없을지도 모르는데요."

"정 원하신다면 굳이 말리지는 않겠습니다." 그가 차갑게 대꾸했다.

그녀는 더 이상 아무 말 하지 않았고, 그들은 말없이 두 번째 춤을 춘 다음 헤어졌다. 각자 정도의 차이는 있었지만 석연치 않은 기분이 드는 건 두 사람 모두 마찬가지였다. 하지만 다아시의 경우 그녀를 향한 감정이 매우 강렬했기에 이내 그녀의 용서를 얻길 바랐고 자신의 모든 분노를 다른 사람에게 향했다.

그들이 각자 자기 자리로 돌아온 지 얼마 되지 않았을 때 빙리 양이 그녀를 향해 다가오더니, 정중하지만 무시하는 듯한 표정으로 이렇게 말을 걸었다.

"그나저나 일라이자 양. 듣자니 조지 위컴과 아주 잘 지내신다면서요! 제인이 제게 위컴에 대해 이야기하면서 어찌나 많은 걸 물어보던지요. 그 청년이 다른 이야기들을 잔뜩 늘어놓느라 깜박 잊고 이 얘기는 안 했나본데, 사실 그는 돌아가신 다아시 어른을 모시던 집사의 아들이랍니다. 하지만 친구로서 충고하겠는데, 그 사람의 주장을 무조건 신뢰하지 않는 게 좋을 거예요. 다아시 씨가 그를 학대했다는 말도 있던데, 그건 새빨간 거짓말이랍니다. 오히려 그 반대죠. 조지 위컴은 다아시 씨를 대단히 불명예스럽게 대했지만, 다아시 씨는 그에게 한결같이 무척 친절했어요. 자세한 내용은 저도 잘 모르지만, 다아시 씨는 책임질 일을 조금도 하지 않았다는 것, 조지 위컴이 언급되는 이야기는 듣고 싶어 하지 않는다는 것, 그리고 우리 오빠가 장교들에게 초대장을 돌리면서 차마 그를 제외시킬 수 없었지만 그가 알아서 자리를 피해주었다는 걸 알고 무척 다행스럽게 여겼다는 건 아주 잘 알고 있어요. 그가 이 지역에 발을 들여놓은 것 자체가 아주 뻔뻔스러운 짓이에요. 주제를 모르고 어떻게 감

149

히 그럴 수 있을까요. 참 안 됐어요, 일리이자 양. 마음에 드는 사람의 잘못을 알게 되다니. 하지만 그 사람 출신을 고려하면 더 이상 기대할 게 없을 거예요."

"당신 말에 의하면 그 사람의 죄와 출신이 동일한 것 같군요." 엘리자베스가 화가 나서 말했다. "제 귀에 당신은 그가 다아시 씨 집안의 집사 아들이라는 사실을 가장 크게 비난하는 걸로 들리니까요. 그리고 그 부분에 대해 분명히 말씀드리겠는데, 그 이야기라면 이미 그 사람에게 똑똑히 들었어요."

"그렇다면 실례했군요." 빙리 양이 돌아서면서 비웃으며 말했다. "괜한 일에 참견한 걸 용서하세요. 좋은 뜻으로 그런 거니까."

'너무 무례하잖아!' 엘리자베스는 속으로 생각했다. '이런 시시한 공격으로 내가 눈 하나 깜짝할 줄 알았다면 큰 오산이지. 그래봤자 당신 자신의 고의적인 무지와 다아시 씨의 악의만 드러나는 셈이야.' 그런 다음 빙리에게 같은 내용을 물어봐주기로 약속한 언니를 찾아보았다. 제인은 무척 만족한 듯 사랑스러운 미소를 담뿍 지으며 그녀를 맞았다. 행복한 표정으로 환한 언니의 얼굴을 보니 그날 저녁을 매우 흡족하게 보내고 있다는 걸 충분히 알 수 있었다. 엘리자베스는 언니의 기분을 금세 알아차렸고, 그 순간 누구보다도 제인이 행복하길 바라는 마음에 위컴에 대한 염려와 그를 미워하는 사람들을 향한 분노, 그 밖의 모든 생각들이 물러났다.

"언니가 위컴 씨에 대해 어떤 이야기를 들었는지 알고 싶어."

그녀는 언니처럼 환하게 미소를 지으며 말했다. "하지만 즐거운 시간을 보내느라 제삼자 생각은 할 겨를도 없었겠지. 그렇더라도 용서해줄게."

"그렇지 않아." 제인이 말했다. "그를 잊어버릴 리가 있니. 하지만 네게 만족할 만한 이야기를 해주기는 어렵겠어. 빙리 씨는 그를 잘 알지 못하더라. 더구나 다아시 씨를 불쾌하게 만든 주된 상황들에 대해서는 전혀 아는 바가 없었어. 하지만 친구가 모범적이고 성실하며 신의 있는 사람이라고 장담하던걸. 그리고 위컴 씨가 다아시 씨에게 과분할 정도로 배려를 받아왔다고 완벽하게 믿고 있어. 이렇게 말해서 유감이지만, 빙리 씨뿐 아니라 그 누이의 말에 따르면 위컴 씨는 결코 점잖은 사람이 아닌 것 같아. 혹시 그는 너무 경솔하게 굴다가 다아시 씨의 존경을 잃은 건 아닐까."

"빙리 씨는 위컴 씨를 모른다고?"

"모른대. 지난번 아침에 메린턴에서 본 게 처음이라던데."

"그렇다면 언니가 빙리 씨에게 들은 말은 전부 그가 다아시 씨에게 들은 말이겠네. 이제 확실히 알겠어. 그런데 목사직에 대해서는 뭐라고 해?"

"다아시 씨에게 여러 차례 이야기를 들었지만 자세한 사정은 정확히 기억나지 않는대. 하지만 그 문제는 순전히 위컴 씨에게 달린 일이었다고 알고 있어."

"빙리 씨의 진실함은 의심할 여지가 없어." 엘리자베스가 홍

분하며 말했다. "그런데 미안하지만 그의 확신만으로는 내 생각을 바꿀 수가 없겠어. 빙리 씨가 친구를 옹호하는 건 충분히 그럴 수 있겠지. 하지만 그는 이 일의 전후 사정을 알지 못하는 데다, 알고 있는 내용마저도 친구에게 들은 거잖아. 따라서 위컴 씨와 다아시 씨에 대한 내 생각은 여전히 바뀌지 않을 것 같아."

이제 그녀는 서로 보다 유쾌하게 즐길 수 있고 의견 차이가 나지 않는 내용으로 화제를 돌렸다. 제인은 빙리의 호감을 받아들이고 싶다는 즐거운 희망을 조심스레 이야기했고, 엘리자베스는 언니의 이야기를 기쁘게 들으면서 여러 가지 말로 언니에게 자신감을 북돋기 위해 애썼다. 잠시 후 빙리 씨가 다가오자, 엘리자베스는 곧바로 자리를 비켜 루카스 양을 찾아갔다. 루카스 양은 엘리자베스에게 마지막 파트너와 즐거운 시간을 보냈는지 물었는데, 엘리자베스가 대답하기도 전에 콜린스 씨가 그들에게 다가오더니 대단히 운이 좋게도 방금 아주 중요한 사실을 알아냈다며 의기양양한 태도로 이야기를 시작했다.

"아주 우연히 놀라운 사실을 알게 됐지 뭡니까." 그가 말했다. "지금 이 방에 제 후원인과 가까운 친척이 계신다는 걸 말입니다. 그 신사께서 이 저택의 주인이신 젊은 숙녀분께 그분의 사촌인 드 버그 양과 그 어머니인 캐서린 영부인의 이름을 직접 언급하시는 걸 우연히 듣게 되었답니다. 이런 일이 일어나다니 정말 놀랍지 않습니까! 무도회에서 캐서린 드 버그 영부인의 조카 – 아마 조카가 맞겠지요 – 를 만나게 될 줄 누가 생각이나 했겠습니까! 지금이라도 이 사실을 알게 되어 경의를 표할 수 있어서 얼마나 감사한지 모릅니다. 지금 인사를 드리러 갈 거예요. 진작 인사드리지 못한 제 불찰을 용서하시겠지요. 두 분의 관계를 전혀 몰랐다고 말씀드리면 분명히 용서해주실 겁니다."

"설마 다아시 씨에게 직접 자신을 소개하실 생각은 아니겠지요?"

"왜요, 당연히 소개해야지요. 좀 더 일찍 소개하지 않은 걸 이해해달라고 간청할 생각입니다. 제가 알기로 그 분은 캐서린 영부인의 조카가 분명합니다. 영부인께서 지난주까지 편안히 잘 계셨다는 안부를 그분께 전해드리는 것이 제가 해야 할 일일 겁니다."

엘리자베스는 그의 계획을 만류하려 열심히 애쓰면서, 다아시 씨는 다른 사람의 소개를 거치지 않고 직접 그에게 인사하는 것을 친척에 대한 경의의 표시라고 생각하기는커녕 오히려 무례한 행동으로 여긴다고 전했다. 더불어 사실상 서로 인사를 나누며 지낼 필요가 전혀 없고, 인사를 한다면 지위가 높은 다아시 씨가 먼저 교제 의사를 알리는 것이 옳다고 설명했다. 콜린스 씨는 그녀의 말을 듣는 동안 누가 뭐래도 자기 뜻대로 밀고 나가겠다는 단호한 태도를 보였으며, 그녀가 말을 마치자 이렇게 대꾸했다.

"친애하는 엘리자베스 양, 엘리자베스 양이 이해하는 범위 안에서 모든 문제들을 매우 현명하게 판단해 주신 덕분에 세상에서 가장 훌륭한 의견을 듣게 되었습니다. 그러나 죄송한 말씀입니다만, 평신도들 사이에 정해진 예의와 성직자들이 지켜야 할 예의 사이에는 큰 차이가 있음을 알려드려야겠습니다. 그리고 한 가지 더 외람된 말씀을 드리자면, 존엄성이라는 측면에서 볼 때 성직은 한 나라의 최고위층과 동등한 서열에 있다고 생각합니다. 물론 행동상 그에 부합하는 겸손이 동시에 갖춰져야 하겠지요. 그러므로 이번 경우 엘리자베스 양께서는 제가 양심의 명령에 따르도록 허락해주셔야 합니다. 그래야 제가 의무라고 여기는 것을 실천으로 옮길 수 있을 테니 말입니다. 다른 모든 문제에서는 언제나 저를 이끌어주는 당신의 충고를 받아들이겠지만, 이 일만큼은 당신의 고견을 등한시하게 되어 대단히 죄송합니다. 지금 우리 앞에 놓인 이 일의 경우 당신 같은 젊은 아가씨보다는 교육도 많이 받고 끊임없이 학문에 정진하는 저 같은 사람이 옳고 그름을 판단하기에 더욱 적합하다고 확신합니다." 그는 그녀에게 머리 숙여 인사한 뒤 계획을 착수하기 위해 다아시 씨를 향해 돌진했다.

그녀는 그의 접근에 다아시 씨가 어떤 반응을 보이는지 유심히 지켜보았는데, 그가 말을 걸자 다아시 씨의 표정에는 당혹스러운 기색이 역력했다. 그녀의 사촌은 일단 근엄하게 허리를 굽혀 인사한 다음 입을 열기 시작했는데, 똑똑히 들리지는 않지만 무슨 말을 하는지 훤히 알 것 같았다. 그의 입 모양을 보아하니 '죄송'이니 '헌스퍼드'니 '캐서린 드 버그 영부인'이니 하는 말을 언급한다는 걸 알 수 있었다. 그녀는 콜린스 씨가 다아시 씨 같은 남자에게 저렇게 형편없는 태도를 드러내는 걸 보고 있으려니 짜증이 밀려왔다. 다아시 씨는 황당한 표정을 감추지도 않고 콜린스 씨를 빤히 바라보았고, 마침내 콜린스 씨가 잠시 이야기를 멈추어 다아시 씨에게 말할 기회를 주자 그는 예의 바르지만 차가운 태도로 대꾸했다. 하지만 그런다고 해서 기가 죽어 말 못할 콜린스 씨가 아니었고, 그가 말이 많아질수록 다아시 씨의 표정은 경멸하는 기색이 점점 뚜렷해졌다. 콜린스 씨가 말을 마치자 다아시 씨는 간단히 목례만 하고 다른 방향으로 가버렸고, 그제야 콜린스 씨는 엘리자베스에게 돌아왔다.

"장담컨대, 다아시 씨의 응대가 불만스러울 이유는 전혀 없습니다." 그가 말했다. "오히려 다아시 씨는 제 행동을 아주 흡족해하시는 것 같더군요. 최상의 정중함으로 저를 맞아주셨고, 안목 높으신 캐서린 영부인께서 은혜를 베푸실 정도면 제게 그만한 자격이 충분하기 때문이라고 확신한다며 찬사까지 보내셨어요. 그건 매우 지당하신 생각이었습니다. 대체로 저는 그분이 아주 마음에 듭니다."

엘리자베스는 더 이상 알고 싶은 관심사가 없었기 때문에 언니와 빙리 씨에게로 완전히 주의를 돌렸다. 두 사람의 모습을 보고 있으니 즐거운 생각들이 계속 이어져 제인 못지않게 행복해졌다. 그녀는 진정한 사랑의 결실로 축복을 받으며 결혼을 하고 바로 이 집에서 생활하게 될 언니의 모습을 상상했다. 그렇게 된다면 빙리의 두 누이들조차도 좋아해보려고 노력할 수 있을 것 같았다. 어머니 역시 같은 생각에 열중하고 있다는 게 뻔히 보여서, 그녀는 장황한 수다를 피하기 위해서라도 어머니 곁에 가지 않기로 결심했다. 그런데 저녁 식탁에서 어머니와 그녀가 한 사람을 사이에 두고 양쪽에 앉게 되자 생각대로 되지 않는 자신의 불운이 무척 속상했다. 게다가 어머니는 두 사람 사이에 앉은 사람(루카스 부인)에게 제인이 곧 빙리 씨와 결혼하게 될 것 같다는 이야기만 주책없이 계속해서 늘어놓았는데 그 모습을 보고 있으려니 이만저만 짜증이 나는 게 아니었다. 이 주제에 어찌나 신이 났던지 베넷 부인은 혼인이 성사되면 어떤 이득이 있을지 열거하는 일에 도무지 지칠 줄 모르는 것 같았다. 일단 사윗감이 아주 매력적인 젊은이고, 엄청난 부자이며, 베넷가 사람들이 사는 집에서 고작해야 3마일도 떨어지지 않은 곳에 살고 있다는 사실이 첫 번째 자축할 사항이었다. 그 다음은 빙리의 두 누이들도 제인을 무척 좋아해서 빙리와 제인의 결합을 그녀만큼 열망하는데, 그걸 생각하면 마음이 놓인다고 했다. 게다가 제인이 이렇게 엄청난 집에 시집을 가면 다른 딸들도 돈 많은 남자들을 만날 기회가 많아질 테니 그들의 앞날도 창창해질 거라고 했다. 그리고 마지막으로, 아직 미혼인 딸들을 큰언니에게 맡길 수 있어, 자신은 이 나이에 더 이상 좋아하지 않는 모임에 나가지 않아도 되어 정말 기쁘다고 했다. 하지만 이런 상황을 기쁘다는 식으로 표현한 건 단지 예의상 그렇게 말해야 하기 때문이었다. 아무렴 베넷 부인이 남은 평생 집 안에만 머무르며 좋아할 거라고 생각할 사람은 아무도 없을 것이다. 그녀는 루카스 부인도 조만간 자기처럼 좋은 일이 생기길 바란다는 말로 수다를 마쳤지만, 잔뜩 의기양양한 모습이 속으로는 그럴 리 없다고 믿는 게 분명했다.

엘리자베스는 어머니에게 말씀을 천천히 하시라고 부탁하고, 아무리 경사스러운 일이지만 소리를 낮추시라고 간청했지만 아무 소용없었다. 어머니가 하는 말들이 바로 맞은편에 앉은 다아시 씨 귀에 거의 다 들렸을 거라고 생각하니 말할 수 없이 속이 상했다. 어머니는 쓸데없는 걱정하지 말라며 그녀를 나무랄 뿐이었다.

"애, 다아시 씨가 나한테 얼마나 대단한 사람이라고 내가 그 사람까지 신경 써야 하는 거니? 그 사람이 듣기 싫어할 얘기라고 입도 벙긋하지 말라니, 그 사람한테 그렇게까지 예의를 갖출 필요는 없는 것 같구나."

"제발 엄마, 목소리 좀 낮추세요. 다아시 씨 기분 상하게 해서 엄마한테 좋을 게 뭐가 있어요? 그래봤자 그 사람 친구에게 나쁜 인상밖에 더 심어주겠냐고요."

하지만 그녀가 아무리 말해봤자 달라지는 건 아무것도 없었다. 어머니는 조금도 변함없이 모든 사람이 알아들을 수 있게 목청을 높여 자신의 생각을 이야기했다. 엘리자베스는 창피하고 속상해서 자꾸만 얼굴이 붉어졌다. 그녀는 종종 다아시 씨에게 시선을 향하지 않을 수 없었는데 그때마다 염려하던 바를 확인할 뿐이었다. 다시 말해, 그는 그녀의 어머니를 줄곧 눈여겨보지는 않았다 하더라도 어머니가 하는 말을 처음부터 끝까지 주의 깊게 듣고 있었으리라는 확신이 들었다. 처음에 그는 몹시 분한 듯 경멸하는 표정을 짓더니 차츰 차분한 표정으로 돌아왔고 잠시 후 사뭇 진지하고 심각한 표정으로 바뀌었다.

마침내 베넷 부인은 할 말을 다 했는지 입을 다물었고, 자기와는 아무런 상관도 없을 것 같은 남의 경사에 맞장구치느라 연신 하품만 해대던 루카스 부인은 식은 햄과 닭고기라도 남아 있는 걸 다행으로 여겼다. 엘리자베스는 이제야 안정을 찾기 시작했다. 하지만 평온한 시간은 얼마 가지 못했다. 저녁 식사를 마치고 노래를 듣고 싶다는 말이 나오자 사람들이 몇 번 청하지도 않았는데 메리가 냉큼 앞에 나설 준비를 하는 걸 보니 굴욕감이 느껴졌다. 엘리자베스는 메리가 사람들 말에 선뜻 따르지 말라고 일러주고 싶어서 여러 차례 의미심장한 표정을 지어보이기도 했고, 무언의 간청을 해보기도 했지만 헛수고였다. 메리는 언니가 왜 저런 표정과 몸짓을 보이는지 이해할 생각도 없었다. 그녀는 사람들 앞에서 과시할 수 있는 기회가 마냥 좋아서 얼른 노래를 부르기 시작했다. 엘리자베스는 몹시 곤혹스러워하며 메리를 잔뜩 노려보았고, 여러 절로 이루어진 노래가 다 끝날 때까지 인내심을 갖고 메리를 지켜보았지만 이런 노력에 대한 보상은 형편없었다. 테이블에 앉은 사람들이 감사하다는 인사치레로 한 곡 더 불러달라는 바람을 내비치자 메리는 30초쯤 뜸을 들인 뒤 냉큼 다른 노래를 부르는 것이었다. 사실, 메리의 노래 실력은 사람들 앞에서 들려줄 정도는 결코 아니었다. 성량은 약했고 태도는 자연스럽지 못했다. 엘리자베스는 몹시 괴로웠다. 언니는 이 상황을 어떻게 견디나 보려고 제인을 바라보았다. 그런데 제인은 아주 태연하게 빙리와 이야기를 나누고 있었다. 빙리의 두 누이들에게 시선을 돌리자 서로 비웃는 듯한 표정을 주고받는 모습이 보였다. 다아시 씨는 아까부터 줄곧 아무도 건드리지도 못할 만큼 아주 심상치 않은 표정을 짓고 있었다. 엘리자베스는 메리가 밤새 노래를 부르지 못하도록 아버지가 개입해주길 바라며 아버지를 보았다. 그녀의 마음을 알아차린 아버지는 메리가 두 번째 노래를 마치자 큰 소리로 이렇게 말했다.

"굉장한 솜씨구나, 우리 딸. 덕분에 한참 동안 즐거웠다. 이제 다른 아가씨들에게도 실력을 뽐낼 기회를 주어야지."

메리는 못 들은 척했지만 조금 당황했다. 엘리자베스는 메리가 딱하기도 하고 그런 말을 해야 하는 아버지가 안쓰럽기도 해서, 자신이 아무런 이득도 안 될 괜한 걱정을 한 건 아니었을까 걱정이 됐다. 이제 다른 사람들이 노래를 요청받았다.

"운이 좋게도 제가 노래를 잘할 줄 안다면 말입니다." 콜린스 씨가 말했다. "사람들 앞에서 기꺼이 노래 한 곡을 선사했을 것입니다. 노래란 매우 순결한 오락으로서 성직자의 직분과 정확히 들어맞는 것이라고 생각하거든요. 아, 물론 하루 종일 음악에 빠져 있어도 괜찮다는 말은 아닙니다. 성직자들이 지켜야 할 일이 어디 한두 가지인가요. 교구 목사들이 해야 할 일이 얼마나 많은데요. 무엇보다 성직자 본인에게는 이로우며 후원자에게는 폐가 되지 않을 만큼 십일조 계약을 맺어야 하지요. 설교문도 직접 작성해야 합니다. 그러고 나서 시간이 남으면 교구민들에게 예배를 집전하고 그들을 일일이 보살펴야 합니다. 또 될 수 있는 한 안락하게 생활해야 하기 때문에 거처하는 집도 관리하고 손봐야 하는데 사실 그럴 시간이 많지 않지요. 또한 모든 사람들에게, 특히 성직에 오르도록 힘써준 사람들에게 언제나 친절하고 우호적인 태도를 보여야 하는데, 저는 이 일을 결코 등한시해서는 안 된다고 생각합니다. 저는 교구 목사라면 마땅히 이러한 의무를 다 해야 한다고 생각하며, 후원자의 가족과 조금이라도 관련이 있는 사람들에게 존경을 드러내길 소홀히 하는 사람을 좋게 여길 수 없습니다." 그는 다시 씨에게 허리를 굽혀 인사를 하고 말을 마쳤는데, 어찌나 큰 소리로 연설을 늘어놓았던지 방 안에 모인 사람들 절반이 들었을 정도였다. 많은 사람들이 멀뚱멀뚱 그를 바라보았고, 또 다른 많은 사람들이 미소를 지었다. 하지만 이 상황을 베넷 씨만큼 재미있어 하는 사람도 없었다. 한편 그의 아내는 어쩌면 그렇게 옳은 말만 하느냐고 콜린 씨를 칭찬했고, 정말 보기 드물게 현명하고 아주 괜찮은 청년이라며 루카스 부인에게 반쯤 속삭이는 목소리로 말했다.

 엘리자베스가 보기에는 오늘 저녁 온 가족이 최대한 망신을 당해보자고 약속이라도 한 것 같았다. 그렇지 않고서야 하나같이 이토록 열심히 그리고 성공적으로 망신스러운 역할을 하기도 어려웠을 것이다. 가족들의 부끄러운 모습 가운데 일부를 빙리가 못 보고 지나친 데다, 그들의 어리석은 행동을 똑똑히 목격하고도 크게 신경 쓰지 않는 성격인 건 빙리와 언니를 위해 다행이었다. 그렇지만 가족들이 빙리의 두 누이들과 다아시 씨에게 그처럼 웃음거리가 될 여지를 주었다는 사실만으로도 충분히 불쾌했다. 엘리자베스는 한 신사의 말없는 경멸과 두 숙녀의 오만한 조소 가운데 어느 것이 더 참기 어려운지 결정하기 어려울 만큼 둘 다 똑같이 약이 올랐다.

 남은 저녁 시간도 엘리자베스는 좀처럼 즐거울 수가 없었다. 콜린스 씨는 그녀 곁을 끈질기게 따라다니며 괴롭혔다. 그는 엘리자베스에게 자기와 다시 한 번 춤을 추지 않겠냐고 설득했다가 거절당했고, 엘리자베스가 다른 사람과 춤을 추려하면 그것도 못하게 방해했다. 엘리자베스가 다른 숙녀들과 춤을 추라고 부탁도 해보고, 방 안에 있는 젊은 숙녀를 소개하기도 했지만 소용없었다. 그는 자신은 사실 춤에 전혀 관심이 없고, 자신의 주된 목적은 오로지 그녀를 세심하게 배려해 호감을 얻는 것뿐이며, 따라서 오늘 저녁 내내 그녀 곁에 가까이 있기로 결심했다고 말했다. 그렇게 확고한 목적이 있다는데 더 따질 말도 없었다. 엘리자베스는 친구 루카스 양과 함께 있을 때에야 비로소 숨통이 트이는 것 같았다. 루카스 양은 자주 그들과 함께하면서 친절하게도 콜린스 씨의 이야기를 열심히 들어주었다.

그나마 다아시 씨가 더 깊이 관심을 보이는 불쾌한 상황은 벗어났다. 그는 종종 사람들과 떨어져 그녀와 아주 가까운 거리에서 있었지만, 대화를 나눌 만큼 가까이 다가오는 일은 결코 없었다. 그녀는 아까 위컴 씨에 대해 내비친 말 때문에 그런가보다 생각하면서 그가 다가오지 않는 걸 다행으로 여겼다.

롱번의 가족들은 그날 모인 사람들 가운데 가장 마지막으로 네더필드를 떠났다. 베넷 부인이 꾀를 부려 모두가 떠난 후에도 15분이나 마차를 기다려야 했고, 덕분에 네더필드 가족 가운데 몇 명은 그들이 어서 가주길 간절히 바란다는 걸 확인했다. 허스트 부인과 그 여동생은 피곤하다고 불평하는 말을 할 때 외에는 입 열기도 귀찮아했고, 얼른 사람들을 보내고 싶어 조바심을 냈다. 베넷 부인이 대화를 시도했지만 번번이 거절했고 그 바람에 분위기는 썰렁해졌다. 콜린스 씨의 접대는 상당히 품위 있었다. 손님들을 어쩌면 그토록 따뜻하고 정중하게 맞이하냐며 빙리 씨와 두 누이들에게 길게 찬사를 늘어놓았지만 분위기를 밝게 만드는 데에는 거의 도움이 되지 않았다. 다아시는 한마디도 하지 않았다. 베넷 씨 역시 입을 다물고 있었지만 이 상황을 즐기고 있었다. 빙리 씨와 제인은 사람들과 조금 떨어져 단둘이만 이야기를 주고받았다. 엘리자베스는 허스트 부인이나 빙리 양과 마찬가지로 줄곧 입을 다물었다. 리디아조차 너무 피곤했는지 이따금 "아유, 피곤해 죽겠네!" 하고 큰 소리로 말하며 입이 찢어져라 하품만 할 뿐이었다.

마침내 출발하기 위해 자리에서 일어났을 때, 베넷 부인은 조만간 네더필드 식구 모두를 롱번에 초대하고 싶다고 집요할 정도로 호의를 드러냈다. 그러고는 빙리 씨를 따로 불러, 초대장을 보내는 식의 격식을 차릴 필요 없이 아무 때나 찾아와 가족들과 함께 만찬을 즐긴다면 모두가 매우 흐뭇하게 여길 거라고 강조했다. 빙리는 무척 기쁘고 감사하다고 말하며, 다음 날 런던에 잠시 볼 일이 있는데 돌아오면 최대한 빠른 시일에 롱번을 방문하도록 기회를 만들겠다고 흔쾌히 약속했다.

베넷 부인은 더할 나위 없이 만족했다. 그리고 결혼식에 필요한 준비들, 새 마차, 결혼 예복 등을 고려해 족히 서너 달 후면 딸이 네더필드의 안주인이 되는 걸 반드시 보게 되리라는 즐거운 확신을 갖고 네더필드를 떠났다. 뿐만 아니라 또 한 명의 딸은 콜린스 씨와 결혼하게 될 거라고 확신하며, 제인의 결혼만큼은 아니어도 상당히 흡족해했다. 그녀는 자식들 가운데 엘리자베스를 가장 예뻐하지 않았다. 그래서 엘리자베스에게 그만한 남자에 그 정도 결혼이면 상당히 괜찮은 편이라고 생각했지만, 빙리 씨와 네더필드와는 비교도 안 될 만큼 기운 혼처인 것이 사실이었다.

19

다음 날 롱번에서는 새로운 광경이 펼쳐졌다. 콜린스 씨가 정식으로 청혼을 한 것이다. 그는 다음 주 토요일이면 휴가가 끝나는 데다 지금 이 순간까지 이 문제로 조금도 고민하거나 망설이지 않았기에 지체 없이 청혼을 하기로 결심했다. 그래서 이런 일에는 보통 어떤 식으로 절차를 밟을 거라는, 나름대로 생각해둔 관례에 따라 매우 예의 바른 태도로 계획에 착수했다. 아침 식사 직후 베넷 부인과 엘리자베스, 그리고 여동생 한 명이 모여 있는 걸 보자마자 그는 베넷 부인에게 이렇게 말을 꺼냈다.

"부인, 오늘 아침 부인의 아리따운 따님 엘리자베스 양과 개인적으로 만나 뵙는 영광을 갖고자 청하려는데 허락해주시겠습니까?"

엘리자베스가 당황해서 얼굴이 달아오를 새도 없이 베넷 부인이 재빨리 대답했다.

"오! 그럼요, 허락하고말고요. 리지도 아주 좋아할 거라고 믿어요. 절대로 거절할 리 없지. 자, 키티, 넌 어서 2층으로 올라가면 좋겠구나." 그러고는 할 일을 챙겨 서둘러 자리를 뜨려는데 엘리자베스가 큰 소리로 외쳤다.

"어머니, 가지 마세요. 죄송하지만 어머니가 가지 않으셨으면 해요. 콜린스 씨께서 양해를 해주셔야겠어요. 콜린스 씨, 아무도 들을 필요 없는 이야기면 저에게도 하실 필요 없어요. 아니면 제가 나갈게요."

"아니, 안 된다. 쓸데없는 짓 그만둬라, 리지. 넌 이 자리에 남아 있으면 좋겠구나." 그러나 엘리자베스가 분하고 당황스러운 표정을 보이며 정말로 나가려 하자, 어머니가 덧붙여 말했다. "리지, 여기 앉아서 콜린스 씨 말 들으라고 엄마가 분명히 말했다."

엘리자베스는 어머니의 명령에 맞서고 싶지는 않았다. 그리고 잠시 생각해보니 이 일을 최대한 빨리 조용하게 끝내는 것이 가장 현명할 거라는 분별 있는 판단도 들었다. 그래서 다시 자리에 앉아 곤혹스러운 감정을 감추고 생각을 다른 곳으로 돌리기 위해 연신 바느질만 했다. 베넷 부인과 키티가 자리를 비켜 완전히 기척이 사라지자 콜린스 씨는 곧바로 이야기를 시작했다.

"친애하는 엘리자베스 양. 정말이지 당신의 겸양은 당신을 깎아내리기는커녕 오히려 당신의 완벽한 성품을 더욱 돋보이게 하는군요. 이처럼 사양하는 모습을 보이지 않으셨더라면 제 눈에 지금보다 더 사랑스럽게 보이지 않았을 겁니다. 그러나 저는 엘리자베스 양의 훌륭하신 어머니의 허락을 받고 이 자리를 마련하게 되었음을 강조하고 싶습니다. 워낙 섬세한 성품이라 제 말씀을 모른 체하고 싶으시겠지만, 제 진의까지 의심할 수는 없으실 겁니다. 당신에 대한 제 마음은 아주 분명하여 한 치의 실수도 있을 수 없습니다. 이 집에 들어서는 순간부터 저는 당신을 제 인생의 동반자로 선택했습니다. 그러나 이 문제에 관한 제 감정으로 인해 자제심을 잃기 전에 먼저, 제가 당신과 결혼하려는 이유를. 더욱이 굳이 이곳 하트퍼드셔에 와서 아내를 선택하려는 이유를 말씀드리는 것이 더 바람직할 것 같습니다."

엘리자베스는 평소 근엄하고 태연자약한 척하는 콜린스 씨가 감정을 주체하지 못하고 허둥댄다고 생각하니 자꾸만 웃음이 나오려 했다. 그 바람에 그가 엘리자베스에게 말할 기회를 주려고 생각보다 오래 말을 멈추었지만 엘리자베스는 아무 말도 못하고 콜린스 씨에게 다시 기회를 넘겼다.

"제가 결혼하려는 이유는 이렇습니다. 첫째, (저처럼) 편안한 환경에서 생활하는 모든 성직자들은 자신의 교구 안에서 결혼 생활의 모범을 보여야 할 의무가 있다고 생각하기 때문입니다. 둘째, 결혼 생활로 제 행복이 무한히 커질 거라고 확신하기 때문입니다. 그리고 셋째, 어쩌면 이 부분을 먼저 말씀드려야 했을지 모르겠는데, 영광스럽게도 제가 은인이라고 부를 수 있는 영부인께서 특별히 조언과 권유를 하셨기 때문입니다. 영부인께서는 황공하옵게도 이 문제에 대해 제게 두 번이나 당신의 의견을 말씀해주셨습니다. (부탁하지도 않았는데 말입니다!) 바로 제가 헌스퍼드를 떠나기 전 토요일 밤이었지요. 젠킨슨 부인이 카드리유 카드놀이 테이블 사이에 드 버그 양의 발판을 놓고 있는 동안 영부인께서 말씀하셨습니다. '콜린스 씨, 당신도 이제 결혼을 하셔야지요. 당신 같은 성직자는 결혼을 해야 합니다. 좋은 배필을 만나세요. 나를 위해 상류층 가문의 여인을 만나세요. 그리고 당신을 위해 적극적이고 유능한 여인을 만나세요. 너무 고상하게 자란 여자 말고, 수입이 변변찮아도 살림을 잘 꾸릴 줄 아는 여인이면 됩니다. 이것이 저의 조언이에요. 될 수 있는 한 빨리 이런 여자를 찾아 헌스퍼드로 데리고 오세요. 그러면 내가 그 여자를 방문하겠습니다.' 라고 말이지요. 말이 나왔으니 말인데, 아름다운 엘리자베스 양, 캐서린 드 버그 영부인의 배려와 친절은 제가 구혼하기 위해 제 힘닿는 한 제공할 수 있는 결혼의 좋은 조건 중 하나라고 생각합니다. 엘리자베스 양께서는 제가 설명하는 것 이상으로 훨씬 품위 있는 영부인의 태도를 보시게 될 겁니다. 그리고 당신의 재치와 쾌활한 성격은 영부인의 마음에 꼭 드실 거라 믿습니다. 특히 영부인의 지위가 지위니만큼 그 앞에서는 경외심으로 침묵을 지키게 되어 당신의 성격이 보다 부드럽게 누그러지겠지요. 자, 이것으로 제가 결혼을 하려는 전반적인 이유를 거의 다 말씀드렸습니다. 이제부터는 제가 거주하는 지역을 놔두고 굳이 왜 이 롱번으로 눈을 돌리게 되었는지 말씀드리면 되겠군요. 분명히 말씀드리지만 그 지역에도 아름다운 아가씨들이 많은데 말이지요. 사실상 엘리자베스 양 아버지께서 돌아가시고 나면 (물론 오래 사실 거라 믿지만) 제가 이 집의 재산을 물려받게 되어 있습니다. 그러므로 그처럼 우울한 일이 일어날 경우 따님들의 피해를 최소한으로 줄이기 위해서라도 따님들 가운데에서 제 신붓감을 고르지 않으면 도저히 마음이 놓이지 않았습니다. 물론 아까도 말씀드렸다시피 그런 일은 오랜 시간이 지난 후에나 일어나겠지만 말입니다. 이것이 제가 아름다운 제 사촌 엘리자베스 양과 결혼하려는 동기이며, 이런 이유 때문에 당신의 호의가 줄어들지는 않을 거라 믿습니다. 이제 마지막으로, 당신을 사모하는 제 강렬한 마음을 열정적인 언어로 말씀드리겠습니다. 일단 저는 재산에 전혀 관심이 없으며, 당신 아버님께 재산과 관련된 사항에 대해 아무런 요구도 하지 않을 생각입니다. 그도 그럴 것이 요구를 해봤자 아버님께서 들어주실 형편이 안 될 뿐더러, 연 4퍼센트 이자가 나오는 1천 파운드의 재산마저도 어머님께서 돌아가신 후 잘해야 당신 몫으로 떨어지리라는 걸 아주 잘 알기 때문입니다. 따라서 저는 이 문제에 대해서는 항구적으로 입을 다물 테고, 우리가 결혼한 후에도 제 입으로 이 문제를 두고 비난하는 옹졸한 일은 없을 거라고 엘리자베스 양께 약속드리겠습니다."

이쯤 되자 엘리자베스는 도저히 참고 들어주어서는 안 될 것 같았다.

"너무 성급하시군요, 콜린스 씨." 그녀가 소리쳤다. "아직 제가 답을 드리지 않았다는 걸 잊으셨나봅니다. 그렇다면 더 시간 끌 필요 없이 바로 말씀드리지요. 제게 하신 찬사는 감사히 받아들이겠습니다. 당신의 청혼이 제게 얼마나 큰 영광인지 잘 압니다만, 부득이 청혼을 거절해야 하겠습니다."

"젊은 숙녀분들은 흔히 남자들의 청혼을 거절하게 마련이라는 말을 어제오늘 들은 것도 아닙니다." 콜린스 씨가 딴에는 예의를 갖추어 손을 내저으며 말했다. "남자가 처음 구애를 할 때 여자들은 보통 속으로는 받아들일 생각이면서도 한 번은 거절하고 본다고 하더군요. 경우에 따라서 두 번 세 번씩 거절하는 사람도 있다고 들었습니다. 따라서 엘리자베스 양께서 그렇게 말씀하셔도 저는 전혀 용기를 잃지 않으며, 조만간 당신과 결혼식장에 나란히 서 있으리라는 희망을 잃지 않을 것입니다."

"천만에요, 콜린스 씨." 엘리자베스가 외쳤다. "제 말씀을 듣고도 희망을 갖겠다니 정말 놀랍네요. 저는 두 번째 청혼을 은근히 기대하며 자신의 행복을 거는 무모한 여자가 아니에요 (그런 여자들이 실제로 있는지 모르겠지만요). 저는 분명하고 진지하게 거절한 겁니다. 당신은 저를 행복하게 해줄 수 없으며, 저 또한 결코 당신을 행복하게 해줄 수 없는 여자라고 확신합니다. 당신의 친구인 캐서린 영부인께서 저를 만나신다면, 어느 모로 보나 제가 이 결혼에 적격이 아니라는 걸 알게 되실 거라 믿습니다."

"캐서린 영부인께서 그렇게 생각하실 정도라면." 콜린스 씨가 아주 근엄하게 입을 열었다. "하지만 영부인께서 당신을 못마땅하게 여길 거라고는 상상할 수 없습니다. 그리고 제가 다시 영부인을 알현할 영광을 갖게 될 때 당신의 겸손함과 검소함, 그밖에 호감을 살 만한 여러 가지 자격들에 대해 극찬의 말을 아끼지 않으실 테니 그 점은 안심하셔도 될 겁니다."

"제발요 콜린스 씨. 저에 대해 그렇게까지 칭찬하실 필요 없으세요. 제 일은 제가 알아서 판단하게 내버려두세요. 그리고 정말로 저에게 경의를 표하시려거든 제 말을 믿어주세요. 저는 당신이 아주 행복하시길 그리고 큰 부자가 되시길 바라고, 그러려면 당신의 청혼을 거절하는 것만이 제가 해드릴 수 있는 최선의 방법이에요. 저에게 청혼하신 걸로 저희 가족을 염려하는 당신의 섬세한 감정이 충족되었을 거라고 믿어요. 그러니 훗날 롱번의 재산을 소유하게 되시더라도 자책하지 마세요. 이 문제는 이렇게 마무리하는 것이 좋겠습니다." 그녀는 이렇게 말하는 동안 이미 자리에서 일어나 있었고, 콜린스 씨가 말을 잇지 않았다면 이야기를 마치자마자 방을 나설 참이었다.

"다음에 이 문제를 다시 말씀드릴 영광을 갖게 될 땐 지금 제게 주신 답보다 호의적인 답을 듣길 바랍니다. 그렇다고 지금 하신 말씀이 너무 냉정하다고 비난하려는 건 결코 아닙니다. 여자가 첫 번째 청혼에서 남자를 거절하는 건 으레 정해진 상례라는 걸 저도 잘 아니까요. 그리고 지금 제 구애에 용기를 북돋아주시기 위해 여성스럽게 섬세히 말씀하신다는 걸 잘 알고 있습니다."

"도저히 안 되겠네요, 콜린스 씨." 엘리자베스가 흥분해서 소리쳤다. "절 너무 난처하게 만드시는군요. 지금까지 제가 한 말을 전부 격려의 의미로 들으셨다니, 대체 어떤 식으로 거절을 해야 콜린스 씨가 납득하실지 모르겠습니다."

"친애하는 엘리자베스 양. 저는 당신의 거절이 단지 청혼의 과정상 필요한 절차일 뿐이라고 믿고 있으니, 그렇게 아시기 바랍니다. 제가 그렇게 믿는 이유는 간단히 말해 이렇습니다. 당신이 뿌리칠 정도로 제 청혼이 보잘것없지 않다는 겁니다. 다시 말씀드리면 제가 벌어들이는 고정 수입은 대단히 바람직한 수준 이상일 테니까요. 제 신분상의 지위, 드 버그 가문과의 연고, 당신 집안과의 관계 또한 상당히 좋은 조건입니다. 그리고 한 가지 더 말씀드리면, 당신이 여러 면에서 매력이 있긴 합니다만, 앞으로 다른 사람에게 결코 청혼을 받지 못할 수도 있음을 깊이 고려하셔야 한다는 것입니다. 안타깝게도 당신이 물려받는 재산이 너무 적기 때문에, 당신이 사랑스럽고 여러 가지 자격을 두루 갖추었다 하더라도 그 장점들은 십중팔구 무용지물이 될 겁니다. 따라서 당신의 거절이 진지한 숙고에서 나온 것이 아니라고 결론지을 수밖에 없는 바, 품위 있는 여인들이 흔히 그러하듯 당신의 거절 또한 저를 불안하게 만들어 제 사랑을 키우려는 바람이라고 생각하겠습니다."

"진심으로 말씀드리는데요, 콜린스 씨, 저는 점잖은 사람을 괴롭히면서 품위 따위를 차리는 사람이 아니에요. 저를 칭찬하지 않아도 좋으니 제 말을 좀 진지하게 믿어주세요. 제게 청혼이라는 영광을 베풀어주신 건 거듭 감사드려요. 하지만 청혼을 받아들이는 건 정말 못하겠어요. 아무리 생각해도 제 감정이 용납하지 않아요. 좀 더 분명하게 말씀드릴까요? 이제부터 저를 당신을 의도적으로 괴롭히려는 품위 있는 여자가 아니라 진심으로 진실을 말하는 이성적인 인간으로 봐달란 말이에요."

"여전히 매력적이십니다!" 그는 어색하게 호탕한 척하며 큰소리로 말했다. "훌륭하신 두 분 부모님의 확실한 권한으로 허락을 받고 나면, 그땐 당신도 반드시 제 청혼을 받아들이실 거라 믿습니다."

이처럼 자기기만에 빠져 막무가내로 고집을 피우는 사람에게 더 이상 대응하고 싶지 않았기에 엘리자베스는 아무런 대꾸 없이 즉시 방을 나왔다. 반복되는 거절을 단순히 자신을 치켜세우는 격려로만 간주하려 든다면, 아버지에게 호소해야겠다고 결심했다. 당연히 아버지는 매우 단호한 태도로 청혼을 받아들이지 않겠노라고 말씀하실 테고, 아버지에게 그런 말을 들으면 적어도 우아한 여성의 애정이니 교태로 착각할 수는 없을 것이다.

20

콜린스 씨는 자신의 성공적인 사랑에 대해 조용히 사색에 잠길 시간이 많지 않았다. 베넷 부인이 두 사람의 이야기가 어떻게 결론이 날지 지켜보기 위해 방문 앞 복도에서 서성거리다가, 엘리자베스가 문을 열고 나와 자신을 지나쳐서 빠른 걸음으로 계단을 향해 걸어가는 모습을 보자마자 조찬실로 들어갔기 때문이다. 그녀는 조찬실에 들어서자마자 이제 머지않아 가까운 사이가 될 거라고 생각하니 여간 흐뭇한 게 아니라면서 잔뜩 들뜬 목소리로 콜린스 씨에게 축하 인사를 퍼부은 다음 기쁨에 겨워 자축을 해댔다. 콜린스 씨도 베넷 부인의 축하 인사에 마찬가지로 기쁘게 답했다. 그런 다음 둘 사이의 대화 내용을 자세히 이야기하면서, 사촌이 단호히 거절했지만 수줍고 겸손하며 몹시 섬세한 성격에서 비롯한 자연스러운 반응이었으므로 자신은 결과에 충분히 만족한다고 말했다.

하지만 그의 이야기를 들은 베넷 부인은 깜짝 놀랐다. 딸이 그에게 용기를 북돋을 의도로 청혼을 거절했다면 그녀 역시 기꺼이 만족하겠지만, 아무래도 그런 의도일 거라고는 믿어지지가 않아 그에게 이렇게 말하지 않을 수 없었다.

"하지만 어떤 결정이 현명한지 리지가 분명히 깨닫게 될 거예요, 콜린스 씨." 그리고 이렇게 덧붙였다. "이 문제에 대해 제가 직접 리지에게 말하겠어요. 워낙 고집이 세고 둔한 아이라서 자기에게 뭐가 이로운지 도무지 알아차리지 못한답니다. 하지만 제가 잘 알아듣게 이야기하겠어요."

"말씀 중에 죄송합니다만, 부인." 콜린스 씨가 큰 소리로 말했다. "엘리자베스 양이 정말로 고집이 세고 둔한 여자라면, 마땅히 결혼 생활에서 행복을 찾으려는 저 같은 신분의 남자에게 그녀가 과연 바람직한 아내가 될 수 있을지 의심이 드는군요. 그러므로 그녀가 정말로 제 청혼을 거절하기로 고집한다면, 굳이 받아들이도록 강요하지 않는 편이 나을지도 모르겠습니다. 그처럼 성격에 결함이 있는 사람이라면 제 행복에 크게 도움이 되지 않을 테니까요."

"콜린스 씨, 제 말을 오해하지 마세요." 베넷 부인이 놀라서 말을 받았다. "리지는 단지 이런 문제에만 고집을 부리는 거랍니다. 다른 일들에는 마음이 곱기가 이를 데 없지요. 제가 당장 남편에게 갈게요. 그리고 리지와 함께 곧 이 문제를 해결하겠어요, 반드시요."

그녀는 그에게 대답할 시간을 주어서는 안 될 것 같아 곧장 남편에게 갔다. 그러고는 서재에 들어서자마자 큰 소리로 남편에게 도움을 청했다.

"오, 여보! 지금 당장 당신의 도움이 필요해요. 우리 전부 큰일 났단 말이에요. 당신이 나서서 리지를 콜린스 씨와 결혼시켜야 해요. 글쎄, 리지가 그 사람과 절대로 결혼하지 않겠다지 뭐예요. 당신이 서두르지 않으면 그 사람 마음이 바뀌어서 리지하고 결혼하지 않겠다고 할지도 몰라요."

베넷 부인이 서재에 들어섰을 때부터 베넷 씨는 책에서 눈을 들어 태연하고 차분한 표정으로 부인의 얼굴을 응시했는데, 부인의 말을 다 들은 뒤에도 표정은 조금도 달라지지 않았다.

"당신이 무슨 말을 하는지 이해가 안 가는구려." 베넷 부인이 말을 마치자 그가 말했다. "대체 뭐라고 한 거요?"

"콜린스 씨하고 리지 말이에요. 리지는 콜린스 씨하고 결혼을 안 하겠다고 딱 잘라 말하고, 콜린스 씨는 리지와의 결혼을 생각해봐야겠다고 방금 그러지 뭐예요."

"그래서 내가 뭘 어쩌라는 거요? 어차피 가망도 없는 일 같은데."

"당신이 직접 리지에게 말 좀 해봐요. 그 사람하고 꼭 결혼하길 바란다고 리지한테 말하라고요."

"그 애를 내려오라고 해요. 내 말은 들을 테니."

베넷 부인이 벨을 누르자 엘리자베스 양이 서재로 불려왔다.

"이리 오너라, 애야." 그녀가 문을 열고 들어오자 아버지가 큰 소리로 말했다. "중요한 일 때문에 너를 보자고 불렀다. 콜린스 씨가 네게 청혼을 했다는데, 그게 사실이냐?" 엘리자베스는 그렇다고 대답했다. "그래, 알겠다. 그런데 넌 이 청혼을 거절했다고?"

"그랬어요, 아빠."

"그랬구나. 이제부터 중요한 이야기를 해보자꾸나. 네 어머니는 네가 이 청혼을 받아들여야 한다고 주장하신다. 그렇지 않소, 여보?"

"그래요. 청혼을 거절하면 전 다시는 리지를 보지 않을 거예요."

"네 앞에 아주 불행한 선택이 놓여 있구나, 엘리자베스. 오늘부터 너는 부모 가운데 한 사람과는 남남이 되어야겠다. 네가 콜린스 씨와 결혼하지 않으면 네 엄마가 다시는 널 보지 않을 테고, 네가 그 사람과 결혼을 하면 내가 널 보지 않을 테니 말이다."

엘리자베스는 시작과 달리 자기편으로 결론이 내려지자 미소

175

를 짓지 않을 수 없었다. 그러나 남편도 자신과 같은 바람일 거라고 믿고 있던 베넷 부인은 실망이 이만저만 큰 게 아니었다.

"이런 식으로 말하다니 대체 무슨 생각인 거예요, 여보? 리지를 콜린스 씨와 반드시 결혼시키겠다고 저하고 약속했잖아요."

"여보." 남편이 말했다. "두 가지 작은 부탁이 있소. 하나는 지금 이 경우, 내 분별력을 마음껏 사용할 수 있도록 해주었으면 하는 거요. 또 하나는 내 방에 대해서인데, 가능한 한 빨리 서재에 혼자 있게 해주면 정말 고맙겠소."

남편에게 실망했지만 베넷 부인은 아직 자신의 주장을 포기하지 않았다. 그녀는 엘리자베스를 구슬려도 보고 협박도 해가면서 같은 이야기를 수없이 반복했다. 제인을 자기편으로 만들기 위해 애썼지만, 제인은 이런 일에 개입하고 싶지 않다고 최대한 조심스럽게 거절했다. 엘리자베스는 때로는 아주 진지하게 때로는 마치 장난치듯 쾌활하게 어머니의 공격에 맞섰다. 그녀는 다양한 태도로 어머니에게 대응했지만 결심만큼은 확고했다.

한편 콜린스 씨는 조금 전 일어난 일에 대해 혼자 곰곰이 생각하고 있었다. 그는 자신을 아주 대단한 사람이라고 여기고 있었기 때문에 사촌이 자신을 거절한 이유가 무엇인지 도무지 이해할 수 없었다. 그래서 자존심은 좀 상했지만 딱히 괴롭지는 않았다. 사실 그녀에 대한 호감은 순전히 상상에서 비롯된 것일 뿐이었다. 그리고 어머니가 비난한 것처럼 그 정도밖에 안 되는 여자일지 모른다는 생각이 들자 거절을 당했어도 전혀 애석하지 않았다.

가족들이 이런 소란을 겪고 있을 때 샬럿 루카스가 집에 놀러 왔다. 리디아는 현관 입구에 들어선 그녀를 보고 얼른 달려와 속삭이는 듯한 목소리로 호들갑을 떨면서 말했다. "언니, 마침 잘 왔어. 우리 집에 지금 재미있는 일이 벌어지고 있어! 오늘 아침에 무슨 일이 있었는지 알아? 글쎄, 콜린스 씨가 리지 언니에게 청혼을 한 거 있지. 그런데 언니는 청혼을 거절할 거래."

샬럿이 대꾸 할 틈도 없이 키티가 그들에게 다가왔다. 키티도 리디아와 같은 소식을 전하러 온 것이다. 세 아가씨는 조찬실로 들어갔다. 그곳에는 베넷 부인이 혼자 앉아 있었는데, 그들이 들어서자마자 역시 같은 이야기를 시작했다. 그녀는 루카스양이 동정해주길 바라면서, 친구 리지에게 온 가족의 바람대로 해야 한다고 조언해달라고 부탁했다. "제발 부탁이다, 샬럿." 그녀는 우울한 목소리로 덧붙였다. "내 편은 아무도 없어. 내 말은 아무도 듣지 않는구나. 모두들 정말 너무해. 내가 신경과민으로 이렇게 고생하는데 아무도 신경을 안 써준단다."

샬럿이 대꾸하려는 순간 다행히 제인과 엘리자베스가 들어 왔다.

"마침 오는구나." 베넷 부인이 계속해서 말을 이었다. "어쩜 아무 일 없었다는 듯 태연한 표정을 지을 수 있을까. 제 멋대로 고집을 부릴 수만 있다면 우리가 요크(잉글랜드 북동부에 위치한 도시)에 있다 해도 상관없는 모양이다. 하지만 한 가지 말해두겠는데, 리지 양. 이번처럼 청혼이 들어올 때마다 매번 거절하면 평생 남편을 못 얻을 줄 알아라. 나중에 아버지가 돌아가시면 그때 가서 누가 널 돌볼지 나도 모르겠다. 내가 언제까지나널 돌볼 수는 없지 않겠니. 그러니 미리 경고하마. 이 순간부터너하고는 끝이다. 아까 서재에서도 말했지만, 다시는 너하고 말하지 않겠다. 두고 보렴, 내가 한 번 말하면 지키는 사람이라는걸 알게 될 테니. 부모 말도 안 듣는 자식하고 마주 보고 이야기해봐야 무슨 즐거움이 있겠니. 내가 사람들과 이야기하는 걸 썩즐기는 사람도 아니고 말이야. 나처럼 신경과민으로 고생하는사람들이 말하길 좋아할 리가 없지 않겠니. 내가 얼마나 고통스러워하는지 누가 알겠어! 하긴 늘 이런 식이지. 불평하지 않는사람은 동정도 받지 못하니까."

딸들은 어머니를 설득하거나 달래려고 애써봐야 화만 돋울뿐이라는 걸 잘 알기에 속사포처럼 쏟아내는 불평들을 잠자코듣고만 있었다. 그래서 그녀는 누구의 방해도 받지 않고 쉴 새없이 하소연을 늘어놓았다. 그때 마침 콜린스 씨가 평소보다 거만한 태도로 방에 들어왔고 그가 온 걸 알아차린 그녀가 딸들에게 이렇게 말했다. "자, 애들아, 너희들 모두 이제 조용히 하렴. 콜린스 씨하고 둘이 이야기를 좀 해야겠으니."

엘리자베스가 조용히 방을 나왔고 제인과 키티가 뒤따랐다. 하지만 리디아는 고집스레 버티며 두 사람의 대화를 최대한 끝까지 듣기로 결심했다. 샬럿은 처음엔 콜린스 씨가 예의상 그녀와 가족들의 안부를 물어 아주 잠시 그 자리에 있다가, 나중에는 약간의 호기심이 발동해 창가로 가서 그들의 이야기가 들리지 않는 척했다. 마침내 베넷 부인이 애절한 목소리로 대화를 시작했다. "오! 콜린스 씨!"

"저, 부인." 그가 말했다. "이제 이 문제에 대해서는 영원히 입을 다물기로 합시다." 곧이어 그는 불만 가득한 목소리로 말을 이었다. "따님의 행동에 화를 내고 싶은 마음은 조금도 없습니다. 어쩔 수 없는 불행이라면 감수해야 하는 것이 우리 모두의 의무니까요. 더구나 저처럼 운 좋게 일찍 출세한 젊은이라면 더더욱 지켜야 할 의무지요. 저는 이제 이 일을 단념하는 것이 좋겠습니다. 아름다운 사촌이 제 청혼을 받아들이는 영광을 베풀었다 해도, 과연 제가 행복할 수 있을지 전혀 의심을 품지 않았다고는 할 수 없을 겁니다. 또한 거부된 축복이 사실상 그 가치를 잃기 시작할 때, 비로소 완벽하게 단념하게 된다는 걸 자주 보아왔으니까요. 친애하는 부인, 부인과 베넷 씨의 권위로 저를 위해 이번 일을 중재해주십사 청한 것에 대해 두 분께 감사 인사도 드리지 못한 채 이렇게 따님에게 한 청혼을 철회한다고 해서 제가 베넷가를 멸시한다고 여기지는 마시기 바랍니다. 부인이 아닌 따님의 거절 통보만으로 제 뜻대로 결정했다고 못마땅하게 여기실까 염려됩니다. 하지만 우리는 누구나 실수할 수 있는 법이지요. 분명히 말씀드리지만 저는 이번 일을 처음부터 끝까지 좋은 마음으로 해결하려 했습니다. 제 목적은 제 자신을

위해 사랑스러운 동반자를 얻는 것이었고, 더불어 부인 가족 모
두의 이익을 충분히 고려하는 것이었습니다. 이런 제 태도에 추
호라도 비난할 만한 점이 있다면 지금 이 자리에서 정중하게 용
서를 청하는 바입니다."

21

콜린스 씨의 청혼에 대한 논의는 거의 끝나갔다. 이제 엘리자베
스는 이 일로 인해 어쩔 수 없이 불편해진 마음과 이따금 어머
니가 짜증을 내며 내뱉는 말들만 참아내면 됐다. 이 일의 당사
자인 신사분에 대해 말하자면, 그는 난처해하거나 실의에 빠져
있거나 엘리자베스를 피하려 애쓰기는커녕, 시종일관 입을 꾹
다물고 잔뜩 화가 난 표정과 뻣뻣한 태도를 보이는 것으로 자신
의 감정을 드러냈다. 그는 엘리자베스에게 거의 말을 건네지 않
았다. 그리고 자신이 생각해도 끈질기게 보여주었던 배려는 이
제부터 루카스 양에게로 방향을 바꾸었다. 루카스 양은 그의 이
야기를 공손하게 경청했는데, 덕분에 베넷가의 가족들 모두, 특
히 루카스 양의 친구에게는 때마침 이만한 구세주가 없었다.

   이튿날에도 베넷 부인의 언짢은 심기나 편치 않은 건강은 나
아질 기미가 보이지 않았다. 콜린스 씨 역시 자존심이 상해 화가
난 상태 그대로였다. 엘리자베스는 그가 화가 났으니 이참에 빨

리 돌아가주길 바랐지만, 그는 자신의 감정 때문에 계획을 바꿀 생각은 눈곱만큼도 없는 것 같았다. 애초에 토요일에 떠나기로 계획했으니 토요일까지는 롱번에 머물 작정이었다.

아침 식사를 마친 후 베넷가의 딸들은 위컴 씨가 돌아왔는지 알아보고, 그가 네더필드 무도회에 참석하지 않은 걸 한탄하기 위해 메리턴으로 향했다. 그런데 메리턴에 도착하자마자 위컴 씨를 만나게 되어 그와 함께 이모님 댁을 방문했다. 그곳에서 그는 무도회에 참석하지 못해 무척 아쉽고 속상하다고 말했고, 아가씨들은 그가 무도회에 참석하지 않아 걱정했다고 말했다. 그러나 그는 엘리자베스에게 자신이 무도회에 참석하지 않은 건 불가피했으며 스스로 결정한 일이라고 직접 시인했다.

"무도회 날짜가 다가올수록 다아시 씨를 만나지 않는 것이 좋겠다는 생각이 들었습니다." 그가 말했다. "그와 같은 공간에 있어야 하고, 그와 함께 오랜 시간 같은 파티를 즐겨야 한다고 생각하니 저로서는 도저히 견디기 힘들 것 같더군요. 그런 제 모습이 저뿐 아니라 다른 사람들까지 불쾌하게 만들 수도 있을 것 같았고요."

엘리자베스는 그가 무도회에 참석하지 않기로 한 결정을 높이 평가했다. 롱번으로 돌아갈 땐 위컴과 또 한 명의 장교가 그들과 동행했는데, 위컴은 특별히 엘리자베스 곁에서 걸었기 때문에 두 사람은 이 문제에 대해 충분히 이야기를 나누었고 서로에게 정중하게 칭찬을 주고받을 수 있었다. 위컴의 동행으로 그들은 두 가지 이점을 얻었다. 일단 그녀는 그의 경의를 독차지한다는 느낌이 들었다. 그리고 또 하나, 그를 아버지와 어머니에게 소개할 좋은 기회가 마련되었다.

그들이 집에 돌아온 직후 베넷 양 앞으로 편지 한 통이 왔다. 네더필드에서 온 편지였고, 제인은 편지를 받자마자 열어보았다. 봉투에는 광택이 나는 작고 우아한 편지지 한 장이 들어 있었고, 거기에는 여성의 단정하고 부드러운 필체로 빽빽하게 사연이 쓰여 있었다. 엘리자베스는 제인이 편지를 읽는 동안 얼굴빛이 달라지고 있으며, 특별히 몇몇 구절을 유심히 곱씹으며 읽고 있다는 걸 알아챘다. 제인은 편지를 내려놓고 이내 침착한 모습으로 돌아와 여느 때처럼 밝게 식구들과 대화를 나누었다. 그러나 엘리자베스는 무슨 일인지 몹시 걱정이 되어 위컴에게조차 신경 쓸 여유가 없었다. 위컴과 그의 동료가 돌아가자 제인은 엘리자베스에게 2층으로 따라오라고 눈짓을 보냈다.

두 사람이 그들의 침실에 들어갔을 때 제인은 편지를 내밀며 말했다. "캐롤라인 빙리에게서 온 편지야. 내용을 읽고 얼마나 놀랐는지 몰라. 지금쯤 가족들 모두 네더필드를 떠나 런던으로 가는 중일 거야. 다시 돌아올 생각은 없대. 뭐라고 썼는지 들어봐."

제인은 편지의 첫 문장을 크게 소리 내어 읽었다. 빙리 자매는 오빠를 따라 즉시 런던에 가기로 결심했고, 가는 길에 그로스브너 가에 있는 허스트 씨 소유의 집에서 저녁을 먹을 생각이라고 했다. 그 다음 구절을 이랬다. "솔직히 하트퍼드셔를 떠난다고 해도 크게 섭섭하지는 않아요. 다만 내 친한 벗인 당신을 만나지 못해 안타까울 뿐이지요. 언젠가 때가 되면 다시 예전처럼 자주 왕래하며 즐거운 시간을 보낼 수 있길 바랍니다. 그때까지 우리 종종 편지를 주고받으며 서로의 소식을 전하면서 이별의 아픔을 달래요. 그렇게 해줄 거죠?" 과장된 어투로 쓰인 편지 내용을 들으면서 엘리자베스는 조금도 의혹을 느끼지 않았다. 그들이 갑자기 네더필드를 떠난 건 당황스럽지만, 사실 애석할 건 없었다. 그들이 네더필드를 떠난다 해도 빙리 씨가 이곳에 오는 걸 막을 수는 없을 테고, 빙리가 사람들을 자주 만나지 못한다 해도 제인은 여전히 빙리 씨와 즐거운 시간을 보내느라 조만간 그것에 대해 신경 쓰지 않을 거라고 확신했다.

"떠나기 전에 마지막으로 그들을 만나지 못한 게 안타깝긴 해." 엘리자베스는 잠시 사이를 두고 말했다. "하지만 빙리 양이 고대하는 행복한 시간이 그녀의 생각보다 빨리 다가올 수도 있지 않겠어? 친구로 즐겁게 지내던 사이가 그때쯤엔 한 가족으로 관계가 바뀌어 훨씬 만족스러울 것 같은데? 그들 때문에 빙리 씨까지 런던에 머물지는 않을 거잖아."

"캐롤라인이 이번 겨울에는 아무도 하트퍼드셔에 돌아오지 않을 거라고 분명하게 말했어. 내가 읽어줄게."

"어제 오빠가 런던으로 떠날 때 오빠는 사나흘이면 볼일을 모두 마칠 거라고 생각했어요. 하지만 우리는 그 일이 그렇게 빨리 끝날 수 없을 거라고 확신하며, 동시에 찰스 오빠가 일단 런던에 도착하면 서둘러 다시 그곳을 떠나고 싶어 하지 않을 거라고 믿어요. 그래서 오빠가 여유 시간을 호텔에서 쓸쓸히 보내지 않도록 우리 모두 오빠를 따라가기로 결정했답니다. 제 지인들 대부분이 겨울을 보내기 위해 이미 런던에 가 있는 상태예요. 제 가장 친한 친구인 당신도 우리와 함께할 수 있다면 얼마나 좋을까요. 하지만 그건 어렵겠죠. 아무쪼록 하트퍼드셔에서 보내는 크리스마스가 크리스마스답게 기쁨으로 충만하길 바라고, 또한 우리가 세 친구를 데려간 상실감을 느낄 겨를이 없을 만큼 많은 남성들이 당신을 흠모하길 바랍니다."

"이 내용으로 봐서 그는 올 겨울에 돌아오지 않을 건가 봐." 제인이 덧붙여 말했다.

"자기 오빠를 이곳에 오지 못하게 하려는 빙리 양의 의도가 분명해."

"왜 그렇게 생각해? 그가 스스로 결정한 일일 거야. 자신의 뜻대로 자유롭게 결정한 거지. 하지만 이 내용이 전부가 아니야. 가장 가슴 아픈 내용을 읽어줄게. 너한텐 숨길 필요 없으니까.

'다아시 씨는 누이동생을 무척 보고 싶어 해요. 사실 우리도 다아시 씨 못지않게 그녀를 다시 보고 싶은 마음이 간절하답니다. 미모와 기품, 교양에 있어서 조지아나 다아시 양을 능가하는 여자는 결코 없을 거예요. 더구나 장차 우리의 올케가 되어 주길 바라서인지, 그녀가 루이자 언니와 저에게 쏟는 애정이 그어느 때보다 각별하게 다가옵니다. 언젠가 당신에게 이 일에 관해 제 생각을 언급한 적이 있는지 모르겠는데, 떠나기 전에 제 생각을 털어놓을까 해요. 당신이 터무니없는 생각이라고 여기지 않을 거라 믿어요. 오빠는 이미 그녀를 깊이 사모하고 있어요. 이제 런던에 가면 그녀와 깊은 관계가 되어 그녀를 만날 기회가 많아지겠지요. 그녀 쪽 집안 사람들 모두가 오빠만큼이나 두 사람이 친밀하게 사귀길 바라고 있어요. 제가 누이동생이라 오빠를 유독 좋게 보는 건지 모르겠지만, 찰스 오빠는 어떤 여자라도 빠져들 만큼 매력이 많잖아요. 이처럼 둘의 애정이 깊어지도록 모든 상황이 유리하게 돌아가고 방해될 요소가 아무것도 없는데, 친애하는 제인, 많은 이들이 흐뭇하게 여길 경사스러운 일을 꿈꾸는 것이 잘못은 아니겠지요?"

"이 부분을 어떻게 생각해, 리지?" 제인이 편지를 다 읽은 다음 물었다. "이것만 봐도 아주 분명하지 않니? 캐롤라인은 내가 자기 올케가 되길 기대하지도 바라지도 않는다는 걸, 자기 오빠 역시 나에게 전혀 관심이 없다고 확신한다는 걸 아주 분명하게 밝히고 있잖아? 그러고는 그에 대한 내 감정이 의심스러워 나를 조심시키려는 것 아니야? (친절하게도 말이야!) 이 글에서 어떻게 다른 생각을 할 수 있겠니?"

"나 같으면 다르게 생각하겠어. 난 언니하고 생각이 전혀 다른걸. 들어볼래?"

"얼마든지."

"몇 마디 들어보면 금세 이해가 갈 거야. 빙리 양은 자기 오빠가 언니한테 푹 빠져 있다는 걸 알아. 하지만 그녀는 오빠가 다아시 양과 결혼하길 바라지. 그래서 그를 런던에 묶어둘 속셈으로 런던까지 오빠를 따라간 거야. 그러고는 그는 언니에게 관심이 없다고 억지로 언니를 설득하려는 거지."

제인은 고개를 저었다.

"정말이야, 언니. 내 말을 믿어. 언니와 빙리 씨가 함께 있는 모습을 본 사람이라면 그가 언니를 사랑하고 있다는 걸 의심할 수 없을 거야. 빙리 양이 봐도 그랬겠지. 그 여자도 아주 바보는 아니니까. 아마 다아시 씨가 자기를 그 반만큼이라도 사랑한다고 생각했다면 당장 웨딩드레스를 주문했을걸. 하지만 문제는 이거지. 우리 집이 그 집안처럼 부자도 아니고 그 집안에 어울릴 만한 지위가 있는 것도 아니라는 것. 게다가 그 여자가 다아시 양과 자기 오빠가 결혼하길 그토록 간절히 바라는 이유가 또 있어. 한번 그렇게 결혼이 성사되면 같은 집안끼리니까 두 번째 혼사는 별로 어려움이 없을 거라고 계산한 거야. 정말 머리 비상한 건 알아 줘야 해. 드 버그 양만 방해하지 않으면 얼마든지 성사될 수 있는 일이니까. 하지만 언니, 자기 오빠가 다아시 양을 몹시 사랑한다고 언니에게 말했다고 해서 너무 심각하게 생각할 필요 없어. 아무리 그래도 빙리 씨는 언니와 헤어졌던 화요일처럼 여전히 언니를 소중하게 여기고 있을 테니까. 그리고 그 여자가 자기 오빠에게 언니를 사랑하지 말고 다아시 양을 아주 많이 사랑해야 한다고 설득할 능력은 없잖아."

"빙리 양에 대한 우리의 생각이 비슷하다면, 네 설명을 듣고 내 마음이 한결 편안해졌을 거야." 제인이 말했다. "하지만 네 말의 근거는 타당하지 못한 것 같아. 캐롤라인은 고의적으로 누굴 속일 수 있는 사람이 아니야. 그래서 난 그녀가 이 상황을 잘 못 알고 있기만을 바랄 뿐이야."

"그래 맞아. 어차피 내 말이 위안이 되지 못할 거라면 차라리 그렇게 생각하는 편이 더 좋을지 몰라. 그래, 그 여자가 오해하는 거라고 믿어. 그리고 언니는 이제 그 여자에게 도리를 다 한 거니까 더 이상 속 끓이지 마."

"그런데 엘리자베스, 누이와 친구들은 그가 다른 사람과 결혼하길 그토록 바라는데, 우리가 바라는 대로 된다 해도 내가 행복할 수 있을까?"

"그건 언니가 결정해야지." 엘리자베스가 말했다. "신중하게 심사숙고한 결과 그의 두 누이들 뜻을 거슬러서 겪게 될 불행이 그의 아내가 되어 얻게 될 행복보다 크다면, 난 절대로 그와 결혼하지 말라고 충고하고 싶어."

"어떻게 그렇게 말할 수 있니?" 제인이 희미하게 미소를 지으며 말했다. "그들이 나를 흡족하게 여기지 않는다면 몹시 슬픈 일이겠지만, 그렇다고 내가 망설일 리 없다는 걸 너도 잘 알면서."

"나도 잘 알아. 그렇기 때문에 더더욱 언니의 상황을 동정심을 갖고 생각할 수 없어."

"하지만 올겨울에 그가 돌아오지 않는다면 둘 중 하나를 선택할 일도 없겠지. 6개월이면 수만 가지 일이 일어날 수 있으니까!"

그가 돌아오지 않다니, 엘리자베스는 그런 건 생각할 필요도 없다고 일축했다. 그런 말은 캐롤라인의 이기적인 소망이 만들어낸 추측에 불가하며, 캐롤라인이 그런 뜻을 공공연하게 밝히든 에둘러 표현하든, 누구에게도 의존하지 않는 독립적인 젊은 이가 그런 말 한마디에 좌우될 리는 결코 없을 거라고 생각했다.

그녀는 이 문제에 대해 자신이 생각하는 바를 최대한 강하게 주장했고, 이내 결과가 만족스럽게 나타나는 걸 보며 기분이 좋아졌다. 제인은 간혹 희망을 잃고 빙리의 사랑에 자신이 없어질 때도 있었지만, 성격상 의기소침해하는 일이 좀처럼 없는 터라 빙리가 네더필드로 돌아와 자신의 마음속 소망을 모두 충족시킬 거라는 희망을 점차 키워갔다.

두 자매는 베넷 부인에게는 네더필드 가족이 떠났다는 소식만 전하고, 빙리에 관한 자세한 이야기로 어머니를 놀라게 하지는 말자고 합의했다. 그러나 부분적인 소식만 전했는데도 어머니는 크게 걱정했고, 하필이면 두 집안이 상당히 가까워지고 있는 이런 때에 빙리 자매가 런던으로 가야 하다니 대단히 운도 없다며 한탄했다. 하지만 한참 동안 슬픔에 잠긴 뒤, 조만간 빙리 씨가 다시 내려와 롱번에서 만찬을 함께할 거라는 생각으로 마음을 달랬고, 비록 가족끼리 먹는 간소한 만찬에 그를 초대했지만 정식 요리를 두 가지 더 만들겠노라는 즐거운 발표로 잠시의 충격을 끝냈다.

22

베넷가 사람들은 루카스가 사람들과 만찬을 함께하기로 했는데, 이번에도 루카스 양은 친절하게도 만찬 시간 내내 콜린스 씨의 이야기를 열심히 들어주었다. 엘리자베스는 기회를 봐서 그녀에게 고맙다고 인사했다. "덕분에 그의 기분이 좋아졌어." 그녀가 말했다. "어떻게 고맙다고 해야 할지 모르겠다." 샬럿은 자신이 도움이 되었다니 기쁘고, 시간을 조금 희생했을 뿐이므로 감사의 인사만으로 충분히 보답을 받은 셈이라며 친구를 안심시켰다. 매우 호의적인 행동이었지만, 샬럿의 친절에는 엘리자베스가 생각하지 못한 나름의 목적이 있었다. 그 목적은 바로 콜린스 씨가 자신에게 관심을 보여 엘리자베스에게 했던 구애를 철회하고 자신에게 청혼하게 하려는 것이었다. 이것이 루카스 양의 계획이었다. 상황은 매우 순조롭게 돌아가는 듯 보여 밤이 되어 모두들 헤어질 때쯤엔 그가 그토록 빨리 하트퍼드셔를 떠나야 하지만 않았어도 그녀는 성공을 거의 확신했을 것이다. 하지만 샬럿이 간과한 점이 있었으니, 한번 마음먹은 일은 앞뒤 가리지 않고 불같이 해치우고 마는 콜린스 씨의 성격이었다. 다음 날 아침 그는 아무도 모르게 롱번 하우스를 빠져나와 허둥지둥 루카스 로지까지 달려가서는 샬럿의 발치에 무릎을 꿇었던 것이다. 그는 자신이 아침에 빠져나오는 모습을 사촌들이 보게 되면 계획이 들통날 거라는 생각에 어떻게든 사촌들이 눈치채는 것만큼은 피하고 싶었고, 계획이 확실하게 성공하기 전까지는 누구에게도 자신의 속셈이 알려지길 원치 않았다. 물론 거의 확신도 있었고 샬럿의 태도에 웬만큼 용기도 났지만, 아무래도 지난 수요일 이후로 꽤나 기가 죽은 상태였다. 하지만 그는 생각했던 것 이상으로 대단히 즐거운 환영을 받았다. 루카스 양은 그가 집 가까이 다가올 때 2층 창문으로 그를 알아보고 즉시 그가 오고 있는 길로 달려 내려가 우연히 그와 마주친 척했다. 하지만 끓어오르는 사랑을 주체하지 못하는 열정적인 구애가 그곳에서 자신을 기다리고 있을 줄은 꿈에도 생각하지 못했다.

짧은 시간 안에 콜린스 씨의 긴 고백이 끝나자, 둘 사이의 모든 일들이 만족스럽게 결정되었다. 두 사람이 집에 들어서자마자 그는 자신을 세상에서 가장 행복한 남자로 만들어줄 날짜를 정해달라고 그녀에게 진지하게 간청했다. 물론 아무리 남자가 간청해도 당분간은 한 발짝 물러나야 하는 것이 맞겠지만, 루카스 양은 그의 행복을 미끼로 괜한 장난을 치고 싶지 않았다. 그는 천성적으로 우둔한 사람이라 구애라고 해봐야 여자들이 평생 소망하는 달콤한 구애와는 거리가 멀었다. 루카스 양 또한 다른 건 아무것도 보지 않고 오로지 그의 지위와 수입만을 바라고 청혼을 받아들였기 때문에 그것들을 아무리 빨리 차지해도 상관없었다.

그들은 재빨리 윌리엄 경과 루카스 부인에게 허락을 청했고 흔쾌히 속전속결로 허락을 받아냈다. 현재 콜린스 씨의 조건은 물려받을 유산이 별로 없는 딸의 결혼 상대자로 더할 나위 없이 적격이었다. 더구나 콜린스 씨는 장차 부자가 될 가능성이 많은 사람이니 이만한 자리면 매우 만족스러웠다. 전부터도 베넷 씨가 얼마나 오래 살지 궁금해하던 루카스 부인은 그 어느 때보다 신이 나서 당장 그 계산부터 하기 시작했다. 윌리엄 경은 언제고 콜린스 씨가 롱번 재산을 소유하게 되면 그와 아내가 성 제임스 궁에 드나들어야 마땅하다는 의견을 피력했다. 아무튼 이번 일로 모든 가족이 매우 기뻐했다. 여동생들은 이제 생각보다 한두 해 일찍 사교계에 진출할 수 있으리라는 희망이 생겼다. 남자 형제들은 샬럿이 노처녀로 늙어 죽으면 어쩌나 하는 걱정에서 해방되었다. 오히려 샬럿 본인은 아주 차분해졌다. 이제 목적한 바도 이루었으니 이 일에 대해 생각할 시간이 필요했던 것이다. 결론은 대체로 만족스러웠다. 콜린스 씨는 분명 똑똑한 사람도 자상한 사람도 아니었다. 그와 함께하는 시간은 지루하기 짝이 없었고, 그녀에 대한 그의 애정 또한 상상 속에서만 존재하는 것이 분명했다. 하지만 그럼에도 불구하고 그는 이제 그녀의 남편이 될 것이다. 남자니 결혼 생활이니 하는 것들을 대단하게 여긴 적은 없지만 결혼식만큼은 언제나 그녀가 꿈꾸던 목표였다. 결혼은 교육은 잘 받았지만 재산은 별로 없는 처녀들이 그나마 자존심을 지킬 수 있는 유일한 수단이었다. 그래서 결혼 생활이 행복할지 어떨지 확신이 없어도 결국 가난을 예방할 수 있는 가장 바람직한 방법은 결혼밖에 없었다. 이제 그녀는 이 예방책을 손에 넣었고, 스물일곱 살이 되도록 한 번도 매력 있다는 말을 들어본 적 없는 그녀로서는 이렇게나마 결혼할 수 있게 된 걸 대단한 행운이라고 여겼다. 이번 일에서 꺼림칙한 점이 있다면 누구보다 소중한 친구 엘리자베스 베넷이 분명히 경악할 거라는 사실이었다. 엘리자베스는 놀랄 테고, 어쩌면 자신을 비난할 지도 몰랐다. 그렇다고 결심이 흔들리는 건 아니지만, 소중한 친구에게 비난을 받는다면 분명히 마음이 아플 터였다. 그녀는 엘리자베스에게 직접 결혼 사실을 알리기로 결심했다. 그래서 콜린스 씨에게, 식사 때 롱번으로 돌아가면 가족들 누구에게도 오늘 일을 절대로 말하지 말아달라고 당부했다. 물론 그는 둘만의 은밀한 약속을 지키겠노라고 철석같이 약속했지만 약속을 지키기가 쉬운 일은 아니었다. 그가 오랫동안 보이지 않아 무척 궁금해하던 롱번 가족들은 그가 돌아오자마자 대체 어디에 갔었냐고 곧장 질문을 퍼붓기 시작했다. 그는 대답을 회피하기 위해 머리를 굴리느라 진땀을 빼는 한편 마침내 사랑이 이루어졌다고 발표하고 싶은 걸 꾹 참느라 여간 애를 먹은 게 아니었다.

콜린스 씨는 다음 날 아주 이른 시간에 출발해야 했기 때문에 식구들을 보고 떠나기는 힘들 것 같아, 숙녀들이 잠자리에 들기 전에 미리 작별 의식을 치렀다. 베넷 부인은 그가 다시 롱번을 방문할 기회가 생긴다면 언제든 대환영이라며 진심을 담아 매우 정중하게 말했다.

"친애하는 부인." 그가 말했다. "사실 한 번 더 초대해주시길 바라던 참이었는데 이렇게 말씀해주시니 얼마나 감사한지 모르겠습니다. 최대한 빠른 시일 안에 기회를 만들겠다고 약속드리겠습니다."

그의 대답에 모두들 깜짝 놀랐고, 그가 그렇게 빨리 다시 방문하는 것을 결코 달가워할 리 없는 베넷 씨가 즉시 그의 말을 받았다.

"그렇지만 캐서린 영부인이 안 된다고 하시면 오히려 신상에 해가 되지 않겠소? 후원자의 마음을 상하게 하기보다 친척의 뜻을 등한시하는 편이 나을 거요."

"친애하는 베넷 씨." 콜린스 씨가 대꾸했다. "이렇게 친절하게 마음을 써주시니 뭐라고 감사를 드려야 할지 모르겠습니다. 그렇게 중요한 일을 영부인의 동의도 없이 제 마음대로 행할 리는 없으니 그 점은 염려하지 않으셔도 됩니다."

"그래도 항상 조심하고 또 조심해야 하오. 영부인의 심기를 불편하게 하느니 다른 일을 포기하는 게 좋지 않겠소. 그러니 우리를 다시 방문하려는 계획 때문에 혹시라도 영부인께서 언짢으실 것 같다고 생각되면, 내 보기엔 그럴 가능성이 아주 농후한 것 같소만, 그땐 그냥 편히 집에 계셔도 괜찮소. 우리는 전혀 기분 나빠하지 않을 테니 마음 푹 놓고 말이오."

"베넷 씨, 이토록 애정 어린 배려에 정말로 깊이 감사드립니다. 지금 이 일뿐만 아니라 제가 하트퍼드셔에 머무르는 동안 보여주신 모든 호의에 대해 조속한 시일 내에 감사의 편지를 보내겠다고 분명히 약속드리겠습니다. 그리고 이런 인사를 할 만큼 헤어져 있는 기간이 그리 길지 않겠지만, 엘리자베스 양을 비롯하여 아름다운 사촌들 모두에게 외람되지만 건강과 행복을 빌겠습니다."

숙녀들도 적당히 예의 바르게 인사한 다음 각자 자기 방으로 물러났다. 그들 역시 그가 곧 돌아올 계획이라는 말에 기겁했다. 베넷 부인은 그가 조만간 다시 오려는 이유가 딸들 가운데 한 명에게 청혼할 생각이며, 어쩌면 벌써 메리에게 청혼을 받아달라고 설득을 한 상태일지 모른다고 믿고 싶었다. 다른 딸들에 비해 메리는 그의 능력을 높이 평가했고, 종종 그의 의견에 깊은 인상을 받아 그의 의견이라면 깊이 신뢰하는 편이었다. 물론 그가 메리만큼 똑똑하려면 한참 멀었지만, 그녀를 본보기 삼아 책도 많이 읽고 실력을 향상시키도록 격려를 받는다면 그녀와 제법 어울리는 배필이 될 것 같았다. 하지만 이런 꿈들은 다음 날 아침에 산산조각이 나고 말았다. 아침 식사를 마친 직후에 루카스 양이 찾아와 엘리자베스를 따로 불러 전날 있었던 일을 이야기한 것이다.

콜린스 씨가 샬럿에게 반했다고 스스로 착각할 가능성에 대해 엘리자베스는 엊그제 이후 아주 잠깐 떠올린 적이 있긴 했다. 그렇지만 샬럿이 먼저 나서서 그가 자기를 좋아하게 만들었다니, 그건 엘리자베스가 콜린스 씨의 구애를 부추기는 것만큼이나 도무지 상상할 수 없는 일 같았다. 따라서 처음에 엘리자베스는 너무 놀라서 예의를 차릴 겨를도 없이 크게 소리를 지르고 말았다.

"콜린스 씨와 약혼을 했다고! 샬럿, 말도 안 돼!"

처음부터 줄곧 차분한 표정으로 이야기하던 루카스 양은 너무 직접적인 비난을 받자 잠시 당황하는 기색을 보였다. 그러나 이 정도는 충분히 예상했던 반응이라 이내 침착을 되찾고 차분하게 대꾸했다.

"왜 그렇게 놀라니, 일라이자? 콜린스 씨가 너한테 차일 만큼 탐탁지 않은 사람이라고 해서 다른 여자의 호감도 받을 수 없다고 생각하는 거니?"

그 말에 엘리자베스는 정신이 번쩍 났다. 그리고 진작부터 두 사람의 관계를 예상했는데 이런 소식을 듣게 되어 무척 즐겁고, 그녀가 상상할 수 있는 모든 행복을 누리길 바란다며 거듭 강조하면서 그녀의 마음을 풀어주기 위해 열심히 애썼다.

"네 기분이 어떨지 잘 알아." 샬럿이 말했다. "많이 놀랐을 거야. 정말 많이 놀랐겠지. 불과 엊그제만 해도 콜린스 씨는 너하고 결혼하길 바랐으니까. 그렇지만 시간을 갖고 천천히 이 문제를 생각하면서 내가 내린 결정에 만족해주면 좋겠어. 너도 알다시피 난 낭만적인 사람이 아니야. 낭만과 거리가 멀지. 나는 편안한 가정만 있으면 돼. 그래서 콜린스 씨의 성격과 집안, 신분을 따져보면서, 그 사람과 함께 살면 대부분의 사람들이 결혼 생활에 접어들 때 자랑하는 만큼은 행복하게 살 수 있을 거라고 확신하게 됐어."

엘리자베스는 "반드시 그럴 거야"라고 조용히 대답했다. 잠시 어색한 침묵이 흐른 뒤에 두 사람은 가족들이 모인 자리로 돌아갔다. 샬럿은 얼마 안 있어 집으로 돌아갔고, 엘리자베스는 혼자 남아 샬럿에게 들은 이야기를 곰곰이 생각해보았다. 전혀 어울리지 않는 한 쌍의 결혼을 받아들이는 데만도 꽤 오랜 시간이 걸렸다. 콜린스 씨가 사흘 동안 두 사람에게 청혼했다는 사실도 어이없었지만, 샬럿이 그의 청혼을 받아들였다는 사실에 비하면 아무것도 아니었다. 샬럿의 결혼관이 자기와 같지 않다는 건 전부터 알고 있었지만, 막상 현실로 닥쳤을 때 세속적인 이익을 위해 그보다 가치 있는 감정을 희생시킬 줄은 전혀 생각하지 못했다. 콜린스 씨의 아내 샬럿이라, 이보다 굴욕적인 그림이 또 있을까! 스스로 체면을 손상시키고 자신의 가치를 떨어뜨린 친구의 고통도 마음 아팠지만, 그보다 더 마음이 아픈 이유는 친구가 스스로 선택한 운명 안에서 그럭저럭 행복하기도 불가능하리라는 고통스러운 확신이 들었기 때문이었다.

23

어머니와 자매들과 함께 자리에 앉은 엘리자베스는 샬럿에게 들은 이야기를 곰곰이 생각하면서 자기가 이 소식을 전해도 괜찮을지 확신을 갖지 못했다. 그런데 마침 윌리엄 루카스 경이 딸의 부탁으로 딸의 약혼 소식을 전하기 위해 롱번에 찾아왔다. 그는 그들에게 의례적인 인사를 건네는 한편 장차 두 집안이 친척 관계가 된다는 사실을 크게 자축했지만, 그 말을 들은 사람들은 무슨 말인지 어리둥절할 뿐만 아니라 쉽사리 믿으려 하지 않았다. 베넷 부인은 예의를 한참 벗어나 윌리엄 경이 크게 착각하는 모양이라고 끈질기게 주장했고, 언제나 경솔하고 종종 예의 없는 리디아는 집이 떠나가라 소리를 질렀다.

"맙소사! 윌리엄 경 아저씨, 어떻게 그런 이야기를 지어내실 수 있으세요? 콜린스 씨가 리지 언니하고 결혼하고 싶어 하는 거 모르세요?"

윌리엄 경이 그야말로 궁정을 드나들던 신하로서 정중하게 처신하는 법을 알았으니 망정이지, 그렇지 않았다면 이런 대접을 받고도 화를 내지 않고 참기란 어려웠을 것이다. 그러나 윌리엄 경은 워낙 올바른 예절을 갖춘 사람이라 그들의 행동을 잘 참아냈고, 자신이 전하는 소식이 확실한 사실임을 믿어달라고 간청하면서도 그들의 온갖 무례한 말들을 대단히 관대하고 정중하게 듣고 있었다.

엘리자베스는 그가 이런 불쾌한 상황에서 빠져나오도록 도와야겠다는 의무감을 느꼈다. 그래서 이제 자신이 나서서, 아침에 샬럿에게 직접 들어 진작 소식을 알고 있었다고 말함으로써 그의 말이 사실임을 확인시켰다. 그러고는 곧 이어질 어머니와 동생들의 절규를 차단하기 위해 재빨리 윌리엄 경에게 진심 어린 축하 인사를 했고, 제인도 뒤이어 인사를 하게 했다. 그녀는 이어서 두 사람이 결혼을 하면 정말 행복할 테고, 콜린스 씨는 인품이 매우 훌륭한 사람이며, 헌스퍼드는 런던에서 가까운 거리라고 찬사를 열거했다.

사실 베넷 부인은 하도 어처구니가 없어 윌리엄 경이 있는 동안에는 한마디도 하지 못하다가 그가 떠나자마자 순식간에 감정이 폭발했다. 처음엔 이 일이 처음부터 끝까지 말짱 거짓이라며 부인했고, 두 번째에는 콜린스 씨가 그 집 두 모녀에게 속아 넘어간 게 분명하다고 확신했으며, 세 번째엔 두 사람이 절대로 잘 살 리 없다고 장담했고, 마지막 네 번째에 가서는 급기야 저 한 쌍의 남녀가 곧 깨지고 말 테니 두고 보라고 악담을 퍼부었다. 그러나 곧이어 이 모든 사태에 대해 두 가지로 분명하게 단정을 내렸다. 그 한 가지는 이 사태의 진정한 원인 제공자는 바로 엘리자베스라는 것이며, 또 한 가지는 원인을 제공한 엘리자베스 본인이 이제는 모두에게 철저하게 이용당했다는 것이다. 그녀는 그날 하루 종일 이 두 가지 사항을 끊임없이 들먹였다. 무슨 말도 위로가 되지 않았고 무엇을 해도 마음이 풀리지 않았다. 그날 하루가 다 가도록 그녀의 화는 가라앉지 않았다. 그 뒤 일주일 동안은 엘리자베스만 보면 잔소리를 하고 야단을 쳤다. 윌리엄 경이나 루카스 부인에게 함부로 대하지 않고 예의를 갖추어 이야기를 건네기까지는 한 달이 걸렸고, 그들의 딸 샬럿을 완전히 용서하기까지는 여러 달이 더 걸렸다.

이 일에 대한 베넷 씨의 감정은 굉장히 차분했고, 예컨대 무척 기쁘다고까지 말할 수 있을 정도였다. 그는 웬만큼 분별 있는 줄 알았던 샬럿 루카스가 실은 그의 아내만큼 어리석고, 그의 딸보다도 어리석다는 걸 알게 되어 상당히 기분이 좋다고 말했다!

제인은 두 사람이 결혼을 하다니 조금 당황스럽다고 털어놓았다. 그러나 놀랍다는 말보다는 그들의 행복을 진심으로 바란다는 말을 더 많이 했다. 엘리자베스는 그들이 행복할 가능성이 없을 것 같다고 언니를 납득시키려 했지만 그럴 수 없었다. 키티와 리디아는 겨우 목사에 불과한 콜린스 씨와 결혼하다니 그런 루카스 양이 조금도 부럽지 않았고, 그들에게 이 일은 그저 메리턴에 퍼뜨릴 시시한 뉴스거리에 지나지 않았다.

루카스 부인은 딸이 좋은 데 시집가게 된 걸 자랑함으로써 베넷 부인의 무례함을 앙갚음할 수 있게 되어 의기양양하지 않을 수 없었다. 그래서 베넷 부인의 뚱한 얼굴을 대하고 심술궂은 말을 듣고 있노라면 행복이 저만치 달아날 법도 하련만, 자신이 요즘 얼마나 행복한지 자랑하고 싶어 문턱이 닳도록 롱번을 들락거렸다.

엘리자베스와 샬럿은 서로 조심하면서 이 일에 대해서는 입을 다물었다. 엘리자베스는 이제 다시는 둘 사이에 예전과 같은 진정한 신뢰를 기대할 수 없을 것 같았다. 그리고 샬럿에 대한 실망으로 언니를 더 깊이 존경하게 되었다. 언니가 올곧고 섬세한 성품을 지닌 사람이라는 믿음이 결코 흔들리지 않으리라는 확신이 생겼기 때문이다. 더불어 그녀는 매일 언니의 행복에 대해 노심초사하게 되었다. 빙리가 떠난 지 벌써 일주일이 다 되었지만 돌아온다는 소식이 전혀 들리지 않았기 때문이다.

　제인은 캐롤라인의 편지에 일찌감치 답장을 보냈고, 그녀에게 다시 편지가 오길 희망하며 그날을 손꼽아 기다리고 있었다. 화요일, 콜린스 씨가 약속한 감사 편지가 아버지 앞으로 도착했다. 그의 편지는 마치 가족들과 한 열두 달쯤 체류했던 사람이 보낸 것처럼 처음부터 끝까지 장중한 감사의 표현 일색이었다. 그는 이런 글로 일단 양심의 부담을 덜어놓은 후에, 가족들의 친절한 이웃 루카스 양의 사랑을 얻는 행복을 누리게 되었다며 온갖 열정적인 표현을 사용하여 소식을 전했다. 그러고는 롱번에서 꼭 다시 만나자는 가족들의 친절한 바람에 흔쾌히 응할 수 있었던 건 단지 루카스 양과 교제할 시간을 갖기 위해서였으며, 2주일 후 월요일에 돌아갈 수 있길 희망한다고 설명했다. 더불어 그는 캐서린 영부인께서 그의 결혼을 진심으로 기뻐하셨고 되도록 빠른 시일 안에 결혼식을 올리길 바라셨으며, 이 점에 대해 그의 사랑스러운 샬럿 역시 전혀 이의를 갖지 않을 것이며 하루 빨리 결혼 날짜를 잡아 자신을 세상에서 가장 행복한 남자로 만들어주리라 믿어 의심치 않는다고 덧붙였다.

콜린스 씨가 하트퍼드셔에 다시 온다는 소식은 더 이상 베넷 부인을 기쁘게 하지 못했다. 오히려 그녀는 남편만큼이나 이 소식을 불만스럽게 여기는 편이었다. 그녀는 그가 루카스 로지에 가지 않고 롱번에 오려 하다니 아주 이상한 처신이며, 상당히 불편하고 몹시 귀찮다고 불평했다. 뿐만 아니라 건강에 전혀 차도가 없는데 집에 손님을 들이는 건 너무 싫은 일이고, 연인들이 붙어 다니는 꼴은 정말이지 눈에 거슬린다며 질색했다. 이렇게 베넷 부인은 온종일 낮은 목소리로 구시렁거리며 불만을 토해냈다. 어쩌다 그렇지 않을 때가 있었는데, 빙리 씨가 너무 오랫동안 런던에 머무른다며 몹시 걱정할 때뿐이었다.

제인도 엘리자베스도 이 일을 생각하면 마음이 썩 편치 못했다. 그가 이번 겨울에는 네더필드에 올 생각이 없다는 소식만 메리턴에 퍼졌을 뿐, 그에 대한 다른 기별은 전혀 받지 못한 채로 하루하루가 지나갔다. 그가 오지 않는다는 소식에 베넷 부인은 몹시 화가 났고, 누가 그런 말을 하면 험담하기 좋아하는 사람들이 퍼뜨리는 새빨간 거짓말이라며 반드시 반박을 하고야 말았다.

이제는 엘리자베스도 걱정이 되기 시작했다. 빙리의 마음이 냉담해질까 봐 걱정이 되는 게 아니라, 그를 언니에게서 떼어놓으려는 두 누이들의 계략이 성공할지 모른다는 생각 때문에 불안해진 것이다. 제인의 행복에 도움이 되지 않는 생각, 언니 연인의 한결같은 마음을 명예롭지 못하게 하는 생각은 정말 하고 싶지 않았지만, 자꾸만 그런 생각이 떠오르는 걸 막을 수가 없었다. 냉정한 두 누이와 그에게 강한 영향력을 행사하는 친구가 서로 합심해서 빙리와 제인을 떼어놓으려 애쓰고, 여기에 다시 양의 매력과 즐거운 일들이 넘치는 런던 생활까지 더해지면 제아무리 빙리의 애정이 확고하다 해도 감당하기 힘들 것 같았다.

제인은 초조하고 불안한 마음에 애가 탔고, 당연히 엘리자베스보다 더욱 고통스러웠다. 그러나 제인은 속마음을 드러내고 싶지 않았으며, 따라서 제인과 엘리자베스 사이에서는 이 문제가 전혀 언급되지 않았다. 하지만 다른 사람 마음을 조금도 헤아릴 줄 모르는 어머니는 자신의 생각을 거침없이 쏟아냈고, 한 시간이 멀다 하고 빙리에 관해 이야기하는가 하면, 대체 그가 언제 오느냐며 조바심을 냈고, 심지어 그가 다시 돌아오지 않는다면 지금까지 제인을 데리고 놀았다고밖에 생각할 수 없으니 이 사실을 인정해야 한다고 제인을 몰아붙이기까지 했다. 제인의 성격이 한없이 온화하지 않았다면 이런 다그침을 조용히 듣고 있기 힘들었을 것이다.

콜린스 씨는 정확히 2주 후 월요일에 도착했지만 처음 왔을 때처럼 롱번 식구들에게 따뜻한 환영을 받지 못했다. 하지만 그는 행복에 도취되어 그들이 친절하게 대하지 않아도 별로 개의치 않았다. 한편 롱번 식구들 입장에서 보면 그가 연애에 열중하느라 바빠 다행히도 그를 상대해야 하는 시간이 크게 줄어들었다. 그는 거의 하루 종일 루카스 로지에서 지내다가, 식구들이 잠자리에 들기 직전에야 롱번으로 돌아와 너무 오래 자리를 비워 죄송하다고 인사했다.

베넷 부인은 차마 눈뜨고 보기 어려울 만큼 딱했다. 두 연인에 대해 누가 입만 열어도 극도로 심기가 불편한 판인데, 가는 곳마다 두 사람 이야기를 안 하는 곳이 없었기 때문이다. 루카스 양만 보면 속에서 부아가 치밀었다. 이 집을 그녀가 물려받게 되다니, 생각만 해도 샘이 나고 끔찍했다. 샬럿이 그들을 방문하러 올 때면 그녀가 이 집을 소유할 날만을 손꼽아 기다리고 있을 거라고 단정지었다. 그녀가 콜린스 씨와 낮은 목소리로 속삭이기라도 하면 분명히 롱번 재산에 대해 이야기하고 있으며, 베넷 씨가 세상을 떠나면 당장 자기와 딸들을 이 집에서 내쫓을 결심을 하고 있는 거라고 확신했다. 그러고는 이 모든 생각들을 남편에게 일일이 열거하면서 몹시 한스럽다는 듯 불평을 늘어놓았다.

"내가 못살아요, 여보." 그녀가 말했다. "샬럿 루카스가 이 집 안주인이 되다니, 그리고 내가 그 애한테 자리를 내주고 그 애가 내 자리를 차지하는 걸 두 눈 멀쩡히 뜨고 봐야 하다니, 정말 생각도 하기 싫어요!"

"여보, 그렇게 우울한 생각은 하지 말아요. 더 좋은 일이 있을 거라는 희망을 가집시다. 어쩌면 내가 당신보다 오래 살지도 모르니까 그걸로 위안을 삼아요."

이런 말로는 베넷 부인에게 조금도 위로가 되지 않았다. 그래서 그녀는 남편의 말에 대꾸하기는커녕 오히려 아까처럼 불평만 늘어놓았다.

"그들이 이 재산을 전부 차지할 거라고 생각하면 도저히 견딜 수가 없단 말이에요. 상속인지 뭔지만 아니면 이렇게까지 신경 쓰지도 않을 거예요."

"뭘 신경 쓰지 않는다는 거요?"

"뭐가 됐든 신경 쓰지 않겠단 말이에요."

"그렇게 정신없는 상태에서도 잘 지내고 있는 걸 감사하게 여깁시다."

"상속에 대해서라면 그게 뭐든 절대로 감사할 수 없어요, 여보. 양심도 없지, 어떻게 우리 딸들 재산이 고스란히 다른 상속자에게 넘어갈 수가 있는지 난 도저히 이해할 수가 없어요. 그것도 전부 다 콜린스 씨한테 말이에요! 왜 그 사람이 다른 사람보다 더 많이 재산을 챙겨야 하는 거지요?"

"해답은 당신이 알아서 내보구려." 베넷 씨가 말했다.

제2부

24

마침내 빙리 양의 편지가 도착해 그간의 의혹이 그쳤다. 편지 첫머리부터 그들 모두 겨울 동안 런던에서 머물 예정이라며 분명하게 계획을 못 박았고, 그녀의 오빠가 하트퍼드셔를 떠나기 전에 친구들에게 인사할 시간을 갖지 못한 걸 몹시 애석하게 생각한다는 말로 끝을 맺었다.

희망은 사라졌다, 완전히 사라졌다. 제인은 편지를 끝까지 찬찬히 읽었지만, 빙리 양의 허울 좋은 애정을 제외하면 마음을 편안하게 해주는 내용은 어디에도 없었다. 편지 내용 대부분이 다아시 양에 대한 칭찬으로 가득했다. 이번에도 그녀가 얼마나 매력적인 아가씨인지 자세히 설명했고, 사이가 더욱 가까워졌다며 신이 나서 자랑을 했으며, 지난번 편지에서 밝힌 바 있는 소망이 이루어질 것 같다고 조심스럽게 예견했다. 그리고 오빠가 요즘 다아시 씨 집에 머무르고 있어 정말 기쁘고, 새 가구를 들여놓는 것과 관련하여 다아시 씨의 몇 가지 계획이 몹시 마음에 든다고 말했다.

제인은 즉시 엘리자베스에게 편지의 내용을 들려주었고, 엘리자베스는 속으로 끓어오르는 화를 참으며 조용히 듣고 있었다. 그녀는 한편으로는 언니가 걱정됐고, 다른 한편으로는 나머지 사람들 모두에게 화가 났다. 빙리가 다아시 양에 대해 각별한 마음을 갖고 있다는 캐롤라인의 주장은 아무래도 믿기지가 않았다. 그가 진심으로 제인을 좋아한다는 사실에 대해서는 예전과 다름없이 조금도 의심하지 않았다. 그렇지만 올바른 결단을 내리지 못하는 느긋하고 우유부단한 빙리의 성격을 떠올리면, 언제나 그를 좋게 생각했던 것만큼이나 그에게 화가 났고 그를 경멸하고 싶은 마음을 떨칠 수가 없었다. 그런 성격 때문에 지금 빙리는 교활한 친구들에게 이끌려 그들이 하자는 대로 하게 되었고, 그들의 기분에 맞춰주느라 정작 자신의 행복을 희생시키고 말았다. 본인의 행복만 희생시킨 거라면 그가 최선이라고 생각하는 방법이 무엇이든, 그 방법대로 즐기든 말든 상관없었다. 그러나 여기에는 언니의 행복도 관련되어 있으며, 분명히 빙리 자신도 그 사실을 잘 알고 있을 터였다. 한마디로 말해 이 문제는 아무리 오랫동안 머리를 싸매고 생각해도 뾰족한 방법이 떠오르지 않을 것 같았다. 엘리자베스는 다른 생각은 아무 것도 할 수가 없었다. 언니를 향한 빙리의 애정이 정말로 약해 진 걸까, 아니면 친구들의 간섭 때문에 억눌려진 걸까. 그가 제 인의 마음을 알고는 있었을까, 아니면 아직도 미처 그 마음을 알아채지 못한 걸까. 어느 쪽이냐에 따라 빙리에 대한 생각이 크게 달라지긴 하겠지만, 그렇다고 언니의 상황이 달라질 리 없 을 테고 마음의 상처 또한 아물기 어려울 것 같았다.

제인은 하루 이틀이 지나서야 비로소 엘리자베스에게 자신의 감정을 털어놓을 용기가 생겼다. 하지만 베넷 부인이 네더필드 와 그 주인에 대해 불평하면서 평소보다 유난히 길게 짜증을 낸 후 마침내 둘만 남겨졌을 때에야 겨우 말을 할 수 있었다.

"이런 세상에! 엄마가 좀 더 참아주면 좋으련만. 잠시도 쉬지 않고 그를 비난하시면 내가 얼마나 마음 아플지 모르시는 걸까. 하지만 난 불평 따윈 하지 않을 거야. 오랫동안 괴롭지도 않을 거야. 어쨌든 난 그를 잊을 테고, 우리 가족은 모두 예전처럼 지 내게 될 테니까."

엘리자베스는 언니가 정말 괜찮은지 미심쩍어 하며 걱정스러 운 표정으로 언니를 바라볼 뿐 아무 말도 하지 않았다.

"내 말을 믿지 못하는구나." 제인이 얼굴을 붉히며 큰 소리로 말했다. "정말이야. 내 말을 못 믿을 까닭이 뭐니. 물론 그가 내 가 아는 사람들 가운데 가장 친절한 사람으로 기억되긴 하겠지 만 그게 다야. 이젠 그에게 더 바랄 것도 불안해할 것도 없고,

그를 비난할 생각도 없어. 아, 잘됐지 뭐! 그렇게 괴롭지도 않아. 그러니까 조금만 지나면 괜찮아질 거야. 물론 나도 이겨내려고 노력할 테고."

그녀는 잠시 후 더 크게 목소리를 높여 이렇게 덧붙였다. "지금 당장은 이 사실이 위안이 돼. 나 혼자 감정을 착각한 것에 불과하고, 나 외에 누구에게도 피해를 주지 않았다는 사실 말이야."

"언니!" 엘리자베스가 큰 소리로 외쳤다. "언니는 정말 착해. 사랑스럽고 욕심 없는 천사 같아. 언니한테 정말 뭐라고 말해야 할지 모르겠어. 난 언니가 이렇게 선한 사람인줄 몰랐던 것 같아. 언니처럼 소중한 사람을 제대로 아껴준 적도 없는 것 같아."

베넷 양은 지나치게 과분한 칭찬이라고 부인했고, 오히려 동생의 마음이 따뜻해서 그렇게 보인 거라며 동생에게 칭찬을 돌렸다.

"아니야." 엘리자베스가 말했다. "언니가 그렇게 말하면 공평하지 않아. 언니는 이 세상 모든 사람들을 존경할 만하다고 생각하잖아. 그래서 내가 누굴 나쁘게 말하면 마음 아파하고 말이야. 난 언니야말로 완벽한 사람이라고 생각해. 물론 언닌 절대 아니라고 하겠지만. 그렇다고 내가 지나치게 착해지거나, 모든 사람을 착하게만 바라보는 언니의 특권을 침해할까 봐 걱정하지는 마. 그건 염려하지 않아도 돼. 내가 정말로 사랑하는 사람은 몇 명 되지 않고, 정말 괜찮다고 생각하는 사람은 그보다 훨씬 적으니까. 난 세상을 알면 알수록 점점 실망만 커져. 인간의 성격은 하나같이 모순투성이고, 겉으로 잘난 척 분별 있는 척하지만 실은 믿을 만한 구석이 거의 없다는 걸 나날이 확인하고 있어. 최근에 겪은 두 가지 일만 해도 그래. 한 가지는 말하지 않을래. 다른 하나는 샬럿의 결혼이야. 정말 이해할 수 없어! 아무리 생각해도 이해가 안 돼!"

"리지, 그런 생각으로 낙심하진 마. 그래봤자 네 기분만 비참해질 뿐이야. 사람마다 상황과 기질이 다르다는 걸 충분히 이해해야 하지 않겠니. 콜린스 씨의 신분과 샬럿의 신중하고 착실한 성격을 생각해보렴. 더구나 샬럿의 집안이 대가족이라는 것도 염두에 두어야지. 재산을 고려해도 두 사람은 아주 잘 어울리는 결혼 상대야. 그리고 모두를 위해서라도 샬럿이 우리 사촌에게 호감이나 존경심 같은 감정을 느꼈을지 모른다고 믿어봐."

"언니가 원한다면야 뭐든 믿으려고 노력해보겠어. 하지만 내가 그렇게 믿는다고 해서 다른 사람들에게 도움이 될지는 모르겠는걸. 가령 샬럿이 그에게 조금이라도 호감을 느낀다고 내가 믿게 됐다고 쳐. 그래봤자 결국 지금 내가 샬럿의 마음에 실망하는 것 이상으로 그 애의 사고방식에 더 크게 실망하는 것밖에 안 돼. 제인 언니, 콜린스 씨는 허영심이 많고 잘난 척도 심한 데다 속 좁고 아둔한 사람이야. 그가 어떤 사람인지 언니도 나만큼 알잖아. 분별 있는 여자라면 그런 사람과 결혼하려 하지 않을 거라는 거, 나처럼 언니도 분명하게 알고 있잖아. 상대 여자가 아무리 샬럿 루카스라도 변호해줄 순 없어. 한 개인을 위

해 도덕적인 원칙과 올곧은 성품에 대한 의미를 바꿀 수는 없
어. 이기심을 신중함이라고, 위험을 알아보지 못하는 아둔함을
행복이 보장된 거라고 언니 스스로는 물론이고 나에게 설득하
려 해서도 안 돼."

"두 사람에 대해 너무 심하게 말하는 것 아니니." 제인이 말
했다. "그들이 행복하게 사는 걸 네 눈으로 직접 보고 네 생각
이 잘못됐다는 걸 확인하면 좋겠구나. 어쨌든 이 이야기는 이쯤
에서 끝내자. 너 아까 다른 한 가지 일도 있다고 얼핏 내비쳤지.
왜, 최근에 두 가지 일을 겪었다고 하면서 말이야. 널 오해하는
건 아니지만, 한 가지 부탁할게, 리지. 이 모든 일이 그 사람 탓
이라고 생각하거나 사람을 잘못 봤다고 말해서 이 언니 마음을
아프게 하지 말아줘. 그 사람이 고의로 우리에게 상처를 준 거
라고 섣불리 믿어서는 안 돼. 한창 때인 젊은 남자가 언제나 신
중하고 용의주도할 거라고 기대하는 건 무리가 있지 않겠니. 우
리는 스스로의 허영심에 현혹되는 경우가 정말 많아. 대개 여자
들은 남자들이 한 번 감탄한 걸로 그 이상의 호의를 품고 있다
고 상상하곤 하잖아."

"하지만 남자들은 여자들이 그렇게 상상하게끔 처신하잖아."

"그런 속셈을 갖고 행동한 거라면 정당하다고 인정받을 수 없
겠지. 하지만 일부 사람들이 생각하듯 교활한 속셈을 품고 작정
하고 하는 일들이 세상에 그렇게 많을 거라고는 생각하지 않아."

"빙리 씨의 일부 행동에 무슨 속셈이 있었을 거라고 생각하는

건 결코 아니야." 엘리자베스가 말했다. "하지만 잘못된 행동을 하려고 혹은 다른 사람을 불행하게 하려고 작정하지 않는다 해도, 실수로 그럴 수도 있고 어떤 안 좋은 일이 생겨서 그럴 수도 있잖아. 생각이 모자라거나, 다른 사람의 감정을 헤아리지 못하거나, 우유부단해도 그런 결과가 생길 수 있고."

"그래서 넌 이 일이 이렇게 된 게 네가 말한 이유 가운데 하나 때문이라는 거니?"

"응. 제일 마지막 이유 때문이라고 생각해. 하지만 내가 계속해서 이 이야기를 하면 언니가 존중하는 사람에 대해 내 생각을 말하게 될 테고, 그럼 언니 기분이 나빠질 거야. 그러니 언니가 싫다면 더 이상 말하지 않을게."

"그러니까, 넌 그의 누이들이 그에게 영향을 주고 있다는 생각에는 변함이 없단 말이지?"

"맞아, 그의 친구도 한통속이라고 할 수 있겠지."

"말도 안 돼. 그들이 무엇 때문에 그의 인생에 관여하려 하겠어? 그들은 오직 그의 행복만을 바랄 텐데. 그리고 만일 그가 나를 사랑한다면 그 사랑을 다른 여자가 차지할 수는 없을 거야."

"언니의 첫 번째 견해는 잘못된 것 같아. 그들은 빙리 씨가 행복해지는 것 외에도 많은 것들을 바랄걸. 그의 재산이 늘고 지위가 높아지길 바랄지도 모르지. 그리고 돈과 번듯한 배경과 과시할 거리 등 온갖 중요한 요소를 두루 갖춘 여자와 결혼하길 바랄지도 몰라."

"물론 그들은 그가 다아시 양을 선택하길 바라겠지." 제인이 말했다. "하지만 그렇다 해도 네 생각과 달리 선한 마음에서 그랬을 거야. 그들은 나보다 다아시 양을 훨씬 오래 알고 지냈어. 그러니 그녀를 더 좋아하는 건 당연해. 하지만 그들이 빙리에게 바라는 게 무엇이든, 그것 때문에 그가 원하는 걸 반대할 리는 없을 거야. 아주 못마땅한 무슨 문제가 있지 않는 한, 어떤 누이동생이 함부로 그럴 생각을 하겠니? 그들이 생각하기에 그가 날 사랑하는 것 같았다면, 굳이 우리를 헤어지게 하지 않았을 거야. 그리고 그가 정말 날 사랑했다면, 설사 그들이 우리를 떨어뜨리려 했어도 성공하지 못했을 거야. 넌 그가 나를 사랑한다는 가정하에 상황을 보기 때문에, 모든 사람들이 터무니없이 잘못된 행동을 하는 것 같고 나 역시 비참한 사람처럼 보이는 거야. 네가 그렇게 생각하면 난 정말 괴로워. 내가 그의 감정을 착각한 건 부끄럽지 않아. 아니, 적어도 그나 그의 누이들을 나쁘게 생각했다는 부끄러움에 비하면 아무것도 아니야. 내가 이 일을 좋은 쪽으로 생각할 수 있게 해줘. 이해하는 방향으로 생각할 수 있도록 도와줘."

엘리자베스는 언니의 바람을 거스를 수 없었기에 이 순간부터 둘이 있을 땐 빙리의 이름을 거의 언급하지 않았다.

베넷 부인은 왜 빙리가 돌아오지 않느냐고 여전히 의아해하며 투덜거렸다. 엘리자베스가 매일 또박또박 설명했지만, 그때마다 어떻게 그럴 수 있냐며 매번 당황해했다. 엘리자베스는,

자신은 전혀 그렇게 생각하지 않지만, 제인에게 보인 빙리의 관심은 단순히 일시적으로 느낀 평범한 호감일 뿐이었고 따라서 더 이상 제인을 볼 일이 없게 되자 호감이 끝난 거라고 어머니를 납득시키려 애썼다. 그러나 그 순간은 어머니를 납득시킨 것 같다가도, 다음 날이 되면 똑같은 이야기를 되풀이해야 했다. 베넷 부인에게 최대의 위안은 여름이 오면 빙리 씨가 반드시 다시 내려오리라는 희망이었다.

베넷 씨는 이 문제를 달리 바라보았다. "그래, 리지." 어느 날 그가 말했다. "언니의 사랑이 뜻대로 안 되나 보구나. 정말 축하할 일이다. 아가씨들은 이따금 결혼하는 것 다음으로 사랑이 깨지는 걸 좋아하니까. 실연을 당하면 생각도 많아지고, 친구들 사이에서 특별 대우도 받게 되지. 네 차례는 언제냐? 제인보다 한참 뒤처지는 건 참지 못할 텐데. 이제 네 차례다. 메리턴에는 이 마을 처녀들 전부를 울릴 만큼 장교들이 많지. 위컴을 네 상대로 정하면 어떻겠니. 아주 유쾌한 청년이라 너를 제대로 한번 차버릴 것 같은데."

"고마워요, 아버지. 하지만 썩 괜찮은 남자가 아니어도 상관없어요. 모두가 제인 언니 같은 행운을 기대할 수는 없잖아요."

"맞는 말이다." 베넷 씨가 말했다. "하지만 네가 어떤 남자한테 어떻게 차이든, 언제나 불행을 가장 근사하게 둘러대는 자애로운 네 어머니가 있으니 안심이구나."

롱번 가족들은 뜻대로 되지 않은 최근의 일들 때문에 전체적으로 분위기가 침울하게 가라앉았는데, 마침 이럴 때 위컴 씨와의 만남은 우울한 분위기를 씻어내는 데 꼭 필요한 도움이 되었다. 그들은 위컴을 자주 대하면서 기존에 알던 그의 여러 가지 장점들 외에 대체로 성격이 시원시원하다는 새로운 장점도 알게 되었다. 다아시 씨에게 받아야 할 보상들, 그 때문에 겪어야 했던 수많은 고통들 등, 엘리자베스에게 이미 했던 이야기들이 이제 가족들 모두에게 알려져 버젓이 대화의 주제로 떠올랐다. 그들은 이런 사실을 알기 전에도 늘 다아시 씨를 끔찍이 싫어했다는 걸 떠올리며 흐뭇해했다.

하트퍼드셔 사람들에게는 알려지지 않은 그럴 만한 사정이 있었을 거라고 짐작한 사람은 베넷 양뿐이었다. 너그럽고 한결같이 공평무사한 제인은 다아시 씨에게 어떤 사정이 있었을 테고 실수로 그랬을 수도 있으니 이해해야 한다고 다아시를 변호했다. 하지만 그 밖의 다른 사람들은 다아시 씨를 세상에서 가장 나쁜 사람이라고 비난하기 바빴다.

25

사랑을 고백하고 행복을 설계하며 꿈같은 일주일을 보낸 콜린스 씨는 그의 사랑스러운 샬럿에게 벌써 토요일이 되었다는 말을 들어야 했다. 그러나 이별의 아픔은 신부를 맞이할 준비를 하다보면 금세 진정될 것이다. 다음에 하트퍼드셔에 다시 올 땐 자신을 세상에서 가장 행복한 남자로 만들어줄 날짜가 정해지리라는 희망이 있으니 말이다. 그는 롱번의 가족들에게 지난번처럼 엄숙하게 작별 인사를 했다. 아름다운 사촌들에게 다시 한번 건강과 행복을 기원했고, 베넷 씨에는 이번에도 감사의 편지를 쓰겠노라고 약속했다.

그 다음 주 월요일에 베넷 부인은 그녀의 남동생과 올케를 반갑게 맞이했다. 그들은 매년 그랬던 것처럼 올해도 크리스마스를 보내기 위해 롱번에 왔다. 가드너 씨는 똑똑하고 신사다운 사람이었고, 교육 수준으로 보나 타고난 성품으로 보나 누이보다 훨씬 뛰어났다. 네더필드의 숙녀들은 상업 활동으로 생활하면서 자신의 상점들과 집만 오가는 사람이 이토록 점잖고 예의바를 수 있다는 걸 믿기 힘들었을 것이다. 가드너 부인은 베넷 부인과 필립스 부인보다 몇 살 어리지만 무척 상냥하고 지적이며 기품 있는 여인이었고, 롱번의 모든 조카들을 끔찍하게 여겼다. 특히 그녀와 제인, 엘리자베스 사이에는 각별한 존경과 애정이 있어서, 둘은 자주 런던의 외숙모 집에 머물곤 했다.

가드너 부인이 롱번에 도착해서 제일 먼저 하는 일은 선물을 나누어주고 최신 패션 경향을 알려주는 것이었다. 이 일이 모두 끝나면 이제부터는 조금 덜 활동적인 역할을 맡았다. 조용히 이야기를 들어줄 차례인 것이다. 베넷 부인은 불평 거리를 한바탕 늘어놓으며 끝도 없이 투덜댔다. 지난번 올케를 만난 후로 가족들이 얼마나 기가 막힌 일을 당했는지 모른다, 두 딸이 막 결혼까지 가려던 참이었는데 세상에 둘 다 헛수고가 되고 말았다 등등 아무리 늘어놓아도 하소연은 끝날 줄 몰랐다.

"제인한테는 뭐라고 안 해." 그녀가 계속해서 말했다. "할 수 있었으면 제인은 빙리 씨를 잡았을 거거든. 그런데, 리지는 말이야! 아이고, 올케! 저 애가 별나게 굴지만 않았어도 지금쯤 콜린스 씨 아내가 되었을 거라고 생각하면 얼마나 속상한지 몰라. 그 사람이 바로 이 방에서 리지한테 청혼을 했는데, 글쎄 리지가 딱 잘라 거절을 한 거야. 그 바람에 루카스 부인이 나보다 먼저 딸을 치우게 생겼지 뭐야. 롱번 재산도 예전처럼 그대로 상속자에게 넘어가게 됐고 말이야. 올케, 그 루카스가 사람들은 얼마나 교활한지 몰라. 자기 손에 넣기 위해서라면 뭐든 안 하는 짓이 없다니까. 그 사람들을 이런 식으로 말하는 건 유감이지만 사실이 그런 걸 어떻게 해. 가족들은 가족들대로 내 말을 안 듣지, 이웃은 이웃대로 다른 사람은 안중에 없이 자기들 생각만 하지, 이러니 내 신경과민이 심하게 도지고 건강이 더 나빠질 수밖에 없지 않겠어? 마침 이런 때 올케가 찾아와줘서 얼마나 마음이 편한지 몰라. 그나저나 요즘 긴소매 옷이 유행이라면서. 오랜만에 요즘 유행 소식을 들으니 기분 전환도 되고 한결 좋네."

가드너 부인은 제인과 엘리자베스의 편지에서 이미 대략의 소식을 알고 있었기에 베넷 부인의 말에는 대충 반응만 보이고 조카들이 안쓰러워 화제를 돌렸다.

그녀는 나중에 엘리자베스와 단둘이 있게 되었을 때 이 문제에 대해 좀 더 이야기를 나누었다. "제인에게 아주 어울리는 상대였던 모양이구나." 그녀가 말했다. "일이 그렇게 끝나서 마음이 아프다. 하지만 그런 일들이 어디 한둘이니! 네 말대로 빙리 씨 같은 젊은 남자는 몇 주 동안 예쁜 아가씨에게 푹 빠졌다가, 어쩌다 무슨 일이 생겨 서로 떨어지게 되면 또 금세 잊어버리기 일쑤란다. 그런 사람들은 아주 쉽게 마음이 변하더구나."

"나름대로 위로가 되는 말씀이에요." 엘리자베스가 말했다. "하지만 우리에겐 그다지 큰 위로가 못 될 것 같아요. 우린 '어쩌다' 이런 일을 당한 게 아니거든요. 독립적으로 자기 인생을 잘 살고 있는 청년에게 친구들이 개입해서 사귀던 여자한테 그만 관심을 끊으라고 설득하는 일이 그렇게 흔한 일은 아니잖아요. 바로 며칠 전까지만 해도 청년은 그 여자를 열렬히 사랑했는데 말이에요."

"하지만 그 '열렬히 사랑했다'는 표현은 너무 진부하고 애매모호하고 막연해서 어떤 의미인지 잘 와닿지 않는구나. 반시간 전에 알게 된 사람에게도 호감이 생기면 진실하고 단단한 사랑인 것처럼 열렬하다는 표현을 써대니 말이야. 그나저나 빙리 씨의 사랑이 얼마나 열렬했는데 그러니?"

"그보다 더 확실하게 호감을 표현하는 경우를 한 번도 본 적이 없어요. 그는 다른 사람들에게 차츰 무신경해지다가 나중엔 아예 관심을 보이지 않았어요. 오로지 언니에게만 온 정신을 쏟았어요. 두 사람의 만남이 거듭될수록 빙리 씨의 태도는 점점 눈에 띄게 분명해졌어요. 그가 무도회를 연 날, 두세 명의 아가씨들이 춤을 추자고 청하는 것마저 뿌리쳐서 그녀들의 기분을 상하게 했을 정도예요. 저도 그에게 두 번이나 말을 걸었지만 아무런 대꾸도 듣지 못했어요. 이보다 더 확실한 증거가 어디 있겠어요? 사랑에서 가장 중요한 본질이 바로 다른 사람들에게 무례해지는 것 아닌가요?"

"그래, 그렇구나! 내 생각에도 그가 사랑에 빠진 걸 그런 식으로 드러낸 것 같다. 불쌍한 제인! 그 애가 정말 안 됐구나. 제인은 성격상 이런 일을 쉽게 극복하지 못하잖니. 차라리 너에게 이런 일이 일어나는 편이 더 나았을지 모르겠다, 리지. 너라면 금세 털고 일어날 테니까 말이야. 제인에게 우리 집에 같이 가자고 하면 어떨까? 장소가 바뀌면 도움이 될지 모르잖니. 아마 집에서 벗어나 기분 전환을 하면 한결 좋아질 거야."

엘리자베스는 이 제안에 크게 기뻐했고 언니가 기꺼이 동의할 거라고 확신했다.

"제인이 그 젊은이를 배려하느라 안 가겠다고 하지 않으면 좋겠구나." 가드너 부인이 말했다. "같은 런던이지만 우리가 사는 동네와 그 젊은이가 있는 동네는 많이 다르고 친하게 어울리는 사람들도 서로 다르니까. 그리고 너도 잘 알다시피 우리는 거의 외출을 하지 않기 때문에 그 사람이 제인을 보려고 마음먹고 오지 않는 한 두 사람이 마주칠 일은 거의 없을 거야."

"빙리 씨가 언니를 찾아올 가능성은 전혀 없어요. 그는 지금 친구의 감시를 받고 있거든요. 그리고 빙리 씨가 런던의 그 동네까지 찾아가 언니를 방문하도록 다아시 씨가 가만히 둘 리가 없어요! 이런, 외숙모, 어떻게 그런 생각을 하실 수 있으세요? 다아시 씨가 그레이스처치 가라는 지명은 들어봤을지도 모르죠. 하지만 한 번 그 지역에 갔다간 불결함을 씻어내겠다고 아마 한 달은 목욕만 하려고 들걸요. 그리고 장담하건데 빙리 씨는 친구와 같이 가지 않으면 꼼짝도 하지 않을 거예요."

"그렇다면 더욱 잘 됐구나. 앞으로 두 사람이 만나는 일이 절대로 없으면 좋겠다. 하지만 제인이 빙리 씨 누이와 편지를 주고받지 않니? 그렇다면 제인이 한 번은 그 사람이 있는 곳으로 방문해야 할 텐데."

"아마 언니는 아예 발길을 끊을걸요."

그러나 언니가 빙리와의 교제를 끊기로 결정할 테고, 더욱 우스운 일이지만 빙리 역시 주위 사람들의 방해로 언니를 만나지 못할 거라고 짐짓 확신하는 체했지만, 가만히 생각해보니 스스로 외숙모에게 확신을 주었던 일들이 지나친 걱정인 듯 싶었고, 또 아주 절망적인 상황이 아닐지 모른다는 생각도 들었다. 어쩌면 제인을 향한 빙리의 사랑이 다시 타오를지 모를 일이다. 친구들의 영향력을 무시할 순 없지만 자기도 모르게 제인의 매력에 끌리는 건 어쩔 수 없을 것이다. 얼마든지 가능한 일이고 어느 땐 충분히 그럴 법하다는 확신마저 들었다.

베넷 양은 외숙모의 제안을 기쁘게 받아들였다. 빙리 자매를 방문해야 하는 일이 걱정됐지만, 지금은 캐롤라인이 오빠와 같은 집에서 살지 않으니 이따금 오전에 잠시 들르면 빙리와 마주치는 일은 없을 거라고만 생각했다.

가드너 부부는 일주일 동안 롱번에 머물렀는데, 필립스가와 루카스가, 심지어 장교들까지 매일같이 찾아오는 바람에 하루도 손님들 없이 지나가는 날이 없었다. 베넷 부인이 남동생 부부를 대접하기 위해 지나치게 신경 써서 준비한 덕분에 정작 가족끼리 오붓하게 정찬을 든 적은 한 번도 없었다. 집에서 대접할 땐 늘 장교들 몇몇이 함께했고 그 가운데 위컴 씨는 매번 고정적으로 참석했다. 가드너 부인은 위컴 씨가 올 때마다 엘리자베스가 그를 따뜻하게 환대하는 모습에 의구심이 들어 두 사람을 유심히 관찰했다. 그들이 진지하게 사랑에 빠졌다고 볼 수는 없었지만 서로에게 호감을 느끼는 건 분명했기에 그녀는 조금 걱정이 됐다. 그래서 하트퍼드셔를 떠나기 전에 엘리자베스와 이 문제에 대해 이야기해서 그런 식으로 애정을 키우는 것이 얼마나 경솔한지 조언하기로 결심했다.

위컴 씨는 그가 가진 전반적인 장점들과 관계없이 가드너 부인에게 즐거움을 선사할 한 가지 밑천이 있었다. 가드너 부인은 결혼하기 10년 내지 12년 전쯤 더비셔 가운데에서도 위컴이 살던 지역에서 꽤 오래 지냈다. 따라서 두 사람이 같이 아는 사람이 많다. 위컴은 5년 전 다아시의 부친이 돌아가신 후로는 그곳에 가는 일이 거의 없었지만, 가드너 부인의 옛 친구들에 대해 그녀가 알고 있는 소식보다는 더 최근의 소식을 전해줄 수 있었다.

가드너 부인은 펨벌리를 본 적이 있었고, 돌아가신 다아시 씨의 성품을 아주 잘 알고 있었다. 그리하여 이제 그들은 이 화제만으로도 지칠 줄 모르고 이야기를 나누었다. 그녀는 기억 속에 있는 펨벌리와 위컴이 상세하게 묘사하는 펨벌리를 비교하고, 돌아가신 소유주의 인격에 경의를 표하면서 위컴과 함께 매우 즐거운 시간을 보냈다. 그리고 위컴에게 지금의 다아시가 자신을 어떻게 대했는지 듣고는, 사람들 사이에서 알려진 소년 시절 다아시의 기질들 가운데 위컴에게 들은 내용과 일치하는 내용이 없는지 떠올리려 애썼다. 그리고 마침내 피츠윌리엄 다아시 씨가 무척 오만하고 성질이 고약한 소년이라는 말을 들은 기억이 난다고 확신했다.

26

가드너 부인은 엘리자베스와 단둘이 이야기하기에 알맞은 기회가 생기자 그녀에게 세심하고 친절하게 주의를 주었다. 부인은 자기 생각을 솔직하게 말한 다음 이렇게 덧붙였다.

"리지, 넌 아주 분별 있는 아이라서 조심하라는 주의만으로도 섣불리 사랑에 빠지는 일은 없을 거야. 그래서 네게 솔직하게 말해도 걱정 안 돼. 진지하게 말하겠는데, 행동을 조심하렴. 재산이 없는 사람들의 애정은 상당히 경솔할 수 있단다. 네 자신이 그런 애정에 말려들어서는 안 되고, 그가 그런 애정을 느끼게 해서도 안 돼. 그 사람 자체만 보면 나무랄 데가 없지. 정말 호감 가는 청년이야. 그가 자기 몫의 재산을 받았다면 그 이상 괜찮은 사람은 없을 거라고 생각해. 하지만 지금 그의 사정은 그렇지가 않잖니. 그러니 네 감정이 가는대로 내버려두어서는 안 된단다. 넌 분별력 있는 아이야. 그리고 우리 모두 네가 분별 있게 행동하리라 믿어. 분명 네 아버지도 네가 올바르게 결정하고 반듯하게 행동할 거라고 믿으실 거야. 아버지를 실망시키면 안 되잖니."

"외숙모, 정말 진지하게 생각하셨나 봐요."

"그럼, 너도 나처럼 진지하게 생각하면 좋겠구나."

"그럴게요. 그러니까 너무 걱정하지 마세요. 저 스스로에게도 그리고 위컴 씨에게도 주의할게요. 그리고 그가 절 사랑하는 일은 결코 없게 할게요. 제 힘으로 그럴 수 있다면 말이죠."

"엘리자베스, 너 지금 조금도 진지하지 않구나."

"죄송해요, 외숙모. 다시 말씀드릴게요. 지금은 위컴 씨를 사랑하지 않아요. 네, 전혀 관심 없어요. 하지만 그는 지금까지 제가 보아온 남자들과는 비교도 안 될 만큼 호감 가는 사람이에요. 그리고 실제로 그가 날 좋아한다면 - 제 생각에도 그가 날 좋아하지 않는 편이 좋을 것 같아요. 그건 경솔한 처신이라는 걸 저도 알거든요 - 오! 저 밉살맞은 다아시! - 아버지가 절 그렇게 평가하시다니 제게는 가장 큰 영광이에요. 그런 아버지의 신뢰를 잃는다면 정말 비참할 거예요. 하지만 우리 아버지도 위컴 씨를 무척 마음에 들어 하시는걸요. 외숙모, 요컨대 외숙모를 포함해 다른 어른들 마음을 아프게 하는 일이 생긴다면 저도 무척 속상할 거예요. 그렇지만 젊은 사람들은 당장 재산이 없다는 이유로는 약혼을 미루는 일이 좀처럼 없고, 우리는 그런 사랑을 매일 보고 있어요. 그러니 제게 그런 일이 생길 경우 제가 수많은 제 또래 젊은이들보다 현명하게 처신할 거라고 어떻게 장담할 수 있겠어요? 아니, 그런 만남을 거부하는 것이 현명한 태도인지 아닌지 어떻게 알 수 있을까요? 따라서 제가 약속드릴 수 있는 건 이것뿐이에요. 절대로 서두르지 않을게요. 그 사람이 가장 소중하게 여기는 대상이 바로 나라고 섣불리 믿지 않을게요. 그 사람과 같이 있을 때에도 그런 걸 바라지 않을게요. 한마디로, 최선을 다할게요."

"어쩌면 그 사람이 이 집에 너무 자주 오지 못하게 하는 것도 좋은 방법일 것 같구나. 적어도 네 엄마에게 그 사람을 초대하도록 귀뜸하는 일은 없어야겠지."

"지난번처럼 말이죠." 엘리자베스가 겸연쩍은 듯 웃으며 말했다. "맞아요. 제가 그렇게 하지 않도록 자제하는 것이 현명할 거예요. 그렇지만 그가 늘 그렇게 우리 집에 자주 온다고 생각하지는 말아주세요. 이번 주에 그 사람이 유독 자주 초대된 건 외숙모를 위해서였어요. 외숙모도 아시잖아요. 엄마는 엄마의 손님을 대접하기 위해 끊임없이 다른 사람들을 초대해야 한다고 생각하시는 거요. 하지만 정말로, 맹세코, 제가 생각하기에 가장 지혜로운 방식으로 행동하도록 노력할게요. 이쯤에서 외숙모가 흐뭇해하시면 좋겠는데요."

외숙모는 이제 마음이 놓인다고 말했고, 엘리자베스는 친절하게 조언해주어 고맙다고 인사한 뒤 두 사람은 헤어졌다. 불쾌하게 여기지 않고 이 같은 사안에 대해 조언을 들은 훌륭한 사례였다.

가드너 부부와 제인이 하트퍼드셔를 떠난 직후에 콜린스 씨가 다시 롱번에 왔다. 하지만 그는 루카스 댁으로 거처를 정했기 때문에 베넷 부인은 전혀 불편할 일이 없었다. 이제 그의 결혼식이 코앞으로 다가오고 있었다. 베넷 부인은 마침내 이 결혼을 도저히 막을 수 없다는 걸 알고 완전히 체념한 상태가 되었다. 그래서 비록 심사가 뒤틀린 말투긴 해도 어쨌든 "잘 살길 바란다"고 몇 번이고 반복해서 인사까지 했다. 결혼식 날짜가 목요일로 잡혀 수요일에 루카스 양이 작별 인사를 하기 위해 찾아왔다. 그녀가 인사를 마치고 자리에서 일어섰을 때, 엘리자베스는 퉁명스러운 태도로 마지못해 행운을 비는 어머니의 모습이 부끄럽기도 하고 진심으로 아쉬운 마음이 들기도 해서 그녀를 현관 앞까지 배웅해주었다. 그들이 함께 아래층으로 내려가고 있을 때 샬럿이 말했다.

"네 소식 자주 들을 수 있는 거지, 일라이자?"

"그럼, 당연하지."

"그리고 하나 더 부탁할게. 나 만나러 와줄래?"

"하트퍼드셔에서 자주 보게 되길 바라."

"당분간은 켄트를 떠날 수 없을 것 같아. 그러니까 헌스퍼드로 오겠다고 약속해줘."

엘리자베스는 헌스퍼드를 방문하는 일이 썩 유쾌하지 않으리라는 걸 잘 알지만 차마 거절할 수 없었다.

"아버지가 마리아와 함께 3월에 오시기로 했어." 샬럿이 덧붙였다. "너도 그때 같이 오겠다고 약속해줘. 꼭, 일라이자. 아버지나 마리아와 마찬가지로 기쁘게 환영할게."

결혼식이 열렸다. 신부와 신랑은 교회의 문을 통해 켄트를 향해 출발했고, 사람들은 결혼식 때면 늘 오가는 이야기를 주고받았다. 며칠 후 엘리자베스는 샬럿의 편지를 받았다. 둘은 예전과 다름없이 정기적으로 편지를 주고받았지만, 예전처럼 스스럼없이 편지를 쓰기는 쉽지 않았다. 엘리자베스는 앙금 없이 편안했던 친구 사이는 이제 완전히 끝났다는 걸, 편지를 주고받으며 관계를 이어가긴 하겠지만 그건 어디까지나 옛날의 우정을 생각해서지 지금 둘의 관계가 편안해서가 아니라는 걸 편지에 드러내지 않을 수 없었다. 처음엔 샬럿의 편지를 무척 반갑게 받았다. 새 집은 어떤지, 캐서린 영부인은 마음에 드는지, 뻔뻔하게도 그녀의 입으로 얼마나 행복하다고 말할지 몹시 궁금했다. 그런데 편지를 읽으면서 내용이 하나같이 자신이 예상한 그대로라는 생각이 들었다. 물론 샬럿의 문체는 아주 쾌활했고, 온통 편안한 일들뿐인 것처럼 묘사했으며, 언급하는 내용마다 감탄할 일들뿐이었다. 집, 가구, 주변 지역, 도로들이 모두 그녀의 마음에 쏙 들었고, 캐서린 영부인은 매우 친절했으며 그들을 후하게 돌봐주신다고 했다. 헌스퍼드며 로징스에 대한 묘사는 적당히 표현을 자제했을 뿐 콜린스 씨가 이야기한 그대로였다. 엘리자베스는 그녀가 직접 헌스퍼드를 방문해주길, 그래서 편지로는 다 쓸 수 없는 나머지 내용을 와서 봐주길 샬럿이 간절히 기다리고 있다는 걸 알아챘다.

제인은 벌써 엘리자베스에게 간단히 서신을 보내 런던에 무사히 도착했음을 알렸다. 엘리자베스는 언니가 다시 편지를 쓸 땐 가능하면 빙리가의 사람들 이야기도 몇 줄 언급해주길 바랐다.

그녀는 이 두 번째 편지를 조바심을 내며 기다렸다. 하지만 조바심 내는 일들이 대개 그렇듯 두 번째 편지는 기대에 미치지 못했다. 제인은 일주일 동안 런던에 있으면서 한 번도 캐롤라인을 만나지 못했고 소식조차 듣지 못했다고 했다. 그러면서 아마도 롱번에서 마지막으로 캐롤라인에게 보낸 편지가 사고로 분실된 것 같다고 이유를 해명하려 했다. 제인은 편지에 이렇게 덧붙였다.

"외숙모가 내일 그쪽 지역으로 가실 모양이야. 그래서 나도 그로스브너 가를 방문할까 해."

제인은 그로스브너 가를 방문해 빙리 양을 만난 후 다시 편지를 썼다. '캐롤라인은 기운이 없어 보였어.' 편지는 계속 이어졌다. "하지만 나를 보고 무척 반가워했고, 런던에 온다는 언질을 주지 않았다며 나를 나무랐어. 그러니까 내 말이 맞았어. 그녀는 마지막 편지를 받지 못했던 거야. 물론 나는 빙리 씨의 안부를 물었어. 그는 잘 지내는데, 늘 다아시 씨와 함께 다녀서 그들도 빙리 씨를 잘 볼 수 없다는 구나. 그날 마침 다아시 양이 그 집에서 만찬을 하기로 했나 봐. 그녀를 한번 만나보고 싶어. 캐롤라인과 허스트 부인이 외출을 해야 해서 잠깐 얼굴만 보고 나왔어. 아마 조만간 외숙모 집에서 그들을 만나게 될 것 같아."

엘리자베스는 편지를 읽으면서 고개를 가로저었다. 우연히 알게 되지 않고서야 언니가 런던에 있다는 사실을 빙리 씨가 알게 될 가능성은 전혀 없을 것 같았다.

4주가 지났지만 제인은 빙리를 한 번도 보지 못했다. 그녀는 조금도 섭섭하지 않다고 스스로를 달래보려 했다. 하지만 빙리 양의 무심한 행동은 도저히 모르는 척 넘어갈 수가 없었다. 아침마다 오늘은 그녀가 올까 하고 기다렸고, 저녁이면 무슨 사정이 있었겠지 하며 이해할 구실을 찾으면서 보름을 보내던 어느 날, 마침내 기다리던 방문객이 모습을 드러냈다. 그러나 그녀는 잠깐 얼굴만 비치다 갔고 더욱이 예전과는 180도로 태도가 돌변했기 때문에, 제인은 더 이상 스스로를 속이는 짓은 하지 말자고 결심했다. 이 일에 대해 동생에게 쓴 편지에서 그녀의 심경을 자세히 알 수 있을 것이다.

사랑하는 리지. 너라면 내가 힘들어할 걸 알면서 자신의 판단이 옳았다며 의기양양해하지 않을 거라고 믿어. 그래. 솔직히 고백할게. 지금까지 난 빙리 양이 나를 좋게 보고 있는 줄 크게 착각했어. 하지만 사랑하는 내 동생아. 네 판단이 옳았음이 입증되었구나. 하지만 예전에 그녀가 나를 대했던 태도를 생각하면 지금도 난 네가 의심한 것 못지않게 그녀를 신뢰할 수밖에 없을 거야. 이렇게 말한다고 나를 고집쟁이라고 생각하진 말아줘. 그녀가 왜 나와 친하게 지내고 싶어 했는지 도무지 이해할 수 없지만, 다시 똑같은 상황이 반복된다 해도 나는 또다시 속을 수밖에 없을 거야. 캐롤라인은 어제나 되어서야 답례로 방문을 왔더구나. 그동안 쪽지 한 장, 짧은 편지 한 줄 보내지 않더니. 잠깐 와 있는 동안 이곳에 온 게 조금도 기쁘지 않다는 걸 아주 분명하게 보여주다 갔어. 진작 찾아오지 못해 미안하다는 형식적인 사과 한마디만 내뱉고, 다시 만나고 싶다는 말은 단 한마디도 하지 않고 말이야. 모든 면에서 사람이 너무 달라져서 그녀가 가고 난 뒤에 난 다시는 그녀를 보지 않겠다고 단단히 결심했단다. 그녀를 비난하지 않을 순 없지만 한편으론 동정이 가기도 해. 그래. 나를 친구로 선택한 건 그녀가 크게 잘못한 거야. 먼저 친근하게 다가온 건 언제나 그녀 쪽이었다고 분명하게 말할 수 있어. 하지만 그래도 그녀가 딱하다는 생각이 들어. 자기가 실수했

다는 걸 틀림없이 느꼈을 테고, 그 모두가 오빠를 걱정해서 그런 게 분명하니까. 그 사정이야 더 설명하지 않아도 되겠지. 우린 그런 걱정이 전혀 쓸데없다고 생각하지만, 그녀 입장에서 얼마나 오빠가 걱정되면 나에게 그런 태도를 보일까 싶어 이해가 되기도 해. 어쨌든 동생이 오빠를 소중하게 여기는 건 아주 당연하니까. 오빠를 위해서 무슨 걱정을 하든 자연스럽고 아름다운 모습이라고 생각해. 하지만 그녀가 아직까지도 뭔가 불안해하고 있다는 건 너무 이상하지 않니. 빙리 씨가 나에게 조금이라도 관심이 있었다면 우린 벌써 오래전에 만났을 테니까 말이야. 그녀가 한 말로 미루어보면, 그는 내가 런던에 있는 걸 알고 있는 게 분명해. 그리고 그녀가 말하는 투로 짐작해보는 건데, 어쩐지 그녀는 그가 정말로 다아시 양을 좋아한다고 믿고 싶어 하는 것 같았어. 난 정말 이해가 안 돼. 좀 가혹하게 평가해도 괜찮다면, 이 모든 과정에서 겉과 속이 다른 이중성이 뚜렷하게 눈에 보여. 하지만 난 가슴 아픈 생각들은 모두 떨쳐버리려고 노력할 거야. 그리고 나를 행복하게 만들어줄 일들과 네 따뜻한 마음, 사랑하는 외삼촌과 외숙모의 변함없이 친절한 마음만 생각할래. 답장 빨리 보내줘. 빙리 양은 자기 오빠가 다시는 네더필드에 가지 않을 테고 집도 내놓을 거라고 말했지만 확실하게 그렇다는 건 아니었어. 우리 이제 이런 얘기 하지 말자. 그나저나 헌스퍼드에 있는 친구들에게 그런 기쁜 소식을 들었다니 정말 반갑다. 윌리엄 경, 마리아와 함께 그들을 만나러 가면 좋겠다. 그곳에서 아주 편안하게 지내다 올 거라고 믿어.

언니가.

편지를 읽은 엘리자베스는 마음이 조금 아팠다. 하지만 제인이 더 이상 빙리의 누이에게 속을 일은 없을 거라는 생각에 다시 본래의 기분으로 돌아왔다. 빙리에게 일말의 기대라도 걸어보려는 희망은 모두 사라졌다. 그가 제인에게 다시 관심을 갖길 바라는 마음조차 생기지 않았다. 모든 상황을 차분히 돌이켜보니 그의 인격에 회의가 들었다. 그리고 제인에게는 이로운 일인 반면 그에게는 형벌로서, 정말로 그가 속히 다아시 양과 결혼하길 진심으로 바랐다. 위컴의 말대로라면, 다아시 양과 결혼할 경우 빙리는 자기 복을 찬 걸 크게 후회하게 될 테니까 말이다.

이즈음 가드너 부인은 엘리자베스에게 지난번 위컴에 관한 약속을 상기시키면서 그와 어떻게 되어 가는지 궁금해했다. 엘리자베스는 자기 자신보다는 외숙모 편에서 더 만족할 만한 소식을 전해야 했다. 그의 호감은 눈에 띌 만큼 줄었고 관심은 아예 사라졌다. 그는 이제 다른 여자를 사모하게 되었다. 엘리자베스는 그 과정을 처음부터 주의 깊게 지켜보았지만, 그 사실을 알게 되고 이렇게 편지로 쓰면서도 전혀 가슴 아프지 않았다. 마음에 약간 상처를 입긴 했지만, 자신에게 재산이 넉넉했다면 그의 선택을 받을 사람은 당연히 자기뿐일 거라고 믿었기에 제법 허영심을 만족시킬 수 있었다. 요즘 그가 부쩍 호감을 보이는 젊은 숙녀의 가장 주목할 만한 매력은 최근 뜻밖에 1만 파운드를 취득하게 된 것이었다. 그러나 엘리자베스는 어쩐지 이번엔 샬럿의 경우처럼 냉정한 판단이 서지 않았던 모양이다. 한밑천 잡아보겠다는 위컴의 심산에 아무런 원망의 마음이 없었던 것이다. 아니, 오히려 그의 결정이 너무나 당연하게 여겨졌다. 위컴이 자기를 포기하기까지 조금 힘들었을 거라고 짐작할 수 있었지만, 둘 다를 위해 현명하고 바람직한 선택이었다고 기꺼이 이해했고 그가 행복하길 진심으로 바랐다.

엘리자베스는 가드너 부인에게 모든 사실을 알렸고, 전후사정을 설명한 후 이렇게 편지를 이어갔다. '사랑하는 외숙모. 제가 사랑에 깊이 빠진 건 아니라는 걸 이제 확실하게 알겠어요. 제 감정이 정말 순수하고 고결했다면, 지금 저는 그의 이름조차 증오하고 그에게 온갖 종류의 재앙이 내려지길 바랄 테니까요. 그런데 저는 지금 그에게 따뜻한 우정을 느낄 뿐만 아니라 심지어 킹 양에게도 전혀 질투심이 생기지 않아요. 그녀를 미워하기는커녕 아주 좋은 여자일 거라는 생각까지 하고 있답니다. 그러니 제 감정이 사랑이었을 리가 있겠어요. 그를 경계했던 게 확실히 효과가 있었나 봐요. 만일 그와 정신없이 사랑에 빠졌더라면 지금쯤 제 주변의 모든 사람들에게 화제의 대상이 되었을 게 분명해요. 그렇다고 이렇게 존재감 없이 지내는 걸 안타까워한다는 말은 아니랍니다. 때로 중요한 건 아주 비싼 대가를 치러야 얻을 수 있나 봐요. 키티와 리디아는 그의 변심을 저보다 더 슬퍼하고 있어요. 세상 돌아가는 이치를 알기엔 아직 너무 어려서, 못생긴 남자뿐 아니라 잘생긴 남자도 먹고살 재산이 있어야 한다는 답답한 현실을 아직 받아들이지 못하더군요.'

롱번 식구들에게 이보다 대단한 사건은 더 이상 없었다. 그들은 집에서 메리턴까지, 때로는 질퍽거리고 때로는 추운 길을 산책하는 것 외에 이렇다 할 일 없이 1월과 2월을 보냈다. 3월에 엘리자베스는 헌스퍼드에 가기로 했다. 처음엔 그곳에 가는 걸 그리 진지하게 생각하지 않았다. 하지만 샬럿이 그녀가 오리라고 굳게 믿고 있다는 걸 곧 알게 되자 반드시 가기로 마음먹었고 샬럿을 만나는 일이 차츰 즐겁게 여겨지기도 했다. 오래 못 만나는 동안 샬럿이 보고 싶은 마음은 점점 커져갔고 콜린스 씨를 질색했던 마음은 차츰 흐려졌다. 이런 계획 자체가 신기한 경험이기도 했고, 집에는 언제나 잔소리만 늘어놓는 어머니와 마음 안 맞는 동생들만 있어 답답하던 참이었기에, 약간의 변화를 주는 것도 그 나름대로 나쁘지 않을 것 같았다. 더구나 여행 중에 잠깐 제인에게 들를 수도 있을 것 같았다. 그래서 이제는 시간이 다가올수록 혹시 여행 날짜가 미뤄지기라도 하면 굉장히 안타까워할 정도가 됐다. 하지만 모든 일은 순조롭게 진행되었고, 마침내 샬럿이 처음에 구상한 대로 진행되었다. 엘리자베스는 윌리엄 경과 그의 둘째 딸과 함께 출발했다. 마침 런던에서 하룻밤을 보내기로 일정이 추가되어 계획은 더할 나위 없이 완벽해졌다.

단 한 가지 마음 아픈 일은 아버지를 남겨두고 간다는 것이었다. 분명히 아버지는 그녀를 그리워하실 것이다. 떠날 날이 다가오자 아버지는 그녀가 가는 것이 영 내키지 않아, 도착하면 편지를 보내라고 했고 하마터면 딸의 편지에 답장하겠다는 약속까지 할 뻔했다.

위컴 씨와의 이별은 매우 우호적으로 이루어졌고, 위컴 씨 쪽에서 더욱 그랬다. 지금 그는 구애하는 여자가 따로 있었지만, 처음으로 자신의 마음을 설레게 했고 자기 관심을 받을 가치가 있는 여자, 처음으로 자기 이야기에 귀 기울여주며 딱하게 여겨준 여자, 그리고 그가 처음으로 사모한 여자가 엘리자베스임을 잊을 수는 없었다. 그녀에게 작별을 고하고, 여행 내내 즐겁게 지내길 바라며, 캐서린 드 버그 영부인에게 무얼 기대해야 할지 일깨워주고, 영부인에 대한 그들의 의견, 아니 모든 사람들에 대한 그들의 의견이 반드시 일치할 거라고 확신하는 위컴의 태도에서 그녀는 배려와 관심을 느낄 수 있었고 앞으로도 죽 그를 진심으로 존중해야겠다고 생각했다. 그리고 그가 기혼이든 미혼이든 그녀에게 그는 언제나 상냥하고 유쾌한 사람의 본보기가 되리라고 확신하며 헤어졌다.

다음 날 그녀와 함께한 여행자들은 그 어느 때보다 위컴의 친절을 떠올리게 만들었다. 마리아는 명랑한 아가씨지만 생각이라고는 통 없었으며, 아버지 윌리엄 루카스 경도 별반 다르지 않았다. 두 사람은 들을 가치가 있는 이야기는 한마디도 할 줄 몰랐고, 마차가 덜컹거리는 소리 정도의 즐거움밖에 주지 못하는 시시한 이야기만 늘어놓았다. 엘리자베스도 우스운 이야기를 무척 좋아하는 편이지만 윌리엄 경의 이야기는 아주 오래전부터 수없이 들어온 터라, 그가 왕을 배알하고 기사의 작위를 받은 경이로운 내용들은 더 이상 전혀 새롭지 않았고, 정중한 말투는 그 내용만큼이나 진부했다.

그날의 이동 거리는 겨우 24마일 정도였고, 워낙 일찍 출발했기 때문에 정오경에 그레이스처치 가에 도착할 수 있었다. 가드너 씨 집 정문 앞에 다다랐을 때 제인은 응접실 창가에서 그들이 도착하는 모습을 지켜보고 있었다. 그들이 입구에 들어서자 제인은 문 앞에서 그들을 맞이했고, 언니의 얼굴을 유심히 살펴보던 엘리자베스는 전과 다름없이 건강하고 사랑스러운 언니의 모습을 확인하고는 무척 기뻤다. 계단 위에는 어린 남자아이들과 여자아이들이 무리지어 서 있었다. 그들은 사촌이 몹시 보고 싶어 응접실에서 가만히 기다리고만 있지 못하고 밖에까지 나왔으면서도, 열두 달 동안 만나지 못한 터라 가까이 가기엔 쑥스러워서 차마 아래층으로 내려가지 못하고 있었다. 모든 것이 즐거움과 친절함으로 가득했다. 그날 하루는 매우 즐겁게 지나갔다. 오전엔 부산하게 움직이며 쇼핑을 했고, 저녁엔 극장에 갔다.

극장에서 엘리자베스는 일부러 외숙모 옆자리에 앉으려 했다. 그들이 처음 나눈 대화는 제인에 대해서였다. 그녀는 그동안 제인의 근황을 자세히 물었는데, 제인이 기운을 잃지 않으려고 늘 노력하지만 때로는 실의에 빠져 지낸다는 외숙모의 말을 들고 놀라기보다 차라리 슬펐다. 하지만 그런 기간이 오래 지속되지 않길 바라는 수밖에 없었다. 가드너 부인은 빙리 양이 그레이스처치 가를 방문한 내용도 자세하게 말해주었다. 그리고 제인과 그녀 사이에 어떤 대화가 오갔는지 알려주었는데, 내용으로 짐작컨대 제인이 빙리 양과의 교제를 마음 깊이 단념한 게 확실했다.

그런 다음 가드너 부인은 위컴에게 차였다며 조카를 놀렸고, 그렇지만 아주 잘 견디고 있다고 칭찬했다.

"그런데 엘리자베스야." 그녀가 덧붙여 말했다. "킹 양은 어떤 아가씨니? 우리 친구가 돈만 밝히는 사람이라고 생각하니 마음이 안 좋구나."

"그런데요, 외숙모. 결혼에서 돈을 목적으로 하는 것과 신중한 동기는 어떤 차이가 있는 거죠? 신중함이 끝나는 지점은 어디고 탐욕이 시작되는 지점은 어디인가요? 지난 크리스마스 땐 그가 저와 결혼할까 봐 걱정하셨잖아요. 경솔한 짓이라고 하시면서요. 그런데 지금은 그가 겨우 1만 파운드를 가진 여자와 결혼하려 하니까 그가 돈을 목적으로 하는 사람인지 알고 싶어 하시고요."

"킹 양이 어떤 아가씨인지 말해주면 내 생각을 알려줄게."

"무척 상냥한 아가씨인 것 같아요. 전 그녀에게 조금도 나쁜 감정 없어요."

"하지만 할아버지가 돌아가신 덕분에 그녀가 그만한 재산을 소유하게 됐다는 사실을 알기 전까지, 그는 그녀에게 전혀 관심이 없었잖니."

"그건 그래요. 하지만 그게 어때서요? 제가 재산이 없기 때문에 그가 절 사랑하는 것이 여의치 않았다면, 관심도 없는 데다 저처럼 가난하기까지 한 여자에게 굳이 구애할 필요가 있을까요?"

"그렇지만 그녀가 재산을 상속받자마자 그녀에게 관심을 돌렸다는 건 어쩐지 점잖지 못한 것 같구나."

"처지가 궁핍한 사람은 다른 사람들이 지키는 고상한 예의를 일일이 지킬 시간이 없어요. 당사자인 여자가 싫지 않다는데 우리가 뭐라고 할 이유는 없잖아요?"

"그 여자가 괜찮다고 했다고 그의 행동을 정당화할 순 없어. 그건 단지 그녀가 어딘가 부족한 여자라는 걸 드러낼 뿐이란다. 이를테면 분별력이라든지 감성 같은 것 말이야."

"말도 안 돼요." 엘리자베스가 목소리를 높였다. "외숙모 마음대로 생각하세요. 그는 돈만 밝히는 사람이고 그 여자는 어리석은가 보죠."

"아니야, 리지. 나도 그렇게 생각하고 싶지 않아. 더비셔에서 오래 살았던 젊은이를 나쁘게 생각한다면 내 마음도 편치 않을 거라는 걸 너도 알잖니."

"오! 단지 그것뿐이라면, 전 지금 더비셔에 살고 있는 젊은 남자들을 아주 형편없게 여기고 있는걸요. 하트퍼드셔에 사는 그들의 친한 친구들 역시 더 나을 것도 없어요. 그 사람들이라면 질색이에요. 고맙기도 해라! 제가 내일 가는 곳에서 저는 단 한 가지도 기분 좋은 구석이 없는 남자, 매너도 없고 똑똑하지도 않고 호감이라고는 조금도 찾아볼 수 없는 남자를 만나게 될 거거든요. 그러니까 결국 알고 지낼 가치가 있는 남자는 멍청한 남자들밖에 없는 거군요."

"자중하렴, 리지. 네 말에 실망한 기색이 잔뜩 묻어 있구나."

연극이 끝나 자리에서 일어나기 전에 그녀는 뜻밖의 행복한 초대를 받았다. 외삼촌과 외숙모가 여름에 관광 여행을 계획하고 있는데 함께 가자고 청한 것이다.

"얼마나 멀리 갈지는 확실하게 결정하지 않았어." 가드너 부인이 말했다. "하지만 아마 호수 지방까지 가게 될 거야."

엘리자베스에게 이보다 즐거운 계획은 있을 수 없었기에 그녀는 매우 기꺼이 그리고 감사히 초대를 받아들였다. "외숙모, 정말 정말 사랑해요." 그녀는 열광적으로 소리쳤다. "너무 좋아요! 너무 행복해요! 외숙모는 제게 신선한 생명력과 활기를 불어넣어 주시는 거예요. 실망스럽고 속상한 일들이여, 잘 가라. 바위와 산이 있는데 그깟 남자가 대수겠어요? 아! 얼마나 황홀한 시간을 보내게 될까요! 우리가 돌아올 땐 다른 여행자들처럼 뭘 봤는지 정확하게 기억해내지 못하는 일은 없을 거예요. 우리가 어디에 갔는지 다 기억할 거예요. 뭘 봤는지도 다 떠올릴 거예요. 호수와 산과 강들이 우리의 상상 속에서 마구 뒤엉키지 않게 할 거예요. 특정한 경치를 묘사할 땐 관련된 위치가 여기다 저기다 하면서 다투지도 않을 거예요. 처음으로 발산하는 여행의 기쁨이지만 대부분의 다른 여행자들보다는 참아줄 만하게 감정을 분출할 거예요."

28

다음 날 여행에서 엘리자베스는 보는 것마다 새롭고 흥미롭기만 했다. 그녀는 너무나 즐거워 한껏 들떠 있었다. 언니의 모습이 무척 좋아 보였기 때문에 언니의 건강에 대한 걱정을 모두 떨쳐버려도 좋을 것 같았고, 북부 지방으로 여행한다는 기대감으로 온종일 기쁨에 넘쳤다.

큰길을 지나 헌스퍼드로 향하는 좁은 길로 접어들었을 때 모두의 시선은 목사관을 찾아 두리번거렸고, 모퉁이를 돌 때마다 목사관이 나타나지 않을까 기대했다. 길 한쪽에는 로징스 파크의 울타리가 쳐져 있어 외부와 경계를 이루었다. 엘리자베스는 로징스에 사는 사람들에 대해 들은 이야기가 떠올라 미소를 지었다.

마침내 목사관이 모습을 드러냈다. 길을 향해 비탈진 정원, 그 안에 서 있는 집, 초록색 말뚝들과 월계수로 둘러쳐진 울타리, 이 모든 것들이 목적지에 도착했음을 말해주었다. 콜린스 씨와 샬럿이 정문 앞에 모습을 드러내자, 마차 안에 있는 사람들은 미소를 짓고 고개를 끄덕이며 그들과 인사를 주고받았다. 마차는 작은 문 앞에 멈추었는데, 이 문 앞에서 짧은 자갈길을 따라가면 곧장 집 안으로 들어갈 수 있었다. 모두들 다시 만나게 된 걸 기뻐하며 마차에서 내렸다. 콜린스 부인은 무척 반갑게 친구를 맞았고, 엘리자베스는 이처럼 따뜻한 환영을 받게 되자 오길 잘했다는 생각이 들어 점점 흐뭇해졌다. 그녀는 사촌의 태도가 결혼을 해도 전혀 바뀌지 않았음을 단박에 알아차렸다. 틀에 박힌 예의는 예전 그대로여서, 가족들 안부를 일일이 듣고 만족할 때까지 몇 분 동안 문 앞에 그녀를 세워두었다. 그 후에는 그가 현관이 얼마나 깔끔하게 정리되어 있는지 설명하는 바람에 잠깐 지체한 것 말고는 모두들 곧바로 집 안으로 들어갈 수 있었다. 그들이 거실에 들어서자마자 그는 누추한 집에 오셔서 감사하다며 보란 듯 형식을 갖추어 또다시 환영 인사를 했고, 아내가 다과를 대접할 때마다 꼬박꼬박 인사를 빠뜨리지 않았다.

엘리자베스는 잔뜩 뽐낼 그의 모습을 볼 각오가 되어 있었다. 조화로운 방안 배치, 아름다운 외관과 가구들을 과시하는 그의 태도는, 이 모든 것을 특별히 그녀에게 보여줌으로써 그를 거절해서 놓친 것들을 애석하게 여겨주길 바라는 것 같았다. 물론 모든 것이 깔끔하고 편안해 보인 건 사실이었지만 그렇다고 해서 후회의 한숨을 지으며 그를 만족시킬 수는 없는 노릇이었다.

오히려 저런 배우자와 함께 살면서 저토록 명랑한 태도를 보일 수 있는 친구가 놀라워 보였다. 콜린스 씨는 아내가 상당히 수치스럽게 여길 말들을 서슴없이 내뱉었는데, 그녀는 결코 자주는 아니었지만 그럴 때마다 자기도 모르게 샬럿을 향해 시선을 돌리곤 했다. 그리고 샬럿의 얼굴이 살짝 붉어지는 걸 한두 차례 알아챌 수 있었는데, 대체로 샬럿은 현명하게도 아무 말도 못 들은 척했다.

손님들이 한참 동안 자리에 앉아 장식장에서부터 벽난로 주변을 두르는 펜더에 이르기까지 방안의 가구들을 한 점 한 점 바라보며 감탄을 연발하고, 그들의 여정과 런던에서 있었던 많은 일들을 자세히 이야기하고 나자, 콜린스 씨는 정원을 거닐자고 제안했다. 제법 잘 꾸며놓은 넓은 정원은 그가 직접 정성 들여 가꾼 것이었다. 정원 가꾸기는 그가 남들에게 드러내놓고 자랑하고 싶은 취미 가운데 하나였다. 샬럿은 몸을 움직이면 건강에도 좋으니 될 수 있으면 자주 정원을 가꾸도록 콜린스 씨에게 권한다고 말했고, 엘리자베스는 태연한 표정으로 이런 말을 하는 친구의 자제력에 감탄했다. 콜린스 씨는 모든 오솔길과 갈림길로 통하는 길들로 손님들을 안내하면서 자신이 부추긴 칭찬을 들을 새도 없이 보이는 모든 것을 자세하게 설명하느라 여념이 없었고, 그 바람에 아름다운 경치는 전혀 감상하지 못한 채 아깝게 지나치고 말았다. 그는 사방에 들판이 몇 개인지 알았고, 가장 멀리 있는 숲에 나무가 몇 그루 있는지도 알고 있었다.

그러나 자기 집 정원이나, 이 지역 아니 영국 전체가 자랑하는 그 어떤 전망도 로징스의 전망에는 비할 바가 못 된다고 했다. 그의 집 앞 거의 맞은편에 드넓게 펼쳐진 정원을 둘러싼 수풀 사이로 로징스가 보였는데, 언덕 위 명당에 위치한 매우 훌륭한 현대식 건물이었다.

정원을 둘러본 다음 콜린스 씨는 그의 소유인 목초지 두 곳으로 그들을 안내하려 했다. 하지만 숙녀들은 아직 서리가 남아 있는 땅을 밟기에 신발이 적당하지 않았기 때문에 집으로 돌아가야 했다. 그래서 그는 윌리엄 경과 동행하고, 샬럿은 동생과 친구와 함께 집으로 향했다. 샬럿은 남편의 도움 없이 집을 보여줄 기회가 생겨서인지 무척 기뻐했다. 집은 다소 작았지만 튼튼하고 편리하게 지어졌다. 모든 것이 잘 갖추어져 깔끔하고 일관되게 정리되어 있는 것을 보고, 엘리자베스는 모두가 샬럿의 솜씨인 걸 알 수 있었다. 콜린스 씨의 존재만 떠오르지 않는다면 그야말로 완벽하게 아늑한 공간이었고, 샬럿이 이 공간을 한껏 즐기는 것으로 보아 남편의 존재가 자주 잊히는 게 분명하다고 엘리자베스는 짐작했다.

그녀는 캐서린 영부인이 아직 이 지역에 있다는 사실을 이미 알고 있었다. 그리고 저녁 식사 때 콜린스 씨가 합석해서 이 사실을 다시 한 번 알려주었다.

"맞아요, 엘리자베스 양. 당신은 돌아오는 일요일에 교회에서 캐서린 드 버그 영부인을 뵙는 영광을 갖게 될 겁니다. 당신이 그분을 뵙고 기뻐하리라는 건 더 말할 필요도 없겠지요. 영부인은 매우 상냥하고 겸손한 분이십니다. 따라서 예배 후에 잠시 영부인께 소개드릴 영광을 갖게 되실 거라고 믿어 의심치 않습니다. 또한 엘리자베스 양과 제 처제 마리아가 이곳에 머무는 동안, 영부인께서 우리를 초대하는 영광을 베푸실 때마다 두 분도 함께 초대받게 되리라는 걸 주저 없이 말씀드릴 수 있습니다. 제 아내 샬럿을 대하시는 영부인의 태도 또한 더할 나위 없이 훌륭하십니다. 우리는 일주일에 두 번씩 로징스에서 만찬을 드는데, 한 번도 우리를 집까지 걸어오게 하지 않으신답니다. 영부인의 마차가 꼬박꼬박 우리를 위해 대기하고 있어요. 아, 정확히 영부인의 마차들 가운데 한 대라고 말씀드려야겠군요. 그 분은 마차를 여러 대 가지고 계시니까요."

"캐서린 영부인은 정말 존경할 만한 분이세요. 아주 현명하시고요." 샬럿이 덧붙였다. "주위 분들에게도 얼마나 자상하신지 모른답니다."

"정말 그렇지 않소, 여보. 내 말이 바로 그 말이오. 영부인은 정말이지 아무리 존경을 바쳐도 끝이 없는 분이시지요."

그날 저녁은 주로 하트퍼드셔 소식을 이야기하며 보냈는데, 이미 편지에서 주고받은 내용을 다시 언급한 셈이었다. 대화를 마친 후 자기 방에 혼자 있게 되었을 때 엘리자베스는 과연 샬럿이 얼마나 만족하며 살고 있는지 곰곰이 생각하게 되었다. 그리고 손님을 안내하는 태도, 남편의 언행을 무던히 견디는 침착함을 되짚어보면서 모든 것이 아주 훌륭하게 자리 잡혔다고 인정하지 않을 수 없었다. 그녀는 당분간 이 집에서 어떻게 지내게 될지 눈에 훤히 보이는 것 같았다. 평소엔 조용한 상태를 유지하겠지만 이따금 콜린스 씨가 성가시게 끼어들겠지. 로징스 왕래는 매우 유쾌할 테고. 그녀가 이처럼 열심히 상상한 내용들은 곧 현실에서 그대로 이루어졌다.

다음 날 정오 무렵, 엘리자베스가 방에서 산책 나갈 준비를 하고 있을 때 갑자기 아래층에서 온 집안을 정신없게 만들 만큼 소란스러운 소리가 들렸다. 무슨 일인지 궁금해 잠시 귀를 기울이고 있는데, 누군가 허둥지둥 계단을 올라오며 그녀의 이름을 크게 부르는 것이었다. 그녀는 문을 열고 나가 층계참에서 마리아를 만났고, 마리아는 잔뜩 흥분해서 숨을 헐떡이며 이렇게 외쳤다.

"일라이자 언니! 빨리 응접실로 와. 대단한 구경거리가 생겼어! 하지만 무슨 일인지는 말 안 할래. 지금 당장 서둘러 아래층으로 내려와."

엘리자베스가 대체 무슨 일이냐고 물었지만 소용없었다. 마리아가 아무런 대답도 해주지 않았기에, 그녀는 도대체 무슨 일로 이 난리인가 싶어 오솔길을 향해 있는 응접실로 뛰어 내려갔다. 정원 출입문에는 나지막한 사륜 쌍두마차가 세워져 있었고 그 안에 두 명의 숙녀가 타고 있었다.

"이게 다야?" 엘리자베스가 외쳤다. "난 또 정원에 돼지 떼라도 쳐들어온 줄 알았네. 캐서린 영부인과 그 딸이잖아!"

"어머, 언니!" 마리아는 엘리자베스의 착각에 크게 놀라며 말했다. "저 분은 캐서린 영부인이 아니야. 그들과 함께 지내는 젠킨슨 노부인이셔. 그 옆에 앉은 분은 드 버그 양이야. 저 여자 좀 봐. 어쩜 저렇게 작을 수 있을까. 드 버그 양이 저렇게 깡마르고 작을 거라고 누가 생각이나 할 수 있겠어."

"그나저나 바람이 이토록 심하게 부는데 샬럿을 계속 밖에 세워두다니, 예의가 너무 없는 것 아니니. 왜들 들어오지 않는 거야?"

"아! 샬럿 언니가 그러는데 드 버그 양은 집 안에 들어오는 일이 거의 없대. 드 버그 양이 집 안에 들어오는 건 최고의 영광을 베푸는 거래."

"외모는 괜찮네." 엘리자베스는 다른 생각을 떠올리며 말했다. "몸은 약하고 성격은 장난 아니겠는걸. 그래, 저 여자야 말로 그 남자와 아주 잘 어울리겠어. 그에게 딱 맞는 신붓감이겠군."

콜린스 씨와 샬럿은 둘 다 숙녀분들과 대화를 나누느라 출입문 앞에 서 있었다. 윌리엄 경은 현관에 서서 앞에 계신 높으신 분들을 깍듯하게 응시했고, 드 버그 양이 그를 향해 고개를 돌릴 때마다 연신 머리를 조아렸다. 엘리자베스는 그런 모습을 재미있게 바라보았다.

마침내 할 말을 모두 마쳤는지 숙녀들은 마차를 타고 출발했고 나머지 사람들은 집 안으로 들어왔다. 콜린스 씨는 두 아가씨를 보자마자 정말 운이 좋다고 그들을 축하하기 시작했다. 샬럿은 그들 모두가 다음 날 로징스의 만찬에 초대되었다고 설명했다.

29

이 초대 덕분에 콜린스 씨는 어깨에 잔뜩 힘을 주게 되었다. 후원자의 위풍당당함을 손님들에게 과시하고, 후원자가 그와 아내를 정중히 대하는 모습을 보여줄 기회야말로 그가 그토록 바라던 소망이었다. 그리고 그 기회가 이렇게 빨리 주어졌다는 것은 아무리 감탄을 해도 모자랄 캐서린 영부인의 하해와 같은 은혜를 보여주는 한 가지 예가 되었다.

"고백하자면, 영부인께서 일요일 저녁에 로징스에 와서 다과를 즐기며 시간을 보내라고 청하셨다면 저는 결코 놀라지 않았을 겁니다." 그가 말했다. "얼마나 배려가 깊은 분인지 잘 알기에, 능히 그렇게 해주실 거라고 예상했으니까요. 하지만 이토록 깊은 관심을 보여주실 줄 누가 알았겠습니까? 여러분이 이곳에 도착하자마자 로징스의 저녁 만찬 초대를 받게 될 줄 (더구나 우리를 전부 다 초대하시면서 말이지요) 누가 상상이나 했겠느냔 말입니다!"

"나는 이 일이 별로 놀랍지 않네." 윌리엄 경이 말했다. "내 신분이 신분이다 보니 높은 분들의 진정한 예의범절이 무엇인지 익히 알고 있으니 말일세. 궁정에서는 그런 식의 기품 있는 예의범절을 흔히 볼 수 있지."

그날 하루 종일 그리고 다음 날 아침까지 그들은 로징스 방문에 관한 이야기 외에 다른 이야기는 거의 꺼내지 않았다. 콜린스 씨는 그들이 로징스에서 잔뜩 주눅 드는 일이 없도록 그곳에 가면 어떤 대접을 받게 될지, 방의 모습은 어떤지, 하인은 몇 명인지, 만찬은 또 얼마나 훌륭한지 세심하게 알려주었다.

숙녀들이 몸단장을 하기 위해 각자 자기 방으로 돌아갈 때 그가 엘리자베스에게 말했다.

"마땅한 옷이 없다고 걱정하지 마세요, 엘리자베스 양. 캐서린 영부인께서는 당신 자신과 따님에게 어울릴 만한 우아한 드레스를 우리에게까지 요구하시는 분이 결코 아니랍니다. 그저 가지고 있는 옷 중에서 나은 옷을 입으시면 된다고 알려드리고 싶습니다. 특별히 차려입을 이유는 없으니까요. 캐서린 영부인께서는 수수하게 입었다고 해서 못마땅하게 여기기 않으실 겁니다. 그분은 신분의 차이를 아는 사람을 좋아하시거든요."

숙녀들이 옷을 갈아입는 동안 콜린스 씨는 각자의 방을 두세 번씩 들락거리며, 캐서린 영부인께서는 만찬이 늦어지는 것을 몹시 싫어하시니 서둘러 몸단장을 끝마치라고 간곡히 권했다. 사교계에 거의 나가본 적 없는 마리아 루카스는 영부인의 신분과 그녀의 생활 태도에 대해 그처럼 무시무시한 설명을 듣자 벌써부터 마음이 조마조마해졌다. 그녀는 로징스에서 영부인을 뵙길 고대하는 한편, 아버지가 성 제임스 궁에서 왕을 알현했을 때처럼 몹시 두려웠다.

날씨가 화창해서 그들은 정원을 가로질러 반마일 정도 되는 거리를 흔쾌히 걸어갔다. 모든 저택의 정원은 저마다 훌륭하며 나름대로 아름다운 전망을 갖고 있게 마련이다. 그래서 엘리자베스는 정원을 보고 무척 즐거워하긴 했지만, 이 정도 경치면 능히 감탄하고도 남을 거라는 콜린스 씨의 기대처럼 황홀할 것까지는 없었으며, 그가 저택 정면의 창문 수를 일일이 세면서 처음에 창문의 유리를 끼울 때 루이스 드 버그 경이 지불한 총비용을 말해주었을 땐 그저 약간 감동을 받았을 뿐이었다.

그들이 현관에 이르는 계단을 올라갔을 때, 마리아는 계단 위로 올라갈수록 점점 더 불안해졌고 윌리엄 경조차 썩 차분해 보이지 않았다. 그러나 대담한 성격의 엘리자베스는 이런 분위기에 쉽게 압도되지 않았다. 그녀는 캐서린 영부인이 뛰어난 재능이 있다거나 놀랄 만한 미덕을 행했다는 말을 한 번도 들어본 적이 없었기에 영부인에 대해 경외하는 마음이 일어나지는 않았다. 그리고 단지 돈과 지위로 얻은 위엄이라면 영부인을 뵙는 일이 조금도 겁나지 않을 것 같았다.

현관 내부의 홀에 이르자 콜린스 씨는 황홀함에 도취되어 현관의 정교한 구조며 세련된 장식들을 가리켰다. 이어 그들은 하인들을 따라 대기실을 지나서 캐서린 영부인과 그의 딸, 그리고 젠킨슨 부인이 앉아 있는 방으로 안내되었다. 영부인은 황공하게도 자리에서 일어나 그들을 맞았다. 소개는 남편과 합의한 결과 콜린스 부인이 맡기로 했기 때문에, 남편이 꼭 필요하다고 생각했을 용서와 감사의 인사치레 없이 적절한 예의를 갖추어 진행되었다.

윌리엄 경은 제임스 궁에 출입한 경험이 있음에도 주위의 웅장함에 놀라 완전히 얼어붙은 나머지, 허리를 깊이 숙여 인사한 뒤로는 말 한마디 못한 채 자리만 지킬 뿐이었다. 그의 딸은 거의 정신을 차리지 못할 만큼 겁에 질려서 의자 끝에 걸터앉은 채 시선을 어디에 두어야 할지 몰랐다. 엘리자베스는 이런 상황에도 전혀 당황하지 않고 앞에 앉은 세 숙녀들을 차분히 관찰할 수 있었다. 캐서린 영부인은 키가 크고 체격이 좋으며 인상이 강한 여자로 한때는 꽤 매력적인 외모를 자랑했을 것 같았다. 썩 호감 가는 분위기는 아니었고, 방문객을 맞이하는 태도 역시 그들의 신분이 낮다는 사실을 수시로 상기시켰다. 말없이 있을 때조차 경외감이 느껴지는 정도는 아니었다. 하지만 무슨 말을 하든 자신이 대단한 사람이라는 걸 드러내려는 듯 아주 위압적인 투로 말해서, 엘리자베스는 즉시 위컴이 했던 말을 떠올렸다. 그리고 그날 하루 관찰한 결과, 캐서린 영부인은 위컴이 묘사했던 것과 똑같은 사람이라고 생각했다.

엘리자베스는 이내 영부인의 외모와 태도가 다아시 씨와 조금 비슷한 데가 있다는 걸 발견했다. 그녀는 영부인을 자세히 뜯어본 다음 그녀의 딸에게 시선을 돌린 순간, 너무 작고 마른

모습에 거의 마리아와 마찬가지로 깜짝 놀랐다. 드 버그 영부인
과 딸은 체격도 외모도 전혀 닮은 데가 없었다. 드 버그 양은 너
무 창백하고 병약해 보였다. 얼굴은 못생겼다고 할 수는 없지만
아주 평범했다. 그녀는 젠킨슨 부인과 이야기할 때 외에는 거의
말이 없었고 그나마도 아주 낮은 목소리였다. 젠킨슨 부인의 외
모는 특별히 눈에 띌 만한 부분은 없었다. 그녀는 드 버그 양의
말에 귀를 기울였고 그녀의 눈앞 적당한 방향에 햇빛 가리개를
두는 일에만 신경을 썼다.

  잠시 자리에 앉아 있던 그들은 바깥 경치를 감상하기 위해 모
두 창문가로 안내되었다. 콜린스 씨는 전망이 얼마나 아름다운
지 설명했고, 캐서린 영부인은 여름에는 훨씬 볼만하다고 친절
하게 알려주었다.

  만찬은 대단히 훌륭했고, 하인들이며 요리 하나하나가 콜린
스 씨가 장담했던 그대로였다. 그리고 역시 그가 예측했던 대
로, 그는 영부인의 요청에 따라 식탁 맨 끝에 자리를 잡고 앉아
인생에서 더 이상 근사한 순간은 없을 것 같은 표정을 지었다.
그는 몹시 기뻐하며 빠른 속도로 음식을 썰고, 먹고, 칭찬했다.
매번 음식이 나올 때마다 처음에는 그가, 그 다음에는 윌리엄
경이 열심히 찬사를 보냈다. 윌리엄 경은 이제 정신이 좀 돌아
왔는지 사위가 무슨 말을 하면 똑같이 따라했다. 엘리자베스는
두 사람의 태도를 보면서 캐서린 영부인이 아무렇지 않게 참고
있다는 게 신기할 따름이었다. 그러나 캐서린 영부인은 그들이

과장되게 감탄하는 모습을 기쁘게 여기는 것 같았고, 특히 식탁 위에 놓인 음식을 보면서 이런 음식은 처음이라며 찬사를 늘어 놓을 때면 더할 나위 없이 인자한 미소를 지었다. 사람들 사이 에 많은 대화가 오가지는 않았다. 엘리자베스는 기회가 주어지 면 언제든 말할 준비가 되어 있었지만, 샬럿과 드 버그 양 사이 에 앉아 있었기 때문에 그럴 기회는 없었다. 샬럿은 캐서린 영 부인의 말을 경청하느라 바빴고, 드 버그 양은 만찬 내내 그녀 에게 한마디도 말을 걸지 않았다. 젠킨슨 부인은 드 버그 양이 음식을 얼마나 먹는지 지켜보고, 다른 음식도 먹어보라고 재촉 하며, 어디 기분이 언짢은 데는 없는지 걱정하느라 온통 신경을 곤두세우고 있었다. 마리아는 감히 말을 하다니 당치도 않은 일 이라고 생각했고, 남자들은 줄곧 먹고 감탄만 했다.

응접실로 돌아온 숙녀들은 캐서린 영부인의 이야기를 듣는 것 외에 거의 할 수 있는 일이 없었다. 영부인은 커피가 나올 때 까지 잠시도 쉬지 않고 말을 했는데, 어떤 주제든 아주 단호한 어투로 의견을 말하는 것으로 보아 자신의 판단에 반박을 받는 일에 전혀 익숙하지 않은 사람임을 알 수 있었다. 그녀는 샬럿 의 집안일에 대해 친근하고도 상세하게 물었고, 집안일을 어떻 게 관리해야 하는지 상당히 많은 조언을 해주었다. 가령 샬럿의 집처럼 소가족인 경우 모든 일을 어떤 식으로 통제해야 하는지 알려주었고, 암소와 닭들을 어떻게 돌보아야 하는지도 가르쳐 주었다. 엘리자베스는 다른 사람에게 명령할 기회만 제공된다면 영부인의 관심이 닿지 않는 것은 아무것도 없을 거라고 생각했다. 영부인은 콜린스 부인과 대화를 나누는 사이사이에 마리아와 엘리자베스에게도 여러 가지 질문을 건넸는데, 특히 엘리자베스에 대해 집안은 어떤지 알 수 없지만 아주 상냥하고 귀여운 아가씨라고 콜린스 부인에게 귀띔했다. 영부인은 엘리자베스에게 자매는 몇 명인지, 그녀보다 나이가 많은지 적은지, 그들 가운데 곧 결혼할 처자가 있는지, 다들 용모가 출중한지, 교육은 어디에서들 받았는지, 아버지는 어떤 종류의 마차를 소유하고 있는지, 어머니의 처녀 때 성은 무엇인지 등을 시시때때로 물어보았다. 엘리자베스는 영부인의 질문이 상당히 무례하다고 여겼지만 매우 침착하게 대답해드렸다. 그러자 캐서린 영부인이 이렇게 말했다.

"부친의 재산이 콜린스 씨에게 상속된다는 것 같던데." 그런 다음 샬럿을 향해 몸을 돌리며 말했다. "자네에겐 좋은 일이겠군. 하지만 그 점을 제외하면 내 생각에 여자들이 상속 재산을 물려받지 못할 이유가 없을 것 같은데 말이야. 루이스 드 버그 경의 가문에서는 그럴 필요가 없었거든. 그나저나 베넷 양, 피아노 연주와 노래를 할 줄 아나?"

"조금 할 줄 압니다."

"그래! 그렇다면 조만간 엘리자베스 양의 연주와 노래를 들을 수 있으면 좋겠군. 우리 저택의 악기는 최고급이지. 아마 이보다 더 훌륭한 악기는 볼 수 없을 거야. 나중에 그 악기로 연주해

보도록 해요. 언니와 동생들도 연주와 노래를 할 줄 아나?"

"한 명이 할 줄 압니다."

"왜 모두들 배우지 않았지? 모두가 배웠어야지. 웨브 양 자매
들은 모두 피아노를 연주할 줄 알지. 그 집 부친이 엘리자베스
양 부친과 마찬가지로 벌이가 시원치 않은데도 말이야. 그림은
그릴 줄 아나?"

"아니요, 전혀 그릴 줄 모릅니다."

"아니, 아무도?"

"아무도요."

"정말 별일 다 보겠군. 하긴 기회가 없었겠지. 그래도 그렇지.
어머니께서 해마다 봄에는 딸들을 런던에 데리고 가서 대가들
수업을 받게 하셨어야 했어."

"어머니께선 싫어하지 않으셨겠지만 아버지께서 런던을 싫어
하십니다."

"지금도 가정 교사를 두고 있나?"

"저희는 한 번도 가정 교사를 둔 적이 없습니다."

"가정 교사가 없었다고! 어떻게 그럴 수가 있지? 딸 다섯을
가정 교사도 없이 집에서 교육을 시켰다니! 그런 경우는 처음
들어보는군. 어머니께서 딸들을 교육시키시느라 뼛골이 빠지셨
겠어."

엘리자베스는 전혀 그렇지 않았다고 말하면서 웃음이 나오는
걸 참을 수가 없었다.

"그렇다면 대체 누구에게 교육을 받았지? 누가 그 많은 딸들을 다 돌보았나? 가정 교사도 없었다면 틀림없이 교육을 소홀히 했을 텐데."

"다른 가정에 비하면 교육을 등한시했을 수도 있다고 생각합니다. 하지만 우리 자매들 중에서 배울 방법이 없어서 배우고 싶은 것을 못 배운 사람은 아무도 없습니다. 부모님은 늘 저희에게 독서를 하라고 권하셨고, 저희가 필요할 때 언제든 선생님을 찾아주셨습니다. 물론 아무것도 하고 싶지 않은 사람은 빈둥거리며 지낼 수도 있었겠지요."

"그럼, 당연한 얘기지. 바로 그럴 때 가정 교사가 빈둥거리지 못하게 해주는 거야. 진작 엘리자베스 양 어머니를 알았더라면 한 명 고용하시라고 적극적으로 권했을 텐데. 내가 늘 하는 말이 있어. 꾸준히 규칙적으로 지도를 받지 않으면 절대로 교육이 이루어지지 않는다고 말이지. 그런데 가정 교사가 아니면 누구도 그 역할을 해줄 수가 없단 말이야. 그런 점에서 내가 얼마나 많은 집에 가정 교사를 붙여주었는지 내가 생각해도 훌륭해. 젊은 사람을 좋은 집에 소개시키는 일은 언제나 기쁜 일이지. 젠킨슨 부인의 조카 네 명도 내 소개로 아주 기쁘게 일하고 있네. 바로 요전번에도 우연히 이름만 알고 있는 어떤 아가씨를 소개했는데, 그 집에서 그 아가씨를 무척 흡족해하더군. 콜린스 부인, 메트칼프 부인이 어제 고맙다는 인사를 하려고 들렀다는 말을 했던가? 그 부인이 포프 양을 보고 보물이라고 하더군. '캐서린 영부인. 제게 보물 하나를 주셨습니다.' 라고 말하지 뭔가. 그나저나 동생들 가운데 사교계에 발을 들인 아가씨가 있나, 베 넷 양?"

"네, 모두 다 나가 있습니다, 부인."

"모두 다! 아니, 다섯 명이 한꺼번에 모두 다? 거참 희한한 집 안이군! 엘리자베스 양이 겨우 둘째 아닌가. 언니들이 결혼도 하기 전에 동생들이 사교계에 나가 있다니! 분명히 동생들이 아 주 어릴 텐데?"

"네, 막내 동생이 아직 열여섯 살이 채 안 됐습니다. 그 아이 의 경우 사교계에 나가기엔 한참 어릴지 모릅니다. 하지만 사실 언니가 일찍 결혼할 능력이나 의향이 없을 수도 있는데, 그런 이유로 동생들이 사교계에 나가서 즐길 수 없다면 너무 가혹하 다고 생각합니다. 막내로 태어나든 맏이로 태어나든 젊음을 즐 길 권리는 동일하니까요. 태어난 순서 때문에 자신의 권리를 행 사하지 못해서야 안 될 일이지요! 그렇게 되면 자매 간의 정이 나 서로를 배려하는 애틋한 마음이 도저히 깊어질 수 없을 거라 고 생각합니다."

"이거 참." 영부인이 말했다. "한참 젊은 사람치고 자신의 의 견을 딱 부러지게 잘도 말하는군. 엘리자베스 양, 나이가 올해 몇이지?"

"성숙한 동생이 셋이나 있는데 설마 제가 나이를 말씀드릴 거 라 기대하시는 건 아니시지요." 엘리자베스가 미소를 지으며 대답했다.

캐서린 영부인은 바로 답변을 듣지 못하자 몹시 놀라는 눈치였다. 엘리자베스는 대단한 위엄을 갖춘 분의 무례한 질문을 감히 농담으로 받아넘긴 사람이 자기가 처음일지 모른다고 생각했다. "아가씨는 고작해야 스무 살 정도로밖에 안 보이는데. 그러니 굳이 나이를 숨길 필요는 없네."

"아직 스물한 살이 안 됐습니다."

얼마 후 신사들이 그들과 자리를 함께해 차를 마셨고 잠시 후 카드 테이블이 설치되었다. 캐서린 영부인과 윌리엄 경, 그리고 콜린스 부부는 카드리유를 하기 위해 자리를 잡았다. 드 버그 양은 카지노(카드놀이의 일종)를 하고 싶어 했기에 두 아가씨들은 그녀와 한 조를 이루어 젠킨슨 부인을 돕는 영광을 갖게 되었다. 그들의 테이블은 더 이상 말이 필요 없을 만큼 지루했다. 젠킨슨 부인이 드 버그 양을 걱정하며 너무 덥거나 추운지, 빛이 너무 많거나 적게 드는지 묻는 걸 제외하면 게임과 관계없는 말은 한마디도 나오지 않았다. 저쪽 테이블에서는 훨씬 많은 이야기들이 오갔다. 주로 캐서린 영부인이 말을 많이 했는데, 나머지 세 사람의 실수를 지적하거나 자신의 일화를 들려주었다. 콜린스 씨는 영부인이 무슨 말을 하든 무조건 옳다고 맞장구를 쳤고, 점수를 딸 때마다 감사하다고 인사했으며 너무 많이 땄다 싶으면 정중하게 사과하느라 바빴다. 윌리엄 경은 말을 많이 하지 않았다. 그는 영부인이 들려준 일화며 귀족들의 이름을 외우느라 말할 틈이 없었던 것이다.

캐서린 영부인과 그녀의 딸이 원하는 만큼 충분히 카드놀이를 하고 나자 카드 테이블이 치워졌다. 영부인은 콜린스 씨에게 마차를 제공하겠다고 했고, 콜린스 씨는 감사히 이를 받아들였으며, 영부인은 즉시 마차를 대기하라고 명령했다. 그런 다음 모두가 벽난로 주위에 모여 캐서린 영부인이 다음 날 날씨에 대해 단정 지어 하는 말을 듣고 있었다. 이 같은 유익한 설명을 듣고 있을 때 마차가 도착했다는 전갈이 왔다. 콜린스 씨는 감사 인사를 수도 없이 되풀이했고 윌리엄 경 역시 연신 허리를 굽혀 절을 하면서 저택을 나섰다. 그들이 정문 밖을 나오자마자 콜린스 씨는 엘리자베스에게 로징스에서 본 모든 것들에 대해 소감을 말해달라고 부탁했다. 그녀는 샬럿의 얼굴을 봐서 실제보다 더 호의적으로 의견을 말했다. 그러나 애써 내키지 않은 찬사를 했음에도 불구하고 콜린스 씨는 그 정도 찬사로는 도무지 성에 차지 않았는지, 재빨리 엘리자베스의 말을 받아 본인이 직접 영부인에 대한 찬사를 늘어놓았다.

30

윌리엄 경은 단지 일주일 동안만 헌스퍼드에 머물렀다. 그러나 이번 방문으로 그는 딸이 잘 적응하면서 아주 편안하게 지내고 있으며, 딸 곁에 이토록 훌륭한 남편과 좀처럼 만나기 힘든 대단한 이웃이 있다는 사실을 충분히 확인할 수 있었다. 윌리엄 경이 머무는 동안 콜린스 씨는 자신의 이륜마차에 장인을 모시고 마을 주위를 구경시키는 데 오전 시간을 바쳤다. 하지만 이제 윌리엄 경이 떠나자 온 가족은 일상생활로 돌아왔고, 엘리자베스는 이런 변화 덕분에 사촌을 자주 보지 않아도 되는 걸 다행으로 여겼다. 그는 아침 식사 이후부터 저녁 식사 이전까지 주로 정원을 손질하거나 길 쪽으로 나 있는 자신의 서재에서 책을 읽고 편지를 쓰고 창밖을 내다보면서 대부분의 시간을 보냈기 때문이다. 숙녀들이 지내는 방은 뒤편에 있었다. 처음에 엘리자베스는 샬럿이 식당 겸 응접실을 공동 공간으로 선택하지 않은 걸 다소 의아하게 여겼다. 그 방이 크기도 더 적당하고 외관도 훨씬 쾌적했기 때문이다. 그러나 친구가 그렇게 한 데에는 아주 훌륭한 이유가 있었다는 걸 이내 알게 되었다. 만일 그들이 콜린스 씨 방처럼 화사한 방에서 지냈다면, 그가 자기 방에서 보내는 시간이 지금보다 훨씬 줄어들었을 게 분명하니 말이다. 그러므로 그녀는 이런 식으로 방을 배치한 샬럿이 현명했음을 인정했다.

응접실에서는 건너편 좁은 길이 잘 보이지 않았기 때문에, 그들은 콜린스 씨의 도움으로 어떤 마차가 지나가는지 특히 드 버그 양의 사륜 쌍두마차가 얼마나 자주 지나가는지 알 수 있었다. 드 버그 양의 마차는 거의 매일 그 앞을 지나갔는데, 그때마다 그는 한 번도 빠짐없이 그녀의 마차가 지나간다고 알렸다. 그녀는 종종 목사관 앞에 멈춰 서서 잠시 샬럿과 대화를 나누다 가곤 했다. 하지만 마차에서 내려 집에 들렀다 가라고 부탁해도 좀처럼 집 안까지 들어오는 일은 없었다.

콜린스 씨가 로징스에 다녀오지 않는 날은 거의 없었고, 그의 아내 역시 그의 로징스 출입을 쓸데없는 일이라고 생각하는 경우는 거의 없었다. 엘리자베스는 그들 부부가 앞으로 받게 될 성직록이 더 있을지 모른다는 데 생각이 미치기 전까지는, 도대체 왜 그토록 많은 시간을 로징스에 희생해야 하는지 이해할 수가 없었다. 때로는 영부인이 그들의 집을 방문하는 영광을 베풀었는데, 방문하는 동안 집 안에 있는 것은 무엇이든 그녀의 시선을 비켜가지 못했다. 영부인은 그들이 무슨 일을 하는지 일일이 따져 묻고, 일의 결과물을 살펴보았으며, 다른 방법으로 해보라고 충고했다. 그런가 하면 가구 배치가 잘못됐다고 흠을 잡기도 하고, 가정부가 등한시한 부분을 콕 집어 지적하기도 했다. 혹시 가볍게 식사라도 하는 일이 있다면, 순전히 콜린스 부인이 집안 형편에 맞지 않게 고기를 너무 많이 내놓는 건 아닌지 알아내기 위해서인 것 같았다.

엘리자베스는 곧 이 대단한 부인이 이 지역의 정식 치안 판사는 아니지만 그녀의 교구 내에서 매우 적극적인 행정관임을 알게 되었다. 부인은 교구 안에서 일어나는 아주 사소한 일들까지 콜린스 씨를 통해 전해 들었다. 농장 일꾼들 가운데 누가 걸

핏하면 싸우려 든다든지, 불만을 품는다든지, 너무 가난하다는 말을 들으면 그녀는 당장 마을로 행차해 의견 차이를 조정하고, 불만을 잠재우고, 서로 사이좋게 나누면서 살라고 꾸짖었다.

로징스에서의 만찬은 일주일에 두 번 정도 이루어졌다. 윌리엄 경이 없어 저녁에는 카드 테이블이 하나밖에 마련되지 못하는 사정을 제외하면 로징스에서 보내는 시간은 처음 초대받았던 날과 조금도 다르지 않았다. 로징스 외에 다른 이웃들과는 거의 왕래가 없었는데, 콜린스 부부의 능력으로는 대체로 그들의 생활 방식을 따라갈 수 없었기 때문이었다. 하지만 엘리자베스는 이런 점이 전혀 불쾌하지 않았고, 나름대로 아주 편안하게 시간을 보내고 있었다. 샬럿과 30분가량 즐겁게 대화를 나누기도 하고, 매년 이맘때에 비해 날씨가 무척 화창해서 자주 밖으로 나가 산책을 즐기곤 했다. 그녀가 가장 좋아하는 산책길은 정원 한쪽 가장자리를 둘러싼 탁 트인 작은 숲길이었다. 모두들 캐서린 영부인 댁을 방문하러 가는 동안 엘리자베스는 자주 이 길을 따라 산책을 했다. 이 숲에는 사람의 발길이 잘 닿지 않는 예쁜 오솔길이 있었는데, 엘리자베스 외에는 이 길이 얼마나 아름다운지 아는 이가 없는 것 같았고 캐서린 영부인의 호기심조차 이곳까지는 미치지 않는 것 같았다.

이처럼 평온하게 하루하루를 보내는 가운데 어느덧 그녀가 이곳을 방문한 지도 보름이 지났다. 이제 부활절이 다가오고 있었다. 로징스에서는 부활절이 시작되기 일주일 전에 가족 가운데 한 사람이 찾아오기로 되어 있었는데, 워낙 식구가 적은 집이라 그들에게 이 방문은 상당히 중요했다. 엘리자베스는 이곳에 도착한 직후 다아시 씨가 몇 주일 내로 로징스를 방문할 예정이라는 말을 들은 적이 있었다. 그녀가 아는 사람들 가운데 다아시만큼 마음에 안 드는 사람도 드물지만, 어쨌든 그가 오면 로징스 모임에 비교적 새로운 볼거리들이 생길 테고, 더구나 다아시 씨가 그의 사촌 드 버그 양을 대하는 태도로 그를 향해 품고 있는 빙리 양의 속셈이 얼마나 절망적인지 확인하는 것도 재미있을 것 같았다. 오래전부터 다아시 씨를 자신의 사윗감으로 분명하게 정해놓은 캐서린 영부인은 그가 온다는 소식을 매우 흡족해하며 알려주었고 그에 대해 최고의 칭찬을 아끼지 않았는데, 루카스 양과 엘리자베스가 이미 그를 자주 만나왔다는 말을 들더니 거의 화난 사람처럼 표정이 바뀌었다.

다아시 씨가 도착했다는 소식은 금세 목사관에 전해졌다. 콜린스 씨는 그의 도착을 가장 먼저 확인하기 위해 헌스퍼드로 향하는 길의 오두막들이 보이는 지점을 오전 내내 서성이고 있던 것이다. 마침내 마차가 정원 안으로 돌아 들어가자 그는 허리를 굽혀 절을 한 다음 이 엄청난 소식을 들고 허둥지둥 집에 돌아왔다. 다음 날 아침 그는 인사를 드리기 위해 서둘러 로징스를 방문했다. 그는 캐서린 영부인의 두 조카들에게 인사를 해야 했는데, 다아시 씨가 친척 어르신인 아무개 경의 작은 아들, 피츠윌리엄 대령과 함께 왔기 때문이다. 그런데 모두가 크게 놀랍게도, 콜린스 씨가 로징스에서 나올 때 두 신사가 그를 따라 나오는 것이었다. 샬럿은 남편 방에 있다가 남자들이 길을 가로질러 오는 모습을 보고 얼른 다른 방으로 달려가서, 두 숙녀에게 곧 아주 영광스러운 일을 맞게 될 거라고 알리며 이렇게 덧붙였다.

"이처럼 정중한 대우를 받다니, 일라이자 네게 감사해야 할 것 같아. 네가 아니면 다아시 씨가 이렇게 빨리 우리를 방문할 리가 있겠니."

엘리자베스가 자기는 이런 칭찬을 받을 자격이 없다고 말하려는 순간 그들이 도착했음을 알리는 종이 울렸고 곧이어 세 명의 신사가 집 안으로 들어왔다. 피츠윌리엄 대령이 앞장섰는데, 서른 살 가량 되어 보이는 그는 잘생기지는 않았지만 풍채며 사람을 대하는 품이 천생 신사였다. 다아시 씨는 하트퍼드셔에서 보았던 모습과 조금도 다르지 않았다. 그는 여느 때처럼 극도로 말을 아끼며 콜린스 부인에게 의례적인 인사를 했다. 그리고 엘리자베스에 대한 감정이 어떻든 상관없이 매우 침착한 태도로 그녀를 대했다. 엘리자베스는 아무 말 없이 무릎을 살짝 굽히며 간단히 인사만 했다.

피츠윌리엄 대령은 훌륭한 가문에서 자란 사람답게 이내 기꺼이 편안하게 대화를 이끌었고 매우 유쾌하게 이야기를 했다. 반면에 그의 사촌은 콜린스 부인에게 집과 정원을 둘러본 소감을 간단히 전하고는 한동안 아무에게도 말을 건네지 않은 채 조용히 자리에 앉아 있었다. 하지만 마침내 예의를 갖추어야겠다는 생각이 들었는지 엘리자베스에게 가족들의 안부를 물었다. 그녀는 평소와 같이 대답했고 잠시 망설인 뒤 이렇게 덧붙였다.

"언니가 석 달 동안 런던에 머물고 있어요. 혹시 런던에서 언니를 본 적이 없으신가요?"

그녀는 다아시가 언니를 만난 적이 없다는 걸 아주 잘 알고 있었다. 그렇지만 빙리 남매와 제인 사이에 있었던 일 가운데 그가 아는 내용을 무심코 드러내지 않을까 기대했다. 그는 불행히도 베넷 양을 만나지 못했다고 대답하면서 약간 당황하는 기색을 보이는 것 같았다. 두 사람은 이 이야기를 여기에서 그쳤고, 잠시 후 신사들은 방문을 마쳤다.

31

목사관에서는 피츠윌리엄 대령의 태도를 극찬했고, 숙녀들은 대령 덕분에 로징스에서 보내는 시간이 훨씬 즐거워질 거라고 기대했다. 하지만 며칠이 지나도록 로징스에서는 한 번도 그들을 초대하지 않았다. 손님들이 와 있어 군이 그들까지 초대할 필요가 없었기 때문이다. 그들은 신사들이 도착한 지 거의 일주일이나 지난 부활절이 되어서야 영광스럽게 초대를 받을 수 있었고, 예배를 마치고 교회를 나설 때, 저녁에 로징스에 오라는 요청을 받을 뿐이었다. 따라서 지난 일주일 동안 캐서린 영부인도 그녀의 딸도 거의 볼 기회가 없었다. 그동안 피츠윌리엄 대령은 가끔씩 목사관에 들렀지만 다아시 씨는 교회에서 잠깐 본 게 전부였다.

물론 그들은 저녁 식사 요청을 받아들였고, 적절한 시간에 캐서린 영부인의 응접실에 모인 사람들과 합류했다. 영부인은 그들을 정중하게 맞았지만, 손님이 없을 때와 달리 그들 일행이 썩 반갑지 않은 기색이 역력했다. 사실 영부인은 조카들하고만 이야기하느라 다른 사람들에게 신경 쓸 겨를이 없었고, 방 안에 있는 사람들 가운데 유독 다아시 씨와 많은 이야기를 나누었다.

피츠윌리엄 대령은 그들을 진심으로 반갑게 맞이하는 것 같았다. 그에게는 로징스에 있는 모든 것이 즐거운 기분 전환 거리였으며, 무엇보다 콜린스 부인의 아름다운 친구가 무척 마음에 들었다. 그는 이제 엘리자베스 곁에 앉아 켄트와 하트퍼드셔에 대해, 여행과 집에서의 생활, 책과 음악에 대해 매우 유쾌하게 이야기했다. 시간 가는 줄 모르고 이야기를 듣던 엘리자베스는 지금까지 이 방에서 이 정도의 반만큼도 즐거웠던 적이 없었다는 걸 새삼 느꼈다. 그들이 그칠 줄 모르고 쾌활하게 대화를 나누는 모습에 다아시 씨뿐만 아니라 캐서린 영부인까지 그들에게 주의를 돌렸다. 다아시 씨는 이내 그들을 향해 연신 호기심 어린 시선을 향했고, 마찬가지로 호기심을 느끼던 영부인도 잠시 후 주저 없이 큰 소리로 이렇게 물으며 자신의 감정을 솔직하게 인정했다.

"무슨 이야기들을 하고 있는 게냐, 피츠윌리엄? 두 사람이 무슨 주제로 대화를 나누는 거냐 말이다? 무슨 이야길 하고 있었나요, 베넷 양? 무슨 이야기인지 나도 좀 들어봅시다."

"음악 이야기를 하고 있었습니다, 이모님." 더 이상 대답을 피할 수 없게 되자 그가 대답했다.

"음악이라! 그렇다면 큰 소리로 말해보거라. 음악이라면 내가 아주 좋아하는 주제니까. 음악을 주제로 대화를 나눈다면 나도 함께해야겠구나. 영국에서 나보다 음악을 깊이 즐길 줄 알고, 천성적으로 음악에 조예가 깊은 사람은 거의 찾아보기 어려울 테니까. 내가 음악 수업을 받았다면 분명히 훌륭한 대가가 되었을 게다. 앤도 건강이 허락되었다면 그랬을 테지. 그랬다면 확실히 대단한 연주를 했을 거야. 조지아나는 실력이 어떠냐, 다 아시?"

다아시 씨는 동생의 실력에 대해 애정을 담아 칭찬했다.

"그 아이가 그처럼 실력이 뛰어나다는 말을 들으니 아주 기분이 좋구나." 캐서린 영부인이 말했다. "그 아이에게 내 말을 전해주렴. 연습을 아주 많이 하지 않으면 뛰어난 실력을 기대할 수 없을 거라고 말이야."

"제 생각에 조지아나에게는 그런 충고가 필요하지 않을 것 같습니다, 이모님." 그가 대답했다. "조지아나는 아주 꾸준히 연습을 하니까요."

"그렇다면 더욱 다행이구나. 연습은 많이 할수록 좋단다. 다음에 그 아이에게 편지를 쓸 땐 절대로 연습을 게을리하지 말라고 당부해야겠다. 나는 꾸준히 연습하지 않으면 결코 훌륭한 연주를 할 수 없다고 젊은 아가씨들에게 누누이 일러둔단다. 베넷 양에게도 그랬지. 더 열심히 연습하지 않으면 절대로 좋은 실력을 갖추지 못할 거라고 말이야. 콜린스 부인에게도 수시로 말했다. 집에 악기가 없으니 매일 로징스에 와서 젠킨슨 부인 방에 있는 피아노를 치다 가도 좋다고 말이야. 암, 얼마든지 좋고말고. 다들 알다시피, 이 집에서 젠킨슨 부인 방이야말로 아무런 방해 없이 연습할 수 있는 곳이니까."

다아시 씨는 이모님의 무례함이 다소 부끄러운 듯 아무런 대꾸도 하지 않았다.

커피를 다 마신 뒤 피츠윌리엄 대령은 엘리자베스에게 피아노 연주를 들려주기로 한 약속을 상기시켰다. 엘리자베스는 즉시 피아노 앞에 앉았고, 그는 엘리자베스 옆으로 의자를 끌어당겼다. 캐서린 영부인은 엘리자베스의 노래를 반쯤 듣다가 조금 전처럼 다아시와 이야기를 나누었다. 잠시 후 다아시는 이모님 곁을 벗어나 평소처럼 신중하게 피아노를 향해 다가가, 아름다운 연주자의 얼굴이 잘 보이는 위치에 자리를 잡고 섰다. 엘리자베스는 그의 행동을 가만히 지켜보다가, 잠시 연주를 쉬는 틈을 타 그를 바라보면서 빙그레 미소를 지으며 말했다.

"친절하게도 제 연주를 들으러 오시다니, 절 놀라게 하려는 건가요, 다아시 씨? 동생분의 실력이 훌륭하겠지만 그렇다고 기죽을 제가 아니랍니다. 저는 좀 고집불통인 데가 있어서, 다른 사람들 뜻대로 놀라고 싶지 않거든요. 저는 누가 겁을 주려 할수록 용기가 커진답니다."

"잘못 아시는 거라고 말씀드리지 않겠습니다." 그가 대답했다. "설마 제가 당신을 놀라게 할 의도가 있다는 걸 믿으실 리 없으니까요. 꽤 오랫동안 당신을 알고 지낸 기쁨을 누리다 보니, 이제 저도 당신이 이따금 속마음과 전혀 다른 의견을 말씀하시면서 무척 즐거워하신다는 걸 알게 됐습니다."

엘리자베스는 자신에 대한 이런 식의 묘사에 크게 웃은 다음 피츠윌리엄 대령에게 말했다. "대령님 사촌께서는 대령님께 제가 아주 괜찮은 사람이라고 말씀해주실 것 같은데요. 물론 제 말을 믿어서는 안 된다는 것도 알려주실 테고요. 저는 정말 운이 없어요. 이곳에서는 제법 조신한 척 행동하고 싶었는데, 하필 제 실제 성격을 폭로해버릴 수 있는 사람을 만나게 됐으니 말이죠. 하트퍼드셔에서 보신 제 약점을 모두 말씀하시다니, 다아시 씨, 정말 너무 옹졸하시군요. 그리고 이런 말씀을 드려도 괜찮다면, 아주 무례하세요. 설마 제 단점을 말씀하시고도 제가 보복하지 않을 거라고 생각하시는 건 아니겠죠. 그렇다면 이제부터 친척분들이 들으시면 깜짝 놀랄 다아시 씨의 지난 일들을 말씀드리죠."

"전혀 두렵지 않습니다." 그가 미소를 지으며 말했다.

"다아시를 뭐라고 비난하실지 듣고 싶은데요." 피츠윌리엄 대령이 큰 소리로 말했다. "낯선 사람들 속에서 다아시가 어떻게 행동하는지 알고 싶어요."

"자, 그럼 말씀드리겠어요. 하지만 아주 끔찍한 이야기를 듣게 되실 테니 마음의 준비를 하셔야 해요. 아시다시피 제가 다아시 씨를 처음 뵌 건 하트퍼드셔에서 무도회가 열린 날이었어요. 그날 무도회에서 다아시 씨가 어떻게 했을 것 같으세요? 단네 번밖에 춤을 추지 않았답니다! 놀라게 해서 죄송하지만 정말 그랬어요. 안 그래도 신사분들이 부족했는데, 네 번밖에 춤을 추지 않으시더군요. 제가 알기로는 파트너가 없어 자리에 앉아 기다려야 하는 아가씨들이 틀림없이 제법 있었는데도 말이에요. 다아시 씨, 이 사실을 부인할 수 없으실 거예요."

"그땐 제 일행 외에 무도회에 참석하신 숙녀분들을 소개받는 영광을 누리지 못했습니다."

"옳은 말씀이세요. 그리고 무도회에서는 아무도 사람을 소개받을 수 없죠. 자, 피츠윌리엄 대령님. 이제 어떤 곡을 연주해드릴까요? 제 손가락이 대령님의 명령을 기다리고 있답니다."

"제가 좀 더 현명하게 판단할 줄 알았다면 그때 소개를 부탁했어야 했을 겁니다. 하지만 저는 낯선 사람들에게 호감을 보이는 일에는 영 소질이 없어요."

"우리 그 이유를 대령님 사촌에게 한번 물어볼까요?" 엘리자베스가 이렇게 물으면서 피츠제럴드 대령에게 말을 걸었다. "분별력 있고 교육도 많이 받은 분이 게다가 사회생활도 잘하고 계신 분이 처음 보는 사람들의 호감을 사는 일에 서투르시다니, 이유를 한번 물어볼까요?"

"제가 대답해드릴 수도 있습니다." 피츠윌리엄이 말했다. "그에게 물어볼 것도 없어요. 그건 노력할 생각이 없기 때문이니까요."

"어떤 사람들은 한 번도 본 적 없는 사람들과도 쉽게 대화를 나누지만, 저에게는 그런 재능이 정말 없습니다." 다아시가 말했다. "대화 성격도 파악하기 어렵고, 사람들의 관심사에 흥미 있는 척하기도 쉽지 않습니다. 다른 사람들은 잘들 그렇게 하던데 말입니다."

"제 손가락은 피아노 위를 썩 훌륭하게 움직이지 못해요." 엘리자베스가 말했다. "제가 알기로 아주 많은 여자들은 그렇게들 하던데 말이죠. 제 손가락은 그 여자들처럼 힘도 없고 빠르지도 않아요. 그들처럼 감정 표현이 풍부하지도 않죠. 하지만 전 그것이 제 잘못이라고 생각하고 있어요. 연습을 열심히 하지 않았기 때문이라고 말이죠. 다른 여자들 손가락은 훌륭하게 연주하지만 제 손가락은 그럴 능력이 없다고 믿지는 않는답니다."

다아시가 웃으며 말했다. "완벽하게 옳은 말씀입니다. 당신은 시간을 훨씬 유용하게 사용하고 있군요. 당신의 연주를 듣는 특권을 허락받은 사람들은 아무도 당신의 실력이 부족하다고 생각하지 않을 겁니다. 당신이나 저나 낯선 사람들 앞에서는 연주하거나 소개하지 않지요."

이때 캐서린 영부인이 그들의 대화를 방해했다. 둘이 무슨 대화를 나누느냐고 큰 소리로 물어보았던 것이다. 엘리자베스는 즉시 피아노를 연주하기 시작했다. 캐서린 영부인은 피아노를 향해 다가와 잠시 연주를 듣더니 다아시에게 말을 건넸다.

"좀 더 연습을 하고 런던의 대가들에게 훌륭한 수업을 받을 수 있다면 베넷 양의 연주 솜씨가 아주 형편없지는 않겠구나. 앤만큼 감각이 좋지는 않아도 손가락 움직이는 솜씨가 아주 훌륭하다. 건강이 좋아 제대로 배울 수만 있었다면 앤은 대단히 훌륭한 연주를 했을 텐데."

다아시가 사촌의 칭찬에 진심으로 동의하는지 보기 위해 엘리자베스는 그를 바라보았다. 하지만 어느 순간에도 사랑의 징후는 보이지 않았다. 그리고 드 버그 양을 대하는 그의 전반적인 태도로 보아, 빙리 양에게 위로가 될 말을 해줄 수도 있을 것 같았다. 빙리 양이 다아시 씨의 친척이었다면, 그가 빙리 양과 결혼할 가능성도 충분할 거라고 말이다.

캐서린 영부인은 연주 방법과 표현력에 대해 여러 가지 설명을 덧붙이며 엘리자베스의 연주에 대한 발언을 계속했다. 엘리자베스는 인내심을 갖고 공손하게 영부인의 설명과 감상을 들었다. 그리고 그들 일행을 집까지 데려다줄 영부인의 마차가 대기할 때까지 신사들의 요청에 따라 줄곧 피아노를 연주했다.

32

다음 날 아침, 콜린스 부인과 마리아가 볼일을 보기 위해 마을에 나가 있는 동안 엘리자베스는 혼자 집에 남아 제인에게 편지를 쓰고 있었다. 그때 현관문에서 종이 울리는 소리에 엘리자베스는 깜짝 놀랐다. 손님이 왔다는 신호였다. 마차 소리는 들리지 않았지만, 혹시라도 캐서린 영부인일지 모른다는 생각에 염려되어, 무례한 질문을 피하기 위해 반쯤 쓰다 만 편지를 다른 곳으로 치우고 있었다. 바로 그때 문이 열렸고, 정말 뜻밖에도 다아시 씨가, 그것도 혼자서 집 안으로 들어왔다.

그는 집에 엘리자베스만 있다는 걸 알고는 무척 당황하는 것 같았다. 그리고 다른 숙녀분들도 함께 있는 줄 알았다고 말하면서 방해해서 죄송하다고 사과했다.

그런 다음 두 사람 모두 자리에 앉았고 엘리자베스가 로징스 분들의 안부를 물었다. 이제부터 말 한마디 없는 어색한 순간이 닥칠 것 같았다. 따라서 무슨 말을 할지 어서 생각해내야 했는데, 이 다급한 순간에 그녀는 하트퍼드셔에서 그를 마지막으로 보았던 때가 떠올랐다. 그녀는 그들이 서둘러 하트퍼드셔를 떠난 사정에 대해 그가 뭐라고 말할지 궁금해서 이렇게 말을 꺼냈다.

"작년 11월엔 모두들 너무나 갑자기 네더필드를 떠나셨더군요, 다아시 씨! 그나저나 빙리 씨는 정말 좋으셨겠어요. 집을 떠나자마자 다시 모두를 만날 수 있었으니 말이에요. 제 기억이 정확하다면 빙리 씨는 모두들 떠나기 바로 전날 런던으로 출발했으니까요. 런던을 떠나시기 전까지 빙리 씨와 두 누이들 모두 잘 계셨는지 궁금해요."

"아주 잘 지내고 있었습니다. 감사합니다."

그녀는 더 이상 다른 대답을 들을 것 같지 않아 잠시 한숨 돌린 다음 말을 이었다.

"빙리 씨는 네더필드에 다시 돌아올 생각이 전혀 없다고 하셨다면서요?"

"그 친구에게 그런 말을 들은 적은 없습니다. 하지만 제 생각에 앞으로 네더필드에서 지내는 일은 거의 없으리라 생각합니다. 빙리는 워낙 알고 지내는 친구들도 많고, 요즘엔 친구도 모임도 계속해서 늘어나고 있는 시기니까요."

"빙리 씨가 네더필드에서 지낼 의향이 거의 없으시다면, 차라리 그 집을 완전히 포기하시는 편이 이웃 사람들을 위해 좋지 않을까요. 그래야 다른 가족이라도 그 집에 들어와 살 수 있을 테니까요. 하지만 어쨌든 빙리 씨가 자신의 편의를 위해 집을 얻은 것이지 이웃 사람들의 편의를 위해 집을 얻은 건 아니니까, 계속 세 들어 살든 계약을 완전히 끊든 그것 역시 빙리 씨가 편하실 대로 하시겠지요."

"적당한 구매자가 나서자마자 빙리가 집을 포기한다 해도 전혀 놀랄 일은 아닐 겁니다." 다아시가 말했다.

엘리자베스는 더 이상 대꾸하지 않았다. 빙리에 대한 이야기가 길어지는 것이 꺼려졌기 때문이다. 더 이상 할 말이 없자 이제 화제를 찾는 수고를 그에게 넘기기로 했다.

그는 엘리자베스의 생각을 눈치채고 곧이어 이야기를 시작했다. "집이 무척 아늑한 것 같습니다. 콜린스 씨가 헌스퍼드에 왔을 때 캐서린 이모님께서 이 집을 상당히 많이 손보신 것 같더군요."

"저도 그렇게 알고 있어요. 영부인께서 베푸시는 자상함에 콜린스 씨만큼 고마움을 느끼는 사람도 없을 거예요."

"좋은 아내를 얻으신 걸 보면 콜린스 씨는 정말 운이 좋은 분인 것 같습니다."

"정말 그래요. 분별 있는 여자치고 그의 청혼을 받아들일 여자를 찾기 어려웠을 텐데, 그리고 설사 찾았다 해도 그를 행복하게 하기란 힘든 일일 텐데, 그런 여자를 아내로 얻었으니 주위 친구분들은 기뻐할 만도 하겠지요. 제 친구는 무척 현명한 사람이에요. 물론 콜린스 씨와의 결혼이 그 친구가 지금까지 한 행동 가운데 가장 현명한 행동이었다고는 확신하지 못하겠지만요. 하지만 어쨌든 그녀는 요즘 아주 행복해 보여요. 그리고 신중하게 생각해보면 제 친구에게 어울리는 좋은 배필을 만난 건 분명한 사실이고요."

"친구분께서는 친정은 물론 친구들과도 가까운 곳에서 살게 되어 분명히 아주 기뻐하실 겁니다."

"이 거리를 가깝다고 말씀하시는 건가요? 거의 50마일이나 되는데요."

"길이 좋으면 50마일이 어때서요? 반나절 조금 더 걸리는 거리인데요. 그 정도면 상당히 가까운 거리라고 생각합니다만."

"저라면 그 정도 거리가 결코 좋은 결혼 조건이라고 생각할 수 없을 거예요." 엘리자베스가 소리를 높였다. "저라면 콜린스 부인이 친정과 가까이에 살게 됐다는 식으로 결코 말하지 않았을 거예요."

"그건 당신이 하트퍼드셔에 강한 애착을 갖고 있다는 증거입니다. 그렇다면 롱번에서 조금만 멀리 떨어져도 굉장히 멀게 느껴지시겠군요."

그는 이렇게 말하면서 살짝 미소를 지었는데, 엘리자베스는 그 이유를 알 수 있을 것 같았다. 그는 지금 그녀가 제인과 네더필드를 염두에 두고 있다고 생각한 게 분명했다. 그런 생각에 얼굴이 붉어진 엘리자베스는 이렇게 대꾸했다.

"저는 지금 결혼한 여자가 친정과 가까이 살수록 좋다는 말을 하려는 게 아니에요. 멀고 가깝고는 상대적인 문제이고, 거리는 시시각각 변하는 무수한 사정에 따라 다르게 느껴진다고 생각해요. 돈이 많아 여행 경비쯤 대수롭지 않게 여긴다면 거리가 얼마나 멀든 무슨 상관이겠어요. 하지만 이 집의 경우는 그렇지 않아요. 콜린스 부부의 수입이 먹고살기엔 넉넉할지 몰라도 자주 여행할 수 있을 만한 벌이는 아니지요. 그리고 확신하건데, 제 친구는 친정에서 집까지 지금보다 반도 안 되는 거리에 산다

해도 결코 그 거리를 가깝다고 말하지는 않을 거예요."

다아시 씨는 그녀를 향해 좀 더 가까이 의자를 끌어당기며 말했다. "당신은 가까운 거리에 그처럼 강한 애착을 가져서는 안 됩니다. 영원히 롱번에서만 살 수는 없지 않겠습니까."

엘리자베스는 놀란 표정을 지었다. 신사는 감정을 추스르고 의자에서 뒤로 물러나 탁자 위에 놓인 신문을 집어 들고는 대충 훑어본 다음 더욱 차가운 목소리로 말을 이었다.

"켄트는 마음에 드십니까?"

두 사람은 켄트 지역을 주제로 차분하고 간결하게 짧은 대화를 나누었다. 샬럿과 그녀의 여동생이 볼일을 마치고 막 돌아와 집에 들어서는 바람에 대화가 곧 끝났기 때문이다. 단둘이 마주앉아 이야기를 했다는 사실에 자매는 깜짝 놀랐다. 다아시 씨는 자신이 실수로 때를 잘못 찾아와 베넷 양을 방해했다고 말했고, 다른 사람들에게 몇 마디 건네지 않은 채 잠시 앉아 있다가 집을 나섰다.

"이게 뭘 의미하는 거겠니!" 그가 가자마자 샬럿이 말했다. "그는 내 친구 일라이자를 사모하고 있는 게 분명해. 그렇지 않고서야 이렇게 스스럼없이 우리 집을 방문할 리가 없지."

그러나 그가 한참 동안 침묵을 지켰다는 엘리자베스의 말에, 샬럿은 간절한 바람에도 불구하고 자신의 바람이 이루어질 가능성은 거의 희박하리라는 생각이 들었다. 그들은 여러 가지 상황을 추측한 결과, 마침내 그가 딱히 할 일이 없어 이곳까지 방문하게 된 것뿐이라고 짐작하게 되었는데, 이맘때 날씨로 보아 제법 그럴 듯했다. 야외 운동은 모두 끝났고, 집에 캐서린 영부 인과 책과 당구대가 있지만 남자들은 늘 집 안에만 있을 수는 없 었기 때문이다. 그리고 목사관이 가까워서인지, 이곳까지 오는 산책길이 유쾌해서인지, 혹은 이곳에 사는 사람들이 마음에 들 어서인지 아무튼 로징스의 두 사촌들은 거의 매일 산책할 때마 다 목사관 쪽으로 오고 싶어 했다. 그들은 오전 중 아무 때나 목 사관을 방문했고, 어느 땐 각자 오고 어느 땐 함께 왔으며, 이따 금 캐서린 영부인을 모시고 오시도 했다. 피츠윌리엄 대령은 목 사관 사람들과 어울리는 걸 좋아했기 때문에 모두들 그가 오는 이유를 분명히 알고 있었고, 그렇기 때문에 당연히 모두들 그 를 더 마음에 들어 했다. 엘리자베스는 피츠윌리엄 대령이 자신 에게 보이는 분명한 호감뿐만 아니라 그와 함께 있을 때 느끼는 흡족한 감정을 생각하며, 과거에 좋아했던 조지 위컴을 떠올렸 다. 그리고 두 사람을 비교하며, 피츠윌리엄 대령이 마음을 사로 잡는 부드러움은 부족하지만 풍부한 학식은 대단히 뛰어나다고 생각했다.

피츠윌리엄 대령은 그렇다 치고, 다아시 씨가 목사관을 그토 록 자주 방문하는 이유는 정말이지 이해하기 힘들었다. 입 한 번 열지 않은 채 기껏해야 10분쯤 앉아 있다 가는 날이 대부분 이라, 사람들과 친분을 쌓기 위해서라고는 볼 수 없었다. 어쩌 다 입을 연다 해도 말을 하고 싶어서라기보다 어쩔 수 없어서 그러는 것 같았다. 다시 말해, 예의를 위해 희생하는 것일 뿐 대화를 즐기는 건 아니었다. 실제로 활기차 보인 적도 거의 없었다. 콜린스 부인은 그의 행동을 어떻게 해석해야 할지 알 수가 없었다. 피츠윌리엄 대령이 이따금 그의 멍한 태도를 놀리는 걸 보면, 평소엔 그렇지 않는 모양이었다. 하지만 그런 사실만으로는 아무것도 단정할 수 없었다. 그녀는 다아시의 태도가 이처럼 달라지는 이유가 사랑 때문이고, 그 사랑의 대상은 친구 일라이자일 거라고 믿고 싶었기 때문에, 진지하게 증거를 찾기 시작했다. 모두들 로징스에 가거나 그가 헌스퍼드에 올 때면 유심히 그를 지켜보았다. 하지만 확실한 증거는 보이지 않았다. 그는 분명히 일라이자를 바라보았지만, 그 표정은 도무지 읽을 수가 없었다. 일라이자를 바라보는 눈빛은 한결같이 진지했지만, 그 눈빛에 사모하는 마음이 가득한지 의심스러울 때가 많았고 이따금 그저 멍하게 바라보는 것 같기도 했다.

콜린스 부인은 엘리자베스에게 다아시 씨가 그녀에게 관심이 있는 것 같다고 한두 번 넌지시 말해보았는데, 그때마다 엘리자베스는 말도 안 되는 생각이라며 웃었다. 이쯤 되자 콜린스 부인은 이 문제를 더 깊이 생각하는 건 바람직하지 않겠다고 결론을 내렸다. 기대를 높였다가 결국 실망하게 될지 몰랐기 때문이다. 다아시가 자기에게 반했다고 생각하면 그에 대한 엘리자베스의 반감이 모두 사라질지 모른다고 콜린스 부인은 기대했던 것이다.

샬럿은 어떻게 하는 것이 엘리자베스에게 이로울지 여러모로 궁리하면서, 엘리자베스가 피츠윌리엄 대령과 결혼해도 제법 어울릴 것 같다는 생각도 이따금 해보았다. 피츠윌리엄 만큼 분위기를 기분 좋게 만드는 사람도 없을 터였다. 게다가 그가 엘리자베스를 좋아하는 건 분명했고, 그 정도면 그의 신분도 상당히 괜찮았다. 하지만 다아시 씨에게는 이러한 이점들을 모두 능가할 엄청난 이점이 있었는데, 그에게는 그의 사촌은 결코 소유할 수 없는 교회의 성직 수여권이 있었다.

33

엘리자베스는 정원 안을 산책하면서 뜻밖에 여러 번 다아시 씨와 마주쳤다. 그녀는 아무도 다니지 않는 길에서 하필이면 그와 마주치다니 운이 너무 없다고 생각했다. 그래서 다시는 그와 마주치는 일이 없도록 하기 위해 산책길에서 처음 그를 보았을 때 이 길은 자신이 좋아하는 길이라고 조심스럽게 알려주었다. 그런데도 또다시 그와 마주치다니, 정말 너무 이상했다! 하지만 이상한 일은 일어났고, 심지어 세 번이나 반복되었다. 그가 고의로 심술을 부리는 게 아니라면 고행을 자처하는 것으로밖에 보이지 않았다. 그도 그럴 것이, 이렇게 마주칠 때마다 그는 몇마디 안부만 묻고 어색하게 침묵을 지키다가 곧장 제 갈 길로 가는 것이 아니라, 굳이 가던 길을 되돌아서 그녀와 함께 걸어야 한다고 생각했기 때문이다. 그는 결코 말을 많이 하지 않았고, 그녀 역시 일부러 말을 많이 하거나 열심히 들어주려 애쓰지 않았다. 그런데 세 번째 마주쳤을 때 엘리자베스는 그가 아무런 관련 없는 질문들을 산만하게 묻고 있다는 생각이 들었다. 가령 헌스퍼드에서 지내는 것이 즐거운지, 혼자 산책하는 걸 좋아하는지, 콜린스 부부는 행복해 보이는지 하는 질문들이었다. 그리고 로징스에 대해 이야기할 땐 그녀가 아직 그 저택을 완전히 파악하지 못했다고 말했는데, 마치 언제든 켄트에 다시 오면 그곳에서도 지내길 기대하는 것 같았다. 그의 이야기에서 언뜻 그런 의미가 암시된 것 같았다. 피츠윌리엄 대령을 염두에 둔 말일까? 만일 그가 무슨 의도를 가지고 한 말이라면, 피츠윌리엄 대령과의 관계에서 생길 수 있는 어떤 가능성을 두고 넌지시 언급한 게 분명했다. 그렇게 생각하자 조금 당황스러웠는데, 때마침 목사관 맞은편 울타리에 이르는 길에 다다르게 되어 마음이 놓였다.

어느 날 그녀는 지난번 제인이 보낸 편지를 다시 한 번 꼼꼼히 읽으면서 어딘가 우울한 느낌이 드는 몇 구절을 골똘히 생각하며 산책을 하고 있었다. 그런데 이번에 그녀를 놀라게 한 사람은 다아시 씨가 아니라 피츠윌리엄 대령이었다. 고개를 들어 올려다보았더니 바로 앞에 피츠윌리엄 대령이 서 있는 것이었다. 그녀는 재빨리 편지를 감추고 억지로 미소를 지어 보이면서 말했다.

"대령님이 이 길로 산책하시는 줄은 미처 몰랐어요."

"저는 정원 주변을 둘러보고 있었습니다." 그가 대답했다. "해마다 주로 하는 일이지요. 목사관을 들르는 걸로 산책을 마무리할 생각이었어요. 아직 한참 더 가실 건가요?"

"아니요, 조금 더 걷다가 돌아가려고 했어요."

이렇게 해서 그녀는 발길을 돌렸고 두 사람은 목사관을 향해 함께 걸었다.

"정말로 토요일에 켄트를 떠나시나요?" 그녀가 물었다.

"네. 다아시가 이번에도 연기하지 않는다면요. 하지만 다아시가 떠나자고 하면 떠나야지요. 다아시는 자신이 원하는 대로 계획을 세울 테니까요."

"그렇다면 서로 합의한 내용이 마음에 들지 않는다 하더라도, 최소한 선택할 수 있는 권한이 자신에게 있다는 것만으로도 그는 대단히 만족하겠군요. 다아시 씨만큼 자기가 하고 싶은 대로 할 수 있는 능력을 즐기는 사람도 없는 것 같으니까요."

"물론 그는 자기 식대로 밀고나가는 걸 아주 좋아하지요." 피츠윌리엄 대령이 말했다. "하지만 누구나 다 그렇지 않나요. 다만 그는 다른 사람들보다 그런 힘을 발휘할 수단을 많이 갖고 있을 뿐이지요. 그는 부자고 대부분의 사람들은 가난하니까요. 실감나게 말씀드리면 그렇다는 얘깁니다. 아시다시피 차남은 자신을 자제하고 의존하는 데 단련이 되어 있어야 하잖아요."

"제 생각에 백작의 차남 정도면 자제력이나 의존에 대해 거의 아는 바가 없을 텐데요. 자, 농담이 아니라 진지하게 말씀해주세요. 자제력과 의존에 대해 아시긴 하시나요? 돈이 없어 가고 싶은 곳에 가지 못한 적이 있으셨어요? 아니면 갖고 싶은 걸 손에 넣지 못한 적이 있으셨나요?"

"이런, 정곡을 찌르는 질문을 하시는군요. 그런 면에서 많은 고생을 했다고 말할 수는 없을 겁니다. 하지만 좀 더 중요한 사안에 처한 경우엔 돈이 없어 힘들지도 모르지요. 차남들은 좋아하는 사람과 결혼하기 어려우니 말입니다."

"하긴 부유한 여자를 좋아하지 않는다면 그렇겠군요. 그래서인지 차남들은 부유한 여자를 좋아하는 경우가 많은 것 같아요."

"소비 습관도 우리를 매우 의존적으로 만들지요. 그래서 저와 같은 신분에 있는 사람들 가운데 어느 정도 돈에 관해 신경 쓰지 않고 결혼할 수 있는 사람은 많지 않습니다."

'나를 염두에 둔 말인가?' 엘리자베스는 이런 생각을 하며 얼굴을 붉혔다. 그러나 다시 마음을 가다듬고 명랑한 말투로 말했다. "그렇다면 말씀해주세요. 백작의 차남 정도면 대체로 몸값이 얼마나 되나요? 장남의 건강이 아주 나쁘지 않으면 5만 파운드 이상은 부르지 못할 것 같은데요."

그는 엘리자베스와 마찬가지로 쾌활한 말투로 대답했고, 이쯤에서 이 주제를 마무리 지었다. 그녀는 아무 말도 하지 않으면 조금 전 대화에 신경 쓰고 있다고 여겨질까 봐 침묵을 깨기 위해 곧이어 이렇게 말했다.

"제 생각엔 사촌께서 대령님과 함께 이곳에 내려온 가장 큰 이유가 누군가를 마음대로 부리고 싶어서가 아닐까 싶은데요. 그 분이 결혼을 하려는 이유도 그런 식으로 편리하게 부릴 수 있는 사람을 곁에 두고 싶어서일 것 같아요. 하지만 지금은 동생분이 그 역할을 잘하고 계시겠군요. 더구나 오빠의 보살핌을 받고 있으니 전적으로 오빠가 원하는 대로 해야 할 테고요."

"그렇지 않습니다." 피츠윌리엄 대령이 말했다. "그 이로움은 다아시와 제가 함께 나누어야 하는 것이니까요. 저도 그와 함께 다아시 양의 후견인이거든요."

"대령님이요? 정말이세요? 그렇다면 어떤 식으로 후견인 역할을 하시나요? 혹시 대령님의 피후견인이 대령님을 아주 곤혹스럽게 하지는 않나요? 그 나이 또래의 아가씨들은 간혹 다루기가 조금 힘들잖아요. 게다가 그녀가 다아시 가문의 핏줄을 제대로 이어받았다면 제멋대로 하려는 경향이 다분할 테고요."

그녀는 이렇게 말하면서 대령이 자신을 진지하게 바라보고 있다는 걸 알았다. 그리고 그녀가 말을 마치자마자 왜 다아시 양이 그들을 불편하게 만들 거라고 생각하는지 묻는 것으로 보아, 어쨌든 그녀의 말이 거의 사실에 가깝다고 확신했다. 그녀는 대령의 질문에 즉시 대답했다.

"놀라실 필요 없어요. 다아시 양에 대해 안 좋은 말을 들은 적은 없으니까요. 어쩌면 세상에서 가장 온순한 사람인지도 모르죠. 허스트 부인과 빙리 양이라고. 제가 아는 숙녀분들은 다아 시 양을 무척 좋아하더군요. 아 참, 그러고 보니 대령님께서도 그들을 아신다고 말씀하신 적이 있는 것 같군요."

"조금 압니다. 빙리 양의 오빠는 아주 쾌활하고 신사다운 사 람이지요. 다아시와는 무척 절친한 친구고요."

"네! 그렇지요." 엘리자베스가 냉담하게 말했다. "다아시 씨는 빙리 씨와 아주 막역한 사이인 데다 빙리 씨를 무척 세심하게 보살펴 주시더군요."

"빙리를 보살펴준다고요! 하긴 빙리에게 도움이 필요할 때면 다아시가 곧잘 돌봐주는 것 같긴 하더군요. 로징스로 오는 길에 다아시에게 들은 이야기로 짐작컨대, 빙리가 다아시에게 크게 신세를 졌다고 할 만합니다. 하지만 다아시가 빗대어 말한 사람 이 반드시 빙리라고 생각할 순 없으니, 자칫 그에게 큰 실례를 범하는 건 아닌지 모르겠습니다. 어디까지나 제 추측이 그렇다 는 거니까요."

"무슨 뜻이죠?"

"상황이 상황인지라, 다아시로서는 이 일이 여러 사람에게 알 려지는 걸 당연히 원치 않을 거예요. 이 일이 그 아가씨 집에까 지 알려지면 상당히 불쾌하게 여길 테니까요."

"아무에게도 이야기하지 않겠다고 약속할게요."

"그렇다면 당사자가 빙리일 거라고 추측한 데에 아무런 근거 가 없다는 것도 기억해주세요. 다아시는 제게 그저 이렇게만 말했을 뿐이니까요. 최근에 한 친구가 무모한 결혼을 하려 하기에, 신분상 어울리지 않는 결혼을 하지 못하도록 그 친구를 구해주었다고 말입니다. 그러고는 무척 기뻐하더군요. 하지만 이름을 거론하거나 그 밖에 자세한 내용을 이야기한 건 아니에요. 다만 빙리라면 그런 종류의 곤경에 빠지기 쉬운 젊은이라고 생각했고, 다아시와 빙리가 지난여름 줄곧 함께 지냈다는 걸 알고 있었기에, 다아시가 말한 친구가 혹시 빙리가 아닐까 저 혼자 짐작해본 것뿐입니다."

"다아시 씨가 왜 그토록 그 일을 방해했는지 이유를 말씀하시던가요?"

"그 아가씨와의 결혼을 강하게 반대할 이유가 몇 가지 있었던 것 같습니다."

"그래서 둘 사이를 갈라놓기 위해 어떤 방법을 썼다고 하던가요?"

"어떤 방법을 썼는지는 말하지 않았습니다." 피츠윌리엄이 웃으며 말했다. "그가 한 말은 지금 제가 드린 말씀이 전부였어요."

엘리자베스는 가슴에 분노가 끓어오르는 걸 느끼며 아무런 대꾸도 하지 않고 묵묵히 걷기만 했다. 피츠윌리엄은 그녀를 잠시 지켜보다가 무슨 생각을 그렇게 골똘히 하느냐고 물었다.

"방금 제게 하신 말씀을 생각하고 있었어요." 그녀가 말했다. "대령님 사촌의 행동이 도무지 마음에 들지 않는군요. 그 사람이 뭔데 마음대로 남의 인생을 결정하는 거죠?"

"그의 개입을 주제넘은 행동이라고 생각하고 싶으신가요?"

"친구가 누굴 좋아하든, 다아시 씨가 무슨 권리로 그런 것까지 결정하려 드는지 이해할 수가 없어요. 왜 순전히 자신의 판단에 따라 친구의 행복을 결정하고 지시하려 드는지도 이해가 안 돼요. 하지만……." 그녀는 마음을 추스르고 계속해서 말을 이었다. "자세한 내막은 아무것도 아는 게 없으니 무조건 다아시 씨만 비난하는 것도 옳은 일은 아니겠죠. 이번 경우 아마 두 당사자 사이에 애정이 깊지 않았나 보다고 추측하는 수밖에요."

"그렇게 생각한다 해도 무리는 아니겠군요." 피츠윌리엄이 말했다. "하지만 두 사람의 애정이 그 정도밖에 안 됐다면, 제 사촌의 개입이 성공했다 해도 자존심이 상했겠는데요. 이거 애석해서 어떻게 하나."

그는 농담처럼 이렇게 말했지만, 그녀는 이 말이 다아시의 심정을 고스란히 표현하는 것 같아 굳이 반응을 보이지 않았다. 그래서 전혀 다른 주제로 대화 내용을 돌렸고, 목사관에 도착할 때까지 이런저런 평범한 이야기들을 나누었다. 피츠윌리엄 대령이 돌아가자마자 엘리자베스는 자기 방에서 아무런 방해도 받지 않고 아까 들은 이야기를 곰곰이 생각해보았다. 아무리 생각해도 이 문제의 당사자는 그녀와 관계있는 사람들인 것 같았다. 전혀 모르는 사람들일 리가 없었다. 다아시 씨가 그처럼 막강하게 영향력을 행사할 수 있는 사람이 이 세상에 둘이나 존재할 리가 없었다. 빙리 씨와 제인을 갈라놓기 위한 조치에 그도 관련이 있을 거라는 사실을 지금까지 한 번도 의심해본 적이 없었다. 하지만 이 모든 일을 음모하고 계획을 세운 주동 인물이 빙리 양일 거라고 생각했고 늘 그녀만 탓했었다. 그런데 다아시가 지닌 허영심이 제대로 길을 찾아들었다면 이 일의 원인은 다름 아닌 그 사람이며, 제인이 그토록 고통받았고 지금도 고통에서 헤어나오지 못하고 있는 그 모든 원인은 바로 그의 오만과 변덕스러운 마음이라고 해야 했다. 다아시는 이 세상에서 가장 사랑스럽고 너그러운 여인이 한동안 꿈꾸었던 모든 행복을 무참히 짓밟아버렸다. 그가 잔인하게 밀어넣은 불행 속에서 두 연인이 얼마나 오랫동안 허우적대고 있을지 아무도 알지 못할 것이다.

"그 아가씨와의 결혼을 그토록 강하게 반대할 이유가 몇 가지 있었던 것 같습니다."라고 피츠윌리엄 대령은 말했었다. 강하게 반대할 이유라면 이모부는 시골 변두리 변호사이고 외삼촌은 런던에서 장사를 한다는 점일 것이다.

"제인 언니만 놓고 본다면 반대할 이유가 없지." 엘리자베스가 큰 소리로 말했다. "언니가 얼마나 사랑스럽고 착한 여잔데! 지혜롭고, 생각도 바르고, 자태는 또 얼마나 매력적인데. 아버지도 흠잡을 데 없는 분이잖아. 다소 특이한 면이 있긴 하지만 제아무리 다아시 씨라도 얕잡아볼 수 없는 능력이 있으시고, 그런 사람이 도저히 따라잡을 수 없을 만큼 인격도 얼마나 훌륭하신데." 그러다가 어머니를 생각하자 자신감이 조금 무너졌다. 하지만 다아시 씨가 결혼을 반대하는 실질적인 이유에 어머니의 성격이 포함되지는 않을 것 같았다. 그의 자존심이 깊은 상처를 입은 이유는 친구의 친척이 될 사람들이 분별력이 없어서라기보다, 그들의 지위가 별 볼일 없어서일 거라고 엘리자베스는 확신했다. 따라서 그녀는 마침내 이렇게 결론을 내리게 되었다. 다아시가 빙리와 제인의 결혼을 극구 반대한 근본적인 원인은 한편으로는 이처럼 최악인 그의 자존심 때문이고, 다른 한편으로는 자신의 누이동생을 위해 빙리 씨를 남겨두고 싶은 오빠로서의 욕심 때문이었을 거라고 말이다.

이런 생각을 하고 있노라니 마음이 동요되어 눈물이 흘렀고 나중엔 머리까지 지끈거렸다. 저녁이 되자 두통은 더욱 악화되었고 다아시 씨라면 꼴도 보기 싫어졌다. 그래서 저녁에 사촌 부부와 로징스에 가서 차를 마시기로 약속이 되어 있었지만 가지 않기로 결심했다. 콜린스 부인은 엘리자베스의 기분이 몹시 안 좋아 보여 더 이상 같이 가자고 재촉하지 않았고, 그녀에게 강요하지 못하도록 최대한 남편을 막아주었다. 하지만 콜린스 씨는 그녀가 집에 있는데도 로징스에 가지 않는다면 캐서린 영부인이 상당히 못마땅해 하실 거라며 걱정을 숨기지 못했다.

34

모두들 로징스로 떠나자 엘리자베스는 다아시 씨에 대한 감정을 최대한 악화시키기로 작정이라도 한 듯, 켄트에서 지내는 동안 제인에게 받은 편지들을 모두 꺼내 한 장 한 장 꼼꼼하게 읽기로 했다. 편지 어디에도 지금의 상황을 불평하거나, 지난 일에 미련을 두거나, 고통 속에서 힘들어 하는 듯한 암시는 조금도 비치지 않았다. 하지만 아무리 읽어도 제인 특유의 문체라고 할 수 있는 쾌활함은 편지 어디에도 묻어나지 않았다. 본래 성격이 소탈해 평온한 마음에서 우러나오던 쾌활함을, 모든 사람을 따뜻하게 대하고 단 한 번도 어둡게 가려진 적 없는 쾌활함을 편지에서 도무지 찾아볼 수가 없었다. 엘리자베스는 처음 편지를 받았을 때와 달리 주의 깊게 편지를 정독하면서, 모든 구절마다 언니의 근심이 배어 있다는 걸 깨달았다. 자신의 능력으로 한 여인을 불행하게 만들었다며 부끄러운 줄도 모른 채 자랑하고 다녔을 다아시 씨를 생각하니 언니의 고통이 그 어느 때보다 마음 깊이 와 닿았다. 그나마 내일 모레면 그가 로징스를 떠난다는 사실이 조금 위안이 되긴 했다. 그리고 이제 보름 후면 다시 제인을 만나, 자신의 모든 애정을 담아 언니를 예전처럼 활기차게 만들 수 있을 거라고 생각하니 더욱 마음이 놓였다.

다아시가 곧 켄트를 떠난다는 생각과 동시에 그의 사촌도 그와 함께 가야 한다는 데 생각이 미쳤다. 어차피 피츠윌리엄 대령은 결혼할 의사가 전혀 없다고 분명하게 밝혔다. 그는 상냥한 사람이지만 그와 인연이 맺어지지 않았다고 해서 불행하게 여기고 싶지는 않았다.

이렇게 생각을 정리하고 있는데 현관에서 종소리가 났다. 혹시 피츠윌리엄 대령이 아닐까 하는 기대로 가슴이 조금 두근거렸다. 지난번에도 저녁 늦게 그녀를 방문한 적이 있었는데, 어쩌면 지금 특별히 그녀의 건강이 궁금해 여기까지 달려왔을지도 몰랐다. 그러나 기대는 순식간에 무너졌고, 설레던 감정은 정반대의 감정으로 바뀌었다. 집 안으로 들어온 사람은 너무나 뜻밖에도 다아시 씨였다. 그는 마치 그녀의 건강이 호전되었다는 말을 듣는 것이 방문의 목적이라는 듯, 집 안에 들어서자마자 몹시 허둥대는 태도로 건강 상태부터 물었다. 그녀는 차갑게 예의를 갖추어 대답했다. 그는 잠시 자리에 앉더니 다시 일어나 방 안을 서성거렸다. 엘리자베스는 당황했지만 한마디도 하지 않았다. 몇 분간 침묵이 흐른 뒤, 그가 흥분한 태도로 그녀에게 다가와 이야기를 시작했다.

"아무리 노력했지만 소용이 없었습니다. 이제는 더 이상 안 될 것 같습니다. 제 감정을 억제할 수가 없습니다. 아무래도 이 말을 꼭 해야겠습니다. 제가 당신을 얼마나 깊이 사모하고 사랑하는지 말입니다."

엘리자베스는 너무 놀라서 말도 나오지 않았다. 그녀는 그를 물끄러미 바라보다가 얼굴을 붉혔고, 자신의 귀를 의심했으며,

여전히 아무 말도 할 수 없었다. 그는 그녀의 이런 태도가 자신을 충분히 격려해주려는 것이라 여기고, 지금 그녀를 향한 감정과 오랫동안 품어왔던 모든 감정을 즉시 고백하기 시작했다. 그는 말을 아주 잘했다. 하지만 마음속에 품은 감정뿐만 아니라 다른 감정들까지 자세하게 이야기했고, 그녀를 좋아하는 마음보다 자신의 자존심에 대해 말할 때 더욱더 열변을 토했다. 그는 그녀를 자기보다 못한 사람으로, 다시 말해 자기보다 신분이 낮은 사람으로 여겼고, 그녀의 집안이 마음에 걸려 언제나 좋아하는 마음과 상반되는 판단을 내릴 수밖에 없었다는 등의 이야기를 격앙된 목소리로 길게 열거했다. 그가 이야기를 하면서 다소 흥분한 이유는 아마도 자신이 상처를 입히고 있는 이런 요인들 때문인 것 같았지만, 청혼하는 입장에서 썩 호감을 살 만한 행동은 아닌 것 같았다.

그녀는 마음속 깊이 박힌 혐오감에도 불구하고 그처럼 연모의 마음이 담긴 찬사에 아주 냉담할 수는 없었다. 그래서 다아시에 대한 생각을 바꾸기로 마음먹은 적은 단 한 순간도 없지만, 그가 상처받아 괴로워할 걸 생각하니 처음에는 안됐다는 생각도 들었다. 그러나 이어지는 그의 말에 이내 분노가 일었고, 너무 화가 나서 그나마 느꼈던 동정심마저 모두 사라졌다. 하지만 일단 그에게 답을 할 때까지는 꾹 참으며 마음을 가라앉히려고 애썼다. 이 순간 그도 마음을 진정시켰더라면 좋았을 테지만, 그는 아무리 노력해도 감정을 주체할 수 없었다며 그녀를 향한 강렬한 사랑을 드러내 보였고, 더불어 그녀가 지금 청혼을 받아들여 자신의 노력에 보답해주길 바란다고 말했다. 그녀는 그가 이렇게 말하면서 호의적인 답을 들을 거라 강하게 확신하고 있다는 걸 한눈에 알아보았다. 걱정된다, 불안하다고 말했지만 그의 얼굴에는 자신만만한 표정이 역력했다. 이런 그의 모습을 보고 있으려니 점점 더 분노가 차올랐다. 마침내 그가 고백을 마치자 그녀는 얼굴이 벌겋게 달아오른 채 이렇게 말했다.

"이런 경우 고백하신 마음과 같은 마음을 전하지 못해도, 일단 감사를 표하는 것이 정해진 방식이라고 알고 있습니다. 고맙게 여기는 것이 당연한 일이겠지요. 제가 고마움을 느낄 수 있다면 지금 이 자리에서 감사 인사를 드릴 겁니다. 그러나 죄송하게도 저는 그럴 수가 없군요. 제가 언제 한 번이라도 당신에게 호의를 바란 적이 있는 것도 아니고, 당신 역시 저를 향한 사모의 마음을 마지못해 인정한 게 분명하니 말이에요. 누구에게든 고통을 드렸다면 죄송하게 생각합니다만, 제가 의도한 일은 전혀 아니었음을 말씀드리고 싶습니다. 아무쪼록 고통이 빨리 끝나시길 바랍니다. 아까 말씀하셨듯이 저에 대한 호감을 오랫동안 인정하지 못하게 만든 여러 가지 감정들 덕분에, 제 분명한 입장을 들으셨더라도 고통을 극복하기가 그리 어렵지 않으시리라 믿습니다."

벽난로 장식에 기대어 그녀의 얼굴을 빤히 바라보던 다아시 씨는 그녀의 말을 알아듣고는 당황한 동시에 몹시 화가 났다.

안색은 분노로 하얗게 질렸고 혼란스러운 마음이 얼굴 표정에 낱낱이 드러났다. 그는 침착한 모습을 보이려고 무진 애를 썼고, 이만하면 평정을 되찾았다고 스스로 판단이 설 때까지 입을 열지 않으려는 것 같았다. 엘리자베스에게는 그 순간이 끔찍하게 느껴졌다. 마침내 억지로 짜낸 듯 차분한 목소리를 내며 그가 말했다.

"영광스럽게도 제가 기대한 답변은 이게 전부로군요! 가능하다면 제가 거절당하는 이유와, 당신이 제게 공손하려는 노력조차 보이지 않으시는 이유를 알고 싶습니다. 꼭 알아야겠다는 건 아니지만 말입니다."

"오히려 제가 여쭤보고 싶군요." 그녀가 말했다. "당신은 저를 불쾌하게 만들고 모욕을 주겠다는 아주 분명한 의도를 갖고 있으면서, 왜 당신의 의지를 거스르고, 이성을 거스르고, 심지어 인격까지 거스르면서 제게 좋아한다고 고백하시기로 결심하셨나요? 제가 무례했다면 이것으로 제 무례함에 대한 변명이 되지 않을까요? 하지만 제가 화가 난 데에는 다른 이유도 있어요. 당신도 잘 아실 텐데요. 설사 당신에 대한 제 감정이 나쁘지 않다 한들, 아니 당신에 대해 좋고 말고 할 감정조차 없다 한들, 잘 봐줘서 당신에게 호감이 있다 해도, 제가 가장 사랑하는 언니의 행복을 무너뜨린, 어쩌면 영원히 무너뜨릴지도 모를 당사자의 청혼을 제가 받아들이고 싶을까요?"

그녀의 말에 다시 씨의 안색이 바뀌었다. 그러나 그 순간의 감정은 곧 사라졌고 그녀가 계속해서 말을 하는 동안 방해하지 않고 듣기로 했다.

"당신을 나쁘게 생각하는 데에는 충분히 그럴 만한 이유가 있어요. 당신의 진의가 무엇이었든 부당하고 비열하게 행동한 부분에 대해서는 변명의 여지가 있을 수 없을 거예요. 사랑하는 두 사람을 갈라놓은 점, 둘 중 한 사람을 변덕스럽고 우유부단한 사람으로 세상의 비난을 받게 한 점, 나머지 한 사람 역시 희망이 좌절되었다는 이유로 세상의 손가락질을 받게 한 점, 그리고 두 사람 모두를 극심한 불행 속으로 끌어들인 점, 이 모든 행위를 당신 혼자 저질렀다고는 하지 않더라도 적어도 이 일을 주동했다는 사실만큼은 감히 부인해서도 안 되고 부인할 수도 없을 거예요."

그녀는 잠시 이야기를 멈추며, 어떠한 양심의 가책도 느끼지 않는다는 걸 보여주려는 듯한 태도로 이야기를 듣고 있는 다아시에게 크게 분개했다. 그는 심지어 짐짓 믿기지 않는 듯한 미소까지 지으며 그녀를 바라보았다.

"당신이 그런 행동을 했다는 걸 부인할 수 있으신가요?" 그녀가 되풀이해 물었다.

그러자 그는 차분한 태도를 취하며 이렇게 대답했다. "제 친구와 당신의 언니를 갈라놓기 위해 제 힘닿는 데까지 모든 노력을 기울였으며, 제 계획이 성공해 몹시 기뻐하고 있다는 사실을 부인하고 싶지는 않습니다. 저는 제 친구의 일을 제 일보다 더 신중하게 생각해왔으니까요."

엘리자베스는 이 정중한 의견을 들은 체도 하고 싶지 않았지만 그 의미만큼은 머릿속에 깊이 새겨 넣으며, 도저히 그를 좋게 보려야 좋게 볼 수 없을 것 같다고 생각했다.

"제가 당신을 싫어하는 이유는 이 일 하나 때문이 아니에요." 그녀가 말을 이었다. "이 일이 있기 오래전부터 당신에 대한 생각은 이미 정해져 있었어요. 몇 달 전 위컴 씨에게 자세한 이야기를 듣고 당신이 어떤 사람인지 분명하게 알게 됐으니까요. 이 문제에 대해서는 뭐라고 말씀하실 건가요? 무슨 말로 우정이 있는 척 가장해서 자신을 변호하실 셈이신가요? 아니면 어떤 거짓 진술로 다른 사람들을 속일 생각이신가요?"

"그 사람 일에 상당히 관심이 많으시군요." 다아시는 얼굴이 벌겋게 상기된 채 평정을 잃은 목소리로 말했다.

"그 분이 어떤 불행을 겪었는지 알고도 관심을 갖지 않을 사람이 있을까요?"

"불행이라고요!" 다아시가 경멸적인 어투로 반복해서 말했다. "그렇지요. 아주 큰 불행을 겪었지요."

"그렇다면 당신이 가한 고통을 아시겠군요." 엘리자베스가 강조하며 큰 소리로 말했다. "상당했던 그의 재산을 바로 당신이 지금처럼 삭감했다는 걸 말이에요. 당신은 그분이 받아야 했을 여러 가지 혜택들을 허락하지 않았어요. 그분 앞으로 되어 있는 몫이라는 걸 뻔히 알고 있었으면서 말이에요. 그만한 자격을 갖춘 사람으로서 당연히 받기로 되어 있는 자립 자금을 인생의 가장 중요한 시기에 빼앗아간 사람도 당신 아닌가요? 이 모든 일을 벌인 사람이 바로 당신이에요! 그런데도 당신은 그분의 불행을 경멸과 조롱을 섞어 말씀하시는군요."

"그렇다면 저에 대한 당신의 의견은 이것이로군요!" 그는 성큼성큼 방을 가로지르면서 큰 소리로 말했다. "이것이 저에게 내린 당신의 평가라 이거지요! 이렇게 자세하게 설명해주셔서 정말 감사합니다. 당신 말씀대로라면 제 잘못이 정말 크군요! 하지만……." 그는 걸음을 멈추고 그녀를 돌아보며 말을 이었다. "저를 망설이게 한 여러 가지 사정들 때문에 진지한 계획을 오랫동안 실행하지 못했노라고 솔직하게 고백하지 않았더라면, 그래서 당신의 자존심에 상처를 주지 않았더라면, 어쩌면 이 모든 행위들이 너그럽게 용서되지 않았을까요. 제가 좀 더 머리를 써서 그동안 고민하느라 제 나름대로 힘들었다는 말을 하지 않았더라면, 이성적으로 생각해보고 수백 수천 번을 곱씹어 생각해봐도 모든 것을 다 감수하고서라도 당신이 무조건 진심으로 좋아졌다고 믿게 만들어 당신을 기분 좋게 해드렸다면, 이처럼 신랄하게 비난받는 일은 없었을까요. 그렇지만 저는 어떤 식으로든 가식은 싫습니다. 그래서 제가 말씀드린 감정이 조금도 부끄럽지 않았습니다. 그건 당연하고 정당했습니다. 설마 당신 집안이 열등하다는 사실에 대해 제가 기뻐하길 기대하셨습니까? 저보다 신분이 확연히 낮은 사람들과 관계를 맺게 되리라는 희망에 좋아서 박수라도 칠 줄 아셨습니까?"

엘리자베스는 점점 화가 치밀어 오르는 걸 느꼈으나 최대한 침착하게 말하려 애쓰면서 입을 열었다.

"다른 방식으로 고백하셨더라면 제가 감동받았을 거라고 생각하시다니, 뭔가 착각하신 것 같은데요, 다아시 씨. 당신이 좀 더 신사다운 태도를 보여주었다면 당신의 청혼을 어떻게 거절해야 하나 걱정했을지는 모르겠군요. 하지만 그 이상 다른 영향을 받지는 않았을 겁니다."

그녀는 이 말에 그가 움찔하는 모습을 보았으나 그는 아무 말도 하지 않았다. 그녀는 계속해서 말을 이었다.

"제 마음이 끌리도록 아무리 그럴듯한 방법으로 청혼하셨더라도, 제 허락을 받지는 못하셨을 것입니다."

그가 또다시 놀라는 모습이 똑똑히 눈에 보였다. 그는 믿기지 않는다는 표정과 굴욕을 당했다는 듯한 표정이 한데 뒤얽힌 채 그녀를 바라보았다. 그녀는 계속해서 말했다.

"처음부터, 아니 이렇게 말씀드리는 것이 더 정확하겠군요, 당신을 알게 된 처음 그 순간부터, 저는 당신의 태도를 보고 당신이 오만하고 자만심이 강한 사람이라는 걸, 다른 사람 감정 따윈 무시하는 이기적인 사람이라는 걸 분명하게 알았어요. 그런 태도들이 당신을 달갑게 여길 수 없는 토대가 되었고, 처음부터 당신을 좋지 않은 시선으로 보게 된 상태에서 이후 여러 가지 일들을 겪고 보니 당신에 대한 혐오감이 점점 더 확고하게 굳어지게 됐지요. 그래서 전 당신을 알게 된지 한 달이 안 됐을 때부터, 당신 같은 사람이야말로 아무리 애원해도 절대로 결혼해서는 안 되는 남자라고 생각했습니다."

"무슨 말씀이신지 충분히 알겠습니다, 엘리자베스 양. 당신의 마음을 완벽하게 이해했으며, 이제야 비로소 제 자신이 해온 일들을 부끄럽게 여기게 됐습니다. 시간을 너무 많이 빼앗은 걸 용서해주십시오. 건강과 행복을 진심으로 바라겠습니다."

그는 이 말을 끝으로 서둘러 방을 나섰고, 다음 순간 현관문을 열고 집을 나서는 소리가 들렸다.

마음속에 걱정이 치밀어 올라 몹시 고통스러웠다. 어떻게 마음을 진정시켜야 할지 몰랐고, 온몸에 기운이 빠져 바닥에 주저앉아 30분 동안 엉엉 울어버렸다. 방금 있었던 일을 돌이키면서 대화 하나하나를 되짚어보니 점점 더 당혹스러웠다. 다아시 씨에게 청혼을 받다니! 그가 몇 달 동안이나 자신을 사랑해왔다니! 그의 친구를 언니와 결혼하지 못하게 했던 여러 가지 이유들, 그에게도 똑같이 힘겹게 다가왔을 숱한 달갑지 않은 요인들에도 불구하고 자신과 결혼하고 싶을 만큼 자신을 깊이 사랑했다니! 자기도 모르는 사이에 그에게 그토록 강렬한 사랑의 감정을 불러일으켰다고 생각하니 한편으론 기쁘기도 했다. 하지만 그의 오만함, 그 가증스러운 오만함, 제인에게 무슨 짓을 했는지 자인하는 그 뻔뻔스러움, 아무리 변명의 여지가 없는 일이라지만 당당하게 인정하는 용서 못할 건방진 태도, 위컴 씨에 대해 이야기할 때 그 냉혹한 표정, 부인할 생각조차 하지 않을 만큼 위컴에 대해 싸늘하게 말하는 모습 들이 떠오르자, 잠시나마 그의 애정을 생각하며 그를 측은하게 여겼던 마음이 순식간에 사라졌다.

이런 생각들로 마음이 몹시 어지러운데 캐서린 영부인의 마차 소리가 들렸다. 그녀는 샬럿에게 이런 자신의 모습을 보인다면 감당하기 어려울 것 같아 서둘러 자기 방으로 돌아갔다.

35

다음 날 아침에 눈을 뜬 엘리자베스는 간밤에 겨우 잠재운 생각들이 다시 떠오르기 시작했다. 그녀는 아직 어제 일에서 비롯한 당혹감에서 벗어나지 못했다. 다른 생각을 하기도 힘들었고 아무 일도 손에 잡히지 않아, 아침 식사를 마치자마자 밖으로 나가 몸을 움직이는데 전념하기로 했다. 그래서 즉시 가장 좋아하는 산책길을 걷고 있는데, 다아시 씨도 이따금 이 길로 산책을 한다는 생각이 문득 떠올라 걸음을 멈추었다. 그러고는 정원 안으로 들어가지 않고 큰길에서 한참 떨어진 방향으로 나 있는 오솔길로 발길을 돌렸다. 정원의 울타리가 아직 길 한쪽의 경계를 이루고 있을 때 그녀는 이내 정원 안으로 들어가는 문 가운데 하나를 지나쳤다.

상쾌한 아침, 정원에 면한 오솔길을 두세 차례 왕복해서 걷고 난 후, 문득 입구의 문 앞에 멈춰 서서 정원 내부를 들여다보고 싶어졌다. 켄트에서 보낸 지 5주 동안 이 지역은 처음 왔을 때와 크게 달라졌고, 철 이른 나무에서는 하루가 다르게 파릇파릇한 잎이 돋아나고 있었다. 그녀가 막 산책을 계속하려 할 때 정원 언저리의 작은 수풀 안에서 한 남자의 모습이 어렴풋이 눈에 들어왔다. 그 남자가 자기 쪽으로 다가오자 그녀는 혹시 다아시 씨일지 모른다는 두려움에 곧장 뒤로 돌아갔다. 하지만 앞으로 다가오던 남자는 이제 그녀가 보일 만큼 가까이 왔고 부지런히 앞으로 걸음을 옮겨 마침내 그녀의 이름을 불렀다. 그녀는 이미 뒤돌아선 상태였지만, 자신의 이름이 들리자 그 목소리가 다아시 씨라는 걸 알면서도 다시 정원 입구를 향해 다가갔다. 그때쯤 그도 입구에 다다라 그녀에게 편지 한 통을 건네주었다. 그녀가 반사적으로 편지를 받아들자 그는 도도하면서도 침착한 표정으로 말했다. "혹시나 당신을 만날 수 있지 않을까 해서 오전 내내 이 수풀 속을 거닐었습니다. 제 편지를 읽어주시겠습니까?" 그런 다음 가볍게 고개를 숙여 인사한 후 다시 수풀을 향해 걸음을 옮겼고 곧이어 모습이 보이지 않았다.

편지가 즐거울 거라는 기대는 하지 않았지만 무슨 내용일지 강하게 호기심이 일었다. 편지 봉투를 열자 호기심은 점점 커져갔다. 봉투 안에 들어 있는 두 장의 편지지는 아주 빽빽한 필체로 꽉 채워져 있었다. 그리고 봉투에도 마찬가지로 빽빽하게 사연이 적혀 있었다. 그녀는 계속해서 오솔길을 따라 걷다가 이윽고 편지를 읽기 시작했다. 아침 여덟 시에 로징스에서, 라고 편지를 쓴 시간이 적혀 있었다. 편지의 내용은 이랬다.

이 편지를 받고 놀라지 마시기 바랍니다. 엘리자베스 양. 어젯밤 당신을 그토록 분노하게 만든 감정들을 다시 떠올리게 하지는 않을지, 불쾌했던 청혼을 다시 받아달라고 부탁하려는 건 아닐지 불안해하지 않으셔도 됩니다. 제 희망들을 길게 언급함으로써 당신에게 고통을 주거나 제 자신을 비참하게 만들 의도로 이 편지를 쓰는 것은 아닙니다. 우리 두 사람의 행복을 위해서라도 그 희망은 가급적 빨리 잊는 것이 좋겠습니다. 그렇게 금세 머리에서 지우기는 어렵겠지만 말입니다. 제 성격상 이렇게 편지를 써서 당신이 읽어주시길 바랄 수밖에 없기에, 저는 불가피하게 편지를 써야 했고 당신은 수고스럽게 이것을 읽으셔야 하게 됐습니다. 그러므로 제 마음대로 당신의 배려를 요구한 점, 용서 부탁드립니다. 당신의 지금 심정으로는 이런 요구가 못마땅하시리라는 걸 잘 알지만, 당신의 공정한 사리분별에 희망을 걸고 편지를 읽어주시길 청합니다.

당신은 어젯밤 종류도 크게 다르고 중요도 면에서도 결코 같다고 볼 수 없는 두 가지 문제로 인해 대단히 불쾌해하셨고 그 책임을 저에게 물으셨습니다. 첫 번째 문제는 제가 두 사람의 감정은 생각하지 않고 빙리 씨와 당신의 언니를 떼어놓았다는 것이었지요. 두 번째 문제는 제가 한 사람이 소유할 수 있는 여러 가지 권리를 무시하고, 도의심과 인정마저 저버리고. 위컴 씨가 곧 손에 넣을 수 있었던 부를 빼앗고 미래의 가능성까지 짓밟았다는 것이었습니다. 저의 어린 시절 친구이자 제 아버지가 인정하고 사랑하신 한 청년, 우리의 후원 외에는 달리 의지할 곳이 없으며 어릴 때부터 자신의 몫을 기대하며 성장했던 그 청년과 고의적으로 관계를 끊었다면 그건 정말 비열한 짓일 겁니다. 더구나 그 이유가 제 갑작스러운 변덕 때문이라면 더더욱 그렇겠지요. 겨우 몇 주 동안 사랑을 키워온 두 젊은 남녀를 떼어놓은 것과 이 일은 비교도 되지 않을 것입니다. 그러나 지금부터 말씀드리는 제 행동과 그렇게 할 수밖에 없었던 동기를 읽으신 후에는, 어젯밤 두 가지 사실에 대해 거침없이 쏟으셨던 비난을 거두어주시리라 기대해봅니다. 그리고 저 때문에 벌어진 일을 설명하는 것이기에 지금부터 제가 언급하는 감정들로 인해 부득이 당신의 기분이 언짢아질 수도 있으니, 그 점에 대해 죄송하다고 말씀드려야 하겠습니다. 부득이한 일을 두고 이처럼 연거푸 사과를 해대는 것도 우스운 일 같군요. 하트퍼드셔에서 지낸 지 얼마 되지 않았을 때 빙리가 그 지역 아가씨들 중에서 당신 언니를 유독 마음에 들어 한다는 걸 다른 사람들도 저도 알고 있었습니다. 하지만 네더필드에서 무도회가 열리던 날 저녁까지는 그의 감정이 진지하게 발전할지 모른다는 걱정은 하지 않았습니다. 전에도 그 친구가 사랑에 빠진 모습을 종종 보았으니까요. 그날 무도회에서 당신과 춤을 추는 영광을 갖는 동안 윌리엄 루카스 경이 우연히 하신 말씀을 듣고 처음 알게 되었습니다. 당신 언니에 대한 빙리의 관심 때문에 모두들 두 사람이 곧 결혼할 거라고 기대한다는 걸 말입니다. 루카스 경은 두 사람의 결혼이 확정된 일인 양 날짜만 정하면 되는 것처럼 말씀하셨습니다. 그때부터 전 제 친구의 행동을 유심히 지켜보았습니다. 그리고 베넷 양에 대한 제 친구의 특별한 감정이 지금까지 그가 다른 여인들에게 보인 호감 이상이라는 걸 알 수 있었습니다. 저는 당신 언니도 유심히 지켜보았습니다. 그녀의 표정과 태도는 여느 때처럼 솔직하고 유쾌하며 매력적이었지만, 빙리에게 특별히 관심이 있다는 느낌은 전혀 받지 못했습니다. 그날 저녁 그렇게 두 사람을 유심히 지켜본 결과 베넷 양은 빙리의 관심을 기쁘게 받아들이긴 하지만 빙리와 같은 감정이 되어 그의 마음을 끌어당기는 건 아니라고 확신하게 되었습니다. 이 부분에서 당신이 오해한 게 아니라면 제가 오해한 게 분명하겠지요. 당신 언니에 대해서는 당신이 더 잘 아실 테니 제가 오해할 가능성이 더 많을 겁니다. 만일 그렇다면, 그런 오해로 인해 제가 일을 그르쳐 베넷 양을 고통스럽게 했다면, 당신이 화를 내신 것이 아주 터무니없는 일은 아니었을 것입니다. 하지만 이것만큼은 거리낌 없이 말씀드릴 수 있습니다. 그날 베넷 양의 표정과 태도가 워낙 침착했기 때문에 아무리 예리한 안목을 가진 사람이 보았다 해도, 그녀가 성격은 더할 수 없이 상냥할지 모르지만 마음은 쉽게 움직이지 않을 거라고 확신했으리라는 걸 말입니다. 그렇기 때문에 저는 그녀가 빙리에게 무관심한 게 분명하다고 믿고 싶었습니다. 그러나 제가 면밀히 관찰해서 내린 결정이 제 바람이나 걱정에 영향받은 일은 거의 없었다고 감히 말씀드리겠습니다. 그녀가 빙리에게 무관심하다고 믿었던 것은 그러길 바랐기 때문이 아니었습니다. 물론 친구의 도리로서 그녀가 무관심해주길 진정으로 바란 건 사실이지만, 그에 못지않게 공정한 확신을 갖고 그렇게 믿은 것 또한 사실입니다. 제가 그들의 결혼을 반대한 이유는 단순히 어젯밤에 말씀드린 이유 때문만은 아니었습니다. 다시 말해, 제 경우 최대한 강렬한 열정이 있었기에 무시할 수 있었다고 인정한 그런 이유 말입니다. 저에 비해 제 친구의 경우는 상대방 집안이 못하다고 해서 크게 지장이 있는 건 아니었습니다. 하지만 결혼에 반감을 표시한 데에는 다른 이유들이 더 있었습니다. 여전히 문제가 되고 있고, 빙리와 저 두 사람이 똑같이 문제로 여기고 있는 이유들이지요. 제 경우 바로 눈앞에 닥친 문제가 아니기에 잊어버리려고 애쓴 적도 있었습니다. 이 이유들을 짧게나마 말씀드려야 할 것 같습니다. 일단 당신 어머니 쪽 집안의 신분도 썩 달갑지만은 않은 게 사실입니다만, 당신 어머니와 세 여동생들, 그리고 때로는 당신 아버지까지 너무나 자주 거의 한결같이 예의를 전혀 찾아볼 수 없는 모습을 드러내 보인 점에 비하면 아무것도 아니었습니다. 이런 말씀 드리는 걸 용서해 주십시오. 당신의 마음을 상하게 하는 것은 저에게도 고통스러운 일입니다. 그러나 가장 가까운 가족들의 결함으로 인해 걱정되고 그분들에 대해 이런 식으로 평가하는 말을 듣게 되어 불쾌하시겠지만, 당신과 언니께서는 훌륭한 처신으로 다른 가족들처럼 비난받는 일은 없었을 뿐만 아니라 오히려 사람들의 칭찬을 받았으며, 두 분의 분별력과 성품이 훌륭하다는 평가를 받았다는 사실을 생각하시어 위안을 받으셨으면 합니다. 한마디만 더 말씀드리면, 그날 저녁 제가 본 일련의 일들을 통해서 당신 가족들에 대한 제 판단을 굳혔고, 상당히 불행한 결합이 되리라는 판단하에 제 친구를 구해야겠다는 강한 동기가 일었던 것입니다.

당신도 기억하시리라 믿습니다만, 그는 무도회 다음 날 곧 돌아올 계획으로 네더필드를 떠나 런던으로 향했습니다. 지금부터 제가 어떤 행동을 취했는지 설명 드리겠습니다. 그의 누이들 역시 저와 마찬가지로 불안해하고 있었고, 곧 우리의 마음이 일치한다는 걸 알게 되었지요. 그래서 우리는 한시바삐 빙리를 떼어놓아야 한다는 생각에 다 같이 동의했고, 즉시 런던으로 가서 그와 합류하기로 재빨리 결론을 내렸던 것입니다. 그렇게 우리는 런던으로 향했고, 그곳에서 저는 이 결혼은 불행한 결과를 가져올 게 분명하다고 제 친구에게 알려주는 임무를 기꺼이 맡았습니다. 저는 이 결혼은 행복하지 않을 거라고 열심히 설명했고 강력하게 주장했습니다. 하지만 이런 충고로 그의 결심이 주춤하거나 미뤄졌을지는 몰라도, 제가 주저 없이 내세울 수 있는 확신, 즉 당신의 언니가 빙리에게 관심이 없다는 확신이 뒷받침되지 않았다면 이 결혼이 방해받는 일은 없었으리라 생각합니다. 그 전까지만 해도 빙리는 그녀가 자신의 애정에 대해 똑같은 정도는 아니더라도 진실한 애정을 보여주고 있다고 믿었습니다. 그러나 빙리는 천성이 굉장히 겸손한 사람이라, 자신의 판단보다는 제 판단에 더 크게 의존하는 편입니다. 따라서 그에게 뭔가 오해하고 있는 거라고 확신시키는 것은 그렇게 어려운 일이 아니었습니다. 그리고 그런 확신이 받아들여지자 하트퍼드셔로 돌아가지 못하도록 설득하는 일은 거의 순식간에 이루어졌습니다. 여기까지 한 일에 대해서는 제 자신이 크게 비난받을 정도는 아니라고 생각합니다. 그러나 전체적으로 돌이켜봤을 때 제가 한 행동 가운데 단 한 가지 부분이 만족스럽지 않긴 합니다. 베넷 양이 런던에 있다는 사실을 빙리에게 숨기기 위해 창피한 줄도 모르고 여러 가지 술책을 부렸던 것입니다. 빙리 양이 그 사실을 알게 되었을 때 저도 같이 알게 되었지만 빙리는 아직까지 모르고 있습니다. 어쩌면 두 사람이 만나 좋게 헤어졌을 수도 있겠지요. 하지만 제가 보기에 빙리가 그녀를 만나도 전혀 위태롭지 않을 만큼 그의 관심이 식은 것 같지는 않았습니다. 이런 은폐와 속임은 아무래도 저답지 못한 방법이었던 것 같습니다. 하지만 저는 그렇게 했고, 이 방법이 최선이라 생각했기에 그렇게 했습니다. 이 점에 대해서는 더 이상 드릴 말씀이 없으며 더 사죄를 드리지 않겠습니다. 혹시 제가 당신 언니의 마음에 상처를 주었다면 저도 모르게 그렇게 된 일이었습니다. 그리고 문제를 이렇게까지 이끈 동기들이 당신에게는 당연히 매우 석연치 않게 느껴지시겠지만, 저는 아직 그 동기들이 왜 비난을 받아야 하는지 알지 못하겠습니다. 다른 문제, 다시 말해 위컴 씨에게 피해를 준 보다 무거운 죄과에 대해서는 그와 우리 집안과의 관계를 당신에게 모두 밝혀야만 반박할 수 있는 문제입니다. 그가 특별히 무엇에 대해 저를 비난했는지는 모르겠습니다. 하지만 지금부터 제가 드리는 말씀이 진실이라는 점에 대해서는, 조금의 거짓도 없음을 밝혀줄 증인을 한 명 이상 불러올 수 있음을 말씀드리겠습니다. 위컴 씨는 오랜 세월 펨벌리 재산 전부를 관리하신 매우 존경할 만한 분의 아들입니다. 그분은 언제나 올바른 행동으로 맡으신 의무를 잘 처리하셨기 때문에 당연히 제 부친께서는 그분에게 도움을 주고 싶어 하셨지요. 따라서 부친의 대자인 조지 위컴에 대해서도 아낌없는 친절을 베푸셨습니다. 제 부친께서는 그의 교육을 뒷받침하셨고, 이후에도 케임브리지에서 공부할 수 있도록 지원하셨습니다. 이러한 도움은 그에게 매우 중요한 것이었습니다. 그의 아버지는 사치스러운 아내 때문에 늘 쪼들렸고, 그래서 아들에게 신사로서 받아야 할 교육을 받게 할 형편이 안 됐을 테니까요. 제 부친께서는 이 젊은이의 사교성을 마음에 들어 하셨습니다. 그의 태도는 언제나 사람들의 호감을 샀으니까요. 또한 그를 높이 평가하셔서 그가 성직자가 되길 바라셨고, 교회에서 그에게 성직을 임명하게 해야겠다고 생각하고 계셨습니다. 하지만 저는 벌써 여러 해 전부터 아버지와는 아주 다른 시각으로 그를 바라보기 시작했습니다. 그의 부도덕한 성향, 다시 말해 가장 가까운 벗에게는 들키지 않으려 조심했던 도덕적 원칙의 부재가 그와 비슷한 또래인 젊은이의 눈까지 피할 수는 없었던 것입니다. 저는 그가 방심하는 순간에 그를 볼 기회가 많았지만 제 아버지는 그럴 수가 없으셨겠지요. 이쯤에서 당신을 또 한 번 고통스럽게 해드려야 할 것 같습니다. 그 고통이 얼마나 클지는 당신만이 아시겠지요. 위컴 씨가 당신에게 어떤 감정을 불러일으켰는지 잘은 모르겠지만, 제 나름대로 감정의 본질을 파악하여 그의 실제 성격을 말씀드려야 할 것 같습니다. 이렇게 되면 제가 그와의 관계를 끊은 동기가 한 가지 더 추가되겠군요. 존경하는 제 아버지는 5년 전쯤 돌아가셨습니다. 위컴 씨에 대한 아버지의 애정은 마지막 가시는 순간까지 변함없이 각별하셔서, 아버지는 유언으로 그가 선택할 수 있는 최고의 직업을 주어 출세할 수 있도록 해달라고 특별히 권고하셨을 뿐만 아니라 만일 그가 성직을 택한다면 수입이 넉넉한 자리가 나는 즉시 그에게 내어주길 희망하셨습니다. 게다가 1천 파운드의 유산까지 남겨주

섰지요. 위컴 씨의 부친은 제 아버지가 돌아가신 지 얼마 안 되어 세상을 떠나셨습니다. 이렇게 두 분의 장례를 치른 지 반년도 채 되지 않았을 때, 위컴 씨는 성직을 택하지 않기로 최종적으로 결심했다고 제게 편지로 알렸습니다. 그러면서 성직에 오르지 못해 혜택을 받지 못하게 되었으니 그에 상응하는 대가를 가급적 당장 금전으로 지불받길 기대하며, 그런다고 해서 부당한 요구라고 여기지 말아달라고 하더군요. 그리고 덧붙이길, 법률을 공부할까 하는데 물려받은 1천 파운드로는 학비를 충당하기에 턱없이 부족하다는 걸 저도 잘 알고 있을 거라고 했습니다. 저는 그가 진실한 사람이라고 믿었다기보다는 그러기를 바랐습니다. 그래서 어쨌든 그의 제안을 아주 기꺼이 받아들였지요. 위컴 씨가 성직자가 되어서는 안 된다는 걸 알았으니까요. 따라서 이 문제는 곧 해결이 되었습니다. 그는 성직을 받아들일 상황이 발생한다 해도 교회에서 받을 수 있는 원조에 대한 모든 권리를 포기했으며, 그 대가로 3천 파운드를 받았습니다. 이렇게 해서 우리 둘 사이의 관계가 모두 끝난 듯 보였습니다. 저는 그를 상당히 좋지 않은 사람으로 보게 되었기 때문에 그를 펨벌리에 초대하지 않았고, 그가 런던의 사교계에 드나드는 것도 허락하지 않았습니다. 제가 알기로 그는 주로 런던에서 생활했으나 법을 공부한다는 건 단순한 구실에 불과했으며, 모든 구속에서 풀려나자 마음 놓고 나태하고 방탕하게 생활했습니다. 그 후 한 3년 동안은 그의 소식을 거의 듣지 못했습니다. 그런데 그가 성직을 받기로 했던 교구의 목사님이 돌아가시자, 그는 제게 다시 편지를 보내어 그 자리를 자기에게 달라고 청했습니다. 그는 편지에 자신이 처한 상황이 상당히 좋지 않다고 말했는데, 그럴 만하겠다 싶더군요. 그리고 법을 공부해봐야 벌이에 아무 도움이 안 된다는 걸 알았다면서, 따라서 제가 그에게 성직록을 주는 데 이의가 없다면 성직을 수여받기로 확고하게 결심했다고 했습니다. 그러면서 제가 딱히 다른 사람에게 성직을 줄 것도 아니고 존경하는 제 아버지의 뜻을 잊었을 리 없다고 확신하는 만큼, 그 자리를 물려받으리라는 것을 거의 의심하지 않는다고 했습니다. 제가 그의 이런 부탁을 들어주지 않았다는 사실에 대해서, 여러 번 부탁할 때마다 매번 거절했다는 사실에 대해서 당신은 저를 비난하지는 않으시겠지요. 그의 상황이 궁해지면 궁해질수록 그는 점점 더 분개했습니다. 물론 제 앞에서 직접 비난을 퍼부은 것도 모자라 다른 사람들에게도 저에 대해 가차 없이 인신공격을 해댔지요. 이 시기 이후로 우리는 서로 얼굴을 마주치는 것조차 거부했습니다. 그가 어떻게 살았는지도 몰랐습니다. 그런데 지난여름, 그가 또다시 제 눈앞에 나타나 제게 씻을 수 없는 고통을 안겨주었습니다. 지금부터 정말 잊고 싶은 사건 하나를 말씀드려야 할 것 같습니다. 사실 누구에게도 이야기하고 싶지 않은 일이지만, 지금 상황에서는 이 일을 털어놓는 것이 불가피할 것 같습니다. 이렇게까지 말씀드렸으니 비밀을 지켜주시리라 믿습니다. 저보다 열 살도 더 어린 제 여동생은 제 어머니의 조카인 피츠윌리엄 대령과 저를 후견인으로 두었습니다. 1년쯤 전에 그 애가 학교를 졸업하자 우리는 런던에서 지내도록 집을 마련해주었습니다. 지난해 여름 그 애는 자신을 돌보는 부인과 함께 램스게이트로 갔는데, 얼마 후 위컴 씨도 그곳으로 갔습니다. 물론 순전히 계획적인 일이었지요. 왜냐

하면 그와 영 부인은 전부터 알던 사이였으며, 불행히도 우리가 영 부인의 됨됨이를 크게 잘못 봤다는 사실이 훗날 밝혀졌기 때문입니다. 위컴은 영 부인의 묵인과 도움으로 조지아나의 호감을 샀고, 마음 착한 조지아나는 어릴 때 자기를 친절하게 대했던 위컴에게 오래도록 깊은 인상을 갖고 있던 터였기에 그를 사랑한다고 믿도록, 그러니 같이 사랑의 도피를 하는데 동의하도록 설득을 당하고 말았습니다. 그때 제 동생의 나이 겨우 열다섯 살이었으니 충분히 그럴 수 있다고 생각합니다. 이렇게 동생의 무모한 행동을 말씀드리게 되어 부끄럽지만, 다행히 그간 위컴과 있었던 일을 그녀에게 직접 전해 듣게 되었습니다. 두 사람이 도피하기로 한 하루 이틀 전에 제가 돌연 그들이 있는 집을 방문하게 되었는데, 그때 조지아나는 거의 아버지처럼 존경하는 오빠를 슬프고 분노하게 만들고 있다는 생각을 견디지 못하고 지금까지 있었던 모든 일들을 제게 고백했던 것입니다. 제 심정이 어땠을지 제가 어떻게 행동했을지 짐작하시겠지요. 제 동생의 평판과 감정을 고려해서 외부에 이 사실을 폭로하는 것만큼은 자제했지만 위컴 씨에게 즉시 그 집을 나가라고 편지를 썼습니다. 당연히 영 부인도 해고했지요. 위컴 씨의 주된 목표가 3만 파운드 정도 되는 제 여동생의 재산임은 의심할 여지가 없었습니다. 여기에 저에게 복수하겠다는 마음도 큰 몫을 차지했을 거라고 생각하지 않을 수 없습니다. 어쩌면 그의 복수가 매우 완벽했을지도 모르지요. 엘리자베스 양, 이상으로 우리가 함께 관심을 가졌던 모든 사건을 있는 그대로 솔직하게 말씀드렸습니다. 제 말이 거짓이라며 완강히 부인하지 않으신다면, 이제부터는 제가 위컴 씨를 잔인하게 대한 것에 대해 비난하지 않으시길 바랍니다. 그가 어떤 방식으로 무슨 거짓말을 해서 당신을 속였는지는 모르겠으나, 당신을 보란 듯이 속인 것이 이상한 일은 아닐 것입니다. 과거에 위컴과 저 사이에 있었던 일들을 전혀 모르셨으니, 그의 거짓말을 알아낼 재간도 없었을뿐더러 당신의 성격상 그를 의심하고 싶지 않았을 것입니다. 이 모든 일들을 왜 어젯밤에 말씀드리지 않았는지 궁금하게 여기실지 모르겠습니다. 하지만 그 당시엔 제 자신의 감정조차 억제할 수 없었던 터라, 무슨 말을 하는 것이 좋을지 어떤 내용을 밝혀야 할지 알 수가 없었습니다. 지금까지 말씀드린 모든 내용이 진실인지 알고 싶으시다면 피츠윌리엄 대령의 증언을 들어주십사 간곡히 청합니다. 그는 우리의 가까운 친척이자 오래도록 친분을 유지해온 사람이며, 더구나 제 아버지의 유언 집행자 가운데 한 사람으로서 불가피하게 이 모든 과정을 처음부터 끝까지 상세하고 알게 되었습니다. 저에 대한 증오 때문에 제 주장들이 곧이들리지 않으신다 하더라도, 제 사촌은 좋게 봐주시니 그의 말은 신뢰하실 수 있으리라 생각합니다. 또한 그의 의견을 참고할 수 있도록 당신이 오전 중에 이 편지를 받아보시도록 애쓰겠습니다. 마지막으로 신의 은총이 있으시길 바랍니다.

피츠윌리엄 다아시.

36

다아시 씨가 편지를 건넸을 때 엘리자베스는 편지에 그가 다시 청혼을 언급하지 않을 거라는 건 예상했지만, 어떤 내용이 담겨 있을지는 전혀 감을 잡을 수가 없었다. 그러나 내용이 내용인 만큼 그녀가 얼마나 열심히 편지를 읽었을지, 한 줄 한 줄 읽으면서 얼마나 모순된 감정을 느꼈을지 충분히 짐작할 수 있을 것이다. 그녀는 편지를 읽으면서 어떤 감정을 느껴야 할지 갈피를 잡을 수가 없었다. 처음엔 어안이 벙벙한 상태에서 그가 자신의 입장을 해명이라도 하려나 보다 생각했다. 그리고 그가 단순히 수치심 때문에 뭔가 변명을 하려는 것일 뿐 딱히 들을 만한 해명은 없을 거라고 확신했다. 네더필드에 관한 그의 설명을 읽기 시작했고, 그가 쓴 모든 말들을 읽을 때마다 강한 거부감이 드러났다. 편지 내용을 빨리 알아내고 싶은 마음에 미처 이해하지 못한 채 다음 문장으로 넘어갔고, 다음 문장에서는 또 무슨 말이 나올지 몹시 궁금해서 눈앞의 문장에 정신을 집중할 수가 없었다. 빙리의 사랑에 대해 언니가 무심하게 반응했다는 내용에서는 그의 판단이 틀렸다고 결론을 내렸고, 두 사람의 결혼을 정색하며 반대한 것이 사실이라는 대목에서는 너무 화가 나서 그의 입장에서 충분히 그럴 수 있겠다는 생각조차 할 수 없었다. 그가 자행한 일에 대해 단 한 줄이라도 미안하다는 말이 있었다면 대충 만족하고 넘어갔으련만, 그의 말투는 뉘우치는 기색은커녕 오만하기 그지없었다. 한마디로 그는 도도하고 건방진 태도 자체였다.

그러나 이 주제 다음으로 위컴 씨에 대한 이야기가 이어지자 그녀는 위컴과 관련된 사건들을 더욱 주의 깊게 읽어내려 갔다. 다아시의 말이 사실이라면 지금까지 위컴의 인성에 대해 갖고 있던 모든 견해를 완전히 뒤집어야 한다는 얘기인데, 편지 내용은 위컴 자신이 직접 이야기한 내용과 놀랍도록 유사해 그녀는 더더욱 가슴이 아팠다. 지금 심정을 정확히 뭐라고 말해야 좋을지 몰랐다. 놀라움과 두려움, 심지어 공포까지 엄습해왔다. 절대 그럴 리 없다고 부인하고 싶었고, "이건 거짓말이 틀림없어! 그럴 리가 없어! 거짓말 중에서도 가장 말이 안 되는 거짓말이 분명해!"라고 여러 번 소리쳤다. 편지를 다 읽었을 땐 마지막 장의 한두 구절은 무슨 말인지 알고 싶지도 않아 서둘러 편지를 접어놓고는, 이따위 편지에 신경 쓰지 않을 테고 다시는 편지를 읽지 않겠다고 결심했다.

마음이 혼란스러웠고 어떻게 해도 생각이 정리되지 않아 걷기로 했다. 그러나 30초도 채 되지 않아 다시 편지를 펼치고는 최대한 마음을 다잡고서 위컴과 관련된 모든 내용을 힘겹게 읽기 시작했고, 냉정을 되찾으며 한 구절 한 구절 꼼꼼하게 의미를 파악하려 애썼다. 위컴과 펨벌리가와의 관계는 과거 위컴 본인이 이야기한 내용과 정확히 일치했다. 돌아가신 다아시 씨의 부친이 베푸신 친절에 대해서도, 편지를 읽기 전에는 어느 정도인지 가늠할 수 없었지만 위컴의 이야기와 대략 일치하는 것 같았다. 이 대목까지는 각자 서로의 이야기를 확인시켜 주었다. 그러나 유언에 대한 대목에 이르자 두 사람의 이야기는 확연하게 차이가 났다. 성직록에 대해 위컴이 말한 내용이 아직도 기억에 생생했고 그의 한마디 한마디가 선명하게 떠올랐기 때문에, 둘 중 한 사람이 크게 거짓말을 하고 있다고밖에 달리 생각할 수가 없었다. 그래서 잠시나마 자신의 기대가 잘못될 리가 있겠냐며 우쭐해지기까지 했다. 하지만 위컴이 성직록에 따른 모든 권리를 포기하고 대신 3천 파운드라는 어마어마한 액수를 받겠다고 한 다음 대목부터 주의 깊게 꼼꼼히 여러 번 읽고 나자 또다시 확신이 없어졌다. 편지를 내려놓고 각자의 상황을 최대한 공정하게 비교하고 검토했으며 각자가 한 진술의 개연성에 대해 깊이 생각해보았지만 뾰족한 해답을 얻지 못했다. 양쪽 모두 자기주장만 내세울 뿐이었다. 다시 편지에 눈을 돌려 계속해서 읽어 내려갔다. 하지만 한 줄 한 줄 읽어 내려갈수록 지금까지의 믿음을 바꾸어야 한다는 생각만 더욱 뚜렷해질 뿐이었다. 지금까지는 다아시 씨가 제아무리 머리를 써서 일을 계획했더라도 파렴치한 본색을 숨길 수는 없을 거라고 믿었지만, 상황을 전체적으로 살펴보니 그가 비난받을 이유는 조금도 없다는 쪽으로 생각이 바뀌고 있었다.

사치스럽고 방탕한 위컴의 생활에 문제가 있다고 주저 없이 비난한 글을 읽으며 엘리자베스는 크게 충격을 받았다. 그런 비난이 부당하다고 할 만한 증거가 없기에 더욱 충격적이었다. 그가 군대에 입대하기 전에 어떻게 살았는지 들어본 적이 없었고, 런던에서 우연히 알게 되어 몇 번 안면을 익힌 젊은이의 권유로 지금의 연대에 들어가게 되었다는 이야기 외에는 딱히 아는 바가 없었다. 과거에 그가 어떻게 살았는지 본인 입으로 이야기한 것 외에 하트퍼드셔에는 그에 대해 알려진 바가 전혀 없었다. 그의 본성이 어떤지 재량껏 알아낼 수 있었다 하더라도 알아보고 싶다는 생각을 한 번도 해본 적이 없었다. 그의 외모, 목소리, 태도만으로 그를 단번에 무조건 좋게만 보았다. 그녀는 다시 씨의 비난에서 그를 구해낼 방법이 없을까 해서, 그가 선량하게 행동했던 사례나 성실성과 자애심이 뚜렷하게 드러난 경우를 생각해내려 애썼다. 아니, 적어도 그의 성품이 고상하다는 걸 알 수 있을 만한 뚜렷한 특징을 생각해낸다면, 다시 씨가 설명한 몇 년간 지속된 나태하고 부도덕한 그의 행실은 누구나 뜻하지 않게 저지를 수 있는 실수에 불과하다고 생각하고 덮을 수 있을 것 같았다. 하지만 그런 기억이 전혀 떠오르지 않았다. 그의 잘생긴 외모와 사람을 대하는 매력적인 태도는 금세 눈앞에 선하게 떠올랐고, 이웃 사람들이 대체로 그를 좋게 봤다거나 그의 뛰어난 사교술 덕분에 오가다 만난 사람들에게 호감을 얻었다는 말은 들었지만, 그밖에 실제로 그의 인품이 훌륭한지 알 수 있는 예는 떠오르지 않았다. 그녀는 이 부분에 대해 한참 동안 생각에 잠긴 후 다시 한 번 편지를 읽어 내려갔다. 그런데, 세상에! 다음에 이어진 내용, 즉 그가 계획적으로 다아시 양을 유혹했다는 이야기는 바로 전날 아침 피츠윌리엄 대령과 나누었던 대화에서 어느 정도 이미 확인한 바 있었다. 더구나 편지 말미에 다아시는 편지에 쓰인 모든 내용의 진실 여부에 대해 피츠윌리엄 대령에게 물어보아도 좋다고 덧붙였는데, 그녀는 피츠윌리엄 대령에게서 그가 사촌의 모든 일들에 깊이 관여한다는 말을 이미 들은 바 있었고 대령의 인격을 의심할 아무런 이유가 없었다. 대령에게 이 사실에 대해 물어봐야겠다고 잠깐 마음을 먹었지만, 실제로 그렇게 했을 때 얼마나 어색할지 생각하니 주저되었고 결국엔 완전히 그만두기로 했다. 사촌이 그의 진술을 확증해줄 거라는 믿음이 없었다면 다아시 씨가 과감히 그런 제안을 했을 리가 없다는데 생각이 미쳤기 때문이다.

그녀는 필립스 이모부 댁에서 보낸 첫날 저녁, 위컴과 단둘이 나누었던 모든 대화 내용을 생생하게 기억했다. 그의 말투까지 여전히 또렷하게 기억에 남아 있었다. 그리고 잘 모르는 사람과 그런 대화를 나누는 것은 부적절했다는 걸 이제야 깨달았고, 어떻게 지금까지 한 번도 그 점을 생각하지 못했는지 의아해했다. 그의 모든 행동은 주제넘고 무례했으며, 말과 행동이 일치하지 않았다는 걸 이제야 알았다. 그는 다아시 씨를 만난다 해도 조금도 두렵지 않다고, 다아시 씨가 이 지역을 떠나면 모를까 자신은 한 발짝도 움직이지 않을 거라고 큰소리 쳤었다. 하지만 그는 바로 다음 주에 열린 네더필드의 무도회에 나타나지 않았다. 뿐만 아니라 네더필드 사람들이 그 지역을 떠나기 전까지는 그녀 외에 아무에게도 자신의 이야기를 하지 않다가, 그들이 떠나자 모든 곳에서 그의 이야기가 논의되었다는 사실도 떠올랐다. 더구나 다아시 씨의 부친에 대한 존경심 때문에라도 그 아들의 비열한 행동을 들추는 일은 없을 거라고 분명히 그녀에게 말했음에도 불구하고, 그들이 모두 떠나자 조금의 거리낌이나 주저함 없이 다아시 씨의 인격을 깎아내렸다.

그와 관련된 모든 일들이 지금은 이렇게 다르게 보이다니! 지금 생각해보니 그가 킹 양에게 관심을 보인 이유는 가증스럽게도 순전히 돈 때문이었다. 그녀의 재산이 많지 않은데도 그녀를 선택한 건 그가 욕심을 절제해서가 아니라 적은 재산이라도 붙잡으려는 열망 때문임이 분명했다. 엘리자베스 자신을 향한 그의 태도 역시 바람직한 동기에서 비롯되었다고 볼 수 없다. 어쩌면 그는 그녀가 재산이 많은 줄 잘못 알았을 것이다. 혹은 그녀가 부주의하게 마구 호감을 보이자 그런 감정을 부추겨 자신의 허영심을 만족시켰을 것이다. 그래도 무슨 미련이 남았는지 어떻게든 그를 좋게 생각하려 애썼지만, 그에 대한 호감은 점점 희미해질 뿐이었다. 반면에 다아시 씨가 옳다는 확신은 점점 깊어졌고, 오래전 이 일에 대해 제인이 빙리에게 질문했을 때 위컴과의 일에서 다아시 씨가 비난받을 일을 한 건 없다던 빙리 씨의 주장을 인정하지 않을 수 없었다. 또한 다아시 씨의 태도가 오만하고 냉정하긴 했지만 그를 알고 지내는 동안, 그리고 서로 마주칠 기회가 부쩍 많아져 그의 성격을 비교적 자세히 알게 된 최근에도, 그는 방탕하거나 부적절한 행동을 보인 적이 없었고 종교에 반하는 성격이나 부도덕한 습성을 드러낸 적 또한 한 번도 없었다. 그와 가까운 사람들은 모두 그를 존중하고 높이 평가했으며, 심지어 위컴조차도 그를 오빠로서 칭찬할 만하다고 인정했다. 뿐만 아니라 그가 누이동생에 대해 애정을 담아 이야기하는 걸 그녀 역시 여러 차례 들으면서, 누군가에게는 상냥하게 대할 줄도 아는 사람일지 모르겠다고 생각한 적이 있었다. 만일 그가 위컴이 말한 대로 행동했다면, 매사에 그처럼 비열한 짓을 저지르고도 세상 사람들에게 발각되지 않을 리가 없었다. 게다가 그렇게 추한 행동을 할 수 있는 사람과 빙리 씨처럼 온순한 사람이 친구로 지낸다는 건 이해하기 어려웠다.

그녀는 자기 자신이 너무나 부끄러워졌다. 다아시에 대해서든 위컴에 대해서든 어쩌면 그토록 사람 보는 안목이 없었는지, 어쩌면 그토록 편파적으로 편견에 가득 차서 어리석게 행동했는지 창피할 따름이었다.

"내가 한 행동이야말로 정말 비열했어!" 그녀가 외쳤다. "난 사람 볼 줄 아는 안목이 있다고 자부했지! 누구보다 똑똑하다고 자만했어! 언니의 너그럽고 공평무사한 마음을 자주 비웃었어. 쓸데없이 다른 사람들의 흠을 찾고 불신하면서 내 허영심을 채웠어. 이제야 그걸 깨닫다니 너무 창피해! 그렇지만 창피를 느껴도 싸지! 사랑에 빠졌어도 이렇게 덮어놓고 판단력을 잃지는 않았을 거야. 그런데 사랑 때문도 아니고 허영심 때문에 그처럼 어리석게 굴다니. 처음 서로를 보았을 때 한 사람은 내게 호감을 보인다며 좋아했고 다른 한 사람은 나를 무시한다며 불쾌하게 여겼지. 그 바람에 난 그 두 사람이 관련된 일에서 선입견과 무지를 따르고 이성을 없애버렸던 거야. 이 순간까지 나는 나 자신에 대해 전혀 알지 못했어."

자기 자신에서 제인에게로, 제인에서 빙리로 생각이 죽 이어다가, 제인과 빙리에 대한 다아시 씨의 설명은 상당히 적절치 못한 것 같다는 생각이 들었다. 그래서 이 부분을 다시 읽어보았는데, 찬찬히 두 번을 읽고 나니 처음 읽었을 때와는 확연히 다르게 이해되었다. 이미 한 가지 부분에서 그의 주장을 신뢰하지 않을 수 없게 된 마당에 어떻게 다른 부분에 대해 의혹을 품을 수 있겠는가? 그는 언니가 빙리에게 애정이 있는 줄은 전혀 생각하지 못했다고 말했는데, 바로 그때 샬럿이 누누이 했던 말을 떠올리지 않을 수 없었고, 그러자 제인에 대한 그의 설명이 타당하다는 사실 또한 부인할 수가 없었다. 제인은 빙리에 대한 감정이 강렬했으면서도 겉으로는 거의 표현하지 않았으며, 크게 호감이 가지 않는 사람에게도 언제나 한결같이 친절한 태도를 보였던 것이다.

그녀의 가족을 언급한 대목에 이르렀을 땐 자존심이 몹시 상했는데, 비난을 반박할 수도 없어 극심한 수치심을 느꼈다. 구구절절 옳은 말이라서 차마 부인할 수가 없었다. 또한 그는 그녀를 향한 호감을 재고하게 된 첫 번째 원인이 네더필드 무도회에서 그녀의 가족들이 보인 태도라고 말하며 당시 상황을 자세하게 언급했는데, 사실 그 일은 다아시 이상으로 그녀의 마음에서 강하게 남았다.

그녀와 언니에 대한 찬사가 느껴지지 않은 건 아니었다. 그래서 마음이 달래졌지만, 다른 가족들이 그런 식으로 자초한 굴욕 때문에 위로가 될 수는 없었다. 더구나 제인을 낙심하게 만든 원인이 실은 가장 가까운 가족들이며, 가족들의 점잖지 못한 행동 때문에 그녀와 언니 모두가 평판에 큰 해를 입게 될 거라고 생각하니 어느 때보다 암울한 기분이 들었다.

여러 가지 생각들에 골몰하고, 그동안의 일들을 돌이켜보며, 다양한 가능성들을 헤아려보는 한편 너무나 갑작스럽고도 중요한 변화를 최대한 받아들이려 애쓰면서 두 시간 동안 오솔길을 거닐었더니, 피로도 몰려오고 너무 오래 집을 비웠다는 생각도 들어 마침내 집을 향해 발길을 돌렸다. 집에 들어선 그녀는 평소처럼 쾌활한 모습을 보이고 싶었고, 여러 가지 상념들이 대화를 힘들게 할 터이므로 그런 생각들을 억제하기로 결심했다.

집 안에 들어서자마자 그녀가 없는 동안 로징스의 두 신사가 각자 따로 방문했다는 말을 들었다. 다아시 씨는 작별 인사를 하기 위해 몇 분 정도 기다리다 갔지만, 피츠윌리엄 대령은 그녀가 돌아오길 바라며 족히 한 시간 동안 그들과 함께 앉아 있다가 그녀를 찾기 위해 그녀가 잘 가는 산책길에 가려고까지 했다. 그녀는 대령을 만나지 못한 걸 몹시 안타까운 체했지만 속으로는 다행이라고 여겼다. 피츠윌리엄 대령은 더 이상 그녀의 관심사가 아니었다. 그녀는 이제 편지 외에는 아무 생각도 할 수 없었다.

37

두 신사는 다음 날 아침에 로징스를 떠났다. 콜린스 씨는 작별 인사를 하기 위해 오두막집들이 모여 있는 길목 근처에서 그들을 기다렸고, 그들이 바로 조금 전 로징스에서 작별을 고하느라 몹시 우울했을 텐데도 예상했던 만큼 무척 건강해 보였으며 기분도 꽤 좋아 보였다는 기쁜 소식을 갖고 집으로 돌아왔다. 그런 다음 캐서린 영부인과 그의 딸을 위로하기 위해 서둘러 로징스에 갔다가, 영부인이 무척 지루해하신 나머지 그들 모두와 저녁 만찬을 함께하길 몹시 바란다는 소식을 갖고 대단히 만족해하며 돌아왔다.

엘리자베스는 캐서린 영부인을 보자, 자신이 그러기로 마음만 먹었다면 지금쯤 장래 조카며느리 신분으로 그녀에게 소개되었을지 모른다는 생각을 하지 않을 수 없었다. 또한 그녀가 얼마나 화를 냈을지 생각하니 자기도 모르게 웃음이 났다. '뭐라고 말했을까? 어떤 반응을 보였을까?' 그런 생각으로 혼자 재미있어 했다.

　그들의 첫 번째 화제는 로징스 식구가 줄어든 것에 대해서였다. "정말이지 너무 휑한 느낌이 드는군." 캐서린 영부인이 말했다. "몇 사람이 떠났다고 나만큼 허전해하는 사람도 있을까. 하긴 그 두 젊은이를 각별히 좋아하니 그럴 만도 해. 그 아이들도 나를 무척 따랐지! 어쩌면 작별을 그토록 아쉬워하는지! 하긴, 그 아이들은 늘 그랬어. 그래도 대령은 마지막까지 제법 활기차 보였지만, 다아시는 몹시 마음 아파하는 것 같더군. 아마 작년보다 더 안타까워했을 거야. 로징스에 대한 애착이 점차 깊어지고 있는 게 분명해."

　콜린스 씨는 자신이 배웅할 때 두 신사의 모습에 대해 듣기 좋은 말로 넌지시 말했고, 어머니와 딸은 친절한 미소로 답했다.

　캐서린 영부인은 저녁 식사를 마친 후 베넷 양이 울적해 보인다고 말하면서, 곧이어 그녀가 집에 돌아가고 싶지 않아 그런 모양이라고 생각하며 이렇게 덧붙였다.

　"하지만 그런 경우라면 어머니께 편지를 써서 며칠 더 머물다가도 좋을지 양해를 구해야 하지 않을까. 엘리자베스 양이 좀 더 머문다면 콜린스 부인도 무척 기뻐할 텐데."

　"친절히 제안해주셔서 황송합니다." 엘리자베스가 대답했다. "하지만 제 힘으로는 영부인의 제안을 받아들이기 어렵습니다. 저는 다음 주 토요일에 런던에 도착해야 합니다."

　"저런, 그렇다면 겨우 6주 동안만 머물게 되겠군. 두 달은 있을 줄 알았는데. 엘리자베스 양이 이곳에 오기 전부터 나는 콜린스 부인에게 그쯤 머물도록 하라고 일렀네. 그렇게 빨리 가야 할 이유가 없을 테니까 말이야. 베넷 부인도 엘리자베스 양에게 보름 정도는 더 머물다 와도 좋다고 허락할 것 같은데."

"하지만 아버지가 허락하지 않으실 거예요. 지난주에도 편지에 빨리 돌아오라고 하셨거든요."

"오! 어머니가 허락하신다면 아버지도 당연히 허락하시겠지. 딸들이 아버지에게 그렇게 소중한 존재일 리가 없지 않겠나. 그리고 한 달 동안 지낸다면 내가 두 아가씨들 중 한 명을 런던까지 데려다줄 수도 있네. 마침 나도 6월 초에 일주일 동안 런던에서 지낼 예정이니까. 도슨에게 4인승 마차의 마부석에 앉으라고 해도 싫다고 하지 않을 테니까, 둘 중 한 사람이 타도 자리는 아주 넉넉할 거야. 그리고 다행히 날씨가 서늘하면 사실 둘 다 함께 가도 나쁘지 않지. 아가씨들 몸집이 크지 않으니까."

"정말 친절하십니다, 부인. 하지만 저희는 원래 계획대로 따라야 할 것 같습니다."

캐서린 영부인은 체념한 듯 보였다.

"콜린스 부인, 아가씨들에게 하인 한 명을 딸려 보내게. 알다시피 나는 언제나 내 생각을 분명하게 밝히는 편인데, 아가씨 둘만 역마차로 여행한다고 생각하니 참을 수가 없군. 매우 당치 않아. 그러니 누구든 함께 보내도록 하게. 아가씨들끼리만 그런 식으로 여행하는 걸 나는 세상에서 가장 싫어해. 젊은 아가씨들은 나름의 신분에 따라 항상 적절한 보호와 배려를 받아야 하네. 작년 여름에 내 조카 조지아나가 램스게이트에 갔을 때 나는 그 아이 편으로 하인 두 명을 보내야 한다고 강조했지. 펨벌리 가문의 다아시 씨 딸이자 앤 부인의 조카인 다아시 양이 하인 없이 이동한다면 적절한 처신이라고 볼 수 없을 테니까. 난 이런 일에 특히 신경을 쓰는 편이라네. 그러니 콜린스 부인, 이 젊은 숙녀들에게 존을 딸려 보내게. 마침 지금 이 문제를 거론할 수 있어서 다행이군. 아가씨들끼리만 보낸다면 부인에게도 아주 남부끄러운 일이 됐을 테니 말이야."

"제 외삼촌이 저희에게 하인 한 명을 보내주시기로 했습니다."

"오! 아가씨 외삼촌이! 그분에게 하인이 있나 보군, 그런가? 그런 걸 생각할 줄 아는 사람이 가까이 있다니 천만 다행이야. 그럼 말은 어디에서 바꿀 텐가? 아! 물론 브롬리에서 바꾸면 되겠군. 그곳 벨에서 내 이름을 대면 특별히 좋은 대접을 받을 거야."

캐서린 영부인은 그들의 여행에 대해 그밖에도 많은 질문을 했고, 그 질문에 본인이 직접 대답하지 않을 때도 있었기 때문에 정신을 바짝 차려야 했다. 엘리자베스로서는 이런 긴장 상태가 차라리 다행이라는 생각이 들었다. 안 그랬으면 정신이 온통 딴 데 팔려 있어 자신이 어디에 있는지도 잊어버릴 정도였으니까. 깊은 숙고는 혼자 있는 시간에만 가능했으며, 혼자 있을 때면 마음 놓고 생각에 잠겼다. 그리고 하루도 빠짐없이 매일 혼자 산책을 했기에, 그 시간 동안 우울한 감상이 주는 기쁨을 만끽할 수도 있었다.

　다아시 씨의 편지는 곧 있으면 다 외울 정도가 되었다. 모든 문장을 꼼꼼히 정독하다 보니 편지를 쓴 사람에 대한 감정이 시시각각 크게 달라졌다. 자신에게 청혼하던 태도를 떠올리면 아직도 너무나 화가 났지만, 무턱대고 그를 비난하고 질책했던 자신의 태도가 얼마나 부당했는지 생각하자 오히려 자기 자신에게 분노가 되돌아왔다. 그리고 그가 무척 실망했을 거라고 생각하니 동정심도 일었다. 그의 애정이 고마웠고 그의 관대한 인품이 존경스러웠지만, 그렇다고 청혼을 받아들일 수는 없었다. 청혼을 거절한 건 단 한 순간도 후회하지 않았고 그를 다시 보고 싶은 마음은 조금도 없었다. 과거 자신의 행동을 생각하면 속상하고 후회스러웠고, 가족들의 비참한 결함들을 생각하면 이루 말할 수 없이 마음이 아팠다. 여기엔 치유될 가망조차 없었다. 아버지는 예의 없고 경망스러운 어린 딸들을 제지할 생각은 전혀 하지 않고 그들을 비웃는 것으로 만족하셨다. 점잖은 예절과는 거리가 먼 어머니는 자신이 뭘 잘못했는지도 몰랐다. 엘리자베스가 제인과 함께 캐서린과 리디아의 경솔한 행동을 종종 제지하려 애썼지만, 어머니가 그들의 버릇없는 행동을 다 받아주는 마당에 무슨 개선의 여지가 있을 수 있겠는가? 겁 많고 툭하면 성질부리는 캐서린은 리디아가 시키는 대로만 할 뿐, 두 언니들이 아무리 충고를 해도 언제나 바락바락 대들 뿐이었다. 제멋대로에 경솔한 리디아는 그들의 말을 들으려고도 하지 않았다. 둘 다 무지하고 나태하며 허영심으로 똘똘 뭉쳐 있었다. 메리턴에서 장교라도 한 명 만나는 날이면 그와 시시덕거리며 놀기 바빴다. 롱번에서 메리턴까지 걸어서 갈 수 있는 거리인 한 그들은 영원히 그곳을 들락거릴 것이다.

또 한 가지 마음을 짓누르는 것은 제인에 대한 염려였다. 다이시 씨의 설명을 읽고 나니 예전처럼 다시 빙리를 좋은 사람으로 여기게 되었고, 제인이 그런 사람을 놓쳤다는 사실이 더욱 안타까웠다. 그의 애정이 진실했음은 충분히 입증되었으며, 친구를 무조건 신뢰하는 면은 있지만 행동은 조금도 비난할 데가 없었다. 이처럼 모든 면에서 더할 나위 없이 바람직하고, 장점으로 가득하며, 장래의 행복이 보장된 사람을 눈앞에 두고도, 다른 누구도 아닌 바로 가족들의 어리석음과 무례함 때문에 제인이 그런 사람을 놓쳤다고 생각하니 몹시 비통했다!

이런 생각들이 꼬리를 물고 이어지다가 위컴의 인격에까지 생각이 미치자, 좀처럼 우울해하는 일 없이 늘 쾌활한 엘리자베스지만 지금은 적당히 즐거운 척하기도 힘들 만큼 얼마나 마음이 무거웠을지 쉽게 짐작할 수 있을 것이다.

그들이 머문 마지막 주에는 처음 이곳에 왔을 때만큼 자주 로징스에서 시간을 보냈다. 떠나기 바로 전날 저녁도 로징스에서 보냈다. 영부인은 이번에도 그들의 여행에 대해 조목조목 상세하게 물었고, 가장 효과적으로 짐을 싸는 방법을 알려주었으며, 긴 드레스를 개는 올바른 방법은 단 하나밖에 없는데 반드시 그 방법으로 드레스를 개야 한다고 하도 강요하는 바람에, 마리아는 집에 돌아가면 오전 내 꾸렸던 짐을 모두 풀고 트렁크를 다시 싸야겠다고 생각할 정도였다.

그들이 로징스를 나설 때 캐서린 영부인은 황공하게도 그들에게 즐거운 여행이 되길 바란다고 인사했으며 내년에도 헌스퍼드에 오라고 초대했다. 드 버그 양은 애써 밖으로 나와 무릎을 굽혀 인사를 하고 두 아가씨에게 악수를 청했다.

38

토요일 아침, 엘리자베스는 다른 사람들이 모습을 보이기 몇 분전, 아침 식사를 하러 가는 길에 콜린스 씨와 마주쳤다. 콜린스 씨는 예의를 갖추어 작별 인사를 하려면 지금이 절호의 기회라고 여겼다.

"이렇게 저희 집을 찾아주신 엘리자베스 양의 친절함을 마음 깊이 느끼고 있다는 걸 콜린스 부인이 말씀드렸는지 모르겠군요." 그가 말했다. "하지만 떠나시기 전에 반드시 아내에게 감사 인사를 받으시리라 믿어 의심치 않습니다. 저희 집을 방문하신 엘리자베스 양의 호의에 깊이 감사하고 있음을 이 자리를 빌려 말씀드립니다. 집이 워낙 누추해서 누구라도 선뜻 방문하기 어려우리라는 점 잘 알고 있습니다. 생활 양식이 검소하고 방도 작은 데다 하인도 몇 명 없으며 상류 사회 사람들을 만날 기회도 거의 없어서 당신 같은 젊은 숙녀분들에게는 헌스퍼드가 무척 지루했을 테지요. 하지만 그런 걸 아시고도 이렇게 와주신 데 내해 저희가 매우 삼사하게 여기고 있다는 것, 그리고 계시는 동안 지루하게 보내시지 않도록 저희 나름대로 모든 노력을 기울였다는 것을 생각해주시기 바랍니다."

엘리자베스는 뭐라고 감사해야 할지 모르겠으며 그동안 무척 편안하게 지냈다고 진심을 다해 인사했다. 지난 6주 동안 정말 즐거운 시간을 보냈고, 샬럿과 함께해서 무척 기뻤으며, 너무나 친절하고 세심한 배려를 받아 정작 고마워할 사람은 자신이라고 말했다. 콜린스 씨는 이 답례에 흡족해서 얼굴 가득 미소를 지으며 점잔을 빼면서 말했다.

"그동안의 시간이 불쾌하지 않으셨다니 얼마나 기쁜지 모르겠습니다. 물론 저희가 최선을 다한 건 사실입니다. 게다가 대단히 신분이 높은 분들께 당신을 소개시켜드릴 수 있어서 무척 다행이라고 생각합니다. 또한 저희가 로징스와 좋은 인연을 맺고 있는 덕분에, 누추한 저희 집에서 벗어나 종종 장소를 옮길 수 있게 되어 헌스퍼드 방문이 아주 지루하지만은 않으셨으리라 자부할 수 있을 것 같습니다. 캐서린 영부인의 집안과 가까이 지낸다는 것은 아무나 자랑할 수 없는 실로 무한한 이익과 축복이 아닐 수 없습니다. 아시다시피 캐서린 영부인과 저희는 이처럼 친밀한 사이입니다. 저희가 얼마나 빈번하게 그곳에 드나드는지 보셔서 아시겠지요. 그러니 비록 이 초라한 목사관이 여러모로 불편하겠지만 이곳에서 지내시는 모든 분은 로징스와 저희와의 친분을 함께 공유하는 한 절대로 동정의 대상이 되지 않으리라는 것을 말씀드리고 싶습니다."

그는 고조된 감정을 말로만 표현하기엔 부족했던지 방 주위를 서성이며 이야기해야 했고, 그동안 엘리자베스는 예의와 진심을 동시에 표현할 수 있는 짧은 문장을 만들어내기 위해 머리를 짜내고 있었다.

"사실 하트퍼드셔에 가시면 저희가 아주 잘 살고 있다고 전해주셔도 좋을 것 같습니다, 엘리자베스 양. 그렇게 전하셔도 전혀 무리가 없을 거라고 자부합니다. 엘리자베스 양께서도 매일 직접 보셨듯이 캐서린 영부인께서는 콜린스 부인을 무척 자상하게 배려하십니다. 요컨대 당신 친구가 불행한 결정을 내린 것 같지는 않다고 믿습니다만, 이 부분에 대해서는 입을 다무는 것이 좋을 것 같군요. 다만 친애하는 엘리자베스 양, 당신도 저희처럼 행복한 결혼 생활을 하시길 마음으로부터 진심으로 바라 마지 않는다는 걸 꼭 말씀드리고 싶습니다. 사랑하는 샬럿과 저는 마음도 생각도 어쩌면 이렇게 똑같은지 모릅니다. 성격이면 성격, 사고방식이면 사고방식, 모든 면에서 놀라울 정도로 닮았지요. 아마 우리는 부부의 연을 맺기로 정해진 사람들이 아니었나 싶습니다."

엘리자베스는 그렇다면 정말 행복하시겠다고 말해도 별로 틀리지 않을 것 같았고, 덧붙여 그가 정말 안락한 가정생활을 누리고 있음을 확신하며 기쁘게 여기고 있다고 진심으로 말할 수 있었다. 콜린스 씨는 행복하고 안락한 생활을 구체적으로 늘어놓으려 했으나, 행복과 안락을 안겨준 아내가 식당으로 늘어서는 바람에 이쯤에서 중단해야 했다. 하지만 엘리자베스는 콜린스 씨의 이야기를 듣지 못했다고 해서 조금도 아쉽지 않았다. 가여운 샬럿! 이런 사람들 속에 그녀를 남겨두고 떠나야 하다니 몹시 안타까웠다! 하지만 샬럿은 사정을 훤히 알고도 이 길을 선택했다. 그리고 손님들이 떠나야 한다는 사실을 몹시 서운해하는 건 사실이지만, 그렇다고 동정을 바라는 것 같지는 않았다. 그녀의 집과 살림살이, 교구와 양계장, 그리고 그에 따르는 모든 일들이 아직 매력을 잃지 않았던 것이다.

마침내 마차가 도착해 트렁크를 단단히 붙들어 매고 작은 꾸러미들을 마차 안에 싣는 등 떠날 채비를 마쳤다. 샬럿과 애정 어린 작별 인사를 나눈 후, 엘리자베스는 콜린스 씨의 안내를 받아 마차를 향해 다가갔다. 정원 아래로 내려갈 때 콜린스 씨는 그녀의 가족들에게 깊은 존경의 마음을 전해달라고 부탁했으며, 지난겨울 롱번에서 지낼 때 받은 친절에 감사하고 비록 안면은 없지만 가드너 부부에게도 안부를 전한다는 말도 잊지 않았다. 그런 다음 엘리자베스와 마리아의 손을 차례로 잡아 마차에 오르도록 도와주었고 마침내 마차의 문이 막 닫히려는 순간, 불현듯 기겁을 하고 놀라면서 로징스에 계시는 분들에게 아무런 전갈을 남기지 않았다며 그들에게 일러주었다.

"그렇지만 두 분 모두 그분들께 부족하나마 경의를 표하길 당연히 바라실 테고, 이곳에 계시는 동안 여러분에게 베푸신 그분들의 친절에 깊이 감사한다는 말씀을 전하고 싶으실 것으로 압니다."

엘리자베스는 아무런 이의를 제기하지 않았고, 그제야 비로소 마차의 문을 닫을 수 있었으며, 마침내 마차가 출발했다.

"이럴 수가!" 몇 분 동안 아무 말이 없던 마리아가 큰 소리로 외쳤다. "이곳에 온 지 하루 이틀밖에 지나지 않은 것 같아! 그런데도 얼마나 많은 일들이 있었나 몰라!"

"정말 많은 일들이 있었지." 엘리자베스가 한숨을 쉬며 말했다.

"로징스의 만찬에 아홉 번이나 초대받았고, 그곳에서 두 번이나 차를 마셨잖아! 집에 가면 할 말이 정말 많을 거야!"

엘리자베스는 속으로 이렇게 덧붙였다. '난 숨겨야 할 말이 정말 많을 거야.'

목적지까지 가는 동안 그들은 별다른 대화를 나누지 않았고, 크게 걱정할 만한 일도 일어나지 않았다. 헌스퍼드에서 출발한 지 네 시간도 채 안 되어 가드너 씨 댁에 도착했다. 그들은 이곳에서 며칠 묵을 예정이었다.

제인은 아주 좋아 보였다. 하지만 친절한 외숙모가 그들을 위해 진작부터 다양한 약속들을 잡아놓은 바람에 언니의 기분을 찬찬히 살필 겨를이 거의 없었다. 그러나 제인은 그녀와 함께 집에 돌아갈 예정이었으므로 롱번에 돌아가면 언니를 주의 깊게 살펴볼 시간은 충분할 것이다.

한편 롱번에 도착할 때까지 언니에게 다아시 씨가 청혼한 사실을 말하지 않고 있으려니 여간 힘든 게 아니었다. 모든 사실을 이야기하면 제인이 크게 놀랄 테고, 그와 동시에 아직 도저히 뿌리칠 수 없는 자신의 허영심을 한껏 만족시킬 게 분명하다는 걸 잘 알기에, 솔직하게 털어놓고 싶은 유혹을 무엇으로도 억제할 수 없을 것 같았다. 하지만 어디까지 이야기해야 좋을지 알 수 없었고, 일단 이야기를 시작하면 빙리와 관계된 일들을 계속 늘어놓게 될 텐데, 그렇게 되면 언니를 더욱 비통하게 만들 것만 같은 두려움에 계속 망설이고만 있었다.

39

5월 둘째 주, 세 아가씨들은 그레이스처치 가에서 함께 출발하여 하트퍼드셔의 어느 읍으로 향했다. 베넷 씨의 마차가 이곳의 한 여관으로 그들을 마중 나오기로 되어 있었다. 마부가 시간을 정확하게 지킨 덕분에 마침내 여관에 다다르자 키티와 리디아가 2층 식당 밖으로 고개를 내밀어 그들을 바라보는 모습이 쉽게 눈에 띄었다. 두 아가씨들은 한 시간도 전에 이곳에 도착해서 맞은편 모자 상점에도 들르고, 보초를 선 파수병도 지켜보고, 오이 샐러드를 만들며 즐거운 시간을 보냈다.

그들은 언니들을 맞이한 다음, 이런 여관 식당에서 흔히 제공하는 냉육을 식탁 위에 차려놓고는 의기양양해하며 큰 소리로 외쳤다. "정말 맛있을 것 같지 않아? 정말 기분 좋은 깜짝 선물이지?"

"언니들에게 우리가 한턱 낼 생각이야." 리디아가 덧붙였다. "하지만 우리에게 돈을 빌려줘야 해. 우리 돈은 방금 맞은편 상점에서 전부 써버렸거든." 그러더니 상점에서 구입한 물건들을 보여주면서 말을 이었다. "이것 좀 봐. 내가 산 보닛이야. 썩 예쁜 것 같진 않지만 하나 사 두면 좋을 것 같았어. 집에 가자마자 조각조각 뜯어서 더 예쁜 모양으로 만들 수 있는지 봐야겠어."

언니들이 모자가 예쁘지 않다고 한마디씩 했지만 그녀는 전혀 아랑곳하지 않고 이렇게 덧붙였다. "알아! 하지만 상점에는 이것보다 훨씬 안 예쁜 모자가 두세 개나 더 있었는걸. 그리고 색이 예쁜 공단을 사서 가장자리를 새롭게 장식하면 아주 근사한 모양이 될 거야. 게다가 연대가 메리턴을 떠나면 올 여름에 어떤 모자를 쓰든 상관없을 거야. 보름이면 장교들이 메리턴을 떠날 거거든."

"정말 떠난대?" 엘리자베스가 크게 기뻐하며 큰 소리로 물었다.

"브라이턴 근처에서 야영을 할 거래. 올 여름에 아빠가 우리 모두를 그리로 데려다주면 얼마나 좋을까! 정말 즐거운 계획일 것 같아. 비용도 거의 안 들걸. 엄마도 누구보다 가고 싶어 하실 거야! 거기 안 가면 우리가 얼마나 초라하게 여름을 보낼지 생각만 해도 끔찍해!"

'그렇겠지.' 엘리자베스는 생각했다. '아주 즐거운 계획이겠지. 우리에게 당장 이보다 더 완벽한 계획이 어디 있겠어. 이런 세상에! 보잘것없는 민병대며 한 달에 한 번 열리는 메리턴 무도회로 벌써부터 이 야단인 우리에게 군인들이 우글우글 모여 있는 브라이턴이면 감지덕지지.'

"자, 이제부터 언니들에게 몇 가지 소식을 전해줄게." 모두들 식탁에 자리를 잡고 앉자 리디아가 말했다. "뭘 거 같아? 정말 굉장한 소식이야. 우리가 모두 좋아하는 어떤 사람에 대한 특종이지."

제인과 엘리자베스는 서로를 바라본 다음 웨이터에게 자리를 비켜달라고 했다. 그러자 리디아가 깔깔대고 웃으며 말했다.

"어머! 하여튼 언니들답네. 너무 조심스럽게 격식 차리는 거 아니야? 웨이터가 우리 이야기에 무슨 관심이 있다고, 우리 이야기를 들어선 안 된다고 생각하는지 몰라! 아마 내가 말하려는 내용보다 더 안 좋은 내용도 자주 들었을걸. 하지만 정말 못 생겼다! 가버리길 잘했어. 저렇게 턱이 긴 사람은 평생 처음 봐. 그건 그렇고, 자 이제부터 중대 뉴스를 발표할게. 바로 친애하는 위컴에 대한 소식이야. 하긴 웨이터하고 같이 듣기엔 너무 근사한 소식이다. 그치? 위컴이 메리 킹과 결혼할 가능성은 전혀 없대. 어때, 정말 잘됐지! 킹 양은 리버풀에 있는 삼촌 댁에

336

가버렸어. 아예 살러 갔다는 거지. 따라서 위컴은 이제 안전해."

"그리고 메리 킹도 안전하고!" 엘리자베스가 덧붙였다. "재산을 생각해서라도 경솔하게 인연을 맺지 않게 됐으니 다행이지."

"하지만 위컴을 좋아하면서 그렇게 가버리는 건 너무 어리석잖아."

"양쪽 다 서로를 열렬히 사랑하지 않는다면 다행이지." 제인이 말했다.

"위컴이 그 여자에게 관심이 없는 건 확실해. 난 그가 메리 킹을 거들떠보지도 않았다고 장담할 수 있어. 그렇게 심술궂고 키도 작고 얼굴은 주근깨투성이인 여자를 누가 좋아하겠어?"

엘리자베스는 이 말에 충격을 받았다. 차마 자신의 입으로 이처럼 거친 표현을 할 수는 없었지만, 예전에는 자신도 리디아와 다를 바 없이 천박한 감정을 품었고 또 아무렇게나 상상하지 않았던가!

모두 식사를 마치고 제인과 엘리자베스는 돈을 지불하자마자 곧바로 마차를 불렀다. 용케 머리를 짜내어 모두들 앉을 자리를 잡았고, 상자들이며 반짇고리, 작은 짐 꾸러미에 키티와 리디아가 구입한 달갑지 않은 물건들까지 전부 마차 안에 들여놓을 수 있었다.

"꼼꼼하게 잘도 밀어 넣었네!" 리디아가 외쳤다. "이 보닛을 산 건 참 잘한 것 같아. 그래봤자 모자 상자 하나 더 생기는 재미밖에 없지만 말이야! 자, 지금부터 모두들 아늑하고 편안하게 앉아서 집에 가는 동안 재미있게 이야기를 나누자. 먼저 언니들 이야기부터 해줘. 여행을 떠난 후 무슨 일이 있었는지. 그래, 괜찮은 남자들은 좀 만나봤어? 연애라도 걸어보지 그랬어? 집에 돌아오기 전에 둘 중 한 언니라도 형부감을 데리고 오면 얼마나 좋을까 생각했는데 말이야. 어머, 그러고 보니 제인 언니는 얼마 안 있으면 노처녀 소리 듣겠네. 자그마치 스물 하고도 세 살이 다 되어가니 말이야! 이런 세상에, 내가 스물세 살에 결혼 못하고 있으면 난 너무 창피할 거 같아! 필립스 이모가 언니들이 남편감을 얻어오길 얼마나 바라는지 언니들은 생각도 못할걸. 이모는 리지 언니가 콜린스 씨 청혼을 받아들였어야 했대. 하지만 그 사람하고 결혼하면 정말 재미없을 것 같아. 에잇! 언니들보다 내가 먼저 결혼하면 좋겠다. 그러면 내가 언니들의 보호자가 돼서 무도회마다 데리고 다닐 거야. 어머, 내 정신 좀 봐! 지난번에 포스터 대령님 댁에서 정말 즐거웠어. 전부터 그 집에 방문하기로 약속이 돼 있어서 그날 키티 언니하고 같이 갔거든. 그런데 포스터 부인이 저녁에 작은 무도회를 연다고 약속하신 거 있지. (그건 그렇고, 그게 다 포스터 부인과 내가 그만큼 친하다는 거 아니겠어) 하여튼 그래서 포스터 부인이 헤링턴에 있는 두 딸들에게 오라고 전갈을 보냈는데, 글쎄 해리엇이 몸이 아파 펜 혼자 와야 했지 뭐야. 그래서 우리가 어떻게 했을 것 같아? 챔벌레인을 여자처럼 보이게 하려고 여자 옷을 입힌 거 있지. 생각만 해도 정말 재미있지! 포스터 대령하고 부인, 키티 언니, 그리고 나 말고는 아무도 그 사실을 몰랐어. 맞다, 이모도 알았구나. 이모 드레스를 빌려야 했거든. 챔벌레인이 얼마나 그럴 듯해 보였는지 상상도 못할걸! 데니와 위컴, 프랫, 그리고 다른 남자들이 두세 명 더 왔는데, 감쪽같이 못 알아보는 거야. 세상에! 얼마나 웃었는지! 포스터 부인도 배를 잡고 웃었어. 웃다가 죽을 수도 있겠구나 싶더라니까. 우리가 하도 웃어대니까 남자들이 슬슬 의심을 하기 시작하더니 곧 무슨 일인지 알아내고 말았어."

리디아는 그동안 가족들에게 있었던 일과 재미있는 농담을 들려주면서 롱번으로 가는 내내 모두를 즐겁게 해주려 애썼고, 키티도 옆에서 조금씩 거들면서 맞장구를 쳤다. 엘리자베스는 가급적 동생의 수다를 듣지 않으려 했지만, 위컴의 이름이 워낙 자주 거론되어 안 듣고 지나칠 수가 없었다.

집에 도착하자 그들은 매우 따뜻한 환영을 받았다. 베넷 부인은 제인의 미모가 여전한 것을 보고 무척 기뻐했다. 저녁 식사를 하는 동안 베넷 씨는 엘리자베스에게 몇 번씩이나 이렇게 말했다.

"네가 와서 정말 기쁘구나, 리지."

루카스가 사람들 대부분이 마리아를 맞이하고 맏딸의 소식을 듣기 위해 방문했기 때문에 식당 안에는 많은 사람들이 모여들었다. 그들의 관심을 끄는 화제는 아주 다양했다. 루카스 부인은 식탁 건너편에 앉은 마리아에게 맏딸이 행복하게 잘 살고 있는지, 양계장 규모는 어느 정도인지 물었고, 베넷 부인은 자신과 조금 떨어진 자리에 앉은 제인에게서 최신 유행에 대한 정보를 들으랴, 그 이야기를 루카스의 딸들한테 똑같이 전해주랴 이중으로 바쁘게 움직였다. 리디아는 자신의 이야기를 들을 것 같은 사람이면 아무에게나 그날 아침의 즐거운 일들을 아주 큰 목소리로 일일이 열거했다.

"어머! 메리 언니." 그녀가 말했다. "언니도 우리랑 같이 갔으면 좋았을걸. 얼마나 재미있었는데! 우리는 가는 내내 창가의 발을 전부 내렸어. 마차 안에 아무도 없는 척하려고 말이야. 키티가 멀미만 나지 않았어도 내내 그러고 갔을 거야. 그리고 조지 여관에 도착했을 땐 내가 생각해도 정말 후하게 대접한 것 같아. 우린 세 언니들에게 점심으로 세상에서 제일 맛있는 냉육을 사주었어. 메리 언니도 갔더라면 사주었을 텐데. 그런 다음 여관을 나왔는데, 얼마나 우습던지! 난 우리가 그 마차 안에 다 못 들어갈 줄 알았다니까. 세상에, 웃겨 죽는 줄 알았지 뭐야. 그렇게 마차를 타고 집에 오는 내내 정말 즐거웠어! 얼마나 큰 소리로 웃고 떠들었는지 10마일 밖에 있는 사람들한테도 우리 얘기가 들렸을걸!"

이 말에 메리는 아주 진지하게 대답했다. "리디아, 난 그런 즐거움을 경시할 생각은 전혀 없어. 그런 즐거움은 분명히 대부분 여성들의 마음과 일치할 테니까. 하지만 그런 식의 즐거움은 나에겐 조금도 흥미롭지 않다는 걸 말해주고 싶구나. 난 그보다 책이 훨씬 좋으니까."

하지만 리디아는 메리의 대답을 한마디도 듣지 않았다. 그녀는 누구 말이든 30초 이상 듣는 일이 없었으며, 더구나 메리의 말이라면 귓등으로 듣기 일쑤였다.

오후가 되자 리디아는 나머지 아가씨들에게 메리턴으로 걸어가서 모두들 어떻게 지내는지 보고 오자고 졸랐다. 그러나 엘리자베스는 이 계획을 확고하게 반대했다. 베넷가의 딸들이 집에 온 지 한나절도 안 되어 장교들을 만나러 다닌다는 말을 들을 수는 없었다. 그녀가 반대하는 이유는 한 가지 더 있었다. 위컴을 다시 보기가 두려웠고, 될 수 있는 한 그를 만날 계기를 만들지 않기로 결심했기 때문이었다. 연대가 조만간 철수한다니, 정말이지 그녀에게는 말할 수 없이 위로가 되는 소식이었다. 보름 후면 군인들은 메리턴을 떠날 테고, 그들이 가고 나면 더 이상 위컴 때문에 신경 쓸 일은 없길 희망했다.

집에 도착한 지 몇 시간 지나지 않았을 때, 엘리자베스는 리디아가 여관에서 넌지시 말했던 브라이턴 여행 계획이 벌써부터 부모님 사이에서 자주 논의되고 있다는 걸 알았다. 엘리자베스는 아버지가 이 계획을 허락할 의사가 전혀 없다는 걸 즉시 알아차렸다. 하지만 아버지의 대답이 워낙 모호하고 불분명해서 어머니는 종종 낙심하다가도 결국엔 성공할 거라며 결코 희망을 버리지 않았다.

40

엘리자베스는 그동안 있었던 일을 제인에게 알리고 싶은 조바심에 더 이상 인내심을 발휘할 수가 없었다. 그래서 결국 언니와 관련된 모든 일들은 마음속에 담아두기로 결심하고, 언니에게 놀라운 이야기를 할 테니 마음의 준비를 하라고 일러둔 뒤, 다음 날 아침 다아시 씨와 그녀 사이에 있었던 주된 일들을 이야기했다.

베넷 양은 크게 놀랐지만 이내 진정했다. 자매 간의 애정이 워낙 깊어 엘리자베스가 어떤 찬사를 받는다 해도 지극히 당연하게 여겼기 때문이다. 그리고 이 놀라움은 이내 다른 감정들 속으로 사라졌다. 그녀는 자신의 감정을 그처럼 적절하지 못한 방식으로 전달해야 했던 다아시 씨가 너무도 안타까웠고, 그가 동생의 거절로 비참해했을 거라는 생각에 더욱 더 마음이 아팠다.

"그가 성공을 지나치게 확신한 것이 잘못이었어." 제인이 말했다. "절대로 그런 태도를 보이지 말았어야 했어. 하지만 그 일로 그가 얼마나 크게 실망했을지 생각해봐."

"사실은." 엘리자베스가 대답했다. "진심으로 미안하게 생각해. 하지만 다아시 씨는 다른 감정들 때문에 아마 나에 대한 관심은 금세 잊어버릴 거야. 그의 청혼을 거절했다고 나를 나무라진 않을 거지?"

"널 나무라다니! 말도 안 돼."

"하지만 내가 예전에 위컴에 대해 격하게 말했던 일은 나무라게 될 거야."

"그렇지 않아. 네가 한 말의 무엇이 잘못이라는 건지 모르겠어."

"이제 곧 알게 될 거야. 바로 다음 날 무슨 일이 있었는지 언니에게 말하고 나면 말이야."

그런 다음 그녀는 편지에 대해 이야기했고, 조지 위컴과 관련된 경우에 한해 모든 내용을 말했다. 이 내용을 듣고 크게 충격을 받은 제인의 모습이 어찌나 가련하던지! 제인은 그처럼 사악한 마음은 한 개인이 아니라 전 인류를 통틀어도 존재하지 않을 거라고 믿으며 세상을 순하게 살아왔을 터이니 말이다. 다아시 씨에게 잘못이 없다는 사실이 입증된 건 정말 기뻤지만, 그렇다고 위컴의 사악함을 알게 된 괴로움에 위로가 될 수는 없었다. 그녀는 정보가 잘못되었을 가능성을 증명하려 했고, 둘 중 한 사람을 배제시킨 상태에서 나머지 한 사람의 결백을 입증하려고 열심히 생각을 모았다.

"그래봐야 소용없을걸." 엘리자베스가 말했다. "아무리 애써도 두 사람 모두를 좋은 사람이라고 생각할 수는 없을 거야. 둘 중 한 사람을 선택해. 결국엔 한 사람에게만 만족할 수밖에 없겠지만. 그만큼 두 사람의 가치는 차이가 크니까. 한 사람만을 좋은 사람이라고 생각하게 될 정도로 말이야. 나도 최근에 누구에게 가치를 두어야 할지 몰라서 자주 선택을 바꾸었어. 내 경우엔 당연히 다아시 씨가 좋은 사람이라고 믿고 싶지만, 언니는 언니가 좋을 대로 선택해."

잠시 후 제인은 희미하게 미소를 지어 보였다.

"이렇게 충격을 받은 건 처음일 거야." 그녀가 말했다. "위컴은 정말 나쁜 사람이구나! 도저히 믿어지지가 않아. 그리고 다아시 씨는 너무 딱하다! 다아시 씨가 얼마나 힘들었을지 한번 생각해 봐, 리지. 아, 얼마나 낙심했을까! 더구나 네가 그를 좋지 않게 생각한다는 것도 알게 됐잖아! 누이동생 일까지 전부 말해야 했고! 정말 마음이 아프다. 너도 많이 괴롭겠지."

"오! 난 전혀 그렇지 않아. 언니가 너무 안타깝게 여기고 동정하는 모습을 보니 난 오히려 안타까움과 동정이 전부 달아나버렸는걸. 언니가 그 사람의 사정을 깊이 이해할 줄 알았어. 언니가 그러니까 난 오히려 점점 무관심해지고 태연해져. 언니가 아낌없이 그를 동정해주니 난 조금 덜 안타까워해도 될 것 같달까. 그러니 언니가 오랫동안 그를 딱하게 여겨준다면 내 마음은 깃털처럼 가벼워질 거야."

"위컴도 참 딱하다. 그렇게 선한 얼굴을 하고서! 태도도 정말 소탈하고 신사답잖니."

"두 젊은이의 교육에 뭔가 큰 잘못이 있었던 게 분명해. 한 사람은 선량함을 모두 갖추었고, 다른 한 사람은 선량한 외모만 갖추었으니 말이야."

"난 네 말처럼 다아시 씨의 외모에서 선량함이 드러나지 않는다고는 결코 생각하지 않아."

"그런데 사실 내가 별다른 이유 없이 그를 그토록 확고하게 싫어한 이유는, 그런 태도를 보임으로써 내가 남달리 영리하다는 걸 드러내려 했기 때문이야. 그처럼 누군가를 싫어하면 천재성이 발휘되고 재치가 넘치거든. 끊임없이 욕만 해대면 옳은 소리 한마디 못할 수 있지만, 계속해서 누군가를 비웃고 있으면 이따금 재치 있는 표현을 건질 때가 있어."

"리지, 너도 처음에 이 편지를 읽었을 땐 이 문제를 지금처럼 대하지 못했겠지."

"그럼, 그걸 말이라고 해. 얼마나 답답했는데. 마음이 몹시 힘들었어. 뭐랄까, 비참하다고 할까. 내 심정을 털어놓을 사람이 아무도 없었고, 내가 생각하는 것처럼 내가 그처럼 나약한 허영덩어리에 철딱서니 없는 아이는 아니라고 언니처럼 나를 위로해줄 사람이 아무도 없었어! 아! 언니가 곁에 있길 얼마나 바랐는지 몰라!"

"하필이면 다아시 씨에게 위컴에 대해 말할 때 그렇게 격한 표현을 사용했으니 어쩌면 좋니! 이제 그 말들이 완전히 부당했다는 게 분명하게 드러났으니 말이야."

"그러게 말이야. 하지만 내가 스스로 편견을 부추겼으니 신랄한 말 때문에 불행을 겪는 건 당연한 결과지. 그건 그렇고 언니에게 조언을 구할 일이 하나 있어. 위컴의 인격을 우리가 아는 일반 사람들에게 알려야 할지 말아야 할지 모르겠어."

베넷 양은 잠시 생각에 잠긴 후 이렇게 말했다. "그에 대해 그렇게까지 심하게 드러낼 필요는 없을 것 같아. 네 생각은 어때?"

"나도 그럴 필요까진 없다고 생각해. 다아시 씨도 자신이 한 말을 사람들에게 공개해도 좋다고 하지는 않았어. 오히려 누이동생에 관한 자세한 내용은 될 수 있으면 나 혼자 알고 있으면 한다고 말했지. 그런데 사실 사람들에게 그 부분을 빼고 나머지 위컴의 행실만 알려주면 누가 내 말을 믿으려 하겠어? 다아시 씨에 대한 사람들의 편견이 워낙 심해서, 그를 좋게 말하려 했다간 메리턴의 선량한 시민들 절반이 날 가만두지 않을 거야. 어휴, 난 그런 거 감당 못해. 위컴은 곧 떠날 테고, 그러면 이곳 사람들에게 그의 실체를 밝혀봐야 별로 의미가 없을 거야. 언젠가 나중엔 밝혀지겠지. 그때 가서 우리는 그걸 이제야 알았냐며 사람들의 어리석음을 비웃어주면 될 거야. 지금은 그냥 잠자코 있는 게 좋겠어."

"맞는 말이야. 그의 잘못을 사람들에게 알리면 그를 영원히 파멸시킬지도 몰라. 어쩌면 그는 자신의 행동을 후회하지 않을 수도 있고, 자신의 평판을 회복할 생각이 없을지도 몰라. 하지만 그렇더라도 우리는 그를 절망적으로 내몰아서는 안 돼."

그동안 혼란스럽던 엘리자베스는 언니와 대화를 나누자 마음이 많이 안정되었다. 보름 동안 자신을 짓눌렀던 두 가지 비밀을 마침내 시원하게 털어놓았으며, 이 이야기들을 다시 꺼내고 싶을 땐 언제든 제인이 기꺼이 들어줄 거라는 확신도 생겼다. 하지만 아직 말하지 못한 이야기가 남아 있고, 그 이야기를 함

346

부로 털어놓기엔 상당히 조심스러웠다. 그녀는 다아시 씨의 편지 가운데 나머지 절반에 해당하는 내용을 차마 언니에게 말할 수 없었고, 그의 친구가 언니를 진심으로 소중하게 여긴다는 걸 설명할 용기도 나지 않았다. 이 문제야말로 아무에게도 털어놓을 수 없었다. 마지막 남은 이 거추장스러운 비밀을 털어버리려면 적어도 두 사람이 서로의 마음을 완벽하게 알고 있을 때에야 가능할 것 같았다. "그리고 절대로 불가능해 보이는 일이 가능해진다면, 그때 가서 내가 말해봐야 무슨 소용이 있겠어." 그녀는 혼잣말로 중얼거렸다. "빙리가 직접 훨씬 자세하고 친절하게 말해줄 텐데. 신나게 말해줄 수 있는 때가 온다 해도 그땐 아무 쓸모없는 정보가 될 거야!"

엘리자베스는 집에 돌아와 생활이 안정되자 비로소 언니의 실제 기분이 어떤지 관찰할 여유가 생겼다. 제인은 행복하지 않았다. 그녀는 여전히 빙리에 대해 아주 깊은 애정을 간직하고 있었다. 지금까지 단 한 번도 누굴 사랑한다고 생각해본 적이 없었던 만큼 그녀의 첫사랑은 더욱 뜨겁고 강렬했다. 더구나 나이와 성격 때문인지 여느 첫사랑보다도 한결같은 마음이 더욱 확고했다. 또한 빙리에 대한 기억이라면 하나도 빠짐없이 열정적으로 소중히 간직했고 세상 남자들 전부하고 비교해도 빙리만큼 좋은 남자는 없다고 굳게 믿었기 때문에, 그를 잃은 비탄에서 헤매지 않기 위해서라도 자신의 분별력을 모두 동원해야 했고 주위 사람들의 기분을 세심하게 신경 써야 했다. 그래야 자신의 건강을 지킬 수 있을 뿐만 아니라 주위 사람들의 마음도 편안해질 거라고 생각했다.

"그런데 리지." 어느 날 베넷 부인이 말했다. "제인 일을 생각하면 정말 말도 못하게 속상하구나. 넌 이 일을 어떻게 생각하니? 난 말이다. 다시는 누구에게도 이 이야기를 꺼내지 않기로 결심했다. 지난번에 필립 이모에게도 그렇게 말했단다. 그런데 제인이 런던에서 그 사람을 한 번이라도 만나봤는지 도통 모르겠구나. 하긴, 만날 가치도 없는 아주 나쁜 놈이지만. 그리고 이젠 네 언니가 그 사람과 다시 잘될 가능성은 털끝만큼도 없을 것 같다. 올여름에 그가 다시 네더필드에 올 거라는 얘기가 전혀 없잖니. 알 만한 사람들에게 죄다 물어봤는데도 말이다."

"그는 더 이상 네더필드에서 살 것 같지 않아요."

"그래, 그렇겠지! 결국 그러기로 했군. 그가 오는 걸 바라는 사람도 없어. 그렇지만 난 그가 내 딸을 얼마나 곤란하게 만들었는지 두고두고 이야기할 거다. 내가 제인이라면 이번 일을 가만히 참고 넘기지 않을 거야. 제인이 실연의 아픔으로 상심하다 죽기라도 하는 날엔 그가 자신이 한 짓을 후회할 테지. 그 생각을 하면 그나마 위안이 되는구나."

그러나 엘리자베스는 그런 기대에서 위안을 받을 수 없었기에 아무런 대꾸도 하지 않았다.

"그나저나, 리지." 어머니가 곧이어 말을 이었다. "콜린스 부부는 윤택하게 잘 살든? 그럼, 그럼, 난 그들이 오래도록 잘 살기만을 바랄 뿐이다. 그런데 그 집은 식탁에 뭘 차려놓든? 하긴, 샬럿이 여간 살림꾼이어야지. 그 아이 어머니 반만큼만 야무지게 살림하면 돈도 꽤 모을걸. 살림하면서 뭐 하나 낭비하는 법도 없을 거야, 아마."

"네, 아주 알뜰하던데요."

"분명히 아주 기가 막히게 잘 꾸려나가겠지. 암, 그럴 거야. 수입을 초과해서 지출하지 않으려고 상당히 조심하면서 말이야. 그렇게 살면 돈 때문에 곤란한 일은 절대로 없을 거야. 그래, 그렇게 둘이 잘 살면 얼마나 좋은 일이냐! 모르긴 몰라도, 네 아버지가 돌아가시면 롱번이 자기네 차지라는 걸 제법 자주 들먹일 거다. 그런 이야기 할 때마다 롱번이 벌써 자기네 것이 된 줄 알 거야."

"그런 이야기를 제 앞에서 할 수 있었겠어요."

"못했겠지. 그랬으면 정말 이상한 일 아니겠니. 하지만 장담하겠는데, 자기들끼리 있을 땐 수시로 그 이야길 들먹일 게 분명해. 그래, 합법적으로 자기네 재산도 아닌데 편히 지낼 수 있다면, 그것도 좋은 일이지. 나라면 고작 상속으로나 재산을 물려받는다면 무척 부끄러울 거야."

41

집에 돌아온 이후 첫 주가 눈 깜짝할 사이에 지나가고 어느새 두 번째 주가 시작되었다. 연대가 메리턴에 주둔하는 마지막 주여서인지 마을의 아가씨들은 너나 할 것 없이 하루가 다르게 풀이 죽어갔다. 거의 마을 전체가 실의에 빠진 것 같았다. 변함없이 먹고 마시고 잠을 자는 등 평소와 다름없이 자신의 일에 몰두할 수 있는 사람은 베넷가의 손위 두 딸들뿐이었다. 키티와 리디아는 이처럼 냉담한 두 사람의 태도에 자주 비난을 가했는데, 그들이 누구보다 깊이 비탄에 빠져 있는 터라 식구들 가운데 이처럼 무정한 사람이 있을 수 있다는 게 도무지 믿기지 않았다.

"이를 어쩌면 좋아! 우린 어떻게 되는 거지? 우린 이제 어떻게 해야 해!" 그들은 쓰라린 괴로움에 종종 이렇게 외쳐댔다. "어쩌면 그렇게 웃을 수가 있어, 리지 언니?"

정 많은 그들의 어머니도 그들과 슬픔을 함께 나누었다. 어머니는 25년 전 자신도 비슷한 상황을 견뎠다며 지난날을 회상했다.

"지금도 똑똑히 기억해." 그녀가 말했다. "밀러 대령의 연대가 철수했을 때 이틀을 꼬박 울었단다. 정말이지 가슴이 찢어지는 줄 알았지."

"내 가슴도 찢어질 것 같아요." 리디아가 말했다.

"브라이턴으로 갈 수만 있다면!" 베넷 부인이 말했다.

"맞아, 그거예요! 브라이턴으로 갈 수만 있다면 얼마나 좋을 까요! 하지만 아빠는 절대 반대시잖아요."

"잠깐 해수욕만 하고 나와도 기운이 펄펄 날 텐데."

"필립스 이모가 해수욕이 나한테도 아주 좋을 거라고 하셨어 요." 키티가 덧붙였다.

이런 식의 한탄들이 롱번 저택에 끊이지 않고 울렸다. 엘리 자베스는 그들과 함께 장단을 맞추며 기분이나 풀어보려 했지 만 즐거운 기분은 창피한 생각 속에 모두 묻히고 말았다. 다아 시 씨가 식구들을 달갑게 여기지 않았을 만하다고 새삼 느꼈고, 자신의 친구를 위해 결혼을 방해한 것도 충분히 용서할 수 있을 것 같았다.

그러나 리디아의 앞날을 어둡게 드리운 그림자는 얼마 가지 않아 말끔히 걷혔다. 그 연대의 대령 부인인 포스터 부인으로부 터 브라이턴에 함께 가자는 제안을 받았기 때문이다. 이 소중한 친구는 결혼한 지 얼마 안 된 아주 젊은 여자였다. 쾌활하고 기 운이 넘친다는 공통점 때문인지 그녀와 리디아는 서로 호감을 가졌고, 알고 지낸 지 석 달 만에 둘도 없는 친구가 되었다.

이 일로 리디아가 얼마나 뛸 듯이 기뻐하며 포스터 부인을 열 렬히 숭배했는지, 베넷 부인은 얼마나 좋아했는지, 키티는 또 얼마나 억울해했는지 말로 설명하기 어려울 지경이었다. 리디 아는 언니의 기분이 어떻든 전혀 개의치 않고 식구들과 얼굴만 마주치면 축하해달라고 졸랐고, 그 어느 때보다 흥분해서 큰 소리로 웃고 떠들며 온 집 안을 뛰어다니는 등 좋아서 어쩔 줄 몰랐다. 반면에 몹시 속이 상한 키티는 툴툴대는 억양만큼이나 말도 안 되는 소리를 늘어놓으며 거실에서 연신 신세 한탄을 하고 있었다.

"포스터 부인이 왜 리디아만 초대하고 나는 초대하려 하지 않는지 난 정말 이해할 수가 없어." 그녀가 말했다. "내가 각별한 친구가 아니어도 그렇지. 리디아만큼 나도 초대받을 권리가 있단 말이야. 아니지, 내가 두 살이나 더 많으니까 나한테 권리가 더 많단 말이야."

엘리자베스가 알아듣게 이야기를 하고, 제인이 이제 그만 단념하라고 일러도 소용없었다. 엘리자베스로서는 이런 초대에 어머니나 리디아처럼 뛸 듯이 기뻐하기는커녕, 그나마 리디아에게 기대한 마지막 분별력에마저 사형을 선고해야겠다고 생각했다. 따라서 그녀가 어떤 조치를 취했는지 발각되면 리디아에게 미움받을 게 분명하지만, 그럼에도 불구하고 아버지에게 리디아를 보내지 않는 게 좋겠다고 은밀히 말씀드리지 않을 수 없었다. 그녀는 리디아가 평소에 지나치게 경박하게 행동하고, 포스터 부인 같은 여자와 친하게 지내봤자 득이 될 게 거의 없으며, 브라이턴은 집보다 유혹 거리가 훨씬 많을 게 분명한데 그런 여자와 그곳에 함께 간다면 무분별하게 행동할 가능성이 더욱 클 거라고, 리디아가 브라이턴에 가서는 안 되는 여러 가지 이유를 아버지에게 말씀드렸다. 아버지는 그녀의 말을 주의 깊게 들은 뒤 이렇게 말했다.

"리디아는 어디든 사람이 많은 곳에서 망신을 톡톡히 당하기 전까지는 절대로 고분고분해지지 않을 거다. 더구나 지금처럼 경비도 거의 안 들고 가족들에게 폐 끼칠 일도 거의 없이 혼자서 망신당하고 올 기회가 어디 그렇게 흔한 일이냐."

"리디아가 경망스럽고 무분별한 행동으로 사람들의 이목을 받으면, 식구들 모두가 상당히 불리한 처지에 놓이게 될 거라는 걸 아신다면 이 일을 달리 판단하실 거예요. 아니, 벌써 불리해졌어요." 엘리자베스가 말했다.

"벌써 불리해졌다니!" 베넷 씨가 되풀이해서 말했다. "설마 네 애인들 가운데 몇 명이 리디아 때문에 놀라서 달아나버리기라도 했다는 거냐? 불쌍한 리지! 그렇지만 기죽지 마라. 가족 중에 조금 어리석은 사람이 있다는 이유로 도저히 연을 맺을 수 없다며 까다롭게 구는 젊은이라면 애석해할 가치도 없다. 리디아의 어리석은 행동 때문에 너하고 헤어진 별 볼일 없는 녀석들이 누군지 이름이나 한번 대보거라."

"그런 말씀이 아니에요. 억울하게 피해본 일은 없어요. 제가 이런 불만을 말씀드리는 건 특별히 안 좋은 일이 있어서가 아니라, 그런 행실이 평소에 다른 사람들에게 알게 모르게 피해가 가기 때문이에요. 단정치 못하고, 변덕스럽고, 몰염치하고, 조심성을 멸시하는 리디아의 성격 때문에 우리 가족의 체면과 평판이 얼마나 영향을 받는지 아버지는 모르세요. 죄송하지만 노골적으로 말씀드릴게요. 수고스러우시겠지만 아버지께서 정신 못 차리는 리디아를 통제해주세요. 지금처럼 남자들만 쫓아다니며 인생을 살아서는 안 된다고 야단을 좀 쳐주세요. 리디아를 지금 빨리 개선시키지 않으면 나중엔 도저히 바꿀 수 없을 거예요. 가만히 두면 성격은 굳어버리고, 겨우 열여섯 살에 바람둥이로 온 동네에 소문이 나서 자신은 물론이고 가족들까지 웃음거리로 만들 거예요. 남자들에게 천하고 상스럽게 추파나 던지는 바람둥이 말이에요. 젊다는 것과 몸매가 봐줄 만하다는 것 말고는 아무런 매력이 없으면서 무지하고 생각도 비어 있으니, 찬사나 받으려고 안달난 사람이라고 사람들한테 손가락질 받는다 해도 전혀 막아내지 못할 거예요. 위험한 건 키티도 마찬가지예요. 키티는 리디아가 가는 곳마다 따라갈 거예요. 허영심 많고, 무지하고, 게으르고, 전혀 통제 불능이에요! 생각해보세요, 아버지! 키티와 리디아를 아는 곳에서 그 아이들이 비난이나 멸시를 받지 않고 지낼 수 있을까요? 그 아이들의 언니인 저희가 똑같이 망신당하지 않고 지낼 수 있을까요?"

베넷 씨는 엘리자베스의 마음이 온통 이 걱정으로 가득하다는 걸 알고는 다정하게 딸의 손을 잡고 이렇게 대답했다.

"너무 걱정 말거라, 아가. 너와 제인은 가는 곳마다 훌륭하고 참하다고 칭찬이 자자할 게 분명하니까. 바보 같은 두 동생들, 아니 셋이라고 해야겠구나. 그 아이들 때문에 너희 둘이 손해

볼 일은 없을 것 같다. 리디아가 브라이턴에 가지 않으면 우리는 당분간이나마 롱번에서 편하게 지내지 못할 거다. 그러니 그 애를 보내주자꾸나. 포스터 대령은 사리분별이 밝은 사람이니 리디아가 잘못된 방향으로 가지 못하도록 지켜줄 거다. 게다가 다행히 리디아는 가난한 집 아가씨라 누가 넘볼 생각도 하지 않을 게다. 그리고 여기에서야 어떤지 모르지만 브라이턴에서는 평범한 바람둥이 축에도 들지 못할걸. 장교들이 자기네 눈에 더 띄는 여자들을 찾을 테니까 말이야. 그러니 그 애가 그곳에 가서 자신이 얼마나 별 볼일 없는 존재인지 배우게 되길 기대해보는 게 어떻겠니. 어쨌거나 우리가 평생 리디아를 가둬놓을 만큼 심각하게 어리석은 짓을 하지는 않을 거라고 본다."

엘리자베스는 이 정도 답변으로 만족할 수밖에 없었지만, 그녀의 의견은 여전히 처음과 같았기 때문에 실망과 아쉬움이 남았다. 하지만 그녀는 마음대로 되지 않는 일을 곱씹으며 점점 속을 끓이는 성격이 아니었기에, 자신의 의무를 다 했다는 데 만족했다. 그리고 피할 수 없는 해악 때문에 애태우거나, 초조하게 걱정하느라 해악을 키우는 건 그녀의 성향과도 맞지 않았다.

그녀가 아버지와 어떤 대화를 나누었는지 리디아와 어머니가 알았다면, 입심 좋은 두 사람이 힘을 합해 열변을 토해도 분노를 표현할 말을 찾지 못했을 것이다. 리디아의 상상 속에서 브라이턴 방문은 지상에서 누릴 수 있는 모든 행복을 의미했다. 그녀는 즐거움으로 가득 찬 해수욕장 길목마다 장교들로 북적이는 광경을 창의력을 발휘하여 상상했다. 지금은 알지 못하는 수십 명의 장교들이 전부 자기만을 바라보는 상상도 했다. 눈부시게 아름다운 야영지의 광경도 보았고, 보기 좋게 일렬로 늘어선 천막들 주위로 눈부시게 붉은 군복 차림의 젊고 쾌활한 군인들이 잔뜩 모여 있는 광경도 보았다. 그녀의 상상은 천막 아래에 앉아 적어도 여섯 명의 장교들과 한꺼번에 다정하게 연애를 거는 장면으로 완벽하게 마무리되었다.

하지만 언니가 이 같은 기대와 이 같은 현실로부터 자신을 떼어놓으려 한다는 걸 알았다면 리디아의 기분이 어땠을까? 리디아와 거의 비슷한 심정일 어머니만이 그 기분을 이해할 수 있었을 것이다. 우울한 사실이지만, 남편이란 사람은 그곳에 갈 생각이 조금도 없는 위인이라는 걸 아주 잘 알기 때문에 어머니는 리디아가 그곳에 가는 것만으로도 충분히 위로가 되었다.

하지만 어머니와 리디아는 언니와 아버지가 어떤 대화를 나누었는지 전혀 알지 못했기 때문에 리디아가 집을 나서는 순간까지 두 사람은 잠시도 쉴 새 없이 한껏 기쁨에 들떠 있었다.

엘리자베스는 이제 마지막으로 위컴을 보게 되었다. 집에 돌아온 이후로 그와 함께 하는 자리가 잦았던 터라 마음의 동요는 꽤 잠잠해졌고, 그를 향한 애정으로 설레던 예전 감정도 완전히 가라앉았다. 심지어 처음엔 그녀를 기쁘게 해주었던 다정한 태도가 누구에게나 똑같이 보여주는 가식이었음을 알게 되자 혐오감과 넌더리가 났다. 더욱이 지금 위컴이 그녀를 대하는 태도에서 그 전까지와는 다른 종류의 불쾌감까지 느껴졌다. 그는 그들이 처음 서로를 알았을 때 느꼈던 호감을 다시 회복할 수 있음을 얼른 입증해보이려 했는데, 그동안 많은 일을 겪은 엘리자베스로서는 그런 그의 태도가 짜증스럽게만 느껴졌다. 자신이 이토록 한심하고 시시한 연애 상대로밖에 여겨지지 않았다고 생각하니 그에 대한 관심이 완전히 사라졌다. 그리고 지금까지 줄곧 눌러왔던 생각이지만, 그의 관심이 얼마나 오래 어떤 이유로 중단되었든, 언제라도 다시 만남을 시작하면 그녀의 허영심을 충족시킬 수 있을 뿐만 아니라 그녀의 애정을 얻어낼 수 있을 거라고 그가 믿는 데에는 자신에게도 책임이 있다고 생각하지 않을 수 없었다.

연대가 메리턴에 주둔하는 마지막 날, 위컴은 다른 장교들과 함께 롱번의 만찬에 초대받았다. 엘리자베스는 그와 애틋한 마음으로 헤어지고 싶은 생각이 조금도 없었기 때문에, 헌스퍼드에서 어떻게 지냈는지 묻는 그의 질문에 피츠윌리엄 대령과 다아시 씨가 3주 정도 로징스에서 머물렀다고 말하면서 피츠윌리엄 대령과 안면이 있느냐고 물었다.

그의 표정에는 놀라움과 불쾌함, 두려움이 동시에 드러났다. 하지만 잠시 무언가를 생각하더니 이내 미소를 지으며 예전에 자주 만났다고 대답했다. 그리고 피츠윌리엄 대령은 매우 신사다운 사람이라고 말한 뒤 그를 본 느낌이 어땠는지 물었다. 그녀는 아주 좋은 사람이라고 호의적으로 답했다. 그러자 그는 냉담한 태도를 보이며 곧이어 이렇게 덧붙였다. "그가 로징스에서 얼마나 머물렀다고 하셨지요?"

"거의 3주 정도요."

"그를 볼 기회가 자주 있었나요?"

"그럼요, 거의 매일 보았는걸요."

"그의 태도는 사촌과는 아주 다르지요."

"맞아요. 아주 다르더군요. 하지만 다아시 씨도 친분이 생기고 나니 차츰 나아지던데요."

"설마요!" 위컴이 소리를 높여 말했는데, 엘리자베스는 그 순간 위컴의 표정을 놓치지 않았다. "그렇다면 한 가지 여쭤봐도 될까요?" 그는 감정을 억제하고 더욱 쾌활한 목소리로 덧붙여 말했다. "말하는 태도가 나아졌다는 건가요? 아니면 황공하게도 평소 행동에 예의가 더해지기라도 했나요? 전 도저히 기대할 수 없는 일이라서 말입니다." 그는 더 낮고 진지한 목소리로 말을 이었다. "그가 본질적인 면에서 나아졌을 리는 없을 겁니다."

"어머, 그렇지 않아요!" 엘리자베스가 말했다. "본질적인 면에서 그는 예나 지금이나 똑같다고 생각해요."

그녀가 이렇게 말하는 동안 위컴은 그녀의 말에 기뻐해야 할지 이 말의 의미를 의심해야 할지 도무지 모르겠다는 표정을 지었다. 그녀가 말을 잇자 위컴은 그녀의 표정을 살피면서 걱정과 불안을 느끼며 그녀의 말을 주의 깊게 들었다.

"친분이 생기고 보니 그가 나아졌다는 제 말은 그의 생각이나 예의가 개선됐다는 의미가 아니라, 그를 잘 알게 되면서 그의 성격을 더 잘 이해하게 됐다는 의미였어요."

이제 위컴의 얼굴빛은 놀라는 기색이 더욱 역력했고 상당히 당황해하는 눈치였다. 그는 잠시 침묵을 지키더니 마침내 당혹감에서 벗어나 다시 그녀를 향해 몸을 돌린 다음 최대한 부드러운 억양으로 이렇게 말했다.

"제가 다아시 씨를 어떻게 생각하는지 당신도 아주 잘 알고 계시니, 그가 겉모습으로나마 올바른 사람인 척 가장할 만큼 지각을 갖추게 된 걸 제가 진심으로 기뻐한다는 것을 쉽게 이해하실 겁니다. 그런 방면으로 자부심을 내세운다면 본인에게는 그렇지 않더라도 많은 사람들에게는 상당히 이로울 거라고 생각합니다. 적어도 제가 당했던 것처럼 비열하게 자신의 권리를 남용하는 짓은 단념해야 할 테니 말입니다. 다만 한 가지 걱정되는 것은 제 생각에 당신이 조금 전에 언급하신 그런 식의 신중한 태도를 그의 이모님 댁을 방문할 때만 적용하는 것이 아닐까 하는 점입니다. 그는 이모님의 좋은 평가와 판단을 무척 경외하니 말입니다. 제가 알기로 그들이 함께 있을 때 그는 늘 이모님을 두려워합니다. 아마 드 버그 양과의 결혼을 진척시키고자 하는 욕심이 큰 탓일 텐데, 저는 그가 이 결혼이 성사되길 간절히 바라고 있다고 확신합니다."

엘리자베스는 이 말에 웃음을 참을 수가 없었지만, 고개만 살짝 숙이는 것으로 대답을 대신했다. 그녀는 그가 자신의 지난날 불행에 대한 케케묵은 이야기를 들먹이고 싶어 한다는 걸 알았지만, 그를 만족시키고 싶은 마음이 조금도 없었다. 이후 저녁 시간 동안 그는 겉으로는 평소와 다름없이 쾌활한 태도를 보였지만 더 이상 엘리자베스를 특별하게 대하려 하지 않았다. 마침내 헤어질 시간이 되었을 때 두 사람 모두 예의를 갖추어 작별 인사를 했지만, 아마 속으로는 다시는 만날 일이 없길 서로 간절히 바랐을 것이다.

만찬이 끝나고 사람들과 헤어진 뒤 리디아는 포스터 부인과 함께 메리턴으로 돌아갔다. 그들은 다음 날 아침 일찍 메리턴에서 출발하기로 되어 있었기 때문이다. 그녀와 가족들 간의 작별은 슬프다기보다 차라리 시끄러웠다. 키티 혼자만 눈물을 흘렸는데, 슬퍼서가 아니라 속상하고 샘이 나서였다. 베넷 부인은 딸에게 행운과 행복을 비는 말들을 장황하게 늘어놓았고, 즐길 수 있는 모든 기회를 놓치지 말고 최대한 이용하라고 몇 번이고 신신당부를 했다. 다른 건 몰라도 이 충고만큼은 귀담아 들었으리라 믿어도 좋을 것이다. 리디아가 기쁨에 들떠 요란스럽게 작별 인사를 하는 바람에 다른 자매들이 조용한 목소리로 고하는 작별 인사는 열심히 듣지 않으면 거의 들리지 않았다.

42

엘리자베스가 자신의 가족을 판단의 기준으로 삼았다면, 혼인의 행복이나 가정의 안락함이라는 아주 만족스러운 그림을 마음속에 담을 수 없었을 것이다. 젊은 시절 아버지는 젊고 아름다우며, 착해 보이는 외모의 여인에게 매료되었다. 하긴 젊고 아름다우면 대체로 마음도 착해 보이는 법이지만. 마침내 그 여인과 결혼한 아버지는 알고 보니 여인이 이해력도 형편없고 마음도 옹졸하기 짝이 없다는 걸 깨닫고는 신혼 초부터 여인을 향한 진실한 애정이 차갑게 식어버렸다. 존경이니 존중이니 신뢰니 하는 것들은 영원히 자취를 감추었고, 행복한 가정을 만들겠다는 계획은 모두 수포로 돌아갔다. 그러나 베넷 씨는 자신의 경솔한 판단이 낙심천만한 결과를 낳았다고 해서, 어리석은 행동이나 부도덕한 행동으로 불행을 자초하는 사람들이 흔히들 마음을 달래기 위해 찾아다니는 쾌락 따위로 위안을 삼는 사람이 아니었다. 그는 전원생활과 독서를 좋아했고, 주로 이런 취미를 통해 즐거움을 얻었다. 아내의 무지와 어리석음이 그의 오락에 기여한 것 말고는 그는 아내에게 덕을 본 게 거의 없었다. 물론 이런 식의 행복은 보통의 남자들이 자기 아내에게 얻고자 하는 행복과는 아주 거리가 멀지만, 딱히 이렇다 할 즐거움이 없다면 주어진 여건에서 최대한 이로움을 얻는 것이 진정한 현자의 자세이리라.

그러나 엘리자베스는 남편으로서 아버지의 행동이 부적절하다는 사실을 아주 모르지 않았다. 그녀는 그런 아버지의 태도를 늘 가슴 아프게 지켜보았다. 그렇지만 아버지의 재능에 대한 존경과 그녀를 대하는 자애로운 마음에, 모르는 척 지나칠 수 없는 일들을 애써 잊어버리려 했다. 자식들 앞에서 아내를 멸시하는 표현을 하며 부부 간의 의무와 예절을 빈번하게 깨뜨리는 것은 크게 비난받을 일임을 생각에서 아예 지워버리려 애썼다. 하지만 전혀 어울리지 않는 상대와 결혼하면 자식들을 불편하게 만들기 마련이라는 걸 요즘처럼 절실하게 느낀 적이 없었고, 잘 못된 방향으로 재능을 사용하는 데에서 불행이 시작된다는 사실을 요즘처럼 깊이 깨달은 적이 없었다. 재능을 올바르게 사용했다면, 아내의 마음을 넓게 만들지는 못했더라도 최소한 딸들만큼은 남부끄럽지 않게 키울 수 있었을 것이다.

엘리자베스는 위컴이 떠나버려 속이 시원했는데, 그것 말고는 연대가 마을에서 철수했다고 해서 만족할 이유가 거의 없었다. 집 밖의 모임은 전보다 다채롭지 못했고, 집 안에서는 어머니와 동생이 뭘 해도 따분하다고 온종일 투덜거리는 바람에 집 전체가 침울하게 가라앉았다. 키티는 이제 머리를 어지럽힐 요소가 사라졌으니 조만간 상당 부분 제정신으로 돌아올 테지만, 성격상 나쁜 길에 빠질 우려가 훨씬 높은 리디아는 해수욕장이나 야영지라는 이중의 위험 요소가 가까이 있는 상황에 의해 어리석음과 몰염치가 굳어질 가능성이 다분했다. 그러므로 전에도 가끔 그런 걸 느낄 때가 있었지만, 대체로 조바심을 내며 간절하게 바라던 일들이 막상 현실로 이루어졌더라도 기대했던 것만큼 완벽하게 만족을 주지는 못한다는 걸 알게 되었다. 따라서 사실상의 행복을 시작할 시점을 정할 필요가 있었다. 자신의 소망과 희망이 이루어질 새로운 시기를 정하는 것, 그래서 다시 부푼 기대로 기쁘게 그날을 기다리며 현재의 자신을 위로하고 또 다른 실망에 대비하는 것이 절실히 필요했다. 이제 그녀를 가장 행복하게 만들어줄 생각은 호수 지방으로 여행을 떠나는 것이었다. 그 생각만이 어머니와 키티의 불평을 듣느라 괴로울 수밖에 없는 시간에 최고의 위안이 되어주었다. 이 계획 안에 제인도 포함시킬 수 있었다면 모든 면에서 더 이상 완벽할 수 없었을 것이다.

'그래도 바랄 수 있는 일이 있으니 다행이야.' 그녀는 생각했다. '모든 일이 내 마음대로 완벽하게 이루어진다 해도 난 분명히 실망할 거야. 하지만 지금은 언니와 함께하지 못한다는 아쉬움이 여행 내내 계속될 테니까, 그밖에 모든 즐거운 기대들이 실현되길 바라도 괜찮겠지. 그래, 모든 면에서 완벽하게 즐거워 보이는 계획치고 성공적인 계획이 어디 있겠어. 큰 실망을 피할 수 있다면 사소하고 특이한 일로 한번 속상하지 뭐.'

리디아는 여행을 떠날 때 어머니와 키티에게 자주 아주 상세하게 편지를 써서 보내겠다고 약속했다. 하지만 그녀의 편지는 언제나 한참만에야 왔고 늘 너무 짧았다. 어머니에게 보낸 편지에는 포스터 부인과 함께 도서관에서 돌아오는 길에 그렇고 그런 장교들이 그들을 안내해주었다. 그곳에서 마음이 설렐 정도로 무척 아름다운 장신구들을 봤는데 너무 갖고 싶었다. 드레스 한 벌과 양산 하나를 샀는데 자세하게 설명하고 싶지만 포스터 부인이 급히 불러서 얼른 나가봐야 한다, 포스터 부인과 야영지로 갈 예정이다 같은 내용 외에 다른 내용은 거의 찾아볼 수 없었다. 키티에게 보낸 편지에는 그녀의 소식을 알 수 있는 내용이 더더욱 없었다. 분량은 훨씬 많았지만 아무에게도 보여주지 못하도록 단어 아래에 밑줄을 잔뜩 그어놓았기 때문이다.

리디아가 떠난 지 2주에서 3주 정도 지나자 롱번에는 생기와 활력과 쾌활함이 되살아나기 시작했다. 만사가 더욱 행복한 양상을 띠었다. 겨울 동안 런던에서 지내던 가족들이 다시 돌아왔고, 여름엔 어떤 옷으로 치장할까, 어떤 모임이 열릴까 하는 이야기들이 슬슬 화제로 떠올랐다. 베넷 부인은 예전 모습을 되찾아, 평소처럼 태평하게 앉아 주변의 온갖 일에 불평을 늘어놓았다. 6월 중순쯤엔 키티도 눈물을 흘리지 않고 메리턴에 갈 수 있을 만큼 많이 좋아졌다. 엘리자베스는 키티가 행복하게 지내는 모습을 보면서, 이번 크리스마스엔 키티가 하루에 한 번 이상 장교에 대해 언급하지 않을 정도로 제법 분별력을 갖출지 모른다는 행복한 기대를 가져보았다. 육군성이 잔인하고 악의적인 계획으로 메리턴에 또 다른 연대를 주둔시키지만 않는다면 말이다.

북부 여행을 떠나기로 한 날짜가 어느새 빠르게 다가오고 있었다. 떠날 날이 보름밖에 남지 않은 어느 날, 가드너 부인으로부터 편지 한 통이 날아왔다. 출발 날짜가 연기되고 여행 일정도 단축된다는 소식이었다. 가드너 씨의 사업 때문에 7월 보름이 되어서야 출발할 수 있고, 한 달 안에 다시 런던으로 돌아와야 한다고 했다. 그리고 여행 기간이 짧기 때문에 처음에 계획했던 것처럼 멀리 가서 다 돌아보기는 어려우며, 혹은 적어도 그들이 바랐던 것처럼 여유를 가지고 편안하게 여행을 하기는 힘들 것 같으니 호수 지방은 포기하고 일정을 좀 더 단축시켜야 한다고 했다. 따라서 수정된 현재 계획에 따르면 더비셔보다 더 북쪽으로 가기는 어려웠다. 더비셔만 해도 볼거리가 아주 많아서 거의 3주를 그곳에서 보내도 좋을 정도고, 더구나 가드너 부인은 유독 이곳만큼은 꼭 가보고 싶어 했다. 과거에 몇 년간 지낸 적이 있으며 이번에도 며칠 머물 예정인 더비셔는 그녀에게 매틀록, 챗스워스, 도브데일, 피크와 같은 명소만큼 멋진 호기심의 대상이었다.

엘리자베스는 몹시 실망했다. 호수 지방을 보길 간절히 바랐기에, 시간이 충분할지 모른다며 미련을 버리지 못했다. 하지만 어쨌든 만족해야 했고, 성격상 일정이 어떻게 바뀌어도 즐거워할 터였기에 이내 모든 일이 다시 순조로워졌다.

더비셔가 언급되자 여러 가지 생각들이 이어졌다. 더비셔라는 단어를 보고 펨벌리와 그 소유주를 생각하지 않기란 불가능했다. "하지만 그가 사는 지역에 무사히 들어갈 수 있을 거야." 그녀가 말했다. "물론이지, 그 사람 눈에 띄지 않고 형석 몇 개쯤 몰래 가지고 올 수 있을걸."

이제 기다리는 기간이 두 배나 길어졌다. 4주가 지나야 외삼촌과 외숙모가 도착하실 터였다. 하지만 곧 4주가 지났고 마침내 가드너 부부가 네 아이들을 데리고 롱번에 도착했다. 여섯 살, 여덟 살인 두 여자아이들과 그보다 어린 두 사내아이들은 롱번에 남기로 했고, 그동안 사촌인 제인이 그들을 세심하게 보살피기로 했다. 아이들은 모두 제인을 좋아했고, 침착하고 자상한 제인의 성격은 아이들을 가르치고 함께 놀고 사랑하는 등 모든 면에서 아이들을 돌보는데 적격이었다.

가드너 씨 부부는 롱번에서 하룻밤만 머무르고 다음 날 아침 엘리자베스와 함께 새롭고 즐거운 경험으로 가득한 여행지를 향해 출발했다. 한 가지 확실한 즐거움은 마음 맞는 사람들과 여행을 함께한다는 것이었다. 마음이 맞다는 건 조금 불편해도 참을 수 있는 건강과 성격, 무슨 일이든 더 즐겁게 만드는 유쾌함, 혹 실망스러운 일이 있더라도 서로 애정과 지혜를 주고받는 것을 포함한다.

더비셔나 그쪽 방향으로 가는 길에 마주치는 유명한 장소를 묘사하는 것은 이 소설의 목적이 아니다. 옥스퍼드나 블레넘, 워릭, 케닐워스, 버밍엄 등은 충분히 알려져 있다. 지금 우리가 관심을 두는 장소는 더비셔에 있는 작은 지역이다. 그들은 더비셔 내의 유명한 경관들을 모두 둘러본 다음, 가드너 부인이 과거에 살던 램턴이라는 작은 마을로 발길을 돌렸다. 그녀가 최근에 들은 바로는 몇몇 아는 사람들이 아직도 그 마을에 살고 있다고 했다. 외숙모는 엘리자베스에게 램턴에서 5마일이 채 안 되는 거리에 펨벌리가 있다고 말했다. 펨벌리는 그들이 가는 길에 바로 보이는 것은 아니지만 목적지에서 1~2마일도 떨어지지 않은 곳에 있었다. 전날 저녁, 다음 날 일정에 대해 이야기하면서 가드너 부인은 펨벌리를 다시 보고 싶다고 말했다. 가드너 씨는 기꺼이 그러자면서 엘리자베스도 찬성해주길 바랐다.

"엘리자베스야, 지겹도록 들어본 장소가 어떻게 생겼는지 보고 싶지 않니?" 외숙모가 말했다. "너와 친분이 있는 여러 사람들과 관련이 있는 곳이기도 하잖니. 너도 알겠지만, 위컴도 어린 시절을 내내 그곳에서 보냈단다."

엘리자베스는 어떻게 해야 좋을지 몰랐다. 펨벌리에 갈 일은 없을 거라고 생각했기에, 그곳을 그다지 보고 싶지 않은 척하는 수밖에 없었다. 그래서 그렇게 큰 저택에는 아주 질렸고, 그런 저택에 하도 많이 다녀봤더니 고급 카펫이나 새틴 커튼을 봐도 전혀 좋은 줄 모르겠다고 말해야 했다.

그러자 가드너 부인은 그녀가 너무 모른다고 나무랐다. "그 저택이 단순히 가구나 잔뜩 채워 넣고 겉만 번듯한 곳이라면 내가 관심을 가졌겠니." 그녀가 말했다. "그곳은 저택 주변 정원이 굉장히 근사하단다. 그 지역에서 가장 아름다운 숲이 몇 개나 있지."

엘리자베스는 더 이상 아무 말하지 않았지만 마음속으로는 정말 내키지 않았다. 그 주위를 둘러보는 동안 다아시 씨를 만날지 모른다는 생각이 얼른 떠올랐다. 그렇게 되면 정말 끔찍할 것 같았다! 생각만 해도 얼굴이 달아올랐다. 그런 위험을 무릅쓰느니 외숙모에게 모든 사실을 솔직하게 말해버리는 편이 나을 것 같았다. 하지만 그러자니 여러 가지 내키지 않는 이유들이 있었다. 그래서 일단 현재 그 저택에 식구들이 와서 지내고 있는지 은밀히 알아본 다음, 원하는 답을 얻지 못하면 최후의 보루로 외숙모에게 말씀드리기로 결심했다.

그래서 밤에 잠자리에 들러 갈 때 객실의 하녀에게 펨벌리가 그렇게 멋진 곳인지, 소유자의 이름은 무엇인지 물었고, 아주 조마조마한 마음으로 여름 동안 식구들이 그곳에 내려와 지내는지 물어보았다. 마지막 질문에 대해 그렇지 않다는 대단히 기분 좋은 답을 듣고 나서야 불안이 말끔히 걷혔고, 그제야 마음에 여유가 생겨 펨벌리를 직접 보고 싶다는 호기심이 마구 일었다. 다음 날 아침에 이 이야기가 다시 제기되었을 때 외삼촌 내외는 엘리자베스에게 펨벌리에 가자고 다시 한 번 청했고, 엘리자베스는 아무래도 상관없다는 듯한 특유의 태도로 그 계획이 딱히 싫지 않다고 선뜻 대답했다.

이렇게 해서 그들은 펨벌리에 가게 되었다.

제3부

43

마차를 타고 달리는 동안 엘리자베스는 조금 초조한 마음이 되어 펨벌리 숲이 언제쯤 나타날지 기다렸다. 그리고 마침내 별채를 돌아 들어갔을 땐 심장이 두근거려 안절부절못했다.

정원은 무척 컸고, 그 안에 매우 다양한 형태의 뜰이 있었다. 그들은 그 가운데 가장 아래쪽에 위치한 정원으로 들어가 드넓게 펼쳐진 아름다운 숲을 한참 동안 달렸다.

엘리자베스는 가슴이 벅차올라 아무런 말도 할 수 없었지만 놀랍도록 아름다운 장소와 경치를 하나도 빠짐없이 둘러보면서 감탄을 금치 못했다. 그들은 반 마일 정도를 계속해서 올라가 마침내 상당히 높은 언덕 꼭대기에 다다랐다. 이 지점에서 숲이 끝났는데, 이곳에서 바라보니 조금 급하게 굽이진 길옆의 계곡 맞은편에 위치한 펨벌리가 한눈에 들어왔다. 낮은 언덕 위에 웅장하게 서 있는 펨벌리는 대단히 크고 훌륭한 석조 건물이었으며, 뒤편에는 수목이 우거진 산등성이가 둘러쳐져 있었다. 그 앞으로는 자연의 멋을 한껏 느낄 수 있는 개울이 흘렀는데, 개울을 조금 넓힌 것 외에는 인공적인 모습을 전혀 찾아볼 수 없었다. 둑은 형식적으로만 세워지지도 않았고 부실하게 장식에만 치중하지도 않았다. 엘리자베스는 정말 기뻤다. 자연이 이렇게 훌륭하게 보존된 장소, 어설픈 취향 때문에 자연의 아름다움이 훼손되지 않은 장소를 생전 처음 보았다. 그들은 모두 열광적으로 감탄을 쏟아냈고, 그 순간 그녀는 펨벌리의 여주인이 된다는 건 대단한 일일지 모른다는 생각을 하게 됐다!

그들은 언덕 아래로 내려와 다리를 건너 정문을 향해 달렸다. 그녀는 최대한 가까이에서 저택의 외관을 살펴보는 동안 집 주인을 만나면 어쩌나 하는 불안감이 또다시 엄습했다. 객실 하녀가 잘못 안 건 아니었을까 하는 생각에 걱정이 되기 시작했다. 그들은 저택을 둘러보고 싶다고 의뢰했고, 곧이어 현관 안으로 들어와도 좋다는 허락을 받았다. 그들이 저택 관리인을 기다리는 동안 다시 마음의 여유를 찾은 엘리자베스는 자신이 이곳에 와 있다는 사실이 그저 놀랍기만 했다.

마침내 저택 관리인이 왔다. 관리인은 점잖게 생긴 중년 부인으로 엘리자베스가 머릿속에서 그려 보았던 모습보다는 훨씬 덜 우아했지만 그보다 훨씬 더 정중했다. 그들은 그녀를 따라 만찬실로 들어갔다. 넓고, 배치도 상당히 잘되었으며, 모든 것이 아주 근사하게 갖추어져 있었다. 엘리자베스는 잠시 둘러본 다음 창가로 가서 바깥 경치를 내다보았다. 그들이 조금 전에 내려왔던 언덕은 나무로 빽빽하게 덮여 있었고, 멀리서 보니 더욱더 가파르게 보여 무척 아름다웠다. 터의 모든 배치도 훌륭했다. 그녀는 개울과 둑 위에 드문드문 흩어진 나무들, 굽이굽이 흐르는 계곡 등 눈길 닿는 주변 풍경들을 즐겁게 둘러보았다. 그들이 다른 방으로 이동할 때마다 풍경은 새로운 모양으로 다가왔지만 어느 창으로 내다보아도 모두 아름답게 보였다. 모든 방은 품위 있고 훌륭했으며 가구들 역시 주인의 부유함과 잘 어울렸는데, 장식이 지나치게 화려하지도 않고 그렇다고 외관만 정교하게 꾸미느라 실용성을 배제하지도 않은 훌륭한 가구들을 보면서 엘리자베스는 감탄을 금치 못했다. 로징스의 가구에 비해 화려하지는 않지만 그보다 훨씬 품위가 있었다.

'어쩌면 이곳의 안주인이 됐을 수도 있었는데!' 그녀는 생각했다. '그랬다면 지금쯤 이 방들이 무척 익숙해져 있겠지! 낯선 방문객으로 방을 둘러보는 게 아니라, 주인의 자격으로 이 저택의 아름다움을 마음껏 누리면서 손님으로 온 외삼촌과 외숙모를 따뜻하게 맞이했을 거야. 어머, 내가 지금 무슨 생각을 하는 거야.' 그녀는 얼른 정신을 차렸다. '그런 일이 일어났을 리가 있겠어. 어쩌면 외삼촌과 외숙모를 영영 볼 수 없었을지도 몰라.

두 분을 초대하도록 허락이나 받을 수 있었겠어.'

그렇게 생각하자 다행히 마음이 진정되었고, 뭔가 유감스러운 감정에서 벗어날 수 있었다.

그녀는 주인이 정말 부재중인지 관리인에게 묻고 싶은 마음이 간절했지만 그럴 용기는 없었다. 하지만 때마침 외삼촌이 그 질문을 던졌는데, 레이놀즈 부인이 대답을 하는 동안 그녀는 불안한 마음에 고개를 돌리고 있었다. 부인은 지금은 주인어른이 안 계신다고 말하면서 이렇게 덧붙였다. "하지만 아마 곧 여러 친구분들을 모시고 이리로 오실 겁니다." 엘리자베스는 그들의 여행이 어떤 상황에서도 하루 늦추지 않은 걸 몹시 기뻐했다!

그때 외숙모가 그림 한 점을 보라고 엘리자베스를 불렀다. 엘리자베스는 외숙모에게 다가가 벽난로 주위 벽면에 걸린 여러 점의 세밀화 가운데 위컴 씨의 초상화를 보았다. 외숙모는 미소를 지으며 초상화가 마음에 드는지 엘리자베스에게 물었다. 관리인이 그들에게 다가오더니, 이 초상화는 돌아가신 어르신의 집사로 일했던 분 아들인 젊은 신사의 것으로, 어르신께서 당신의 사비를 들여 그를 교육시켰다고 말했다. "이 젊은 신사는 지금 군대에 소속되어 있습니다." 그녀가 덧붙였다. "하지만 무척 난잡한 생활을 했던 모양이에요."

가드너 씨는 빙긋이 미소를 지으며 조카를 바라보았지만 엘리자베스는 아무런 대꾸도 할 수 없었다.

"그리고 이 그림은요." 레이놀즈 부인이 다른 한 점의 세밀화를 가리키며 말했다. "저희 주인 어르신의 초상화입니다. 주인 어르신과 상당히 닮았지요. 8년 전쯤 아까 그 초상화와 함께 그린 것입니다."

"주인께서 용모가 출중하시다는 말은 많이 들었어요." 가드너 부인이 그림을 보며 말했다. "정말 잘생기셨네요. 리지, 넌 저 그림이 주인분과 얼마나 닮았는지 알겠구나."

엘리자베스가 주인을 알고 있다는 투의 말에 레이놀즈 부인은 엘리자베스에게 차츰 관심이 갔다.

"이 젊은 숙녀분께서 다아시 씨를 아시나요?"

엘리자베스는 얼굴을 붉히며 말했다. "조금요."

"그렇다면 다아시 씨가 매우 잘생긴 신사라고 생각하지 않으시나요, 아가씨?"

"그럼요, 인물이 정말 훌륭하세요."

"전 이렇게 훌륭한 인물은 찾기 어렵다고 확신합니다. 2층 회랑에 가시면 이 그림보다 더 훌륭하고 큰 그림들을 보실 수 있을 거예요. 이 방은 돌아가신 다아시 어르신께서 가장 즐겨 찾으셨던 방으로서, 이 세밀화들은 모두 당시에 그려진 것이지요. 어르신께서는 이 그림들을 무척 좋아하셨습니다."

이 설명을 들은 엘리자베스는 위컴의 초상화가 왜 이곳에 걸려 있는지 이해할 수 있었다. 그 뒤 레이놀즈 부인은 다아시 양의 초상화 가운데 하나를 가리켰는데, 그녀가 겨우 여덟 살 때 모습을 그린 것이었다.

"다아시 양도 오빠 못지않게 외모가 훌륭합니까?" 가드너 씨가 물었다.

"오! 물론이지요. 지금까지 제가 본 아가씨 가운데 가장 아름다운 아가씨랍니다. 교양도 매우 뛰어나세요! 아가씨는 온종일 연주하고 노래하신답니다. 옆방에는 아가씨를 위해 방금 새로 들인 악기가 있어요. 주인께서 선물하신 것이지요. 내일 다아시 씨와 함께 이곳에 오실 겁니다."

가드너 씨는 편안하고 기분 좋은 태도로 질문과 의견을 더함으로써 부인이 즐겁게 설명하도록 부추겼다. 레이놀즈 부인은 자부심 때문이든 애정 때문이든 주인과 그의 누이동생에 대해 이야기하는 걸 무척 기뻐하는 모습이 역력했다.

"주인어른께서는 1년 중 펨벌리에 머무는 시간이 많으십니까?"

"그러시면 좋겠지만 제 바람만큼 오래 머무시지는 않습니다. 하지만 1년의 반은 이곳에 계실 거예요. 다아시 양은 매년 여름이면 이곳에 내려오시고요."

'나머지 기간에는 램스게이트에 있나 보다.' 엘리자베스는 생각했다.

"주인께서 결혼하시면 좀 더 자주 뵐 수 있으시겠군요."

"그렇겠지요. 하지만 주인께서 언제 결혼하실지 모르겠습니다. 다아시 씨와 아주 잘 어울리는 배필을 찾기가 쉽지 않을 것 같아요."

가드너 부부는 빙긋이 미소를 지었다. 이때 엘리자베스는 이렇게 말하지 않을 수 없었다. "그렇게까지 말씀하시는 걸 보니, 다아시 씨는 대단히 훌륭한 분이신가 봐요."

"저는 있는 그대로를 말씀드린 겁니다. 저희 주인어른을 아는 사람들은 모두 그렇게 말씀하실 거예요." 레이놀즈 부인이 대답했다. 엘리자베스는 부인의 말에 과장이 심하다고 생각했다. 그런데 저택 관리인이 덧붙여 한 말을 듣고 크게 놀랐다. "지금까지 저는 다아시 씨에게서 한 번도 불쾌한 말을 들어본 적이 없답니다. 그 분이 네 살 때부터 죽 보아왔는데 말이에요."

이 말은 엘리자베스가 전혀 생각하지 못한, 대단한 찬사 중의 찬사였다. 그가 온화한 성격은 아니라는 것이 그녀의 확고한 의견이었다. 순간 그녀는 저택 관리인의 말에 귀를 쫑긋 세우며 관리인이 다아시에 대해 좀 더 이야기하길 바랐는데, 마침 고맙게도 외삼촌이 이렇게 말했다.

"그런 찬사를 들을 수 있는 사람은 극히 소수에 불과하지요. 그렇게 훌륭한 주인을 모시고 계시니 정말 행운이겠습니다."

"네, 저도 그렇게 생각합니다. 세상을 다 돌아보아도 다아시 씨보다 훌륭한 분을 만날 수는 없을 거예요. 그래서 제가 늘 하는 말이 있답니다. 어릴 때 심성이 고운 사람은 커서도 심성이 곱게 마련이라고 말이지요. 다아시 씨는 어릴 때도 세상에서 제일 마음이 곱고 속이 넓으셨어요."

엘리자베스는 거의 그녀를 뚫어져라 바라보면서 생각했다. '다아시 씨가 정말 그랬단 말이야?'

"다아시 씨 부친도 아주 훌륭한 분이셨지요." 가드너 부인이
말했다.

"맞습니다, 부인. 정말 훌륭한 분이셨어요. 그 아드님도 부친
과 똑같으실 거예요. 다아시 씨도 부친과 마찬가지로 불쌍한 사
람들을 그냥 보고 넘기지 못하시거든요."

엘리자베스는 이야기를 들으며 경외감과 의혹을 느꼈고 좀
더 많은 이야기를 듣고 싶어 조바심이 났다. 레이놀즈 부인이
다른 이야기를 할 땐 아무런 흥미를 느낄 수가 없었다. 부인은
그림의 주제와 방의 크기, 가구의 가격 등을 이야기했지만 엘리
자베스의 귀에는 아무런 소리도 들어오지 않았다. 주인에 대해
지나치다 싶을 만큼 칭찬을 하며 펨벌리 가문을 향해 각별한 애
정을 드러내는 레이놀즈 부인의 태도를 가드너 씨는 무척 기분
좋게 받아들였고, 곧이어 주인에 대한 이야기로 다시 화제를 돌
렸다. 그러자 부인은 으리으리한 계단을 함께 올라가면서 주인
의 수많은 장점들을 열심히 나열했다.

"지금까지 다아시 씨만큼 훌륭한 지주이자 주인은 없을 거예
요." 그녀가 말했다. "자기밖에 모르고 제멋대로인 요즘 젊은이
들과는 크게 다르지요. 소작인과 하인들 모두가 그분에 대해 입
에 침이 마르도록 칭찬할 겁니다. 간혹 다아시 씨가 오만하다고
말하는 사람도 있지만, 전 한 번도 그런 모습을 뵌 적이 없어요.
제 생각엔 아마 다아시 씨가 다른 젊은이들처럼 말을 잘하는 성
격이 아니라서 그런 오해를 받는 것 같습니다."

'이런 말을 들으니 그가 정말 인정 많은 사람 같은걸!' 엘리자베스가 생각했다.

"다아시 씨에 대해 아주 극찬을 하는구나." 그들이 걸어갈 때 외숙모가 낮은 목소리로 말했다. "하지만 우리의 딱한 친구를 대하는 태도와는 전혀 일치하지 않아."

"어쩌면 우리가 속은 건지도 몰라요."

"그럴 리가. 근거가 아주 확실한데."

그들은 2층의 넓은 로비에 도착해, 아래층 방들보다 훨씬 우아하고 밝게 꾸며진 매우 아름다운 거실로 안내를 받았다. 다아시 양이 지난번 펨벌리에서 지냈을 때 이 방을 유독 마음에 들어 하는 것을 보고 그녀를 기쁘게 하기 위해 바로 얼마 전에 새로 꾸몄다고 했다.

"정말 좋은 오빠가 분명하군요." 엘리자베스가 창가를 향해 다가가며 말했다.

레이놀즈 부인은 다아시 양이 이 방에 들어서면 무척 좋아할 거라고 기대했다. "다아시 씨는 늘 그러신답니다." 그녀가 덧붙여 말했다. "누이동생이 좋아할 일이라면 무엇이든 즉시 해주시지요. 동생을 위해서라면 어떤 일이라도 하실 거예요."

이제 그림이 전시된 회랑과 주로 사용하는 침실 두세 개만 둘러보면 저택을 모두 둘러보는 셈이었다. 회랑에는 멋진 그림들이 제법 많았지만, 엘리자베스는 그림을 잘 모르는 데다 이미 아래층에서 한 차례 보고 왔기 때문에, 다아시 양이 크레용으로 그린 몇 점의 그림에 자연스레 관심이 갔다. 그녀의 그림 주제는 대체로 다른 그림들보다 더 흥미로웠고 이해하기도 훨씬 쉬웠다.

회랑에는 다아시 가문 사람들의 초상화가 꽤 많이 걸려 있었지만 외부인의 관심을 끌 만한 작품은 거의 없었다. 엘리자베스는 아는 얼굴이 그려진 초상화를 찾아서 걸음을 옮겼다. 그리고 마침내 그림 한 점이 그녀의 시선을 끌었는데, 그림 속 인물이 다아시 씨와 무척 닮았고 미소를 보니 그가 그녀를 바라보며 이따금 지어보인 미소가 떠올랐다. 그녀는 진지하게 생각에 잠긴 채 한참 동안 그림 앞에 서 있었으며, 모두가 회랑을 나서기 전에 그림 앞으로 되돌아와 다시 한 번 그림을 보고 갔다. 레이놀즈 부인은 이 그림은 다아시 씨 부친께서 살아계실 때 그린 것이라고 그들에게 설명해주었다.

지금 이 순간 엘리자베스는 확실히 그림의 실제 인물과 한창 자주 마주칠 때보다 그에게 더욱 온화한 느낌을 갖게 되었다. 레이놀즈 부인이 그에게 바친 찬사는 결코 하찮게 볼 수 없었다. 총명한 하인의 찬사보다 더 가치 있는 찬사가 있을까? 엘리자베스는 생각해보았다. 오빠로서, 지주로서, 주인으로서 그의 보호 안에 정말 많은 사람들의 행복이 놓여 있겠지! 그의 능력으로 커다란 기쁨도 가혹한 고통도 줄 수 있을 것이다! 그가 가진 힘 정도면 아름다운 선행도 끔찍한 악행도 얼마든지 행할 수 있을 것이다! 저택 관리인이 직접 이야기한 다아시의 인품은 모두가 호의적인 것들뿐이었다. 엘리자베스는 그의 모습이 그려진 그림 앞에 서서 자신을 바라보는 그의 시선을 받으며, 자신에게 보여주었던 그의 관심에 그 어느 때보다 깊은 고마움을 느꼈다. 그가 보내준 뜨거운 호감을 떠올리자 다소 서툴렀던 표현에도 마음이 누그러졌다.

그들은 일반인에게 공개된 저택 내부를 모두 둘러본 후에 다시 아래층으로 내려가 저택 관리인에게 작별 인사를 한 다음, 현관문 앞에서 그들을 기다리던 정원사의 안내를 받았다.

그들이 개울 쪽으로 난 잔디밭을 가로질러 걷고 있을 때 엘리자베스는 뒤를 돌아 다시 한 번 저택을 바라보았다. 외삼촌과 외숙모도 멈춰 섰다. 그런데 그녀가 이 저택이 언제쯤 지어졌을지 가늠하고 있을 때 마구간 앞으로 이어진 길에서 불쑥 저택 소유주의 모습이 나타났다.

그들 사이의 거리는 20야드(약 18미터)도 채 떨어지지 않은데다 그가 너무도 갑작스럽게 모습을 드러냈기 때문에 미처 그의 시선을 피할 새가 없었다. 두 사람은 즉시 시선이 마주쳤고 두 사람 모두 뺨이 빨갛게 달아올랐다. 그는 너무 놀라 한동안 꼼짝 않고 그 자리에 서 있었다. 하지만 곧 정신을 가다듬고 그들을 향해 다가와, 완벽하게 침착한 태도라고는 할 수 없으나 적어도 매우 정중하게 그녀에게 말을 건넸다.

엘리자베스는 본능적으로 그를 외면했지만 그가 다가오자 걸음을 멈추었고, 당황한 기색을 미처 감추지 못한 채 그의 인사를 받았다. 가드너 부부는 그를 처음 대면한 터라, 지금 눈앞에 나타난 사람이 방금 자세히 보고 나온 그림과 흡사하지만 설마 다아시 씨일 거라고는 믿어지지가 않았다. 하지만 주인을 보자마자 놀라는 정원사의 표정을 보고 그가 다아시 씨라는 걸 즉시 알았을 것이다. 그가 조카와 이야기를 나누는 동안 가드너 부부는 조금 떨어져 서 있었다. 엘리자베스는 너무 놀라고 혼란스러워서 눈을 들어 그의 얼굴을 쳐다볼 수도 없었고, 그가 정중하게 가족들의 안부를 묻는 말에 뭐라고 답을 해야 할지 알 수가 없었다. 지난번 헤어진 후로 그의 태도가 달라진 데 놀라서 그가 입을 열 때마다 엘리자베스는 점점 더 당혹스러웠다. 게다가 이곳에서 그와 마주치게 되었다는 사실이 부적당하다는 생각을 지울 수가 없어, 그와 함께 있는 이 짧은 시간이 지금까지 살아오면서 가장 불편한 시간처럼 여겨졌다. 그 역시 썩 여유로워 보이지는 않았다. 말을 할 때 억양은 평소와 달리 전혀 차분하지 못했고, 롱번으로 언제 출발할 예정인지 더비셔에는 얼마나 머물 계획인지 성급한 말투로 자꾸만 반복해서 묻는 걸 보니 그 역시 몹시 혼란스러운 상태에서 말을 하는 것이 분명했다.

마침내 대화 소재가 떨어졌는지 그는 잠시 아무 말 없이 서 있다가, 돌연 마음을 진정시키고 작별 인사를 한 다음 자리를 떠났다.

그러자 외삼촌과 외숙모가 그녀에게 다가와 다아시의 외모에 대해 칭찬을 아끼지 않았다. 하지만 엘리자베스의 귀에는 아무 말도 들어오지 않았고 오로지 혼자만의 감정에 빠져 조용히 그들을 따라갔다. 부끄러움과 속상한 마음을 억제할 수가 없었다. 이곳에 오겠다는 발상 자체가 세상에서 가장 말이 안 되는 한심한 생각이었다! 그에게 얼마나 이상하게 비쳐졌을까! 안 그래도 허영심이 큰 사람인데 하필 이곳에서 그를 만나다니 이보다 불명예스러운 일이 또 있을까! 어쩌면 다시 그의 관심을 얻어 보려고 일부러 이곳에 왔다고 생각할지도 몰랐다! 아! 내가 왜 이곳에 왔을까? 아니, 그는 하필 왜 예정보다 하루 일찍 이곳에 온 걸까? 이곳에 10분만 빨리 왔더라면 그의 눈에 띌 일은 없었을 텐데. 그는 그 시간에 막 도착해서 말이나 마차에서 내린 것이 분명했다. 그녀는 결코 원하지 않았던 만남을 생각하며 연신 얼굴을 붉혔다. 게다가 눈에 띄게 달라진 그의 행동을 어떻게 해석해야 좋을까? 그녀에게 먼저 말을 걸다니 너무도 뜻밖의 일이었다! 그토록 정중한 태도로 가족들의 안부까지 챙겨 묻다니! 이번 뜻밖의 만남에서처럼 그가 어깨에 힘을 주지 않고 편안한 태도로 그처럼 부드럽게 이야기하는 모습을 지금까지 한 번도 본 적이 없었다. 로징스 파크에서 마지막으로 그를 본 날, 그녀에게 편지를 건네던 태도와 너무도 대조적인 모습이었다! 그녀는 그의 태도를 어떻게 생각해야 할지, 어떻게 이해해야 할지 알 수가 없었다.

그들은 이제 개울 옆의 아름다운 산책길로 접어들었다. 한 걸음씩 내딛을 때마다 웅장한 정원의 비탈을 가까이에서 감상할 수 있었고 숲의 화려한 경치에 더 가까이 다가갈 수 있었다. 그러나 엘리자베스는 어느 정도 시간이 지나서야 이런 풍경들이 눈에 들어왔다. 또한 외삼촌과 외숙모가 연발하는 감탄사에 건성으로 대꾸했고, 겉으로는 두 분이 가리키는 풍경들에 시선을 옮기는 것처럼 보였지만 실은 어떤 장면도 눈에 들어오지 않았다. 그녀는 펨벌리 저택의 어느 한 부분, 그곳이 어디든 지금 다아시 씨가 있을 그 어느 곳에만 온통 정신이 팔려 있었다. 지금 이 순간 그가 무슨 생각을 하고 있을지, 그녀를 어떻게 생각하고 있을지, 아니 다 그만두고, 아직도 자신이 그에게 소중한 존재일지 몹시 궁금했다. 어쩌면 그가 그렇게 예의 바르게 대했던 이유는 이제는 그녀에 대한 마음이 아주 담담해졌기 때문일지도 몰랐다. 하지만 그의 목소리가 썩 편안하게만 들리지는 않았다. 그가 그녀를 마주친 것이 고통스러웠는지 즐거웠는지는 알 도리가 없지만, 그녀를 침착하게 볼 수 없었던 건 확실했다.

그때, 왜 그렇게 얼이 빠져 있느냐는 외삼촌과 외숙모의 말에 엘리자베스는 겨우 정신을 차리고 평소 모습대로 보여야겠다고 생각했다.

그들은 숲으로 들어가 잠시 개울에 작별을 고한 뒤 좀 더 높은 지대로 올라갔다. 그곳에서는 나무들 사이로 계곡 주위의 황홀한 경치와 드넓게 숲이 펼쳐진 맞은편 언덕들이 보였고 드문드문 계곡도 드러나 눈을 두리번거리게 만들었다. 가드너 씨는 정원 전체를 둘러보고 싶다고 했지만 걷기에 벅찰 만큼 넓지 않을까 걱정도 되었다. 하지만 전체 둘레가 10마일(약 16킬로미터) 정도라는 말을 듣자 모두들 의기양양한 미소를 지었다. 그 정도 거리면 문제없었다. 그들은 제법 눈에 익은 우회로를 따라가다가 잠시 후 나무들이 늘어선 내리막길로 다시 내려와서 폭이 가장 좁은 개울 가장자리에 다다랐다. 그런 다음 주변 경치와 아주 잘 어울리며 어디에서나 흔히 볼 수 있는 단순한 모양의 다리를 건넜다. 이 지점은 그들이 지금까지 방문했던 그 어떤 장소보다 꾸밈이 없는 있는 그대로의 모습을 간직했는데, 이곳에서부터 계곡이 좁아져 작은 개울이 흐르고 그 가장자리의 거친 덤불 사이로 좁다란 길 하나가 나 있었다. 엘리자베스는 구불구불한 계곡길을 걷고 싶었지만, 오래 걷는 걸 힘들어 하는 가드너 부인은 다리를 건너 저택에서 꽤 멀어졌다는 사실을 알고는 더 이상 걷지 못하고 될 수 있는 한 빨리 마차로 돌아가길 바랐다. 따라서 엘리자베스는 하는 수 없이 그들의 제안에 따랐고, 이제 모두들 가장 가까운 방향에 있는 개울 맞은편 저택을 향해 되돌아갔다. 하지만 그들은 속도를 내지 못했다. 가드너 씨는 좀처럼 취미에 빠지는 일이 없지만 낚시만큼은 무척 좋아해서, 이따금 개울에서 송어가 눈에 띄면 안내인과 송어에 대해 이야기하느라 온통 정신이 팔린 바람에 걸음이 느려졌기 때문이다. 이렇게 느적느적 거닐던 그들은 또 한 번 깜짝 놀랐다. 엘리자베스 역시 처음과 마찬가지로 이번에도 크게 놀랐다. 다아시 씨가 그들 쪽으로 다가와 그리 멀지 않은 곳에 서 있었던 것이다. 이쪽 산책길은 반대편 산책길보다 덜 가려져 있어서 그와 마주치기 전에 그들이 먼저 그를 알아볼 수 있었다. 엘리자베스는 놀라긴 했지만, 아까에 비하면 적어도 그를 마주할 마음의 준비는 할 수 있었다. 그래서 그가 정말로 그들을 만날 생각으로 이곳에 오는 거라면 이번엔 침착한 태도로 차분하게 말하겠다고 결심했다. 그러면서도 혹시 그가 다른 길로 방향을 돌릴지 모른다고 잠시 동안 생각하기도 했다. 그리고 산책길 모퉁이에 가려 그의 모습이 보이지 않자 자신의 생각이 옳았다며 마음을 놓았다. 그런데 그가 모퉁이를 돌아 이내 그들 앞에 나타났다. 얼핏 보아도 그는 조금 전의 정중함을 조금도 잃지 않았음을 알 수 있었다. 그와 마주치자 그녀도 그의 정중함을 흉내 내어 주변 경치의 아름다움을 칭찬하기 시작했다. 하지만 '매력적이다', '황홀하다' 같은 단어 외에 딱히 떠오르는 단어가 없었고, 이렇게 찬사를 보낸 후 곧이어 유감스러운 기억들이 불쑥 떠올라 어쩐지 펨벌리를 칭찬하는 자신의 모습이 그에게 짓궂게 받아들여질 것 같다는 생각이 들었다. 그 바람에 그녀의 안색이 바뀌었고 그녀는 더 이상 아무 말도 할 수가 없었다.

가드너 부인은 조금 뒤에 떨어져 서 있었다. 엘리자베스가 잠시 말을 멈추자 그는 일행 분들을 소개하는 영광을 베풀어달라고 부탁했다. 이 공손한 제의는 정말 뜻밖이었다. 그가 이런 부탁을 하리라고는 전혀 생각하지 못했다. 그가 청혼했을 때, 그의 자존심이 도저히 허락하지 않는다던 바로 그 사람들 가운데 일부와 이제는 알고 지내려 하다니, 엘리자베스는 웃음을 참을 수가 없었다. '얼마나 놀랄까.' 엘리자베스는 생각했다. '이분들이 누군지 알게 되면 말이야! 혹시 이분들을 상류층 사람들이라고 생각하는 것 아닐까.'

그러나 엘리자베스는 즉시 가드너 부부를 소개했다. 그리고 그들이 자신과 어떤 관계인지 설명하면서 그가 이 상황을 어떻게 견디는지 보려고 그의 표정을 슬쩍 엿보았다. 혹시 이처럼 불명예스러운 사람들로부터 한시바삐 벗어나려 하지 않을까 하는 생각도 슬며시 들었다. 이분들이 그녀와 어떤 관계인지 설명을 들었을 때 그는 분명히 놀라는 표정을 보였다. 하지만 의연한 태도를 유지했고, 절대로 되돌아가기는커녕 오히려 그들과 합류하여 가드너 씨와 대화를 나누기 시작했다. 엘리자베스는 몹시 기뻤고 무척 뿌듯했다. 부끄럽지 않은 친척들이 있다는 걸 그에게 알려줄 수 있어 마음이 놓이기도 했다. 그녀는 두 사람 사이에 오가는 대화들을 빠짐없이 듣기 위해 주의 깊게 귀를 기울였고, 외삼촌의 지성과 안목, 바른 예절이 드러나는 표현 하나하나 문장 한 마디 한 마디가 무척 자랑스러웠다.

화제는 곧 낚시로 이어졌다. 그녀는 다아시 씨가 외삼촌에게 이 근처를 여행하시는 동안 언제든 이곳에 와서 낚시를 하셔도 좋다고 대단히 정중하게 초대하는 말을 들었다. 뿐만 아니라 그는 외삼촌에게 낚시 도구를 빌려주겠다고 제안했고, 개울에서 주로 고기가 많이 낚이는 장소들을 알려주기도 했다. 엘리자베스와 팔짱을 끼고 걷고 있던 가드너 부인은 의아해하며 의미심장한 표정으로 그녀를 바라보았다. 엘리자베스는 아무 말도 하지 않았지만 속으로는 무척 기뻤다. 이처럼 정중한 태도를 보이는 이유는 순전히 자기 때문인 게 분명했다. 하지만 그렇다고 해도 이 상황이 너무 놀라서 같은 생각을 계속 반복하고 있었다. '그가 왜 이렇게 달라진 걸까? 무엇이 그를 이토록 다른 사람으로 만들었을까? 나 때문에 이렇게까지 할 리는 없어. 굳이 나를 위해서 태도가 이렇게 부드럽게 바뀔 리가 있겠어. 내가 헌스퍼드에서 얼마나 그를 비난했는데, 그 비난을 다 듣고도 이렇게 다른 태도를 보일 리가 없지. 아직도 날 사랑한다는 건 있을 수 없는 일이야.'

한동안 숙녀 둘은 앞에서 신사 둘은 뒤에서 길을 걷다가, 희귀한 모양의 수초를 좀 더 자세히 보기 위해 개울가로 내려갔다 온 다음부터 서로의 자리가 조금 바뀌었다. 원인은 가드너 부인 때문이었다. 그녀는 아침부터 줄곧 걷느라 몹시 피곤한 상태여서 엘리자베스의 팔에 의지하기에는 힘이 달렸기 때문에 남편의 팔에 부축을 받고 싶었다. 따라서 다아시 씨가 가드너 부인의 조카 옆에서 걷게 되었고, 그때부터 두 사람이 함께 걸었다. 잠시 침묵이 흐른 뒤 엘리자베스가 먼저 입을 열었다. 그녀는 펨벌리에 오기 전에 그가 이곳에 없다는 사실을 확인했음을 그에게 알리고 싶었다. 따라서 그를 보게 된 건 정말 뜻밖이라고 말을 꺼냈다. "저택 관리인이 우리에게 알려준 바로는, 당신이 내일까지는 이곳에 오시지 않을 거라고 했답니다." 그녀가 덧붙였다. "실은 베이크웰을 떠나기 전에 우리는 당신이 이곳에 이렇게 빨리 오지는 않을 거라고 알고 있었어요." 그는 그녀의 말이 모두 사실이라고 인정했다. 그러면서 집사와 처리할 문제가 있어 함께 여행하던 일행들보다 몇 시간 먼저 이곳에 도착하게 되었다고 말했다. "그들은 내일 아침 일찍 이곳에 도착하게 될 겁니다." 그가 말을 이었다. "그리고 그들 가운데에는 당신이 아는 사람들도 있을 겁니다. 빙리 씨와 그 누이들이지요."

엘리자베스는 가벼운 목례만으로 대답을 대신했다. 하지만 그녀는 곧 그들 사이에서 빙리 씨의 이름이 마지막으로 거론되던 때를 떠올리지 않을 수 없었다. 그리고 그의 안색으로 판단하건대 그의 생각도 아주 다르지 않은 것 같았다.

"그리고 일행 중에는 다른 사람도 한 명 더 있습니다." 그가 잠시 사이를 둔 다음 말을 이었다. "당신에게 인사하기를 무척 고대하는 사람이지요. 당신이 램턴에 머무는 동안 제 동생을 소개해드려도 될까요? 혹시 너무 무리한 부탁일까요?"

그런 제안은 정말이지 전혀 생각하지 못했다. 그녀에게는 너무도 뜻밖의 제안이라 어떤 방식으로 응해야 좋을지 몰랐다. 그녀는 곧 자신과 알고 지내고 싶다는 다아시 양의 소망이 얼마나 간절하든 오빠의 힘이 작용한 게 분명하다고 생각했으며, 이 사실은 더 깊이 생각하지 않더라도 매우 만족스러웠다. 그가 그녀에게 적대감을 느껴 그녀를 아주 나쁘게 생각하지 않는다는 걸 알게 되어 무척 기뻤다.

이제 그들은 각자 깊은 생각에 빠져 말없이 걷기만 했다. 엘리자베스는 마음이 편하지 않았다. 편하기란 불가능했다. 하지만 한편 우쭐해지고 기쁘기도 했다. 누이동생을 소개시키고 싶다는 바람은 찬사 중에서도 최고의 찬사였다. 그들은 곧 가드너 부부보다 한참 앞섰고 그들이 마차에 도착했을 때 가드너 부부는 2백 미터나 뒤처져 있었다.

이제 다아시 씨는 그녀에게 집 안으로 들어가지 않겠냐고 청했고, 그녀는 피곤하지 않다고 말해 두 사람은 함께 잔디 위에서 있었다. 이럴 땐 대화를 하는 것이 서로에게 훨씬 편할 테고 침묵만큼 어색한 것도 없었다. 그녀는 무슨 말이든 하고 싶었지만 화제들이 전부 머릿속에 갇혀 빠져나오지 못하는 것만 같았다. 마침내 자신이 여행 중이라는 데 생각이 미쳐, 그들은 더 이상 대화 내용이 떨어질 때까지 매틀록과 도브데일에 대해 굉장한 인내심을 갖고 이야기했다. 그러나 시간은 더디게 흘렀고 외숙모의 걸음은 아주 느렸다. 둘만의 이야기가 다 끝나기도 전에 그녀의 인내심도 생각도 거의 바닥이 나버렸다. 가드너 부부가 다가오자 다아시 씨는 모두들 집 안으로 들어가 가벼운 다과라도 들다 가시라고 간청했지만, 그들은 최대한 정중하게 제안을 물리치고 각자 헤어졌다. 다아시 씨는 숙녀들이 마차에 오르도록 도왔고, 마차가 출발하자 엘리자베스는 그가 저택을 향해 천천히 걸음을 옮기는 모습을 바라보았다.

드디어 외삼촌과 외숙모가 관찰 결과를 발표하기 시작했다. 두 사람 모두 다아시 씨가 기대 이상으로 대단히 훌륭한 젊은이라고 입을 모았다. "품행 바르고, 예의 바르고, 겸손하고, 아주 완벽한 젊은이더구나." 외삼촌이 말했다.

"좀 거만해 보이는 면이 있긴 하더라." 외숙모가 말을 받았다. "하지만 태도가 그래 보일 뿐이지 무례하다는 의미는 아니야. 나도 이제 저택 관리인처럼 말할 수 있을 것 같구나. 어떤 사람은 그를 오만하다고 할지 모르지만 난 그런 모습을 본 적이 없다고 말이야."

"그가 우리를 대하는 태도에 얼마나 놀랐는지 모른다. 대단히 예의 바르고 배려가 깊더구나. 그렇게까지 세심하게 신경 쓰지 않아도 됐는데 말이야. 엘리자베스와 안면이 있다고 하지만 그게 뭐 대수라고."

"확실히 리지……" 외숙모가 말했다. "위컴만큼 잘생기진 않았더라. 얼굴은 위컴만 못한 것 같아. 하긴 위컴이 워낙 완벽하게 잘생겼잖니. 그런데 넌 무엇 때문에 우리에게 그 사람이 아주 불쾌하다고 말했던 거니?"

엘리자베스는 최대한 변명을 하면서 처음 인사했을 때에 비하면 지난번 켄트에서 봤을 때 태도가 훨씬 좋아졌고, 오늘 아침처럼 자상한 모습은 자기도 처음 봤다고 말했다.

"그렇다면 그 사람, 때에 따라 정중하게 대하는 태도가 조금씩 달라질 수도 있겠구나." 외삼촌이 말했다. "상류층 사람들이 대개 그러는 것처럼 말이야. 그런 거라면 낚시를 함께하자던 말도 곧이들어서는 안 되겠다. 언제 또 마음이 바뀌어서 자기네 정원에 출입하지 말라고 경고할지 누가 알겠냐."

엘리자베스는 두 분이 그의 성격을 크게 오해하고 있다고 생각했지만 아무 말도 하지 않았다.

"우리가 봤을 땐 그가 불쌍한 위컴을 대한 것처럼 누군가에게 잔인하게 대했을 것 같지는 않구나." 가드너 부인이 말을 이었다. "그렇게 천성이 나쁜 사람으로는 보이지 않아. 아니, 오히려 말할 때 보니까 입가에 붙임성 있는 표정도 지었더라. 게다가 얼굴에 기품 같은 것이 배어 있어서 누구도 그의 심성을 나쁘게 생각할 수 없을 것 같아. 그렇지만 우리에게 저택을 안내한 부인이 그의 성품에 대해 한 말은 과장이 너무 심했어! 한 번씩 크게 웃음이 나올 뻔해서 혼났단다. 하지만 어쨌든 그가 관대한 주인인 것 같긴 해. 그러니 하인 눈에는 그런 모습이 대단히 덕망 있게 보이는 거겠지."

이때 엘리자베스는 위컴에 대한 다아시의 행동을 변호하기 위해 무슨 말이든 해야 할 것 같았다. 그래서 켄트에서 그의 친척들에게 들은 이야기에 따르면 다아시의 행동이 아주 다른 식으로 해석될 수 있으며, 하트퍼드셔에서 그들이 생각했던 것처럼 다아시의 성격에 결함이 있는 것은 절대로 아닐 뿐만 아니라 위컴도 썩 괜찮은 사람이 아니라고 외삼촌과 외숙모에게 아주 조심스럽게 이야기했다. 그리고 그 증거로, 정확한 출처는 밝힐 수 없지만 믿을 만한 사람에게 들은 이야기라며 다아시와 위컴 사이에 오갔던 모든 금전상의 거래에 대해 상세하게 말했다.

가드너 부인은 무척 놀랐고 크게 걱정했다. 하지만 행복했던 옛 장소가 가까워오자 다른 생각들은 깡그리 잊고 즐거운 추억들만 새록새록 떠올랐다. 게다가 남편에게 주위의 흥미로운 장소들을 일일이 가리키느라 한껏 신이 나서 다른 건 아무것도 생각할 수 없었다. 그녀는 아침부터 산책을 하느라 제법 피곤할 텐데도 식사를 마치자하자 다시 옛 친구들을 찾아 나서기 시작했고, 저녁에는 몇 년 동안 소식이 끊긴 친구들과 재회하여 회포를 풀었다.

엘리자베스는 그날 일들에 너무 골몰한 나머지 새로 만난 사람들에게는 거의 신경을 쓰지 못했다. 다아시 씨가 왜 그토록 정중하게 자신을 대했는지, 무엇보다 그의 누이동생과 알고 지내길 바라는 이유가 무엇인지 무척 궁금해서, 그 문제를 생각하고 또 생각하느라 다른 일은 아무것도 손에 잡히지 않았다.

44

엘리자베스는 다아시 씨의 누이동생이 펨벌리에 도착하면 바로 그 다음 날 다아시 씨가 그녀와 함께 자신을 방문할 거라고 확신했다. 따라서 그날 오전에는 여관에서 먼 곳에는 나가지 않기로 결심했다. 하지만 그녀의 판단은 어긋났다. 엘리자베스 일행이 램턴에 도착한 다음 날 아침에 이들 방문객들이 찾아온 것이다. 엘리자베스 일행이 새 친구들 몇 명과 여관 주위를 산책한 다음 다 같이 식사를 하기 위해 옷을 갈아입으러 여관에 막 돌아왔을 때였다. 마차 소리가 들려 창문 밖을 내다보니 이륜 쌍두마차가 신사 한 명과 숙녀 한 명을 태우고 달려오는 모습이 보였다. 엘리자베스는 즉시 마차의 모양을 알아보고 무슨 일이 있을지 짐작했다. 그래서 그녀가 기대했던 기쁜 소식을 외삼촌과 외숙모에게 알려 두 분을 크게 놀라게 했다. 두 사람은 너무 갑작스러운 소식에 어안이 벙벙했다. 그리고 말을 전할 때 엘리자베스가 당황해하는 태도며 지금 벌어진 상황, 그리고 어제 있었던 여러 가지 일들을 종합해보면서 이 일을 새롭게 이해하게 되었다. 지금까지 한 번도 생각하지 못한 일이지만, 지금 와서 따져보니 그가 조카에게 각별한 애정이 있지 않고서야 이런 곳에서 이런 식으로 관심을 보이는 것에 대해 달리 설명할 방법이 없었다. 이처럼 새로운 생각들이 그들의 머릿속을 맴도는 동안, 엘리자베스의 혼란한 감정은 매 순간 커지고 있었다. 당황해하는 자신의 모습이 스스로도 무척 놀라웠다. 불안해하는 여러 가지 이유 가운데에는 다아시 씨가 자신을 사랑하는 마음에 누이동생에게 자신에 대해 너무 좋게만 이야기했을까 봐 겁이 났기 때문이었다. 또한 엘리자베스 역시 누이동생의 호감을 사고 싶은 마음이 평소보다 더욱 간절해서 누이동생을 기쁘게 하기 위해 지나치게 애쓰다 오히려 그녀를 실망시키면 어쩌나 하는 자연스러운 의혹이 들었다.

엘리자베스는 밖에서 자신의 모습이 보일까 봐 얼른 창문에서 물러섰다. 그리고 마음을 진정시키기 위해 방안을 서성거렸는데, 호기심과 놀라움이 뒤섞인 외삼촌 부부의 표정을 보니 오히려 더욱 불안해졌다.

마침내 다아시 양과 그녀의 오빠가 나타났고, 두려워하던 소개가 이루어졌다. 엘리자베스는 다아시 양 역시 적어도 자기만큼 당황하고 있다는 걸 알고 놀랐다. 램턴에 온 이후 다아시 양이 대단히 거만하다는 말을 들었는데, 잠시 대면하고 보니 그녀가 굉장히 수줍음이 많은 아가씨일 뿐임을 확신할 수 있었다. 엘리자베스는 다아시 양에게서 단답형 대답 외에 어떤 말도 얻어내기 어렵다는 걸 알았다.

다아시 양은 키가 큰 편이었고 몸집도 엘리자베스보다 컸다. 이제 막 열여섯 살이 넘었지만 몸매는 균형이 잡혀 있었고 외모는 여성스러웠으며 기품이 넘쳤다. 오빠보다 매력적이지는 않았지만 얼굴에는 지혜와 선한 마음이 엿보였고, 태도에는 겸손과 예의가 배어 있었다. 엘리자베스는 다아시 씨에게 줄곧 느꼈던 것처럼 그의 누이동생도 매사를 예리하고 침착하게 바라볼 거라고 예상했지만, 두 사람의 인상이 전혀 다르다는 것을 확인하고 크게 안심했다.

그들이 방문한 지 얼마 되지 않았을 때 다아시는 빙리도 이곳으로 오는 길이라고 말했다. 그녀가 크게 기뻐하며 방문객을 맞기 위해 준비하려는데, 빠른 걸음으로 계단 위를 걸어오는 발자국 소리가 들렸고 곧이어 빙리가 방으로 들어섰다. 그를 향한 엘리자베스의 분노는 이미 사라진지 오래였다. 설사 아직까지 조금이나마 분노가 남아 있다 할지라도, 그녀를 다시 만나자마자 꾸밈없이 진실하게 자신의 마음을 털어놓는 데야 끝까지 화를 내기도 어려웠을 것이다. 그는 오랜만에 만나면 흔히들 그렇듯이 친근하게 가족들 안부를 물었다. 표정이며 말투가 예전과 다름없이 여전히 상냥하고 편안했다.

엘리자베스 못지않게 가드너 부부도 빙리라는 인물에게 관심이 많았다. 그들은 오래전부터 그를 보고 싶어 했다. 하긴 사실상 그들 앞에 있는 사람들 모두가 그들에게 대단한 관심을 불러일으켰다. 다아시 씨와 조카의 관계를 막연히 눈치챈 다음부터 그들은 두 사람을 신중하고 진지하게 관찰하게 되었고, 곧이어 그들의 탐색 결과 적어도 둘 중 한 사람은 사랑이라는 감정에 대해 알고 있다고 확신할 수 있었다. 엘리자베스의 감정은 여전히 조금 미심쩍었지만, 다아시 씨는 엘리자베스를 향한 사모의 마음을 주체하지 못하는 모습이 확연했다.

엘리자베스는 나름대로 할 일이 많았다. 자신을 찾아온 손님들 한 사람 한 사람의 기분을 알고 싶었고, 자신의 마음도 차분히 가라앉히고 싶었으며, 모두에게 상냥하게 대하고 싶었다. 그리고 실패할까 봐 가장 크게 걱정했던 마지막 목표에 대해 확실한 성공을 거두었다. 그녀가 기쁘게 해주려고 애쓴 사람들이 이미 그녀에게 호감을 느꼈기 때문이다. 빙리는 기꺼이 즐거워했고, 조지아나는 즐거워하고 싶은 마음이 간절했으며, 다아시는 즐거워하기로 결심했다.

빙리를 보고 있노라니 엘리자베스의 생각은 자연히 언니를 향했다. 그리고 아! 빙리가 예전처럼 언니를 생각하고 있는지 몹시도 간절하게 알고 싶었다. 엘리자베스는 그가 예전보다 말수가 적어졌다는 생각을 이따금 하게 되었고, 그가 자신을 보면서 언니와 닮은 점을 찾으려 애쓰는 모습을 한두 번 발견하면서 내심 기뻐했다. 그리고 혹시 착각에 불과할지 모르지만, 제인의 경쟁자라고 생각했던 다아시 양을 향한 빙리의 태도를 보면서 진실이 무엇인지 분명하게 알 수 있었다. 양쪽 가운데 어느 쪽도 서로에게 특별한 관심을 보이지 않는 것 같았다. 두 사람 사이에서는 빙리의 누이동생이 바라던 바를 확인할 만한 아무런 조짐도 일어나지 않았다. 게다가 그러길 바라는 마음이 너무 커서 이런 생각을 하게 됐는지 모르겠지만, 헤어지기 전에 빙리는 제인을 회상하는 말들을 넌지시 비쳤는데 그 목소리에는 아직도 제인에 대한 애정이 그대로 남아 있는 것 같았고, 제인을 언급하게끔 하는 대화를 좀 더 많이 나누고 싶은 마음이 확연하게 보였다. 그는 다른 사람들이 모여 이야기를 하고 있을 때 엘리자베스에게 다가가 깊이 후회하는 듯한 심정이 배인 목소리로 "제인을 만나 행복한 시간을 보낸 지가 너무 오래됐습니다"라고 말했으며, 그녀가 대답을 하기도 전에 이렇게 덧붙였다. "벌써 여덟 달이 지났군요. 우리가 다 함께 네더필드에서 춤을 추던 11월 26일 이후로 본 적이 없으니 말이에요."

엘리지베스는 그가 정확하게 기억하고 있다는 걸 알게 되어 기뻤다. 이후에도 그는 다른 사람들과 떨어져 있을 때 기회를 봐서, 자매들 모두 아직 롱번에 있는지 그녀에게 물어보았다. 이 질문이나 앞에서 했던 말이나 별로 솔깃한 내용은 없었지만, 그의 표정과 태도는 상당히 의미심장했다.

엘리자베스는 정작 다아시 씨에게는 자주 눈길을 돌릴 수 없었다. 하지만 언뜻언뜻 그를 볼 때마다 그는 대체로 공손하고 부드러운 표정을 지어 보였고, 친구들과 이야기할 때도 건방지거나 경멸하는 듯한 말투는 전혀 찾아볼 수 없어, 어제 목격했던 정중한 태도가 아무리 일시적이라 해도 최소한 하루는 더 지속되나 보다고 생각했다. 그는 몇 달 전까지만 해도 교제하는 것조차 치욕이라고 여겼던 이들과 친근하게 지내려하고 이들에게 호감을 얻으려 애쓰고 있었다. 그녀에게뿐 아니라 그가 공공연하게 멸시하던 그녀의 친척들에게까지 공손하게 대하고 있었다. 이런 그의 태도를 보면서 헌스퍼드의 목사관에서 마지막으로 만났을 때 격했던 장면을 떠올리고 보니 그 차이와 변화가 너무도 컸고, 그 모습에 너무도 강렬한 인상을 받아 놀라움을 감출 수가 없었다. 네더필드에서 친한 친구들과 함께하거나 로징스에서 품위 있는 친척들과 함께할 때에도 이렇게까지 호감을 얻으려는 모습을 본 적이 없었다. 거만한 태도, 고집스럽게 입을 다물던 모습은 전혀 보이지 않은 채 지금처럼 소탈한 태도로 사람들을 대하는 모습을 한 번도 본 적이 없었다. 그의 노력이 성공해봤자 얻어지는 건 매우 하찮을 테고, 잘 보이기 위해 정성을 기울여 그들과 친해져봤자 네더필드와 로징스의 숙녀들에게 기껏 비웃음과 조롱밖에 얻을 게 없을 텐데 말이다.

찾아온 손님들은 30분 이상 머물다 갔다. 그들이 집을 나서기 위해 일어날 때 다아시 씨는 가드너 부부와 베넷 양이 이 지역을 떠나기 전에 그들을 펨벌리의 만찬에 초대했으면 하는데 자신의 뜻에 동의해달라고 누이동생에게 부탁했다. 다아시 양은 손님을 초대하는 일에 거의 익숙하지 않은 듯 다소 머뭇거렸지만 쉽사리 오빠의 부탁을 들어주었다. 가드너 부인은 이 초대와 가장 관련이 깊은 그녀의 조카가 다아시 양의 만찬 허락을 어떻게 생각하는지 알고 싶어 엘리자베스를 바라보았지만, 그녀가 고개를 돌리는 바람에 표정을 알 수 없었다. 그러나 엘리자베스가 고의적으로 대답을 회피한 것은 그 제안이 싫어서가 아니라 잠시 당황했기 때문이라 여겼고, 사람들과의 교제를 워낙 좋아하는 남편은 말할 것도 없이 이 제안을 받아들이리라는 것을 잘 알기에 만찬에 참석하겠다고 과감하게 약속했다. 이렇게 해서 만찬 날짜는 모레로 결정되었다.

빙리는 엘리자베스에게 아직 하고 싶은 말이 많고 하트퍼드셔에 있는 분들의 안부도 무척 궁금하지만, 그녀를 다시 볼 수 있다는 확신이 있어 더할 나위 없이 기쁘다고 말했다. 엘리자베스는 이 말은 곧 언니가 어떻게 지내는지 궁금하다는 의미라고 여겨 무척 기뻤다. 그래서 손님들이 모두 떠난 후 다른 이유도 있었지만 무엇보다 이 이유 때문에, 비록 자신은 그 시간을 좀처럼 즐길 수 없었지만 그들과 함께한 30분을 떠올리며 무척 만족스럽게 여겼다. 엘리자베스는 혼자 있고 싶은 마음이 간절하기도 했고, 외삼촌과 외숙모가 다아시와의 일을 캐묻거나 넌지시 이야기할까 두렵기도 해서, 두 사람이 빙리에 대해 호의적으로 이야기할 때까지만 함께 앉아 있다가 옷을 갈아입기 위해 서둘러 자리를 떠났다.

하지만 엘리자베스는 가드너 부부의 호기심을 두려워할 필요가 없었다. 그들은 조카에게 자초지종을 말하라고 강요할 생각이 없었기 때문이다. 그들이 생각했던 것보다 엘리자베스가 다아시 씨를 아주 잘 알고 있는 것이 분명했고, 다아시 씨가 그녀를 깊이 사랑한다는 것 또한 확실하게 알 수 있었다. 물론 궁금한 점이 많았지만 자세히 물어보는 건 실례인 것 같았다.

다아시 씨에 대해서는 이제 좋게만 생각하고 싶어졌다. 그와 친분이 생기고 보니 딱히 흠을 찾을 수 없었다. 다아시 씨의 예의 바른 언행에 감동받지 않을 수 없었다. 다른 사람들의 이야기와 상관없이 그들이 받은 인상과 그의 하인의 이야기만을 바탕으로 그의 성격을 묘사한다면, 그를 아는 하트퍼드셔 사람들은 그가 다아시 씨일 리가 없다며 절대로 인정하지 않을 것이다. 하지만 이제는 저택 관리인의 말을 믿고 싶어졌다. 그리고 네 살 때부터 그를 알고 지낸 하인의 증언과 주인의 훌륭한 인품을 드러내는 그의 깍듯한 예절을 섣불리 부인해서는 안 된다는 걸 이내 깨닫게 되었다. 램턴의 친구들 말을 들어보아도 그의 인격을 크게 깎아내릴 만한 이야기는 전혀 없었다. 다아시에 대한 비난이 있었다면 그가 자존심이 강해 보인다는 것 정도랄까. 어쩌면 그는 자존심이 강할지도 몰랐고, 그렇지 않다면 그의 가문이 방문할 일 없는 시장이 서는 작은 마을의 주민들 입에서 흘러나온 말이 분명했다. 하지만 그가 너그러운 사람이며 가난한 사람들에게 좋은 일을 많이 했다는 건 널리 알려진 사실이었다.

한편 가드너 부부는 위컴이 다아시 일행으로부터 크게 존중받지 못한다는 사실을 이내 알게 되었다. 위컴이 후원자의 아들과 무슨 일이 있었는지는 정확하게 알 수 없지만, 그가 많은 빚을 남겨둔 채 더비셔를 떠났고 나중에 다아시 씨가 그 빚을 모두 갚아주었다는 것은 잘 알려진 사실이었다.

엘리자베스는 어젯밤보다 오늘 밤에 펨벌리를 더 많이 생각했다. 밤이 제법 긴 것 같아도 펨벌리 저택에 사는 누군가에 대한 감정을 결정하기엔 그리 길지 않았다. 그녀는 침대에 누워 두 시간 동안 꼬박 말갛게 눈을 뜬 채 자신의 감정을 파악해보려 애썼다. 그를 미워하는 건 분명 아니었다. 아니, 미움은 이미 오래전에 사라졌고, 그에게 증오라고 부를 만한 감정을 느낀 적이 있다는 사실을 부끄럽게 여긴 지도 오래였다. 그의 가치 있는 특성들을 확인하면서 처음엔 마지못해 그를 존중하게 되었지만, 어느 정도 시간이 흐르자 그런 감정에 대한 반감도 깨끗하게 사라졌다. 더구나 사람들이 저마다 그를 상당히 좋게 평가했고 어제만 해도 그에게서 무척 상냥한 성격을 보게 되어, 이제는 얼마간 호의적으로 여기는 면이 더욱 강해졌다. 그러나 무엇보다도 그녀의 마음에 존경과 존중 이상의 호감이라는 감정을 갖게 된 동기가 있었으며, 이 감정을 모르는 척 지나칠 수는 없을 것 같았다. 그 동기는 다름 아닌 감사의 마음이었다. 한때 자신을 사랑해준 데 대한 감사, 그의 청혼을 거절하면서 지독하게 무례하고 신랄한 태도를 보였고 게다가 말도 안 되는 비난까지 퍼부었는데도 그 모든 것을 용서할 만큼 아직도 자신을 사랑해준 데 대한 감사의 마음이었다. 이제는 그가 자신을 몹시 미워하게 될 거라고, 그래서 혹시 마주치더라도 피할 거라 믿었다. 하지만 이번에 우연히 마주쳤을 때 그는 오히려 만남을 유지하길 간절히 원하는 것 같았고, 둘만 있는 자리에서 천박하게 관심을 드러내거나 유별난 태도를 보이지 않으면서 외삼촌 부부에게 호감을 얻으려 애썼으며, 자신을 누이동생에게 소개시키려고 열심이었다. 오만하기 그지없던 남자가 이토록 크게 달라졌으니 놀라기도 했지만 감사하지 않을 수 없었다. 이 모든 일은 순전히 사랑, 그것도 열정적인 사랑에서 비롯되었다고밖에 말할 수 없었다. 이 느낌을 꼬집어서 뭐라고 말해야 좋을지 모르겠지만, 이런 느낌이 어느 정도 용기가 되어주는 것 같았고 전혀 싫지가 않았다. 그녀는 그를 존경했고 존중했으며, 그에게 감사했고 진심으로 그가 행복하길 바랐다. 그리고 이제 그녀는 그의 행복이 다름 아닌 그녀에게 달려 있길 스스로가 얼마나 원하는지, 아직도 그녀의 힘으로 그럴 수 있을지 모르겠지만 다시 한 번 그가 청혼을 하게 된다면 그것이 둘의 행복을 위해 얼마나 도움이 될지 너무나 알고 싶었다.

그날 저녁 외숙모와 조카는 다음과 같은 결론을 내렸다. 펨벌리에 도착하자마자 늦은 아침을 먹은 다음 곧바로 그들을 방문한 다아시 양의 놀라운 친절과 똑같은 정도로 보답할 수는 없겠지만, 비슷하게는 따라 해서 그들 쪽에서 예의를 갖추려 애쓴다는 걸 보이는 것이 마땅하므로, 다음 날 아침 펨벌리로 가서 다아시 양을 방문하는 것이 가장 적절한 방법이라고 말이다. 이렇게 해서 그들은 다음 날 펨벌리로 향하기로 했다. 엘리자베스는 내심 흐뭇했다. 왜 그런지 스스로에게 이유를 물어도 도무지 답을 알 수는 없었지만 말이다.

가드너 씨는 아침 식사를 마치자마자 외출을 했다. 전날 낚시 계획을 새로 짜면서 신사들 몇 명이 정오까지 펨벌리에서 만나기로 약속을 정했던 것이다.

45

엘리자베스는 빙리 양이 자신을 싫어하는 이유가 질투에서 비롯된 것이라고 확신했기에, 자신이 펨벌리에 모습을 드러내면 그녀가 무척 껄끄러워할 게 분명하다고 생각했다. 그러면서도 한편으로는 이제 다시 그들 앞에 나타나 예전처럼 교제하게 된다면 빙리 양 쪽에서 얼마나 예의를 갖추어 자신을 대할지 몹시 궁금했다.

저택에 도착하자마자 그들은 거실에서 응접실로 안내되었다. 응접실은 북향이어서 여름에도 실내가 서늘했다. 정원으로 향한 창문 밖으로는 저택 뒤 수목이 우거진 언덕들과 그 앞 잔디에 드문드문 심어진 아름다운 떡갈나무와 스페인 밤나무들이 시야를 상쾌하게 해주었다.

응접실에 들어서자 다아시 양이 그들을 맞았다. 그녀 곁에는 허스트 부인과 빙리 양, 그리고 그녀와 런던에서 함께 지내는 숙녀 한 사람이 앉아 있었다. 그들을 접대하는 조지아나의 태도는 매우 정중했으나 당황하는 기색이 역력했는데, 수줍음이 많고 잘못 대접할까 봐 몹시 걱정된 나머지 그처럼 딱딱한 태도를 보이는 것임에도 불구하고, 스스로 신분이 낮다고 여기는 사람들에게는 오만하고 내성적으로 보이기 쉬울 것 같았다. 그러나 가드너 부인과 조카는 다아시 양이 어떤 사람인지 알기에 그녀를 안쓰럽게 여겼다.

허스트 부인과 빙리 양은 무릎을 굽혀 인사하는 정도로만 그들을 아는 체했다. 모두가 자리에 앉고 잠시 대화가 끊겼는데, 이런 순간이면 늘 그렇듯이 한동안 거북하게 시간이 흘렀다. 먼저 침묵을 깬 사람은 앤슬리 부인이었다. 기품 있고 상냥하게 생긴 이 여인은 무슨 이야기든 꺼내려고 노력하는 모습으로 짐작컨대 다른 여자들에 비해 월등히 좋은 가문 태생이 틀림없었다. 그녀와 가드너 부인은 함께 대화를 시작했고 간혹 엘리자베스도 대화를 거들었다. 다아시 양은 자신도 이 대화에 참여할 만큼 용기가 있었으면 하고 바라는 듯 보였고, 자신의 말소리가 거의 들릴 염려가 없겠다 싶을 때면 이따금 용기를 내어 짧게 한마디씩 내뱉곤 했다.

엘리자베스는 곧 빙리 양이 자신을 유심히 관찰하고 있으며, 특히 자신이 다아시 양에게 한마디라도 하려 하면 어김없이 신경을 곤두세우고 있다는 걸 알아차렸다. 엘리자베스와 다아시 양이 대화하기에 불편한 거리에 떨어져 앉지만 않았어도, 빙리 양이 아무리 주시한다 해도 대화를 포기하지는 않았을 것이다. 하지만 많은 대화를 나눌 기회가 줄었어도 아쉽지는 않았다. 엘리자베스는 생각 속에 푹 빠져 있었다. 그녀는 혹시 남자들 몇 명이 이 방 안으로 들어오지 않을까 줄곧 기다리고 있었고, 한편으로는 그들 가운데 이 저택의 주인이 포함되길 바라면서도 다른 한편으로는 두렵기도 해서, 주인이 들어오길 바라는 것인지 두려워하는 것인지 스스로도 종잡을 수가 없었다. 이런 상태로 15분쯤 앉아 있는 동안 그사이 한 번도 입을 열지 않던 빙리 양이 냉담한 목소리로 가족들의 안부를 묻는 바람에 엘리자베스는 간신히 정신을 차렸다. 엘리자베스는 마찬가지로 무심하게 간단히 대답했고 빙리 양은 더 이상 아무 말도 하지 않았다.

곧이어 하인들이 냉육과 케이크, 온갖 종류의 최고급 제철 과일들을 들고 들어오자 방 안 분위기가 조금 달라졌다. 그러나 앤슬리 부인이 다아시 양에게 여러 번 의미심장한 표정과 미소를 보내면서 그녀의 지위를 일깨워준 뒤에야 본격적으로 분위기가 달라졌다. 이제 모두에게 할 일이 생겼다. 다 같이 말을 할 수는 없었지만 다 같이 먹을 수는 있었으니까. 피라미드 모양으로 아름답게 장식된 포도와 승도복숭아, 그리고 다른 종류의 복숭아들이 테이블 위에 놓이자 모두들 즉시 그 주위로 모여들었다.

이렇게 과일을 먹고 있을 때 다아시 씨가 방에 들어왔고, 엘리자베스는 이 순간의 느낌으로 다아시 씨가 나타나길 바라는지 혹은 두려워하는지 판단할 수 있는 좋은 기회를 갖게 되었다. 그런데 조금 전까지만 해도 그가 나타나길 바라는 마음이 월등히 크다고 생각했는데, 지금은 그가 오지 않았더라면 하는 유감스러운 마음이 들기 시작했다.

다아시 씨는 저택을 방문한 두세 명의 다른 신사들과 가드너 씨와 함께 강에서 한참 동안 낚시를 즐기다가, 가드너 부인과 엘리자베스가 오전 중에 조지아나를 방문할 계획이라는 말을 듣자마자 속히 저택으로 향했다. 그가 나타나자 엘리자베스는 현명하게도 최대한 당황하지 않고 태연한 자세로 있기로 마음먹었다. 방 안에 모인 모든 사람들이 두 사람 사이를 대충 눈치채고 있으며 그가 방 안에 처음 들어서는 순간부터 모두의 시선이 그의 일거수일투족을 주시하고 있다는 걸 잘 알았기 때문이었다. 그러므로 이런 상황에서 이 결심은 필요한 것이었지만, 결심대로 밀고 나가기가 쉽지만은 않아보였다. 손님들 가운데 빙리 양만큼 얼굴에 강렬한 호기심을 드러낸 사람도 없었는데, 그럼에도 불구하고 그녀는 호기심의 대상 가운데 한 사람에게 이야기할 때면 얼굴 가득 환하게 미소를 지어보였다. 그녀가 이런 태도를 보인 이유는 아직은 질투심 때문에 바락바락 기를 쓸 정도는 아니었으며, 다아시 씨를 향한 관심 역시 결코 끝나지 않았기 때문이었다. 오빠가 들어오자 다아시 양은 말을 더 많이 하려고 애썼다. 엘리자베스는 누이동생이 그녀와 친해지길 그가 몹시 바라고 있으며, 그래서 양쪽에 대화를 시도하기 위해 할 수 있는 온갖 노력을 기울이고 있다는 것을 알았다. 눈앞에서 벌어진 일들을 목격하고 상황을 눈치챈 빙리 양은 경솔하게 발끈 성을 냈고, 말할 기회가 찾아오면 겉으로는 예의를 갖추면서도 철저하게 냉소적인 태도를 보였다.

　"저, 일라이자 양, 메리턴에 주둔하던 군대가 다른 곳으로 이동하지 않았나요? 가족들이 이만저만 낭패가 아니었겠어요."

　다아시가 있는 자리라 감히 위컴의 이름의 꺼내지는 못했지만 엘리자베스는 빙리 양이 누구보다 위컴을 떠올리며 이 말을 했으리라는 걸 단박에 알 수 있었다. 그녀는 위컴과 관계된 여러 가지 일들이 생각나 잠시 마음이 괴로웠지만, 아주 여유로운 목소리로 즉시 질문에 답해 악의적인 공격을 시원하게 맞받아쳤다. 그리고 대답을 하는 동안 자기도 모르게 다아시를 흘긋 바라보았는데, 그는 벌겋게 상기된 얼굴로 진지하게 그녀를 바라보고 있었고 그의 누이동생은 고개도 제대로 들지 못한 채 당황해 어쩔 줄 몰랐다. 자신이 내뱉은 한마디가 사랑하는 친구들을 얼마나 고통스럽게 만들었는지 알았다면, 빙리 양은 결코 그런 말을 내비치지 않았을 것이다. 빙리 양은 그저 엘리자베스가 위컴을 좋아한다고 생각했기에, 좋아하는 남자를 떠올려 그녀를 심란하게 만들려는 생각뿐이었다. 그렇게 해서 엘리자베스가 무심코 예민한 모습을 드러내면 다아시가 더 이상 그녀를 탐탁지 않게 여길 거라고 계산했고, 잘하면 그녀의 가족들 몇 명이 군인들과 가까이 지내면서 벌인 어리석고 바보 같은 행실들을 다아시에게 전부 상기시켜줄 수도 있을 거라고 생각했던 것이다. 빙리 양은 다아시 양이 위컴과 도망치려 했다는 사실을 전혀 모르고 있었다. 이 사실은 엘리자베스 외에 어느 누구에게도 누설되지 않았으며, 따라서 비밀이 철저히 지켜질 수 있었다. 다아시는 특히 빙리 가족들에게는 일절 이 비밀을 알리고 싶지 않았는데, 엘리자베스가 오래전에 짐작했듯이 장차 동생을 빙리가의 가족으로 만들려는 바람 때문이었다. 그는 분명히 이런 계획을 세워두었고, 이 계획 때문에 고의적으로 빙리와 제인을 헤어지게 만들려고 애썼는지는 차치하고, 이 사실로 친구의 행복을 걱정하는 지극한 마음을 더욱 깊이 알 수 있을 것 같았다.

그러나 엘리자베스의 침착한 대처로 다아시의 마음은 이내 진정되었다. 빙리 양은 속도 상하고 실망도 한 터라 위컴의 이름은 감히 꺼낼 엄두조차 내지 못했고, 덕분에 잠시 후 조지아나의 마음도 많이 안정되었다. 비록 더 이상 입을 열 용기는 없었지만. 그녀는 오빠와 눈이라도 마주칠까 봐 전전긍긍했는데, 정작 다아시는 빙리 양이 언급한 내용에서 누이동생의 과거는 거의 생각도 하지 않고 있었다. 따라서 엘리자베스를 향한 다아시의 마음을 멀어지게 할 속셈으로 벌인 이 사건은 오히려 그의 마음을 더욱더 흔쾌히 그녀를 향해 다가가게 만들었다.

가드너 부인과 엘리자베스는 위에서 이야기한 질문과 대답이 오간 후 얼마 있다가 방문을 모두 마쳤다. 다아시 씨가 그들을 마차까지 배웅하는 동안 빙리 양은 엘리자베스의 성격, 품행, 옷차림 등을 비난하며 속상한 감정을 쏟아내고 있었다. 하지만 조지아나는 그녀의 비난에 아무런 대꾸도 하고 싶지 않았다. 오빠의 마음에 들었다는 사실만으로도 엘리자베스의 역성을 들 이유가 충분했다. 오빠의 판단은 틀릴 리가 없었고, 오빠가 엘리자베스에 대해 했던 이야기를 생각해보면 그녀가 사랑스럽고 마음이 고운 사람이라는 것 외에 다른 단점은 발견할 수가 없었다. 다아시가 응접실에 돌아오자 빙리 양은 조금 전 그의 누이동생에게 했던 말 가운데 일부를 그에게 반복하지 않고는 직성이 풀리지 않았다.

"오늘 아침 일라이자 베넷의 얼굴이 왜 그 모양인지 모르겠어요, 다아시 씨." 그녀가 큰 소리로 말했다. "겨울 이후로 그렇게 얼굴이 확 변한 사람은 제 평생 처음 봐요. 어쩜 얼굴이 점점 가무잡잡하고 거칠어지는지 몰라! 루이자 언니와 저는 그녀를 다시 만나지 않는 게 좋았을 거라고 의견 일치를 보는 중이었답니다."

다아시 씨는 그런 식의 말에 과히 기분 좋을 리 없었지만, 그녀가 햇볕에 좀 그을린 것 외에는 크게 달라진 데가 있는지 모르겠으며, 여름에 여행하다 보면 그 정도 타는 건 대수로운 일도 아니지 않느냐며 냉정하게 대답하고 넘겨버렸다.

"저는 말이죠, 엘리자베스에게서 예쁜 구석이라고는 한 군데도 찾아볼 수 없다는 걸 말씀드려야겠어요." 그녀가 말했다. "얼굴에 살도 없고 안색이 밝지도 않아요. 그렇다고 생김새가 예쁜 것도 아니잖아요. 코가 개성 있길 하나, 콧날이 도드라지게 예쁘길 하나요. 치아는 그런대로 봐줄 만하지만 그저 평범하달 정도지 예쁜 건 아니죠. 눈도 그래요. 그녀의 눈이 아주 예쁘다고 말하는 사람도 간혹 있지만, 전 아무리 봐도 특별히 예쁜 줄 모르겠던데요. 그 눈빛 좀 보세요. 날카롭고 약삭빠르게 생긴 눈빛, 저는 딱 질색이에요. 전체적인 차림새는 또 어떻고요. 유행이 뭔지도 모르면서 자부심만 강한 그런 태도, 도저히 참아줄 수 없어요."

다아시가 엘리자베스를 사모한다는 걸 확신하게 된 만큼 빙리 양에게 이 방법은 그의 호감을 사는 최선의 방법이 아니었다. 그러나 화가 난 사람은 현명할 수 없는 법. 마침내 그가 다소 상기된 표정을 드러낸 것으로 그녀는 원하던 목적을 이룬 셈이었지만, 그가 단호하게 침묵을 지키자 반드시 그의 입을 열게 하고 말리라 결심하고 이렇게 말을 이었다.

"우리가 처음 하트퍼드셔에서 그녀를 만난 날이 기억나는군요. 그녀가 미인으로 알려져 있다는 걸 알고 우리 모두 얼마나 놀랐는지 생각나시죠? 어느 날 밤 당신이 했던 말이 특히 기억에 남아요. 아마 네더필드에서 베넷가 사람들이 만찬을 든 후였지요. '저 여자가 아름답다고! 차라리 그녀의 어머니를 지혜롭다고 하는 편이 낫겠군.' 하고 말씀하셨잖아요. 한데 그 후로 당신에게 그녀가 꽤 예쁘게 보였나 봐요. 하긴 한때는 그녀를 제법 예쁘다고 생각하셨으니까."

"네, 그렇게 말했습니다." 다아시가 도저히 참지 못하고 대꾸했다. "하지만 그건 그녀를 처음 보았을 때뿐이었습니다. 그녀를 내가 아는 가장 아름다운 여인들 가운데 한 명으로 생각한 지 여러 달 됐으니 말입니다."

그는 이렇게 말하고 밖으로 나갔고, 빙리 양은 어떻게든 그의 입을 열었다는 데 크게 만족하며 방에 남겨졌다. 그래봤자 다른 누구도 아닌 자기 자신만 괴로운 답을 들었을 뿐이었지만.

가드너 부인과 엘리자베스는 집으로 돌아오는 길에 펨벌리를 방문하는 동안 있었던 모든 일들을 이야기했지만, 정작 두 사람 모두가 각별히 관심을 갖는 이야기는 하지 않았다. 그들이 만난 모든 사람들에 내해 표정이 어떤지, 태도는 또 어떤지 낱낱이 이야기하면서도 가장 관심을 갖고 지켜본 사람에 대해서는 한마디도 하지 않았다. 그의 누이동생, 그의 친구들, 그의 저택, 그가 보낸 과일 등 그 사람을 제외한 나머지 이야기들만 쉴 새 없이 이야기했다. 하지만 엘리자베스는 가드너 부인이 그를 어떻게 생각하는지 무척 궁금했고, 가드너 부인 역시 조카가 먼저 그 사람 이야기를 꺼냈다면 매우 기뻐했을 것이다.

46

엘리자베스는 램턴에 처음 도착했을 때 제인에게서 온 편지가 없다는 걸 알고 크게 실망했다. 이곳에서 이틀을 보내는 동안 아침이면 툴툴거리며 하루를 시작했는데, 마침내 셋째 날 아침에 언니가 보낸 편지 두 통을 한꺼번에 받게 되어 모든 불평을 끝낼 수 있었다. 그 가운데 한 통은 다른 곳으로 잘못 보내졌다는 표시가 되어 있었다. 그렇지만 엘리자베스는 놀라지 않았다. 제인이 엉뚱한 지역으로 주소를 잘못 썼기 때문이다.

편지가 도착했을 때 그들은 막 산책 나갈 준비를 하던 참이었는데, 외삼촌과 외숙모는 엘리자베스가 조용히 편지를 읽을 수 있도록 둘만 집을 나섰다. 우선 잘못된 주소로 보내진 편지부터 읽어야 했다. 그 편지는 닷새 전에 쓰인 것이었다. 처음엔 그 마을에서 일어난 사소한 소식들과 함께 소박한 파티라든지 약속들을 하나하나 열거했다. 하지만 그 다음 날짜가 적힌 편지 후반부에는 뭔가 마음의 동요가 분명하게 느껴졌고 보다 중요한 소식들이 적혀 있었다. 편지의 내용은 이랬다.

사랑하는 리지. 위의 내용을 쓴 후, 전혀 예기치 못한 심각한 일이 벌어졌어. 하지만 놀라지는 마. 우린 모두 잘 있으니까. 지금부터 내가 하려는 이야기는 불쌍한 리디아에 관해서야. 지난밤 열두 시에 모두들 잠자리에 들려 하는데 속달 하나가 도착했어. 포스터 대령이 보낸 건데, 리디아가 그의 장교들 가운데 한 명과 스코틀랜드로 도망을 갔다는 거야. 그래, 사실대로 말하면 위컴하고 말이지! 우리가 얼마나 놀랐을지 짐작이 가겠지. 그런데 키티는 이 일이 전혀 뜻밖이 아닌 것 같더라. 난 너무너무 안타까워. 결혼을 하기에는 양쪽 모두 너무 경솔하잖니! 하지만 나는 좋은 쪽으로 생각하고 싶어. 그리고 지금까지 그의 성품을 잘 몰랐던 것 같아. 그가 생각 없고 무분별한 사람이라는 점에 대해서는 별 이의가 없지만, 그가 무슨 나쁜 마음을 먹고 이런 일을 저질렀다고 볼 수는 없을 것 같아 (그러니 다행으로 여기자꾸나). 아버지가 리디아에게 아무것도 남겨줄 게 없다는 걸 그도 잘 알고 있으니, 최소한 그가 리디아를 선택한 데에 사심은 없다고 볼 수 있잖니. 불쌍한 어머니는 몹시 슬퍼하고 계셔. 아버지는 어머니보다는 그럭저럭 견디시는 편이고. 그 사람에 대한 불미스러운 일들을 부모님께 말씀드리지 않은 게 얼마나 다행인지 모르겠어. 우리도 그 일들은 잊어버리자. 두 사람은 토요일 밤 열두 시쯤 떠났을 거라고 추측되는데, 사실 어제 아침 여덟 시까지는 그들이 없어진 걸 전혀 알지 못했다는구나. 그래서 두 사람이 사라진 걸 확인한 즉시 속달을 보냈대. 사랑하는 리지. 두 사람은 우리 집에서 10마일도 안 되는 곳을 지나친 게 틀림없어. 포스터 대령은 조만간 이리 오실 작정이라고 하셨어. 리디아가 포스터 대령에게 그들의 계획에 대해 몇 자 남겨두었대. 이만 줄여야겠다. 불쌍한 엄마를 너무 오래 혼자 계시게 할 수 없으니 말이야. 편지 내용이 이해가 안 될지도 몰라. 나도 내가 무슨 말을 하고 있는지 도무지 모르겠으니까.

뭘 생각하고 말고 할 것도 없이 기분이 어떤지 생각할 겨를도 없이 엘리자베스는 이 편지를 다 읽자마자 곧바로 다른 편지를 집어 들었고, 몹시 조바심을 내며 편지를 뜯은 뒤 얼른 다음과 같은 내용을 읽었다. 이 편지는 첫 번째 편지의 후반부 날짜보다 하루 늦게 쓰였다.

사랑하는 리지. 지금쯤 내가 급하게 보낸 편지를 받아보았겠지. 이 편지는 좀 더 쉽게 이해할 수 있으면 좋겠다. 시간에 구애받는 것도 아닌데 머릿속이 너무 혼란스러워 좀처럼 조리 있게 글을 쓸 수가 없구나. 사랑하는 리지. 무슨 말을 써야 할지 도무지 생각이 나지 않지만, 안 좋은 소식을 전해야겠어. 다른 말로 우물쭈물할 새가 없을 것 같다. 위컴 씨와 불쌍한 리디아와의 결혼이 아무리 분별없는 짓이라 해도, 이제 우리는 그저 두 사람이 결혼하게 될 거라는 확신만이라도 갖길 바랄 뿐이야. 아무래도 두 사람이 스코틀랜드에 가지 않았을 것 같다는 불길한 예감이 드는데, 그걸 뒷받침할 근거들이 너무 많아. 어제 포스터 대령이 오셨어. 그저께 브라이튼에서 출발해 우리가 속달을 받은 지 몇 시간도 안 돼서 도착하셨단다. 리디아가 포스터 부인에게 보낸 짧은 편지로 보아 두 사람이 그레트나 그린(잉글랜드와의 경계에 가까운 스코틀랜드 마을, 1856년까지 잉글랜드에서 사랑의 도피를 한 남녀들의 결혼지로 유명했다)에 갈 줄 알았는데, 데니가 무심코 이런 말을 흘렸다지 뭐니. 위컴은 그곳에 갈 생각이 전혀 없고, 리디아와 결혼할 마음도 전혀 없다고 말이야. 포스터 대령은 데니에게 여러 번 그 말을 듣고는, 안 되겠다 싶어 즉시 그들을 추적하기 위해 브라이튼을 떠났대. 그런데 클래펌까지는 쉽게 추적했는데 더 이상은 알아낼 수 없었다는 거야. 그들은 클래펌에 도착하자마자 전세마차로 갈아탔고, 엡섬에서부터 타고 간 마차는 처분했다지 뭐니. 그 이후에 알려진 내용은 그들이 런던 거리에서 자주 눈에 띈다는 것뿐이래. 난 도대체 어떻게 생각해야 할지 모르겠어. 포스터 대령은 런던의 그 일대를 최대한 샅샅이 뒤진 후에 하트퍼드셔로 오신 거래. 너무 걱정이 돼서 바넷과 햇필드의 통행료 징수소들을 전부 다 찾아가고 여관마다 죄다 돌아다니면서 그들을 찾아봤지만, 아무런 단서도 찾지 못하셨대. 모두들 그런 사람들이 지나가는 걸 본 적이 없다고만 하더라는 거야. 정말 친절하시게도 지금 우리 심정이 어떨까 싶어 롱번까지 오셔서 걱정스러운 마음을 털어놓으셨는데, 그분의 진심 어린 마음이 느껴지는 거 있지. 포스터 대령과 그 부인을 생각하면 정말 마음이 아파. 하지만 아무도 그분들을 탓할 수는 없어. 내 동생 리지, 우리의 고통이 얼마나 큰지 놀라. 아버지와 어머니는 최악의 상황을 생각하시지만, 나는 그가 그렇게 나쁜 사람이라고 생각하진 않아. 그들은 여러 가지 여건상 애초의 계획대로 빌긋나 가기보다는 런던에서 은밀히 결혼식을 치르는 것이 더 바람직할 거라고 생각했을 거야. 그리고 설사 그가 리디아 같은 집안의 젊은 아가씨를 어떻게 해보려고 수작을 꾸민다 하더라도 말이야, 그럴 리야 없겠지만, 리디아가 그렇게 아무것도 모를 리가 있겠니? 그건 말도 안 돼. 하지만 두 사람이 결혼했을 거라고는 확신하지 못하겠다는 포스터 대령 말을 생각하면 마음이 무거워. 내가 여러 가지 바람들을 이야기했더니 대령은 고개를 저으면서, 위컴이 썩 신뢰할 만한 사람이 아닌 것 같다고 말씀하시는 거야. 가여운 어머니는 몸이 많이 안 좋으셔서 줄곧 방에만 계셔. 건강을 회복하도록 애를 쓰시면 좋을 텐데 그런 건 기대할 수 없을 것 같아. 그리고 아버지는 말이야, 지금까지 난 아버지가 그렇게 충격을 받으시는 모습은 한 번도 본 적이 없어. 키티는 딱하게도 둘이 그렇게 사귀고 있었으면서 감쪽같이 자길 속였다고 골을 내고 있어. 하지만 워낙 아무도 모르게 벌인 일이었으니 누가 의심이나 할 수 있었겠니. 리지, 이렇게 비참한 일들을 네 눈으로 보지 않게 되어 나는 정말 다행이라고 생각해. 하지만 이제 맨 처음 충격도 다 지나갔으니 네가 돌아오길 바란다고 말해도 될까? 하지만 형편이 마땅치 않으면 더 있다 와도 좋아. 너에게 돌아오라고 재촉할 만큼 내가 이기적인 사람은 아니잖니. 그럼 이만 줄일게. 방금 네게 더 있다 와도 좋다는 말을 마저

하려고 다시 펜을 잡았는데, 여기 상황이 워낙 안 좋으니 모두들 될 수 있으면 빨리 집으로 와달라고 간절히 부탁하지 않을 수가 없구나. 외삼촌과 외숙모가 어떤 분들인지 잘 아니까 그렇게 해달라고 부탁해도 무리가 되지 않을 거야. 외삼촌에게는 부탁할 것이 몇 가지 더 있긴 하지만 말이야. 아버지가 포스터 대령과 함께 리디아를 찾으러 런던으로 가실 거야. 어쩌시려는 건지 잘 모르겠지만, 고통이 너무 깊으셔서 가장 안전한 최선의 방법으로 조치를 취하시기는 어려울 것 같아. 그리고 포스터 대령은 내일 저녁까지 다시 브라이턴으로 돌아가셔야 하고. 이런 긴박한 때에 외삼촌의 조언과 도움이 무엇보다 절실하게 필요할 것 같아. 외삼촌은 지금 내 심정이 어떤지 잘 아실 테니까 우리를 도와주시리라 믿어.

"아! 외삼촌은 지금 어디에, 어디에 계시는 거지?" 엘리자베스는 편지를 다 읽자마자 의자에서 벌떡 일어나, 아까운 시간을 한시도 지체하지 않기 위해 당장 외삼촌을 찾아나서려 했다. 그런데 현관문 앞에 다다를 즈음 하인이 문을 열었고 그 안으로 다아시 씨가 나타났다. 엘리자베스의 창백한 얼굴과 허둥대는 모습을 보고 다아시 씨는 깜짝 놀랐다. 마침내 그가 정신을 차리고 무언가 말을 하려는 순간, 리디아 일로 머릿속에 별의별 생각들이 꽉 들어차 혼란스러워진 엘리자베스가 다급하게 큰 소리로 외쳤다. "죄송하지만 지금 나가봐야 해요. 한시도 지체할 수 없는 일 때문에 지금 당장 가드너 씨를 찾아야 하거든요.

이러고 있을 시간이 없어요."

"이런! 대체 무슨 일입니까?" 걱정스러운 마음에 예의를 갖출 새도 없이 그 역시 큰 소리로 물었다. 그리고 이내 마음을 가다듬고 말을 이었다. "당신을 잡아두진 않겠습니다. 하지만 가드너 부부는 저나 하인이 찾아보는 게 어떨까요. 당신은 지금 몹시 혼란스러워 보여요. 혼자서 나가는 건 무리입니다."

엘리자베스는 어떻게 해야 좋을지 몰랐지만, 무릎이 후들거려 그들을 따라가려 한들 별 도움이 될 것 같지 않았다. 그래서 하인을 불러, 숨이 가빠 거의 알아들을 수 없는 말투로 지금 당장 가드너 부부를 이리로 모시고 와달라고 부탁했다.

하인이 방을 나서자 그녀는 도저히 서 있을 수가 없어 의자에 주저앉았다. 안색이 몹시 안 좋아 보여 다아시는 차마 그녀 곁을 떠날 수가 없었고, 인정이 넘치는 부드러운 목소리로 이렇게 말하지 않을 수 없었다. "하녀를 부르겠습니다. 잠시 마음을 안정시킬 수 있도록 뭘 좀 마시는 게 어떨까요? 포도주 한 잔 가져다드릴까요? 지금 아주 안 좋아 보여요."

"아니요, 고맙습니다." 그녀는 마음을 진정시키려 애쓰면서 이렇게 대답했다. "저는 괜찮아요. 아주 좋아요. 방금 롱번에서 몹시 안 좋은 소식을 들어 너무 괴로워서 그래요."

속상한 일을 내비치자 왈칵 눈물이 쏟아졌다. 그러고는 한참 동안 아무 말도 할 수가 없었다. 무척 불안해진 다아시는 머릿속에서 생각나는 대로 걱정스러운 마음을 표현한 다음, 엘리자베스를 측은하게 지켜보며 침묵을 지킬 수밖에 없었다. 마침내 그녀가 다시 입을 열었다. "방금 제인 언니에게서 편지 한 통을 받았는데 내용이 아주 끔찍했어요. 혼자만 알고 있기엔 도저히 감당이 안 될 것 같아요. 제 막내 동생이 가족과 친구들을 모두 저버리고 떠나버렸어요. 어떤 남자랑 달아나버린 거예요. 그 남자한테, 위컴 씨한테 반해서, 그에게 자신의 모든 걸 바쳤대요. 두 사람은 브라이턴에서 같이 달아났어요. 당신은 그를 잘 아니까 앞으로 어떤 일이 일어날지도 잘 아시겠지요. 리디아는 돈도 없고 좋은 연줄도 없어요. 그 사람의 관심을 끌 만한 매력은 아무것도 없으니, 이제 그 애 인생은 영원히 끝이에요."

다아시는 너무 놀라 꼼짝도 할 수가 없었다. 그녀는 더욱 흥분된 목소리로 계속해서 말을 이었다. "어쩌면 제가 이 일을 막을 수도 있었을 거예요! 전 그가 어떤 인간인지 알고 있었잖아요. 가족들에게 그 사람에 대해, 내가 알고 있는 일에 대해 일부만이라도 이야기했더라면! 그가 어떤 인간인지 알려주었더라도 이런 일은 일어나지 않았겠지요. 그런데 지금은 너무, 너무 많이 늦어버렸어요."

"정말 마음이 아픕니다." 다아시가 소리 높여 말했다. "너무 가슴 아프고 충격적이에요. 이 일이 사실입니까? 정말 그런 일이 벌어진 건가요?"

"네, 그래요! 두 사람이 일요일 밤에 같이 브라이턴을 떠난 후 런던으로 간 것까지는 거의 알아냈는데 그 이상은 아무도 몰라요. 그런데 스코틀랜드에 가지 않은 건 확실하대요."

"그렇다면 리디아를 찾기 위해 어떤 조치를, 어떤 시도를 취하셨나요?"

"아버지는 런던으로 가셨고, 제인이 제게 편지를 보내 외삼촌께 부탁했어요. 즉시 롱번으로 가서 도와달라고요. 그래서 아마우리는 30분 안에 떠나게 될 거예요. 하지만 이젠 어쩔 수 없겠지요. 뾰족한 수가 없다는 거, 잘 알고 있어요. 그런 사람 마음이 어떻게 바뀌겠어요? 두 사람을 찾을 방법이나 있겠어요? 조금도 희망이 보이지 않아요. 정말 너무 끔찍한 일이에요!"

다아시는 조용히 동의하며 고개를 저었다.

"그의 성격을 제대로 알았을 때, 아! 적어도 그때 내가 해야 할 일이 무엇인지, 용기를 내야 할 일이 무엇인지 알았더라면! 하지만 전 몰랐어요. 아니, 그렇게까지 하기가 두려웠어요. 그래서 이렇게 비참하고 불행한 실수를 저지른 거예요!"

다아시는 아무 대답도 하지 않았다. 그녀의 말이 거의 귀에 들어오지도 않는 것 같았다. 그는 침울한 태도로 미간을 찡그리며 무언가를 골똘히 생각하면서 방안을 서성거렸다. 잠시 후 엘리자베스는 그의 모습을 바라보며 이내 깨달았다. 자신의 힘이 가라앉고 있다는 것을. 가족의 결점이 전부 드러나 더 이상 부끄러울 수 없는 이런 상황에서 남아 있는 모든 힘이 무너지고 있다는 것을. 그의 태도를 의아해할 수도 비난할 수도 없었지만, 그가 감정을 억제하고 있다는 믿음도 그녀의 마음에 아무런 위로가 되지 못했고 그녀의 고통을 조금도 줄여주지 못했다. 오히려 지금 같은 상황에서 자신이 바라는 것이 무엇인지 정확하게 알 수 있을 것 같았다. 모든 사랑이 수포로 돌아갈 게 분명한 지금 같은 때에, 그를 사랑할 수 있을 것 같은 감정이 그 어느 때보다 솔직하게 느껴졌다.

이렇게 잠시 자신의 감정을 헤아려보았지만 그 생각에 완전히 몰입할 수는 없었다. 리디아가 가족들 모두에게 던진 굴욕과 비참함이 그 밖의 사사로운 걱정들을 한 순간에 전부 삼켜버린 것이다. 손수건으로 얼굴을 가리고 있던 엘리자베스는 이내 다른 일들은 아무것도 생각할 수 없었다. 그렇게 한참을 앉아 있다가, 곁에 있는 다아시의 목소리를 듣고서야 자신의 상황을 깨달았다. 그는 연민이 가득 담긴 한편 여전히 절제된 목소리로 이렇게 말했다. "제가 어서 가주길 진작부터 바라고 계신 게 아닌가 싶습니다. 또 진심으로 걱정하는 것 외에는, 물론 그것이 별 도움이 되진 않겠습니다만, 제가 이곳에 있을 마땅한 구실이 없는 것 같습니다. 제가 말이나 행동으로 이런 가슴 아픈 일에 조금이나마 위로를 드릴 수 있다면 얼마나 좋을까요. 하지만 아무런 도움이 안 될 위로로 당신을 괴롭히지는 않겠습니다. 이 상황에서 그런 위로의 말은 마치 당신에게 고맙다는 말이나 들으려는 인사치레 같으니까요. 이 불행한 일로 인해 제 누이동생은 오늘 펨벌리에서 당신을 만나 즐거운 시간을 보내기 힘들겠군요."

"아, 네. 다아시 양에게 우리 모두를 대신해서 죄송하다고 전해주시면 고맙겠습니다. 다급한 일이 생겨 서둘러 집에 가게 되었다고 전해주세요. 그리고 불행한 이 일은 가능한 한 오래도록 비밀로 해주셨으면 해요. 머지않아 알려질 일이겠지만요."

그는 비밀을 지키겠다고 기꺼이 약속하고, 그녀가 처한 고통에 다시 한 번 안타까운 마음을 표현했다. 그리고 지금 희망할 수 있는 것보다 좋은 결말이 나길 바란다고 말한 다음 외삼촌 부부에게 안부를 남기고, 단 한 번 진지하게 이별의 시선을 보낸 후 여관을 나섰다.

그가 방을 나서자 엘리자베스는 더비셔에서 여러 차례 다아시를 만나면서 따뜻한 애정을 느꼈지만 이제 다시는 그런 관계로 만나기 힘들겠다는 생각이 들었다. 그리고 처음 만난 이후 지금까지 모순과 변화로 가득한 날들을 돌이켜보면서, 감정이란 이토록 마음대로 되지 않는 건가 하는 생각에 한숨을 지었다. 얼마 전이었다면 그와의 만남이 끝난 걸 기뻐했을 테지만 지금은 만남이 지속되길 바라고 있으니 말이다.

감사와 존경이 애정의 탄탄한 밑거름이라면 엘리자베스의 감정 변화는 부적절하지도 그릇되지도 않을 것이다. 그렇지 않다면, 다시 말해 이러한 바탕에서 싹튼 호감이 흔히들 말하는 첫눈에 반했다거나 두 마디도 나누기 전에 사랑에 빠졌다거나 하는 것과 비교해서 부당하거나 부자연스러운 감정이라면, 어떤 말로도 엘리자베스를 옹호해줄 수 없을 것이다. 하지만 그녀는 위컴에게 호감을 느꼈을 때 얼마간 후자의 방법을 시도해 보았다가 실패한 경험을 바탕으로, 사랑이라는 감정을 일으키는 데는 흥미가 조금 덜하더라도 전자의 방법을 추구하는 것이 바람직하다고 인정하게 됐는지 모른다. 여하튼, 그녀는 지금 그가 집을 나서는 모습을 안타까운 심정으로 바라보았다. 그리고 리디아가 저지른 수치스러운 행동이 벌써부터 이런 결과를 낳았다고 생각하니 이 비참한 사건이 더더욱 괴롭게 여겨졌다. 제인이 보낸 두 번째 편지를 읽은 후로는 위컴이 리디아와 결혼하려 한다는 희망을 전혀 품을 수가 없었다. 그런 기대를 하면서 기뻐할 사람은 제인 외에는 아무도 없을 것 같았다. 사태가 이렇게 진전된 것이 놀랄 일도 아니라는 생각이 들었다. 첫 번째 편지의 내용이 마음에 남아 있는 동안에만 해도 그저 모든 일이 뜻밖이라고만 생각했다. 돈을 보고 결혼할 줄 알았던 위컴이 가진 것 하나 없는 아가씨와 결혼할 생각을 하다니 놀라웠고, 리디아가 무슨 재주로 위컴의 마음을 사로잡았는지도 신기할 따름이었다. 하지만 지금 생각해보니 이런 일이 벌어진 건 지극히 당연한 결과였다. 이런 정도의 애정을 위해서라면 리디아는 충분히 매력 있는 아가씨일지 모른다. 그리고 리디아가 결혼할 생각도 없이 괜히 위컴과 야반도주를 했다고는 생각하지 않지만, 평소 행실이 정숙한 것도 아니고 그렇다고 지혜로운 것도 아니어서 위컴 같은 사람에게 이용당하기에 전혀 어려움이 없었을 거라고 쉽게 짐작할 수 있었다.

엘리자베스는 연대가 하트퍼드셔에 주둔해 있는 동안 리디아가 위컴을 조금이라도 특별하게 여기는 줄은 꿈에도 생각하지 못했다. 그런데 지금 돌이켜보니 리디아는 누가 관심을 달라고 부추기기만 해도 쉽게 사랑을 주는 아가씨였다는 확신이 들었다. 리디아는 남자들이 자신에게 얼마나 관심을 보이느냐에 따라 점수를 매기면서 어느 땐 이 장교를 좋아했다가 어느 땐 저 장교를 마음에 들어 했다. 그녀의 애정은 수시로 끓었다 식었다를 반복했지만 대상이 없었던 적은 한 번도 없었다. 이런 아가씨에게 평소에 주의를 소홀히 하고 잘못을 해도 무조건 받아주어 결국 이런 화를 당하게 된 것이다. 아! 이제 와서 그걸 깨닫다니, 엘리자베스는 너무나 마음이 아팠다.

한시바삐 집에 가고 싶었다. 무슨 일인지 직접 듣고 보고 싶었고 가족들과 함께하고 싶었다. 엉망이 되어버린 집안에서 모든 걱정을 혼자 짊어지고 있을 제인과 걱정을 함께 나누고 싶었다. 아버지는 안 계시고, 어머니는 뭘 어떻게 해야 하는지 모를 뿐만 아니라 끊임없이 시중을 들라고 요구할 것이다. 리디아를 위해서 딱히 할 수 있는 일이 없겠지만 그래도 이런 때 외삼촌이 집에 와주시는 것이 무엇보다 중요했기에 그녀는 외삼촌이 여관에 들어설 때까지 몹시 초조하고 고통스러웠다. 가드너 부부는 하인에게 전갈을 받고 조카가 갑자기 병이라도 난 줄 알고 놀라서 황급히 여관으로 돌아왔다. 엘리자베스는 그렇지 않다고 두 사람을 안심시킨 다음, 빨리 오시라고 한 이유를 열심히 설명한 뒤 두 통의 편지를 큰 소리로 읽고 마지막 편지의 추신을 떨리는 목소리로 힘을 주어 읽었다. 가드너 부부는 리디아를 예뻐한 적이 없지만 이 소식을 듣고 크게 충격을 받지 않을 수 없었다. 리디아뿐만 아니라 모두가 이 일에 관련되어 있다고 볼 수 있기 때문이었다. 가드너 씨는 처음엔 너무 놀라고 실망도 커서 큰 소리로 절규했지만 무슨 일이든 힘닿는 한 돕겠다고 기꺼이 약속했다. 엘리자베스는 외삼촌이 그렇게 해주실 거라고 예상했음에도 불구하고 너무도 고마워 눈물을 흘리며 감사 인사를 드렸다. 이렇게 해서 모두가 한마음이 되어 움직여 여행과 관련된 모든 일들이 재빨리 정리되었다. 그들은 최대한 빨리 출발하기로 했다. "그런데 펨벌리 일은 어떻게 해야 하나?" 가드너 부인이 큰 소리로 물었다. "존이 그러는데 네가 우리를 부르러 보냈을 때 다아시 씨가 여기에 있었다고 하더구나. 그랬니?"

"네. 우리가 약속을 지킬 수 없게 되었다고 다아시 씨에게 말했어요. 그 일은 잘 해결됐어요."

"잘 해결됐다고." 외숙모는 짐을 정리하기 위해 방에 들어가면서 되풀이해 말했다. "둘이 그런 집안일까지 모두 이야기할 정도로 가까운 사이란 말이지! 오호, 두 사람이 그런 사이였군!"

하지만 그런 희망들은 이 일에 아무런 도움이 되지 못했다. 아니, 도움이 됐다 해도 기껏해야 이후의 바쁘고 혼란스러운 시간들 속에서 이따금 떠올리며 미소 지을 수 있는 정도에 지나지 않았다. 엘리자베스에게 빈둥거릴 여유가 있었다면, 자기처럼 비참한 상황에 처한 사람은 아무 일도 손에 잡히지 않는 법이라며 맥을 놓고 있었겠지만, 그녀도 외숙모만큼 해야 할 일이 많았고, 그 가운데에서도 특히 램턴에 있는 모든 지인들에게 급히 떠나게 된 이유에 대해 편지로 거짓 변명을 쓰는 일을 담당해야 했다. 하지만 한 시간 안에 모든 일이 완벽하게 마무리되었고, 그동안 가드너 씨는 여관에 숙박료 계산을 모두 마치고 이제 떠날 일만 남았다. 엘리자베스는 오전 내내 괴로움 속에서 보냈지만, 생각보다 빨리 마차에 올라 롱번으로 향할 수 있게 되었다.

47

"다시 한 번 곰곰이 생각해봤는데 말이다." 그들이 마을을 벗어날 때쯤 외삼촌이 말했다. "사실 진지하게 생각해보면, 처음에 판단했던 것과 달리 이 문제에 대해서는 네 언니의 생각을 믿고 싶구나. 대체 어떤 젊은이가 보호자와 일가친척이 버젓이 있는 아가씨를, 그것도 실제로 자기 부대의 대령 집에서 묵고 있는 아가씨를 상대로 그런 파렴치한 짓을 벌이려고 하겠냐. 그러니 내 생각에는 희망을 가져도 좋을 것 같다. 리디아의 식구들이 그들을 찾아나설 거라는 것쯤 그도 예상하지 않았겠냐? 포스터 대령에게 그런 모욕을 주고도 연대에서 다시 자기를 받아줄 거라고 생각할 수 있겠어? 그가 단순히 리디아를 어떻게 해보려고 유혹했던 거라면 그런 위험을 감수할 수는 없을 거다."

"정말 그렇게 생각하세요?" 엘리자베스는 잠시나마 기분이 밝아져 목소리가 커졌다.

"듣고 보니 정말 그렇겠구나." 가드너 부인이 말했다. "나도 네 외삼촌 생각에 동감하기 시작했어. 그런 죄를 짓는다면 체면과 명예가 전부 짓밟힐뿐더러 이해관계에도 상당한 피해를 입을 게 분명하잖니. 난 위컴을 그렇게까지 나쁘게 생각하고 싶지 않아. 리지, 그런 짓을 저지를 수 있는 사람이라고 확신할 만큼 그의 인간성을 완전히 포기할 수 있겠니?"

"아마 자신의 이해관계까지 소홀히 하지는 않겠지요. 하지만 그 밖에 다른 부분은 얼마든지 등한시할 수 있는 사람이라고 생각해요. 정말이지 외숙모 생각대로라면 얼마나 좋겠어요! 하지만 전 도저히 그렇게 생각할 수가 없어요. 그 사람이 두 분 생각대로 일을 벌였다면 왜 스코틀랜드로 가지 않았을까요?"

"두 사람이 스코틀랜드에 가지 않았다는 확실한 증거는 애당초 없잖니." 가드너 씨가 말했다.

"네, 그래요! 하지만 그들이 타고 가던 마차에서 내려 전세 마차로 갈아탔다는 걸로 충분히 짐작할 수 있는 일이잖아요! 더구나 바넷 거리에서는 그들의 흔적을 전혀 찾아볼 수 없었다고 하고요."

"그렇다면 두 사람이 런던에 있다고 가정하자꾸나. 숨을 의도로 그곳에 있다고 치자고. 그밖에 비난할 만한 다른 목적이 있지도 않을 테니까. 둘 중 누구도 돈을 넉넉히 갖고 있을 리는 없다. 그러니 스코틀랜드보다는 런던에서 결혼하는 것이 시간은 더 걸릴지 몰라도 경제적으로는 훨씬 절약될 거라고 생각했을지도 모르잖니."

"그러면 그 모든 일을 왜 몰래 하는 거지요? 왜 발각될까 봐 겁을 내는 거냐고요? 아무도 모르게 결혼해야 할 피치 못할 사정이라도 있는 건가요? 오! 아니에요, 절대로 아니에요, 그들이 그런 생각을 했을 리가 없어요. 외삼촌도 제인의 편지에서 보셨잖아요. 위컴의 가장 친한 친구 말로는 위컴은 리디아와 결혼할 생각이 눈곱만큼도 없다고 확신한다는 글이요. 위컴은 돈 없는 여자하고 결혼할 사람이 절대로 아니에요. 그는 그럴 만한 형편이 못돼요. 게다가 리디아가 어디 청구할 유산이라도 있는 앤가요? 젊고, 건강하고, 명랑하다는 것 말고, 리디아를 위해서라면 조건 좋은 여자와 결혼해서 한몫 단단히 챙길 기회를 마다할 만큼 리디아에게 무슨 매력이 있는 것도 아니잖아요? 군대에서 망신을 당할까 걱정돼서라도 리디아와 수치스러운 도주를 감행하는 짓은 자제할 거라고 하신 말씀은 사실 어떻게 판단해야 할지 잘 모르겠어요. 그런 행동이 어떤 결과를 초래하는지 아는 바가 없으니까요. 하지만 외삼촌이 말씀하신 다른 반대 이유들은 거의 설득력이 없을 것 같아요. 리디아에게는 이런 일에 발 벗고 나서 줄 남자 형제가 없어요. 평소 아버지의 태도와 별로 적극적이지 않은 성격, 집에 무슨 일이 일어나든 말든 거의 무

신경해 보이는 모습을 그 사람도 봐서 알고 있으니, 어쩌면 아버지가 이 일에 대해 거의 아무런 조치도 취하지 않고 별로 심각하게 여기지도 않을 거라고 짐작할지도 몰라요. 이런 문제가 터질 때 다른 집 아버지들이 흔히 그러는 것처럼 말이지요."

"하지만 리디아가 결혼이 아닌 뭔가 다른 조건을 걸고서라도 그와 함께 살기로 동의할 만큼 그를 무척 사랑한 거라고, 그래서 그 밖의 다른 것들은 아무것도 생각할 수 없었을 거라고 생각할 수는 없겠니?"

"이런 상황에서 동생의 품행이니 정숙함을 의심해야 하다니, 정말 너무 속상해요." 엘리자베스가 눈물을 글썽이며 말했다. "하지만 사실 어떻게 말해야 할지 모르겠어요. 어쩌면 제가 리디아를 제대로 보지 못한 건지도 몰라요. 하지만 그래도 리디아는 너무 어리고, 심각한 주제에 관해 생각하는 법을 배운 적이 없어요. 지난 반 년, 아니 1년 동안, 그 애는 즐거움과 허영 속에서만 푹 빠져 지냈어요. 말도 못하게 나태하고 경박하게 시간을 흘려보냈고, 자기가 듣고 싶은 의견만 받아들였어요. 부대가 처음 메리턴에 주둔한 이후부터는 사랑이니 연애니 장교니 하는 따위들만 머릿속에 꽉 들어차 있었고요. 가뜩이나 천성적으로 열정적인 데가 있는 앤데 그런 애가, 이걸 어떻게 표현하면 좋을지 모르겠지만, 감정에 혹하기 아주 쉬운 화제들을 늘 입에 담고 그걸 또 곱씹고 하면서 자나 깨나 연애할 생각만 했던 거예요. 그런데다 위컴은 인물이며 사람을 대하는 태도며 여자 마음을 사로잡는 매력 하나는 모두가 알아주잖아요."

"그렇지만 너도 알다시피 제인은 위컴에 대해 그런 계략을 꾸밀 만큼 나쁜 사람이라고 생각하지 않아." 외숙모가 말했다.

"제인 언니가 누군들 나쁘게 생각하겠어요? 그 사람의 나쁜 행실이 온 세상에 다 알려지기 전까지는, 과거에 무슨 짓을 저지르고 다녔든 상관없이 그런 계략을 꾸밀 수 있는 사람은 아무도 없다고 믿는 사람이 언니잖아요. 하지만 언니도 저만큼은 위컴이 어떤 인간인지 알고 있어요. 언니와 저는 그가 말 그대로 방탕한 사람이라는 걸 알고 있었거든요. 위컴은 정직한 사람도 아니고 존경할 만한 사람도 아니라는 걸, 교묘하게 사람들의 환심을 사지만 사실은 모든 것이 거짓이고 위선이라는 걸 말이에요."

"그럼 넌 위컴의 지난 행실을 전부 알고 있었니?" 가드너 부인은 엘리자베스가 어떻게 이런 내용들을 알게 됐는지 호기심이 일어 큰 소리로 물었다.

"네, 아주 잘 알고 있었어요." 엘리자베스가 얼굴을 붉히며 대답했다. "위컴이 다아시 씨에게 했던 파렴치한 행동에 대해 지난번에 말씀드렸잖아요. 그리고 지난번 롱번에서 외숙모도 직접 들으셨지요. 그처럼 인내심과 관용으로 자신을 대해준 사람에 대해 그가 어떤 식으로 이야기했는지 말이에요. 그밖에도 함부로 말해서는 안 될 여러 가지 일들이 많아요. 말할 가치도 없는 일들이지만, 펨벌리가에 대한 그의 거짓말은 끝이 없어요. 한때 그가 다아시 양에 대해 언급한 말을 듣고, 전 그녀가 오만하고 새침하고 무례한 아가씨일 거라고 완전히 믿었더랬지요. 하지만 다아시 양이 그와 정반대인 사람이란 걸 그 자신도 알고 있었어요. 우리가 봐서 느꼈듯이 그녀가 사랑스럽고 겸손한 아가씨라는 걸 그도 분명히 알았을 거예요."

"그렇다면 리디아는 이런 사실을 전혀 몰랐니? 너와 제인이 이렇게 잘 아는 일을 리디아가 모를 리가 있을까?"

"맞아요, 리디아는 전혀 몰랐어요! 그게 저의 가장 큰 실수예요. 실은 저도 켄트에서 다아시 씨와 그의 친척 피츠윌리엄 대령을 자주 접하고 나서야 위컴의 실제 성격을 정확히 알 수 있었어요. 그리고 제가 켄트에서 집에 돌아온 지 한두 주 후에 부대가 메리턴에서 철수했지요. 집에 와서 제인 언니에게는 켄트에서 들은 사실을 모두 말해주었는데, 일이 그렇게 되니 제인 언니도 저도 우리가 아는 사실을 괜히 모두에게 말할 필요는 없을 거라고 생각했던 거예요. 주변 사람들 모두가 그를 좋게 평가하고 있는데, 그런 상황에서 아니라고 뒤집어봤자 그 소리가 누구 귀에 들리기나 했겠어요? 리디아가 포스터 부인과 함께 가기로 결정됐을 때도 그의 성격을 알려줘야겠다는 생각은 전혀 하지 못했어요. 그 아이가 위컴의 속임수에 넘어갈 위험에 처하리라고는 꿈에도 생각하지 못했거든요. 이 같은 결과를 초래할 줄은 전혀 상상도 할 수 없었다는 걸 외숙모는 믿어주시겠지요."

"그러니까 그들이 모두 브라이턴으로 떠날 때까지만 해도 두 사람이 서로 좋아한다고 믿을 만한 이유가 아무것도 없었겠구나."

"그럴 근거가 조금도 없었어요. 둘 중 누구에게도 애정의 조짐이 보이지 않았거든요. 그런 종류의 낌새를 눈치채고도 무관심하게 방치할 식구들이 아니라는 거, 외숙모도 잘 아시잖아요. 그가 처음 군대에 입대했을 때 리디아는 그 사람에게 엄청난 관심을 보였어요. 하지만 그땐 안 그런 아가씨들이 없었지요. 그가 등장한 이후 두 달 동안 메리턴에 사는 아가씨들은 누구나 위컴이라면 사족을 못 썼거든요. 하지만 그가 리디아에게 유독 관심을 보이며 리디아만을 특별하게 대한 적도 없었고, 리디아도 한동안은 좋아서 어쩔 줄 모르며 광적으로 애정을 쏟아붓더니 시간이 지나자 그에 대한 마음이 싹 달아나더군요. 그러고는 리디아를 남다르게 대하는 다른 장교들에게 다시 마음이 갔고요."

이처럼 흥미로운 주제를 되풀이해 이야기한다고 해서 그들이 느끼는 불안과 희망, 추측이 조금이라도 달라질 리 없겠지만, 집으로 돌아가는 긴 여정 동안 누구도 다른 이야기를 꺼내고 싶은 생각이 없는 것 같았다. 엘리자베스는 잠시도 이 생각에서 벗어날 수가 없었다. 이 모든 일이 자기 때문에 일어났다는 고통과 자책에 시달려 한 순간도 이 일을 잊고 편안하게 있을 수가 없었다.

그들은 최대한 빠른 속도로 마차를 달렸다. 마차에서 하룻밤을 보내고 다음 날 저녁 식사 시간 무렵에 롱번에 도착했다. 제인을 너무 오래 기다리게 해서 지쳐버리게 만들지 않았다고 생각하니 엘리자베스는 마음이 놓였다.

가드너 부부의 아이들은 마차가 오는지 보려고 집 계단 위에 서 있다가 그들이 마구간 옆 목장으로 들어서자, 기쁨과 놀라움으로 얼굴을 환하게 밝히며 폴짝폴짝 뛰고 장난치면서 그들이 돌아온 걸 진심으로 기쁘게 환영했다.

엘리자베스는 마차에서 뛰어내려 아이들 한 명 한 명에게 급히 입을 맞추고는 서둘러 현관으로 들어가, 어머니 방에서 아래층으로 달려 내려온 제인과 재회했다.

엘리자베스는 두 눈 가득 눈물이 고인 채 언니와 따뜻하게 포옹한 다음, 곧바로 달아난 두 사람에 대해 다른 소식은 없었는지 물었다.

"아직은 없어." 제인이 대답했다. "하지만 이제 외삼촌이 오셨으니 다 잘될 것 같아."

"아버지는 런던에 계셔?"

"응, 네게 편지를 썼던 화요일에 가셨어."

"아버지에게 연락은 자주 오고?"

"딱 한 번 왔어. 수요일에 내 앞으로 간단히 몇 줄 적어 보내셨는데, 무사히 잘 도착하셨다는 말씀과 그곳 연락처를 알려주셨어. 내가 도착하시는 대로 연락처를 알려달라고 신신당부를 했거든. 그리고 전할 만한 중요한 일이 생기기 전까지는 편지를 쓰지 않으시겠다고만 덧붙이셨어."

"엄마는 어떠셔? 그리고 다들 괜찮아?"

"엄마는 꽤 건강하신 편인 것 같아. 마음이 너무 혼란스러우시긴 하지만 말이야. 지금 2층에 계셔. 너랑 외삼촌, 외숙모를 보시면 아주 기뻐하실 거야. 요즘 침실 옆 작은 방에만 계셔. 메리와 키티는 아주 잘 지내. 그나마 얼마나 다행인지!"

"언니는, 언니는 괜찮아?" 엘리자베스가 큰 소리로 물었다. "언니 얼굴이 아주 안 좋아 보여. 언니 혼자 감당하기 얼마나 힘들었을까!"

하지만 제인은 아주 잘 지냈다면서 동생을 안심시켰다. 두 사람은 가드너 부부가 아이들과 시간을 보내는 동안 대화를 나누었는데, 모두가 그들 곁으로 다가오자 대화를 중단해야 했다. 제인은 외삼촌과 외숙모에게 얼른 달려가 두 사람을 기쁘게 맞이했고, 미소를 지었다 눈물을 흘렸다를 반복하면서 감사의 인사를 드렸다.

모두들 응접실에 모이자 엘리자베스가 이미 물어보았던 질문들을 되풀이해 물었고, 곧이어 제인이 아무것도 아는 바가 없다는 걸 확인했다. 그러나 마음이 어질고 선한 제인은 아직 긍정적인 희망을 잃지 않았다. 그녀는 모든 일이 좋게 결말을 맺을 거라고 믿었고, 매일 아침이면 오늘은 리디아나 아버지로부터 편지가 와서 일이 어떻게 진행되고 있는지 알려줄지 모른다고, 어쩌면 두 사람의 결혼 발표 소식을 듣게 될지 모른다고 기대했다.

잠시 이야기를 나눈 후 모두들 베넷 부인 방으로 향했다. 베넷 부인은 정확히 그들의 예상대로 그들을 맞이했다. 후회의 눈물을 흘리며 한탄했고, 위컴의 야비한 행동에 맹렬히 비난을 퍼부었으며, 자신의 고통과 냉대에 대해 불평했고, 결국 이런 결과를 낳게 한 딸의 무분별한 방종에 가장 책임이 큰 장본인을 제외하고 나머지 모든 사람을 공격했다.

"내 말대로 가족들 모두 브라이턴으로 갔더라면 이런 일은 없었을 거 아니냐." 그녀가 말했다. "그랬으면 불쌍한 리디아가 돌봐주는 사람 한 명 없이 혼자 있었을 리도 없었을 거다. 포스터 부부도 그래. 왜 그 애하고 같이 다니지 않았던 거야? 그 사람들은 리디아를 제대로 돌보지 않은 게 분명해. 제대로 보살핌을 받았더라면 그런 일을 저지를 애가 절대로 아니거든. 어쩐지 내 처음부터 그 사람들이 우리 애를 잘 맡아줄 리가 없을 거라고 생각했어. 한데 늘 그렇듯이 누가 내 말을 들었어야 말이지. 아이고, 불쌍한 내 아가! 이제 애들 아버지가 런던에 갔으니, 어디서든 위컴을 만나면 한판 붙어 그놈 손에 죽게 되겠지. 그럼 우린 이제 어떻게 되는 거니? 아마 시체가 무덤에서 싸늘하게 식기도 전에 우린 콜린스 식구들에게 쫓겨나게 될 거야. 동생네가 우리에게 친절을 베풀어주지 않으면 우린 정말 어떻게 될지 몰라."

그런 끔찍한 생각은 하지도 말라고 모두들 큰 소리로 한마디씩 했다. 가드너 씨는 누나와 누나의 가족들 모두를 사랑한다고 안심시켰고, 다음 날 곧바로 런던으로 갈 생각이며 베넷 씨를 도와 리디아를 찾기 위해 전력을 다하겠다고 말했다.

"쓸데없는 걱정 하지 마세요." 그가 덧붙였다. "최악의 상황에 대비하는 건 좋지만, 그런 일이 발생할 거라고 확신할 필요는 없으니까요. 두 사람이 브라이턴에서 떠난 지 일주일도 채 안 됐잖아요. 며칠 있으면 이런저런 소식을 듣게 될 테니까, 두 사람이 결혼하지 않았고 그럴 생각도 없다는 사실이 확인될 때까지는 이 문제에 대해 가망 없다고 지레짐작하지 말자고요. 제가 런던에 도착하는 대로 형님을 모시고 그레이스처치 가에 있는 우리 집에 간 다음, 앞으로 이 일을 어떻게 할지 의논해볼게요."

"오! 고마운 내 동생." 베넷 부인이 대답했다. "내가 바란 게 바로 그거란다. 그럼 런던에 도착하면 그 애들이 어디에 있든 꼭 좀 찾아주렴. 그래서 두 사람이 아직 결혼을 안 했으면 결혼부터 시켜줘. 그리고 웨딩드레스 말인데, 기다리지 말고 그냥 식부터 올리라고 하렴. 사려고 정해둔 웨딩드레스가 있다면 결혼 후에 그만큼 돈으로 주겠다고 말이야. 그리고 무엇보다 애들 아버지가 위컴과 싸우지 않도록 막아주면 좋겠구나. 내 상태가 지금 얼마나 형편없는지도 전해주렴. 너무 놀라서 제정신이 아니고, 온몸이 부들부들 떨려서 하루 종일 안절부절못하는 데다, 옆 구리는 경련이 일고, 머리는 지끈거리고, 가슴은 심하게 뛰어 밤에도 낮에도 통 쉴 수가 없더라고 말이야. 아, 그리고 우리 아가 리디아에게는 날 만나기 전까지 옷 사러 가지 말라고 해. 고급 옷 가게가 어디인지 그 애가 알 리 없으니까. 오, 내 동생, 넌 어쩜 이렇게 마음이 넓니! 네 덕분에 모든 일이 다 잘될 것 같구나."

가드너 씨는 이 문제를 위해 성심껏 애쓰겠다고 다시 한 번 누나에게 강조하면서, 너무 걱정할 필요는 없지만 지나치게 낙관적으로 생각하지도 말라고 부탁하지 않을 수 없었다. 그들은 저녁 식사가 준비될 때까지 그녀와 이런 식으로 이야기를 나눈 뒤에, 딸들이 없을 때 대신 시중을 들던 가정부에게 그녀의 감정을 털어놓게 놓아두고 모두들 밖으로 나왔다.

가드너 부부는 베넷 부인만 혼자 두고 식구들이 모두 나올 이유는 없다고 생각하면서도 굳이 반대하지는 않았다. 하인들이 식탁 주위에서 시중을 드는 동안 그들 앞에서 입을 다물고 있을 만큼 분별력 있는 베넷 부인이 아니라는 걸 잘 알기 때문에, 모두가 가장 신뢰하며 그녀의 걱정과 근심을 충분히 이해하는 가정부 한 사람에게만 속상한 기분을 털어놓는 편이 차라리 나을 거라고 판단했다.

잠시 후 모두들 식당에 자리를 잡았고 곧이어 메리와 키티도 식당으로 들어왔다. 그들은 각자 할 일이 바빠 지금껏 자기 방에 있다가 이제야 모습을 드러냈다. 메리는 책을 읽다가 나왔고 키티는 몸단장을 하다가 나왔다. 두 아가씨의 얼굴은 무척 편안했고 집안일에 조금도 동요하지 않는 것 같았다. 다만 가장 좋아하는 언니가 행방불명이 되어서인지 아니면 이 일로 단단히 화가 나서인지, 키티의 말투에 평소보다 좀 더 짜증이 섞인 점이 변화라면 변화였다. 메리는 모두들 식탁에 자리를 잡고 앉자마자 마치 이런 일에 일가견이 있는 사람인양 진지하게 생각에 잠긴 표정으로 엘리자베스에게 속삭였다.

"정말 불행한 사건이 아닐 수 없어. 아마 이런저런 말들이 많겠지. 하지만 우리는 악의적인 흐름을 저지해야 해. 그리고 상처받은 서로의 가슴에 자매의 위로라는 향유를 부어야 하지."

그러나 엘리자베스가 호응할 기미를 보이지 않자 이렇게 덧붙였다. "이번 사건은 리디아에게 불행한 일임에 틀림없지만, 우리는 이 일을 통해 이런 유익한 교훈을 얻을 수 있어. 여성이 한 번 정절을 잃으면 돌이킬 수 없다는 것, 한 번 발을 잘못 디디면 영원히 나락으로 떨어지게 되어 있다는 것, 여성의 평판은 그 아름다움 못지않게 깨지기 쉽다는 것, 그리고 가치 없는 남성에 대해 여성은 아무리 몸가짐을 조심해도 지나치지 않다는 것 말이야."

엘리자베스는 놀라서 눈을 치켜떴지만 일일이 대꾸를 하자니 마음이 몹시 답답했다. 그러나 메리는 그들 앞에 놓인 불행에서 이런 식의 교훈을 끌어내며 스스로를 위로했다.

오후가 되자 베넷가의 맏딸과 둘째 딸은 30분 정도 단둘이 이야기할 시간을 낼 수 있었다. 엘리자베스는 즉시 이 기회를 이용해서 여러 가지 질문을 했고, 제인 역시 열심히 대답해주었다. 그들은 이제 얼마나 끔찍한 일이 벌어질지 생각하면서 줄곧 한숨을 내쉬었다. 엘리자베스는 앞으로 생각하기도 싫은 일이 일어날 게 분명하다고 확신했고, 베넷 양도 그녀의 말을 부정하지 못했다. 엘리자베스는 이 문제에 대해 이렇게 말을 이었다.

"이 일에 대해 하나도 빠짐없이 전부 이야기해줘. 아직 듣지 못한 이야기들이 있을 것 같아. 좀 더 자세히 말해줘. 포스터 대령님이 뭐라고 하셨어? 두 사람이 달아나기 전에 걱정할 만한 일은 없었대? 그들이 내내 같이 붙어 다니는 걸 틀림없이 봤을 거 아니야."

"포스터 대령님 말씀으로는 두 사람 사이가 좀 가깝다 싶었고 특히 리디아 쪽에서 유난히 좋아하는 것 같다는 생각을 자주 했지만 특별히 걱정할 정도는 아니었대. 대령님을 생각하면 정말 마음이 아파. 정말 신중하고 친절하게 최선을 다하셨어. 두 사람이 스코틀랜드로 가지 않았을 거라고 짐작하기 전에도 이 일에 신경을 쓰고 있다는 걸 우리에게 알려주기 위해 직접 우리 집으로 달려오셨고, 사방에서 슬슬 걱정이 제기되자 서둘러 그들을 찾아나셨잖아."

"그나저나 데니는 위컴이 결혼하지 않을 거라고 확신했다며? 그럼 데니는 두 사람이 도망가기로 결심했다는 걸 알고 있었다는 걸까? 포스터 대령님은 데니를 직접 보셨대?"

"응. 하지만 포스터 대령님이 데니한테 물었더니, 데니는 그들이 무슨 계획을 갖고 있었는지 전혀 아는 바가 없다고 딱 잡아떼면서 심중에 있는 생각은 말하려 하지 않더래. 그러니까 두 사람이 결혼하지 않을 거라고 못 박아 이야기하지는 않았다는데, 난 그 대목에서 혹시 그가 전에 뭔가 잘못 알고 있었을지 모른다는 희망을 갖고 싶은 거지."

"그럼 포스터 대령님이 직접 집에 오시기 전에는 두 사람이 정말로 결혼할 거라는 걸 아무도 의심하지 않았겠네?"

"그런 걸 의심하다니, 말도 안 되는 일이었지! 다만 난 조금 걱정이 되긴 했어. 리디아가 그런 남자와 결혼해서 행복할 수 있을까 하는, 그런 불안한 마음이 있었던 거지. 전에도 보면 그 사람 행실이 늘 올바른 건 아닌 것 같았으니까. 아버지와 어머니는 그런 부분을 전혀 모르셨기 때문에 단지 이런 식의 결혼이 얼마나 경솔한가 하는 문제만 생각하셨어. 그런데 키티가 아무도 모르는 걸 혼자만 알고 있다는 게 굉장히 자랑스러웠던지 잔뜩 뽐을 내면서 말하는 거야. 리디아가 마지막으로 보낸 편지에서 자기는 이런 일이 일어날 줄 알고 있었다고 말이야. 아마 키티는 몇 주일 전부터 둘이 사랑하게 된 걸 알고 있었던 것 같아."

"하지만 두 사람이 브라이턴에 가기 전에는 그런 사이가 아니었잖아?"

"그랬겠지."

"포스터 대령님은 위컴을 나쁘게 생각하시는 것 같았어? 위컴이 어떤 사람인지 제대로 알고 계셔?"

"솔직히 말하면 그분은 전처럼 위컴을 썩 좋게 말씀하시지 않았어. 아주 경솔하고 낭비가 심한 사람이라고 생각하시더라고. 그리고 이처럼 엄청난 일을 저지른 후에 그가 메리턴에 어마어마한 빚을 남겼다는 소문이 들렸지. 난 이 말은 사실이 아니길 바라고 있어."

"오, 제인 언니. 우리가 위컴 일을 숨기지 않았더라면, 그 사람에 대해 알고 있는 걸 전부 말했더라면 이런 일은 일어나지 않을 수도 있었을 텐데!"

"어쩌면 지금보다는 나았을지 모르지." 제인이 대답했다. "하지만 누군가의 현재 마음 상태가 어떤지 전혀 알지 못하면서 그 사람의 지나간 잘못을 들추는 건 도리에 어긋나는 일인 것 같았어. 우린 가장 선한 의도로 그렇게 하기로 결정했던 거야."

"리디아가 포스터 부인에게 남긴 쪽지 내용을 포스터 대령님이 자세하게 여러 번 말씀해 주셨어?"

"우리에게 보여주려고 가지고 오셨어."

그런 다음 제인은 작은 책에서 쪽지 한 장을 꺼내 엘리자베스에게 건네주었다. 그 내용은 이랬다.

헤리엇 언니에게.

제가 어디로 가는지 아시면 아마 웃으실 거예요. 내일 아침 제가 사라진 걸 알고 놀라실 모습을 생각하니 마구 웃음이 나오네요. 전 그레트나그린으로 갈 거예요. 누구랑 같이 가는지 짐작하지 못하신다면 전 언니를 바보라고 생각하겠어요. 제가 사랑하는 사람은 세상에 단 한 사람뿐이고 그 사람은 천사니까요. 그 사람이 없으면 전 절대로 행복하지 못할 거예요. 그러니 제가 떠나는 것이 제게 해가 되지 않을까 걱정하지 마세요. 그리고 내키지 않으시면 이 사실을 롱번에 알리지 않으셔도 괜찮아요. 제가 직접 리디아 위컴이라고 서명해서 편지를 보내면 모두들 더 크게 놀랄 테니까요. 아, 얼마나 재미있을까요! 전 웃느라 편지도 못 쓸 지경이에요. 프렛에게 오늘 밤 같이 춤추기로 한 약속 지키지 못하게 됐다고 잘 좀 전해주셨으면 해요. 자초지종을 알고 난 후 날 용서해주길 바란다고. 다음에 무도회에서 만나면 즐겁게 함께 춤추겠다는 말도 전해주세요. 롱번에 도착하면 제 옷가지들을 가지러 사람을 보낼게요. 하지만 짐을 꾸리기 전에, 수놓인 제 모슬린 드레스에 크게 찢어진 부분을 수선해달라고 샐리한테 전해주세요. 그럼 이만 줄일게요. 포스터 대령님께도 안부 전해주시고, 행복한 여행이 되도록 축배를 들어주세요.

친애하는 언니의 벗,

리디아 베넷.

"아휴, 이 아무 생각 없는 한심한 리디아!" 쪽지를 다 읽은 엘리자베스는 크게 소리쳤다. "그런 상황에서 편지에 이런 내용이나 쓰다니. 하지만 적어도 리디아가 이 여행의 목적을 진지하게 생각했다는 것만은 알 수 있겠어. 나중에 그가 리디아에게 뭐라고 설득했는진 모르겠지만, 어쨌든 리디아 쪽에서 이 불명예스러운 계획을 꾸민 건 아니었어. 불쌍한 아버지! 이 쪽지를 보고 심정이 어떠셨을까!"

"난 누가 그렇게 충격받는 모습 처음 봤어. 아버지는 꼬박 10분 동안 한마디도 못하셨어. 엄마는 당장 몸져누우셨고 온 집안이 뒤죽박죽 정신이 하나도 없었지!"

"아! 제인 언니." 엘리자베스가 크게 소리쳤다. "이 일이 밝혀진 날, 집에 있던 하인들은 사건의 내막을 전부 알게 되었겠지?"

"모르겠어. 아무도 모르길 바랄 뿐이야. 하지만 사실 그런 상황에서 말조심하기가 여간 어려운 일이 아니잖니. 어머니가 히스테리를 일으켰는데, 그걸 보고 모를 수가 있겠니. 내 딴에는 있는 힘껏 도와드리려 애썼지만, 지금 생각해보면 더 잘할 수도 있었는데 그러지 못했던 것 같아! 하지만 무슨 일이 일어날까 무서워서 모든 힘이 거의 바닥날 지경이었어."

"엄마를 돌보는 일은 언니에게 너무 벅찬 일이었어. 지금 언니 모습이 말이 아니야. 아! 내가 언니 곁에 있었더라면 좋았을걸. 그랬더라면 언니 혼자 불안해하면서 걱정하지는 않았을 텐데."

"메리와 키티가 아주 사려 깊게 행동했어. 분명히 힘든 일을 함께 나누고 싶었을 테지만, 그 아이들까지 힘들게 하면 내 마음이 편치 않을 것 같았어. 키티는 몸도 약하고 예민하고, 메리는 오랜 시간 공부하는데 쉬는 시간을 빼앗아서는 안 되잖아. 그래도 아버지가 런던에 가신 후에 필립스 이모가 화요일에 오셔서 목요일까지 계시다 가셔서 정말 좋았어. 덕분에 우리 모두에게 정말 큰 도움이 됐지. 루카스 부인도 얼마나 친절했는지 몰라. 우리를 위로하느라 수요일 오전에 우리 집까지 걸어오신 거 있지. 그리고 우리에게 도움이 된다면 직접 수고해주시거나 딸들 중 누구라도 보내주시겠다고 하셨어."

"루카스 부인은 오시지 않는 편이 좋았을 텐데." 엘리자베스가 소리 높여 말했다. "물론 아주머니야 좋은 뜻으로 오셨겠지만, 지금처럼 불행한 일이 닥칠 땐 도저히 이웃 사람들을 만나고 싶지 않잖아. 이런 상황에서 이웃은 아무런 도움이 될 수 없고, 위로는 견딜 수 없을 만큼 괴로워. 그저 멀찍이 우리를 보면서 우쭐거리며 흡족해하고 있으면 될 일이잖아."

그런 다음 엘리자베스는 아버지가 리디아를 찾기 위해 런던에 계시는 동안 리디아가 있는 곳을 어떤 식으로 수소문하실지 물었다.

"내 생각에 일단 아버지는 엡섬에 가실 예정이었을 거야. 두 사람이 마지막으로 말을 갈아 탄 곳이니까 혹시 마부들을 만나면 뭔가 알아낼지 모른다고 생각하셨거든. 그들을 클래펌까지 태우고 간 전세마차 번호를 알아내는 것이 아버지의 주된 목적이었겠지. 런던에서 승객을 태우고 클래펌까지 간 마차가 한 대 있었다고 해. 그래서 아버지는 두 남녀가 마차를 갈아타는 모습이 주위 사람들 눈에 띄었을지 모르니, 일단 클래펌에 가서 자세한 상황을 알아보겠다고 하셨어. 마부가 그들을 어느 집 앞에 내려주었는지만 알아내면 그곳에서 다시 수색하기로 하고 말이야. 마차의 정류소와 번호를 알아내는 일은 그리 어렵지 않을 거라고 희망하셨어. 그 밖에는 어떤 계획을 세우셨는지 모르겠다. 워낙 서둘러 떠나셨고 굉장히 당황하신 상태여서 이 정도 알아내는 데도 애를 먹었거든."

48

다음 날 아침 온 가족은 베넷 씨에게서 편지가 오길 바랐지만, 우편물 가운데에는 베넷 씨 이름으로 온 짧은 쪽지조차 보이지 않았다. 그가 평소에 워낙 편지 보내는 일에 소홀하고 늑장을 부린다는 걸 가족들은 잘 알고 있었다. 하지만 이런 때엔 그가 신경을 써주길 바랐다. 가족들은 만족할 만한 소식이 없어서일 거라고 애써 결론을 내렸지만, 그런 소식조차 기꺼이 의지할 수 있었을 것이다. 가드너 씨는 편지가 오기를 줄곧 기다리다가 집을 나섰다.

일단 가드너 씨가 갔으니 가족들은 이제부터는 적어도 일이 어떻게 진행되는지 꾸준히 소식을 들을 수 있으리라고 확신할 수 있었다. 가드너 씨는 떠나면서, 베넷 씨를 설득해 최대한 빨리 롱번으로 돌아오게 하겠다고 약속하여 누나에게 큰 위안을 주었다. 베넷 부인은 남편이 위컴과의 결투에서 죽음을 당하지 않는 확실한 방법은 빨리 집에 돌아오는 것뿐이라고 생각했다.

가드너 부인은 자기가 있어야 조카들에게 조금이라도 도움이 될 거라고 생각하여, 아이들과 함께 하트퍼드셔에 며칠 더 머무르기로 했다. 그녀는 조카들과 함께 베넷 부인의 시중을 들었고, 조카들이 쉴 수 있는 시간엔 그들에게 큰 위안을 주었다. 필립스 이모도 자주 그들을 방문했는데, 본인 말로는 늘 그들을 위로하고 기운을 북돋아주기 위해서라고 하지만, 올 때마다 위컴의 사치스러운 생활이라든지 난잡한 행동들에 대해 전혀 몰랐던 사실까지 하나씩 풀어놓고 가는 바람에 이모가 왔다 가면 오기 전보다 모두들 더 의기소침해지곤 했다.

메리턴 사람들은 불과 석 달 전만 해도 거의 빛의 천사라고 여기던 사람을 이제는 어떻게든 비방하지 못해 안달인 것 같았다. 곳곳의 상인들에게 빚을 진 것도 모자라, 유혹이라는 칭호를 부여받으며 상인들의 가족에게까지 은밀한 관계를 넓혔다는 사실이 파다하게 알려졌다. 모두가 그를 세상에서 가장 행실이 나쁜 젊은이라고 떠들었고, 어쩐지 선량한 외모가 늘 미덥지 않았었노라고 밝히기 시작했다. 엘리자베스는 사람들 사이에서 떠도는 말의 반도 믿지 않았지만, 이런 말들이 떠도는 것만으로도 동생의 파멸을 더욱더 확신하게 되었다. 더구나 이런 말들을 좀처럼 믿으려 하지 않던 제인마저 이제는 거의 절망적이 되어 갔다. 그녀는 얼마 전까지만 해도 그들이 스코틀랜드로 갔을 거라는 생각을 결코 단념하지 않았지만, 만일 그들이 스코틀랜드로 갔다면 지금쯤 분명히 무슨 소식이 왔어야 한다고 생각하자 더더욱 암담해져갔다.

가드너 씨는 일요일에 롱번을 떠났고, 가드너 부인은 화요일에 그가 보낸 편지를 받아보았다. 그는 런던에 도착하자마자 즉시 매형을 찾아 그레이스처치 가로 가자고 설득했다고 했다. 가드너 씨가 도착하기 전에 베넷 씨는 엡섬과 클래펌에 갔다 왔지만 만족할 만한 정보를 얻지는 못했으며, 이제 런던에 있는 주요 호텔들을 샅샅이 뒤져보기로 했다는 말도 전했다. 베넷 씨는 두 사람이 처음 런던에 도착해 거처를 마련하기 전까지 호텔에서 지냈을지 모른다고 추측했기 때문이었다. 가드너 씨 본인은 사실 이 방법이 그다지 성공적이지 못할 거라고 생각하지만, 매형이 하도 열성적으로 고집을 부려 그가 하려는 대로 도와줄 생각이라고 했다. 또한 현재로서는 베넷 씨가 런던을 떠나고 싶은 의향이 전혀 없는 것 같다고 덧붙이면서 곧 다시 편지를 보내겠다고 약속했다. 그리고 이러한 내용의 추신을 덧붙였다.

포스터 대령에게 가능하다면 연대 안에서 위컴과 친분이 있는 장교들을 통해, 그가 지금 숨어 있을 장소를 알 만한 친척이나 지인이 있는지 알아봐주길 바란다고 전갈을 올렸어요. 혹시 그런 단서를 줄 수 있는 사람이 연대 안에 있어서 그 사람이 알아봐준다면 무엇보다 확실한 결과를 얻을 수 있을 것 같소. 지금은 어디서부터 어떻게 알아봐야 할지 도통 감을 잡을 수 없는 상태이니 말이오. 내 생각이지만 포스터 대령은 아마도 우리의 부탁을 들어주기 위해 힘닿는 대로 최선을 다해줄 것 같소. 아, 그런데 다시 생각해보니, 어쩌면 리지가 현재 생존에 있는 위컴의 친척에 대해 누구보다 잘 알고 있을지도 모르겠군요.

엘리자베스는 자신의 권위에 대한 존중이 어디에서 비롯하는지 충분히 이해했지만, 그런 칭찬을 받을 만큼 만족할 만한 정보를 제공할 능력이 없었다.

그녀는 위컴의 부모님이 수년 전에 모두 돌아가셨다는 이야기 외에는 그에게 다른 친척이 있다는 말을 들어본 적이 없었다. 하지만 그가 속한 연대의 동료들 가운데 보다 정확한 정보를 제공할 수 있는 사람이 있을 것 같았다. 물론 여기에 낙관적인 기대를 거는 건 아니었지만 가능성 있는 시도이기는 했다.

이제 롱번에서는 불안과 걱정의 나날이 계속되었다. 그러나 하루 중 가장 불안한 시간은 편지가 도착할 무렵이었다. 모두들 매일 아침 눈을 뜨면 조바심을 내며 편지가 도착하길 간절히 고대했다. 좋은 소식이든 나쁜 소식이든 편지를 통해 전달될 터였기에, 다음 날이면 뭔가 중요한 소식을 알게 되리라 기다리고 또 기다렸다.

그러나 가드너 씨의 두 번째 편지를 받기 전에 다른 사람, 즉 콜린스 씨로부터 아버지 앞으로 편지 한 통이 도착했다. 제인은 아버지가 안 계시는 동안 아버지 앞으로 오는 모든 편지를 열어 보라는 지시를 받은 터라 지시대로 편지를 읽었다. 콜린스 씨의 편지가 언제나 뒤통수치는 말로 가득하다는 걸 잘 아는 엘리자베스도 언니의 어깨너머로 같이 편지를 읽었다. 편지의 내용은 이랬다.

친애하는 베넷 씨께.

우리는 어제 하트퍼드셔에서 온 편지를 읽고서야 어르신께서 지금 얼마나 통탄할 괴로움을 겪고 계실지 알게 되었습니다. 하여, 친척으로

서의 관계와 저의 신분상 어르신께 깊은 위로의 말씀을 올리는 것이 마땅하다고 생각되었습니다. 제 아내와 저는 현재 깊은 고통에 빠져 계실 어르신과 존경하옵는 어르신의 가족 모두에게 진심 어린 동정을 금할 길 없으며, 이렇게 된 원인이 시간이 지난다고 사라지는 것이 아니기에 더더욱 고통스러워하실 거라 사료되옵니다. 극심한 불행을 조금이라도 덜어드릴 수 있다면, 특히 부모 마음을 그토록 아프게 한 그 같은 상황에서 어르신을 편안하게 해드릴 수 있다면, 저는 어떤 말도 아끼지 않을 생각입니다. 이런 일을 겪으시느니 따님의 죽음을 맞으시는 편이 차라리 축복이었을 것입니다. 제 아내 샬럿이 알려준 대로 추측해본다면, 따님의 이 같은 방탕한 행동은 지나치리만큼 따님의 뜻을 받들어 키우신 탓이 아닐까 싶어 더더욱 애석한 마음입니다만, 그럼에도 불구하고 한편 어르신과 베넷 부인에게 위로의 말씀을 드리자면, 이 모든 일의 근본 원인은 따님의 성향이 타고나길 나쁘게 타고난 때문이라고 생각하고 싶은 마음이 더욱 큽니다. 그렇지 않고서야 그렇게 어린 나이에 벌써부터 그처럼 터무니없는 죄를 지을 수는 없을 테니까 말입니다. 어찌됐든 이번 일에서 어르신께서는 크게 동정받아 마땅하시며, 그 생각에 대해서는 제 아내뿐만 아니라 저를 통해 소식을 들으신 캐서린 영부인과 그 따님도 의견을 같이하고 계십니다. 딸 하나가 잘못된 길을 가면 나머지 딸들의 장래에도 해가 미치지 않을까 심히 염려되오며, 두 분께서도 제 생각에 동의하십니다. 특히 캐서린 영부인께서는 그런 집안과 누가 연을 맺으려 하겠냐며 황공하옵게도 친히 의견을 말씀해주셨습니다. 이런 생각을 하고 있자니 지난 11월에 있었던 어떤 일에 대

449

해 더더욱 흐뭇하게 되돌아보게 됩니다. 일이 지금처럼 되지 않았더라면, 저 역시 어르신의 슬픔과 불명예를 함께 겪어야 했을 테니 말입니다. 그러니 존경하는 어르신, 가능한 스스로 마음을 달래시고, 부끄러운 자식에게서 영원히 애정을 거두시어 자신이 저지른 극악한 죄악의 열매를 스스로 거두도록 내버려두라고 권고하는 바입니다.

그럼 이만 줄이겠습니다.

가드너 씨는 포스터 대령에게 답장을 받은 후에야 다시 편지를 보냈지만 이렇다 할 소식은 없었다. 위컴과 계속 연락이 오가는 친척이 한 명이라도 있는지는 알려진 바가 없으며, 생존하는 가까운 친지가 없다는 것은 확실하다고 전했다. 예전에는 알고 지내던 사람들도 제법 많았지만 군에 입대한 후로는 그들 가운데 누구와도 특별히 친분을 유지하는 것 같지 않았다. 따라서 그에 대한 소식을 전해줄 만한 사람은 어디에서도 찾기 어려웠다. 한편 그가 어디론가 도피해 숨어버린 이유는 리디아의 친척들에게 발각될까 두려워서기도 했지만, 어마어마한 액수의 도박 빚을 남기고 달아났다는 사실로 미루어보아 가장 유력한 진짜 동기는 재정 상태가 쪼들릴 대로 쪼들렸기 때문이었다. 포스터 대령은 위컴이 브라이턴에서 쓴 경비를 해결하려면 자그마치 1천 파운드 이상이 필요하다고 예상했다. 마을 여기저기에 뿌린 빚도 상당했지만, 체면상 갚아야 할 도박 빚은 더더욱 엄청났다. 가드너 씨는 자세한 내막을 롱번 식구들에게 굳이 숨기려 하지 않았고, 제인은 그 내용을 듣고는 질색을 했다. "도박꾼이라니!" 그녀가 소리쳤다. "그럴 줄은 꿈에도 생각하지 못했어. 정말 너무 뜻밖이야."

가드너 씨는 편지에 다음 날, 그러니까 토요일이면 그들이 집에서 아버지를 만날 수 있을 거라고 덧붙였다. 온갖 노력에도 불구하고 번번이 실패하자 크게 낙심한 베넷 씨는 이제 그만 가족들에게 돌아가라는 처남의 간청을 듣기로 했고, 지금까지 해온 추적 작업과 그밖에 여러 가지 일들을 모두 가드너 씨에게 맡겼다는 것이다. 베넷 부인은 얼마 전까지만 해도 남편의 목숨 운운하며 전전긍긍 걱정을 한 터라 이 소식을 들으면 무척 좋아할 줄 알았는데, 딸들이 예상한 것만큼 썩 만족스러워하지 않았다.

"뭐라고, 애들 아버지가 집에 돌아온다고? 불쌍한 리디아는 내버려두고!" 그녀가 소리쳤다. "그럴 리가 없어. 두 사람을 찾기 전엔 절대로 런던을 떠나지 않을 거야. 애들 아버지가 돌아오면 누가 위컴하고 싸운단 말이냐? 누가 위컴을 리디아하고 결혼시키냐고?"

그즈음 가드너 부인은 슬슬 집으로 돌아가고 싶어졌기 때문에 베넷 씨가 돌아오면 아이들과 함께 런던에 가기로 결정했다. 따라서 마차는 그들을 첫 번째 역까지 데려다주고, 그곳에서 주인을 태워 롱번으로 돌아왔다.

가드너 부인은 더비셔에 있을 때부터 궁금하게 여겼던, 엘리자베스와 더비셔의 젊은이에 대해 여전히 혼란스러움을 남겨둔 채 롱번을 떠났다. 조카는 그들 앞에서 단 한 번도 자기 입으로 그 사람의 이름을 언급하지 않았다. 가드너 부인은 그가 편지를 보내와서 계속 연락을 주고받지 않을까 하고 반쯤 기대도 해보 았지만 그런 일은 끝까지 일어나지 않았다. 펨벌리에서 돌아온 이후 엘리자베스는 그곳에서 한 통의 편지도 받아보지 못했다.

현재 집에서 일어난 상황이 워낙 비참해 엘리자베스가 울적 한 모습을 보이는 데에 다른 이유가 있으리라 생각하는 건 적절 하지 못했으며, 따라서 겉으로 드러난 모습만으로는 올바른 추 측이 불가능했다. 물론 이즈음 엘리자베스는 자신의 감정을 아 주 잘 알고 있었고, 만일 다아시가 어떤 사람인지 전혀 알지 못 했더라면 리디아의 오명에 대한 두려움을 지금보다는 잘 견딜 수 있었으리라는 것도 정확하게 깨닫고 있었다. 그랬더라면 잠 못 이루는 밤을 이틀에서 하루로 줄일 수 있었을 것이다.

집에 돌아온 베넷 씨는 겉보기에는 평소와 조금도 다름없이 이성적이고 침착한 모습 그대로였다. 평상시에도 말수가 별로 없던 그는 돌아온 후에도 거의 말을 하지 않았고, 런던으로 떠 난 후 어떤 일이 있었는지 절대로 입을 열지 않았다. 그래서 딸 들은 얼마간 시간이 지난 후에야 겨우 그 일에 대해 물어볼 용 기를 낼 수 있었다.

오후 느지막이 아버지가 차를 마시기 위해 그들과 자리를 함 께 했을 때, 엘리자베스가 과감히 이 문제를 화제로 꺼냈다. 아 버지가 런던에서 견뎠을 일을 생각하니 마음이 아프다고 간단히 심경을 이야기하자 베넷 씨가 대답했다. "그런 소리 하지 마라. 당연히 내가 괴로워해야 할 일 아니겠냐? 다 내가 이런 결과를 초래했으니 당연히 괴로워해야하고말고."

"아버지 스스로를 너무 가혹하게 대하셔서는 안 돼요." 엘리자베스가 대답했다.

"네가 그처럼 유해한 감정에 빠지지 말라고 경고하는 것도 무리는 아닐 게다. 인간이란 본래 스스로를 가혹하게 대하기 쉬운 존재니까 말이야! 하지만 리지, 일생에 단 한 번만이라도 내가 얼마나 비난받아 마땅한 사람인지 깊이 뉘우치게 해다오. 이런 기분에 허우적댄다 해도 두렵지가 않구나. 그래봐야 이 기분이 얼마나 가겠니."

"두 사람이 런던에 있다고 생각하세요?"

"그렇단다. 런던이 아니고서야 그렇게 꼭꼭 숨을 만한 곳이 어디 있겠니?"

"그리고 리디아는 늘 런던에 가고 싶어 했잖아." 키티가 거들었다.

"그렇다면 리디아는 행복하겠구나." 아버지가 무미건조하게 말했다. "잘하면 그곳에서 꽤 오래 살지도 모르겠군."

아버지는 이렇게 말한 다음 잠시 침묵을 지킨 후 다시 말을 이었다. "리지, 지난 5월에 네가 내게 충고했던 그대로 일이 벌어졌다고 해서 너를 원망하지는 않는다. 오히려 이번 일을 곰곰이 생각해보니 네가 얼마나 심사숙고해서 조언을 했는지 알겠더구나."

그때 제인이 어머니의 차를 가지러 들어오느라 그들의 이야기는 이쯤에서 중단되었다.

"참 가지가지로 도와주는군. 불행한 상황에서 저렇게 품위를 찾고 싶을까! 다음에 이런 기회가 오면 나도 똑같이 해봐야겠다. 취침용 모자에 화장 가운 하나 걸치고 서재에 틀어박혀서 딸들한테 최대한 폐를 끼쳐야지. 키티가 도망갈 때까지 기다리면 되겠구나."

"전 도망 안 가요, 아빠." 키티가 발끈하며 말했다. "브라이턴에 가게 되더라도 리디아보다는 조신하게 행동할 거예요."

"브라이턴에 간다고! 50파운드를 준다 해도, 바로 옆 이스트본조차 널 안심하고 보낼 수 없다! 안 된다, 키티. 이 아빠는 이제야 딸들을 조심시켜야 한다는 걸 배웠고, 이제 네게 그 영향이 미치게 될 거다. 이제부터 우리 집에 장교는 얼씬도 하지 못할 거다. 마을을 지나가서도 안 된다. 언니들과 함께 가는 것이 아니면 무도회도 절대 금지다. 그리고 매일 10분 동안 분별 있게 보냈다는 걸 증명하기 전까지는 집밖으로 한 발자국도 나갈 수 없다."

이 모든 위협을 진지하게 곧이들은 키티는 큰 소리로 울기 시작했다.

"이런, 이런." 그가 말했다. "너무 비참하다고 생각하지 말거라. 앞으로 10년 동안 조신하게 지내면 그때쯤 다시 생각해볼

수도 있으니까."

49

베넷 씨가 집에 돌아온 지 이틀 후, 제인과 엘리자베스는 집 뒤 관목 숲을 함께 산책하다가 가정부가 그들을 향해 다가오는 모습을 보았다. 그들은 어머니가 가정부에게 자신들을 불러오라고 지시했을 거라고 생각하고 그녀를 향해 걸음을 옮겼다. 그런데 그녀에게 다다랐을 때 예상과 달리 그녀는 어머니의 호출 이야기를 꺼내지 않고 대신 제인에게 이렇게 말했다. "아가씨, 방해해서 죄송해요. 런던에서 좋은 소식을 받지 않으셨을까 해서 실례를 무릅쓰고 여쭤보러 왔어요."

"무슨 말이에요, 힐? 우린 런던에서 아무 소식도 듣지 못했는데요."

"이런, 아가씨." 힐 부인이 크게 놀라며 외쳤다. "가드너 씨가 주인님 앞으로 보낸 속달이 도착했는데 모르셨어요? 도착한지 벌써 30분이나 됐어요. 주인님이 편지를 받으셨답니다."

두 아가씨는 열심히 집으로 달려갔는데 그러느라 말할 틈도 없었다. 그들은 현관을 지나 조찬실로, 조찬실에서 서재로 뛰어갔지만 어디에도 아버지는 보이지 않았다. 어머니와 함께 2층에 계실 것 같아 막 2층으로 올라가려는데 마침 집사와 마주쳤다. 집사는 이렇게 말했다.

"주인님을 찾고 계시는 거라면 주인님은 지금 잡목림 쪽으로 가시는 중입니다, 아가씨들."

집사의 말을 들은 즉시 그들은 다시 한 번 현관을 지나 잔디를 가로질러 아버지를 좇아 달렸다. 아버지는 방목장 옆 작은 숲을 향해 유유히 걸어가고 있었다.

제인은 엘리자베스만큼 몸이 가볍지도 않고 자주 달리는 편도 아니라서 이내 뒤쳐졌지만, 엘리자베스는 숨을 헐떡이며 아버지를 따라잡고는 열심히 큰 소리로 외쳤다.

"아빠, 무슨 소식이에요? 무슨 소식이냐고요? 외삼촌한테 소식 받으셨지요?"

"그래, 속달로 편지 한 통을 받았다."

"저, 뭐라고 보내셨어요? 좋은 소식이에요 나쁜 소식이에요?"

"무슨 좋은 소식을 기대할 수 있겠냐?" 그가 주머니에서 편지를 꺼내며 말했다. "하지만 어쨌든 읽어보고 싶을 테니 읽어보렴."

엘리자베스는 아버지 손에서 다급하게 편지를 뺏어 들었고, 마침 제인도 그들에게 다가왔다.

"크게 소리 내어 읽어보거라." 아버지가 말했다. "나는 도통 무슨 소린지 모르겠으니까."

친애하는 매형께.

드디어 조카의 소식을 전할 수 있게 되었으며, 대체로 만족하실 만한 소식이 아닐까 합니다. 지난 토요일 매형이 런던을 떠난 직후, 운 좋게도 두 사람이 런던의 어느 지역에 있는지 알아냈습니다. 자세한 내용은 만나서 말씀드리겠습니다. 지금은 두 사람을 찾았다는 사실을 알려드리는 것으로 만족해야 할 것 같습니다. 저는 두 사람을 모두 만나보았습니다……

"그럼 내가 늘 바라던 대로 된 거네." 제인이 소리 높여 말했다. "두 사람이 드디어 결혼을 하게 됐어!" 엘리자베스는 계속해서 읽어 내려갔다.

저는 두 사람을 모두 만나보았습니다. 그들은 결혼하지 않았으며, 그럴 의사가 조금도 보이지 않았습니다. 그렇지만 제가 매형을 대신해서 감히 그들과 정해버린 약속을 매형께서 지킬 의향이 있으시다면, 머지않아 두 사람이 결혼하지 않을까 희망을 가져봅니다. 매형께서 해주셔야 할 일은 매형과 누님 사후에 자식들에게 유산으로 남기실 5천 파운드를 리디아에게도 똑같이 배분하여 재산으로 양도해주실 것을 리디아에게 보증하는 것입니다. 여기에 덧붙여 매형께서 생존해 계시는 동안 매년 1백 파운드를 지급할 것을 약속하셔야 합니다. 이상이 약속한 조건으로서, 모든 상황을 고려했을 때 저에게 그럴 만한 권한이 있다고 생각해 매형 대신 이 조건에 응하기로 주저 없이 결정했습니다. 매형께서 속히 답장을 보내시도록 시간을 지체하지 않기 위해 이 편지를 속달로 보내겠습니다. 이상의 내용에서 위컴 씨의 상황이 일반적으로 알려진 바와는 달리 아주 절망적이지는 않다는 걸 쉽게 아실 수 있을 것입니다. 그 점에 대해서 사람들이 정확히 알지 못했던 것 같습니다. 그리고 위컴의 빚을 모두 해결하고도 돈이 조금 남는다는 말씀을 드리게 되어 정말 기쁩니다. 이 돈을 리디아 몫의 재산에 보태면 될 것 같습니다. 또한 그렇게 해주시리라 믿습니다만, 이 일에 대한 모든 과정을 제가 매형을 대신해 처리할 수 있도록 제게 모든 권한을 주신다면, 즉시 헤거스턴에게 지시해서 적절한 양도 절차를 준비할 수 있도록 하겠습니다. 매형께서 다시 런던에 오실 일은 조금도 없을 것 같습니다. 그러니 제 근면함과 신중함을 믿으시고 롱번에 편히 계십시오. 최대한 빨리 답장을 보내주시고, 매형의 뜻을 명확하게 밝혀주시도록 유의하여 주십시오. 우리는 리디아가 저희 집에서 결혼하는 것이 가장 좋겠다고 생각합니다. 이 점에 대해서도 허락해주시길 바랍니다. 리디아는 오늘 저희 집에 옵니다. 다른 사항이 더 결정되는 대로 최대한 빨리 다시 편지를 보내겠습니다. 그럼 이만 줄입니다.

에드워드 가드너 올림

"말도 안 돼!" 엘리자베스는 편지를 다 읽자 큰 소리로 말했다. "위컴이 리디아와 결혼하다니, 그게 가능한 일이야?"

"그렇다면 위컴은 우리가 생각했던 것처럼 아주 형편없는 사람은 아닌가 봐." 제인이 말했다. "아버지, 축하드려요."

"편지에 답장하셨어요?" 엘리자베스가 말했다.

"아니, 그렇지만 곧 해야지."

그러자 엘리자베스는 잠시도 지체하지 말고 속히 답장을 쓰시라고 아버지에게 아주 간절하게 부탁했다.

"오, 아버지!" 그녀가 소리를 높였다. "어서 집에 가셔서 곧바로 답장을 쓰세요. 이런 경우 순간순간이 얼마나 중요한지 아시잖아요."

"직접 쓰시기가 성가시고 싫으시면 제가 대신 써드릴게요." 제인이 말했다.

"답장을 쓰기가 정말 싫구나." 아버지가 대답했다. "하지만 어떻게든 써야 하지 않겠니."

아버지는 그렇게 말한 다음 딸들과 함께 뒤를 돌아 집으로 향했다.

"그런데 하나 여쭤봐도 돼요?" 엘리자베스가 말했다. "외삼촌이 말씀하신 조건들이요. 제 생각엔 받아들여야 할 것 같아요."

"받아들이다마다! 너무 약소하게 요구해서 부끄러울 따름이다."

"그리고 두 사람은 결혼해야 하잖아요! 그가 그런 사람이라 하더라도요!"

"그래, 그래. 둘이 결혼해야 하고말고. 안 그러면 어쩌겠니. 하지만 내가 정말 알고 싶은 것이 두 가지가 있다. 하나는, 이 일을 해결하기 위해 네 외삼촌이 대체 얼마나 많은 돈을 썼느냐 하는 것이고, 또 하나는 그 많은 돈을 내가 무슨 수로 다 갚느냐 하는 것이다."

"돈을 해줬다고요! 외삼촌이요!" 제인이 소리쳤다. "무슨 말씀 이세요, 아버지?"

"무슨 말이냐면, 제정신 박힌 사람이라면 내가 살아 있는 동 안에는 1백 파운드, 내가 세상에 없을 땐 50파운드라는 시시한 유혹에 넘어가 리디아와 결혼하려 하겠느냐 말이다."

"그건 정말 그래요." 엘리자베스가 말했다. "미처 그 생각을 못했어요. 그의 빚을 다 갚고도 돈이 남다니요! 맞아요! 그건 외 삼촌이 하신 일이 틀림없어요! 어쩌면 그렇게 관대하고 친절하 신지, 저희 때문에 경제적으로 타격을 입으셨으면 어쩌죠. 적은 액수로는 그 모든 일을 도저히 해결할 수 없었을 텐데 말이에요."

"없다마다." 아버지가 말했다. "1만 파운드에서 동전 한 푼이 라도 모자라는 상태에서 리디아를 데리고 간다면 위컴이 멍청 한 거지. 곧 가족이 될 사람을 처음부터 아주 형편없게 생각해 서 유감이지만."

"1만 파운드라고요! 맙소사! 그 돈의 반이라 한들 무슨 수로 갚죠?"

베넷 씨는 아무런 대꾸도 하지 않았고, 각자 깊은 생각에 빠 진 채 집에 도착할 때까지 줄곧 침묵을 지켰다. 아버지는 답장 을 쓰기 위해 서재로 향했고 딸들은 조찬실로 들어갔다.

"그나저나 두 사람이 정말로 결혼을 하게 되다니!" 둘만 있게 되자 엘리자베스가 곧 큰 소리로 말했다. "말도 안 돼! 더구나 이런 결혼에 우리가 고마워해야 할 판이라니. 둘이 행복하게 살 가능성이 눈곱만큼도 없고, 위컴의 인격이 얼마나 저열한지도 다 아는데, 그런데도 그들이 결혼한다는 사실만으로 우리가 기뻐해야 하다니! 아, 이 철없는 리디아!"

"난 이런 생각으로 위안을 삼고 있어." 제인이 말했다. "위컴이 리디아에게 진심으로 호감을 느끼지 않았다면 절대로 그 애와 결혼하지 않았을 거라고 말이야. 물론 인정 많은 외삼촌이 위컴의 빚을 청산하기 위해 뭔가 조치를 취하셨겠지만, 1만 파운드나 그 비슷한 액수를 내놓으셨다고는 생각할 수 없어. 외삼촌에게는 자식들이 있고 앞으로 더 생길지도 몰라. 그런 상황에서 1만 파운드의 반이라 한들 어떻게 댈 수가 있었겠어?"

"위컴의 빚이 얼마나 되는지, 리디아가 받은 돈에서 위컴 편으로 얼마가 갔는지 알 수만 있다면, 외삼촌이 두 사람을 위해 얼마의 비용을 들였는지 정확하게 알아낼 수 있을 텐데. 위컴은 수중에 단돈 6펜스도 없을 테니까 말이야. 정말이지 외삼촌과 외숙모의 친절을 어떻게 다 갚을 수 있을지 모르겠어. 집에 데려가 친히 보호하고 돌봐주시다니, 리디아의 편의를 위해 그처럼 희생하시는 건데 몇 년을 두고두고 감사를 드려도 부족할 거야. 그리고 보니 리디아가 지금쯤 외삼촌 댁에 있겠네! 그런 호의를 받고도 아직까지 부끄러운 줄 모른다면, 리디아는 행복해질 자격이 전혀 없는 애야! 외숙모 얼굴을 처음 대면했을 때 얼마나 면목이 없었을까!"

"두 사람에게 일어난 일은 이제 모두 잊도록 애써야 해." 제인이 말했다. "난 두 사람이 여전히 행복하길 바라고 또 그럴 거라고 믿어. 그가 리디아와 결혼하기로 동의한 것만 봐도 올바르게 생각하게 되었다는 증거라고 믿고 싶어. 서로에 대한 애정이 두 사람을 흔들리지 않게 잡아주겠지. 시간이 지나면 한때 그들이 벌인 무모한 짓들은 모두 잊힐 테고, 그런 만큼 그들은 평온하게 자리를 잡고 누구보다 분별 있는 모습으로 살 거라고 믿어."

"언니, 그 둘의 행동은 언니도 나도 그 누구도 절대로 잊을 수 없는 짓이야." 엘리자베스가 대꾸했다. "언니가 그렇게 말해봐야 소용없다고."

두 아가씨들은 아마도 어머니는 방금 일어난 일에 대해 전혀 모르고 있을 거라는 생각이 지금에야 떠올랐다. 그래서 그들은 서재로 가서 어머니에게 이 사실을 알려드려도 좋을지 아버지에게 물었다. 편지를 쓰고 있던 아버지는 고개도 들지 않은 채 냉정하게 대답했다.

"좋을 대로 하려무나."

"외삼촌이 보낸 편지를 가져가서 엄마에게 읽어드려도 돼요?"

"뭐든 좋을 대로 다 가지고 가렴."

엘리자베스가 아버지 책상에서 편지를 집어든 다음 두 딸은 함께 2층으로 올라갔다. 마침 메리와 키티가 베넷 부인과 함께 있어서 모두에게 동시에 이 일을 알릴 수 있었다. 일단 좋은 소식이 있다고 귀띔한 후 큰 소리로 편지를 읽었다. 베넷 부인은 도저히 감정을 억제할 수가 없었다. 가드너 씨는 리디아가 조속히 결혼하게 될 거라고 기대한다는 대목을 제인이 읽자마자 베넷 부인은 기쁨의 탄성을 터뜨렸고, 그 다음 문장이 읽힐 때마다 열렬한 행복의 감탄사가 끊이질 않았다. 그녀는 걱정하고 속상해하며 안달했던 것만큼이나 이제는 기쁨을 주체하지 못해 잔뜩 흥분해서 안절부절못했다. 딸이 결혼하게 될 거라는 소식을 안 것만으로도 만사가 해결됐다. 딸의 행복에 대한 믿음에 조금도 흔들림이 없었고, 딸의 잘못된 행실을 떠올리며 부끄러워하지도 않았다.

"내 예쁜 아가, 리디아!" 그녀가 외쳤다. "정말 기쁜 소식이구나! 리디아가 결혼하게 되다니! 이제 그 애를 다시 볼 수 있어! 이런 세상에, 열여섯에 결혼을 하다니 말이야! 오, 착하고 인정 많은 내 동생! 난 이렇게 될 줄 알았어. 네 외삼촌이 모든 걸 해결할 줄 알았다. 리디아, 정말 보고 싶구나! 내 사위 위컴도 보고 싶다! 아참, 그런데 드레스는, 웨딩드레스는 어쩐다! 웨딩드레스를 어떻게 준비할 건지 당장 올케에게 편지를 써야겠어. 우리 둘째 딸 리지, 어서 아버지에게 내려가 외숙모에게 얼마를 보내실 건지 여쭤봐라. 아니다, 아니야. 내가 직접 내려가야겠어. 키티야, 벨을 눌러서 힐을 불러라. 얼른 옷을 입어야겠다. 우리 아가, 내 딸, 리디아! 다시 만나면 얼마나 기쁠까!"

맏딸은 어머니에게 외삼촌이 온 가족을 위해 얼마나 큰 은혜를 베풀었는지 상기시켜, 지나치게 흥분한 어머니의 마음을 조금이라도 진정시키려 애썼다.

"이렇게 무사히 일이 매듭지어진 건 관대한 외삼촌 덕이 매우 크다고 생각해야 해요." 그녀가 덧붙였다. "외삼촌이 돈을 써서 위컴 씨를 돕기로 약속하신 게 분명해요."

"아무렴." 어머니가 큰 소리로 말했다. "그래야 하고말고. 외삼촌이 아니면 누가 그렇게 해주겠니? 그 애가 딸린 식구만 없었어도, 지금쯤 가진 재산 전부가 나하고 우리 아이들 몫이 되었을 거라는 건 너도 알잖니. 게다가 선물 몇 가지 한 걸 제외하면 지금까지 너희 외삼촌이 어디 변변하게 우리를 도와준 적은 한 번도 없었다. 지금이 처음이지. 어쨌든 괜찮아! 난 지금 아주 행복하니까. 조금 있으면 드디어 딸 하나를 결혼시킨단 말이지. 위컴 부인이라! 어쩜 정말 듣기 좋구나. 게다가 리디아는 지난 6월에 겨우 열여섯 살이 됐잖니. 얘, 제인. 이 엄마는 지금 마음이 몹시 설레서 도무지 편지를 쓸 수가 없구나. 그러니 내가 쓸 말을 부를 테니 네가 받아 적어라. 돈 문제는 나중에 네 아버지하고 결정하면 되고, 지금은 당장 결혼식 때 필요한 것들부터 주문해야겠다."

그런 다음 베넷 부인은 옥양목이니 모슬린이니 고급 무명 같은 온갖 물건들을 줄줄이 읊었는데, 제인이 아버지가 한가한 시간을 봐서 두 분이 의논할 수 있을 때까지 조금 기다리시라고 간신히 설득하지 않았더라면 눈 깜짝할 새에 엄청난 물건들을 받아 석어야 했을 것이다. 제인은 하루 늦게 편지를 쓴다고 해서 크게 지장이 생기지는 않을 거라고 말했고, 어머니는 너무도 행복한 나머지 평소처럼 말도 안 되는 고집을 부리지는 않았다. 다른 계획들을 머릿속에 떠올리느라 고집을 부릴 새도 없었지만 말이다.

"몸단장을 하는 대로 얼른 메리턴에 가야겠다." 그녀가 말했다. "가서 필립스 이모에게 이 기쁘고 반가운 소식을 전해야지. 루카스 부인과 롱 부인은 다녀와서 방문하면 되겠지. 키티야, 내려가서 마차를 대기시켜라. 바람을 쐬고 오면 한결 좋아질 거야. 얘들아, 엄마 메리턴에 갈 건데 뭐 부탁할 것 없니? 아! 마침 힐이 오는구나. 우리 힐, 좋은 소식 들었지? 리디아 아가씨가 곧 결혼할 거라는 소식 말이야. 결혼식을 축하하기 위해 하인들 모두에게 펀치 한 잔씩 돌릴게."

힐 부인은 즉시 기쁜 마음을 표현하기 시작했다. 엘리자베스는 가족들에게 보내는 힐 부인의 축하를 받고는 이런 어리석은 짓거리에 넌더리가 나서, 아무런 방해 없이 조용히 생각하기 위해 자기 방으로 피신했다.

딱한 리디아의 처지는 그래봤자 충분히 나쁜 상황일 게 분명했다. 그나마 더 나빠지지 않은 것만으로도 감사해야 할 판이었다. 엘리자베스가 보기엔 그랬다. 앞날을 생각하면 리디아에게 순리에 따른 행복도 세속적인 성공도 전혀 기대할 수 없지만,

고작 두 시간 전만 해도 온 식구가 전전긍긍 불안해했던 걸 돌이켜보면 일이 이렇게 해결된 것만으로도 더할 나위 없이 다행인 것 같았다.

50

베넷 씨는 지금의 나이가 되기 전에 종종 이런 생각을 했었다. 아내가 자기보다 오래 살 경우를 대비해 수입을 전부 써버리지 말고 매년 얼마씩 저축을 해두었다가 자식들과 아내를 위해 좀 더 많은 재산을 물려주어야 하지 않을까 하고 말이다. 지금 그는 그 계획을 실행했어야 했다며 그 어느 때보다 아쉬워하고 있었다. 이 부분에서 제대로 의무를 다 했다면, 지금쯤 리디아를 위해 명예든 신용이든 돈으로 살 수 있었을 테니 리디아가 외삼촌에게 신세를 질 필요는 없었을 것이다. 그랬다면 영국에서 가장 보잘것없는 청년 가운데 한 녀석에게 딸의 남편이 되어달라고 설득하면서 적절히 만족했을 것이다.

그는 누구에게도 아무런 이익을 주지 못하는 이런 일 때문에 처남 혼자 모든 비용을 부담해야 했다는 사실이 몹시 마음에 걸려, 가능하다면 처남이 도와준 비용이 얼마나 되는지 알아내어 최대한 빨리 신세를 갚아야겠다고 결심했다.

베넷 씨는 신혼 때만해도 당연히 아들 하나는 생길 거라고 믿

467

었기 때문에 절약은 전혀 쓸모없다고 생각했다. 아들이 성인이
되면 즉시 상속이 해제될 터이므로, 자신의 유산으로 미망인과
어린 자녀들이 충분히 생활할 수 있을 거라고 생각했다. 그러나
딸만 연달아 다섯이 태어났고 아들은 아직 세상에 나오지 않았
다. 베넷 부인은 리디아가 태어난 후에도 여러 해 동안 아들을
낳을 수 있을 거라고 확신했다. 하지만 결국 가능성을 완전히
접어야 했고, 그때 가서 저축을 하려니 이미 너무 늦어버렸다.
베넷 부인은 절약에 소질이 없었고, 그나마 남편이 상당히 자립
심이 강한 사람이라 수입을 초과해 돈을 쓰는 일만 간신히 면할
뿐이었다.

　결혼 약정서에는 베넷 부인과 자녀들에게 5천 파운드를 양도
하도록 되어 있었지만, 자녀들에게 얼마씩 배분하느냐는 부모
의 뜻에 달려 있었다. 그러니 베넷 씨는 적어도 리디아에 관해
서는 지금 이 부분만 결정해주면 될 터였고, 그 밖에 자기 앞에
놓인 제안들에 동의하는 데 조금도 주저할 이유가 없었다. 아
주 간결하지만 처남의 친절에 감사하다는 인사를 남긴 다음, 그
가 취한 모든 조치에 전적으로 찬성하고 자신을 대신해 체결한
약속들을 기꺼이 이행할 의사가 있다고 편지에 썼다. 그는 리디
아와 결혼하도록 위컴을 설득할 수 있다 하더라도, 지금 체결한
약속처럼 자기편에서 큰 손해 없이 일이 해결될 거라고는 결코
기대하지 못했었다. 그들에게 1백 파운드를 지불하게 될 경우
그가 손해 보는 금액은 연간 10파운드 정도밖에 되지 않을 것이

다. 리디아의 식비와 용돈, 그리고 어머니를 통해 선물 형식으로 끊임없이 조달되는 돈을 계산하면, 그동안 리디아가 지출한 비용이 그 금액에서 크게 벗어나지 않았기 때문이다.

더구나 자기 편에서 이토록 하찮은 노력으로 일이 이렇게 쉽게 해결되다니, 생각지 못한 또 하나의 대단히 반가운 결과가 아닐 수 없었다. 현재 그가 가장 크게 바라는 바는 가급적 이 일로 곤란을 겪지 않는 것이었기 때문이다. 처음엔 분노로 어쩔 줄 몰라 딸을 찾겠다고 동분서주했지만, 흥분이 가라앉고 나자 예전과 다름없이 나태한 모습으로 돌아왔다. 그는 재빨리 편지를 발송했다. 워낙 일에 착수하는 데는 더디지만 실행은 빠른 사람이었다. 그는 처남에게 얼마의 빚을 졌는지 자세한 내역을 알려달라고 부탁했지만, 리디아에게는 너무 화가 나서 아무런 말도 전하지 않았다.

희소식은 재빨리 집안 전체에 퍼졌고 마을에도 삽시간에 전해졌다. 마을 사람들은 제법 침착한 태도를 보였다. 리디아 베넷 양을 런던에서 우연히 마주쳤다면 확실히 대단한 수다거리가 됐을 것이다. 아니면 그녀가 저 멀리 외딴 농가에 숨어서 세상과 격리되어 있다 나왔더라면 굉장히 흥미로워했을 것이다. 그렇지만 리디아의 결혼 자체만으로도 사실 할 말은 무궁무진했다. 그리고 메리턴의 심술궂은 노처녀들은 예전에도 리디아의 행복을 친절하게 빌어주었지만, 이처럼 달라진 상황에서도 그 마음은 여전히 변함이 없었다. 그도 그럴 것이 그런 남자와 결혼이란 걸 해봤자 리디아가 불행해질 건 불을 보듯 빤하다고 생각했기 때문이다.

보름 동안 한 번도 아래층에 내려와 보지 않던 베넷 부인은 이렇게 행복한 날 기세가 등등해져서 다시 식탁의 상석을 차지했다. 수치심 따위로는 우쭐한 기분을 꺾지 못했다. 제인이 열여섯 살이 된 이후로 그녀의 제일 첫 번째 소망이었던 딸의 혼인을 바야흐로 목전에 두게 되었으니, 그녀의 생각과 말은 온통 우아한 결혼식, 고급 모슬린, 새 마차, 하인 같은 혼례와 관련된 것들뿐이었다. 그녀는 주변 지역을 뒤져 딸이 거처하기에 적당한 집을 알아보느라 분주했고, 리디아 부부의 수입이 얼마나 되는지 아는 바도 없고 생각한 적도 없으면서 집이 작다느니 외관이 마음에 들지 않다느니 트집을 잡으며 벌써 여러 채 거절하기까지 했다.

"헤이파크 정도면 적당한데 말이야." 그녀가 말했다. "하지만 골딩가 사람들이 집을 나가야 말이지. 아니면 응접실이 조금만 더 넓었으면 스토크도 아주 훌륭한데. 그렇다고 애쉬워드는 여기서 너무 멀잖니! 그 애가 우리 집에서 10마일 이상 떨어진 곳에서 사는 건 말도 안 돼. 퍼지스 로지는 다락이 영 아니란 말이야."

그녀의 남편은 하인들이 있는 자리에서는 그녀가 무슨 말이든 실컷 하도록 내버려두었다. 그러나 하인들이 물러가자 부인에게 한마디 일러두었다. "베넷 부인, 당신이 사위와 딸에게 이 마을의 집 몇 채, 아니 전부를 얻어주기 전에 한 가지는 확실하게 양해가 이루어져야 할 것 같소. 이 마을 어디에도 그 애들이 들어와 살 곳은 한 군데도 없을 거요. 그 애들을 롱번에 들여놓아 그 뻔뻔스러운 행실을 부추길 생각은 조금도 없단 말이오."

이 발표에 이어 한참 동안 언쟁이 일었지만 베넷 씨는 주장을 조금도 굽히지 않았고, 그래서 곧 또 다른 언쟁으로 이어졌다. 베넷 부인은 남편이 딸의 옷을 사는데 한 푼도 보태지 않을 거라는 사실을 알고는 어이가 없어 말도 안 나왔다. 더구나 베넷 씨는 이제부터 리디아는 어떤 경우에도 그에게서 아무런 애정의 표시를 받지 못할 거라고 단언했다. 베넷 부인은 도무지 이해할 수가 없었다. 아무리 화가 나도 그렇지, 자기 딸에게 주어야 할 특권까지 거절할 정도로 이렇게까지 분노하는 이유를 도무지 이해할 수가 없었다. 이 특권이 없으면 결혼이 거의 성립되기 어려운 마당에 말이다. 그녀는 딸이 위컴과 눈이 맞아 달아나서 결혼도 하기 전에 보름 동안 동거를 했다는 수치심보다는 결혼식 날 변변한 새 옷 하나 없어 망신을 당할 게 더 신경 쓰였다.

엘리자베스는 그 순간의 괴로움을 이기지 못하고 다시 씨에게 리디아 때문에 일어난 집안의 우환을 털어놓은 것이 이제 와서 가슴 깊이 후회가 되었다. 리디아의 도피 행각이 이렇게 빨리 적절하게 해결되어 결혼으로 이어질 줄 알았더라면, 그 현장에 없었던 사람들에게는 불미스러운 사태의 발단을 숨겨도 좋았을지 몰랐다.

다아시가 알았다고 해서 이 일이 더 멀리 퍼질 거라고는 걱정하지 않았다. 다아시만큼 비밀을 지켜주리라 확신할 수 있는 사람도 드물었다. 그렇지만 동시에 동생의 과실이 알려진 것에 대해 세상 그 누구보다 다아시에게 가장 수치스러움을 느꼈다. 이일로 그녀가 개인적으로 어떤 불이익을 당할까 봐 걱정이 돼서가 아니었다. 이 일이 아니더라도 어쨌든 둘 사이에는 도저히극복할 수 없는 높은 장벽이 가로놓여 있는 것 같았으니까. 만에 하나 리디아의 결혼이 아주 명예로운 방식으로 결말을 맺는다 할지라도, 가뜩이나 마음에 걸리는 게 한두 가지가 아닌 집안인데 여기에 그가 몹시 경멸해 마지않는 인간과 가장 가까운친척 관계까지 될 상황이라면, 다아시 씨는 절대로 그런 집안과인연을 맺으려 하지 않을 게 분명했다.

그가 이런 집안과 연을 맺길 꺼린다고 해도 그녀는 조금도 이상하게 생각할 수 없었다. 그녀가 더비셔에서 확인했듯이 아무리 그가 그녀의 호감을 얻길 소망했더라도, 이 같은 충격적인사건을 알고도 애정이 변함없을 거라고는 이성적으로 기대할수 없었다. 그녀는 자신이 초라하게 느껴졌고 한없이 슬퍼졌다. 무엇 때문인지 꼬집어 말할 수 없지만 마음속으로 후회가 밀려왔다. 그의 관심이 너무나 간절해졌지만, 이제 더 이상 그에게관심을 받으리라 기대할 수 없었다. 그의 목소리가 듣고 싶었지만, 이제 더 이상 그에 대한 소식조차 들을 기회가 없을 것 같았다. 이제야 비로소 그와 함께라면 아주 행복하게 지낼 수 있을 것 같다는 확신이 생겼지만, 이제는 그를 만날 가능성조차 없을 것 같았다.

그녀는 종종 이런 생각을 했다. 불과 넉 달 전만 해도 그의 청혼을 콧대 높게 거절했던 자신이, 지금은 그것을 기쁘게 감사히 받아들이고 싶어 한다는 걸 그가 안다면 얼마나 의기양양하게 여길까! 그가 남자들 가운데 매우 관대한 축에 속한다는 걸 조금도 의심하지는 않았다. 하지만 어차피 그도 똑같은 사람인데 의기양양한 기분이 왜 들지 않겠는가.

그녀는 성향과 재능에서 자신과 아주 잘 어울리는 남자는 바로 그 사람이라는 사실을 이제야 깨닫기 시작했다. 그의 이해력과 기질이 그녀와 같다고 볼 수는 없지만, 그녀의 바람을 모두 충족시킬 것이다. 둘의 결합은 두 사람 모두에게 도움이 될 게 분명했다. 그녀의 소탈하고 명랑한 성격으로 그의 마음은 한결 부드러워지고 태도 또한 여유로워질 것이다. 그런가 하면 그의 판단력과 학식, 세상을 보는 깊은 통찰력으로 그녀는 훨씬 중요한 도움을 받을 터였다.

하지만 그처럼 행복한 결혼은 물거품이 되어, 수많은 사람들의 감탄을 받으며 진정한 결혼의 행복이 무엇인지 가르쳐주리라는 소망은 이제 산산조각이 났다. 곧 그녀의 집안에서는 다른 성향의 결합이 이루어질 테고, 그리하여 다른 한쪽의 결합은 영원히 불가능하게 될 테니 말이다.

위컴과 리디아가 웬만한 수입으로 얼마나 버틸 수 있을지 그녀는 짐작이 되지 않았다. 그렇지만 각자의 가치를 고려하기보다는 오로지 끓어오르는 열정 때문에 결합하게 된 부부들의 경우 그 행복이 영원히 지속되지 못하리라는 것쯤은 쉽게 짐작할 수 있었다.

가드너 씨는 곧 매형에게 답장을 보냈다. 그는 가족 모두의 행복이 날로 커가기를 간절히 바란다고 거듭 강조하면서 베넷 씨의 감사 인사에 짧게 답례했다. 그리고 다시는 이 문제를 언급하지 말아달라고 여러 번 간청하면서 끝을 맺었다. 그가 편지를 보낸 주된 목적은 위컴 씨가 민병대를 떠나기로 결심했다는 것을 롱번 식구들에게 알리기 위해서였다.

결혼이 결정되는 대로 그래야 하지 않을까 하고, 저 역시 크게 바라던 바였습니다." 그가 덧붙였다. "위컴을 위해서나 조카를 위해서 부대를 떠나는 것이 매우 바람직하다는 제 생각에 매형도 동의하실 거라고 생각합니다. 위컴 씨는 정규군에 소속되길 바라더군요. 그의 옛 친구들 가운데 그가 육군에 전역하도록 도울 수 있고 또 기꺼이 힘이 되어줄 만한 친구들이 아직 몇 명 있다고도 해요. 그는 현재 북부 지방에 주둔하고 있는 어느 장군의 연대에서 기수의 지위를 맡을 예정이라고 합니다. 이 지역과 상당히 멀리 떨어져 있다는 점이 꽤 마음에 듭니다. 그는 아무도 자신을 모르는 지역에서 살겠다고 굳게 약속했는데 저도 바라는 바입니다. 그런 곳에서 지내야 그 아이들 각자 체면을 지킬 수 있을 테고, 둘 다 좀 더 신중하게 처신할 테니까요. 포스터 대령에게도 편지를 보내어 우리가 현재 합의를 본 내용을 알려드렸습니다. 또한 브라이턴 안팎에 있는 여러 채권자들에게 제가 하루 속히 빚을 변제할 것을 보증하겠다고 전해 그들을 안심시켜 달라고 부탁했습니다. 그러니 매형도 수고스러우시겠지만 메리턴에 있는 채권자들에게 이와 유사한 보증을 해주시겠습니까? 채권자들의 명단은 위컴이 알려주는 대로 추가하여 첨부하겠습니다. 그는 자신의 채무 내용을 전부 알려주었는데, 최소한 그가 우리만은 속이는 일이 없길 바랍니다. 헤거스턴에게 지시를 했으니 일주일이면 모든 채무 관계가 해결되리라 봅니다. 이 일이 해결되면 두 사람은 롱번에 먼저 초대되지 않을 경우 바로 위컴의 연대에 합류하게 될 것입니다. 제 아내에게 들은 바로는 리디아는 남부를 떠나기 전에 식구들을 무척 보고 싶어 한다는군요. 리디아는 잘 지내고 있으며, 매형과 누나에게 안부를 전해달라고 예의 바르게 부탁했습니다. 그럼 이만 줄입니다.

에드워드 가드너 올림

베넷 씨와 딸들은 위컴이 지금의 연대에서 나오는 것이 모든 면에서 이롭다는 걸 가드너 씨만큼이나 똑똑히 알고 있었다. 하지만 베넷 부인은 이 결정을 썩 달가워하지 않았다. 딸 내외를 하트퍼드셔에서 살게 하리라는 계획을 절대로 굽히지 않았던 터라 딸이 곁에서 지낼 거라고 기대하면서 잔뜩 들떠서는 한껏 뽐을 내고 다녔는데, 이제 와서 리디아가 북부에서 결혼 생활을 하게 될 거라고 하니 실망이 이만저만 큰 게 아니었다. 더구나 리디아는 연대에 속한 군인들을 죄다 알고 있고 그들을 얼마나 좋아하는데, 그런 연대와 영영 떨어져야 한다고 생각하니 딸이 너무도 안쓰러웠다.

"리디아가 포스터 부인을 좀 좋아하니." 그녀가 말했다. "그 애를 멀리 떠나보내야 하다니, 포스터 부인에게도 적잖이 충격일 거야! 게다가 그 연대에 속한 몇몇 젊은이들을 리디아가 얼마나 좋아하는데. 그 아무개 장군의 연대에 속한 장교들이 별로 쾌활하지 않으면 어쩌니."

북부로 떠나기 전에 다시 한 번 가족들과 지내게 해달라는 딸의 간청, 그걸 간청이라고 할 수 있을지 모르겠지만, 아무튼 이 간청은 처음엔 단호하게 묵살되었다. 그러나 제인과 엘리자베스는 동생의 기분과 품위를 위해서라도 부모님께 정식으로 결혼을 인정받아야 한다는 데에 서로 의견 일치를 보았다. 따라서 동생과 제부가 결혼식을 마치자마자 두 사람을 롱번으로 초대하게 해달라고 간곡하면서도 합리적으로 그리고 아주 조심스럽게 아버지를 재차 설득했고, 마침내 아버지의 허락을 받아내 그들이 바라는 대로 일을 진행시키게 되었다. 그러자 어머니는 딸이 북부 지역으로 쫓겨나다시피 떠나기 전에 이웃 사람들에게 결혼한 딸을 자랑할 수 있게 되었다는 사실을 알고는 무척 흡족해했다. 베넷 씨는 두 사람이 롱번에 오도록 허락하겠다고 처남에게 다시 편지를 써서 보냈다. 이렇게 해서 신혼부부는 결혼식이 끝나자마자 롱번에 오기로 결정이 되었다. 하지만 엘리자베스는 위컴이 이 계획에 동의했다니 상당히 의외라고 생각했다. 그리고 자신의 기분만 생각한다면 위컴을 만나는 일은 정말이지 가장 원하지 않는 일이었다.

51

마침내 동생의 결혼식 날이 되었다. 정작 결혼 당사자인 동생보다 제인과 엘리자베스가 더 감정이 북받치는 것 같았다. 마차가 어느 지점에서 신랑 신부를 맞으면, 그들은 이 마차를 타고 저녁 식사 시간에 맞춰 롱번에 돌아오기로 되어 있었다. 손위 두 언니들은 그들이 도착하는 것이 조금 두렵기도 했는데 제인이 특히 더 그랬다. 제인은 만일 자신이 이 일의 장본인이라면 지금 어떤 심정일까 생각했고, 리디아도 같은 심정일 거라고 믿으면서 동생이 감당해야 할 일에 몹시 참담해했다.

마침내 두 사람이 도착했다. 가족들은 그들을 맞이하기 위해 조찬실에 모여 있었다. 마차가 문 앞에 당도하자 베넷 부인의 얼굴에는 미소가 가득 번졌다. 남편은 완고하고 심각한 표정이었고, 딸들은 당황되고 불안하며 걱정스러워 보였다.

현관에서 리디아의 목소리가 들렸다. 이윽고 문이 활짝 열리고 그녀가 방 안으로 뛰어 들어왔다. 어머니가 앞으로 나와 그녀를 와락 끌어안으며 기뻐서 어쩔 줄 모르겠다는 듯 반갑게 맞이했다. 그런 다음 아내 뒤를 따라 들어온 위컴을 향해 애정이 가득 담긴 미소를 지으며 그에게 손을 내밀고는 대뜸 두 사람의 결혼을 축하한다는 말부터 건네 그들의 행복을 믿어 의심치 않는다는 걸 보여주었다.

두 사람은 이제 베넷 씨를 돌아보았는데, 사실 아버지에게 썩 따뜻한 환영을 받지는 못했다. 그의 안색은 오히려 점점 딱딱하게 굳어져 갔고 거의 입도 떼지 않았다. 젊은 부부가 아무 일 없었다는 듯 뻔뻔스레 구는 꼴을 보니 도저히 화가 나서 참을 수가 없었던 것이다. 엘리자베스도 정나미가 뚝 떨어졌고 베넷 양조차 충격을 받았다. 리디아는 여전히 리디아였다. 조금도 온순해지지 않았고, 부끄러운 기색은 전혀 찾아볼 수 없었으며, 제멋대로에 시끄럽고 뻔뻔스러웠다. 그녀는 언니들을 차례로 돌아보며 어서 결혼을 축하해달라고 졸라댔고, 마침내 모두가 자리를 잡고 앉자 방 안을 열심히 두리번거리더니 몇 가지 바뀐 부분을 알아내고는 소리 내어 웃으면서 이 집을 떠난 지 정말 오래됐나보다며 너스레를 떨었다.

위컴 역시 자기 아내와 다를 바 없이 조금도 곤란한 기색을 보이지 않았다. 그의 태도는 언제나 매우 쾌활했기에, 식구들이 마땅히 갖추어야 한다고 여기는 인격을 갖추고 순리에 맞는 결혼을 했더라면 그는 한 가족으로 떳떳하게 인정받으면서 특유의 미소와 서글서글한 태도로 온 가족을 기쁘게 했을 것이다.

엘리자베스는 그가 이렇게까지 뻔뻔스러운 사람일 줄은 전혀 알지 못했다. 하지만 이제 그녀는 자리에 앉아 앞으로는 염치없는 인간의 몰염치한 행동에는 한계를 정하지 말아야겠다고 마음속으로 다짐했다. 그녀는 얼굴이 달아올랐고 제인도 얼굴이 붉어졌다. 하지만 온 식구를 황당하게 만든 두 장본인은 얼굴색 하나 변하지 않았다.

대화 소재는 조금도 부족하지 않았다. 신부와 어머니는 누구랄 것도 없이 서로 속사포처럼 수다를 이어갔다. 어쩌다 보니 엘리자베스 옆에 앉게 된 위컴은 자상하게도 마을 사람들 안부를 챙기는 여유까지 보였는데, 엘리자베스는 도저히 위컴처럼 여유작작하고 천연덕스럽게 대답할 수가 없을 것 같았다. 두 사람 모두 세상에서 가장 행복한 기억만 간직한 사람들 같았다. 과거 어느 구석을 뒤져봐도 괴로움 따위는 나올 것 같지 않았다. 리디아는 언니들이 무슨 일이 있어도 하고 싶지 않은 이야기를 자신이 먼저 나서서 꺼내들었다.

"어머, 생각해보니 이 집을 떠난 지도 석 달이 다 됐네!" 그녀가 큰 소리로 말했다. "난 한 보름은 지났나 했는데 말이야. 하지만 그사이에 참 별의별 일들이 많긴 했어. 어머, 정말 놀랍지 않아! 내가 브라이턴으로 떠날 때만해도 다시 집에 돌아올 땐 결혼한 몸이 되어 있을 줄은 상상도 못했지 뭐야! 물론 그렇게 되면 정말 재미있겠다고는 생각했지만 말이야."

그러자 아버지가 눈을 치켜떴다. 제인은 무척 곤혹스러워 보였고, 엘리자베스는 의미심장한 표정으로 리디아를 바라보았다. 그러나 리디아는 신경 쓰고 싶지 않은 일에 대해서는 워낙 아무 소리도 들리지 않고 아무것도 보이지 않는 터라 아랑곳하지 않고 신나게 떠들어댔다. "이런! 엄마, 오늘 나 결혼한 거 마을 사람들도 알아? 사람들이 모르면 어쩌나 걱정이 돼서 말이야. 그래서 오는 길에 윌리엄 굴딩 씨의 이륜쌍두마차가 보이기에 얼른 앞질러 간 거 있지. 그리고는 내가 결혼했다는 걸 알려줘야 할 것 같아서, 그가 우리 마차 옆에 왔을 때 마차 유리창을 내리고 장갑을 벗고서 창틀에 손을 살짝 올려놓았어. 내 반지가 잘 보이게 말이야. 그런 다음 아주 정중하게 인사를 하고 환하게 미소까지 지었어."

엘리자베스는 더 이상 참을 수가 없어 자리에서 벌떡 일어나 방 밖으로 나가버렸다. 잠시 후에 모두들 홀을 지나 식당으로 들어가는 소리를 듣고서야 식구들에게 돌아왔다. 그런데 식당에 막 들어섰을 때 리디아가 어깨에 잔뜩 힘을 주고는 어머니 오른편으로 당당하게 다가가더니 큰언니에게 이렇게 말하는 소리가 들리는 것이었다. "어머! 제인 언니, 이젠 내가 언니 자리에 앉고 언니는 아래 자리로 내려가야 하지 않겠어. 난 이제 남편이 있는 몸이잖아."

애초에 부끄러움과는 전혀 거리가 멀었던 리디아가 시간이 지났다고 해서 갑자기 그런 감정을 느낄 리는 없었다. 그녀는 점점 뻔뻔해졌고 기운이 펄펄 났다. 필립스 부인과 루카스가 식구들뿐만 아니라 온 동네 사람들을 모두 만나서 한 명 한 명에게 '위컴 부인'이라는 소리를 듣고 싶어 안달을 냈다. 그래서 저녁 식사를 마친 후 힐 부인과 두 명의 하녀에게 달려가 반지를 보여주면서 이제는 결혼한 부인이 됐다고 자랑하는 것으로 당분간은 만족하기로 했다.

"그나저나, 엄마." 식구들이 모두 조찬실로 돌아오자 그녀가 말했다. "엄마는 우리 남편을 어떻게 생각해? 아주 매력적인 남자 같지 않아? 모르긴 해도 언니들 전부 나를 엄청 부러워하는 게 분명해. 난 언니들이 내 행운의 반만큼이라도 운이 좋길 바랄 뿐이야. 언니들도 전부 브라이턴으로 가야 해. 신랑감을 얻는 데 그만한 지역이 없지. 아, 정말 유감천만이야, 엄마. 그때 다들 브라이턴에 갔더라면 좋았을걸."

"그러게 말이다. 내 뜻대로 밀고 나갔더라면 다 같이 갔을 텐데 말이다. 그나저나 우리 딸 리디아야. 난 네가 이런 식으로 홀쩍 떠나는 게 정말 싫구나. 꼭 이렇게 먼 데서 살아야겠니?"

"오, 세상에! 그게 뭐 어떻다고 그래. 별 일도 아닌 걸 갖고 그러네. 난 마냥 좋기만 할 것 같은데. 엄마하고 아빠, 그리고 언니들, 전부 우리를 보러 내려와야 해. 우린 겨울 내내 뉴캐슬에서 지낼 거야. 아마 그곳에서는 무도회도 자주 열릴 테니까 언니들이 오면 좋은 파트너만 골라줄게."

"그거 정말 좋겠구나!" 어머니가 말했다.

"그리고 엄마가 집에 갈 때, 언니들 한두 명을 우리 집에 남겨두어도 좋을 것 같아. 그럼 겨울이 끝나기 전에 내가 남편감을 찾아줄 수 있잖아."

"내 몫까지 신경 써주는 건 고맙지만 너처럼 남편감을 찾고 싶진 않아." 엘리자베스가 말했다.

두 사람은 열흘 안으로 가족들과 작별해야 했다. 위컴 씨가 런던을 떠나기 전에 이미 임관을 받은 터라, 그로부터 보름이 되는 날 연대에 복귀해야 했기 때문이다.

그들이 머무는 기간이 이렇게 짧을 수 있냐며 애석해하는 사람은 베넷 부인 말고는 아무도 없었다. 베넷 부인은 시간을 최대한 활용하기 위해 딸을 데리고 이집 저집을 방문했고 툭하면 집에서 파티를 열었다. 그래도 파티는 모두에게 대환영이었다. 가족들끼리만 얼굴을 맞대는 시간을 최대한 줄이는 것은, 아무런 생각이 없는 사람보다는 생각이라는 걸 할 줄 아는 사람들에게 대단히 바람직했다.

리디아에 대한 위컴의 애정은 엘리자베스가 예상했던 그대로였으며, 위컴에 대한 리디아의 애정과 동일하지 않았다. 이런 자신의 의견을 군이 확인하려 들지 않더라도, 지금까지 돌아가는 정황으로 봤을 때 두 사람의 도피 행각은 위컴이 아니라 동생의 주체 못할 사랑 때문에 벌어진 사건임이 분명했다. 만일 위컴이 빚더미에 올라앉아 비참한 처지가 된 바람에 혼자서라도 달아나야 할 형편이었다는 걸 확실하게 알지 못했더라면, 리디아를 열렬히 사랑하지도 않으면서 대체 무슨 이유로 함께 도망까지 결심했는지 무척 의아해했을 것이다. 그리고 정말로 자신의 사정 때문에 도망을 간 거라면, 누군가 함께하겠다는 걸 마다할 청년이 아니었다.

리디아는 위컴이 좋아서 어쩔 줄을 몰랐다. 리디아에게 그는 언제나 내 사랑 위컴이었으며, 이 세상에서 감히 그와 비교할 수 있는 사람은 아무도 없었다. 그는 무슨 일이든 세상에서 제일이었고, 9월 첫날엔 지역 사람 그 누구보다 많은 새를 사냥할 거라고 확신했다.

그들이 롱번에 온 지 얼마 되지 않은 어느 날 아침, 큰언니, 둘째 언니와 함께 앉아 있던 리디아가 불쑥 엘리자베스에게 이렇게 말했다.

"리지 언니, 언니한테는 아직 내 결혼식 애기 안 해준 것 같은데. 엄마하고 다른 언니들한테 애기해줄 때 언니만 없었으니까 말이야. 어땠을지 궁금하지도 않아?"

"아니, 별로." 엘리자베스가 대답했다. "그런 애기 듣고 싶은 생각 전혀 없어."

"말도 안 돼! 정말 이상한 성격도 다 보겠어! 그래도 난 내 결혼식이 어땠는지 꼭 말해줘야겠어. 언니도 알다시피 우린 성 클레멘트 교회에서 결혼했어. 위컴의 숙소가 그 교구 관할이었거든. 우리는 모두 열한 시까지 그곳에 도착해야 했어. 외삼촌과 외숙모, 나, 이렇게 셋이 함께 가기로 했고, 다른 사람들은 교회에서 만나기로 했지. 그런데 글쎄, 월요일 아침이 되니까 너무 설레고 속이 바짝바짝 타는 거 있지! 혹시 무슨 일이 생겨서 결혼식이 연기되면 어쩌나 너무 걱정이 됐는데, 만약 정말로 그랬으면 난 아주 미쳐버렸을 거야. 외숙모는 내가 웨딩드레스를 입는 동안 곁에 붙어 서서 내내 훈계를 하시더라. 마치 무슨 설교문을 읽는 것처럼 옆에서 계속 잔소리를 하시는 거야. 그렇지만 내가 열 마디 중에 한마디라도 제대로 들었겠어. 언니도 예상했겠지만 내 사랑 위컴 생각을 하느라 외숙모 잔소리가 귀에 들어올 리가 있었겠냐고. 그가 결혼식에 푸른색 코트를 입고 올지 어떨지 너무 궁금했거든.

아무튼 그래서 우리는 평소처럼 열 시에 아침을 먹었어. 난 영원히 아침만 먹는 줄 알았다니까. 도무지 시간이 가야 말이지. 그건 그렇고, 언니, 이건 꼭 알고 있어야 해. 내가 같이 지내는 동안 외삼촌하고 외숙모 말이야, 정말 끔찍하게 재미없었어. 정말이라니까. 보름 동안 그 집에서 지내면서 대문 밖에 발도 내밀어보지 못했어. 파티를 한 번 열길 하나, 계획이나 뭐 그런 게 있길 하나. 확실히 런던이 이렇다 할 재미는 없긴 하더라. 그래도 그렇지 소극장은 늘 열려 있었단 말이야. 아무튼 그래서 마차가 막 집 앞에 도착했는데, 하필 그때 스톤 씨(헤거스턴을 말함)라는 아주 기분 나쁜 남자가 찾아와서 용건이 있다며 외삼촌을 찾는 게 아니겠어. 그런데 글쎄 두 사람이 같이 밖에 나가더니 도무지 들어올 생각을 안 하는 거야. 그러니 내가 얼마나 놀랐겠어. 정말이지 어떻게 해야 할지 눈앞이 다 깜깜하더라니까.

외삼촌이 계셔야 식장에서 나를 신랑한테 넘겨줄 거 아니야. 그런데 우리가 제 시간에 도착을 못해봐. 하루 종일 결혼식도 못 올렸을 거잖아. 하지만 다행히 외삼촌이 10분 만에 다시 오셔서 우리는 모두 교회로 출발했어. 그런데 나중에 생각해보니까 외삼촌이 교회에 못 가셨어도 결혼식이 연기될 일은 없었겠더라. 다아시 씨가 대신 해줄 수도 있었을 테니까 말이야."

"다아시 씨가!" 엘리자베스가 깜짝 놀라서 되풀이해 말했다.

"그래, 맞아! 언니도 알다시피 다아시 씨가 위컴하고 같이 식장에 오기로 되어 있었거든. 어머, 이를 어쩌지! 깜빡했네! 그 일은 입도 뻥긋해서는 안 되는 건데. 절대로 말하지 않겠다고 철석같이 약속했는데! 아이 참, 위컴이 뭐라고 하려나? 이건 절대 비밀로 하기로 했는데!"

"절대로 말해선 안 되는 거라면 그 일에 대해 이제 아무 말도 하지 마." 제인이 말했다. "더 이상 알려고도 하지 않을게."

"그럼! 그래야지." 엘리자베스는 속으로는 무슨 내용인지 무척 알고 싶었지만 아무렇지 않은 척 이렇게 말했다. "우린 더 이상 아무 말도 묻지 않을게."

"고마워." 리디아가 말했다. "언니들이 물어보면 틀림없이 난 다 말해버리고 말 거야. 그러면 위컴이 단단히 화를 내겠지."

리디아의 이 말은 차라리 물어봐달라고 부추기는 것과 다를 바 없었기 때문에, 엘리자베스는 그 자리를 벗어나서라도 자꾸만 캐묻고 싶은 걸 간신히 참아야 했다.

하지만 그런 일을 모르고 살기란 불가능했다. 아니 적어도 무슨 일인지 알아보려고 하지 않기란 불가능했다. 다아시 씨가 동생의 결혼식에 참석했다니. 할 일이 있을 리 없고, 가고 싶은 마음 역시 조금도 없었을 바로 그런 곳에서 사람들에 둘러싸여 있었다니. 도대체 그가 왜 그랬는지 머릿속에서 온갖 추측들이 난무했지만 어느 것 하나 만족할 만한 이유는 없었다. 그의 행동을 고결한 측면에서 해석할 수 있는 추측들이 그나마 가장 만족스러웠지만, 그건 가장 있을 수 없는 일이었다. 그녀는 이런 답답한 상태를 도저히 견딜 수가 없어서 재빨리 편지지 한 장을 꺼냈다. 그리고 외숙모에 간략하게 편지를 써서 리디아가 무심결에 흘린 말이 비밀로 하기로 한 내용과 일치한다면 무슨 내용인지 설명해달라고 부탁했다.

"외숙모라면 쉽게 이해하실 거라 믿어요." 그녀는 이렇게 덧붙였다. "우리와 아무런 관계가 없는 사람이, 우리 가족들에게는 (다른 사람들과 비교해서 말하자면) 낯선 사람이나 다름없는 사람이 어떻게 그 시간에 우리 가족끼리 모인 자리에 와야 했는지 제가 무척 알고 싶어 한다는 걸 말이에요. 이 편지를 보시는 즉시 답장해주세요. 그래서 대체 무슨 일이 있었는지 알려주세요. 리디아는 절대로 비밀을 말해서는 안 된다고 생각하는 것 같은데, 반드시 비밀을 지켜야 할 피치 못할 이유가 있는 게 아니라면 말이에요. 그런 거라면 아무런 답을 듣지 못하더라도 만족하도록 노력해야겠지요."

"그래도 전 만족하지 못할 거예요." 엘리자베스는 편지를 다 쓴 다음 혼자서 이렇게 중얼거렸다. "사랑하는 외숙모, 도의상 제게 말할 수 없다고 하신다면 모든 수단과 방법을 동원해서라도 반드시 알아내고 말 거예요."

제인은 도의심을 아는 고결한 성품이라 리디아가 무심코 흘린 말에 대해 엘리자베스와 은밀히 이야기하고 싶지 않았다. 엘리자베스는 그래서 기뻤다. 궁금한 내용들에 대해 만족할 만한 대답을 얻게 될지 분명해지기 전까지는 차라리 속마음을 털어 놓을 사람이 없는 편이 나았다.

52

엘리자베스는 빠른 답장을 받고 무척 기뻤다. 편지를 받자마자 아무런 방해를 받지 않을 것 같은 숲으로 서둘러 달려갔다. 그다음 벤치에 자리를 잡고 앉아 행복해질 마음의 준비를 했다. 편지 길이로 보아 거절의 내용이 아니라는 확신이 생겼기 때문이다.

그레이스처치 가

9월 6일

사랑하는 조카에게,

방금 네 편지를 받아보고, 오전 시간을 전부 네게 답장 쓰는데 할애하기로 했단다. 간단히 몇 줄 쓰기엔 아무래도 해야 할 말을 다 전달하기 어려울 것 같으니 말이야. 실은 네 편지를 받고 조금 놀랐단다. 네게 그런 편지를 받게 될 줄 몰랐거든. 하지만 내가 화났다고 생각하진 마라. 나는 다만 네 쪽에서 이런 질문을 할 필요가 있을 거라고는 생각하지 않았다는 걸 알려주려는 것뿐란다. 내 말이 잘 이해되지 않는다면, 알 수 없는 말로 편지를 시작한 걸 용서하렴. 사실 네 외삼촌도 나만큼 크게 놀라셨단다. 지금까지 외삼촌은 오로지 너도 이 일에 관련되어 있다고 믿었기 때문에 일을 해결하기 위해 나섰으니 말이야. 하지만 네가 정말 아무것도 아는 바가 없다면 좀 더 분명하게 자초지종을 밝혀야겠구나. 내가 롱번에서 돌아오던 날, 네 외삼촌은 아주 의외의 손님을 맞으셨단다. 다아시 씨가 우리 집을 방문했는데, 네 외삼촌과 단둘이 몇 시간이나 긴한 이야기를 나누었지. 내가 집에 도착했을 땐 이미 모든 이야기가 끝난 상태라, 무슨 이야기를 나누었는지 궁금해서 못 견딜 정도는 아니었어. 아마 너라면 호기심에 몸살이 났겠지. 다아시 씨는 외삼촌에게 네 동생과 위컴의 행방을 알아냈으며 두 사람을 만나 이야기를 나누고 왔다는 말을 전하기 위해 왔단다. 위컴과는 여러 차례 이야기했고 리디아와는 한 차례 이야기를 나누었다는구나. 내가 가만히 생각해보니, 그는 우리가 더비셔를 떠난 바로 그 다음 날 두 사람을 찾기로 결심하고 런던으로 온 것 같아. 그 사람 말로는 이렇게 자신이 나서게 된 동기는, 위컴이 아주 형편없는 인물이라는 사실을 널리 알리지 않은 점, 그래서 고결한 아가씨들이 그를 사랑하거나 신뢰하는 일이 없도록 조치를 취하지 않은 점이 모두 자기 탓이라는 걸 깨닫게 되어서라고 하더구나. 사람이 참 관대하기도 하지. 그는 이 모든 일이 자신의 잘못된 오만함 때문에 벌어진 일이라면서, 얼마 전만 해도 위컴의 사사로운 행동들을 세상에 알리는 건 자신의 위신에 맞지 않는 문제라고 생각했다고 고백했단다. 그의 성격이 저절로 알려질 줄 알았다면서 말이야. 그러므로 이 모든 일은 자기 자신 때문에 야기된 악행이므로 자신이 직접 바로 잡기 위해 애쓰는 것이 자신의 의무라고 했다는구나. 그에게 설사 다른 동기가 있었다 해도, 절대로 그의 자존심을 욕되게 하지는 않을 거라고 믿어. 그는 런던에 도착한지 며칠 만에 두 사람을 찾을 수 있었단다. 아마 두 사람을 찾을 수 있는 어떤 근거들을 우리보다는 많이 알고 있는 것 같았고, 또 그 자신도 그럴 거라고 생각했기에 우리 뒤를 따라 런던에 가기로 결심했던 것 같아. 옛날에 다아시 양의 가정 교사로 있었던 영 부인이라는 여자가 있었나봐. 그가 자세한 얘기는 하지 않아 잘은 모르겠지만, 아마도 뭔가 좋지 않은 일을 저질러서 쫓겨난 모양이더구나. 그 후 그 여자는 에드워드 가에 있는 큰 집을 사서 혼자 하숙업을 하며 지냈던가 봐. 다아시 씨는 이 영 부인이라는 여자가 위컴과 친한 사이라는 걸 알고 있었기에, 위컴의 행방을 알아낼 수 있을 거라고 기대하며 런던에 도착하자마자 그 여자를 찾아갔대. 하지만 2~3일이 지나서야 비로소 그 여자에게 그가 원하는 이야기를 들을 수가 있었다는구나. 내 생각엔 아마 그 여자가 뇌물이나 뭘 좀 받아내지 않으면 절대로 발설할 생각이 없었던 것 같다. 사실상 그 여자가 자기 친구를 찾을 수 있는 장소를 똑똑히 알고 있었던 걸 보면 말이지. 그리고 실제로 위컴은 런던에 도착한 첫날 곧바로 그 여자에게 갔다는

구나. 아마 그 여자가 두 사람을 받아줄 수 있는 상황만 됐다면 그들은 그 집으로 거처를 정했을 거야. 하지만 마침내 친절한 우리 친구는 바라던 대로 그들의 행방을 알아냈단다. 그들은 런던 어느 마을에 있었다고 해. 그는 처음엔 위컴을 만났고, 그런 다음 리디아를 봐야겠다고 끝까지 고집을 부렸대. 사실 그가 리디아를 굳이 만나려 했던 첫 번째 목적은 그 애를 설득해서 지금 처한 불명예스러운 상황에서 벗어나게 하기 위해서였다는구나. 그런 다음, 자신이 할 수 있는 한 도울 테니 리디아를 받아달라고 친척들을 설득해보고, 친척들의 허락을 받는 즉시 리디아를 보내려 했다는 거야. 그런데 세상에, 리디아가 그곳에 남아 있겠다는 결심이 너무 확고했다는 거 있지. 어쩜, 그 애는 친척 누구도 반갑지 않다고 했고 그가 도와주겠다는 것도 마다했대. 위컴을 떠나라는 말은 들으려고도 하지 않고 말이야. 리디아는 둘이 머지않아 결혼할 거라고 철석같이 믿고 있었는데, 언제 할지는 크게 개의치 않았다는구나. 위컴에 대한 리디아의 감정이 그렇게 확고하다는 걸 알고는, 그렇다면 이제 할 수 있는 일은 어서 위컴에게 결혼 약속을 받아내 하루 속히 결혼식을 올리는 것이라고 생각했다는구나. 그런데 사실 그는 위컴과 처음 이야기를 나누었을 때부터 위컴이 리디아와 결혼할 생각이 전혀 없다는 걸 금세 알겠더래. 그는 도박 빚을 갚으라는 압박이 심해지는 바람에 어쩔 수 없이 연대를 이탈하는 수밖에 없었다고 솔직하게 털어놓았고, 리디아의 도주로 인해 빚어진 모든 불미스러운 결과는 순전히 그 애 자신의 어리석음 때문에 벌어진 일이니 자신은 전혀 양심의 가책을 느끼지 않는다고 했다는 거야. 그는 즉시 장교로 퇴역할 작정을 하고 있었고, 자신의 장래에 대해서는 거의 아무런 계획도 없었대. 어디론가 가긴 가야겠지만 어디로 가야 할지도 몰랐고, 먹고살 방법이 아무것도 없다는 걸 본인도 잘 알고 있더란다. 다아시 씨는 그럼 왜 당장 네 동생과 결혼하려 하지 않느냐고 물었대. 베넷 씨가 큰 부자는 아닌 것 같지만 그를 위해서 뭔가 해줄 수도 있을 테고, 결혼을 하면 상황이 많이 좋아질 게 분명하지 않겠냐면서 말이야. 그런데 이 질문의 답을 들으면서, 아직도 위컴은 다른 지방에서 결혼해 크게 한밑천 잡을 희망을 버리지 못하고 있다는 걸 알게 됐다는구나. 하지만 지금 사정이 이러니, 당장 자신을 구제해줄 미끼를 아예 모른 척하지는 못하겠던가 봐. 상의할 일이 많아 두 사람은 여러 차례 만났대. 물론 위컴은 당치도 않게 많은 걸 요구했지만, 결국엔 적당한 선에서 합의를 봤다는구나. 둘 사이의 문제가 모두 해결되자, 다아시 씨는 다음 단계로 네 외삼촌에게 이 사실을 알려야겠다고 생각했대. 그래서 내가 집에 도착하기 전날 저녁에 처음 그레이스처치 가를 방문했던 거야. 하지만 다아시 씨는 네 외삼촌을 바로 만날 수는 없었고, 좀 더 알아본 결과 네 아버지가 아직 우리 집에 계시지만 다음 날 아침이면 런던을 떠나실 거라는 걸 알게 됐대. 그는 외삼촌과 달리 네 아버지와는 이 문제를 아주 합리적으로 상의할 수 없을 거라고 판단해서, 네 아버지가 떠난 후에 외삼촌을 만나기로 기꺼이 날짜를 연기했단다. 그가 이름을 남기지 않았기 때문에, 외삼촌은 다음 날까지도 어떤 신사가 사업상 문의할 일이 있어 방문한 줄로만 알고 있었어. 그리고 토요일에 그가 다시 왔지. 네 아버지가 가시고 외삼촌 혼자 집에 계셨을 때였단다. 아까도 말했듯이 두 사람은

491

아주 많은 이야기를 나누었단다. 그리고 일요일에 다시 만났고, 그때 나도 그 사람을 보게 된 거야. 월요일이 되어서야 겨우 모든 일이 결정되었고, 그렇게 결론을 내리자마자 곧바로 롱번으로 속달을 보낸 거란다. 그런데 우리 집에 온 손님이 어찌나 고집이 센지 정말 못 말리겠더구나. 내 생각엔 리지, 그의 성격에서 진짜 결점은 결국엔 이 고집이 아닌가 싶다. 사실 그는 여러 상황마다 이런저런 결점 때문에 비난을 받아오지 않았니. 그런데 진짜 결점은 바로 이거였어. 자기가 직접 나서지 않으면 아무것도 해결되지 않는다고 막무가내로 우기는 거야. 하지만 난 네 외삼촌 혼자서도 기꺼이 이 모든 일을 해결하셨을 거라고 확신한단다 (고맙다는 말 들으려고 이런 말을 하는 게 아니니까, 이 일에 대해서는 아무 말도 하지 말거라). 두 사람은 서로 자기가 나서서 해결하겠다고 오랫동안 신경전을 벌이더구나. 참내, 이 일을 저지른 두 남녀에게는 이런 신경전도 과분하기만 할 뿐이었지. 하지만 결국 네 외삼촌이 다아시 씨에게 양보해야 했단다. 자기 조카에게 도움이 되어주기는커녕 오히려 가만히 앉아 공만 챙기게 생겼으니, 네 외삼촌 성격에 여간 못마땅한 게 아니었지. 그런데 마침 오늘 아침에 네 편지를 보시고는 외삼촌이 아주 기뻐하시지 뭐니. 네가 요구한대로 답을 해줌으로써 자기 몫이 아닌 공로를 시원하게 벗어던지게 된대다. 드디어 마땅히 인사를 받아야 할 사람에게 그 공을 돌릴 수 있게 됐으니 다행이다 싶으셨던 거지. 그렇지만 리지, 이 사실은 너 말고, 아니 제인까지는 괜찮겠구나. 그밖에는 아무에게도 말해서는 안 된다. 그 젊은이에게 어떤 대가를 제공했는지는 너도 아주 잘 알고 있을 거라고 생각한다. 그 사람 빚이 전부 다해서 족히 1천 파운드가 넘는 것 같던데, 일단 그 빚을 모두 갚아주기로 했다. 그리고 리디아 몫으로 1천 파운드를 추가로 제공하고 그의 장교직까지 얻어주기로 했어. 그가 이 모든 일을 혼자서 자처하려 했던 이유는 위에서 이야기한 그대로다. 위컴의 실제 성격을 정확히 아는 사람들이 아무도 없고 그 결과 그가 선량한 젊은이로 인정받고 대접받게 된 것은 전부 다시 씨 자신의 탓이라는 거지. 자신이 그의 됨됨이를 전혀 알리지 않았고 미리 적절한 조치를 취할 생각을 하지 못했기 때문에 일이 이렇게까지 됐다는 거야. 물론 그 말도 어느 정도 일리가 있긴 하겠지. 하지만 그가 위컴에 대해 함구했든 누군가 다른 사람이 함구했든, 그것이 이 일에 책임까지 져야 할 일인지는 잘 모르겠구나. 그렇지만 사랑하는 리지, 이 모든 이야기들이 아름답기 그지없긴 하지만 말이다. 우리가 이 일에서 그에게 다른 식으로 이로움을 준다고 여기지 않았다면 네 외삼촌은 절대로 양보하지 않았을 테니 그 점은 얼마든지 안심해도 좋아. 어쨌든 모든 일이 결정되자 그는 다시 친구들이 있는 곳으로 돌아갔단다. 그의 친구들은 아직 펨벌리에서 지내고 있었거든. 하지만 결혼식 날 다시 한 번 런던에 와서, 그때 모든 금전 관계를 최종적으로 마무리 짓기로 합의했다. 이제 네게 자초지종을 모두 설명한 것 같구나. 네가 아주 깜짝 놀랄 이야기지 않니. 적어도 그렇게 불쾌하게 여기지는 않을 거라고 생각해. 리디아는 우리 집에 왔고, 위컴도 계속 우리 집에 드나들 수 있도록 허락했단다. 그는 내가 하트퍼드셔에서 봤을 때 모습 그대로더구나. 한데 리디아가 우리 집에 와 있을 때 그 애 행동이 어찌나 못마땅하던지. 사실 지난 수요일에 제인이 편지를 보내지 않았다면 이 말은 안 하려고 했어. 제인 편지를 읽고 롱번 집에서도 우리 집에서 한 행실과 아주 똑같이 굴었다는 걸 알았고. 그렇다면 지금 내가 이 이야기를 한다고 해서 네가 새삼스레 괴로워할 리는 없을 것 같아 리디아에 대해 한마디 하려고 해. 나는 리디아에게 아주 진지하게 수차례 되풀이해서 이야기했단다. 그 아이가 한 행동이 얼마나 못된 짓이었는지, 그 일로 온 가족이 얼마나 괴로워하고 있는지 말이야. 내 말을 귓등으로라도 들었다면 다행이련만, 한마디도 제대로 듣지 않았을 게 분명해. 어느 땐 어찌나 화가 나던지, 그럴 때면 우리 엘리자베스와 제인을 떠올리면서 너희들을 생각해 참곤 했단다. 다아시 씨는 예정대로 돌아왔고, 리디아가 네게 말한 대로 결혼식에 참석했어. 그는 다음 날 우리와 함께 식사를 했고, 수요일인가 목요일에 다시 런던을 떠나야 했지. 혹시 기회를 봐서 내가 그 사람을 얼마나 괜찮게 봤는지 네게 말한다면 (전에는 말할 엄두도 못 냈잖니) 우리 예쁜 리지가 외숙모에게 크게 화내려나? 다아시 씨가 우리를 대하는 태도는 지난번 우리가 더비셔에서 보았을 때와 마찬가지로 모든 면에서 무척 상냥했단다. 그의 사고력과 소신이 전부 마음에 쏙 들더구나. 다만 조금만 더 활기 있다면 더 바랄 게 없겠는데, 그가 신중하게 좋은 아가씨를 만나 결혼한다면 그거야 부인이 가르쳐주지 않겠니. 그런데 그 사람 아주 교활한 데가 있는 것 같더라. 어쩜 네 이름은 거의 입에 올리지도 않지 뭐니. 하긴 교활함이 유행인 것 같긴 하지만 말이야. 어머, 내가 너무 아는 척하고 나선 거라면 눈감아주렴. 아니면 적어도 나를 펨벌리에서 쫓아내는 식의 벌은 내리지 말아줘. 펨벌리 정원을 모두 돌

494

아보기 전까지는 결코 완벽하게 행복하다고 할 수 없을 테니까 말이야. 근사하게 생긴 작은 조랑말 한 쌍이 낮은 사륜 쌍두마차를 끌고, 그 마차를 타고 정원을 둘러본다면, 오, 생각만 해도 정말 근사하겠구나. 이쯤에서 편지를 마무리해야겠다. 아이들이 30분 전부터 계속 나를 찾고 있었거든. 그럼 이만.

M. 가드너

편지를 읽는 동안 엘리자베스는 두근두근 떨리는 마음을 억누를 수가 없었는데, 가장 큰 이유가 기쁨 때문인지 괴로움 때문인지 판단할 수가 없었다. 혹시 다아시 씨가 리디아의 결혼을 서둘러 진행시키기 위해 무슨 조치를 취하지 않았을지, 막연하고도 불안한 느낌을 줄곧 갖고 있긴 했다. 그렇지만 친절이라고 하기엔 너무나 엄청나서 설마 그럴 리는 없을 거라며 그런 방향으로 생각하길 주저했고, 동시에 다아시 씨가 도운 거라면 큰 신세를 지게 되는 것이 두려웠었다. 그런데 미심쩍어 하던 그 일이 한 치의 의심 없이 명백하게 사실로 밝혀졌다! 그는 두 사람을 쫓아 일부러 런던까지 갔다. 그들을 수색하고 다니느라 온갖 고생과 치욕을 감당해야 했다. 혐오하고 경멸해 마지않는 여자에게 어쩔 수 없이 간청도 해야 했다. 늘 피하고 싶었고 그 이름을 입 밖에 내는 것만으로도 형벌인 남자를 직접 대면했고, 수시로 얼굴을 마주하고, 이치를 따지고, 설득하고, 결국에는 돈으로 매수까지 해야 했다. 관심도 없고 존중할 수도 없는 한 여자를 위해 이 모든 일을 자처했던 것이다. 그가 이 모든 일을 감당한 건 순전히 자기 때문이라고, 그녀의 마음은 속삭였다. 하지만 이런 희망도 잠시, 이내 다른 생각들 때문에 이쯤에서 희망을 접어야 했다. 그녀를 향한 그의 사랑, 이미 자신을 거절했던 여자를 향한 그의 사랑에 의지하려 매달리기엔 자신의 얄팍한 허영심조차 채울 수 없을 거라는 생각이 퍼뜩 들었기 때문이다. 그도 그럴 것이, 위컴과 가족이 된다는 사실을 그가 얼마나 혐오스럽게 생각할지는 불 보듯 뻔한 일이며, 그는 그런 감정을 도저히 극복하지 못할 테니 말이다. 위컴과 동서지간이 되다니! 그의 자존심이 죄다 들고 일어나 하늘이 두 쪽 나도 이런 친척 관계는 맺지 못하겠다고 반항하고 나올게 틀림없다. 확실히 그는 정말 큰일을 해주었다. 그의 도움이 얼마나 큰지 생각하면 부끄러워 몸 둘 바를 몰랐다. 하지만 그는 자신이 개입한 이유를 밝혔고, 그 이유를 있는 그대로 믿지 않을 수가 없었다. 자신의 잘못을 느꼈다는 말은 충분히 일리가 있었다. 그는 관대했고, 관대함을 실행으로 옮길 수 있는 수단도 가지고 있었다. 그리고 그가 이 일에 발 벗고 나선 데에 그녀가 주된 동기가 됐다고는 할 수 없더라도, 이 일이 그녀의 평안과 실질적으로 관련이 있는 만큼 아직 남은 애정이 이 일을 위해 애쓰도록 얼마간 도움이 되었을 거라고 생각해볼 수도 있었다. 보답할 수 없는 사람에게 신세를 졌다는 사실을 알고 나니 정말이지 말할 수 없이 괴로웠다. 리디아를 찾고, 그녀의 평판을 원래대로 되돌려

놓는 모든 과정에서 가족들은 그의 신세를 졌다. 아! 그를 향해 분출하던 온갖 무례한 감정들, 아예 그에게 대놓고 쏟아부었던 온갖 불손한 말들을 떠올리니 가슴이 아파 견딜 수가 없었다. 그녀는 이제 스스로 겸손할 줄 알았고 그가 자랑스러웠다. 동정심과 도의심을 위해 스스로의 자존심을 이겨낸 그가 자랑스러웠다. 외숙모가 그를 칭찬한 구절을 읽고 또 읽었다. 그 정도의 칭찬으로는 전혀 만족할 수 없었지만 그래도 기분이 좋았다. 다아시 씨와 자기 사이에 애정과 신뢰가 자리하고 있다는 걸 외숙모와 외삼촌 두 분이 확고하게 믿고 있다는 걸 알게 되니 씁쓸한 기분이 없지 않았지만 기분이 꽤 좋기도 했다.

누군가 다가오는 기척이 들리자 그녀는 자리에서 일어나 이쯤에서 생각을 거두었다. 그리고 다른 길로 돌아서려는데 위컴이 그녀를 따라왔다.

"혼자 산책하시는데 방해가 된 건 아닌지 모르겠습니다, 처형." 그가 그녀 곁으로 다가오면서 말했다.

"네, 정말 그런데요." 그녀가 웃으며 답했다. "하지만 방해한 게 전혀 반갑지 않다는 말은 아니에요."

"그렇다면 정말 죄송합니다. 우린 언제나 좋은 친구였지요. 지금은 그보다 더 가까워졌고요."

"네, 맞아요. 다른 사람들도 나오나요?"

"모르겠습니다. 장모님과 리디아는 메리턴에 가려고 마차를 준비시키고 있습니다. 그런데, 처형. 외삼촌과 외숙모께서 그러시던데, 처형이 실제로 펨벌리를 보셨다고요."

그녀는 그렇다고 대답했다.

"그런 기쁨을 누리셨다니 거의 부러울 정도인데요. 하지만 제게는 버거운 일이었을 겁니다. 그렇지 않다면 뉴캐슬로 가는 길에 펨벌리를 들러볼 수도 있을 텐데 말이에요. 그럼 그 늙은 저택 관리인도 보셨겠군요? 불쌍한 레이놀즈 부인. 그녀는 언제나 저를 무척 아껴주셨어요. 하지만 물론 당신에게는 제 이름을 언급하지 않았겠지요."

"아니요, 말씀하시던데요."

"그렇군요. 뭐라고 하던가요?"

"당신이 군대에 입대했었다고요. 그런데 결과가 썩 좋지 못했다고 걱정하셨어요. 하긴 거리가 그처럼 멀리 떨어져 있으면 이야기가 엉뚱하게 전달되는 법이지요."

"물론입니다." 그는 입술을 깨물면서 대답했다. 엘리자베스는 그의 입을 다물게 만들길 바랐지만, 그는 곧이어 이렇게 대꾸했다.

"지난달에 런던에서 다아시를 보게 되어 깜짝 놀랐습니다. 서로 여러 차례 마주쳤어요. 그런 곳에서 대체 그가 무슨 일을 하고 있었는지 모르겠습니다."

"아마 드 버그 양과 결혼 준비를 하고 있었나 보죠." 엘리자베스가 말했다. "무슨 특별한 볼일이 있지 않고서야 이맘때 그런 곳에 갈 리가 있겠어요."

"틀림없이 그럴 겁니다. 램턴에 계시는 동안 그를 만나셨나요? 외삼촌 부부께서 그렇게 말씀하셨던 것 같아서요."

"네. 그가 누이동생도 소개시켜주더군요."

"누이동생은 마음에 드시던가요?"

"아주 마음에 들던걸요."

"하긴, 한두 해 사이에 태도가 크게 좋아졌다고 들었어요. 제가 마지막으로 봤을 때만 해도 영 좋아질 것 같지 않았지만 말이에요. 그녀가 마음에 들었다니 정말 기쁘군요. 그녀가 좋은 아가씨가 되길 바라니까요."

"틀림없이 그럴 거예요. 가장 힘든 시기를 견뎌냈잖아요."

"혹시 킴프턴이라는 마을을 지나셨나요?"

"글쎄요, 기억이 없네요."

"제가 지내기로 되어 있었던 마을이기에 혹시나 그 길을 지나치셨나 여쭤봤습니다. 정말 아름다운 곳이지요! 목사관도 아주 훌륭하고요! 모든 면에서 제게 무척 어울리는 곳이 되었을 겁니다."

"그렇지만 설교하는 걸 좋아하셨을까요?"

"대단히 잘했을 겁니다. 설교를 제 의무 가운데 일부라고 생각했을 테고, 그러다 보면 아무리 힘들어도 이내 거뜬히 해냈을 겁니다. 사람이 무슨 일이든 불평을 해서는 안 되지만, 정말이지 그 자리는 저에게 아주 잘 어울렸을 겁니다! 그처럼 조용하고 한적한 곳에서 생활하는 것이야말로 제가 마음속에 그려왔던 그 모든 행복과 아주 잘 맞아떨어졌을 테니까 말이에요! 하지만 일이 마음대로 되지 않더군요. 켄트에 계실 때 다아시 씨가 그에 대한 사정들을 이야기하던가요?"

"믿을 만한 소식통을 통해 전해들은 바가 있습니다만, 제 생각엔 아주 일리 있는 말씀 같더군요. 그 자리는 단지 조건부로 물려준 것이었고, 현재 후원자의 뜻에 달려 있다고요."

"들으셨군요. 맞습니다. 그런 부분도 있었지요. 처음부터 제가 그렇게 말씀드렸는데, 기억하실지 모르겠습니다."

"이런 말도 들었습니다. 그땐 지금 생각하시는 것과 달리 설교하는 걸 영 탐탁지 않게 여기셨고, 실제로 결코 성직을 받지 않겠노라고 결심을 단언하셨으며, 따라서 그 일을 타협해 마무리 지었다고요."

"그렇게 들으셨군요! 아주 근거 없는 이야기는 아닙니다. 우리가 처음 이 일을 이야기했을 때 제가 이 부분에 대해 했던 말을 기억하실지 모르겠습니다만."

그녀가 더 이상 그와 가까이 하고 싶지 않아 걸음을 재촉했기 때문에, 그들은 벌써 집 문 앞에 거의 다다랐다. 그녀는 동생을 생각해 그를 자극하고 싶지 않았기에 상냥하게 미소를 지으며 이렇게만 대꾸할 뿐이었다.

"자, 위컴 씨. 우린 이제 처형 제부 사이잖아요. 지난 일로 시시비비 따지지 말아요. 앞으로 우리 언제나 한마음으로 지내길 바랍니다."

그녀는 손을 내밀었고, 그는 시선을 어디에 두어야 할지 모른 채 다정하고 정중하게 그녀의 손에 입을 맞추었다. 그런 다음 두 사람은 집으로 들어갔다.

53

위컴 씨는 이 대화가 더할 나위 없이 만족스러웠기에, 이 주제를 꺼내 곤란에 처한다든가 처형인 엘리자베스를 불쾌하게 하는 일을 두 번 다시 만들지 않았다. 엘리자베스 역시 자신의 말 한마디로 그의 입을 다물게 만들었다는 사실에 기분이 좋았다.

어느새 그와 리디아가 떠날 날이 다가왔고, 베넷 부인은 이별을 받아들일 수밖에 없었다. 남편은 온 가족이 뉴캐슬에 가자는 그녀의 계획에 눈도 꿈쩍하지 않았기 때문에, 최소한 열두 달은 서로 떨어져 있어야 할 것 같았다.

"오! 우리 아가, 리디아." 그녀는 흐느껴 울면서 말했다. "우리 이제 언제쯤 다시 만날까?"

"아휴, 엄만! 내가 그걸 어떻게 알아. 2, 3년 안에는 만나기 어렵지 않겠어."

"편지 자주자주 보내라, 아가야."

"될 수 있는 대로 그렇게 해볼게. 하지만 엄마도 알잖아. 결혼한 여자들이 어디 편지 쓸 시간이 제대로 나겠어. 언니들이 나한테 씨야지 뭐. 언니들은 별로 할 일도 없잖아."

위컴 씨의 작별 인사는 아내보다 훨씬 자상했다. 그는 근사한 태도로 미소를 지으며 기분 좋은 말들을 많이 쏟아냈다.

"지금까지 저렇게 훌륭한 녀석은 내 평생 처음 본다." 두 사람이 집을 나서자마자 베넷 씨가 말했다. "아무 때나 능글능글 선웃음을 짓고, 보는 사람마다 살갑게 구는군. 정말 저 녀석이 몹시 자랑스럽다. 이렇게 귀한 사위를 얻다니, 윌리엄 루카스 경도 내 앞에서는 명함도 못 내밀 거다."

딸을 떠나보낸 베넷 부인은 며칠 동안 영 기운이 없었다.

"난 요즘 이런 생각을 자주 한단다." 그녀가 말했다. "한집 식구와 이별하는 것만큼 못할 짓도 없다고 말이다. 두 사람이 없다고 이렇게 쓸쓸할 수가 있는 거니."

"딸을 시집보내면 다 그렇지요, 엄마." 엘리자베스가 말했다. "그래도 나머지 네 딸이 아직 미혼이라는 걸 생각하면 한결 기분이 좋아지실 거예요."

"그런 게 아니야. 리디아는 시집을 갔기 때문에 날 떠난 게 아니다. 단지 남편이 소속된 연대가 그렇게 먼 곳에 있어서 어쩔 수 없이 떠났을 뿐이야. 연대가 조금만 더 가까운 곳에 있었어도 그렇게 금세 가버리지는 않았을 거다."

그러나 이번 일로 풀죽어 지내던 상태도 얼마 안 가 많이 회복되었고, 그 무렵 마을에 퍼지기 시작한 한 가지 소문 덕분에 그녀의 마음은 다시 희망으로 부풀어 오르기 시작했다. 네더필드의 가정부가 주인어른으로부터 곧 저택에 도착할 테니 맞이할 준비를 해달라는 분부를 받았다는 것이다. 네더필드의 주인은 하루 이틀 내로 집에 내려와 몇 주 동안 사냥을 할 계획이라고 했다. 베닛 부인은 조바심이 나 안절부절못했다. 그녀는 제인을 봤다가, 히죽 웃었다가, 머리를 흔들기를 번갈아 반복했다.

"어쩜, 어쩜, 그래서 빙리 씨가 내려온다는 거야, 동생?"(필립스 부인이 제일 먼저 그녀에게 소식을 전했다.) "그가 온다면야 좋은 일은 좋은 일이지. 하지만 오든 말든 난 관심 없어. 이제 그는 우리하고 아무 사이도 아니잖아. 그리고 분명히 말하는데, 난 이제 그 젊은이 다시는 보고 싶지 않아. 하지만 그가 정 네더필드에 오고 싶다면, 오겠다는 걸 누가 말리겠어. 그리고 사실 앞으로 무슨 일이 생길지 누가 알아? 하지만 그것도 우리하고는 상관없는 일이야. 기억 안 나? 그 일에 대해 절대 한마디도 꺼내지 않기로 오래전에 약속했잖아. 그건 그렇고, 그가 오는 건 정말 확실한 거야?"

"확실하다니까요." 필립스 부인이 말했다. "어젯밤에 니콜스 부인에 메리턴에 왔었는데, 부인이 지나가는 걸 보고 그 소문이 사실인지 알아보려고 내가 직접 나가봤다는 거 아니유. 니콜스 부인이 그러는데 확실한 사실이랍디다. 그가 늦어도 목요일까지는 내려오고, 수요일에 올 가능성이 제일 높대요. 그래서 수요일에 고기를 대달라고 주문하려고 푸줏간에 가는 길이래요. 그리고 마침 그날 쓰기에 딱 적당한 오리 여섯 마리를 구했다지 뭐예요."

베넷 양은 그가 온다는 소식을 듣자 자기도 모르게 안색이 달라졌다. 엘리자베스에게 그의 이름을 언급해본 지도 여러 달이 지났다. 하지만 지금 단둘이 있게 되자 그녀는 곧바로 엘리자베스에게 이렇게 말했다.

"리지, 아까 이모가 우리에게 이 소식을 전하셨을 때 네가 내 얼굴 살피는 거 봤어. 내 표정이 괴로워 보였을 거라는 거 나도 알아. 하지만 무슨 어리석은 이유 때문에 그랬을 거라고는 생각하지 말아줘. 다들 나만 쳐다보는 것 같아서 그 순간 잠시 당황했을 뿐이야. 네게 이거 하나는 분명하게 말할 수 있어. 이 소식 때문에 내가 기뻐할 이유도 가슴 아파할 이유도 없다는 걸 말이야. 그가 혼자 온다니 그래도 다행이다. 그를 보게 될 일이 적어질 테니까. 나는 아무렇지 않은데, 다른 사람들 입에 오르내리는 게 두려워."

엘리자베스는 이 일을 어떻게 해석해야 좋을지 몰랐다. 지난번 더비셔에서 그를 보지 않았더라면, 지금 마을에 알려진 목적 외에 다른 목적 때문에 그가 오는 거라고는 생각하지 못할 것이다. 하지만 그녀는 여전히 그가 제인에게 마음이 있다고 믿었다. 그래서 그가 친구의 허락을 받고 이곳에 오는 것인지, 아니면 허락과 상관없이 과감하게 혼자 오는 것인지 어느 쪽이 더 가능성이 높을지 가늠하기가 어려울 뿐이었다.

'그나저나 나도 참 너무하네!' 그녀는 이따금 이렇게 생각하기도 했다. '이 딱한 남자가 합법적으로 세 들어 있는 자기 집에 오겠다는데, 굳이 이런 억측들을 떠올려야 되겠어! 그냥 그가 조용히 지내다 가게 내버려두자.'

언니가 분명하게 단언하기도 했고 언니 스스로도 자신의 감정을 믿었지만, 막상 그가 도착하기로 정해진 날이 다가오자 엘리자베스는 언니의 기분이 이 일에 영향을 받고 있다는 걸 쉽게 알아챌 수 있었다. 제인의 마음은 평소와 달리 불안하고 혼란스러웠다. 열두 달 전에 부모님이 마구 흥분하며 의논하던 주제가 지금 또다시 불거졌다.

"빙리 씨가 오면 당연히 곧바로 그를 방문하러 갈 거지요, 여보." 베넷 부인이 말했다.

"아니, 절대로 안 가요. 작년에도 그 사람을 방문해야 한다고 억지로 나를 떠밀지 않았소. 내가 그를 만나고 오면 그가 우리 딸들 가운데 하나와 반드시 결혼하게 될 거라고 장담까지 하면서 말이오. 하지만 모두 허사로 끝나고 말았는데, 나보고 쓸데없는 심부름을 또 하란 말이오."

하지만 아내는 그가 네더필드에 돌아오면 곧바로 그를 찾아가 인사하는 것이야말로 마을 남자들 모두가 당연하고도 마땅히 갖추어야 할 예의라고 말했다.

"그거야 말로 내가 질색하는 예의범절이오." 그가 말했다. "그 사람이 정 우리하고 친하고 싶으면 제 발로 찾아오겠지. 우리가 어디에 사는지도 알 테니 말이오. 마을 사람들이 다른 곳으로 떠났다가 다시 돌아올 때마다 일일이 찾아다니느라 내 시간을 낭비하지는 않을 거요."

"참 나, 어쨌든 이거 하나는 분명해요. 당신이 그를 방문하지 않으면 지독하게 무례한 짓을 저지르는 거라고요. 그 집에 안 가는 건 당신 마음이지만, 우리 집 만찬에 그를 초대하는 것만큼은 말리지 못할 거예요. 난 확실하게 결심했어요. 롱 부인과 골딩 부부에게 곧 알릴 거예요. 그러면 우리 식구하고 다 합해서 모두 열셋이니까, 어머, 식탁에 그 사람이 앉을 자리 하나가 딱 남네."

그녀는 이런 결심으로 스스로를 위로하면서 그나마 남편의 무례함을 견딜 수 있었다. 하지만 남편의 고집 때문에 그들보다 먼저 이웃 사람들이 빙리 씨를 방문할지 모른다고 생각하니 너무 분했다. 그가 도착할 날이 하루하루 다가왔다.

"난 그가 오는 게 점점 달갑지 않아." 제인이 동생에게 말했다. "그가 오든 말든 이제 나에겐 아무 의미 없어. 그를 본다 해도 완벽하게 무관심할 수 있어. 그런데 이렇게 계속해서 그의 이름이 언급되는 건 정말이지 참을 수가 없어. 물론 엄마는 좋은 뜻으로 하시는 말씀이겠지. 하지만 자꾸 그 사람 이야기를 하시면 내가 얼마나 괴로울지 엄만 너무 몰라, 아니 아무도 모를 거야. 그가 네더필드를 아주 떠나버리면 정말 좋겠어!"

"이럴 때 무슨 말로든 언니 마음을 편하게 해줄 수 있다면 얼마나 좋을까." 엘리자베스가 대답했다. "하지만 내 능력으로는

506

아무런 위로도 해줄 수 없어 마음이 아파. 언니가 이해해줘. 보통은 좀 더 참으라는 말로 고통스러워하는 사람을 위로하지만, 난 그렇게 못하겠어. 언니는 늘 너무 많이 참아왔잖아."

드디어 빙리 씨가 도착했다. 베넷 부인은 하인들의 도움으로 용케도 가장 먼저 소식을 접했지만, 그래봤자 그녀 편에서는 초조하고 불안한 시간만 더 늘어날 뿐이었다. 그녀는 며칠이나 지나야 그에게서 초대장을 받을 수 있을지 계산해보았다. 그 전에 그를 만날 가능성은 아예 없다고 봐야 했다. 하지만 그가 하트퍼드셔에 도착한 지 사흘째 되는 날 아침, 그녀는 화장하는 방 창문을 통해 그가 말을 타고 방목장 안으로 들어서서 집 쪽으로 다가오는 모습을 보았다.

그녀는 이 기쁨을 딸들과 함께 나누기 위해 정신없이 딸들을 불러댔다. 제인은 고집스레 식탁에 앉아 있었지만 엘리자베스는 어머니를 기쁘게 해드리기 위해 창가로 다가갔다. 그러고는 창문 밖을 내다보며 빙리 옆에 다아시 씨가 있는 것을 확인하고 얼른 다시 언니 옆으로 와서 앉았다.

"그 사람 옆에 다른 남자도 있어요, 엄마." 키티가 말했다. "누구지?"

"빙리가 아는 사람이지 않겠니, 아가. 난 모르는 사람인 것 같다."

"보세요!" 키티가 소리쳤다. "전에 빙리 씨하고 늘 같이 다니던 그 남자인 것 같아요. 이름이 뭐였더라. 왜, 그 키 크고 잘난

처하던 남자 있잖아요."

"이런, 세상에! 다아시 씨라고! 그래, 다아시 씨가 틀림없구나. 누구든 빙리 씨 친구가 여기 오는 건 언제든 환영이지만, 정말이지 저 사람은 보고 싶지 않구나."

제인은 놀라움과 걱정으로 엘리자베스를 바라보았다. 그녀는 동생이 더비셔에서 그를 만난 일에 대해서는 거의 아는 바가 없기 때문에, 장황한 해명 편지를 받은 후 거의 처음으로 그를 마주하는 동생이 얼마나 어색할지 걱정스러웠다.

두 자매는 몹시 불편했다. 자기 자신의 마음이 불편한 건 물론이고 서로 상대방이 걱정스러웠다. 어머니는 다아시 씨가 아주 못마땅하지만 순전히 빙리 씨의 친구이기에 예의를 갖춰 대하기로 결심했다고 말했는데, 그들은 지금 그런 말이 귀에 들어오지도 않았다. 엘리자베스에게는 제인이 짐작도 할 수 없는 불편한 이유들이 있었지만, 아직 제인에게 가드너 부인의 편지를 보여준다거나 다아시 씨를 향한 자신의 감정 변화를 말할 용기가 도무지 나지 않았다. 한편 제인에게 그는 단지 동생에게 청혼을 거절당한 남자, 그가 가진 장점을 동생에게 제대로 인정받지 못하는 남자일 뿐이었지만, 보다 많은 사실을 알게 된 엘리자베스에게 그는 온 가족이 큰 은혜를 입은 사람이고, 제인이 빙리를 향해 느끼는 것만큼 커다란 애정을 느끼는 건 아니어도 적어도 그 비슷한 정도의 마땅하고 진실한 호감을 갖고 바라보는 사람이었다. 그가 온 것은 – 네더필드에 왔을 때도, 롱번에 왔을 때도,

그리고 지금 이렇게 자발적으로 그녀를 찾아온 것도 - 그녀에게 대단히 놀라운 일이었으며, 이 놀라움은 더비셔에서 그의 달라진 태도를 처음 목격했을 때 느꼈던 것과 거의 유사했다.

그녀의 얼굴은 30초가량 하얗게 질려 있었지만 그 짧은 시간 동안 그의 애정과 소망이 여전히 확고하다는 확신이 들자, 얼굴에 다시 화색이 돌아 한층 더 발그레해졌고 환한 미소로 눈은 더욱 밝게 빛났다. 그러나 그녀는 아직 안심을 할 수 없었다.

'먼저 그의 태도가 어떤지 살펴보자.' 그녀는 생각했다. '기대는 그 다음에 해도 늦지 않을 거야.'

그녀는 자리에 앉아 차마 눈을 들지 못한 채, 침착해지려고 애쓰면서 뜨개질에만 열중했다. 그때 하인이 문을 향해 다가오는 소리가 들리자 불안하기도 하고 호기심도 생겨 눈을 들어 언니의 얼굴을 바라보았다. 제인은 평소보다 조금 창백해 보였지만 엘리자베스가 예상했던 것보다 더 차분했다. 남자들이 모습을 드러내자 제인의 얼굴에 점차 화색이 돌았다. 그러나 그녀는 원망스러운 기색도 그렇다고 필요 이상으로 상냥한 태도도 보이지 않은 채, 그럭저럭 편안하게 적당히 예의를 갖추어 그들을 맞이했다.

엘리자베스는 두 남자 모두에게 예의에 어긋나지 않을 만큼만 말을 아꼈고, 다시 자리에 앉아 좀처럼 보인 적 없는 열성적인 태도로 하던 일을 계속 했다. 그녀는 과감히 용기를 내서 딱 한 번 다아시를 흘긋 쳐다보았다. 그는 언제나처럼 진지한 표정이었다. 그녀는 다아시의 표정이 펨벌리에서 보았던 표정보다는 하트퍼드셔에서 자주 보았던 표정과 비슷하다고 생각했다. 하지만 아무래도 어머니가 옆에 계시기 때문에, 외삼촌 외숙모와 함께 있었을 때와 같을 수는 없었다. 마음 아프지만 터무니없는 추측은 아니었다.

그녀는 마찬가지로 빙리도 잠깐 훔쳐보았는데, 그 짧은 동안에 그가 무척 기뻐하면서도 동시에 무안해한다는 걸 알 수 있었다. 베넷 부인은 과하다 싶을 만큼 정중하게 그를 대접했는데, 그의 친구에게 차갑고 형식적인 인사만 건넨 것과 너무도 대조되어 두 딸들을 몹시 부끄럽게 만들었다.

다아시 씨는 어머니가 가장 예뻐하는 딸을 돌이킬 수 없는 불명예로부터 지켜준 대단히 고마운 은인이었다. 엘리자베스는 그 사실을 잘 알기에, 그가 이처럼 부당한 차별을 받는 모습을 보고 있으려니 고통스러울 정도로 마음이 아프고 슬펐다. 다아시 씨는 그녀에게 가드너 부부의 안부를 물었는데, 그녀는 너무 당황해서 어떻게 대답을 했는지도 모를 지경이었다. 이후로 그는 거의 말이 없었다. 어쩌면 그가 그녀의 옆자리에 앉지 못한 것이 입을 다물고 있는 이유인지도 몰랐다. 그렇지만 더비셔에서는 그렇지 않았었다. 더비셔에서 그는 그녀와 이야기할 수 없을 땐 가드너 부부와 이야기를 나누었다. 그런데 지금은 몇 분이 지났는데도 그의 목소리가 들리지 않았다. 이따금 호기심이 강렬하게 솟구치는 걸 참을 수 없을 때면 눈을 들어 슬쩍 그의 얼굴을 보았는데, 그는 자신이든 제인이든 똑같이 무심한 표정으로 바라보았고, 주로 바닥만 멍하니 내려다볼 뿐 다른 곳으로는 시선도 돌리지 않았다. 지난번에 만났을 때보다 생각에 깊이 잠겨 있었고, 즐겁게 어울리려는 마음이 별로 없다는 것이 태도에서 분명하게 드러났다. 그녀는 실망했고, 그렇게 실망하는 자신에게 화가 났다.

'나 좀 봐, 뭔가 특별한 일이 생길 거라고 기대하다니!' 그녀는 생각했다. '하지만 그가 왜 온 걸까?'

그녀는 그가 아닌 다른 사람과는 누구와도 대화를 나눌 기분이 나지 않았다. 그러면서도 그에게는 말을 걸어볼 용기가 좀처럼 나지 않았다.

그녀는 그에게 누이동생의 안부를 묻고는 더 이상 아무 말도 할 수가 없었다.

"정말 오랜만이에요, 빙리 씨." 베넷 부인이 말했다.

그는 선뜻 그렇다고 말했다.

"저는 빙리 씨가 다시는 안 돌아오시는 줄 알고 슬슬 걱정하기 시작했답니다. 모두들 빙리 씨가 미가엘 축일에 완전히 이 지역을 떠나실 작정이라고 말했거든요. 하지만 전 그 말이 사실이 아니길 바랍니다. 이 마을을 떠나신 후에 마을에서는 정말 많은 일들이 일어났어요. 루카스 양은 결혼해서 안정을 찾았답니다. 그리고 제 딸아이 하나도 얼마 전에 시집을 갔고요. 아마 소식 들으셨을 거예요. 그러고 보니 신문에서 보셨겠군요. 〈타임스〉와 〈쿠리어〉에 났을 테니까요. 하지만 실려야 할 내용들이 다 실리지는 않았어요. 그냥 '조지 위컴 씨와 리디아 베닛 양 최근 혼인' 이렇게만 기사가 났지요. 부친이 누구며, 집은 어딘지 하는 내용은 한마디도 실리지 않았더라고요. 제 동생 가드너가 작성했는데, 무슨 기사를 그렇게 엉성하게 작성했는지 모르겠어요. 혹시 보셨나요?"

빙리는 봤다고 대답한 후 축하 인사를 했다. 엘리자베스는 눈을 들 엄두조차 내지 못했기 때문에 다아시 씨의 표정이 어땠는지 알 수가 없었다.

"정말이지 딸을 좋은 데 시집보낸다는 건 몹시 기쁜 일이랍니다." 그녀의 어머니가 말을 이었다. "하지만 동시에 말이에요, 빙리 씨, 딸을 그런 식으로 어미 품에서 떨어뜨려 놓으니 아주 고통스럽더군요. 두 애들은 뉴캐슬로 갔어요. 그 왜, 아주 북쪽 지방인 것 같던데요. 거기에서 얼마나 오래 머물지 모르겠네요. 제 사위가 속한 연대가 그곳에 있거든요. 우리 사위가 지난번에 있던 연대에서 나와 정규군에 입대했다는 소식은 들으셨을 거예요. 이렇게 고마울 데가 다 있는지! 그 사람이 친구가 좀 있는 편이거든요. 물론 사람 인품에 비하면 그 정도 가지고 친구가 많다고 볼 순 없지만 말이에요."

엘리자베스는 이 말이 다아시 씨를 겨냥하려는 것임을 알기에, 너무나 창피하고 비참해서 자리에 앉아 있기가 힘들 지경이었다. 그렇지만 상황이 상황이다 보니 조금 전까지도 아무리 애를 써도 할 말이 생각나지 않았지만 이제는 무슨 말이든 빨리 꺼내야 했고, 그래서 빙리에게 당분간 이곳에서 머물 생각인지 물어보았다. 그는 몇 주일 정도 머물 것 같다고 말했다.

"그 동네 새를 전부 사냥하고 나면 우리 동네로 와주세요, 빙리 씨." 어머니가 말했다. "베넷 가의 영지에서는 얼마든지 사냥하셔도 괜찮아요. 베넷 씨도 당신에게 친절을 베풀게 된 걸 굉장히 기뻐하실 거예요. 아마 당신을 위해 제일 훌륭한 새들을 남겨놓으실 거랍니다."

이토록 쓸데없고 이토록 주제넘은 친절이라니! 엘리자베스는 점점 비참해질 뿐이었다. 1년 전 그들을 기쁘게 했던 것과 똑같은 가슴 벅찬 기대를 할 수 있는 상황이 또다시 일어난다 해도, 이대로 나간다면 모든 것이 지난번과 다름없이 가슴 아픈 결말로 치닫고 말 것 같았다. 바로 그 순간 그녀는 깨달았다. 제인도 자기 자신도, 수많은 세월을 행복하게 보낸다 할지라도 이렇게 고통스럽고 혼란스러운 순간들을 보상받지는 못하리라고 말이다.

'내가 지금 가장 원하는 건, 둘 중 누구하고도 한 자리에 있고 싶지 않다는 거야.' 그녀는 생각했다. '이 사람들하고 같이 있어 봤자 지금 같은 비참한 꼴을 보상할 만큼 즐거울 리 없어! 다시는 둘 중 누구와도 만나지 않겠어!'

그러나 수년간의 행복도 결코 보상할 수 없을 것만 같던 비참함이 크게 희석될 일이 잠시 후에 생겼으니, 언니의 아름다움이 예전 연인의 감탄을 다시금 불러일으킨 걸 보게 된 것이다. 방에 처음 들어섰을 때만 해도 그는 언니에게 거의 말을 붙이지 않았지만, 그의 관심은 5분이 지날 때마다 점점 커져가는 것 같았다. 그는 작년에 제인을 보았을 때와 마찬가지로 제인이 여전히 매력적이라는 걸, 그녀가 예전처럼 허물없이 말을 하는 건 아니지만 여전히 상냥하고 꾸밈없는 모습이라는 걸 새삼 느꼈다. 제인은 자신이 조금도 달라지지 않았다고 여겨지길 간절히 바랐고, 실제로 평소와 비슷한 정도로 말을 했다고 믿었다. 하지만 그녀는 여러 가지 생각을 하느라 머릿속이 너무 분주해서 자신이 언제 입을 다물고 언제 말을 하는지 신경 쓸 여유가 없었다.

신사들이 이제 그만 집을 나서려고 자리에서 일어나자 베넷 부인은 정중하게 만찬에 초대하겠다는 애초의 계획을 잊지 않았다. 이렇게 해서 그들은 수일 내로 롱번에서 만찬을 들기로 약속했다.

"빙리 씨, 저한테 방문 한 번 빚지셨어요." 그녀가 덧붙였다. "지난겨울 런던에 가실 때, 돌아오시는 대로 우리 식구들과 함께 저녁 식사를 하기로 약속하셨잖아요. 아시다시피 전 똑똑히 기억하고 있답니다. 그런데 런던에서 돌아오시지도 않고 약속도 안 지키셔서 얼마나 실망했는지 몰라요."

빙리는 느닷없는 비난에 약간 멍한 표정을 지었으나, 일 때문에 올 수 없었다며 걱정 끼쳐드려 죄송하다고 말했다. 그런 다음 두 사람은 롱번을 나섰다.

베넷 부인은 두 사람에게 그날 당장이라도 저녁을 먹고 가라고 붙잡고 싶은 심정이었다. 하지만 식탁이야 늘 풍성하다 해도, 사위가 되길 간절히 바라는 남자에게 두 가지 코스의 식사를 대접한다는 건 영 내키지 않았으며, 더군다나 연 수입이 1만 파운드나 되는 사람의 입맛과 만족감을 충족시킬 자신이 없었다.

54

두 남자가 떠나자마자 엘리자베스는 기운을 되찾기 위해 산책을 나갔다. 혹은 다른 말로 하면, 맥을 쏙 빠지게 만든 문제들에 대해 아무런 방해를 받지 않고 조용히 생각해보고 싶었다는 말이 더 정확할지 모르겠다. 다아시 씨의 행동으로 놀라기도 했고 기분도 상했다.

'그렇게 줄곧 입을 다물고 무게만 잔뜩 잡고서 냉담하게 굴려면, 도대체 여긴 왜 온 거야?' 그녀는 생각했다.

아무리 해도 기분이 나아질 방법을 찾을 수가 없었다.

'런던에 있을 때 외삼촌 외숙모에게 그렇게 살갑게 굴고 붙임성도 좋았다면서. 그런데 나한테는 왜 못 그러는 거야? 내가 두려운 거라면 여긴 왜 온 거지? 더 이상 나를 좋아하지 않는다면 입은 왜 다물고 있는 거야? 아, 너무 성가신 사람이야! 다시는

그 사람에 대해 생각하지 않을 거야.'

언니가 다가오는 바람에 그녀의 결심은 본의 아니게 잠시 중단되었다. 밝은 표정으로 다가오는 언니를 보니 엘리자베스보다는 방문자들에 대해 썩 마음에 들었던 모양이다.

"이렇게 첫 만남이 끝나고 나니 마음이 한결 편해." 그녀가 말했다. "난 내 자신이 강하다는 걸 알게 됐어. 이제 그가 와도 절대로 당황하지 않을 것 같아. 그가 화요일 만찬에 온다니 다행이야. 그땐 그 사람이나 나나 그저 아무 사이도 아닌 평범한 이웃으로 만난다는 걸 모두가 알게 될 거야."

"그럼, 그럼. 정말 아무 사이도 아니지." 엘리자베스가 웃으면서 말했다. "그런데, 제인 언니. 조심해야 할 거야."

"리지. 지금도 내가 위태로울 만큼 약하다고 생각해선 안 돼."

"내 생각엔 여전히 언니는 그 사람을 반하게 만들 위험이 상당히 큰 것 같은데."

그들은 화요일이 되어서야 두 신사를 다시 만나게 되었다. 그동안 베넷 부인은 지난번 빙리가 30분가량 방문하면서 보인 쾌활한 모습과 평범한 예의를 떠올리며, 온갖 행복한 계획을 짜느라 여념이 없었다.

드디어 화요일이 되자 롱번에는 많은 사람들이 모여들었다. 사냥을 하느라 시간을 정확하게 지킬 수 있을지 걱정했던 두 남자는 아주 적당한 시간에 도착했다. 그들이 식당으로 들어가자,

엘리자베스는 빙리가 예전 파티 때에도 늘 그랬던 것처럼 이번에도 언니 옆자리를 차지할지 어떨지 보기 위해 열심히 빙리를 곁눈질했다. 용의주도한 어머니 역시 그녀와 같은 생각이었기에, 자기 옆에 와서 앉으라고 권하고 싶은 걸 꾹 참았다. 식당에 들어서는 순간 그는 잠시 망설이는 듯 보였다. 그러나 제인이 주위를 둘러보다 그와 눈이 마주쳐 빙그레 미소를 지어 보이자 더 망설일 필요가 없었다. 그는 그녀의 옆자리에 앉았다.

기분이 우쭐해진 엘리자베스는 빙리의 친구를 향해 시선을 돌렸다. 그는 기품 있는 태도로 무심한 표정을 지어 보였다. 그녀와 마찬가지로 빙리도 희미하게 미소를 띠면서 다아시 씨에게 불안한 눈빛을 던지는 걸 보지 못했더라면, 다아시에게 이제 행복해도 좋다는 허락을 이미 받아놓았다고 생각했을 것이다.

식사 시간 동안 빙리는 예전보다는 좀 더 신중했지만 여전히 언니를 향한 변함없는 애정을 보여주었다. 두 사람의 모습을 지켜본 엘리자베스는, 그에게 앞으로의 일을 전부 맡겨놓는다면 제인과 그는 머지않아 행복한 결실을 얻게 될 거라고 믿었다. 아직 함부로 결과를 확신할 수는 없지만, 그의 행복을 지켜보는 것만으로도 무척 기분이 좋았다. 사실 그녀는 결코 유쾌한 기분이 아니었기 때문에, 그나마 두 사람의 모습을 보는 것으로 활기를 찾으려 애쓰고 있었다. 다아시 씨는 식탁 맞은편 그녀와 가장 멀리 떨어진 자리에 앉았다. 게다가 어머니 옆자리에 앉았는데, 엘리자베스가 보기에 이런 식의 배치는 두 사람 모두 전혀 반가워하지 않을 테고 어느 쪽에도 이롭지 않을 것 같았다. 거리가 떨어져 있어 두 사람의 대화 내용이 잘 들리지는 않았지만, 그들이 서로 이야기를 나누는 모습은 거의 볼 수 없었으며 어쩌다 내화를 한다 해도 서로 간에 얼마나 형식적이고 냉담한지 대번에 알 수 있었다. 어머니의 무례한 태도를 보고 있으니, 가족들이 그에게 신세를 졌다는 생각이 엘리자베스의 마음을 더욱 아프게 했다. 그래서 이따금씩, 그의 친절을 가족 모두가 까맣게 모르고 있는 건 아니라는 걸, 그에게 고마움을 느끼는 사람이 한 명쯤은 있다는 걸 어떻게든 알려주고 싶은 생각이 불쑥 들곤 했다.

그녀는 저녁 무렵이면 둘이 이야기할 기회가 주어지지 않을까 기대했다. 어쨌든 그가 처음 집에 들어섰을 때 나눈 의례적인 인사 외에 한마디도 나눌 새 없이 시간이 지나가버리지는 않길 바랐다. 이야기를 나눌 기회가 없으면 어쩌나 불안하고 걱정스러운 나머지, 신사들이 들어오기 전 여자들끼리 응접실에서 보내는 시간이 몹시 지루하고 따분해 예의고 뭐고 전부 집어치우고 싶을 정도였다. 그녀는 저녁 시간을 즐겁게 보낼 가능성이 온통 지금 이 순간에 달려 있기라도 한듯, 남자들이 들어오기만을 간절히 기다렸다.

'이번에도 내 쪽으로 오지 않으면, 난 영원히 그를 포기하게 될 거야.' 그녀는 생각했다.

드디어 신사들이 들어왔다. 그리고 마침내 그가 그녀의 희망을 충족시켜주려는 것 같다고 생각했다. 그런데, 세상에! 제인이 차를 만들고 엘리자베스는 커피를 따르던 식탁 주위로 숙녀들이 하나 둘 몰려들기 시작하더니 어느새 모두들 바싹 붙어 옹기종기 모여 앉는 바람에 엘리자베스 곁에는 의자 하나 들여놓을 자리도 없었다. 게다가 남자들이 가까이 다가오자 아가씨 한 명이 전에 없이 그녀에게 바싹 붙어 서서 낮은 목소리로 이렇게 말하는 것이었다.

"난 남자들이 우리를 떨어뜨리지 못하게 하고 말거야. 한 명이라도 쓸 만한 사람이 없잖니. 안 그래?"

다아시는 응접실의 다른 쪽을 향해 걸어갔다. 그녀의 눈은 줄곧 그를 따라가면서 그가 말을 거는 모든 사람들을 부러워했다. 이젠 사람들에게 커피를 따라줄 정도의 인내심조차 거의 바닥이 나고 말았다. 그리고 이것밖에 안 되는 바보 같은 자기 모습에 화가 났다!

'나한테 한 번 차인 남자잖아! 그가 다시 나를 사랑할 거라고 기대하다니, 어쩜 나는 이렇게 멍청할 수가 있지? 같은 여자에게 두 번이나 청혼하는 정신 나간 짓을 할 남자가 세상에 어디 있겠어? 남자들한테 그처럼 불쾌한 모욕은 없지!'

그러면서도 그가 자신의 커피 잔을 직접 가지고 오자 그녀는 조금 기운이 났다. 그리고 얼른 말할 기회를 잡았다.

"누이동생은 아직도 펨벌리에 있나요?"

"네, 크리스마스까지는 그곳에서 지낼 겁니다."

"그럼 혼자서요? 친구들은 모두 떠나지 않았나요?"

"앤슬리 부인이 함께 있습니다. 다른 사람들은 스카버러로 떠난 지 3주 됐지요."

그녀는 무슨 말을 해야 할지 도무지 생각이 나지 않았다. 그가 그녀와 대화를 나누고 싶었다면 쉽게 성공할 수 있었으련만. 하지만 그는 아무 말 없이 잠시 그녀 곁에 멀뚱히 서 있기만 할뿐이었다. 그러다가 아까 그 아가씨가 또다시 엘리자베스에게 무슨 말을 속삭이자 자리를 떠나고 말았다.

찻잔이 모두 치워지고 카드 테이블을 들여놓자 숙녀들은 모두 자리에서 일어섰다. 엘리자베스는 이번에는 그의 곁에 앉을 수 있을 거라고 잔뜩 기대하고 있었다. 그러나 이 가능성조차 와르르 무너지고 말았으니, 휘스트 놀이에 사람이 필요하다며 어머니가 다아시 씨를 반강제로 끌고가는 바람에 잠시 후 그는 다른 사람들 틈에 섞여 앉아야 했기 때문이다. 그녀는 이제 혹시나 즐거운 일이 생길지 모른다는 모든 기대를 잃어버렸다. 두 사람은 저녁 내내 다른 테이블에 갇혀버렸기 때문에 그녀는 더이상 아무런 희망도 가질 수가 없었다. 그저 그의 눈길이 자꾸만 자기 쪽으로 향해서 자기만큼이나 그도 카드놀이에 성공하지 못하길 바랄 뿐이었다.

베넷 부인은 두 네더필드 신사에게 저녁 식사도 하고 가라고 청하면서 붙잡을 생각이었다. 하지만 운이 없게도 그들의 마차가 다른 마차보다 먼저 도착해 그들을 붙잡을 기회를 놓치고 말았다.

"자, 우리 딸들아." 손님들이 모두 가고 식구들만 남게 되자 어머니가 말했다. "오늘 어땠니? 내 생각엔 모든 것이 아주 순조로웠던 것 같구나. 이렇게 훌륭하게 차려진 만찬을 어디 가서 볼 수 있었겠니. 사슴고기도 알맞게 잘 익었고 말이야. 허리 부위에 이렇게 살이 많이 붙은 고기는 처음 보았다고 모두들 한마디씩 하더구나. 수프는 지난주 루카스 댁에서 먹은 것보다 50배는 더 맛있었어. 다아시 씨도 자고새 요리가 굉장히 잘됐다고 인정했단다. 그 집에 프랑스 요리사가 못해도 두세 명은 있을 텐데도 말이야. 그리고 우리 아가 제인. 오늘따라 유난히 아름답더구나. 내가 롱 부인에게 오늘 네 모습이 아름답지 않느냐고 물었더니, 부인도 그렇다고 하지 뭐니. 게다가 뭐라고 덧붙였는지 아니? '어머! 드디어 따님을 네더필드에 보내시겠군요'라고 말하는 거야. 정말 그랬다니까. 살면서 지금까지 롱 부인처럼 괜찮은 사람은 못 본 것 같다. 그 조카들도 인물이 좀 없어서 그렇지, 다들 얼마나 예의가 바른 아가씨들인지 모른단다. 난 그 조카들이 정말 마음에 들어."

한마디로 베넷 부인은 기분이 최고였다. 그녀는 제인을 대하는 빙리의 태도를 보고 드디어 빙리를 사위로 얻게 되는구나, 라는 확신을 갖게 되었다. 그녀는 마냥 행복에 들뜬 나머지 무엇이든 가족에게 유리한 쪽으로만 생각하게 되었고, 그 바람에 어처구니없게도 바로 다음 날 왜 그가 청혼하러 오지 않는 거냐며 크게 실망할 정도였다.

"정말 기분 좋은 하루였어." 베넷 양이 엘리자베스에게 말했다. "무척 좋은 사람들이 와주었고 서로 아주 잘 어울렸던 것 같아. 종종 이렇게 만나면 좋겠어."

엘리자베스는 미소를 지었다.

"리지, 그러지 마. 날 의심하지 말라고. 자꾸 그러면 나 정말 억울해. 분명히 말해두겠는데, 난 이제 친절하고 분별력 있는 한 젊은이로서 그와의 교제를 즐기는 법을 알게 됐어. 그 이상 아무 바람 없어. 내 애정을 얻으려는 생각이 전혀 없는 지금의 그 사람 태도가 아주 마음에 들어. 그는 단지 사람을 대하는 태도가 다른 남자들보다 훨씬 자상하고, 모든 사람을 즐겁게 해주려는 마음이 남보다 강할 뿐이야."

"언니 너무 잔인해." 엘리자베스가 말했다. "나보고는 웃지 말라고 해놓고 매순간 나를 웃게 만들고 있잖아."

"이렇게 내 말을 믿어주지 않다니!"

"그러다간 다른 말들도 절대로 안 믿는 수가 있어!"

"그런데 넌 왜 내가 인정하는 것보다 내 감정이 더 깊다고 설득하려는 거니?"

"그 질문에는 나도 뭐라고 대답해야 할지 모르겠어. 사람은 본래 알 가치가 없는 것만을 가르치면서, 굳이 뭘 가르치고 싶어 안달이잖아. 미안해, 언니. 그런데 자꾸만 관심 없다고 고집 부리면, 이제부터 언니 속 얘기 안 들어준다."

55

이 방문 후 며칠이 지난 어느 날 빙리 씨가 다시, 그것도 혼자서 롱번을 방문했다. 그의 친구는 그날 아침 런던으로 떠나 열흘이나 뒤에 돌아온다고 했다. 그는 그들과 한 시간 이상 앉아 있었는데 기분이 무척 좋아 보였다. 베넷 부인은 함께 식사하고 가라고 권했지만, 그는 몇 번이고 죄송하다고 말하며 선약이 있어 다른 곳에 가봐야 한다고 했다.

"다음에 방문할 땐 식사라도 같이 해요." 그녀가 말했다.

그는 언제든 기꺼이 그러고 싶다는 식의 이런저런 인사치레를 한 다음 그녀가 허락한다면 최대한 빨리 방문할 기회를 만들겠다고 했다.

"그럼 내일 오시겠어요?"

그는 내일 아무런 약속이 없으니 기꺼이 올 수 있다고 대답했다. 이렇게 해서 그녀의 초대가 순식간에 받아들여졌다.

다음 날 그가 왔다. 그는 상당히 여유를 두고 찾아간 바람에 숙녀들 가운데 아무도 미처 몸치장할 새가 없었다. 아직 머리 손질도 다 끝내지 못한 베넷 부인은 화장 가운을 입은 채 딸 방으로 뛰어가 소리를 질렀다.

"얘, 제인, 어서 서둘러 아래층에 내려가봐라. 그 사람이 왔어. 빙리 씨가 왔다고. 정말로 그가 왔다니까. 빨리 서둘러라, 서둘러. 사라, 얼른 여기 베넷 아가씨한테 와서 드레스 입는 것 좀 도와줘. 리지 아가씨 머리 신경 쓰지 말고."

"될 수 있는 대로 빨리 내려갈게요." 제인이 말했다. "하지만 우리보다 키티가 먼저 가 있을걸요. 키티는 30분 전에 2층으로 올라왔으니까요."

"애는! 생뚱맞게 왜 키티는 찾는 거니! 키티가 이 일하고 무슨 상관이 있다고? 어서 서둘러라, 어서! 그런데, 애, 너 허리띠는 어디에 있니?"

그러나 어머니가 보이지 않자, 제인은 동생들 가운데 누구하고라도 같이 가지 않으면 아래층에 내려가려 하지 않았다.

두 사람만 단둘이 있게 하려는 신경전은 저녁에도 마찬가지였다. 차를 다 마시고 나자 베넷 씨는 여느 때와 다름없이 서재로 들어갔고, 메리는 피아노를 치러 2층으로 올라갔다. 이렇게 장애물 다섯 개 가운데 두 개가 사라지자, 베넷 부인은 자리에 앉아 한참 동안 엘리자베스와 캐서린를 바라보며 눈짓을 했지만 두 사람 모두 꼼짝도 하지 않았다. 엘리자베스는 어머니 쪽을 보려고도 하지 않았는데, 마침내 키티가 어머니를 보고는 아주 천연덕스럽게 이렇게 말하는 것이었다. "엄마, 왜 그래? 왜 자꾸 나한테 눈짓을 하는 거야? 나보고 뭘 어쩌라고?"

"아니다, 애야, 아무것도 아니야. 내가 언제 너한테 눈짓을 했다고 그러니." 그런 다음 5분 정도 더 가만히 앉아 있더니, 귀중한 시간을 이런 식으로 흘려보내서는 안 되겠다 싶었는지 갑자기 벌떡 일어서서 키티에게 이렇게 말했다.

"이리 온, 우리 딸. 엄마가 네게 할 말이 있단다." 그런 다음 그녀는 키티를 데리고 방을 나갔다. 제인은 그 순간 엘리자베스에게 눈길을 보냈다. 그녀의 눈빛은 어머니의 이런 계략이 너무 곤혹스러우며, 엘리자베스만은 여기에 굴복하지 말아달라고 간청하는 것 같았다. 그러나 잠시 후 베넷 부인은 문을 빠끔 열고 엘리자베스를 불렀다.

"리지, 엄마가 너하고 이야기를 좀 하고 싶구나."

하는 수 없이 엘리자베스도 방을 나가야 했다.

"단둘이 있게 하는 게 좋지 않겠니." 그녀가 홀에 나오자 어머니가 말했다. "키티하고 난 2층 내 화장 방에 가서 앉아 있으마."

엘리자베스는 어머니에게 굳이 따질 생각은 없었지만 어머니와 키티가 보이지 않을 때까지 조용히 홀에 남아 있다가 다시 거실로 돌아갔다.

이날 베넷 부인의 계획은 실패로 끝났다. 빙리는 무엇 하나 나무랄 데 없이 마음에 들었지만, 단 하나 아직 자기 딸의 연인이라고 공식적으로 밝히지 않은 점이 마음에 걸렸다. 그의 소탈하고 쾌활한 태도는 롱번의 저녁 시간을 더욱 기분 좋게 해주었다. 어머니가 주제넘은 참견을 해도 다 참아주었고, 어처구니없는 말을 해도 인내심을 갖고 차분한 표정으로 모두 들어주었다. 제인은 그런 빙리가 더할 나위 없이 고마웠다.

이제 그에게 저녁 식사를 하고 가도록 권할 필요도 없었다. 그리고 그가 롱번을 나설 땐 주로 그와 베넷 부인의 합의에 의해, 다음 날 아침에 다시 와서 베넷 씨와 사냥을 하기로 약속도 잡았다.

이날 이후 제인은 더 이상 아무런 감정이 없다는 식의 말은 하지 않았다. 제인과 엘리자베스는 빙리에 관해 한마디도 하지 않았지만, 엘리자베스는 다아시 씨가 정해진 날짜보다 먼저 돌아오는 일만 없다면 모든 일이 빠르게 진척되리라 믿으며 행복하게 잠자리에 들었다. 그렇지만 솔직히 말하면, 이 모든 일이 그 신사의 동의하에 이루어지고 있는 게 분명하다는 확신이 제법 컸다.

빙리는 약속 시간을 정확히 지켰다. 그와 베넷 씨는 전날 정한 대로 아침나절을 함께 보냈다. 베넷 씨는 빙리가 생각했던 것보다 훨씬 친절했다. 빙리에게는 비웃음을 유발하거나 혐오감으로 입을 다물게 되는 건방진 태도나 어리석은 모습이 없었다. 그래서 그는 지금까지 빙리가 보아 온 그 어느 때보다 많이 말했고 그다지 괴팍하게 굴지도 않았다. 빙리는 당연히 그와 함께 만찬 시간에 맞추어 돌아왔다. 그리고 저녁이 되자 빙리와 맏딸만 남겨두고 모두 다른 곳으로 보내려는 베넷 부인의 계략이 또다시 고개를 들기 시작했다. 엘리자베스는 써야 할 편지가 있어 차를 다 마시자마자 편지를 쓰기 위해 조찬실로 들어갔다. 다른 사람들은 모두 카드놀이를 하기 위해 앉으려던 참이었기 때문에 굳이 자신이 나서서 어머니의 계획을 방해하려 애쓸 필요가 없었기 때문이었다.

그러나 편지를 다 쓰고 응접실로 돌아온 그녀는 기절할 듯 놀랐다. 과연 어머니의 비상함에는 두 손 두 발 다 들 수밖에 없었다. 응접실 문을 열자 언니와 빙리가 난롯가에 함께 서 있는 모습이 눈에 들어왔는데, 마치 진지한 대화에 몰두하고 있는 것 같았다. 이 장면으로 아무런 눈치를 채지 못했다 해도, 다급하게 돌아설 때 두 사람의 얼굴과 화들짝 놀라 서로 떨어지는 모습이 모든 걸 말해주었을 것이다. 두 사람은 이 상황이 몹시 난처했지만, 그녀가 생각할 땐 자신이 더 난처했다. 서로 아무 말도 하지 못한 채 우두커니 서 있었다. 그러다가 엘리자베스가 다시 나가려는데, 언니와 함께 앉아 있던 빙리가 문득 자리에서 일어나 언니에게 몇 마디 소곤댄 후에 방을 나갔다.

제인은 이처럼 마음 설레는 비밀을 엘리자베스에게 털어놓지 않을 수 없었다. 그래서 얼른 엘리자베스를 끌어안고 벅찬 감정을 주체하지 못한 채 자신은 세상에서 제일 행복한 사람이라고 고백했다.

"너무 행복해!" 그녀가 말을 이었다. "너무 행복해서 감당할 수 있을지 모르겠어. 내겐 너무도 과분한 행복이야. 아! 모두들 나만큼 행복하면 얼마나 좋을까?"

엘리자베스는 진심으로 기뻐하며 온 마음을 다해 축하 인사를 보냈는데, 무슨 말로도 마음을 표현하기엔 역부족이었다. 애정을 담은 모든 말들이 제인에게 새로운 행복을 만끽하게 해주었다. 하지만 지금은 동생과 함께 있을 시간도, 아직 하지 못한 나머지 말들을 다 풀어놓을 시간도 없었다.

"곧바로 엄마에게 가봐야겠어." 그녀가 크게 외쳤다. "엄마의 애정 어린 배려를 결코 소홀히 여겨서는 안 되지. 그러니 다른 사람이 아닌 내 입으로 직접 말씀드릴 거야. 빙리는 벌써 아버지께 갔어. 아! 리지, 내가 들려줄 이야기로 우리 가족 모두를 이토록 기쁘게 할 줄이야! 가슴이 벅찰 만큼 너무 행복해!"

그런 다음 제인은 서둘러 어머니를 찾아갔다. 어머니는 일부러 일찌감치 카드놀이를 그만두고 키티와 함께 2층에 앉아 있었다.

혼자 남은 엘리자베스는 지난 몇 달 동안 초조하게 마음 졸이던 일이 마침내 이렇게 빨리, 이토록 쉽게 해결되었다는 생각에 비로소 미소를 지었다.

'그의 친구가 불안해하며 신경을 곤두세우던 일이 이렇게 끝나는군!' 그녀는 생각했다. '그의 누이동생이 꾸민 거짓과 모략이 이렇게 끝났어! 가장 행복하고, 가장 현명하며, 가장 합리적인 결말로!'

잠시 후 그녀는 빙리와 마주쳤다. 그와 아버지와의 면담은 간결하고 적절했다.

"언니는 어디에 있나요?" 그가 문을 열고 다급하게 물었다.

"2층에 어머니와 같이 있어요. 아마 곧 내려올 거예요."

그러자 그는 문을 닫고 그녀에게 다가와, 처제로서 행복과 축복을 빌어달라고 했다. 엘리자베스는 장차 한 식구가 되어 정말 기쁘다고 솔직하게 진심으로 마음을 표현했다. 그들은 따뜻한 우정을 담아 악수를 했다. 그런 다음 그녀는 제인이 내려올 때까지, 그가 얼마나 행복한 남자인지 제인은 얼마나 완벽한 여자인지에 대해 그가 하려는 말들을 모두 들어주어야 했다. 엘리자베스는 그가 사랑에 빠진 상태이긴 하지만 그의 행복에 대한 모든 기대들이 이성적으로 보았을 때에도 근거가 충분하다고 믿었다. 그들 사이에는 제인의 탁월한 이해심과 더욱 탁월한 성품, 그리고 제인과 빙리의 정서와 취향이 전반적으로 유사한 점이 탄탄한 기초를 이루고 있으니 말이다.

가족 모두에게 더할 나위 없이 기쁜 저녁이었다. 마음은 기쁨으로 가득 찼고 얼굴은 감미로운 생기로 발그레 달아올라, 베넷 양의 표정은 그 어느 때보다 아름다웠다. 키티는 바보처럼 싱글싱글 웃으면서 곧 자기 차례가 다가올 거라고 희망했다. 베넷 부인은 30분 내내 빙리에게 결혼을 허락한다는 말만 하고 또 했지만, 백번 천번 허락을 하고 아무리 열광적인 말로 승인을 해도 성이 찰 것 같지 않았다. 저녁 식사 때 식구들과 한자리에 앉은 베넷 씨는 목소리와 태도에서 자신이 얼마나 행복한지 분명하게 보여주었다.

하지만 밤이 되어 그들의 손님이 작별 인사를 할 때까지, 베넷 씨는 이 일에 대해 한마디도 언급하지 않았다. 그러나 빙리가 돌아가자마자 딸을 향해 돌아서며 이렇게 말했다.

"제인, 축하한다. 넌 아주 행복한 아내가 될 거다."

제인은 즉시 아버지에게 다가가 키스를 하고 아버지의 축하에 감사 인사를 드렸다.

"넌 좋은 아이다." 그가 말했다. "네가 무척 행복하게 가정을 꾸릴 거라고 생각하니 더할 나위 없이 기쁘구나. 너희 둘이 아주 잘 살 거라고 믿는다. 둘 다 성격이 매우 비슷하잖니. 둘 다 순하디 순해서 아무것도 제대로 결정하지 못하겠지. 하인들한테 속을 때도 있을 거야. 마음도 너그러워서 항상 지출이 수입을 초과할 테지."

"그렇지 않을 거예요. 돈 문제에 경솔하거나 무분별한 건 저로서는 용납할 수 없을 거예요."

"수입을 초과하다니요! 여보, 무슨 말씀을 하시는 거예요?" 그의 아내가 소리를 질렀다. "우리 사위 연 수입이 4~5천은 되는데, 아니 그보다 더 많을 게 분명한데 그게 무슨 말씀이세요?" 그런 다음 딸에게 이렇게 말했다. "오! 우리 예쁜 딸 제인. 정말 행복하구나! 오늘 밤엔 한숨도 못잘 것 같아. 난 이렇게 될 줄 알았다. 내가 늘 그랬잖니. 결국엔 이렇게 되고 말 거라고. 역시 미모 덕을 크게 볼 줄 알았다니까! 기억나는구나. 작년에 그가 처음 하트퍼드셔에 왔을 때 난 그를 보자마자 이런 생각을 했었단다. 둘이 인연이 될 것 같다고 말이야. 오! 우리 사위는 내가 본 젊은이 중에 제일 잘생겼어!"

위컴과 리디아는 완전히 잊혀졌다. 이제 제인은 누가 뭐래도 그녀가 가장 아끼는 딸이었다. 이 순간 그녀에게 다른 자식들은 안중에도 없었다. 동생들은 앞으로 언니가 행복한 일들을 베풀어주리라 기대하며, 벌써부터 원하는 걸 들어달라고 떼를 쓰기 시작했다.

메리는 네더필드의 서재를 사용하게 해달라고 부탁했고, 키티는 매년 겨울마다 네더필드에서 여러 차례 무도회를 열어달라고 간곡히 청했다.

이제부터 빙리는 당연히 매일 롱번에 드나들었다. 아침 식사 전에 오는 날도 많았고, 언제나 저녁 식사 이후까지 머물다 갔다. 일부 교양 없는 이웃이 가증스럽게도 만찬에 그를 초대하여 그가 차마 뿌리치지 못할 경우를 제외하면 말이다.

엘리자베스는 이제 언니와 이야기할 시간이 거의 없었다. 제인은 빙리가 와 있는 동안엔 다른 사람들에게 전혀 관심을 주지 않았기 때문이다. 그러나 엘리자베스는 이따금 두 연인이 떨어져 있어야 할 때, 자신이 두 사람 모두에게 필요한 사람이라는 걸 알게 되었다. 제인이 없을 땐 빙리가 제인에 대해 이야기하고 싶어 언제나 엘리자베스 곁에서 떨어지지 않았다. 빙리가 가고 나면 제인이 늘 그녀를 찾아가 빙리와 마찬가지로 마음의 위안을 구했다.

"그이는 날 정말 행복하게 해줘." 어느 날 저녁 그녀가 말했다. "글쎄, 작년 봄에 내가 런던에 있었다는 걸 전혀 몰랐다는 거 있지! 난 그럴 가능성은 생각지도 못했어."

"난 혹시 그렇지 않았을까 생각했어." 엘리자베스가 대답했다. "그때 왜 그 사실을 몰랐대?"

"그이의 누이들이 알리지 않았겠지. 그들은 내가 그이와 사귀는 걸 절대로 찬성하지 않았으니까. 그럴만 해. 그는 모든 면에서 훨씬 나은 상대를 선택할 수 있었을 테니까. 그렇지만 오빠가 나와 행복하다는 걸 알게 되면 그들도 만족할 테고, 그럼 우린 다시 좋은 관계로 지내게 될 거라고 믿어. 물론 예전처럼 서로 친하게 지낼 수는 없을 테지만."

"지금까지 언니에게 들은 말 중에서 제일 독한 말인걸." 엘리자베스가 말했다. "언닌 어쩜 그렇게 마음이 고와! 이번에도 빙리 양이 겉으로 호감 있는 척하는 태도에 언니가 또 속아 넘어가면 정말이지 난 엄청 속상할 것 같아."

"있잖아, 이 말을 믿을 수 있겠니, 리지? 그가 지난 11월 런던에 갔을 때 말이야, 그때 그는 정말로 날 사랑하고 있었대. 그런데 내가 그에게 관심이 없는 줄 알고 다시는 네더필드에 오지 않기로 결심했다는 거야!"

"확실히 그분이 실수하셨네. 하지만 겸손한 태도는 정말 훌륭해."

이 말에 제인은 기다렸다는 듯이 그의 신중함과, 자신의 훌륭한 품성을 높이 평가하려 하지 않는 그의 태도에 찬사를 보내기 시작했다.

엘리자베스는 빙리가 지난 일에 친구가 개입되었다는 말을 하지 않았다는 걸 알고 마음이 놓였다. 제인이 아무리 마음이 넓고 이해심이 깊다 해도, 그런 말을 들으면 그에 대해 좋지 않은 편견을 갖게 될 테니 말이다.

"난 지금까지 이 세상에 존재한 그 누구보다 가장 운이 좋은 사람이 분명해!" 제인이 외쳤다. "아! 리지, 우리 가족들 중에 내가 선택되어 이렇게 그들보다 많은 축복을 받아도 되는 걸까! 너도 나처럼 행복해질 수 있다면 얼마나 좋을까! 네게도 그이처럼 근사한 남자가 나타난다면 정말 좋겠어!"

"언니가 그런 남자 마흔 명을 준다 해도 언니만큼 행복할 수는 없을 거야. 언니의 성품, 그 착한 마음을 닮을 때까지는 절대로 언니처럼 행복할 수 없을 거야. 아니다, 아니야. 난 나 스스로 내 행복을 만들래. 그리고 혹시 모르지. 아주 운이 좋으면 조만간 콜린스 씨 같은 사람을 또 한 명 만나게 될지."

롱번 가족들에게 일어난 사건이 오래도록 감춰질 리 없었다. 베넷 부인은 특별히 필립스 부인에게만 은밀히 이 사실을 알렸고, 필립스 부인은 허락 따위 필요 없이 메리턴에 사는 온 이웃 사람들에게 똑같은 이야기를 전했다.

베넷가는 리디아가 가출한 불과 몇 주 전까지만 해도 불행한 집안이라고 온 동네에 소문이 파다하게 났지만, 어느새 세상에서 가장 운 좋은 집안으로 알려지게 되었다.

56

빙리가 제인과 약혼한 지 일주일쯤 지난 어느 날 아침, 그와 베넷가의 여자들이 다 함께 식당에 앉아 있을 때 별안간 마차 소리가 들렸다. 모두들 창가로 시선을 돌려 내다보니 잔디밭으로 사두마차 한 대가 달려오고 있었다. 누가 찾아오기엔 너무 이른 시간이었고, 마차의 생김새로 보아 이 마을 사람들 것은 아니었다. 말은 역마였으며 마차도, 마차를 모는 하인의 복장도 그들에게는 낯설었다. 하지만 누군가 오고 있는 것이 확실하기에, 빙리는 이런 침입자 때문에 집에 갇혀 있을 수는 없다며 즉시 베넷 양에게 관목 숲으로 산책을 가자고 권했다. 두 사람은 밖으로 나갔고, 남은 세 사람은 도대체 누가 롱번을 방문할지 아무리 생각해도 딱히 떠오르는 사람이 없었다. 바로 그때 문이 활짝 열렸고 그들의 방문객이 안으로 들어왔다. 방문객은 캐서린 드 버그 영부인이었다.

모두들 상당히 놀랄 일이 생길 거라고 당연히 짐작은 하고 있었지만, 이렇게까지 놀랄 줄은 전혀 예상하지 못했다. 베넷 부인과 키티는 영부인을 전혀 알지 못하면서도 엘리자베스보다 더 크게 놀랐다.

영부인은 평소보다 더 도도한 태도로 방에 들어서서 엘리자베스의 인사에 고개만 까딱해 보일 뿐 아무런 답례도 하지 않더니, 아무 말 없이 턱하니 자리에 앉는 것이었다. 엘리자베스는 소개를 부탁받지는 않았지만 영부인이 들어섰을 때 어머니에게 그녀의 이름을 언급했다.

이렇게 지체 높은 손님이 찾아와 기쁘면서도 너무 놀라 잔뜩 얼어버린 베넷 부인은 최대한 정중하게 그녀를 맞이했다. 영부인은 잠시 아무 말 없이 앉아 있더니 엘리자베스에게 아주 완고하게 한마디 했다.

"잘 지내고 있겠지, 베넷 양. 저분이 어머니신가 보군."

엘리자베스는 아주 짧게 그렇다고 대답했다.

"그렇다면 저쪽은 동생이겠군."

"그렇습니다, 부인." 베넷 부인은 캐서린 영부인과 이야기한다는 사실만으로도 무척 기뻐하며 말했다. "그 애는 우리 집 넷째 딸입니다. 막내딸은 최근에 결혼했고, 맏딸은 곧 우리와 가족이 될 젊은이와 정원 근처를 산책하고 있습니다."

"이곳 정원은 아주 작군요." 캐서린 영부인은 잠시 아무 말이 없더니 이렇게 말했다.

"아무려면 로징스에 비하겠습니까만, 윌리엄 루카스 경의 정원보다는 훨씬 넓다고 말씀드릴 수 있습니다."

"이 거실은 여름 저녁엔 상당히 불편하겠어요. 창문이 완전히 서쪽으로 나 있으니 말이에요."

베넷 부인은 저녁 식사 이후에는 절대로 이곳에 머무르지 않는다고 영부인에게 말한 다음 이렇게 덧붙였다.

"외람되오나 콜린스 부부는 잘 지내는지 여쭤봐도 될는지요."

"네, 아주 잘 지내요. 어젯밤에도 두 내외를 보았지요."

이제 엘리자베스는 아마도 샬럿이 영부인 편으로 보낸 편지를 영부인이 꺼내 보일 거라고 생각했다. 그것 말고는 부인이 이곳까지 방문할 이유가 딱히 있을 것 같지 않았기 때문이다. 하지만 편지는 구경조차 할 수 없자 이 상황이 그저 어리둥절할 뿐이었다.

베넷 부인은 영부인에게 최대한 예의를 갖추어 다과라도 드시지 않겠냐고 청했다. 하지만 캐서린 영부인은 예의라고는 전혀 없이 아주 단호한 태도로 아무것도 먹지 않겠다고 거절했다. 그러고는 자리에서 일어나 엘리자베스에게 이렇게 말했다.

"베넷 양, 잔디 한쪽에 작고 예쁜 정원이 있는 것 같던데, 나와 동행해준다면 그곳을 산책하고 싶은데."

"그래라, 아가." 어머니가 큰 소리로 말했다. "영부인께 다른 산책길도 안내해드리렴. 인적이 드문 길을 좋아하실 것 같구나."

엘리자베스는 어머니의 말에 그러겠다고 대답하고, 양산을 가지러 자기 방에 올라갔다가 다시 아래층으로 내려와 영부인을 수행했다. 그들이 홀을 지날 때 캐서린 영부인은 식당과 거실의 문들을 열어 잠시 안을 둘러본 다음 방들을 근사하게 잘 꾸몄다고 평하고는 계속해서 걸음을 옮겼다.

영부인의 마차는 문 앞에 그대로 있었는데, 엘리자베스가 보니 안에는 영부인의 하녀가 타고 있었다. 그들은 작은 숲으로 향하는 자갈길을 따라 아무 말 없이 걷기만 했다. 엘리자베스는 평소보다 무례하고 불쾌한 여자와 굳이 대화하기 위해 애쓰지 않기로 결심했다.

'어떻게 난 영부인을 조카와 닮았다고 생각했을까?' 그녀는 영부인의 얼굴을 보면서 생각했다.

두 사람이 작은 숲에 들어서자마자 캐서린 영부인은 이런 말로 대화를 시작했다.

"베넷 양, 내가 이곳까지 행차하게 된 이유를 충분히 이해할 수 있겠지. 아가씨 자신의 마음, 아가씨 자신의 양심이 내가 이곳에 온 이유를 말해주리라 믿네."

엘리자베스는 깜짝 놀란 표정을 숨김없이 드러냈다.

"뭔가 잘못 알고 계십니다, 부인. 왜 이곳에서 영부인을 뵙고 있는지 저는 전혀 이해할 수 없습니다."

"베넷 양." 영부인이 화가 난 어조로 말했다. "날 쉽게 보아서는 안 된다는 걸 명심하게. 아가씨가 아무리 날 속이기로 결심해도, 내가 그렇게 호락호락하지 않다는 걸 알게 될 거야. 지금까지 내 인품은 진실하고 정직한 것으로 명성이 높네. 그러니 지금 같은 상황에서도 난 그러한 인품에서 조금도 벗어나지 않을 걸세. 이틀 전 아주 놀라운 이야기를 들었지. 듣자하니 언니가 곧 큰 이득을 보는 결혼을 하게 된다고. 더불어 아가씨, 엘리자베스 베넷 양도 내 조카, 바로 내 조카 다아시와 곧이어 결혼할 가능성이 크다는 말이 들리더군. 물론 나는 이 이야기가 망측한 거짓이 분명하다는 걸 알고 있지만, 그리고 그 따위 이야기가 사실일지 모른다는 추측으로 내 조카의 명예에 해를 입히고 싶지도 않지만, 내 의견을 아가씨에게 알리기 위해 즉시 이곳으로 달려오기로 결심했네."

"사실일 리 없다고 믿으신다면서 왜 수고스럽게 이 먼 길을 오셔야 했을까요?" 엘리자베스는 놀라움과 모멸감으로 얼굴이 벌겋게 달아오른 채 말했다. "영부인께서 굳이 이러셔야 하는 이유가 무엇이죠?"

"그런 소문이 전혀 근거 없는 거짓임을 지금 즉시 단언하려는 거야."

"만일 실제로 그런 소문이 존재한다면, 영부인께서 저와 제 가족을 보기 위해 직접 롱번에 오신 것이 오히려 소문이 사실임을 확인하는 셈이 되지 않을까요?"

"만일이라니! 그렇다면 이 소문을 전혀 모르는 척하겠다는 건가? 아가씨 입으로 부지런히 퍼뜨린 소문이 아니라고? 소문이 온 세상에 퍼졌는데 그걸 모른다고?"

"그런 소문은 한 번도 들어보지 못했습니다."

"그렇다면 그 소문이 아무런 근거 없는 거짓이라고 말할 수 있겠군?"

"저는 영부인처럼 솔직하다고는 할 수 없습니다. 질문은 얼마든지 하실 수 있지만 제가 일일이 대답할 필요는 없을 것 같습니다."

"더 이상 참을 수 없군. 베넷 양, 그렇다면 내가 납득하게 해

줘야겠네. 그가, 내 조카가 아가씨에게 청혼을 했나?"

"영부인께서 그런 일은 있을 수 없다고 분명히 말씀하지 않으셨나요?"

"그럼, 그래야지. 그 아이가 이성을 사용할 줄 안다면 그래야 하고말고. 하지만 아가씨가 교묘하게 그 아이를 유혹했다면 잠깐 홀린 사이에 자기 자신과 집안 전체를 위해 해야 할 의무를 망각했을 수도 있지. 아가씨가 그 애를 꾀었는지는 모를 일 아닌가."

"만일 제가 그랬다면 제 입으로 실토할 리 없겠죠."

"베넷 양, 내가 누군지 알고 있나? 난 이런 식의 상스러운 말버릇에 익숙하지 않아. 난 그 아이에게 세상에서 가장 가까운 친척이고, 그 아이와 관련된 중요한 일들은 전부 알아둘 권리가 있네."

"그렇지만 제 일까지 알 권리는 없으시지요. 더구나 지금 같은 태도를 보이신다면 제게 어떤 말도 명쾌하게 끌어내지 못하실 겁니다."

"내가 똑똑히 알아듣게 일러두지. 염치없이 그 아이하고 어떻게 해버리려는 심산인가 본데, 이 결혼은 절대로 성사될 수 없네. 다아시는 내 딸과 약혼한 상태야. 자, 더 할 말 있나?"

"이 말씀 하나만 드리겠습니다. 그가 따님과 약혼한 사이라면, 제게 청혼할 거라고 생각하실 까닭이 없으실 텐데요."

캐서린 영부인은 잠시 망설인 다음 이렇게 대답했다.

"그 아이들의 약혼은 조금 특별하지. 어릴 때부터 두 아이들은 서로의 짝이 되기로 정해진 셈이었네. 그건 내 바람일 뿐 아니라 다아시 어머니가 간절히 원하던 것이기도 했어. 그 아이들이 요람에 누워 있을 때부터 우리는 두 사람을 결혼시키기로 계획했지. 그런데 이제, 두 자매의 꿈인 아이들의 결혼이 실현되려는 순간에, 신분도 천하고 지위도 볼품없으며 우리 집안과 아무런 관련도 없는 아가씨 때문에 방해를 받아서야 되겠나? 아가씨는 그의 가족들 소망을 존중하지 않는 건가? 그와 드 버그 양 사이의 무언의 약속을 존중하지 않는 건가? 온당한 행동과 배려심에 대해 아예 신경도 쓰지 않는 거야? 그 아이가 아주 어릴 때부터 사촌과 맺어지기로 정해져 있었다고 전에도 한 번 말한 적이 있는데, 그 말을 듣지 못했나?"

"네, 전에 분명히 들었습니다. 하지만 그게 저하고 무슨 상관이지요? 제가 영부인의 조카와 결혼하는 데 아무런 문제가 없다면, 그의 어머니와 이모님이 그를 드 버그 양과 결혼시키려 한다는 사실을 안다 해도 결혼에 전혀 지장이 없을 겁니다. 결혼을 계획하는 일에 대해서는 두 자매 분께서 할 수 있는 모든 일을 다 하셨습니다. 그러나 그 계획이 달성되느냐 마느냐는 다른 사람들에게 달린 몫입니다. 다아시 씨가 자신의 명예나 의향 때문에 사촌에게 얽매이는 것이 아니라면, 굳이 다른 선택을 해서는 안 될 이유가 있을까요? 그리고 만일 제가 그 선택된 사람이라면, 저라고 해서 그를 받아들여서는 안 될 이유가 있을까요?"

"왜냐하면 명예와 예의, 사려분별, 아니 무엇보다 이해관계가 그걸 금하기 때문이지. 그래요, 베넷 양. 이해관계 때문이야. 만일 베넷 양이 모두의 바람을 거슬러 고집스레 결혼을 강행하겠다면, 그 아이의 가족과 친구들에게 인정받는 건 기대하지 말아야 해. 아가씨는 그 아이와 관련된 모든 이들에게 비난받고 무시당하고 멸시를 받을 거야. 그들은 아가씨와 인척이 되었다는 것 자체를 수치스럽게 여길 테고, 우리 가문의 누구도 아가씨 이름을 입 밖에 내지 않겠지."

"정말 크나큰 불행이 아닐 수 없군요." 엘리자베스가 대답했다. "하지만 다아시 씨의 아내 정도면 그 지위에 해당하는 굉장한 행복도 필연적으로 따라오게 마련일 테니, 전체적으로 보아 불평할 이유는 없을 거예요."

"이런 고집불통에 제멋대로인 아가씨 같으니라고! 이런 사람을 상대해야 하다니 정말 수치스럽군! 이것이 지난봄 아가씨에게 베푼 내 배려에 대한 감사의 표시인가? 그 점에 대해 나에게 아무런 의무감도 없나?

우리 앉아서 이야기하지. 이 사실을 반드시 알아두어야 하네, 베넷 양. 나는 내 목적을 실행시키겠다는 단호한 결심으로 이곳에 왔다는 걸 말이야. 난 절대로 이 일을 단념하지 않을 걸세. 나는 다른 사람의 변덕에 따라주는 사람이 아니야. 또한 실망 따위 허용한 적 없는 사람이지."

"그러시다면 요즘 영부인의 입장이 더욱 난처하시겠군요. 하지만 그것이 제게 영향을 미치지는 못할 것입니다."

"이제부터 내 말을 가로막지 말도록 하게. 잠자코 듣기만 해. 내 딸과 내 조카는 서로 맺어지기로 정해져 있네. 두 아이들 모두 어머니 쪽은 귀족 가문이고, 아버지 쪽은 작위는 없지만 무척 훌륭하고 존경스러우며 가문의 뿌리도 아주 깊지. 양쪽 집안 모두 재산도 상당해. 두 사람의 혼인은 각 집안 모든 이들의 의견에 의해 정해졌네. 그러니 무엇으로 그들을 갈라놓겠나? 한데 집안도, 친척도, 재산도 별 볼 일 없는 젊은 여자가 느닷없이 나타나 결혼 상대자라고 자처하다니. 도저히 참을 수 없는 일이야! 그래서는 안 되고, 그렇게 될 리도 없을 걸세. 무엇이 자신에게 이로운지 아가씨가 안다면, 자신이 자란 신분에서 벗어나고 싶지 않을 거야."

"영부인의 조카와 결혼한다고 해서 제 신분을 벗어난다고 생각하지 않습니다. 그는 신사고, 저 역시 신사의 딸이니까요. 여기까지는 우리 서로 동등하군요."

"아가씨 말이 맞아. 아가씨는 신사의 딸이지. 하지만 아가씨 어머니의 출신은 어떻지? 아가씨 외삼촌과 이모들은? 설마 내가 그들의 신분을 모를 거라고 생각하지는 않겠지."

"제 친척들 신분이 어떻든 영부인의 조카가 아무런 이의가 없다면 영부인과도 전혀 상관이 없으실 텐데요." 엘리자베스가 말했다.

"이 질문에나 대답해. 그 아이와 약혼한 거냐?"

캐서린 영부인에게 억지로 대답을 해야 한다는 단순한 이유 때문이라면 엘리자베스는 이 질문에 대답하려 하지 않았을 것이다. 하지만 그녀는 잠시 깊이 생각한 다음 이렇게 대답했다.

"하지 않았습니다."

캐서린 영부인은 마음이 놓이는 듯 보였다.

"그럼 그 아이와 절대로 약혼하지 않겠다고 나와 약속할 텐가?"

"그런 약속은 하지 않겠습니다."

"베넷 양, 이렇게 충격을 주어 경악하게 만들다니. 그래도 분별 있는 아가씨인 줄 알았는데. 하지만 내가 물러설 거라는 착각은 하지 말게. 내가 요구하는 확답을 받아낼 때까지 나는 한 발짝도 움직이지 않을 테니까."

"그렇다면 저는 절대로 그런 확답을 드릴 수 없다는 걸 분명하게 말씀드릴 수밖에 없습니다. 저는 전혀 터무니없는 일로는 위협을 느끼지 않습니다. 영부인께서는 다아시 씨가 따님과 결혼하길 원하시겠지만, 영부인께서 바라시는 대로 제가 약속을 드린다고 해서 그들이 결혼할 가능성이 훨씬 커질까요? 그가 절 사모한다면, 제가 그의 청혼을 거절한다고 해서 그가 사촌에게 청혼하려 할까요? 외람되지만 한 말씀드리겠습니다, 캐서린 영부인. 이처럼 터무니없는 부탁을 하시는 것도 무분별한 처사라고 생각되지만, 이 부탁을 뒷받침하는 논거 또한 그만큼 경솔하군요. 이런 식의 설득이 제게 먹힐 거라고 생각하신다면, 제 성격을 크게 잘못 알고 계신 겁니다. 영부인의 조카가 영부인께서 그의 일에 어느 정도 개입하도록 허용했는지는 모르겠습니다. 하지만 분명히 말씀드리지만, 제 일에 대해 영부인께서 관여할 권리는 전혀 없습니다. 따라서 이 문제로 더 이상 저를 괴롭히지 말아주시길 부탁드려야 하겠습니다."

"그렇게 조급하게 굴 것 없어. 난 아직 이야기가 끝나지 않았으니까. 앞에서 내가 강조한 그 모든 반대 사유에 한 가지 더 추가할 사항이 있네. 난 아가씨 막내 동생의 그 불명예스러운 도피 사건에 대해 아주 자세하게 알고 있어. 자초지종을 전부 다 알고 있지. 그 청년이 아가씨 동생과 결혼하게 된 건, 아가씨 아버지와 외삼촌이 돈으로 간신히 사태를 무마시킨 덕분이라지. 그런데 그런 여자가 내 조카의 처제가 된다고? 그 여자의 남편, 그러니까 돌아가신 다아시 부친의 집사를 지낸 사람 아들과 동서지간이 된다고? 이런 맙소사! 그런 처지에 무슨 생각으로 우리 조카와 연을 맺으려는 거지? 펨벌리 영령들의 명예를 이렇게 모독해도 되는 건가?"

"이제 하실 말씀 다 하셨겠군요." 그녀가 분개하며 말했다. "영부인께서는 할 수 있는 모든 방법으로 저를 모욕하셨습니다. 이제 그만 댁으로 돌아가셨으면 합니다."

그녀는 이렇게 말하면서 자리에서 일어섰다. 캐서린 영부인도 일어섰고 두 사람은 집을 향해 돌아섰다. 영부인은 크게 격노했다.

"그렇다면 아가씨는 내 조카의 명예와 평판에 전혀 관심 없는 게로군! 냉혹하고 이기적인 사람 같으니! 세상 사람들 눈으로 볼 때 다아시와 아가씨와의 관계가 그를 욕되게 만드는 일이라는 생각은 안 해봤나?"

"캐서린 영부인, 저는 더 이상 드릴 말씀이 없습니다. 영부인께서는 이미 제 뜻을 알고 계시지 않습니까."

"그렇다면 아가씨는 다아시와 약혼을 하기로 결심했다는 건가?"

"그런 말씀은 드리지 않았습니다. 전 다만 영부인의 의견도, 혹은 저와 아무런 관련 없는 사람들의 의견도 참고하지 않고, 오직 제 판단에 따라 저의 행복을 이룰 수 있도록 행동하기로 결심한 것뿐입니다."

"잘 알겠네. 그렇다면 내 명을 거역하겠단 뜻이로군. 아가씨는 의무와 명예를 지키고 은혜에 보답하라는 요구를 거절했어. 다아시를 모든 친지들 입에 수치스럽게 오르내리게 만들고, 세상의 멸시를 받게 하려고 작정했군."

"지금 같은 경우엔 의무도 명예도 은혜도 제게 아무것도 요구할 권리가 없습니다." 엘리자베스가 말했다. "이러한 원칙 가운데 어느 것도 저와 다아시 씨와의 결혼으로 인해 훼손되지 않을 겁니다. 그리고 가족의 분개나 세상의 분노에 관해서라면, 그와 저의 결혼 때문에 가족들이 분개하신다 해도 저에게는 단 한 순간도 영향을 주지 않을 것입니다. 또한 세상 사람들은 대체로 분별력이 뛰어난 편이라, 우리의 결혼을 멸시하는 무리에 동참하지 않을 것입니다."

"결국 이것이 아가씨의 본심이로군! 이것이 아가씨의 최종적인 결심이란 말이지! 그래 좋아. 이제 내가 어떻게 움직여야 할지 알겠군. 베넷 양, 아가씨의 야망이 충족될 거라는 착각은 버려. 내가 이곳에 온 이유는 아가씨를 시험하기 위해서였어. 그래도 분별 있는 사람일 거라고 기대했는데. 하지만 난 반드시 내 뜻을 관철하고 말 테니 그리 알게."

캐서린 영부인은 마차 문 앞에 당도할 때까지 줄곧 이런 식으로 이야기했고, 마차 앞에 도착했을 때 급하게 뒤를 돌아보며 이렇게 덧붙였다.

"작별 인사는 하지 않겠네, 베넷 양. 아가씨 어머니에게도 안부를 전하지 않겠어. 그런 배려를 받을 자격도 없는 사람들이야. 몹시 불쾌해."

엘리자베스는 아무런 대꾸도 하지 않았다. 그리고 영부인에게 집으로 돌아가시도록 권할 시도조차 하지 않은 채 혼자 조용히 집으로 걸어갔다. 2층으로 올라가는 동안 마차가 멀어지는 소리가 들렸다. 화장 방 문 앞에서 그녀가 오기를 초조하게 기다리던 어머니는 왜 캐서린 영부인이 집에 다시 오셔서 휴식을 취하지 않았는지 물었다.

"그러기 싫으시대요." 그녀의 딸이 말했다. "굳이 가시겠대요."

"정말 잘생기셨더구나! 이곳까지 방문하신 걸 보면 예절도 정말 훌륭하시고! 단지 콜린스 부부가 잘 지낸다는 걸 알려주시려고 일부러 오셨을 것 아니니. 아마 어디 가시는 길에 메리턴을 지나다가 너를 방문하는 것이 좋겠다고 생각하셨나 보다. 네게 특별히 별 말씀은 없으셨겠지, 리지?"

어머니의 물음에 엘리자베스는 약간 거짓말을 할 수밖에 없었다. 두 사람이 나눈 대화 내용을 알려드릴 수는 없었으니까.

57

이 황당한 방문으로 마음이 산란해진 엘리자베스는 좀처럼 침착해질 수가 없었다. 몇 시간 동안 이 생각 외에 아무런 생각도 할 수 없었다. 캐서린 영부인은 자신과 다아시 씨의 약혼 소문을 듣고, 오로지 둘의 약혼을 깨야 한다는 목적만으로 로징스에서 이곳까지 힘든 길을 달려온 것이 분명했다. 영부인 입장에서는 분명 합리적인 계획이었으리라! 하지만 그들의 약혼에 관한 소문이 대체 어디에서 비롯한 것인지, 엘리자베스는 도무지 짐작이 가지 않았다. 그녀는 여러 가지 궁리 끝에 이런 생각을 해보았다. 그는 빙리와 가장 친한 친구이고 그녀는 제인의 동생이다. 그런 연유로 사람들은 그들의 결혼식을 기대하면서 또 다른한 쌍의 결혼을 너무도 간절히 바란 나머지 이런 발상을 하게됐을 거라고 말이다. 언니가 결혼을 하면 다아시와 만날 기회가훨씬 많아질 거라는 생각을 그녀 자신도 안 해본 건 아니었다.그녀조차도 언젠가는 그럴 가능성이 있으리라 고대했을 정도이니, 루카스 로지에 사는 그녀의 이웃들은 당장 그런 일이 일어날 거라고 거의 확신했을 법했다 (또한 루카스 사람들이 콜린스 부부와 서신을 왕래하기 때문에 이 소문이 캐서린 영부인에게까지 전달되었을 거라고 그녀는 결론을 내렸다).

그러나 캐서린 영부인의 표현들이 머릿속을 맴돌면서, 영부인이 이 일에 개입하겠다고 끝까지 고집을 부린다면 어떤 결과가 야기될지 적이 불안하지 않을 수 없었다. 엘리자베스는 그들의 결혼을 적극 막겠다는 영부인의 결심을 떠올리며, 영부인이 조카에게도 어떤 압력을 꾀했을 게 분명하다는 생각이 들었다. 그리고 영부인이 그녀와의 혼인에 따라오게 될 온갖 폐해들을 그에게도 이야기한다면, 그 역시 자신과 유사한 진술을 하리라고 감히 단언할 자신이 없었다. 이모를 향한 그의 애정과 이모의 판단에 대한 그의 신뢰가 어느 정도인지 정확히 알 수 없지만, 영부인에 대한 그의 존경심은 당연히 그녀가 짐작하는 것보다 훨씬 높을 터였다. 그리고 그의 이모는 그녀 쪽 일가가 그의 일가에 비해 수준이 크게 떨어지므로 이 결혼으로 인해 빚어질 불행들을 조목조목 열거하면서 그의 가장 큰 약점을 겨냥할 게 분명했다. 게다가 그는 체면을 중요하게 여기는 사람이니, 엘리자베스가 보기에 설득력도 없고 우스꽝스럽기 짝이 없는 주장이지만, 아마도 그는 이 주장들에 대단한 분별력과 탄탄한 논리가 있다고 여길지 몰랐다.

그는 종종 그렇게 보였던 것처럼 지금까지는 어떻게 해야 할지 망설였다면, 이제는 아주 가까운 친척의 충고와 간청으로 그간의 의혹을 끝내고, 흠잡을 데 없는 명예야말로 자신이 행복하게 사는 길이라고 재빨리 결론을 내렸을지도 몰랐다. 만일 그렇다면 그는 다시는 이곳으로 돌아오지 않을 것이다. 캐서린 영부인은 런던을 지나는 길에 그를 만날지 모른다. 그렇다면 그는 네더필드에 다시 오겠다던 빙리와의 약속을 분명히 철회할 것이다.

"그러므로 약속을 지키지 못하겠다는 변명이 며칠 내로 친구에게 전달된다면, 이 소식을 어떻게 받아들여야 하는지 알게 되겠지." 그녀는 덧붙였다. "그렇게 되면 그에 대한 모든 기대, 그의 마음이 변치 않길 바라는 모든 소망을 놓아버릴 거야. 내 사랑도, 청혼의 허락도 얻을 수 있는 때에, 그가 단지 나를 아쉬워하는 것으로 만족한다면 나도 그에 대한 미련을 곧 깨끗하게 지워버릴 거야."

누가 방문했는지 듣자마자 다른 가족들은 크게 놀랐다. 하지만 베넷 부인의 호기심을 충족시킨 추측과 비슷한 추측을 함으로써 고맙게도 모두들 영부인의 방문을 흡족하게 여겼다. 덕분에 엘리자베스는 이 문제로 크게 성가실 뻔한 일을 모면할 수 있었다.

다음 날 아침 그녀는 아래층으로 내려가는 길에 서재에서 나오시는 아버지와 마주쳤다. 아버지의 손에는 편지 한 통이 들려 있었다.

"리지." 아버지가 말했다. "안 그래도 너를 찾으려던 참이었다. 내 방으로 들어오너라."

그녀는 아버지를 따라 들어갔다. 아버지가 하시려는 말씀이 들고 계시는 편지와 어느 정도 관련이 있을 거라고 생각하니, 아버지가 무슨 말씀을 하시려는지 몹시 궁금해졌다. 그리고 캐서린 영부인에게서 온 편지일지 모르겠다는 생각이 불현듯 머리를 스치자, 편지에 대해 온갖 변명을 늘어놓아야 한다는 생각에 벌써부터 걱정이 앞섰다.

그녀는 아버지를 따라 벽난로 앞으로 갔다. 두 사람이 자리를 잡고 앉자 아버지가 입을 열었다.

"오늘 아침에 편지 한 통을 받고 얼마나 놀랐는지 모른다. 주로 너하고 관련된 내용인 만큼 너도 편지의 내용을 알아야 할 것 같구나. 난 결혼에 임박한 딸이 둘이나 될 줄은 미처 몰랐다. 아주 대단한 사람의 사랑을 차지하게 된 걸 진심으로 축하한다."

그 순간 이모가 아닌 그 조카에게 온 편지라는 확신이 생기자 엘리자베스의 뺨이 갑자기 달아올랐다. 그녀는 그가 자신의 뜻을 알렸다는 사실에 기뻐해야 할지, 그녀 앞으로 편지를 쓰지 않았다고 화를 내야 할지 결정할 수가 없었다. 그때 아버지가 계속해서 이렇게 말씀하셨다.

"넌 다 알고 있는 모양이로구나. 이런 문제에 관해 젊은 여자들의 통찰력이란 정말 대단해. 하지만 네가 아무리 명민하다 해도 너를 숭배하는 이의 이름을 알아낼 재간은 없을 거다. 이 편지는 콜린스 씨에게서 왔단다."

"콜린스 씨한테서요! 그 사람이 무슨 말을 하려고요?"

"물론 할 말이야 오죽 많겠냐. 다가오는 맏딸의 혼례를 축하한다는 인사로 시작했더구나. 착해 빠지고 남 이야기 좋아하는 루카스네 집 사람 누군가한테 소식을 들었겠지. 그 부분에 대한 내용까지 읽어서 네가 조바심 내는 모습을 보고 즐거워할 생각은 없다. 너와 관련된 부분은 여기야. '어르신 댁 내에 이처럼 경사스러운 일이 생긴 것에 대해 콜린스 부인과 저는 진심 어린 축하의 인사를 드리오며, 이제 또 다른 경사에 대해 살짝 귀띔해드리고자 합니다. 이 소식 역시 같은 소식통을 통해 전해들은 것입니다. 이 소식에 따르면, 언니가 베넷가의 성을 버린 후 얼마 안 있어 따님 엘리자베스도 이 성을 버리게 될 것 같습니다. 그리고 선택된 운명의 배우자는 이 나라에서도 가장 훌륭한 인물 가운데 한명으로 마땅히 존경받는 분이라고 알고 있습니다.'

이 내용으로 누구를 말하는지 짐작이 가니, 리지? '이 젊은 신사분은 인간의 마음이 가장 바라 마지않는 모든 것을 소유한, 참으로 크나큰 복을 누리고 계십니다. 굉장한 재산에 훌륭한 집안은 물론이려니와 성직 수여권을 행사할 수 있는 범위도 대단히 넓습니다. 그러나 이 모든 유혹에도 불구하고, 이 신사의 청혼을 섣불리 받아들이셨다가 어떤 불행을 초래하실 수도 있음을 제 사촌 엘리자베스와 어르신께 경고를 드리는 바입니다. 물론 어르

신께서는 눈앞의 이익을 받아들이고 싶으시겠지만 말입니다.'

이 신사가 누군지 이제 좀 알겠니, 리지? 하지만 이 부분을 듣고 나면 구체적으로 알게 될 거다.

'어르신께 경고의 말씀을 드린 이유는 이렇습니다. 그의 이모 님이신 캐서린 드 버그 영부인께서는 이 결혼을 호의적인 시선 으로 보시지 않는다고 여길 만한 이유가 있기 때문입니다.'

너도 알겠지만, 다아시 씨가 바로 그 사람이다! 너도 무척 놀 랐을 거다. 콜린스나 루카스가 사람들도 싱겁지. 우리가 아는 사람들 범위 안에서 이름만으로 자기네들 말이 온통 거짓이라 는 걸 대번에 알 수 있는 사람을 꼽으라면 누굴 꼽을 수 있겠 냐? 어떤 여자든 보기만 하면 흠을 찾아내는 데다, 지금까지 널 제대로 쳐다본 적도 없는 다아시 씨밖에 더 있겠냐! 이런 거짓 말을 꾸며낼 줄 알다니, 참으로 용하구나!"

엘리자베스는 아버지의 농담에 맞장구를 쳐보려 했지만 마지 못해 한 차례 간신히 미소를 지을 뿐이었다. 다소 노골적인 아 버지의 재치가 지금처럼 유쾌하지 않은 적은 없었다.

"즐겁지 않은 모양이로구나?"

"오! 아니에요. 계속 읽어주세요."

"'지난밤 영부인께 두 분이 결혼하시게 될 것 같다고 말씀드 렸더니, 평소와 다름없이 황공하옵게도 이 일에 대한 영부인의 생각을 즉시 말씀해주셨습니다. 영부인께서는 이 결혼을 상당 히 불명예스러운 일이라고 칭하시며, 제 사촌 집안의 여러 가지 문제들 때문에 결코 이 결혼을 찬성할 수 없다고 분명하게 뜻을 밝히셨습니다. 따라서 저는 이 사실을 최대한 빨리 제 사촌에게 알리는 한편, 나아가서 그녀와 그녀의 고귀한 구혼자께서 벌이려는 일이 무엇인지 인지시켜 결코 허락받지 못할 결혼을 양 당사자들께서 서둘러 진행하지 않도록 말리는 것 또한 제가 할 일이라고 생각했습니다.' 콜린스 씨는 이런 말도 덧붙였다. '저는 사촌 리디아의 어처구니없는 사건이 아주 조용히 무마되어 진심으로 다행이라고 여기고 있습니다. 다만 한 가지 걱정되는 것은 그들이 결혼식을 올리기 전에 동거한 사실이 너무나 많은 사람들에게 알려지지 않을까 하는 것입니다. 그런 와중에 결혼식 직후에 어르신께서 두 사람을 집으로 맞으셨다는 소식을 듣고는, 제 신분상의 의무를 간과하거나 놀란 제 심정을 감추어서는 안 되겠다고 생각했습니다. 그러한 일은 악덕을 조장할 뿐입니다. 제가 롱번의 교구 목사였다면, 저는 절대로 그러시지 못하도록 결사적으로 반대했을 겁니다. 물론 기독교 신자로서 그들을 용서하시는 것이 마땅하겠으나, 앞으로는 절대로 어르신 눈에 띄지 못하게 하셔야 하며 어르신 앞에서는 두 사람의 이름조차 언급되는 일이 없도록 하셔야 합니다.' 이것이 그가 생각하는 기독교적 용서라는 것이로군! 나머지 내용은 샬럿의 최근 근황과 곧 아기가 태어날 거라는 이야기가 전부다. 그런데 리지, 넌 이 편지가 썩 재미있지 않은 것 같구나. 설마 괜히 시치미를 떼면서 쓸데없는 소문에 화난 척하는 건 아니겠지. 우리 차례가 되면 그땐 우리가 이웃 사람들을 놀리고 비웃어주자꾸나. 그런 낙도 없으면 무슨 재미로 살겠냐?"

"오, 아니에요!" 엘리자베스가 큰 소리로 말했다. "전 굉장히 재미있는걸요. 하지만 정말 이상한 일도 다 보겠어요!"

"바로 그거다. 이 소문이 재미있는 이유가 바로 그거란 말이다. 사람들이 다른 남자를 점찍었다면 그저 시시한 소문에 지나지 않았겠지. 그런데 그 사람은 네게 털끝만큼도 관심이 없고 너 역시 그 사람이라면 기겁을 하고 싫어하니, 전혀 터무니없으면서도 대단히 재미있는 소문 아니냐! 편지를 쓰는 일이라면 딱 질색이지만, 콜린스 씨하고는 무슨 일이 있어도 편지를 주고받을 생각이다. 어디 그뿐이냐, 그의 편지를 읽고 있으면 위컴보다 그가 훨씬 마음에 들지 않을 수 없구나. 물론 우리 사위의 뻔뻔스러움과 위선적인 행동을 대단히 높이 평가하지만 말이다. 그나저나 리지, 캐서린 영부인은 이 소문에 대해 뭐라고 말씀하시더냐? 반대한다는 말을 하려고 방문하셨던 거냐?"

이 질문에 그의 딸은 활짝 웃는 것으로 답할 뿐이었다. 아버지는 이 일을 전혀 눈치채지 못한 상태에서 질문을 했기 때문에 아버지의 반복된 질문에도 그녀는 조금도 괴롭지 않았다. 엘리자베스는 도저히 그럴 기분이 아닌 상황에서 겉으로 쾌활한 척하느라 이렇게 쩔쩔맨 적도 없었다. 차라리 한바탕 실컷 울고 싶은 때에 오히려 웃어야 할 판이었다. 아버지는 다아시 씨의 냉담한 태도를 언급함으로써 그 어느 때보다 잔인하게 그녀의 마음을 아프게 했다. 그녀는 아버지가 이렇게까지 눈치를 못 채셨다는 게 마냥 의아할 뿐이었는데, 어쩌면 아버지가 거의 알아차리지 못했다기보다 지금까지 자신이 크게 착각을 했을지도 모른다는 생각이 들었다.

58

엘리자베스는 빙리가 친구로부터 네더필드에 오지 못하게 됐다는 변명의 편지를 받았을지 모른다고 어느 정도 예상하고 있었다. 그런데 캐서린 영부인이 왔다 간 지 며칠 지나지 않아 그는 롱번에 다아시를 데리고 왔다. 두 신사는 일찍 도착했다. 베넷 부인이 다아시에게 일전에 그의 이모님을 뵈었다는 말을 할까 봐 엘리자베스는 잠시 불안해하며 앉아 있었는데, 제인과 단둘이 있고 싶은 빙리가 모두들 산책을 나가자고 제안한 덕분에 다행히 어머니는 그 말을 꺼낼 틈이 없었다. 모두들 좋은 생각이라고 동의했다. 하지만 베넷 부인은 워낙 산책을 좋아하지 않고 메리는 산책 따위로 시간을 보낼 수 없었으므로, 나머지 다섯 사람만 밖으로 나갔다. 빙리와 제인은 다른 사람들이 그들보다 앞서 가도록 이내 걸음을 늦추었다. 이렇게 두 사람이 한참 뒤쳐져 걸었기 때문에 엘리자베스와 키티, 다아시 세 사람이 함께 걸어갔다. 세 사람은 거의 말이 없었다. 키티는 다아시가 너무 무서워 말을 할 수가 없었고, 엘리자베스는 은밀히 필사적인 각오를 다지고 있었으며, 다아시 역시 마찬가지 사정이었을 것이다.

키티가 마리아를 방문하고 싶어 했기에 그들은 루카스 가로 향했다. 그러나 엘리자베스는 모두가 한꺼번에 찾아갈 이유가 없다고 생각해, 키티가 앞서 가자 대담하게 그와 단둘이 걷기로 했다. 지금이야말로 결심을 실천으로 옮길 때였다. 그녀는 한껏 용기를 내 재빨리 이렇게 말했다.

"다아시 씨, 저는 정말 이기적인 사람이에요. 제 마음의 위안을 위해 제가 당신의 마음에 얼마나 상처를 주는지는 아랑곳하지 않으니 말이에요. 불쌍한 제 동생에게 베풀어주신 비할 데 없는 친절에 뭐라고 감사의 인사를 드려야 할지 모르겠어요. 이 사실을 안 이후부터 제 깊은 감사의 마음을 반드시 전하고 싶었어요. 다른 가족들도 이 사실을 알았다면, 저 혼자만의 감사 인사로 그치지 않았을 거예요."

"죄송합니다, 정말 죄송합니다." 다아시는 놀라는 한편 감격스러운 말투로 말했다. "잘못 생각하면 불쾌하게 여길 수도 있는 일을 알게 되셨군요. 가드너 부인이 그처럼 신뢰할 수 없는 분일 줄은 몰랐습니다."

"외숙모를 탓하셔서는 안 돼요. 생각 없는 리디아가 먼저 당신이 이 일에 관여했다고 무심코 말해버렸으니까요. 물론 저도 자세한 내막을 알기 전까지는 도무지 마음을 놓지 못했고요. 그

557

토록 너그러운 동정심을 베풀어주신 점에 대해 저희 가족 모두를 대신해 다시 한 번 거듭 감사드립니다. 두 사람을 찾기 위해 정말 애쓰셨고 수많은 굴욕들을 참아주셨어요."

"제게 고맙다는 말씀을 하실 거라면 엘리자베스 양의 인사만 받겠습니다." 그가 대답했다. "당신을 행복하게 하고 싶다는 소망이 제가 이 일을 하도록 이끈 다른 동기들에 힘을 실어주었다는 사실을 부인하려 하지 않겠습니다. 그렇지만 당신의 가족들은 제게 신세진 것이 없습니다. 그분들을 무척 존경하지만, 제가 염려한 사람은 당신뿐이었습니다."

엘리자베스는 몹시 당황해서 아무 말도 할 수가 없었다. 잠시 침묵이 흐른 뒤 그가 덧붙였다. "당신은 마음이 너그러운 분이니 제 말을 가볍게 여기지 않으시리라 믿습니다. 만일 당신의 감정이 지난 4월과 달라지지 않았다면, 지금 당장 그렇다고 말씀해주십시오. 제 애정과 소망은 조금도 변함없지만, 당신이 그렇다고 말씀하시면 저는 이 문제에 대해 영원히 입을 다물겠습니다."

엘리자베스는 그의 모습이 평소에 비해 무척 어색하고 초조하다고 생각되어 도저히 대답을 하지 않을 수 없었다. 그래서 아주 거침없이 말이 나오지는 않았지만, 그가 언급한 시기 이후 그녀의 감정에 너무나 많은 변화를 겪었고, 그리하여 지금 그의 고백을 기쁘고 감사하게 받아들일 수 있게 되었다고 즉시 마음을 전했다. 이 대답은 그에게 아마도 지금까지 한 번도 느껴본 적 없는 커다란 행복을 제공했다. 그리고 격정적으로 사랑에 빠진 남자라면 으레 그렇듯 지금 이 순간 자신의 감정을 분명하고도 열정적으로 표현했다. 엘리자베스가 그의 눈빛을 볼 수 있었다면, 그의 얼굴 가득 환하게 번진 진심 어린 기쁨의 표정이 그에게 얼마나 잘 어울렸는지 알 수 있었을 것이다. 하지만 그의 얼굴은 볼 수 없어도 그의 목소리는 들을 수 있었다. 그는 자신의 애정을 매 순간 더욱 소중하게 만든 감정들을 이야기하면서, 그녀가 얼마나 소중한 존재인지 증명했다.

그들은 어디로 가는지 알지 못한 채 계속 걸었다. 생각하고, 느끼고, 말할 것이 너무도 많아 그 밖에 다른 것들은 신경 쓸 겨를이 없었다. 그녀는 곧 그들이 지금 이렇게 서로의 마음을 확인하게 된 것이 다아시 이모님의 덕분이라는 걸 알게 되었다. 영부인은 롱번에서 집으로 돌아가는 길에 다아시에게 들러, 자신이 롱번까지 행차한 사실과 그 이유, 엘리자베스와 나눈 대화 내용을 모두 이야기했다. 특히 엘리자베스가 절대로 하지 않으려 했던 약속을 조카에게 받아내려는 노고에 도움이 되리라 믿으며, 영부인이 생각하기에 엘리자베스의 고집과 몰염치가 유독 드러나는 모든 표현들을 거듭 강조하며 역설했다. 하지만 영부인으로서는 불행하게도 그 결과는 의도와 정반대로 나타났다.

"이모님의 말씀을 듣고 희망이 생겼습니다." 그가 말했다. "그 전까지만 해도 거의 아무런 희망을 찾지 못했지요. 당신의 성격을 충분히 알고 있다고 확신하는데, 당신이 돌이킬 수 없이 완전히 저를 거부하셨다면 캐서린 영부인에게 솔직하게 있는 그대로 그렇게 말씀을 드렸을 테니까요."

엘리자베스는 얼굴을 붉히며 웃으면서 말했다. "맞아요. 제가 그렇게 할 수 있을 거라고 믿으실 정도로 제 솔직한 성격을 아주 잘 알고 계시죠. 당신의 얼굴 앞에서도 그토록 지독하게 당신을 비난을 했는데, 당신의 모든 친척들에게 아무런 거리낌 없이 당신을 비난할 수 있었을 거예요."

"당신이 제게 했던 말들 가운데 가치 없는 말이 하나라도 있었던가요? 당신의 비난은 근거가 충분하지 않았고 그릇된 전제가 깔려 있긴 했지만, 그 당시 제가 당신에게 했던 행동은 아무리 가혹한 비난을 받아도 마땅했습니다. 전혀 용납할 수 없는 것이었어요. 지금은 제가 왜 그랬는지 생각도 하기 싫습니다."

"그날 저녁에 누가 더 잘못했는지 다투지 말아요." 엘리자베스가 말했다. "엄밀히 따지면 어느 쪽도 잘못이 없다고 할 수 없을 거예요. 하지만 그날 이후 우리 둘 다 좀 더 공손해졌길 바랍니다."

"전 그렇게 간단하게 제 자신을 받아들이지 못할 것 같습니다. 그날 저녁 제가 했던 말과 행동, 태도, 감정들을 생각하면 몇 달이 지난 지금도 이루 말할 수 없이 고통스럽습니다. 정확하게 정곡을 찌른 당신의 비난은 결코 잊지 못할 것 같습니다. '좀 더 신사답게 행동하셨다면'이라고 말씀하셨지요. 그 말이 얼마나 저를 괴롭게 만들었는지 당신은 모릅니다. 아니 거의 상상도 못하셨겠지요. 고백하자면, 그 말이 타당하다는 걸 인정할 만큼의 분별력이 생긴 건 어느 정도 시간이 지난 후였지만 말입니다."

"그 말이 그렇게 강한 인상을 주었을지 전혀 생각하지 못했어요. 그 말 때문에 그토록 고통스러워하셨을 줄은 상상도 못했어요."

"이해할 수 있습니다. 그 당시 당신은 제게서 올바른 감성이라고는 전혀 찾아볼 수 없다고 생각하셨으니까요. 맞아요, 그땐 그러셨을 겁니다. 제가 아무리 그럴 듯하게 말해도 저를 받아들이도록 당신을 설득할 수는 없을 거라고 말씀하셨을 때, 그 순간 당신의 표정을 저는 결코 잊지 못할 겁니다."

"아! 그때 제가 드린 말씀을 되풀이하지 마세요. 생각해봐야 아무런 도움이 되지 않을 거예요. 전 그날 일을 오랫동안 진심으로 부끄러워했답니다."

다아시는 자신의 편지에 대해 언급했다. "그 편지로, 그 편지 한 통으로 이내 저를 새롭게 생각하게 되셨나요? 그 편지를 읽는 즉시 편지의 내용을 신뢰하셨나요?"

그녀는 그 편지가 자신에게 어떤 영향을 미쳤는지, 과거에 자신이 갖고 있던 모든 편견들이 어떻게 차츰 사라지게 되었는지 설명했다.

"제 편지의 내용이 당신을 고통스럽게 하리라는 걸 알면서도 어쩔 수 없었습니다." 그가 말했다. "그 편지를 파기하셨길 바랍니다. 특히 편지 서두의 한 부분은 당신이 다시 읽으실까 두렵습니다. 마땅히 당신이 저를 싫어할 만한 몇몇 표현을 지금도 생생하게 기억하니까요."

"당신을 향한 저의 존경을 유지하는 데 꼭 필요하다고 생각하신다면 반드시 편지를 불태우겠어요. 제 소신이 전혀 확고하지 않다고 여길 만한 근거를 우리 둘 다 갖고 있지만, 생각처럼 쉽게 바뀌지는 않을 거예요."

"그 편지를 쓸 때 제 자신이 무척 차분하고 냉철한 상태라고 생각했습니다." 다아시가 말했다. "하지만 몹시 비통한 심정으로 편지를 썼다는 걸 나중에야 알겠더군요."

"편지를 쓰기 시작했을 땐 비통한 심정이셨는지 모르겠지만, 나중엔 그렇지 않았어요. 작별 인사는 너그러움 그 자체였답니다. 하지만 이제 편지 생각은 더 이상 하지 말아요. 편지를 쓴 사람의 감정도 받은 사람의 감정도 이제는 그때와 크게 달라졌으니, 편지와 관련된 불쾌한 일들도 모두 잊기로 해요. 제 인생관 하나를 알려드릴까요. 지난 일은 즐거운 일만 기억하는 것이랍니다."

"당신이 편지와 관련된 일들을 잊을 수 있는 건 그런 인생관 때문이 아닐 겁니다. 지난날을 회상해도 비난할 일이 전혀 없어 만족감을 느끼는 건 인생관 때문이 아니라 고통을 알지 못하기 때문일 것입니다. 그것이 인생관보다 훨씬 낫지요. 하지만 제 경우는 그렇지 않습니다. 쫓아낼 수도, 쫓아내서도 안 되는 고

562

통스러운 기억들이 순간순간 머릿속에서 떠오를 테니까요. 지금까지 저는 신념은 그렇지 않지만, 실제로는 이기적인 삶을 살아왔습니다. 어릴 때 저는 무엇이 옳은지는 배웠지만 제 기질을 바로잡아야 한다는 것은 배우지 못했습니다. 훌륭한 신념은 갖추었지만 오만과 자만심 속에서 그 신념들을 추구해왔습니다. 공교롭게 외아들로 자라 (더구나 오랜 세월 자식은 저 하나뿐이었지요) 부모님은 제 응석을 다 받아주셨습니다. 물론 부모님은 무척 훌륭한 분들이셨지만 (특히 아버지는 매우 자비롭고 온화한 분이셨습니다), 제가 이기적이고 거만하게 성장하고, 우리 가문 사람들 외에는 누구에게도 관심을 갖지 않으며, 우리 가문 사람들을 제외한 나머지 사람들은 모두 멸시하고, 적어도 그들의 분별력과 가치가 저와는 비교도 할 수 없을 만큼 천박한 것으로 여기려 해도 그저 괜찮다고 웃어넘기셨을 뿐만 아니라, 그렇게 하도록 장려하셨으며, 심지어 가르치기까지 하셨습니다. 여덟 살부터 스무 살까지 저는 그렇게 자라왔습니다. 소중하고 사랑스러운 당신 엘리자베스를 만나지 못했다면 지금도 그런 모습으로 살고 있을 것입니다! 당신께 제 고마움을 어떻게 다 갚을 수 있을까요! 당신은 제게, 처음에는 정말이지 괴로웠지만 결국엔 큰 도움이 되는 교훈을 가르쳐주셨습니다. 당신 덕분에 저는 겸손한 사람이 되었습니다. 전 당연히 제 청혼이 받아들여질 거라고 조금도 의심하지 않고 당신에게 갔던 것입니다. 그런데 나 정도면 한 여자를 기쁘게 하기에 충분하다는 자부심으로 똘똘 뭉쳐 있던 제게 당신은 제가 얼마나 부족한 사람인지 알려주셨습니다."

"그때 제가 당신의 청혼을 받아들일 거라고 확신하셨나요?"

"사실 그랬습니다. 제 허영심을 어떻게 생각하실까요? 당신이 제 청혼을 바라고 또 기대하실 거라고 믿었습니다."

"제 행동에도 분명 문제가 있었을 거예요. 하지만 정말이지 고의적으로 그런 건 아니었답니다. 일부러 당신을 오해하게 할 의도는 전혀 없었지만 기분에 따라 엉뚱하게 행동할 때가 더러 있었을 거예요. 그날 저녁 이후 제가 얼마나 미웠을까요?"

"당신이 정말 미웠습니다! 아마도 처음엔 정말 화가 많이 났던 것 같습니다. 하지만 분노는 이내 올바른 방향으로 향하기 시작하더군요."

"우리가 펨벌리에서 만났을 때 당신이 저를 어떻게 생각하셨을지 묻기가 거의 두려울 정도인데요. 제가 그곳에 온 걸 비난하지는 않으셨나요?"

"아니요, 그럴 리가요. 그저 놀랄 뿐이었습니다."

"그곳에서 당신에게 모습을 들켜버린 저만큼 놀라지는 않았을 거예요. 양심상 각별히 정중한 대우를 받을 만한 처지가 아니라고 생각했어요. 솔직히 말해, 적당한 대우 이상의 무언가는 기대하지도 않았고요."

"그 당시 저의 목적은 힘닿는 대로 최대한 정중하게 대해, 제가 지난 일 때문에 화를 낼 만큼 속 좁은 사람이 아니라는 걸 보여드리는 것이었습니다." 다아시가 대답했다. "당신의 비난에 귀를 기울였다는 걸 보여드려, 당신의 용서를 얻고 저에 대한 가혹한 판단도 줄어들길 바라기도 했지요. 그밖에 다른 소망들이 얼마나 빨리 고개를 들었는지 정확하게 알 수 없지만, 당신을 본 지 30분쯤 지난 뒤가 아닐까 싶습니다."

그런 다음 그는 조지아나가 그녀를 알게 된 걸 무척 기뻐했으며, 갑작스레 만남이 중단되어 무척 섭섭해했다고 말했다. 이 이야기를 하다 보니 급히 롱번으로 떠나야 했던 이유로 자연스럽게 화제가 이어졌다. 그리고 그가 여관을 떠나기 전에 이미 그녀의 동생을 찾기 위해 그녀를 따라 더비셔를 떠나기로 결심했다는 사실과, 여관에서 생각에 깊이 잠긴 채 심각한 표정을 지었던 이유는 그러한 목적에 따르기 마련인 여러 가지 힘든 일을 생각하느라 그랬을 뿐 다른 이유는 없었다는 걸 그녀는 곧 알게 되었다.

그녀는 다시 한 번 고맙다고 말했지만, 각자에게 너무 고통스러운 주제인 만큼 더 이상 이 이야기를 계속하지는 않았다.

느긋하게 몇 마일을 걸으며 그동안 있었던 일들을 이야기하느라 시간 가는 줄 몰랐다. 그러다 문득 시계를 보고 나서야 집에 돌아가야 할 시간이 훌쩍 지났다는 걸 알게 되었다.

'빙리와 제인은 어떻게 되어 가고 있을까!' 궁금해졌고, 그들의 일에 대해 이야기하기 시작했다. 다아시는 그들의 약혼을 무척 기뻐하고 있었다. 그의 친구는 그에게 가장 먼저 소식을 전했다.

"놀라셨는지 물어봐도 될까요?" 엘리자베스가 말했다.

"전혀 놀라지 않았습니다. 사실 떠나면서 곧 그렇게 될 줄 알았지요."

"다시 말해 허락을 하셨단 말씀이군요. 저도 그러셨을 거라고 짐작했어요." 이 표현에 그는 놀라서 소리를 질렀지만, 그녀는 과연 사정이 그러했음을 알게 되었다.

"실은 벌써 오래전에 그랬어야 했다고 생각하지만, 런던으로 떠나기 전날 저녁에 빙리에게 솔직히 이야기했습니다." 그가 말했다. "그의 일에 개입했던 제 행동이 터무니없고 주제넘은 일이 되어버린 그간의 모든 사정들을 빙리에게 털어놓았지요. 그가 얼마나 놀라던지. 그는 제 마음을 조금도 눈치채지 못했거든요. 뿐만 아니라 예전에는 당신 언니가 그에게 무관심하다고 짐작했지만, 제가 잘못 판단한 것 같다는 말도 했습니다. 제인 양에 대한 친구의 사랑이 조금도 변함없다는 걸 쉽게 알 수 있었기 때문에, 두 사람이 함께한다면 행복하게 살 수 있으리라는 확신이 생겼던 거지요."

엘리자베스는 그가 친구를 자유자재로 다루는 모습에 미소를 짓지 않을 수 없었다.

"빙리 씨에게 제 언니가 그를 사랑한다고 말씀하신 건, 직접 보시고 판단해서 하신 말씀인가요 아니면 단지 지난봄에 제가 드린 말씀을 기억하고 하신 말씀인가요?"

"직접 관찰한 결과 그렇다고 판단한 겁니다. 최근 이곳을 두 번 방문하면서 언니를 유심히 관찰했고, 그 결과 언니의 애정을 확신하게 되었습니다."

"그리고 그런 확신으로 친구를 즉시 설득하신 거로군요."

"그렇습니다. 빙리는 매우 진실하고 겸손한 친구입니다. 하지만 워낙 조심스러워 그처럼 염려되는 일에 자신의 판단을 신뢰하지 못했던 것이지요. 그렇지만 결국 제 판단을 신뢰해 모든 일을 편하게 마무리 짓게 되었습니다. 저는 빙리에게 고백하지 않을 수 없는 일이 한 가지 있었는데, 당연히도 그 일로 빙리는 한동안 무척 기분이 상했습니다. 언니께서 지난겨울 석 달 동안 런던에 계셨다는 걸 알고 있었으면서 일부러 그에게 말하지 않았다는 사실을 끝까지 숨길 수가 없었지요. 그는 크게 화를 냈습니다. 하지만 제가 확신하기로는 언니의 감정에 대해 모든 의심이 걷히면서 더 이상 화를 내지 않는 것 같더군요. 지금은 저를 진심으로 용서했습니다."

엘리자베스는 빙리 씨는 정말 유쾌한 친구이며, 그처럼 조언을 선뜻 받아들이기에 그의 가치가 매우 높이 평가된다고 말하고 싶었지만 자제하기로 했다. 더불어 다아시 씨는 비웃음을 당할 줄도 알아야 한다고 생각했지만, 벌써부터 그런 말을 꺼내는 건 다소 성급한 것 같았다. 그는 자신의 행복보다는 당연히 못하겠지만 빙리가 행복하게 살 거라고 기대하며 대화를 계속했고, 그러는 사이에 어느덧 집에 도착했다. 그들은 홀에서 헤어졌다.

59

"리지, 대체 어디까지 산책을 한 거야?" 엘리자베스는 방 안에 들어서자마자 제인에게 이런 질문을 받았고, 모두들 탁자에 앉았을 때 나머지 사람들에게 같은 질문을 또 받았다. 그녀는 그냥 여기저기 걷다 보니 어디까지 갔는지도 몰랐다고만 대답했다. 그녀는 말하면서 얼굴이 달아올랐지만 뭔가 수상쩍다는 생각을 한 사람은 아무도 없었다.

그날 저녁은 특별한 일 없이 조용히 지나갔다. 연인으로 인정받은 이들은 큰 소리로 웃으며 이야기를 나누었지만, 아직 인정받지 않은 연인들은 조용히 침묵을 지켰다. 다아시는 주체할 수 없는 행복을 내색하는 성격이 아니었고, 엘리자베스는 아직도 얼떨떨하고 혼란스러워 자신이 행복하다는 사실을 가슴으로 느끼기보다 그런가 보다 하고 머리로 아는 정도였다. 지금 당장 당황스럽기도 했지만, 그녀 앞에는 넘어야 할 산들이 있었기 때문이었다. 자신의 상황이 알려지면 가족들이 어떻게 생각할지 불 보듯 뻔했다. 제인 외에는 아무도 그를 좋아하지 않는다는 걸 아주 잘 알고 있었기에, 그가 아무리 재산이 많고 사회적인 지위가 높다 해도 그를 싫어하는 다른 가족들의 감정이 달라지지 않을 거라는 생각에 두렵기까지 했다.

밤에 그녀는 제인에게 마음을 털어놓았다. 평소 성격상 의심과는 거리가 먼 베넷 양이었지만, 그녀도 이번 일은 전혀 믿기지 않는 듯했다.

"농담하지 마, 리지. 어떻게 그럴 수가 있니! 다아시 씨하고 결혼하기로 약속했다니! 아니지, 아닌 거지. 날 속일 생각하지 마. 그런 일이 불가능하다는 건 나도 아니까."

"정말 시작부터 너무 비참한걸! 내가 유일하게 믿을 사람은 언니뿐이었는데 말이야. 그런데 언니마저 날 믿어주지 않으니, 아무도 내 말을 믿지 않겠지. 하지만 난 정말로 진지하단 말이야. 진실만 말하고 있는 거라고. 그는 여전히 날 사랑했고, 우린 결혼하기로 약속했어."

제인은 그래도 믿지 못하겠다는 듯 그녀를 바라보았다. "아니야, 리지! 그럴 리가 없어. 네가 그 사람을 얼마나 싫어하는지 내가 다 아는데."

"언니는 이 일에 대해 전혀 몰라. 난 그를 싫어했던 감정들을 전부 다 잊어버렸어. 어쩌면 그를 지금만큼 완전히 늘 사랑하지는 않는지도 몰라. 하지만 이런 일에는 기억력 좋은 걸 용서할 수 없겠어. 앞으로 나 스스로 그 일을 기억하는 일은 없을 거야."

베넷 양은 여전히 크게 놀란 표정이었다. 엘리자베스는 다시 한 번 더욱 진지하게 지금 하는 말이 사실이라고 언니에게 확인시켜 주었다.

"맙소사! 정말 그게 사실이란 말이니! 하지만 이젠 네 말을 믿어야 할 것 같다." 제인이 큰 소리로 외쳤다. "사랑하는 내 동생 리지, 축하해주고 싶어, 아니 진심으로 축하해. 그런데 너 정말 확신이 있는 거야? 이런 질문을 해서 미안한데, 그 사람과 행복하게 살 수 있을 거라고 정말 확신하는 거야?"

"그 문제에 대해서는 완벽하게 확신해. 우리끼리는 벌써 얘기 끝났어. 세상에서 제일 행복한 한 쌍이 되기로 말이야. 그나저나 언니는 마음에 들어? 그런 제부가 생기는 것에 대해 어떻게 생각해?"

"좋고말고. 빙리도 나도 이보다 더 기쁜 일은 없을 거야. 우리도 그 문제를 생각해봤지만 불가능한 일이라고 말했었거든. 그런데 너 정말로 그 사람을 그만큼 깊이 사랑하는 거야? 오, 리지! 사랑 없이 결혼하느니 차라리 그만두는 게 나아. 마땅히 느껴야 할 감정을 느끼고 있다고 분명하게 확신하는 거야?"

"그럼! 지금까지 있었던 이야기를 모두 들려주면, 내가 그 이상으로 사랑하고 있다는 걸 알게 될걸."

"그게 무슨 말이니?"

"아이 참, 아무래도 고백을 해야겠네. 빙리보다 그를 더 많이 사랑한다고 말이야. 내 고백을 듣고 언니가 화내면 어쩌지."

"리지, 지금은 좀 진지하게 말해줄 수 없겠니. 난 정말 심각하게 이야기하고 싶단 말이야. 내가 알아야 할 이야기들을 어서 전부 말해봐. 그래, 언제부터 그 사람을 사랑하게 된 거야?"

"아주 서서히 감정이 싹튼 거라 언제부터 시작됐는지는 모르겠어. 아마 펨벌리의 아름다운 정원을 처음 보았을 때부터라고 봐야 할 거야."

그러나 제인은 제발 진지하게 말해달라고 다시 한 번 부탁해 마침내 원하던 이야기를 들을 수 있었고, 그녀는 자신의 애정을 엄숙하게 단언함으로써 이내 제인을 만족시켰다. 베넷 양은 그 부분에 확신을 갖게 되자 더 이상 바랄 것이 없었다.

"난 이제 아주 행복해." 그녀가 말했다. "너도 나처럼 행복할 테니 말이야. 난 언제나 그를 높이 평가했어. 그가 널 사랑한다는 사실만으로 나는 늘 그를 존중해야 했지만, 이제는 빙리의 친구이자 네 남편으로서 내게는 빙리와 너 바로 다음으로 소중한 사람이 될 거야. 그나저나 리지, 너 정말 엉큼했어. 내게 귀띔조차 해주지 않고 말이야. 펨벌리와 램턴에서 있었던 일은 거의 아무 말도 안 해주었잖아! 알고 있는 이야기도 네가 아닌 다른 사람에게 들은 게 전부이고 말이야."

엘리자베스는 비밀로 할 수밖에 없었던 이유를 설명했다. 그녀는 빙리의 이름을 꺼내고 싶지 않았으며, 자신의 감정이 불안정한 상태에서 그의 친구 이름 또한 피하고 싶었다고 말했다. 그러나 이제는 리디아의 결혼 문제에서 그가 얼마나 큰 도움을 베풀었는지 더 이상 언니에게 숨길 이유가 없었다. 그녀는 그간의 모든 일들을 고백했고, 그날 밤의 절반을 대화로 지새웠다.

"이런, 세상에!" 다음 날 아침, 베넷 부인은 창가에 서서 이렇게 외쳤다. "우리 사위 빙리가 여기에 올 때 앞으로 저 불쾌한 다아시 씨는 같이 오지 않으면 정말 좋겠구나! 왜 항상 같이 와서 이렇게 우리를 성가시게 하는 건지. 대체 무슨 꿍꿍이가 있는 걸까? 사냥을 하거나 이런저런 다른 할 일도 많잖아. 왜 만날 빙리를 따라다니면서 우리를 귀찮게 하는지 모르겠네. 저 사람을 어떻게 해야 할까? 리지, 오늘도 네가 저 사람과 함께 산책을 나가야겠다. 그래야 그가 빙리에게 방해가 안 될 것 아니냐."

엘리자베스는 이렇게 편리를 봐주는 제안에 웃음이 나오는 걸 참을 수가 없었다. 그렇지만 어머니가 항상 얕잡아보는 듯한 호칭으로 그를 불러 무척 속상했다.

두 사람이 들어서자마자 빙리는 그녀를 의미심장한 눈빛으로 바라보며 열렬히 악수를 해서, 소식을 들어 잘 알고 있다는 걸 분명하게 알려주었다. 그런 다음 그는 이내 큰 소리로 이렇게 말했다. "베넷 씨, 리지가 오늘도 길을 잃을 만한 오솔길이 이 근처에 더 없을까요?"

"다아시 씨와 리지와 키티는 오늘 아침 오컴 산으로 산책을 가도록 권하겠어요." 베넷 부인이 말했다. "긴 산책로가 얼마나 멋지다고요. 게다가 다아시 씨는 그곳 경치를 한 번도 본 적이 없으시잖아요."

"다른 사람들에게는 전혀 무리가 되지 않겠지만 키티에겐 상당히 부담이 될 것 같은데요. 안 그래, 키티?" 빙리 씨가 말했다.

키티는 차라리 집에 있는 게 좋겠다고 말했다. 다아시는 오컴 산에서 바라보는 경치가 어떨지 무척 궁금하다고 말했고 엘리자베스는 조용히 동조했다. 그녀가 나갈 준비를 하기 위해 2층에 올라갈 때 베넷 부인이 그녀를 따라 올라가며 이렇게 말했다.

"정말 미안하구나, 리지. 저 불쾌한 인간을 만날 너 혼자 상대하게 해서 말이야. 하지만 네가 이해해주길 바란다. 이게 다 제인을 위해서라는 거, 너도 알지. 특별히 신경 써서 말 상대를 해주지 않아도 돼. 그냥 한 번씩 말이나 건네주면 될 거다. 그러니까 너무 귀찮게 생각하지 말거라."

그들은 산책하는 동안 오늘 저녁 중으로 베넷 씨에게 허락을 받기로 결정했다. 엘리자베스는 혼자서 어머니의 동의를 구해보기로 했다. 그녀는 어머니가 이 일을 어떻게 받아들일지 가늠하기가 어려웠다. 그의 어마어마한 재산과 대단한 지위로 그에 대한 어머니의 반감을 충분히 상쇄시킬 수 있을지 이따금 의문도 들었다. 그러나 어머니가 둘의 결혼을 격렬하게 반대하든 열렬히 기뻐하든, 두 경우 모두 어머니의 분별력에 공을 돌리기에 적절하지 못하리라는 것은 확실했다. 그래서 어머니가 열광적으로 기뻐하는 처음 모습도, 격렬하게 반대하는 처음 모습도 다아시 씨가 목격하는 것만큼은 참을 수가 없었다.

저녁이 되어 베넷 씨가 서재로 들어가고 다아시 씨도 곧 뒤따라 들어가는 모습을 보자, 그녀는 몹시 불안했다. 아버지의 반대는 두렵지 않았지만, 아버지가 마음 아파하실까 봐, 가장 아끼는 자식인 자신 때문에 슬퍼하실까 봐 걱정이 됐다. 자신의 선택 때문에 괴로워하시고, 자신을 시집보내면서 걱정하고 아쉬워하실 거라고 생각하니 아버지가 가엾다는 생각이 들었다. 그렇게 괴로워하며 있다가, 다아시 씨가 미소를 지으며 서재에서 나오는 모습을 보자 조금 마음이 놓였다. 잠시 후 그는 그녀와 키티가 함께 앉아 있는 탁자로 다가와 키티의 솜씨에 감탄하는 척한 다음 그녀에게 이렇게 속삭이는 것이었다. "아버지께 가보세요. 서재에서 기다리고 계십니다." 그녀는 곧바로 서재로 들어갔다.

아버지는 근심스럽고 불안한 표정으로 서재 주위를 서성거리고 있었다. "리지." 아버지가 말했다. "이게 어찌 된 일이냐? 이 남자를 받아들이겠다니, 너 제 정신이냐? 언제나 그를 싫어하지 않았니?"

그 순간 그녀는 지난날 자신의 의견이 좀 더 합리적이었더라면, 표현을 좀 더 절제했더라면 얼마나 좋았을까 하고 깊이 후회했다! 그랬더라면 이토록 어설프게 설명하고 고백하지 않아도 됐을 테니 말이다. 하지만 이제 와서 어쩔 수 없는 노릇이었기에, 다소 정신없이 설명했지만 다아시 씨에 대한 자신의 애정을 분명하게 밝혔다.

"그러니까 한마디로 말해서 그를 받아들이기로 결심했다는 거로구나. 그래, 그 사람이 확실히 부자긴 하지. 넌 제인보다 더 좋은 옷을 입고 훌륭한 마차를 타고 다닐 테고. 하지만 그런 것들이 널 행복하게 해줄까?"

"제가 그 사람에게 관심 없을 거라고 믿으시는 것 외에 반대할 다른 이유는 없으세요?" 엘리자베스가 물었다.

"전혀 없다. 그가 오만하고 불쾌한 사람이라는 사실이야 우리 모두 알고 있는 일이지만, 네가 정말로 그를 좋아한다면 그런 게 뭐 그리 대수겠니."

"그를 좋아해요, 정말로 그 사람을 좋아해요." 그녀는 두 눈에 눈물을 글썽이며 말했다. "그 사람을 사랑해요. 사실 그는 터무니없이 오만한 사람이 아니에요. 얼마나 마음이 따뜻한데요. 그 사람의 진면목을 모르셔서 그래요. 그러니 그 사람에게 그런 식으로 말씀하지 말아주세요. 그럼 제가 너무 마음이 아파요."

"리지." 아버지가 말했다. "난 그에게 허락해주었다. 겸손하게 자기를 낮추어서 허락을 요청하는데, 정말이지 그런 사람의 청을 무슨 수로 거절하겠니. 네가 그 사람을 받아들이기로 결심했다면 이제 너에게도 허락을 해주마. 그렇지만 좀 더 깊이 생각해보라고 충고하고 싶구나. 난 네 성향을 잘 알고 있지 않니, 리지. 넌 남편을 진심으로 존중하지 못하고 훌륭한 사람으로 존경하지 못하면, 결혼 생활이 행복하지도 않을뿐더러 어지간한 만큼도 즐겁지 않을 거라는 걸 말이다. 넌 재능이 출중해서 네 성에 차지 않는 결혼을 하면 크게 힘들어질 수 있어. 불명예와 비참함에서 벗어나기 힘들 거다. 아가, 네가 일생의 배우자를 존경하지 못해 이 아비를 슬프게 하지 말았으면 한다. 아무래도 넌 지금 네가 무슨 짓을 하고 있는지 모르는 것 같구나."

엘리자베스는 아버지의 말에 더욱 영향을 받아 진지하고 엄숙하게 대답했다. 그리고 다아시 씨는 정말로 자신이 선택한 사람임을 거듭 말씀드리고, 그에 대한 평가가 서서히 바뀌어왔다고 설명했다. 그의 애정을 하루아침에 확신한 것이 아니라 수개월 동안 마음 졸이며 두고 보면서 결국 확신하게 되었다고 강조했으며, 그의 모든 장점들을 열정적으로 열거했다. 그렇게 해서 마침내 아버지의 불신을 말끔히 없애고 아버지가 이 결혼을 흡족하게 받아들이도록 애썼다.

"그렇구나." 그녀가 말을 마치자 아버지가 말했다. "그렇다면 내가 더 무슨 할 말이 있겠니. 일이 그렇게 된 거라면 그는 과연 네 짝이 될 만하구나. 그 정도도 안 되는 사람이었다면 널 내줄 수 없었을 거다, 리지."

좋은 인상을 완벽하게 마무리 짓기 위해 그녀는 다아시 씨가 리디아를 위해 발 벗고 나선 일을 아버지에게 말씀드렸다. 그는 딸의 이야기를 듣고 깜짝 놀랐다.

"오늘은 정말 놀랄 일이 많은 저녁이구나! 그래, 다아시가 모든 일을 다 해결했단 말이지. 결혼식도 치러주고, 돈도 주고, 그 녀석 빚도 갚아주고, 장교 자리도 얻어주고! 그 사람이 그렇게 해줄수록 나한테야 아주 좋은 일이지. 이제 골치 아프고 쪼들리는 일에서 벗어나게 됐으니 말이다. 네 외삼촌이 그렇게 했다면 전부 갚아야 했을 테고 또 벌써 갚았을 테지. 헌데 열렬히 사랑하는 젊은 연인이 온통 자기들 마음대로 일을 저질러 놓았구나. 내일 그 사람에게 신세를 갚겠다고 제안해봐야겠다. 그러면 그는 너에 대한 사랑을 마구 쏟아놓으며 절대로 그래서는 안 된다고 큰소리를 치겠지. 그러면 그 일은 이렇게 끝내면 되겠구나."

그런 다음 그는 며칠 전 콜린스 씨의 편지를 읽어줄 때 그녀가 몹시 당황했던 것을 떠올리며 한참 동안 그녀를 보고 껄껄 웃은 뒤에 마침내 나가 봐도 좋다고 말했다. 그녀가 방을 나설 때 그는 이렇게 덧붙였다. "메리나 키티를 찾아오는 젊은이가 있다면 누구든지 안으로 들여보내거라. 난 지금 아주 한가하니까."

이제 엘리자베스는 마음에서 아주 무거운 짐을 덜어놓은 것 같았다. 그녀는 자기 방에서 30분가량 조용히 생각에 잠긴 뒤에 꽤 차분해진 상태로 다른 가족들과 함께할 수 있었다. 이제 방금 모든 일이 일어나 아직 기뻐할 겨를은 없었지만 그날 저녁은 무척 평화롭게 지나갔다. 걱정할 만한 중요한 일은 더 이상 없었고, 때가 되면 홀가분하고 친근한 안락함이 찾아들 터였다.

밤이 되어 어머니가 화장 방으로 올라가자 그녀는 어머니를 따라가 중대 사실을 발표했다. 그 결과는 굉장히 특이하게 나타났다. 처음 이 소식을 들었을 때 베넷 부인은 한마디도 하지 못한 채 손가락 하나 까딱하지 않고 정지한 상태로 앉아만 있었다. 가족에게 득이 되는 것이 무엇인지, 딸들의 연인이라는 사람이 들고 들어오는 이점이 무엇인지를 인정하는 것에 대체로 둔한 편이 아닌데도 불구하고, 그녀는 몇 분이 지나고 또 지나도록 자기가 들은 내용을 도무지 이해하지 못하는 것 같았다. 그러다가 마침내 정신을 차리고는 의자에 앉아 안절부절못하더니 벌떡 일어섰다가 다시 앉은 다음, 이게 정말 사실이냐고 의아해하면서도 이런 축복이 있을 수 있냐며 호들갑을 떨었다.

"어머나 세상에! 하느님이 나에게 이런 축복을 주시다니! 생각 좀 해봐라! 다 아시 씨라니! 누가 상상이나 했겠니! 그런데 이게 정말 사실이라고? 아, 우리 예쁜 아가, 리지! 돈도 굉장히 많고 신분은 말도 못하게 높아지겠지! 용돈도 많을 테고, 보석은 엄청날 거야! 마차는 또 얼마나 훌륭할까! 어머, 거기에 비하면 제인은 아무것도 아니겠다, 얘. 아이고, 비교도 안 되지. 오, 정말 기쁘구나, 정말 행복해. 그 사람은 어쩜 그렇게 매력이 철철 넘치는지! 생긴 건 또 얼마나 잘생겼니! 게다가 키도 아주 크고 말이야! 오, 우리 딸, 리지! 전에 내가 그 사람 너무 싫어했던 거, 미안하다고 전해다오. 그가 눈감아주면 좋겠는데. 예쁜 우리 딸 리지. 어머, 런던에도 집이 있지! 세상에, 근사한 건 죄다 갖고 있는 사람이잖아! 딸 셋을 결혼시키다니! 1년에 1만 파운드라니! 오, 하느님! 어머, 이러다 나 어떻게 되는 거 아니니. 이러다 정신 나가는 거 아닌지 모르겠다, 얘."

이것으로 어머니의 허락은 의심할 여지가 없음이 입증되고도 남았다. 엘리자베스는 어머니가 이렇게 흥분하는 모습을 혼자만 보게 되어 다행이라고 여기며 이내 방을 나왔다. 그런데 그녀가 자기 방에 들어온 지 3분도 채 되지 않았을 때 어머니가 뒤따라 들어왔다.

"우리 예쁜 딸." 그녀가 외쳤다. "다른 건 아무것도 생각할 수가 없구나! 1년에 1만 파운드, 아니 그보다 더 많을 게 분명해! 이건 귀족이나 마찬가지잖니! 그리고 결혼 특별 허가증도 받을 거야. 그래, 넌 결혼 특별 허가증을 받아 결혼해야 하고, 반드시 그렇게 될 거야. 그나저나 우리 예쁜 딸, 다아시 씨가 특별히 좋아하는 음식이 뭔지 말해주렴. 내일 요리해주게 말이야."

이것은 어머니가 이 신사에게 어떤 태도를 보일지 알려주는 슬픈 징조였다. 따라서 엘리자베스는 그의 열렬한 애정을 확실하게 손에 넣었고 부모님의 허락도 모두 받아냈지만, 여전히 바라는 것이 있다는 걸 알게 되었다. 다음 날은 생각보다 훨씬 순조롭게 지나갔다. 다행히 베넷 부인이 예비 사위를 너무 어려워한 나머지, 그를 배려한다거나 그의 의견에 맞장구치는 정도 외에는 감히 그에게 말도 붙이지 못했기 때문이다.

엘리자베스는 아버지가 그와 친해지려 애쓰시는 모습을 보고 무척 흐뭇했다. 베넷 씨는 시간이 지날수록 점점 그를 높이 평가하게 된다고 곧 그녀에게 말해주었다.

"사위들 셋 모두가 대단히 자랑스럽구나." 아버지가 말했다. "뭐니 뭐니 해도 위컴이 가장 자랑스럽겠지만, 제인의 남편뿐아니라 네 남편도 좋아하게 될 것 같다."

60

엘리자베스는 이내 활기를 되찾아 다시 명랑해졌다. 그녀는 다시 씨가 어떻게 자기에게 반하게 됐는지 듣고 싶었다. "어떻게 절 좋아하게 되셨어요?" 그녀가 물었다. "일단 시작한 다음부터는 아주 근사하게 밀고 나갔다는 건 알겠어요. 하지만 처음에 어떻게 마음이 싹튼 거예요?"

"처음 사랑을 느끼게 된 정확한 시간과 장소, 표정, 말 같은 건 정확하게 말할 수 없어요. 너무 오래전 일이라서요. 아, 내가 사랑을 시작했구나, 라는 걸 알았을 땐 이미 한창 사랑에 빠져 있더군요."

"제 미모로는 처음부터 꿈쩍하지 않으셨고, 제 태도로 말하자면, 당신을 대했던 제 태도는 언제나 무례한 쪽에 가까웠어요. 당신에게 말을 건넬 때면 어떻게든 기분 나쁘게 만들어야 직성이 풀렸거든요. 자, 이제 솔직하게 말해보세요. 제 무례한 행동 때문에 제게 반하셨나요?"

"늘 활기에 찬 당신의 마음 때문이었지요."

"그렇게 볼 수도 있겠지만 그냥 건방졌다고 말씀하셔도 괜찮아요. 거의 건방진 거나 다름없었으니까요. 사실 당신은 예의라든가 경의, 주제넘은 배려 같은 것들에 신물이 나 있었던 거예요. 오로지 당신 눈에 들기 위해 당신에게 말 걸고, 당신만 바라보고, 당신만 생각하는 여자들에게 넌더리가 났던 거지요. 그런데 저는 그런 여자들하고 아주 달랐으니, 당신은 제가 참신하게 보였을 테고 그래서 흥미가 생겼던 거예요. 하지만 당신이 정말로 마음이 고운 사람이 아니었다면 오히려 그런 모습 때문에 저를 싫어하셨을 거예요. 그런데 속마음을 감추려 애쓰면서도 당신의 마음은 언제나 숭고하고 진실했어요. 그래서 끊임없이 당신의 비위를 맞추려는 사람들을 마음속으로는 철저히 경멸했던 거지요. 자, 이만하면 당신이 설명해야 할 수고를 제가 덜어준 셈이지요. 정말이지, 아무리 생각해도 이만큼 논리적인 설명도 없을 것 같은데요. 분명한 건, 당신은 저의 무엇이 좋은지 전혀 알지 못했다는 거예요. 하긴, 사랑에 빠지면서 그런 걸 생각하는 사람은 아무도 없겠지만요."

"제인이 네더필드에서 몸져누워 있을 때, 제인을 향한 당신의 애정 어린 행동은 좋은 점이 아니었나요?"

"우리 제인 언니요! 제인 언니를 위해서라면 그 정도도 안 할 사람이 어디 있겠어요? 하지만 그 일을 꼭 저의 좋은 점이라고 여겨주셔야 해요. 제 장점들은 당신이 두둔해줘야 빛을 발할 테니, 될 수 있으면 많이 과장해서 말해주세요. 그러면 그 보답으로 최대한 자주 당신을 놀리고 다툴 거리를 찾는 일은 제가 맡아서 할게요. 자, 이제 단도직입적으로 묻겠어요. 결국엔 원하는 목적에 이르게 됐지만, 무엇 때문에 그렇게 머뭇거리셨던 거예요? 처음 우리 집에 방문했을 때, 그리고 그 후 우리 집 만찬에 초대받았을 때에도 왜 그렇게 저를 보고 꽁무니를 빼셨어요? 우리 집을 방문했을 때 말이에요, 왜 유독 제게 관심 없는 척 행동하신 거냐고요?"

"당신이 너무 근심스러운 얼굴로 입을 다물고 있어서 용기가 나지 않았어요."

"그렇지만 전 당황했단 말이에요."

"저도 그랬는걸요."

"그래도 만찬을 들러 왔을 땐 저한테 좀 더 말을 걸 수도 있었잖아요."

"당신을 향한 감정이 덜했다면 그럴 수도 있었겠지요."

"당신은 합리적인 대답만 하시고 저 또한 그걸 인정할 만큼 합리적이니, 이런 불행이 다 있을까요! 하지만 만일 제가 당신 혼자 내버려두었더라면 얼마나 오랫동안 아무런 진척 없이 지냈을지 모르겠어요. 제가 먼저 당신에게 말을 걸지 않았더라면 언제쯤 당신이 제게 말을 걸었을지도 모를 일이었겠지요! 리디아에 대한 친절에 감사해야겠다는 제 결심이 분명 큰 효과를 발휘했어요. 엄청날 정도로 말이에요. 그나저나 이렇게 되면 도의심은 어떻게 되는 걸까요? 사실 그 이야기는 해서는 안 되는 것이었지만, 약속을 어긴 덕분에 우리의 행복이 시작될 수 있었으니 말이에요. 앞으로는 절대로 그러지 말아야겠어요."

"그런 일로 괴로워할 필요 없습니다. 도의심은 여전히 훌륭하게 지켜질 테니까요. 사실 우리를 갈라놓으려는 캐서린 영부인의 이치에 닿지 않는 노력이야말로 제 모든 의심을 깨끗하게 걷어준 수단이 된 셈이었습니다. 제가 지금의 행복을 차지하게 된 것은 그날 감사의 마음을 표현하고 싶은 당신의 열망 때문이 아니었어요. 그때 전 당신이 먼저 말을 꺼내주길 기다리고 싶지 않았으니까요. 제 이모님이 전한 소식을 듣고 희망을 얻었고, 그 길로 즉시 모든 것을 알아보기로 결심했던 겁니다."

"캐서린 영부인께서 큰 도움이 되셨군요. 영부인은 누굴 돕는 걸 무척 좋아하는 분이시니 틀림없이 아주 기뻐하실 거예요. 그렇다면 이것도 알려주세요. 왜 네더필드에 내려오셨어요? 단지 롱번에 오실 목적으로요? 그래봤자 당황하기만 하셨으면서요? 아니면 훨씬 중대한 다른 일을 계획하셨던 건가요?"

"제 진짜 목적은 당신을 만나는 것이었습니다. 그리고 가능하다면 당신의 사랑을 얻을 거라 희망할 수 있을지 알아보는 것이었지요. 제가 공공연히 내세운 목적은, 아니 나 혼자 내세운 목적은 당신 언니가 아직도 빙리를 사랑하는지 보러 가는 것이었어요. 그리고 만일 그렇다면 빙리에게 제 마음을 고백하려 했고, 실제로 나중에 그렇게 했지요."

"캐서린 영부인께 앞으로 일어날 일들에 대해 알려드릴 용기가 있으신가요?"

"용기보다 시간이 더 부족할 것 같은데요, 엘리자베스. 그렇지만 언젠가 해야 할 일이니 제게 종이 한 장을 주시면 당장이라도 서신을 올리겠습니다."

"저도 써야 할 편지가 없다면 언젠가 어떤 젊은 숙녀분이 그랬던 것처럼 당신 옆에 앉아 당신의 글씨체가 고르다고 칭찬을 해드렸을 텐데요. 하지만 저도 더 이상 소홀히 해서는 안 되는 외숙모가 계시답니다."

얼마 전까지만 해도 다아시 씨와 자기 사이가 그렇게 가깝지 않다는 걸 인정하기 싫은 마음에, 엘리자베스는 가드너 부인의 길고 긴 편지에 아직 답장을 하지 않고 있었다. 하지만 이제 열렬히 환영받을 게 분명한 소식을 전할 수 있게 되자, 벌써 사흘이 지나도록 외삼촌과 외숙모에게 행복을 안겨드리지 못했다는 걸 깨닫고는 몹시 부끄러워졌다. 그래서 당장 다음과 같이 편지를 썼다.

사랑하는 외숙모. 외숙모께서 보내주신 길고 친절하며 더할 나위 없이 상세한 편지에 진작 감사하다는 말씀을 드렸어야 했는데 이제야 답장을 보내요. 솔직히 말씀드리면 너무 망설여져서 편지를 쓸 수가 없었어요. 외숙모의 상상이 실제보다 너무 컸으니까요. 하지만 이젠 얼마든지 상상하셔도 괜찮아요. 자유롭게 상상하시고 이 일과 관련된 모든 상상의 날개를 얼마든지 펼치셔도 좋아요. 실제로 제가 결혼했다고 믿으시지만 않는다면 크게 틀리지 않을 테니까요. 그리고 얼른 다시 편지를 쓰셔서 지난번보다 더 많이 그를 칭찬해주셔야 해요. 호수 지방으로 가시지 않았던 것, 정말 정말 감사드려요. 그곳에 가고 싶어 했다니, 전 어쩌면 그렇게 어리석었을까요! 조랑말이 끄는 마차를 생각하시다니, 정말 재미있었어요. 우린 매일같이 정원을 거닐게 되겠지요. 전 세상에서 가장 행복힌 사람이에요. 아마 예전에 다른 사람들도 이렇게 말했겠지만 저만큼 이 말이 어울리는 사람은 아무도 없을 거예요. 전 제인 언니보다 행복하답니다. 언니는 미소만 짓지만 전 소리 내어 웃으니까요. 다아시 씨가 세상의 모든 사랑을 보낸다고 전해달래요. 물론 그 사랑도 제게 준 사랑에서 내어주어야 하겠지만요. 크리스마스에는 두 분 모두 펨벌리에 오셔야 해요. 그럼, 이만 줄일게요.

캐서린 영부인에게 보낸 다아시 씨의 편지는 이 편지와 문체가 달랐다. 그리고 지난번 콜린스 씨의 편지에 대한 베넷 씨의 답장은 두 사람 모두의 문체와도 크게 달랐다.

친애하는 콜린스 씨,

축하를 받기 위해 다시 한 번 수고스럽게 해드려야겠습니다. 엘리자베스는 곧 다아시 씨의 아내가 될 것입니다. 가급적 캐서린 영부인을 위로해주십시오. 그러나 나라면 조카 편을 들 것입니다. 그쪽이 해줄 것이 더 많으니까.

그럼, 이만.

곧 있을 오빠의 결혼을 축하하는 빙리 양의 편지에는 애정이 듬뿍 담겨 있었지만 진심은 없었다. 제인에게도 이 일로 편지를 썼는데, 매우 기쁘다는 표현과 더불어 예전처럼 온갖 호의적인 말들을 늘어놓았다. 제인은 현혹되지는 않았지만 마음이 움직여졌다. 그래서 빙리 양을 신뢰하지는 않았지만, 스스로 생각해도 지나치다 싶을 만큼 다정한 표현으로 가득 채워 답장을 쓰지 않을 수 없었다.

비슷한 소식을 받은 다아시 양은 소식을 보낸 오빠만큼이나 진심으로 기쁨을 표현했다. 말로 다 할 수 없는 기쁨과 새언니에게 사랑을 받고 싶다는 간절한 소망을 담기에는 편지지 네 장으로도 모자랐다.

콜린스 씨의 답장이나 그의 부인이 엘리자베스에게 보낸 축하 편지가 도착하기 전에, 롱번 식구들은 콜린스 내외가 직접 루카스 로지에 오게 되었다는 소식을 들었다. 그들이 갑자기 이곳에 와야 하는 이유는 곧 분명해졌다. 캐서린 영부인이 조카의 편지를 받고 크게 노여워한 바람에, 이 결혼을 진심으로 기뻐하는 샬럿이 폭풍이 잠잠해질 때까지 그곳을 무척 떠나 있고 싶어 했기 때문이다. 엘리자베스는 마침 이런 시기에 친구가 와주어 정말 기뻤다. 비록 그들이 만나는 동안 콜린스씨의 지나치게 과시적인 태도와 아첨에 가까운 정중한 태도를 다아시 씨가 고스란히 받아들여야 하는 걸 보면서, 이 기쁨을 얻기 위해 너무 비싼 대가를 치러야 하는 게 아닌가 하는 생각을 이따금 해야 했지만 말이다. 하지만 다아시는 콜린스 씨의 과장된 예절을 매우 침착하게 참아주었다. 뿐만 아니라 윌리엄 루카스 경이 이 마을에서 가장 빛나는 보석을 채간다는 인사치레를 건네도, 성 제임스 궁에서 종종 뵙길 바란다는 허풍스러운 말을 해도 상당히 침착하게 귀 기울여 들어주었다. 비록 어깨를 으쓱해 보이긴 했지만 그것도 윌리엄 경이 눈에 보이지 않을 때였다.

필립스 부인의 천박한 언행은 그가 참아내야 할 또 하나의, 그리고 어쩌면 지금까지보다 훨씬 큰 부담이었다. 물론 필립스 부인 역시 그녀의 언니와 마찬가지로 상냥한 빙리에게는 친근하게 대하는 반면 다아시에게는 스스럼없이 말 붙이기가 여간 어려운 게 아니었지만, 입을 열었다 하면 저속한 말들을 쏟아내기 일쑤였다. 그를 존중하는 마음이 있어 그나마 평소보다는 입을 다물고 있었지만 그렇다고 그녀가 더 고상해진 것 같지는 않았다. 엘리자베스는 다아시가 이 두 사람의 눈에 자주 띄지 않도록 최선을 다해 그를 보호했고, 가족들 가운데 그가 굴욕을 느끼지 않고 편안하게 이야기할 수 있는 사람들과 그녀 주변에서 벗어나지 않도록 하기 위해 애썼다. 이런 일들로 인한 언짢은 감정들이 구혼 기간의 즐거움을 크게 앗아갔지만, 미래에 대한 희망은 더욱 커져만 갔다. 그녀는 두 사람 모두에게 썩 유쾌하지 않은 사람들에게서 벗어나 안락함과 우아함으로 가득 찬 펨벌리 가문에 속할 날을 기쁘게 고대했다.

61

가장 기특한 두 딸을 치운 날, 베넷 부인은 어머니로서 이룰 말할 수 없이 기뻤다. 이후로 그녀가 얼마나 흐뭇하게 거드름을 피우면서 빙리 부인을 방문하고 다시 부인에 대해 이야기했을지는 충분히 짐작이 갈 것이다. 그 많은 자식들을 번듯한 집에 시집보내고 싶은 열렬한 소망도 이루어졌겠다, 이제 가족들을 위해서라도 그녀가 지각 있고 상냥하고 박식한 여인으로 평생토록 행복하게 잘 살았다고 결말을 맺을 수 있길 바란다. 꾀나 유별난 성격 때문에 가정의 행복을 제대로 누리지 못했을 그녀의 남편을 위해서는, 이따금 신경과민이 도진다며 변함없이 어리석게 구는 편이 어쩌면 더 좋을지 모르지만.

베넷 씨는 둘째 딸이 몹시 그리웠다. 그녀에 대한 애정 때문에 그는 만사를 제쳐두고 전보다 더 자주 집을 비웠다. 특히 전혀 예정에 없이 훌쩍 펨벌리로 향하는 걸 즐거워했다.

빙리 씨와 제인은 네더필드에서 딱 열두 달만 지냈다. 그녀의 어머니와 메리턴의 친척들과 거리상으로 지나치게 가깝다는 것은 그가 아무리 소탈하고 그녀가 아무리 정이 많다 해도 결코 바람직한 일이 아니었다. 이렇게 해서 그의 누이들의 간절한 바람이 이루어졌다. 그는 더비셔에서 가까운 지역에 저택을 구입했다. 덕분에 제인과 엘리자베스는 다른 모든 행복 외에 서로가 30마일도 안 되는 거리에서 살게 되었다는 행복이 더해졌다.

키티는 대부분의 시간을 두 언니들과 함께 보내게 되어 대단히 큰 도움이 되었다. 그녀는 평소 알고 지내던 사람들에 비해 월등히 훌륭한 사람들과 어울리면서 눈에 띄게 나아졌다. 리디

아만큼 통제 불가능한 성격이 아니었기에, 리디아의 영향에서 벗어나 적절한 주의와 통제를 받게 되자 짜증도 덜 내고, 무지에서도 조금 벗어났으며, 아둔함도 줄어들었다. 물론 리디아와 어울리는 무리들에 섞여 더 이상 불리한 처지에 빠지지 못하도록 신중하게 감시를 받았고, 위컴 부인이 자기 집에서 지내면서 무도회에도 가고 젊은 남자들도 만나라고 자주 초대했지만 아버지에게 허락을 얻기란 꿈도 꿀 수 없는 일이었다.

이제 집에 남은 유일한 딸은 메리뿐이었다. 메리는 도무지 혼자 가만히 앉아 있지 못하는 베넷 부인 때문에, 교양을 쌓기 위해 몰두하다가도 수시로 중단해야 했다. 그리고 이제 상류 사회 사람들과 더 자주 어울릴 수밖에 없었지만, 매일 아침 방문하면서 여전히 설교를 늘어놓을 수는 있었다. 한편 더 이상 언니들과 미모를 비교당하며 굴욕을 느끼지 않아도 됐기 때문에, 아버지는 그녀가 큰 거부감 없이 변화를 받아들이지 않을까 짐작했다.

위컴과 리디아에 대해 말하자면, 언니들이 결혼했다고 해서 그들의 성격이 크게 바뀌는 일은 없었다. 위컴은 엘리자베스가 전에는 몰랐더라도 이제는 자신의 배은망덕한 행실과 거짓들을 죄다 알게 되었을 거라고 확신하면서도 여전히 태연한 태도를 잃지 않았다. 모든 상황에도 불구하고 아직도 다아시를 잘 설득하면 한밑천 잡을 수 있으리라는 희망을 완전히 버리지 않은 것이다. 리디아가 엘리자베스에게 보낸 결혼 축하 편지를 보면 그가 아니더라도 적어도 그의 아내는 이러한 희망을 품고 있다는 걸 알 수 있었다. 편지 내용은 이랬다.

사랑하는 리지 언니,

결혼 축하해. 내가 우리 남편 위컴을 사랑하는 반만큼 언니가 다아시 씨를 사랑한다면, 언니는 아주 행복하게 잘 살 거야. 언니가 그렇게 부자가 돼서 크게 위안이 돼. 그리고 딱히 할 일이 없으면 우리 생각을 해 주면 좋겠어. 위컴은 궁정에 자리가 있는지 무척 알아보고 싶어 해. 그리고 우리는 누가 도와주지 않으면 먹고살기에 충분한 돈을 벌지 못할 것 같아. 1년에 3~4백 파운드 정도 벌 수 있는 자리가 있다면 뭐든 상관없을 거야. 그렇지만 언니 생각에 말 안 하는 게 좋을 것 같으면, 다아시 씨에게 이런 이야기 하지 마.

그럼 이만.

마침 엘리자베스는 말하지 않는 편이 나을 거라고 생각했기 때문에, 앞으로 그런 종류의 부탁이나 기대는 일절 하지 말라고 답장을 보냈다. 그러나 자신의 사비 안에서 절약이라는 걸 하게 되면 여력이 닿는 만큼 덜어내어 자주 돈을 보내주었다. 두 사람 모두 탐나는 물건이 있으면 헤프게 돈을 써대고 장래는 신경도 쓰지 않으니, 그들의 수입으로 생활하려면 당연히 빠듯할 수밖에 없다는 걸 그녀는 아주 잘 알고 있었다. 그들은 숙소를 이동할 때마다 제인이나 엘리자베스에게 밀린 외상값을 갚아야 하니 도와달라는 요청을 빠뜨리지 않았다. 다시 평화가 찾아와 군인들이 고향으로 해산했을 때조차 그들의 생활 방식은 극도로 불안정했다. 늘 싼 집을 찾아 이집 저집 이사를 다녔고, 언제나 수입보다 지출이 더 많았다. 그녀를 향한 그의 사랑은 곧 무관심으로 변했고, 그녀의 애정 역시 조금 더 오래 지속되었을 뿐이었다. 그녀는 나이도 어리고 행실도 형편없으면서, 결혼한 여자로서의 평판을 유지해야 한다며 온갖 요구들을 잊지 않았다.

다아시는 위컴을 절대로 펨벌리에 받아들이려 하지 않았지만, 엘리자베스를 위해 그가 직업을 찾도록 도와주었다. 리디아는 남편이 런던이나 바스에 놀러가고 없을 때면 이따금 펨벌리를 방문하곤 했다. 두 사람 모두 빙리 부부의 집에 오랫동안 머물다 가는 일이 워낙 잦다 보니, 사람 좋은 빙리조차도 더 이상 참지 못하고 그만 가주었으면 하고 에둘러 말할 정도였다.

빙리 양은 다아시가 결혼하자 이만저만 속이 상한 게 아니었다. 그러나 펨벌리를 방문할 권리를 유지하는 편이 현명하다고 판단했기 때문에, 자신의 분노를 모두 떨쳐버리기로 했다. 그녀는 그 어느 때보다 조지아나를 좋아하게 되었고, 다아시에게는 지금까지 그랬던 것처럼 여전히 친절했으며, 엘리자베스에게는 밀린 예의를 마저 다 갚기라도 할 것처럼 깍듯이 예의를 갖추었다.

펨벌리는 이제 조지아나의 집이 되었다. 그리고 다아시가 바랐던 그대로 올케와 시누는 돈독한 애정을 보여주었고, 심지어 그들이 의도한 대로 서로를 깊이 사랑할 수 있었다. 조지아나는 엘리자베스가 오빠에게 장난기 어린 말투로 쾌활하게 이야기하는 걸 보고 처음엔 거의 불안할 정도로 경악하곤 했지만, 이제는 엘리자베스를 세상에서 가장 높이 평가하게 되었다. 애정을 넘어 존경심마저 불러일으켰던 오빠를 편안하게 농담할 수 있는 대상으로 여기게 해주었으니 말이다. 그녀는 예전에는 결코 생각해볼 수 없었던 것들을 새롭게 깨닫게 되었으며, 엘리자베스가 보여준 가르침에 의해 여자도 남편을 스스럼없이 대할 수 있다는 걸 이해하기 시작했다. 물론 열 살도 더 어린 동생이 편하게 대하는 걸 늘 받아줄 오빠는 없겠지만.

캐서린 영부인은 조카의 결혼에 극도로 노여워했다. 결혼 준비를 알리는 편지에 답장을 보내면서 그녀 특유의 진정한 솔직함을 실컷 토해내며 그에게 엄청난 독설을 퍼부었고, 특히 엘리자베스에 대해 모욕적인 말을 쏟아내 한동안 왕래가 완전히 끊겼다. 그러나 엘리자베스의 설득으로 마침내 그는 이모가 가한 모욕을 너그럽게 이해하고 화해를 청하기로 했다. 이모 편에서는 조금 더 고집을 부리다가, 조카를 향한 애정 때문이었는지 그의 아내가 어떻게 처신하는지 보고 싶은 호기심 때문이었는지 얼마 후에 분노를 누그러뜨렸다. 그러고는 그런 안주인이 들어와 살 뿐 아니라 그녀의 외삼촌과 외숙모가 도시에서 이곳을 방문하느라 펨벌리 숲이 더럽혀졌는데도 불구하고, 황공하옵게도 그들을 방문하러 이곳까지 오기도 했다.

가드너 부부와 그들은 언제나 가장 친밀한 사이를 유지했다. 엘리자베스뿐만 아니라 다아시도 그들을 진심으로 사랑했다.

그들은 엘리자베스를 더비셔로 데리고 와 두 사람이 하나가 되도록 다리가 되어준 가드너 부부에게 언제까지나 진심 어린 감사를 느꼈다.

오만과 편견

초판 1쇄 발행 2018년 7월 31일
초판 4쇄 발행 2022년 12월 23일

지은이 제인 오스틴
옮긴이 서민아
펴낸이 이승현

출판1 본부장 한수미
라이프 팀장 최유연
디자인 김준영
일러스트 박희정

펴낸곳 ㈜위즈덤하우스   **출판등록** 2000년 5월 23일 제13-1071호
주소 서울특별시 마포구 양화로 19 합정오피스빌딩 17층
전화 02) 2179-5600   **홈페이지** www.wisdomhouse.co.kr

ISBN 979-11-6220-637-9 04850
      979-11-6220-268-5 04080 (세트)